中国现代文学经典
1917—2012（一） （第二版）

Zhongguo Xiandai Wenxue Jingdian 1917—2012

朱栋霖 主编

张福贵 本卷主编

北京大学出版社
PEKING UNIVERSITY PRESS

图书在版编目(CIP)数据

中国现代文学经典:1917~2012.1/朱栋霖主编;张福贵分册主编.—2版.—北京:北京大学出版社,2014.6
(博雅大学堂·文学)
ISBN 978-7-301-24214-8

Ⅰ.①中… Ⅱ.①朱…②张… Ⅲ.①中国文学-现代文学-作品综合集-高等学校-教材 Ⅳ.①I216.1

中国版本图书馆CIP数据核字(2014)第089417号

书　　　名:	中国现代文学经典1917—2012(一)(第二版)
著作责任者:	朱栋霖 主编　张福贵 本卷主编
责 任 编 辑:	张雅秋
标 准 书 号:	ISBN 978-7-301-24214-8/I·2762
出 版 发 行:	北京大学出版社
地　　　址:	北京市海淀区成府路205号　100871
网　　　址:	http://www.pup.cn　新浪官方微博:@北京大学出版社
电 子 信 箱:	pkuwsz@126.com
电　　　话:	邮购部62752015　发行部62750672　出版部62754962 编辑部62752022
印　刷　者:	三河市博文印刷有限公司
经　销　者:	新华书店
	650mm×980mm　16开本　28.75印张　500千字 2007年1月第1版 2014年6月第2版　2023年6月第12次印刷
定　　　价:	58.00元

未经许可,不得以任何方式复制或抄袭本书之部分或全部内容。
版权所有,侵权必究
举报电话:010-62752024;电子信箱:fd@pup.pku.edu.cn

目录

前　言 /1

小　说（1917—1949）

鲁　迅
　狂人日记 /3
　阿 Q 正传 /10
　伤逝
　　——涓生的手记 /35

郁达夫
　沉沦 /47

冰　心
　超人 /71

许地山
　缀网劳蛛 /76

庐　隐
　海滨故人 /89

废　名
　竹林的故事 /124

叶圣陶
　潘先生在难中 /128

凌叔华
　酒后 /140

叶灵凤
　女娲氏之遗孽 /144

台静农
　拜堂 /162

丁　玲
　莎菲女士的日记 /167

目录

我在霞村的时候/194

柔 石
　　为奴隶的母亲/207

刘呐鸥
　　两个时间的不感症者/223

茅 盾
　　春蚕/228

穆时英
　　夜总会里的五个人/243

施蛰存
　　梅雨之夕/259

老 舍
　　柳家大院/267

艾 芜
　　山峡中/274

沈从文
　　边城/286

张天翼
　　华威先生/341

沙 汀
　　在其香居茶馆里/347

萧 红
　　小城三月/357

梅 娘
　　鱼/373

骆宾基
　　北望园的春天/395

苏 青
　　蛾/412

赵树理
　　小二黑结婚/417

张爱玲
　　倾城之恋/428

中长篇小说作品存目(1917—1949)

茅 盾
蚀(1930年5月开明书店出版)

张恨水
啼笑因缘(1930年12月三友书社出版)

茅 盾
子夜(1933年1月开明书店出版)

巴 金
家(1933年5月开明书店出版)

李劼人
死水微澜(1935年7月上海中华书局出版)

老 舍
骆驼祥子(1936年9月连载于《宇宙风》第25至48期,1939年3月人间书屋出版单行本)
四世同堂(第一、二部,上海晨光出版公司1946年11月出版;第三部初载于1950—1951年上海《小说月报》第4卷第1—6期)

萧 红
呼兰河传(1941年5月上海杂志公司出版)

张爱玲
传奇(1944年8月上海杂志社初版)

路 翎
财主底儿女们(1945年11月重庆希望社出版)

巴 金
寒夜(1946年连载于《文艺复兴》第2卷第1至6期,1947年3月晨光出版公司出版)

钱锺书
围城(1947年5月晨光出版公司出版)

丁 玲
太阳照在桑干河上(1948年8月东北书店出版)

前　言

《中国现代文学经典1917—2012》(第二版)是在《中国现代文学经典1917—2000》的基础上修订而成；修订内容主要是增加了21世纪部分作品，适量删减了部分编者认为已经不适应当下教学的篇目。本教材系中国语言文学、新闻传播等专业的主干课教材，与朱栋霖等主编的《中国现代文学史1917—2012》(第二版)相配套，被列入教育部"十五"国家级教材规划。习近平总书记在《高举中国特色社会主义伟大旗帜　为全面建设社会主义现代化国家而团结奋斗——在中国共产党第二十次全国代表大会上的报告》中指出："坚守中华文化立场，提炼展示中华文明的精神标识和文化精髓，加快构建中国话语和中国叙事体系，讲好中国故事，传播好中国声音，展现可信、可爱、可敬的中国形象。"本书秉承这一思想，为国内各高校中国语言文学等相关专业的广大师生呈现了这些中国现当代文学经典作品。

自1917年五四运动以来，中国文学曾经产生许多优秀的作品，它们是现代以来中国文学史的重要构成，也是中国现代文学教学的主要内容。本书选目，旨在以新的文学史观、新的文学观重新遴选五四以来迄今的中国文学经典。选篇包括小说、新诗、散文、戏剧诸文体，各时期重要作家、各种风格流派的代表性作品，也适当遴选了台湾、香港、澳门地区的代表性作品。本选本以最精炼的选目，希望以此呈现中国现代文学发展的一个缩影，为高校中国现代文学的教学提供一个有新意的、实用性强的作品选读本。

本选本强调教学实用性。考虑到高校扩招，各校学生多而图书少，本选本选录了几篇重要的中篇小说与多幕剧，以供教学之需。有一些文学名篇，已被现行中学语文课本列为精讲篇目，又被各种选本多次选录，为节省篇幅，本书一般不再重复选入。

长篇小说是现代文学教学的重点之一。限于篇幅，长篇小说不能入选，分别存目于第一卷、第三卷选篇目录之后。存目作品意在给本课程教学提供一个基本的阅读书目，任课教师可根据各校教学情况与学术特点，选择其中部分作品指导学生阅读。我们不主张提供长篇小说的故事梗概，为的是引导学生直接阅读原著。

入选作品，尽量采用初版本；若初版本难找到，或初版本与重版本的文字无大的变化,则采用通行的重要版本。所有入选作品的版本出处,均在该作品后以括号注明。

本书编目,在每卷每一文体内以作品发表或出版时间为序编排,同一作家有若干篇作品入选的,则相对集中于该作家首篇入选作品之后。台湾、香港、澳门地区的文学作品本应与内地作家作品一起按发表时间编排,但考虑到教学时查阅方便,这部分作品相应集中在每一文体的后半部分。

本书编选工作由吉林大学、武汉大学、浙江大学、福建师范大学和苏州大学合作完成。

全书四卷:

第一卷　小说(1917—1949)　　　　　　　张福贵　主编
第二卷　诗歌散文戏剧(1917—1949)　　　龙泉明　主编
第三卷　小说(1949—2012)　　　　　　　吴秀明　主编
第四卷　诗歌散文戏剧(1949—2012)　　　汪文顶　主编

编选工作获得海内外专家的支持和指导,他们提供了不少宝贵意见与建议;教育部高教司和文科处领导一贯高度重视与支持;北京大学出版社责任编辑张雅秋投入了大量劳动。在此,向大家表示衷心的感谢!

我们热诚地希望海内外同行教师、大学生对本教材提出宝贵意见。

朱栋霖
2014年4月

小 说

(1917—1949)

鲁　迅

狂人日记

　　某君昆仲,今隐其名,皆余昔日在中学校时良友;分隔多年,消息渐阙。日前偶闻其一大病;适归故乡,迂道往访,则仅晤一人,言病者其弟也。劳君远道来视,然已早愈,赴某地候补矣。因大笑,出示日记二册,谓可见当日病状,不妨献诸旧友。持归阅一过,知所患盖"迫害狂"之类。语颇错杂无伦次,又多荒唐之言;亦不著月日,惟墨色字体不一,知非一时所书。间亦有略具联络者,今撮录一篇,以供医家研究。记中语误,一字不易;惟人名虽皆村人,不为世间所知,无关大体,然亦悉易去。至于书名,则本人愈后所题,不复改也。七年四月二日识。

一

　　今天晚上,很好的月光。
　　我不见他,已是三十多年;今天见了,精神分外爽快。才知道以前的三十多年,全是发昏;然而须十分小心。不然,那赵家的狗,何以看我两眼呢?
　　我怕得有理。

二

　　今天全没月光,我知道不妙。早上小心出门,赵贵翁的眼色便怪:似乎怕我,似乎想害我。还有七八个人,交头接耳的议论我,又怕我看见。一路上的人,都是如此。其中最凶的一个人,张着嘴,对我笑了一笑;我便从头直冷到脚跟,晓得他们布置,都已妥当了。
　　我可不怕,仍旧走我的路。前面一伙小孩子,也在那里议论我;眼色也同赵贵翁一样,脸色也都铁青。我想我同小孩子有什么仇,他也这样。忍不住大声说,"你告诉我!"他们可就跑了。
　　我想:我同赵贵翁有什么仇,同路上的人又有什么仇;只有廿年以前,把古久先生的陈年流水簿子,踹了一脚,古久先生很不高兴。赵贵翁虽然不认识他,一定也听到风声,代抱不平;约定路上的人,同我作冤对。但是小孩子呢?那时候,他们还没出世,何以今天也睁着怪眼睛,似乎怕我,似乎想害我。这真教我怕,教我纳罕而且伤心。

我明白了。这是他们娘老子教的!

三

晚上总是睡不着。凡事须得研究,才会明白。

他们——也有给知县打枷过的,也有给绅士掌过嘴的,也有衙役占了他妻子的,也有老子娘被债主逼死的;他们那时候的脸色,全没有昨天这么怕,也没有这么凶。

最奇怪的是昨天街上的那个女人,打他儿子,嘴里说道,"老子呀!我要咬你几口才出气!"他眼睛却看着我。我出了一惊,遮掩不住;那青面獠牙的一伙人,便都哄笑起来。陈老五赶上前,硬把我拖回家中了。

拖我回家,家里的人都装作不认识我;他们的眼色,也全同别人一样。进了书房,便反扣上门,宛然是关了一只鸡鸭。这一件事,越教我猜不出底细。

前几天,狼子村的佃户来告荒,对我大哥说,他们村里的一个大恶人,给大家打死了;几个人便挖出他的心肝来,用油煎炒了吃,可以壮壮胆子。我插了一句嘴,佃户和大哥便都看我几眼。今天才晓得他们的眼光,全同外面的那伙人一模一样。

想起来,我从顶上直冷到脚跟。

他们会吃人,就未必不会吃我。

你看那女人"咬你几口"的话,和一伙青面獠牙人的笑,和前天佃户的话,明明是暗号。我看出他话中全是毒,笑中全是刀,他们的牙齿,全是白厉厉的排着,这就是吃人的家伙。

照我自己想,虽然不是恶人,自从踹了古家的簿子,可就难说了。他们似乎别有心思,我全猜不出。况且他们一翻脸,便说人是恶人。我还记得大哥教我做论,无论怎样好人,翻他几句,他便打上几个圈;原谅坏人几句,他便说"翻天妙手,与众不同。"我那里猜得到他们的心思,究竟怎样;况且是要吃的时候。

凡事总须研究,才会明白。古来时常吃人,我也还记得,可是不甚清楚。我翻开历史一查,这历史没有年代,歪歪斜斜的每叶上都写着"仁义道德"几个字。我横竖睡不着,仔细看了半夜,才从字缝里看出字来,满本都写着两个字是"吃人"!

书上写着这许多字,佃户说了这许多话,却都笑吟吟的睁着怪眼睛看我。

我也是人,他们想要吃我了!

四

早上,我静坐了一会。陈老五送进饭来,一碗菜,一碗蒸鱼;这鱼的眼睛,白而且硬,张着嘴,同那一伙想吃人的人一样。吃了几筷,滑溜溜的不知是鱼是人,便把他兜肚连肠的吐出。

我说,"老五,对大哥说,我闷得慌,想到园里走走。"老五不答应,走了,停一会,可就来开了门。

我也不动,研究他们如何摆布我;知道他们一定不肯放松。果然!我大哥引了一个老头子,慢慢走来;他满眼凶光,怕我看出,只是低头向着地,从眼镜横边暗暗看我。大哥说,"今天你仿佛很好。"我说"是的。"大哥说,"今天请何先生来,给你诊一诊。"我说"可以!"其实我岂不知道这老头子是刽子手扮的!无非借了看脉这名目,揣一揣肥瘠:因这功劳,也分一片肉吃。我也不怕;虽然不吃人,胆子却比他们还壮。伸出两个拳头,看他如何下手。老头子坐着,闭了眼睛,摸了好一会,呆了好一会;便张开他鬼眼睛说,"不要乱想。静静的养几天,就好了。"

不要乱想,静静的养!养肥了,他们是自然可以多吃;我有什么好处,怎么会"好了"?他们这群人,又想吃人,又是鬼鬼祟祟,想法子遮掩,不敢直捷下手,真要令我笑死。我忍不住,便放声大笑起来,十分快活。自己晓得这笑声里面,有的是义勇和正气。老头子和大哥,都失了色,被我这勇气正气镇压住了。

但是我有勇气,他们便越想吃我,沾光一点这勇气。老头子跨出门,走不多远,便低声对大哥说道,"赶紧吃罢!"大哥点点头。原来也有你!这一件大发见,虽似意外,也在意中:合伙吃我的人,便是我的哥哥!

吃人的是我哥哥!

我是吃人的人的兄弟!

我自己被人吃了,可仍然是吃人的人的兄弟!

五

这几天是退一步想:假使那老头子不是刽子手扮的,真是医生,也仍然是吃人的人。他们的祖师李时珍做的"本草什么"上,明明写着人肉可以煎吃;他还能说自己不吃人么?

　　至于我家大哥,也毫不冤枉他。他对我讲书的时候,亲口说过可以"易子而食";又一回偶然议论起一个不好的人,他便说不但该杀,还当"食肉寝皮"。我那时年纪还小,心跳了好半天。前天狼子村佃户来说吃心肝的事,他也毫不奇怪,不住的点头。可见心思是同从前一样狠。既然可以"易子而食",便什么都易得,什么人都吃得。我从前单听他讲道理,也胡涂过去;现在晓得他讲道理的时候,不但唇边还抹着人油,而且心里满装着吃人的意思。

六

　　黑漆漆的,不知是日是夜。赵家的狗又叫起来了。狮子似的凶心,兔子的怯弱,狐狸的狡猾,……

七

　　我晓得他们的方法,直接杀了,是不肯的,而且也不敢,怕有祸祟。所以他们大家连络,布满了罗网,逼我自戕。试看前几天街上男女的样子,和这几天我大哥的作为,便足可悟出八九分了。最好是解下腰带,挂在梁上,自己紧紧勒死;他们没有杀人的罪名,又偿了心愿,自然都欢天喜地的发出一种呜呜咽咽的笑声。否则惊吓忧愁死了,虽则略瘦,也还可以首肯几下。

　　他们是只会吃死肉的!——记得什么书上说,有一种东西,叫"海乙那"的,眼光和样子都很难看;时常吃死肉,连极大的骨头,都细细嚼烂,咽下肚子去,想起来也教人害怕。"海乙那"是狼的亲眷,狼是狗的本家。前天赵家的狗,看我几眼,可见他也同谋,早已接洽。老头子眼看着地,岂能瞒得我过。

　　最可怜的是我的大哥,他也是人,何以毫不害怕;而且合伙吃我呢?还是历来惯了,不以为非呢?还是丧了良心,明知故犯呢?

　　我诅咒吃人的人,先从他起头;要劝转吃人的人,也先从他下手。

八

　　其实这种道理,到了现在,他们也该早已懂得,……

　　忽然来了一个人;年纪不过二十左右,相貌是不很看得清楚,满面笑容,对了我点头,他的笑也不像真笑。我便问他,"吃人的事,对么?"他仍然笑着说,"不是荒年,怎么会吃人。"我立刻就晓得,他也是一伙,喜欢吃人的;便自勇气百倍,偏要问他。

"对么?"

"这等事问他什么。你真会……说笑话。……今天天气很好。"

天气是好,月色也很亮了。可是我要问你,"对么?"

他不以为然了。含含胡胡的答道,"不……"

"不对?他们何以竟吃?!"

"没有的事……"

"没有的事?狼子村现吃;还有书上都写着,通红斩新!"

他便变了脸,铁一般青。睁着眼说,"有许有的,这是从来如此……"

"从来如此,便对么?"

"我不同你讲这些道理;总之你不该说,你说便是你错!"

我直跳起来,张开眼,这人便不见了。全身出了一大片汗。他的年纪,比我大哥小得远,居然也是一伙;这一定是他娘老子先教的。还怕已经教给他儿子了;所以连小孩子,也都恶狠狠的看我。

九

自己想吃人,又怕被别人吃了,都用着疑心极深的眼光,面面相觑。……

去了这心思,放心做事走路吃饭睡觉,何等舒服。这只是一条门槛,一个关头。他们可是父子兄弟夫妇朋友师生仇敌和各不相识的人,都结成一伙,互相劝勉,互相牵掣,死也不肯跨过这一步。

十

大清早,去寻我大哥;他立在堂门外看天,我便走到他背后,拦住门,格外沉静,格外和气的对他说,

"大哥,我有话告诉你。"

"你说就是,"他赶紧回过脸来,点点头。

"我只有几句话,可是说不出来。大哥,大约当初野蛮的人,都吃过一点人。后来因为心思不同,有的不吃人了,一味要好,便变了人,变了真的人。有的却还吃,——也同虫子一样,有的变了鱼鸟猴子,一直变到人。有的不要好,至今还是虫子。这吃人的人比不吃人的人,何等惭愧。怕比虫子的惭愧猴子,还差得很远很远。

易牙蒸了他儿子,给桀纣吃,还是一直从前的事。谁晓得从盘古开辟天地以后,一直吃到易牙的儿子;从易牙的儿子,一直吃到徐锡林;从徐锡林,又一直吃到狼子村捉住的人。去年城里杀了犯人,还有一个生痨病的人,用馒头蘸血舐。

他们要吃我,你一个人,原也无法可想;然而又何必去入伙。吃人的人,什么事做不出;他们会吃我,也会吃你,一伙里面,也会自吃。但只要转一步,只要立刻改了,也就人人太平。虽然从来如此,我们今天也可以格外要好,说是不能!大哥,我相信你能说,前天佃户要减租,你说过不能。"

当初,他还只是冷笑,随后眼光便凶狠起来,一到说破他们的隐情,那就满脸都变成青色了。大门外立着一伙人,赵贵翁和他的狗,也在里面,都探头探脑的挨进来。有的是看不出面貌,似乎用布蒙着;有的是仍旧青面獠牙,抿着嘴笑。我认识他们是一伙,都是吃人的人。可是也晓得他们心思很不一样,一种是以为从来如此,应该吃的;一种是知道不该吃,可是仍然要吃,又怕别人说破他,所以听了我的话,越发气愤不过,可是抿着嘴冷笑。

这时候,大哥也忽然显出凶相,高声喝道,

"都出去!疯子有什么好看!"

这时候,我又懂得一件他们的巧妙了。他们岂但不肯改,而且早已布置;预备下一个疯子的名目罩上我。将来吃了,不但太平无事,怕还会有人见情。佃户说的大家吃了一个恶人,正是这方法。这是他们的老谱!

陈老五也气愤愤的直走进来。如何按得住我的口,我偏要对这伙人说,

"你们可以改了,从真心改起!要晓得将来容不得吃人的人,活在世上。

你们要不改,自己也会吃尽。即使生得多,也会给真的人除灭了,同猎人打完狼子一样!——同虫子一样!"

那一伙人,都被陈老五赶走了。大哥也不知那里去了。陈老五劝我回屋子里去。屋里面全是黑沉沉的。横梁和椽子都在头上发抖;抖了一会,就大起来,堆在我身上。

万分沉重,动弹不得;他的意思是要我死。我晓得他的沉重是假的,便挣扎出来,出了一身汗。可是偏要说,

"你们立刻改了,从真心改起!你们要晓得将来是容不得吃人的人,……"

十一

太阳也不出,门也不开,日日是两顿饭。

我捏起筷子,便想起我大哥;晓得妹子死掉的缘故,也全在他。那时我妹子才五岁,可爱可怜的样子,还在眼前。母亲哭个不住,他却劝母亲不要哭;大约因为自己吃了,哭起来不免有点过意不去。如果还能过意不去,……

妹子是被大哥吃了,母亲知道没有,我可不得而知。

母亲想也知道;不过哭的时候,却并没有说明,大约也以为应当的了。记得我四五岁时,坐在堂前乘凉,大哥说爷娘生病,做儿子的须割下一片肉来,煮熟了请他吃,才算好人;母亲也没有说不行。一片吃得,整个的自然也吃得。但是那天的哭法,现在想起来,实在还教人伤心,这真是奇极的事!

十二

不能想了。

四千年来时时吃人的地方,今天才明白,我也在其中混了多年;大哥正管着家务,妹子恰恰死了,他未必不和在饭菜里,暗暗给我们吃。

我未必无意之中,不吃了我妹子的几片肉,现在也轮到我自己,……

有了四千年吃人履历的我,当初虽然不知道,现在明白,难见真的人!

十三

没有吃过人的孩子,或者还有?

救救孩子……

1918 年 4 月。

(原载 1918 年 5 月 15 日《新青年》第 4 卷第 5 期)

阿 Q 正传

第一章　序

　　我要给阿 Q 做正传,已经不止一两年了。但一面要做,一面又往回想,这足见我不是一个"立言"的人,因为从来不朽之笔,须传不朽之人,于是人以文传,文以人传——究竟谁靠谁传,渐渐的不甚了然起来,而终于归结到传阿 Q,仿佛思想里有鬼似的。

　　然而要做这一篇速朽的文章,才下笔,便感到万分的困难了。第一是文章的名目。孔子曰,"名不正则言不顺"。这原是应该极注意的。传的名目很繁多:列传,自传,内传,外传,别传,家传,小传……,而可惜都不合。"列传"么,这一篇并非和许多阔人排在"正史"里;"自传"么,我又并非就是阿 Q。说是"外传","内传"在那里呢?倘用"内传",阿 Q 又决不是神仙。"别传"呢,阿 Q 实在未曾有大总统上谕宣付国史馆立"本传"——虽说英国正史上并无"博徒列传",而文豪迭更司也做过《博徒别传》这一部书,但文豪则可,在我辈却不可的。其次是"家传",则我既不知与阿 Q 是否同宗,也未曾受他子孙的拜托;或"小传",则阿 Q 又更无别的"大传"了。总而言之,这一篇也便是"本传",但从我的文章着想,因为文体卑下,是"引车卖浆者流"所用的话,所以不敢僭称,便从不入三教九流的小说家所谓"闲话休题言归正传"这一句套话里,取出"正传"两个字来,作为名目,即使与古人所撰《书法正传》的"正传"字面上很相混,也顾不得了。

　　第二,立传的通例,开首大抵该是"某,字某,某地人也",而我并不知道阿 Q 姓什么。有一回,他似乎是姓赵,但第二日便模糊了。那是赵太爷的儿子进了秀才的时候,锣声镗镗的报到村里来,阿 Q 正喝了两碗黄酒,便手舞足蹈的说,这于他也很光采,因为他和赵太爷原来是本家,细细的排起来他还比秀才长三辈呢。其时几个旁听人倒也肃然的有些起敬了。那知道第二天,地保便叫阿 Q 到赵太爷家里去;太爷一见,满脸溅朱,喝道:

　　"阿 Q,你这浑小子!你说我是你的本家么?"

　　阿 Q 不开口。

赵太爷愈看愈生气了，抢进几步说："你敢胡说！我怎么会有你这样的本家？你姓赵么？"

阿Q不开口，想往后退了；赵太爷跳过去，给了他一个嘴巴。

"你怎么会姓赵！——你那里配姓赵！"

阿Q并没有抗辩他确凿姓赵，只用手摸着左颊，和地保退出去了；外面又被地保训斥了一番，谢了地保二百文酒钱。知道的人都说阿Q太荒唐，自己去招打；他大约未必姓赵，即使真姓赵，有赵太爷在这里，也不该如此胡说的。此后便再没有人提起他的氏族来，所以我终于不知道阿Q究竟什么姓。

第三，我又不知道阿Q的名字是怎么写的。他活着的时候，人都叫他阿Quei，死了以后，便没有一个人再叫阿Quei了，那里还会有"著之竹帛"的事。若论"著之竹帛"，这篇文章要算第一次，所以先遇着了这第一个难关。我曾经仔细想：阿Quei，阿桂还是阿贵呢？倘使他号叫月亭，或者在八月间做过生日，那一定是阿桂了；而他既没有号——也许有号，只是没有人知道他，——又未尝散过生日征文的帖子：写作阿桂，是武断的。又倘若他有一位老兄或令弟叫阿富，那一定是阿贵了；而他又只是一个人：写作阿贵，也没有佐证的。其余音Quei的偏僻字样，更加凑不上了。先前，我也曾问过赵太爷的儿子茂才先生，谁料博雅如此公，竟也茫然，但据结论说，是因为陈独秀办了《新青年》提倡洋字，所以国粹沦亡，无可查考了。我的最后的手段，只有托一个同乡去查阿Q犯事的案卷，八个月之后才有回信，说案卷里并无与阿Quei的声音相近的人。我虽不知道是真没有，还是没有查，然而也再没有别的方法了。生怕注音字母还未通行，只好用了"洋字"，照英国流行的拼法写他为阿Quei，略作阿Q。这近于盲从《新青年》，自己也很抱歉，但茂才公尚且不知，我还有什么好办法呢。

第四，是阿Q的籍贯了。倘他姓赵，则据现在好称郡望的老例，可以照《郡名百家姓》上的注解，说是"陇西天水人也"，但可惜这姓是不甚可靠的，因此籍贯也就有些决不定。他虽然多住未庄，然而也常常宿在别处，不能说是未庄人，即使说是"未庄人也"，也仍然有乖史法的。

我所聊以自慰的，是还有一个"阿"字非常正确，绝无附会假借的缺点，颇可以就正于通人。至于其余，却都非浅学所能穿凿，只希望有"历史癖与考据癖"的胡适之先生的门人们，将来或者能够寻出许多新端绪来，但是我这《阿Q正传》到那时却又怕早经消灭了。

以上可以算是序。

第二章　优胜记略

阿 Q 不独是姓名籍贯有些渺茫,连他先前的"行状"也渺茫。因为未庄的人们之于阿 Q,只要他帮忙,只拿他玩笑,从来没有留心他的"行状"的。而阿 Q 自己也不说。独有和别人口角的时候,间或瞪着眼睛道:

"我们先前——比你阔的多啦！你算是什么东西！"

阿 Q 没有家,住在未庄的土谷祠里；也没有固定的职业,只给人家做短工,割麦便割麦,春米便春米,撑船便撑船。工作略长久时,他也或住在临时主人的家里,但一完就走了。所以,人们忙碌的时候,也还记起阿 Q 来,然而记起的是做工,并不是"行状"；一闲空,连阿 Q 都早忘却,更不必说"行状"了。只是有一回,有一个老头子颂扬说:"阿 Q 真能做！"这时阿 Q 赤着膊,懒洋洋的瘦伶仃的正在他面前,别人也摸不着这话是真心还是讥笑,然而阿 Q 很喜欢。

阿 Q 又很自尊,所有未庄的居民,全不在他眼睛里,甚而至于对于两位"文童"也有以为不值一笑的神情。夫文童者,将来恐怕要变秀才者也；赵太爷钱太爷大受居民的尊敬,除有钱之外,就因为都是文童的爹爹,而阿 Q 在精神上独不表格外的崇奉,他想：我的儿子会阔得多啦！加以进了几回城,阿 Q 自然更自负,然而他又很鄙薄城里人,譬如用三尺长三寸宽的木板做成的凳子,未庄叫"长凳",他也叫"长凳",城里人却叫"条凳",他想：这是错的,可笑！油煎大头鱼,未庄都加上半寸长的葱叶,城里却加上切细的葱丝,他想：这也是错的,可笑！然而未庄人真是不见世面的可笑的乡下人呵,他们没有见过城里的煎鱼！

阿 Q "先前阔",见识高,而且"真能做",本来几乎是一个"完人"了,但可惜他体质上还有一些缺点。最恼人的是在他头皮上,颇有几处不知起于何时的癞疮疤。这虽然也在他身上,而看阿 Q 的意思,倒也似乎以为不足贵的,因为他讳说"癞"以及一切近于"赖"的音,后来推而广之,"光"也讳,"亮"也讳,再后来,连"灯""烛"都讳了。一犯讳,不问有心与无心,阿 Q 便全疤通红的发起怒来,估量了对手,口讷的他便骂,气力小的他便打；然而不知怎么一回事,总还是阿 Q 吃亏的时候多。于是他渐渐的变换了方针,大抵改为怒目而视了。

谁知道阿 Q 采用怒目主义之后,未庄的闲人们便愈喜欢玩笑他。一见面,他们便假作吃惊的说：

"哙,亮起来了。"

阿 Q 照例的发了怒,他怒目而视了。

"原来有保险灯在这里!"他们并不怕。

阿Q没有法,只得另外想出报复的话来:

"你还不配……"这时候,又仿佛在他头上的是一种高尚的光荣的癞头疮,并非平常的癞头疮;但上文说过,阿Q是有见识的,他立刻知道和"犯忌"有点抵触,便不再往底下说。

闲人还不完,只撩他,于是终而至于打。阿Q在形式上打败了,被人揪住黄辫子,在壁上碰了四五个响头,闲人这才心满意足的得胜的走了,阿Q站了一刻,心里想,"我总算被儿子打了,现在的世界真不像样……"于是也心满意足的得胜的走了。

阿Q想在心里的,后来每每说出口来,所以凡有和阿Q玩笑的人们,几乎全知道他有这一种精神上的胜利法,此后每逢揪住他黄辫子的时候,人就先一着对他说:

"阿Q,这不是儿子打老子,是人打畜生。自己说:人打畜生!"

阿Q两只手都捏住了自己的辫根,歪着头,说道:"打虫豸,好不好?我是虫豸——还不放么?"

但虽然是虫豸,闲人也并不放,仍旧在就近什么地方给他碰了五六个响头,这才心满意足的得胜的走了,他以为阿Q这回可遭了瘟。然而不到十秒钟,阿Q也心满意足的得胜的走了,他觉得他是第一个能够自轻自贱的人,除了"自轻自贱"不算外,余下的就是"第一个"。状元不也是"第一个"么?"你算是什么东西"呢!?

阿Q以如是等等妙法克服怨敌之后,便愉快的跑到酒店里喝几碗酒,又和别人调笑一通,口角一通,又得了胜,愉快的回到土谷祠,放倒头睡着了。假使有钱,他便去押牌宝,一堆人蹲在地面上,阿Q即汗流满面的夹在这中间,声音他最响:

"青龙四百!"

"咳～～开～～啦!"桩家揭开盒盖子,也是汗流满面的唱。"天门啦～～角回啦～～!人和穿堂空在那里啦～～!阿Q的铜钱拿过来～～!"

"穿堂一百——一百五十!"

阿Q的钱便在这样的歌吟之下,渐渐的输入别个汗流满面的人物的腰间。他终于只好挤出堆外,站在后面看,替别人着急,一直到散场,然后恋恋的回到土谷祠,第二天,肿着眼睛去工作。

但真所谓"塞翁失马安知非福"罢,阿Q不幸而赢了一回,他倒几乎失败了。

这是未庄赛神的晚上。这晚上照例有一台戏,戏台左近,也照例有许多的赌摊。做戏的锣鼓，在阿Q耳朵里仿佛在十里之外；他只听得桩家的歌唱了。他赢而又赢，铜钱变成角洋，角洋变成大洋，大洋又成了叠。他兴高采烈得非常：

"天门两块！"

他不知道谁和谁为什么打起架来了。骂声打声脚步声，昏头昏脑的一大阵，他才爬起来，赌摊不见了，人们也不见了，身上有几处很似乎有些痛，似乎也挨了几拳几脚似的，几个人诧异的对他看。他如有所失的走进土谷祠，定一定神，知道他的一堆洋钱不见了。赶赛会的赌摊多不是本村人，还到那里去寻根柢呢？

很白很亮的一堆洋钱，而且是他的——现在不见了！说是算被儿子拿去了罢，总还是忽忽不乐；说自己是虫豸罢，也还是忽忽不乐；他这回才有些感到失败的苦痛了。

但他立刻转败为胜了。他擎起右手，用力的在自己脸上连打了两个嘴巴，热刺刺的有些痛；打完之后，便心平气和起来，似乎打的是自己，被打的是别一个自己，不久也就仿佛是自己打了别个一般，——虽然还有些热刺刺，——心满意足的得胜的躺下了。

他睡着了。

第三章　续优胜记略

然而阿Q虽然常优胜，却直待蒙赵太爷打他嘴巴之后，这才出了名。

他付过地保二百文酒钱，愤愤的躺下了，后来想："现在的世界太不成话，儿子打老子……"于是忽而想到赵太爷的威风，而现在是他的儿子了，便自己也渐渐的得意起来，爬起身，唱着《小孤孀上坟》到酒店去。这时候，他又觉得赵太爷高人一等了。

说也奇怪，从此之后，果然大家也仿佛格外尊敬他。这在阿Q，或者以为因为他是赵太爷的父亲，而其实也不然。未庄通例，倘如阿七打阿八，或者李四打张三，向来本不算一件事，必须与一位名人如赵太爷者相关，这才载上他们的口碑。一上口碑，则打的既有名，被打的也就托庇有了名。至于错在阿Q，那自然是不必说。所以者何？就因为赵太爷是不会错的。但他既然错，为什么大家又仿佛格外尊敬他呢？这可难解，穿凿起来说，或者因为阿Q说是赵太爷的本家，虽然挨了打，大家也还怕有些真，总不如尊敬一些稳当。否则，也如孔庙里的太牢一般，虽然与猪羊一样，同是畜生，但既经圣人下箸，先儒们便不敢妄动了。

阿Q此后倒得意了许多年。

有一年的春天,他醉醺醺的在街上走,在墙根的日光下,看见王胡在那里赤着膊捉虱子,他忽然觉得身上也痒起来了。这王胡,又癞又胡,别人都叫他王癞胡,阿Q却删去了一个癞字,然而非常渺视他。阿Q的意思,以为癞是不足为奇的,只有这一部络腮胡子,实在太新奇,令人看不上眼。他于是并排坐下去了。倘是别的闲人们,阿Q本不敢大意坐下去。但这王胡旁边,他有什么怕呢?老实说:他肯坐下去,简直还是抬举他。

阿Q也脱下破夹袄来,翻检了一回,不知道因为新洗呢还是因为粗心,许多工夫,只捉到三四个。他看那王胡,却是一个又一个,两个又三个,只放在嘴里毕毕剥剥的响。

阿Q最初是失望,后来却不平了:看不上眼的王胡尚且那么多,自己倒反这样少,这是怎样的大失体统的事阿!他很想寻一两个大的,然而竟没有,好容易才捉到一个中的,恨恨的塞在厚嘴唇里,狠命一咬,劈的一声,又不及王胡响。

他癞疮疤块块通红了,将衣服摔在地上,吐一口唾沫,说:

"这毛虫!"

"癞皮狗,你骂谁?"王胡轻蔑的抬起眼来说。

阿Q近来虽然比较的受人尊敬,自己也更高傲些,但和那些打惯的闲人们见面还胆怯,独有这回却非常武勇了。这样满脸胡子的东西,也敢出言无状么?

"谁认便骂谁!"他站起来,两手叉在腰间说。

"你的骨头痒了么?"王胡也站起来,披上衣服说。

阿Q以为他要逃了,抢进去就是一拳。这拳头还未达到身上,已经被他抓住了,只一拉,阿Q跄跄踉踉的跌进去,立刻又被王胡扭住了辫子,要拉到墙上照例去碰头。

"'君子动口不动手'!"阿Q歪着头说。

王胡似乎不是君子,并不理会,一连给他碰了五下,又用力的一推,至于阿Q跌出六尺多远,这才满足的去了。

在阿Q的记忆上,这大约要算是生平第一件的屈辱,因为王胡以络腮胡子的缺点,向来只被他奚落,从没有奚落他,更不必说动手了。而他现在竟动手,很意外,难道真如市上所说,皇帝已经停了考,不要秀才和举人了,因此赵家减了威风,因此他们也便小觑了他么?

阿Q无可适从的站着。

远远的走来了一个人,他的对头又到了。这也是阿Q最厌恶的一个人,就是钱太爷的大儿子。他先前跑上城里去进洋学堂,不知怎么又跑到东洋去了,半年之后他回到家里来,腿也直了,辫子也不见了,他的母亲大哭十几场,他的老婆跳了三回井。后来,他的母亲到处说,"这辫子是被坏人灌醉了酒剪去的。本来可以做大官,现在只好等留长再说了。"然而阿Q不肯信,偏称他"假洋鬼子",也叫作"里通外国的人",一见他,一定在肚子里暗暗的咒骂。

阿Q尤其"深恶而痛绝之"的,是他的一条假辫子。辫子而至于假,就是没有了做人的资格;他的老婆不跳第四回井,也不是好女人。

这"假洋鬼子"近来了。

"秃儿。驴……"阿Q历来本只在肚子里骂,没有出过声,这回因为正气忿,因为要报仇,便不由的轻轻的说出来了。

不料这秃儿却拿着一支黄漆的棍子——就是阿Q所谓哭丧棒——大踏步走了过来。阿Q在这刹那,便知道大约要打了,赶紧抽紧筋骨,耸了肩膀等候着,果然,拍的一声,似乎确凿打在自己头上了。

"我说他!"阿Q指着近旁的一个孩子,分辩说。

拍!拍拍!

在阿Q的记忆上,这大约要算是生平第二件的屈辱。幸而拍拍的响了之后,于他倒似乎完结了一件事,反而觉得轻松些,而且"忘却"这一件祖传的宝贝也发生了效力,他慢慢的走,将到酒店门口,早已有些高兴了。

但对面走来了静修庵里的小尼姑。阿Q便在平时,看见伊也一定要唾骂,而况在屈辱之后呢?他于是发生了回忆,又发生了敌忾了。

"我不知道我今天为什么这样晦气,原来就因为见了你!"他想。

他迎上去,大声的吐一口唾沫:

"咳,呸!"

小尼姑全不睬,低了头只是走。阿Q走近伊身旁,突然伸出手去摩着伊新剃的头皮,呆笑着,说:

"秃儿!快回去,和尚等着你……"

"你怎么动手动脚……"尼姑满脸通红的说,一面赶快走。

酒店里的人大笑了。阿Q看见自己的勋业得了赏识,便愈加兴高采烈起来:

"和尚动得,我动不得?"他扭住伊的面颊。

酒店里的人大笑了。阿Q更得意,而且为满足那些赏鉴家起见,再用力的一拧,才放手。

他这一战,早忘却了王胡,也忘却了假洋鬼子,似乎对于今天的一切"晦气"都报了仇;而且奇怪,又仿佛全身比拍拍的响了之后更轻松,飘飘然的似乎要飞去了。

"这断子绝孙的阿Q!"远远地听得小尼姑的带哭的声音。

"哈哈哈!"阿Q十分得意的笑。

"哈哈哈!"酒店里的人也九分得意的笑。

第四章　恋爱的悲剧

有人说:有些胜利者,愿意敌手如虎,如鹰,他才感得胜利的欢喜;假使如羊,如小鸡,他便反觉得胜利的无聊。又有些胜利者,当克服一切之后,看见死的死了,降的降了,"臣诚惶诚恐死罪死罪",他于是没有了敌人,没有了对手,没有了朋友,只有自己在上,一个,孤另另,凄凉,寂寞,便反而感到了胜利的悲哀。然而我们的阿Q却没有这样乏,他是永远得意的:这或者也是中国精神文明冠于全球的一个证据了。

看哪,他飘飘然的似乎要飞去了!

然而这一次的胜利,却又使他有些异样。他飘飘然的飞了大半天,飘进土谷祠,照例应该躺下便打鼾。谁知道这一晚,他很不容易合眼,他觉得自己的大拇指和第二指有点古怪:仿佛比平常滑腻些。不知道是小尼姑的脸上有一点滑腻的东西粘在他指上,还是他的指头在小尼姑脸上磨得滑腻了?……

"断子绝孙的阿Q!"

阿Q的耳朵里又听到这句话。他想,不错,应该有一个女人,断子绝孙便没有人供一碗饭,……应该有一个女人。夫"不孝有三无后为大",而"若敖之鬼馁而",也是一件人生的大哀,所以他那思想,其实是样样合于圣经贤传的,只可惜后来有些"不能收其放心"了。

"女人,女人!……"他想。

"……和尚动得……女人,女人!……女人!"他又想。

我们不能知道这晚上阿Q在什么时候才打鼾。但大约他从此总觉得指头有些滑腻,所以他从此总有些飘飘然;"女……"他想。

即此一端,我们便可以知道女人是害人的东西。

中国的男人,本来大半都可以做圣贤,可惜全被女人毁掉了。商是妲己闹亡的;周是褒姒弄坏的;秦……虽然史无明文,我们也假定他因为女人,大约未必十分错;而董卓可是的确给貂蝉害死了。

阿Q本来也是正人,我们虽然不知道他曾蒙什么明师指授过,但他对于"男女之大防"却历来非常严;也很有排斥异端——如小尼姑及假洋鬼子之类——的正气。他的学说是:凡尼姑一定与和尚私通;一个女人在外面走,一定想引诱野男人;一男一女在那里讲话,一定要有勾当了。为惩治他们起见,所以他往往怒目而视,或者大声说几句"诛心"话,或者在冷僻处,便从后面掷一块小石头。

谁知道他将到"而立"之年,竟被小尼姑害得飘飘然了。这飘飘然的精神,在礼教上是不应该有的,——所以女人真可恶,假使小尼姑的脸上不滑腻,阿Q便不至于被蛊,又假使小尼姑的脸上盖一层布,阿Q便不至于被蛊了,——他五六年前,曾在戏台下的人丛中拧过一个女人的大腿,但因为隔一层裤,所以此后并不飘飘然,——而小尼姑并不然,这也足见异端之可恶。

"女……"阿Q想。

他对于以为"一定想引诱野男人"的女人,时常留心看,然而伊并不对他笑。他对于和他讲话的女人,也时常留心听,然而伊又并不提起关于什么勾当的话来。哦,这也是女人可恶之一节:伊们全都要装"假正经"的。

这一天,阿Q在赵太爷家里舂了一天米,吃过晚饭,便坐在厨房里吸旱烟。倘在别家,吃过晚饭本可以回去的了,但赵府上晚饭早,虽说定例不准掌灯,一吃完便睡觉,然而偶然也有一些例外:其一,是赵大爷未进秀才的时候,准其点灯读文章;其二,便是阿Q来做短工的时候,准其点灯舂米。因为这一条例外,所以阿Q在动手舂米之前,还坐在厨房里吸旱烟。

吴妈,是赵太爷家里唯一的女仆,洗完了碗碟,也就在长凳上坐下了,而且和阿Q谈闲天:

"太太两天没有吃饭哩,因为老爷要买一个小的……"

"女人……吴妈……这小孤孀……"阿Q想。

"我们的少奶奶是八月里要生孩子了……"

"女人……"阿Q想。

阿Q放下烟管,站了起来。

"我们的少奶奶……"吴妈还唠叨说。

"我和你困觉,我和你困觉!"阿Q忽然抢上去,对伊跪下了。

一刹时中很寂然。

"阿呀!"吴妈楞了一息,突然发抖,大叫着往外跑,且跑且嚷,似乎后来带哭了。

阿Q对了墙壁跪着也发愣,于是两手扶着空板凳,慢慢的站起来,仿佛觉得有些糟。他这时确也有些忐忑了,慌张的将烟管插在裤带上,就想去舂米。蓬的一声,头上着了很粗的一下,他急忙回转身去,那秀才便拿了一支大竹杠站在他面前。

"你反了……你这……"

大竹杠又向他劈下来了。阿Q两手去抱头,拍的正打在指节上,这可很有一些痛。他冲出厨房门,仿佛背上又着了一下似的。

"忘八蛋!"秀才在后面用了官话这样骂。

阿Q奔入舂米场，一个人站着，还觉得指头痛，还记得"忘八蛋"，因为这话是未庄的乡下人从来不用，专是见过官府的阔人用的，所以格外怕，而印象也格外深。但这时，他那"女……"的思想却也没有了。而且打骂之后，似乎一件事也已经收束，倒反觉得一无挂碍似的，便动手去舂米。舂了一会，他热起来了，又歇了手脱衣服。

脱下衣服的时候，他听得外面很热闹，阿Q生平本来最爱看热闹，便即寻声走出去了。寻声渐渐的寻到赵太爷的内院里，虽然在昏黄中，却辨得出许多人，赵府一家连两日不吃饭的太太也在内，还有间壁的邹七嫂，真正本家的赵白眼，赵司晨。

少奶奶正拖着吴妈走出下房来，一面说：

"你到外面来，……不要躲在自己房里想……"

"谁不知道你正经，……短见是万万寻不得的。"邹七嫂也从旁说。

吴妈只是哭，夹些话，却不甚听得分明。

阿Q想："哼，有趣，这小孤孀不知道闹着什么玩意儿了？"他想打听，走近赵司晨的身边。这时他猛然间看见赵太爷向他奔来，而且手里捏着一支大竹杠。他看见这一支大竹杠，便猛然间悟到自己曾经被打，和这一场热闹似乎有点相关。他翻身便走，想逃回舂米场，不图这支竹杠阻了他的去路，于是他又翻身便走，自然而然的走出后门，不多工夫，已在土谷祠内了。

阿Q坐了一会，皮肤有些起栗，他觉得冷了，因为虽在春季，而夜间颇有余寒，尚不宜于赤膊。他也记得布衫留在赵家，但倘若去取，又深怕秀才的竹杠。然而地保进来了。

"阿Q，你的妈妈的！你连赵家的用人都调戏起来，简直是造反。害得我晚上没有觉睡，你的妈妈的！……"

如是云云的教训了一通，阿Q自然没有话。临末，因为在晚上，应该送地保加倍酒钱四百文，阿Q正没有现钱，便用一顶毡帽做抵押，并且订定了五条件：

一　明天用红烛——要一斤重的——一对，香一封，到赵府上去赔罪。

二　赵府上请道士祓除缢鬼，费用由阿Q负担。

三　阿Q从此不准踏进赵府的门槛。

四　吴妈此后倘有不测，惟阿Q是问。

五　阿Q不准再去索取工钱和布衫。

阿Q自然都答应了，可惜没有钱。幸而已经春天，棉被可以无用，便质了二千大钱，履行条约。赤膊磕头之后，居然还剩几文，他也不再赎毡帽，统统喝了酒了。但赵家也并不烧香点烛，因为太太拜佛的时候可以用，留着了。那破布衫是大半做了少奶奶八月间生下来的孩子的衬尿布，那小半破烂的便都做了吴妈的鞋底。

第五章　生计问题

　　阿Q礼毕之后，仍旧回到土谷祠，太阳下去了，渐渐觉得世上有些古怪。他仔细一想，终于省悟过来：其原因盖在自己的赤膊。他记得破夹袄还在，便披在身上，躺倒了，待张开眼睛，原来太阳又已经照在西墙上头了。他坐起身，一面说道，"妈妈的……"

　　他起来之后，也仍旧在街上逛，虽然不比赤膊之有切肤之痛，却又渐渐的觉得世上有些古怪了。仿佛从这一天起，未庄的女人们忽然都怕了羞，伊们一见阿Q走来，便个个躲进门里去。甚而至于将近五十岁的邹七嫂，也跟着别人乱钻，而且将十一岁的女儿都叫进去了。阿Q很以为奇，而且想："这些东西忽然都学起小姐模样来了。这娼妇们……"

　　但他更觉得世上有些古怪，却是许多日以后的事。其一，酒店不肯赊欠了；其二，管土谷祠的老头子说些废话，似乎叫他走；其三，他虽然记不清多少日，但确乎有许多日，没有一个人来叫他做短工。酒店不赊，熬着也罢了；老头子催他走，噜苏一通也就算了；只是没有人来叫他做短工，却使阿Q肚子饿：这委实是一件非常"妈妈的"的事情。

　　阿Q忍不下去了，他只好到老主顾的家里去探问，——但独不许踏进赵府的门槛，——然而情形也异样：一定走出一个男人来，现了十分烦厌的相貌，像回复乞丐一般的摇手道：

　　"没有没有！你出去！"

　　阿Q愈觉得稀奇了。他想，这些人家向来少不了要帮忙，不至于现在忽然都无事，这总该有些蹊跷在里面了。他留心打听，才知道他们有事都去叫小Don。这小D，是一个穷小子，又瘦又乏，在阿Q的眼睛里，位置是在王胡之下的，谁料这小子竟谋了他的饭碗去。所以阿Q这一气，更与平常不同，当气愤愤的走着的时候，忽然将手一扬，唱道：

　　"我手执钢鞭将你打！……"

　　几天之后，他竟在钱府的照壁前遇见了小D。"仇人相见分外眼明"，阿Q便迎上去，小D也站住了。

　　"畜生！"阿Q怒目而视的说，嘴角上飞出唾沫来。

　　"我是虫豸，好么？……"小D说。

　　这谦逊反使阿Q更加愤怒起来，但他手里没有钢鞭，于是只得扑上去，伸手去拔小D的辫子。小D一手护住了自己的辫根，一手也来拔阿Q的辫子，阿Q便也将空着的一只手护住了自己的辫根。从先前的阿Q看来，小

D本来是不足齿数的,但他近来挨了饿,又瘦又乏已经不下于小D,所以便成了势均力敌的现象,四只手拔着两颗头,都弯了腰,在钱家粉墙上映出一个蓝色的虹形,至于半点钟之久了。

"好了,好了!"看的人们说,大约是解劝的。

"好,好!"看的人们说,不知道是解劝,是颂扬,还是煽动。

然而他们都不听。阿Q进三步,小D便退三步,都站着;小D进三步,阿Q便退三步,又都站着。大约半点钟,——未庄少有自鸣钟,所以很难说,或者二十分,——他们的头发里便都冒烟,额上便都流汗,阿Q的手放松了,在同一瞬间,小D的手也正放松了,同时直起,同时退开,都挤出人丛去。

"记着罢,妈妈的……"阿Q回过头去说。

"妈妈的,记着罢……"小D也回过头来说。

这一场"龙虎斗"似乎并无胜败,也不知道看的人可满足,都没有发什么议论,而阿Q却仍然没有人来叫他做短工。

有一日很温和,微风拂拂的颇有些夏意了,阿Q却觉得寒冷起来,但这还可担当,第一倒是肚子饿。棉被,毡帽,布衫,早已没有了,其次就卖了棉袄;现在有裤子,却万不可脱的;有破夹袄,又除了送人做鞋底之外,决定卖不出钱。他早想在路上拾得一注钱,但至今还没有见;他想在自己的破屋里忽然寻到一注钱,慌张的四顾,但屋内是空虚而且了然。于是他决计出门求食去了。

他在路上走着要"求食",看见熟识的酒店,看见熟识的馒头,但他都走过了,不但没有暂停,而且并不想要。他所求的不是这类东西了;他求的是什么东西,他自己不知道。

未庄本不是大村镇,不多时便走尽了。村外多是水田,满眼是新秧的嫩绿,夹着几个圆形的活动的黑点,便是耕田的农夫。阿Q并不赏鉴这田家乐,却只是走,因为他直觉的知道这与他的"求食"之道是很辽远的。但他终于走到静修庵的墙外了。

庵周围也是水田,粉墙突出在新绿里,后面的低土墙里是菜园。阿Q迟疑了一会,四面一看,并没有人。他便爬上这矮墙去,扯着何首乌藤,但泥土仍然簌簌的掉,阿Q的脚也索索的抖;终于攀着桑树枝,跳到里面了。里面真是郁郁葱葱,但似乎并没有黄酒馒头,以及此外可吃的之类。靠西墙是竹丛,下面许多笋,只可惜都是未曾煮熟的,还有油菜早经结子,芥菜已将开花,小白菜也很老了。

阿Q仿佛文童落第似的觉得很冤屈,他慢慢走近园门去,忽而非常惊喜了,这分明是一畦老萝卜。他于是蹲下便拔,而门口突然伸出一个很圆的头来，又即缩回去了，这分明是小尼姑。小尼姑之流是阿 Q 本来视若草芥的，但世事须"退一步想"，所以他便赶紧拔起四个萝卜，拧下青叶，兜在大襟里。然而老尼姑已经出来了。

"阿弥陀佛，阿 Q，你怎么跳进园里来偷萝卜！……阿呀，罪过呵，阿唷，阿弥陀佛！……"

"我什么时候跳进你的园里来偷萝卜？"阿 Q 且看且走的说。

"现在……这不是？"老尼姑指着他的衣兜。

"这是你的？你能叫得他答应你么？你……"

阿 Q 没有说完话，拔步便跑；追来的是一匹很肥大的黑狗。这本来在前门的，不知怎的到后园来了。黑狗哼而且追，已经要咬着阿 Q 的腿，幸而从衣兜里落下一个萝卜来，那狗给一吓，略略一停，阿 Q 已经爬上桑树，跨到土墙，连人和萝卜都滚出墙外面了。只剩着黑狗还在对着桑树嗥，老尼姑念着佛。

阿 Q 怕尼姑又放出黑狗来，拾起萝卜便走，沿路又捡了几块小石头，但黑狗却并不再出现。阿 Q 于是抛了石块，一面走一面吃，而且想道，这里也没有什么东西寻，不如进城去……

待三个萝卜吃完时，他已经打定了进城的主意了。

第六章　从中兴到末路

在未庄再看见阿 Q 出现的时候，是刚过了这年的中秋。人们都惊异，说是阿 Q 回来了，于是又回上去想道，他先前那里去了呢？阿 Q 前几回的上城，大抵早就兴高采烈的对人说，但这一次却并不，所以也没有一个人留心到。他或者也曾告诉过管土谷祠的老头子，然而未庄老例，只有赵太爷钱太爷和秀才大爷上城才算一件事。假洋鬼子尚且不足数，何况是阿 Q：因此老头子也就不替他宣传，而未庄的社会上也就无从知道了。

但阿 Q 这回的回来，却与先前大不同，确乎很值得惊异。天色将黑，他睡眼朦胧的在酒店门前出现了，他走近柜台，从腰间伸出手来，满把是银的和铜的，在柜上一扔说，"现钱！打酒来！"穿的是新夹袄，看去腰间还挂着一个大搭连，沉钿钿的将裤带坠成了很弯很弯的弧线。未庄老例，看见略有些醒目的人物，是与其慢也宁敬的，现在虽然明知道是阿 Q，但因为和破夹袄的阿 Q 有些两样了，古人云，"士别三日便当刮目相待"，所以堂倌，掌柜，酒客，路人，便自然显出一种疑而且敬的形态来。掌柜既先之以点头，又继之以谈话：

"嚄，阿 Q，你回来了！"

"回来了。"

"发财发财,你是——在……"

"上城去了!"

这一件新闻,第二天便传遍了全未庄。人人都愿意知道现钱和新夹袄的阿Q的中兴史,所以在酒店里,茶馆里,庙檐下,便渐渐的探听出来了。这结果,是阿Q得了新敬畏。

据阿Q说,他是在举人老爷家里帮忙。这一节,听的人都肃然了。这老爷本姓白,但因为合城里只有他一个举人,所以不必再冠姓,说起举人来就是他。这也不独在未庄是如此,便是一百里方圆之内也都如此,人们几乎多以为他的姓名就叫举人老爷的了。在这人的府上帮忙,那当然是可敬的。但据阿Q又说,他却不高兴再帮忙了,因为这举人老爷实在太"妈妈的"了。这一节,听的人都叹息而且快意,因为阿Q本不配在举人老爷家里帮忙,而不帮忙是可惜的。

据阿Q说,他的回来,似乎也由于不满意城里人,这就在他们将长凳称为条凳,而且煎鱼用葱丝,加以最近观察所得的缺点,是女人的走路也扭得不很好。然而也偶有大可佩服的地方,即如未庄的乡下人不过打三十二张的竹牌,只有假洋鬼子能够叉"麻酱",城里却连小乌龟子都叉得精熟的。什么假洋鬼子,只要放在城里的十几岁的小乌龟子的手里,也就立刻是"小鬼见阎王"。这一节,听的人都赧然了。

"你们可看见过杀头么?"阿Q说,"咳,好看。杀革命党。唉,好看好看,……"他摇摇头,将唾沫飞在正对面的赵司晨的脸上。这一节,听的人都凛然了。但阿Q又四面一看,忽然扬起右手,照着伸长脖子听得出神的王胡的后项窝上直劈下去道:

"嚓!"

王胡惊得一跳,同时电光石火似的赶快缩了头,而听的人又都悚然而且欣然了。从此王胡瘟头瘟脑的许多日,并且再不敢走近阿Q的身边;别的人也一样。

阿Q这时在未庄人眼睛里的地位,虽不敢说超过赵太爷,但谓之差不多,大约也就没有什么语病的了。

然而不多久,这阿Q的大名忽又传遍了未庄的闺中。虽然未庄只有钱赵两姓是大屋,此外十之九都是浅闺,但闺中究竟是闺中。所以也算得一件神异。女人们见面时一定说,邹七嫂在阿Q那里买了一条蓝绸裙,旧固然是旧的,但只化了九角钱。还有赵白眼的母亲,——一说是赵司晨的母亲,待考,——也买了一件孩子穿的大红洋纱衫;七成新,只用三百大钱九二串。于是伊们都眼巴巴的想见阿Q,缺绸裙的想问他买绸裙,要洋纱衫的想问他

买洋纱衫,不但见了不逃避,有时阿Q已经走过了,也还要追上去叫住他,问道:

"阿Q,你还有绸裙么?没有?纱衫也要的,有罢?"

后来这终于从浅闺传进深闺里去了。因为邹七嫂得意之余,将伊的绸裙请赵太太去鉴赏,赵太太又告诉了赵太爷而且着实恭维了一番。赵太爷便在晚饭桌上,和秀才大爷讨论,以为阿Q实在有些古怪,我们门窗应该小心些;但他的东西,不知道可还有什么可买,也许有点好东西罢。加以赵太太也正想买一件价廉物美的皮背心。于是家族决议,便托邹七嫂即刻去寻阿Q,而且为此新辟了第三种的例外:这晚上也姑且特准点油灯。

油灯干了不少了,阿Q还不到。赵府的全眷都很焦急,打着呵欠,或恨阿Q太飘忽,或怨邹七嫂不上紧。赵太太还怕他因为春天的条件不敢来,而赵太爷以为不足虑:因为这是"我"去叫他的。果然,到底赵太爷有见识,阿Q终于跟着邹七嫂进来了。

"他只说没有没有,我说你自己当面说去,他还要说,我说……"邹七嫂气喘吁吁的走着说。

"太爷!"阿Q似笑非笑的叫了一声,在檐下站住了。

"阿Q,听说你在外面发财,"赵太爷踱开去,眼睛打量着他的全身,一面说。"那很好,那很好的。这个,……听说你有些旧东西,……可以都拿来看一看,……这也并不是别的,因为我倒要……"

"我对邹七嫂说过了。都完了。"

"完了?"赵太爷不觉失声的说,"那里会完得这样快呢?"

"那是朋友的,本来不多。他们买了些,……"

"总该还有一点罢。"

"现在,只剩了一张门幕了。"

"就拿门幕来看看罢。"赵太太慌忙说。

"那么,明天拿来就是,"赵太爷却不甚热心了。"阿Q,你以后有什么东西的时候,你尽先送来给我们看,……"

"价钱决不会比别家出得少!"秀才说。秀才娘子忙一瞥阿Q的脸,看他感动了没有。

"我要一件皮背心。"赵太太说。

阿Q虽然答应着,却懒洋洋的出去了,也不知道他是否放在心上。这使赵太爷很失望,气愤而且担心,至于停止了打呵欠。秀才对于阿Q的态度也很不平,于是说,这忘八蛋要提防,或者竟不如吩咐地保,不许他住在未庄。但赵太爷以为不然,说这也怕要结怨,况且做这路生意的大概是"老鹰不吃窝下食",本村倒不必担心的;只要自己夜里警醒点就是了。秀才听了这"庭训",非常之以为然,便即刻撤消了驱逐阿 Q 的提议,而且叮嘱邹七嫂,请伊万不要向人提起这一段话。

但第二日,邹七嫂便将那蓝裙去染了皂,又将阿 Q 可疑之点传扬出去了,可是确没有提起秀才要驱逐他这一节。然而这已经于阿 Q 很不利。最先,地保寻上门了,取了他的门幕去。阿 Q 说是赵太太要看的,而地保也不还,并且要议定每月的孝敬钱。其次,是村人对于他的敬畏忽而变相了,虽然还不敢来放肆,却很有远避的神情,而这神情和先前的防他来"嚓"的时候又不同,颇混着"敬而远之"的分子了。

只有一班闲人们却还要寻根究底的去探阿 Q 的底细。阿 Q 也并不讳饰,傲然的说出他的经验来。从此他们才知道,他不过是一个小脚色,不但不能上墙,并且不能进洞,只站在洞外接东西。有一夜,他刚才接到一个包,正手再进去,不一会,只听得里面大嚷起来,他便赶紧跑,连夜爬出城,逃回未庄来了,从此不敢再去做。然而这故事却于阿 Q 更不利,村人对于阿 Q 的"敬而远之"者,本因为怕结怨,谁料他不过是一个不敢再偷的偷儿呢?这实在是"斯亦不足畏也矣"。

第七章 革　　命

宣统三年九月十四日——即阿 Q 将搭连卖给赵白眼的这一天——三更四点,有一只大乌篷船到了赵府上的河埠头。这船从黑魆魆中荡来,乡下人睡得熟,都没有知道;出去时将近黎明,却很有几个看见的了。据探头探脑的调查来的结果,知道那竟是举人老爷的船!

那船便将大不安载给了未庄,不到正午,全村的人心就很摇动。船的使命,赵家本来是很秘密的,但茶坊酒肆里却都说,革命党要进城,举人老爷到我们乡下来逃难了。惟有邹七嫂不以为然,说那不过是几口破衣箱,举人老爷想来寄存的,却已被赵太爷回复转去。其实举人老爷和赵秀才素不相能,在理本不能有"共患难"的情谊,况且邹七嫂又和赵家是邻居,见闻较为切近,所以大概该是伊对的。

然而谣言很旺盛,说举人老爷虽然似乎没有亲到,却有一封长信,和赵家排了"转折亲"。赵太爷肚里一轮,觉得于他总不会有坏处,便将箱子留下了,现就塞在太太的床底下。至于革命党,有的说是便在这一夜进了城,个个白盔白甲:穿着崇正皇帝的素。

阿 Q 的耳朵里,本来早听到过革命党这一句话,今年又亲眼见过杀掉革命党。但他有一种不知从那里来的意见,以为革命党便是造反,造反便是与他为难,所以一向是"深恶而痛绝之"的。殊不料这却使百里闻名的举人老爷有这样怕,于是他未免也有些"神往"了,况且未庄的一群鸟男女的慌张的神情,也使阿Q更快意。

"革命也好罢,"阿Q想,"革这伙妈妈的的命,太可恶!太可恨!……便是我,也要投降革命党了。"

阿Q近来用度窘,大约略略有些不平;加以午间喝了两碗宽肚酒,愈加醉得快,一面想一面走,便又飘飘然起来。不知怎么一来,忽而似乎革命党便是自己,未庄人却都是他的俘虏了。他得意之余,禁不住大声的嚷道:

"造反了!造反了!"

未庄人都用了惊惧的眼光对他看。这一种可怜的眼光,是阿Q从来没有见过的,一见之下,又使他舒服得如六月里喝了雪水。他更加高兴的走而且喊道:

"好,……我要什么就是什么,我欢喜谁就是谁。得得,锵锵!

悔不该,酒醉错斩了郑贤弟,

悔不该,呀呀呀……

得得,锵锵,得,锵令锵!

我手执钢鞭将你打……"

赵府上的两位男人和两个真本家,也正站在大门口论革命。阿Q没有见,昂了头直唱过去。

"得得……"

"老Q,"赵太爷怯怯的迎着低声的叫。

"锵锵,"阿Q料不到他的名字会和"老"字联结起来,以为是一句别的话,与己无干,只是唱。"得,锵,锵令锵,锵!"

"老Q。"

"悔不该……"

"阿Q!"秀才只得直呼其名了。

阿Q这才站住,歪着头问道,"什么?"

"老Q,……现在……"赵太爷却又没有话,"现在……发财么?"

"发财?自然,要什么就是什么……"

"阿……Q哥,像我们这样穷朋友是不要紧的……"赵白眼惴惴的说,似乎想探革命党的口风。

"穷朋友?你总比我有钱。"阿Q说着自去了。

大家都怅然,没有话。赵太爷父子回家,晚上商量到点灯。赵白眼回家,便从腰间扯下搭连来,交给他女人藏在箱底里。

阿Q飘飘然的飞了一通,回到土谷祠,酒已经醒透了。这晚上,管祠的老头子也意外的和气,请他喝茶;阿Q便向他要了两个饼,吃完之后,又要了一支点过的四两烛和一个树烛台,点起来,独自躺在自己的小屋里。他说不出的新鲜而且高兴,烛火像元夜似的闪闪的跳,他的思想也迸跳起来了:

"造反?有趣,……来了一阵白盔白甲的革命党,都拿着板刀,钢鞭,炸弹,洋炮,三尖两刃刀,钩镰枪,走过土谷祠,叫道,'阿Q!同去同去'!于是一同去。……

"这时未庄的一伙鸟男女才好笑哩,跪下叫道,'阿Q,饶命!'谁听他!第一个该死的是小D和赵太爷,还有秀才,还有假洋鬼子,……留几条么?王胡本来还可留,但也不要了。……

"东西,……直走进去打开箱子来:元宝,洋钱,洋纱衫,……秀才娘子的一张宁式床先搬到土谷祠,此外便摆了钱家的桌椅,——或者也就用赵家的罢。自己是不动手的了,叫小D来搬,要搬得快,搬得不快打嘴巴。……

"赵司晨的妹子真丑。邹七嫂的女儿过几年再说。假洋鬼子的老婆会和没有辫子的男人睡觉,吓,不是好东西!秀才的老婆是眼胞上有疤的。……吴妈长久不见了,不知道在那里,——可惜脚太大。"

阿Q没有想得十分停当,已经发了鼾声,四两烛还只点去了小半寸,红焰焰的光照着他张开的嘴。

"荷荷!"阿Q忽而大叫起来,抬了头仓皇的四顾,待到看见四两烛,却又倒头睡去了。

第二天他起得很迟,走出街上看时,样样都照旧。他也仍然肚饿,他想着,想不起什么来;但他忽而似乎有了主意了,慢慢的跨开步,有意无意的走到静修庵。

庵和春天时节一样静,白的墙壁和漆黑的门。他想了一想,前去打门,一只狗在里面叫。他急急拾了几块断砖,再上去较为用力的打,打到黑门上生出许多麻点的时候,才听得有人来开门。

阿Q连忙捏好砖头,摆开马步,准备和黑狗来开战。但庵门只开了一条缝,并无黑狗从中冲出,望进去只有一个老尼姑。

"你又来什么事?"伊大吃一惊的说。

"革命了……你知道?……"阿Q说得很含胡。

"革命革命,革过一革的,……你们要革得我们怎么样呢?"老尼姑两眼通红的说。

"什么?……"阿Q诧异了。

"你不知道,他们已经来革过了!"

"谁?……"阿Q更其诧异了。

"那秀才和洋鬼子!"

阿Q很出意外,不由的一错愕:老尼姑见他失了锐气,便飞速的关了门,阿Q再推时,牢不可开,再打时,没有回答了。

那还是上午的事。赵秀才消息灵,一知道革命党已在夜间进城,便将辫子盘在顶上,一早去拜访那历来也不相能的钱洋鬼子。这是"咸与维新"的时候了,所以他们便谈得很投机,立刻成了情投意合的同志,也相约去革命。他们想而又想,才想出静修庵里有一块"皇帝万岁万万岁"的龙牌,是应该赶紧革掉的,于是又立刻同到庵里去革命。因为老尼姑来阻挡,说了三句话,他们便将伊当作满政府,在头上很给了不少的棍子和栗凿。尼姑待他们走后,定了神来检点,龙牌固然已经碎在地上了,而且又不见了观音娘娘座前的一个宣德炉。

这事阿Q后来才知道。他颇悔自己睡着,但也深怪他们不来招呼他。他又退一步想道:

"难道他们还没有知道我已经投降了革命党么?"

第八章　不准革命

未庄的人心日见其安静了。据传来的消息,知道革命党虽然进了城,倒还没有什么大异样。知县大老爷还是原官,不过改称了什么,而且举人老爷也做了什么——这些名目,未庄人都说不明白——官,带兵的也还是先前的老把总。只有一件可怕的事是另有几个不好的革命党夹在里面捣乱,第二天便动手剪辫子,听说那邻村的航船七斤便着了道儿,弄得不像人样子了。但这却还不算大恐怖,因为未庄人本来少上城,即使偶有想进城的,也就立刻变了计,碰不着这危险。阿Q本也想进城去寻他的老朋友,一得这消息,也只得作罢了。

但未庄也不能说是无改革。几天之后,将辫子盘在顶上的逐渐增加起来了,早经说过,最先自然是茂才公,其次便是赵司晨和赵白眼,后来是阿Q。倘在夏天,大家将辫子盘在头顶上或者打一个结,本不算什么稀奇事,但现在是暮秋,所以这"秋行夏令"的情形,在盘辫家不能不说是万分的英断,而在未庄也不能说无关于改革了。

赵司晨脑后空荡荡的走来,看见的人大嚷说,

"嚄,革命党来了!"

阿Q听到了很羡慕。他虽然早知道秀才盘辫的大新闻,但总没有想到自己可以照样做,现在看见赵司晨也如此,才有了学样的意思,定下实行的决心。他用一支竹筷将辫子盘在头顶上,迟疑多时,这才放胆的走去。

他在街上走,人也看他,然而不说什么话,阿Q当初很不快,后来便很不平。他近来很容易闹脾气了;其实他的生活,倒也并不比造反之前反艰

难,人见他也客气,店铺也不说要现钱。而阿Q总觉得自己太失意:既然革了命,不应该只是这样的。况且有一回看见小D,愈使他气破肚皮了。

小D也将辫子盘在头顶上了,而且也居然用一支竹筷。阿Q万料不到他也敢这样做,自己也决不准他这样做!小D是什么东西呢?他很想即刻揪住他,拗断他的竹筷,放下他的辫子,并且批他几个嘴巴,聊且惩罚他忘了生辰八字,也敢来做革命党的罪。但他终于饶放了,单是怒目而视的吐一口唾沫道"呸!"

这几日里,进城去的只有一个假洋鬼子。赵秀才本也想靠着寄存箱子的渊源,亲身去拜访举人老爷的。但因为有剪辫的危险,所以也就中止了。他写了一封"黄伞格"的信,托假洋鬼子带上城,而且托他给自己介绍介绍,去进自由党。假洋鬼子回来时,向秀才讨还了四块洋钱,秀才便有一块银桃子挂在大襟上了;未庄人都惊服,说这是柿油党的顶子,抵得一个翰林;赵太爷因此也骤然大阔,远过于他儿子初隽秀才的时候,所以目空一切,见了阿Q,也就很有些不放在眼里了。

阿Q正在不平,又时时刻刻感着冷落,一听得这银桃子的传说,他立即悟出自己之所以冷落的原因了:要革命,单说投降,是不行的;盘上辫子,也不行;第一着仍然要和革命党去结识。他生平所知道的革命党只有两个,城里的一个早已"嚓"的杀掉了,现在只剩了一个假洋鬼子。他除却赶紧去和假洋鬼子商量之外,再没有别的道路了。

钱府的大门正开着,阿Q便怯怯的蹩进去。他一到里面,很吃了惊,只见假洋鬼子正站在院子的中央,一身乌黑的大约是洋衣,身上也挂着一块银桃子,手里是阿Q曾经领教过的棍子,已经留到一尺多长的辫子都拆开了披在肩背上,蓬头散发的像一个刘海仙。对面挺直的站着赵白眼和三个闲人,正在必恭必敬的听说话。

阿Q轻轻的走近了,站在赵白眼的背后,心里想招呼,却不知道怎么说才好:叫他假洋鬼子固然是不行的了,洋人也不妥,革命党也不妥,或者就应该叫洋先生了罢。

洋先生却没有见他,因为白着眼睛讲得正起劲:

"我是性急的,所以我们见面,我总是说:洪哥!我们动手罢!他却总说道No!——这是洋话,你们不懂。否则早已成功了。然而这正是他做事小心的地方。他再三再四的请我上湖北,我还没有肯。谁愿意在这小县城里做事情。……"

"唔,……这个……"阿Q候他略停,终于用十二分的勇气开口了,但不知道因为什么,又并不叫他洋先生。

听着说话的四个人都吃惊的回顾他。洋先生也才看见:

"什么?"

"我……"

"出去!"

"我要投……"

"滚出去!"洋先生扬起哭丧棒来了。

赵白眼和闲人们便都吆喝道:"先生叫你滚出去,你还不听么!"

阿Q将手向头上一遮,不自觉的逃出门外;洋先生倒也没有追。他快跑了六十多步,这才慢慢的走,于是心里便涌起了忧愁:洋先生不准他革命,他再没有别的路;从此决不能望有白盔白甲的人来叫他,他所有的抱负,志向,希望,前程,全被一笔勾销了。至于闲人们传扬开去,给小D王胡等辈笑话,倒是还在其次的事。

他似乎从来没有经验过这样的无聊。他对于自己的盘辫子,仿佛也觉得无意味,要侮蔑;为报仇起见,很想立刻放下辫子来,但也没有竟放。他游到夜间,赊了两碗酒,喝下肚去,渐渐的高兴起来了,思想里才又出现白盔白甲的碎片。

有一天,他照例的混到夜深,待酒店要关门,才踱回土谷祠去。

拍,吧~~~!

他忽而听得一种异样的声音,又不是爆竹。阿Q本来是爱看热闹,爱管闲事的,便在暗中直寻过去。似乎前面有些脚步声;他正听,猛然间一个人从对面逃来了。阿Q一看见,便赶紧翻身跟着逃。那人转弯,阿Q也转弯,既转弯,那人站住了,阿Q也站住。他看后面并无什么,看那人便是小D。

"什么?"阿Q不平起来了。

"赵……赵家遭抢了!"小D气喘吁吁的说。

阿Q的心怦怦的跳了。小D说了便走;阿Q却逃而又停的两三回。但他究竟是做过"这路生意"的人,格外胆大,于是蹩出路角,仔细的听,似乎有些嚷嚷,又仔细的看,似乎许多白盔白甲的人,络绎的将箱子抬出了,器具抬出了,秀才娘子的宁式床也抬出了,但是不分明,他还想上前,两只脚却没有动。

这一夜没有月,未庄在黑暗里很寂静,寂静到像羲皇时候一般太平。阿Q站着看到自己发烦,也似乎还是先前一样,在那里来来往往的搬,箱子抬出了,器具抬出了,秀才娘子的宁式床也抬出了,……抬得他自己有些不信他的眼睛了。但他决计不再上前,却回到自己的祠里去了。

土谷祠里更漆黑;他关好大门,摸进自己的屋子里。他躺了好一会,这才定了神,而且发出关于自己的思想来:白盔白甲的人明明到了,并不来打招呼，搬了许多好东西，又没有自己的份，——这全是假洋鬼子可恶，不准我造反，否则，这次何至于没有我的份呢？阿Q越想越气，终于禁不住满心痛恨起来，毒毒的点一点头：“不准我造反，只准你造反？妈妈的假洋鬼子，——好，你造反！造反是杀头的罪名阿，我总要告一状，看你抓进县里去杀头，——满门抄斩，——嚓！嚓！”

第九章　大　团　圆

赵家遭抢之后，未庄人大抵很快意而且恐慌，阿Q也很快意而且恐慌。但四天之后，阿Q在半夜里忽被抓进县城里去了。那时恰是暗夜，一队兵，一队团丁，一队警察，五个侦探，悄悄地到了未庄，乘昏暗围住土谷祠，正对门架好机关枪；然而阿Q不冲出。许多时没有动静，把总焦急起来了，悬了二十千的赏，才有两个团丁冒险，踰垣进去，里应外合，一拥而入，将阿Q抓出来；直待擒出祠外面的机关枪左近，他才有些清醒了。

到进城，已经是正午，阿Q见自己被搀进一所破衙门，转了五六个弯，便推在一间小屋里。他刚刚一跄踉，那用整株的木料做成的栅栏门便跟着他的脚跟阖上了，其余的三面都是墙壁，仔细看时，屋角上还有两个人。

阿Q虽然有些忐忑，却并不很苦闷，因为他那土谷祠里的卧室，也并没有比这间屋子更高明。那两个也偏偏是乡下人，渐渐和他兜搭起来了，一个说是举人老爷要追他祖父欠下来的陈租，一个不知道为了什么事。他们问阿Q，阿Q爽利的答道，"因为我想造反。"

他下半天便又被抓出栅栏门去了，到得大堂，上面坐着一个满头剃得精光的老头子。阿Q疑心他是和尚，但看见下面站着一排兵，两旁又站着十几个长衫人物，也有满头剃得精光像这老头子的，也有将一尺来长的头发披在背后像那假洋鬼子的，都是一脸横肉，怒目而视的看他；他便知道这人一定有些来历，膝关节立刻自然而然的宽松，便跪了下去了。

"站着说！不要跪！"长衫人物都吆喝说。

阿Q虽然似乎懂得，但总觉得站不住，身不由己的蹲了下去，而且终于趁势改为跪下了。

"奴隶性！……"长衫人物又鄙夷似的说，但也没有叫他起来。

"你从实招来罢，免得吃苦。我早都知道了。招了可以放你。"那光头的老头子看定了阿Q的脸，沉静的清楚的说。

"招罢！"长衫人物也大声说。

"我本来要……来投……"阿Q胡里糊涂的想了一遍，这才断断续续的说。

"那么,为什么不来的呢?"老头子和气的问。

"假洋鬼子不准我!"

"胡说!此刻说,也迟了。现在你的同党在那里?"

"什么?……"

"那一晚打劫赵家的一伙人。"

"他们没有来叫我。他们自己搬走了。"阿Q提起来便愤愤。

"走到那里去了呢?说出来便放你了。"老头子更和气了。

"我不知道,……他们没有来叫我……"

然而老头子使了一个眼色,阿Q便又被抓进栅栏门里了。他第二次抓出栅栏门,是第二天的上午。

大堂的情形都照旧。上面仍然坐着光头的老头子,阿Q也仍然下了跪。

老头子和气的问道,"你还有什么话说么?"

阿Q一想,没有话,便回答说,"没有。"

于是一个长衫人物拿了一张纸,并一支笔送到阿Q的面前,要将笔塞在他手里。阿Q这时很吃惊,几乎"魂飞魄散"了:因为他的手和笔相关,这回是初次。他正不知怎样拿;那人却又指着一处地方教他画花押。

"我……我……不认得字。"阿Q一把抓住了笔,惶恐而且惭愧的说。

"那么,便宜你,画一个圆圈!"

阿Q要画圆圈了,那手捏着笔却只是抖。于是那人替他将纸铺在地上,阿Q伏下去,使尽了平生的力画圆圈。他生怕被人笑话,立志要画得圆,但这可恶的笔不但很沉重,并且不听话,刚刚一抖一抖的几乎要合缝,却又向外一耸,画成瓜子模样了。

阿Q正羞愧自己画得不圆,那人却不计较,早已掣了纸笔去,许多人又将他第二次抓进栅栏门。

他第二次进了栅栏,倒也并不十分懊恼。他以为人生天地之间,大约本来有时要抓进抓出,有时要在纸上画圆圈的,惟有圈而不圆,却是他"行状"上的一个污点。但不多时也就释然了,他想:孙子才画得很圆的圆圈呢。于是他睡着了。

然而这一夜,举人老爷反而不能睡;他和把总呕了气了。举人老爷主张第一要追赃,把总主张第一要示众。把总近来很不将举人老爷放在眼里了,拍案打凳的说道,"惩一儆百!你看,我做革命党还不上二十天,抢案就是十几件,全不破案,我的面子在那里?破了案,你又来迂。不成!这是我管的!"举人老爷窘急了,然而还坚持,说是倘若不追赃,他便立刻辞了帮办民政的职务。而把总却道:"请便罢!"于是举人老爷在这一夜竟没有睡,但幸而第二天倒也没有辞。

阿Q第三次抓出栅栏的时候，便是举人老爷睡不着的那一夜的明天的上午了。他到了大堂，上面还坐着照例的光头老头子；阿Q也照例的下了跪。

老头子很和气的问道，"你还有什么话么？"

阿Q一想，没有话，便回答说，"没有。"

许多长衫和短衫人物，忽然给他穿上一件洋布的白背心，上面有些黑字。阿Q很气苦：因为这很像是带孝，而带孝是晦气的。然而同时他的两手反缚了，同时又被一直抓出衙门外去了。

阿Q被抬上了一辆没有篷的车，几个短衣人物也和他同坐一处。这车立刻走动了，前面是一班背着洋炮的兵们和团丁，两旁是许多张着嘴的看客，后面怎样，阿Q没有见。但他突然觉到了：这岂不是去杀头么？他一急，两眼发黑，耳朵里嗡的一声，似乎发昏了。然而他又没有全发昏，有时虽然着急，有时却也泰然；他意思之间，似乎觉得人生天地间，大约本来有时也未免要杀头的。

他还认得路，于是有些诧异了：怎么不向着法场走呢？他不知道这是在游街，在示众。但即使知道也一样，他不过便以为人生天地间，大约本来有时也未免要游街要示众罢了。

他省悟了，这是绕到法场去的路，这一定是"嚓"的去杀头。他惘惘的向左右看，全跟着蚂蚁似的人，而在无意中，却在路旁的人丛中发见了一个吴妈。很久违，伊原来在城里做工了。阿Q忽然很羞愧自己没志气：竟没有唱几句戏。他的思想仿佛旋风似的在脑里一回旋：《小孤孀上坟》欠堂皇，《龙虎斗》里的"悔不该……"也太乏，还是"手执钢鞭将你打"罢。他同时想将手一扬，才记得这两手原来都捆着，于是"手执钢鞭"也不唱了。

"过了二十年又是一个……"阿Q在百忙中，"无师自通"的说出半句从来不说的话。

"好！！！"从人丛里，便发出豺狼的嗥叫一般的声音来。

车子不住的前行，阿Q在喝采声中，轮转眼睛去看吴妈，似乎伊一向并没有见他，却只是出神的看着兵们背上的洋炮。

阿Q于是再看那些喝采的人们。

这刹那中，他的思想又仿佛旋风似的在脑里一回旋了。四年之前，他曾在山脚下遇见一只饿狼，永是不近不远的跟定他，要吃他的肉。他那时吓得几乎要死，幸而手里有一柄斫柴刀，才得仗这壮了胆，支持到未庄；可是永远记得那狼眼睛，又凶又怯，闪闪的像两颗鬼火，似乎远远的来穿透了他的皮肉。而这回他又看见从来没有见过的更可怕的眼睛了，又钝又锋利，不但已经咀嚼了他的话,并且还要咀嚼他皮肉以外的东西,永是不远不近的跟他走。

这些眼睛们似乎连成一气,已经在那里咬他的灵魂。

"救命……"

然而阿Q没有说。他早就两眼发黑,耳朵里嗡的一声,觉得全身仿佛微尘似的迸散了。

至于当时的影响,最大的倒反在举人老爷,因为终于没有追赃,他全家都号咷了。其次是赵府,非特秀才因为上城去报官,被不好的革命党剪了辫子,而且又破费了二十千的赏钱,所以全家也号咷了。从这一天以来,他们便渐渐的都发生了遗老的气味。

至于舆论,在未庄是无异议,自然都说阿Q坏,被枪毙便是他的坏的证据;不坏又何至于被枪毙呢?而城里的舆论却不佳,他们多半不满足,以为枪毙并无杀头这般好看;而且那是怎样的一个可笑的死囚呵,游了那么久的街,竟没有唱一句戏;他们白跟一趟了。

1921 年 12 月

(原载 1921 年 12 月 4 日—1922 年 2 月 12 日《晨报副刊》)

伤　　逝

——涓生的手记

如果我能够,我要写下我的悔恨和悲哀,为子君,为自己。

会馆里的被遗忘在偏僻里的破屋是这样地寂静和空虚。时光过得真快,我爱子君,仗着她逃出这寂静和空虚,已经满一年了。事情又这么不凑巧,我重来时,偏偏空着的又只有这一间屋。依然是这样的破窗,这样的窗外的半枯的槐树和老紫藤,这样的窗前的方桌,这样的败壁,这样的靠壁的板床。深夜中独自躺在床上,就如我未曾和子君同居以前一般,过去一年中的时光全被消灭,全未有过,我并没有曾经从这破屋子搬出,在吉兆胡同创立了满怀希望的小小的家庭。

不但如此。在一年之前,这寂静和空虚是并不这样的,常常含着期待;期待子君的到来。在久待的焦躁中,一听到皮鞋的高底尖触着砖路的清响,是怎样地使我骤然生动起来呵!于是就看见带着笑涡的苍白的圆脸,苍白的瘦的臂膊,布的有条纹的衫子,玄色的裙。她又带了窗外的半枯的槐树的新叶来,使我看见,还有挂在铁似的老干上的一房一房的紫白的藤花。

然而现在呢,只有寂静和空虚依旧,子君却决不再来了,而且永远,永远地!……

子君不在我这破屋里时,我什么也看不见。在百无聊赖中,随手抓过一本书来,科学也好,文学也好,横竖什么都一样;看下去,看下去,忽而自己觉得,已经翻了十多页了,但是毫不记得书上所说的事。只是耳朵却分外地灵,仿佛听到大门外一切往来的履声,从中便有子君的,而且橐橐地逐渐临近,——但是,往往又逐渐渺茫,终于消失在别的步声的杂沓中了。我憎恶那不象子君鞋声的穿布底鞋的长班的儿子,我憎恶那太象子君鞋声的常常穿着新皮鞋的邻院的搽雪花膏的小东西!

莫非她翻了车么?莫非她被电车撞伤了么?……

我便要取了帽子去看她,然而她的胞叔就曾经当面骂过我。

蓦然,她的鞋声近来了,一步响于一步,迎出去时,却已经走过紫藤棚下,脸上带着微笑的酒涡。她在她叔子的家里大约并未受气,我的心宁帖了,默默地相视片时之后,破屋里便渐渐充满了我的语声,谈家庭专制,谈打破旧习惯,谈男女平等,谈伊孛生,谈泰戈尔,谈雪莱……。她总是微笑点头,两眼里弥漫着稚气的好奇的光泽。壁上就钉着一张铜板的雪莱半身像,是从杂志上裁下来的,是他的最美的一张像。当我指给她看时,她却只草草一看,便低了头,似乎不好意思了。这些地方,子君就大概还未脱尽旧思想的束缚,——我后来也想,倒不如换一张雪莱淹死在海里的纪念像或是伊孛生的罢;但也终于没有换,现在是连这一张也不知那里去了。

"我是我自己的,他们谁也没有干涉我的权利!"

这是我们交际了半年,又谈起她在这里的胞叔和在家的父亲时,她默想了一会之后,分明地,坚决地,沉静地说了出来的话。其时是我已经说尽了我的意见,我的身世,我的缺点,很少隐瞒,她也完全了解的了。这几句话很震动了我的灵魂,此后许多天还在耳中发响,而且说不出的狂喜,知道中国女性,并不如厌世家所说那样的无法可施,在不远的将来,便要看见辉煌的曙色的。

送她出门,照例是相离十多步远,照例是那鲇鱼须的老东西的脸又紧贴在脏的窗玻璃上了,连鼻尖都挤成一个小平面,到外院,照例又是明晃晃的玻璃窗里的那小东西的脸,加厚的雪花膏。她目不邪视地骄傲地走了,没有看见;我骄傲地回来。

"我是我自己的,他们谁也没有干涉我的权利!"这彻底的思想就在她的脑里,比我还透澈,坚强得多。半瓶雪花膏和鼻尖的小平面,于她能算什么东西呢?

我已经记不清那时怎样地将我的纯真热烈的爱表示给她。岂但现在,那时的事后便已模胡,夜间回想,早只剩了一些断片了;同居以后一两月,便连这些断片也化作无可追踪的梦影。我只记得那时以前的十几天,曾经很仔细地研究过表示的态度,排列过措辞的先后,以及倘或遭了拒绝以后的情形。可是临时似乎都无用,在慌张中,身不由己地竟用了在电影上见过的方法了。后来一想到,就使我很愧恧,但在记忆上却偏只有这一点永远留遗,至今还如暗室的孤灯一般,照见我含泪握着她的手,一条腿跪了下去……。

不但我自己的,便是子君的言语举动,我那时就没有看得分明;仅知道她已经允许我了。但也还仿佛记得她脸色变成青白,后来又渐渐转作绯红,——没有见过,也没有再见的绯红,孩子似的眼里射出悲喜,但是夹着惊疑的光,虽然力避我的视线,张皇地似乎要破窗飞去。然而我知道她已经允许我了,没有知道她怎样说或是没有说。

她却是什么都记得:我的言辞,竟至于读熟了的一般,能够滔滔背诵;我的举动,就如有一张我所看不见的影片挂在眼下,叙述得如生,很细微,自然连那使我不愿再想的浅薄的电影的一闪。夜阑人静,是相对温习的时候了,我常是被质问,被考验,并且被命复述当时的言语,然而常须由她补足,由她纠正,象一个丁等的学生。

这温习后来也渐渐稀疏起来。但我只要看见她两眼注视空中,出神似的凝想着,于是神色越加柔和,笑窝也深下去,便知道她又在自修旧课了,只是我很怕她看到我那可笑的电影的一闪。但我又知道,她一定要看见,而且也非看不可的。

然而她并不觉得可笑。即使我自己以为可笑,甚而至于可鄙的,她也毫不以为可笑。这事我知道得很清楚,因为她爱我,是这样地热烈,这样地纯真。

去年的暮春是最为幸福,也是最为忙碌的时光。我的心平静下去了,但又有别一部分和身体一同忙碌起来。我们这时才在路上同行,也到过几回公园,最多的是寻住所。我觉得在路上时时遇到探索,讥笑,猥亵和轻蔑的眼光,一不小心,便使我的全身有些瑟缩,只得即刻提起我的骄傲和反抗来支持。她却是大无畏的,对于这些全不关心,只是镇静地缓缓前行,坦然如入无人之境。

寻住所实在不是容易事,大半是被托辞拒绝,小半是我们以为不相宜。起先我们选择得很苛酷,——也非苛酷,因为看去大抵不象是我们的安身之所;后来,便只要他们能相容了。看了二十多处,这才得到可以暂且敷衍的处所,是吉兆胡同一所小屋里的两间南屋;主人是一个小官,然而倒是明白人,自住着正屋和厢房,他只有夫人和一个不到周岁的女孩子,雇一个乡下的女工,只要孩子不啼哭,是极其安闲幽静的。

我们的家具很简单,但已经用去了我的筹来的款子的大半;子君还卖掉了她唯一的金戒指和耳环。我拦阻她,还是定要卖,我也就不再坚持下去了;我知道不给她加入一点股分去,她是住不舒服的。

和她的叔子,她早经闹开,至于使他气愤到不再认她做侄女;我也陆续和几个自以为忠告,其实是替我胆怯,或者竟是嫉妒的朋友绝了交。然而这倒很清静。每日办公散后,虽然已近黄昏,车夫又一定走得这样慢,但究竟还有二人相对的时候。我们先是沉默的相视,接着是放怀而亲密的交谈,后来又是沉默。大家低头沉思着,却并未想着什么事。我也渐渐清醒地读遍了她的身体,她的灵魂,不过三星期,我似乎于她已经更加了解,揭去许多先前以为了解而现在看来却是隔膜,即所谓真的隔膜了。

子君也逐日活泼起来。但她并不爱花,我在庙会时买来的两盆小草花,四天不浇,枯死在壁角了,我又没有照顾一切的闲暇。然而她爱动物,也许是从官太太那里传染的罢,不一月,我们的眷属便骤然加得很多,四只小油鸡,在小院子里和房主人的十多只在一同走。但她们却认识鸡的相貌,各知道那一只是自家的。还有一只花白的叭儿狗,从庙会买来,记得似乎原有名字,子君却给它另起了一个,叫作阿随。我就叫它阿随,但我不喜欢这名字。

这是真的,爱情必须时时更新,生长,创造。我和子君说起这,她也领会地点点头。

唉唉,那是怎样的宁静而幸福的夜呵!

安宁和幸福是要凝固的,永久是这样的安宁和幸福。我们在会馆里时,还偶有议论的冲突和意思的误会,自从到吉兆胡同以来,连这一点也没有了;我们只在灯下对坐的怀旧谭中,回味那时冲突以后的和解的重生一般的乐趣。

子君竟胖了起来,脸色也红活了;可惜的是忙。管了家务便连谈天的工夫也没有,何况读书和散步。我们常说,我们总还得雇一个女工。

这就使我也一样地不快活,傍晚回来,常见她包藏着不快活的颜色,尤其使我不乐的是她要装作勉强的笑容。幸而探听出来了,也还是和那小官太太的暗斗,导火线便是两家的小油鸡。但又何必硬不告诉我呢?人总该有一个独立的家庭。这样的处所,是不能居住的。

我的路也铸定了,每星期中的六天,是由家到局,又由局到家。在局里便坐在办公桌前钞,钞,钞些公文和信件;在家里是和她相对或帮她生白炉子,煮饭,蒸馒头。我的学会了煮饭,就在这时候。

但我的食品却比在会馆里时好得多了。做菜虽不是子君的特长,然而她于此却倾注着全力;对于她的日夜的操心,使我也不能不一同操心,来算作分甘共苦。况且她又这样地终日汗流满面,短发都粘在脑额上;两只手又只是这样地粗糙起来。

况且还要饲阿随,饲油鸡,……都是非她不可的工作。

我曾经忠告她:我不吃,倒也罢了;却万不可这样地操劳。她只看了我一眼,不开口,神色却似乎有点凄然;我也只好不开口。然而她这是这样地操劳。

我所豫期的打击果然到来。双十节的前一晚,我呆坐着,她在洗碗。听到打门声,我去开门时,是局里的信差,交给我一张油印的纸条。我就有些料到了,到灯下去一看,果然,印着的就是——

> 奉
> 局长谕史涓生着毋庸到局办事
> 　　　　　秘书处启　十月九号

这在会馆里时,我就早已料到了;那雪花膏便是局长的儿子的赌友,一定要去添些谣言,设法报告的。到现在才发生效验,已经要算是很晚的了。其实这在我不能算是一个打击,因为我早就决定,可以给别人去钞写,或者教读,或者虽然费力,也还可以译点书,况且《自由之友》的总编辑便是见过几次的熟人,两月前还通过信。但我的心却跳跃着。那么一个无畏的子君也变了色,尤其使我痛心,她近来似乎也较为怯弱了。

"那算什么。哼,我们干新的。我们……"她说。

她的话没有说完;不知怎地,那声音在我听去却只是浮浮的;灯光也觉得格外黯淡。人们真是可笑的动物,一点极微末的小事情,便会受着很深的影响。我们先是默默地相视,逐渐商量起来,终于决定将现有的钱竭力节省,一面登"小广告"去寻求钞写和教读,一面写信给《自由之友》的总编辑,说明我目下的遭遇,请他收用我的译本,给我帮一点艰辛时候的忙。

"说做,就做罢!来开一条新的路!"

我立刻转身向了书案,推开盛香油的瓶子和醋碟,子君便送过那黯淡的灯来。我先拟广告;其次是选定可译的书,迁移以来未曾翻阅过,每本的头上都满漫着灰尘了;最后才写信。

我很费踌躇,不知道怎样措辞好,当停笔凝思的时候,转眼去一瞥她的脸,在昏暗的灯光下,又很见得凄然。我真不料这样微细的小事情,竟会给坚决的,无畏的子君以这么显著的变化。她近来实在变得很怯弱了,但也并不是今夜才开始的。我的心因此更缭乱,忽然有安宁的生活的影像——会馆里的破屋的寂静,在眼前一闪,刚刚想定睛凝视,却又看见了昏暗的灯光。

许久之后,信也写成了,是一封颇长的信;很觉得疲劳,仿佛近来自己也较为怯弱了。于是我们决定,广告和发信,就在明日一同实行。大家不约而同地伸直了腰肢,在无言中,似乎又都感到彼此的坚忍倔强的精神,还看见从新萌芽起来的将来的希望。

外来的打击其实倒是振作了我们的新精神。局里的生活,原如鸟贩子手里的禽鸟一般,仅有一点小米维系残生,决不会肥胖;日子一久,只落得麻痹了翅子,即使放出笼外,早已不能奋飞。现在总算脱出这牢笼了,我从此要在新的开阔的天空中翱翔,趁我还未忘却了我的翅子的扇动。

小广告是一时自然不会发生效力的;但译书也不是容易事,先前看过,以为已经懂得的,一动手,却疑难百出了,进行得很慢。然而我决计努力地做,一本半新的字典,不到半月,边上便有了一大片乌黑的指痕,这就证明着我的工作的切实。《自由之友》的总编辑曾经说过,他的刊物是决不会埋没好稿子的。

可惜的是我没有一间静室,子君又没有先前那么幽静,善于体贴了,屋子里总是散乱着碗碟,弥漫着煤烟,使人不能安心做事,但是这自然还只能怨我自己无力置一间书斋。然而又加以阿随,加以油鸡们。加以油鸡们又大起来了,更容易成为两家争吵的引线。

加以每日的"川流不息"的吃饭;子君的功业,仿佛就完全建立在这吃饭中。吃了筹钱,筹来吃饭,还要喂阿随,饲油鸡;她似乎将先前所知道的全都忘掉了,也不想到我的构思就常常为了这催促吃饭而打断。即使在坐中给看一点怒色,她总是不改变,仍然毫无感触似的大嚼起来。

使她明白了我的作工不能受规定的吃饭的束缚,就费去五星期。她明白之后,大约很不高兴罢,可是没有说。我的工作果然从此较为迅速地进行,不久就共译了五万言,只要润色一回,便可以和做好的两篇小品,一同寄给《自由之友》去。只是吃饭却依然给我苦恼。菜冷,是无妨的,然而竟不够;有时连饭也不够,虽然我因为终日坐在家里用脑,饭量已经比先前要减少得多。这是先去喂了阿随了,有时还并那近来连自己也轻易不吃的羊肉。她说,阿随实在瘦得太可怜,房东太太还因此嗤笑我们了,她受不住这样的奚落。

于是吃我残饭的便只有油鸡们。这是我积久才看出来的,但同时也如赫胥黎的论定"人类在宇宙间的位置"一般,自觉了我在这里的位置:不过是叭儿狗和油鸡之间。

后来,经多次的抗争和催逼,油鸡们也逐渐成为肴馔,我们和阿随都享用了十多日的鲜肥;可是真实都很瘦,因为它们早已每日只能得到几粒高粱了。从此便清静得多。只有子君很颓唐,似乎常觉得凄苦和无聊,至于不大愿意开口。我想,人是多么容易改变呵!

但是阿随也将留不住了。我们已经不能再希望从什么地方会有来信,子君也早没有一点食物可以引它打拱或直立起来。冬季又逼近得这么快,火炉就要成为很大的问题;它的食量,在我们其实早是一个极易觉得的很重的负担。于是连它也留不住了。

倘使插了草标到庙市去出卖,也许能得几文钱罢,然而我们都不能,也不愿这样做。终于是用包袱蒙着头,由我带到西郊去放掉了,还要追上来,便推在一个并不很深的土坑里。

我一回寓,觉得又清静得多多了;但子君的凄惨的神色,却使我很吃惊。那是没有见过的神色,自然是为阿随。但又何至于此呢?我还没有说起推在土坑里的事。

到夜间,在她的凄惨的神色中,加上冰冷的分子了。

"奇怪。——子君,你怎么今天这样儿了?"我忍不住问。

"什么?"她连看也不看我。

"你的脸色……。"

"没有什么,——什么也没有。"

我终于从她言动上看出,她大概已经认定我是一个忍心的人。其实,我一个人,是容易生活的,虽然因为骄傲,向来不与世交来往,迁居以后,也疏远了所有旧识的人,然而只要能远走高飞,生路还宽广得很。现在忍受着这生活压迫的苦痛,大半倒是为她,便是放掉阿随,也何尝不如此。但子君的识见却似乎只是浅薄起来,竟至于连这一点也想不到了。

我拣了一个机会,将这些道理暗示她;她领会似的点头。然而看她后来的情形,她是没有懂,或者是并不相信的。

天气的冷和神情的冷,逼迫我不能在家庭中安身。但是往那里去呢?大道上,公园里,虽然没有冰冷的神情,冷风究竟也刺得人皮肤欲裂。我终于在通俗图书馆里觅得了我的天堂。

那里无须买票;阅书室里又装着两个铁火炉。纵使不过是烧着不死不活的煤的火炉,但单是看见装着它,精神上也就总觉得有些温暖。书却无可看:旧的陈腐,新的是几乎没有的。

好在我到那里去也并非为看书。另外时常还有几个人,多则十余人,都是单薄衣裳,正如我,各人看各人的书,作为取暖的口实。这于我尤为合式。道路上容易遇见熟人,得到轻蔑的一瞥,但此地却决无那样的横祸,因为他们是永远围在别的铁炉旁,或者靠在自家的白炉边的。

那里虽然没有书给我看,却还有安闲容得我想。待到孤身枯坐,回忆从前,这才觉得大半年来,只为了爱,——盲目的爱,——而将别的人生的要义全盘疏忽了。第一,便是生活。人必生活着,爱才有所附丽。世界上并非没有为了奋斗者而开的活路;我也还未忘却翅子的扇动,虽然比先前已经颓唐得多……。

屋子和读者渐渐消失了,我看见怒涛中的渔夫,战壕中的兵士,摩托车中的贵人,洋场上的投机家,深山密林中的豪杰,讲台上的教授,昏夜的运动者和深夜的偷儿……。子君,——不在近旁。她的勇气都失掉了,只为着阿随悲愤,为着做饭出神;然而奇怪的是倒也并不怎样瘦损……。

　　冷了起来,火炉里的不死不活的几片硬煤,也终于烧尽了,已是闭馆的时候。又须回到吉兆胡同,领略冰冷的颜色去了。近来也间或遇到温暖的神情,但这却反而增加我的苦痛。记得有一夜,子君的眼里忽而又发出久已不见的稚气的光来,笑着和我谈到还在会馆时候的情形,时时又很带些恐怖的神色。我知道我近来的超过她的冷漠,已经引起她的忧疑来,只得也勉力谈笑,想给她一点慰藉。然而我的笑貌一上脸,我的话一出口,却即刻变为空虚,这空虚又即刻发生反响,回向我的耳目里,给我一个难堪的恶毒的冷嘲。

　　子君似乎也觉得的,从此便失掉了她往常的麻木似的镇静,虽然竭力掩饰,总还是时时露出忧疑的神色来,但对我却温和得多了。

　　我要明告她,但我还没有敢,当决心要说的时候,看见她孩子一般的眼色,就使我只得暂且改作勉强的欢容。但是这又即刻来冷嘲我,并使我失却那冷漠的镇静。

　　她从此又开始了往事的温习和新的考验,逼我做出许多虚伪的温存的答案来,将温存示给她,虚伪的草稿便写在自己的心上。我的心渐被这些草稿填满了,常觉得难于呼吸。我在苦恼中常常想,说真实自然须有极大的勇气的;假如没有这勇气,而苟安于虚伪,那也便是不能开辟新的生路的人。不独不是这个,连这人也未尝有!

　　子君有怨色,在早晨,极冷的早晨,这是从未见过的,但也许是从我看来的怨色。我那时冷冷地气愤和暗笑了;她所磨练的思想和豁达无畏的言论,到底也还是一个空虚,而对于这空虚却并未自觉。她早已什么书也不看,已不知道人的生活的第一着是求生,向着这求生的道路,是必须携手同行,或奋身孤往的了,倘使只知道捶着一个人的衣角,那便是虽战士也难于战斗,只得一同灭亡。

　　我觉得新的希望就只在我们的分离;她应该决然舍去,——我也突然想到她的死,然而立刻自责,忏悔了。幸而是早晨,时间正多,我可以说我的真实。我们的新的道路的开辟,便在这一遭。

　　我和她闲谈,故意地引起我们的往事,提到文艺,于是涉及外国的文人,文人的作品:《诺拉》,《海的女人》。称扬诺拉的果决……。也还是去年在会馆的破屋里讲过的那些话,但现在已经变成空虚,从我的嘴传入自己的耳中,时时疑心有一个隐形的坏孩子,在背后恶意地刻毒地学舌。

　　她还是点头答应着倾听,后来沉默了。我也就继续地说完了我的话,连余音都消失在虚空中了。

"是的。"她又沉默了一会,说,"但是,……涓生,我觉得你近来很两样了。可是的?你,——你老实告诉我。"

我觉得这似乎给了我当头一击,但也立即定了神,说出我的意见和主张来:新的路的开辟,新的生活的再造,为的是免得一同灭亡。

临末,我用了十分的决心,加上这几句话——

"……况且你已经可以无须顾虑,勇往直前了。你要我老实说;是的,人是不该虚伪的。我老实说罢:因为,因为我已经不爱你了!但这于你倒好得多,因为你更可以毫无挂念地做事……。"

我同时豫期着大的变故的到来,然而只有沉默。她脸色陡然变成灰黄,死了似的;瞬间便又苏生,眼里也发了稚气的闪闪的光泽。这眼光射向四处,正如孩子在饥渴中寻求着慈爱的母亲,但只在空中寻求,恐怖地回避着我的眼。

我不能看下去了,幸而是早晨,我冒着寒风径奔通俗图书馆。

在那里看见《自由之友》,我的小品文都登出了。这使我一惊,仿佛得了一点生气。我想,生活的路还很多,——但是,现在这样也还是不行的。

我开始去访问久已不相闻问的熟人,但这也不过一两次;他们的屋子自然是暖和的,我在骨髓中却觉得寒冽。夜间,便蜷伏在比冰还冷的冷屋中。

冰的针刺着我的灵魂,使我永远苦于麻木的疼痛。生活的路还很多,我也还没有忘却翅子的扇动,我想。——我突然想到她的死,然而立刻自责,忏悔了。

在通俗图书馆里往往瞥见一闪的光明,新的生路横在前面。她勇猛地觉悟了,毅然走出这冰冷的家,而且,——毫无怨恨的神色。我便轻如行云,漂浮空际,上有蔚蓝的天,下是深山大海,广厦高楼,战场,摩托车,洋场,公馆,晴明的闹市,黑暗的夜……。

而且,真的,我豫感得这新生面便要来到了。

我们总算度过了极难忍受的冬天,这北京的冬天;就如蜻蜓落在恶作剧的坏孩子的手里一般,被系着细线,尽情玩弄,虐待,虽然幸而没有送掉性命,结果也还是躺在地上,只争着一个迟早之间。

写给《自由之友》的总编辑已经有三封信,这才得到回信,信封里只有两张书券:两角的和三角的。我却单是催,就用了九分的邮票,一天的饥饿,又都白挨给于已一无所得的空虚了。

然而觉得要来的事,却终于来到了。

这是冬春之交的事,风已没有这么冷,我也要久地在外面徘徊;待到回家,大概已经昏黑。就在这样一个昏黑的晚上,我照常没精打采地回来,一看见寓所的门,也照常更加丧气,使脚步放得更缓。但终于走进自己的屋子里了,没有灯火;摸火柴点起来时,是异样的寂寞和空虚!

正在错愕中,官太太便到窗外来叫我出去。

"今天子君的父亲来到这里,将她接回去了。"她很简单地说。

这似乎又不是意料中的事,我便如脑后受了一击,无言地站着。

"她去了么?"过了些时,我只问出这样一句话。

"她去了。"

"她,——她可说什么?"

"没说什么。单是托我见你回来时告诉你,说她去了。"

我不信;但是屋子里是异样的寂寞和空虚。我遍看各处,寻觅子君;只见几件破旧而黯淡的家具,都显得极其清疏,在证明着它们毫无隐匿一人一物的能力。我转念寻信或她留下的字迹,也没有;只是盐和干辣椒,面粉,半株白菜,却聚集在一处了,旁边还有几十枚铜元。这是我们两人生活材料的全副,现在她就郑重地将这留给我一个人,在不言中,教我借此去维持较久的生活。

我似乎被周围所排挤,奔到院子中间,有昏黑在我的周围;正屋的纸窗上映出明亮的灯光,他们正在逗着孩子玩笑。我的心也沉静下来,觉得在沉重的迫压中,渐渐隐约地现出脱走的路径:深山大泽,洋场,电灯下的盛筵,壕沟,最黑最黑的深夜,利刃的一击,毫无声响的脚步……。

心地有些轻松,舒展了,想到旅费,并且嘘一口气。

躺着,在合着的眼前经过的豫想的前途,不到半夜已经现尽;暗中忽然仿佛看见一堆食物,这之后,便浮出一个子君的灰黄的脸来,睁了孩子气的眼睛,恳托似的看着我。我一定神,什么也没有了。

但我的心却又觉得沉重。我为什么偏不忍耐几天,要这样忽忽地告诉她真话的呢?现在她知道,她以后所有的只是她父亲——儿女的债主——的烈日一般的严威和旁人的赛过冰霜的冷眼。此外便是虚空。负着虚空的重担,在严威和冷眼中走着所谓人生的路,这是怎么可怕的事呵!而况这路的尽头,又不过是——连墓碑也没有的坟墓。

我不应该将真实说给子君,我们相爱过,我应该永久奉献她我的说谎。如果真实可以宝贵,这在子君就不该是一个沉重的空虚。谎语当然也是一个空虚,然而临末,至多也不过这样的沉重。

我以为将真实说给子君,她便可以毫无顾虑,坚决地毅然前行,一如我们将要同居时那样。但这恐怕是我错误了。她当时的勇敢和无畏是因为爱。

我没有负着虚伪的重担的勇气,却将真实的重担卸给她了。她爱我之后,就要负了这重担,在严威和冷眼中走着所谓人生的路。

我想到她的死……。我看见我是一个卑怯者,应该被摈于强有力的人们,无论是真实者,虚伪者。然而她却自始至终,还希望我维持较久的生活……。

我要离开吉兆胡同,在这里是异样的空虚和寂寞。我想,只要离开这里,子君便如还在我的身边;至少,也如还在城中,有一天,将要出乎意表地访我,象住在会馆时候似的。

然而一切请托和书信,都是一无反响;我不得已,只好访问一个久不问候的世交去了。他是我伯父的幼年的同窗,以正经出名的拔贡,寓京很久,交游也广阔的。

大概因为衣服的破旧罢,一登门便很遭门房的白眼。好容易才相见,也还相识,但是很冷落。我们的往事,他全都知道了。

"自然,你也不能在这里了,"他听了我托他在别处觅事之后,冷冷地说,"但那里去呢?很难。——你那,什么呢,你的朋友罢,子君,你可知道,她死了。"

我惊得没有话。

"真的?"我终于不自觉地问。

"哈哈。自然真的。我家的王升的家,就和她家同村。"

"但是,——不知道是怎么死的?"

"谁知道呢。总之是死了就是了。"

我已经忘却了怎样辞别他,回到自己的寓所。我知道他是不说谎话的;子君总不会再来的了,象去年那样。她虽是想在严威和冷眼中负着虚空的重担来走所谓人生的路,也已经不能。她的命运,已经决定她在我所给与的真实——无爱的人间死灭了。

自然,我不能在这里了;但是,"那里去呢?"

四围是广大的空虚,还有死的寂静。死于无爱的人们的眼前的黑暗,我仿佛一一看见,还听得一切苦闷和绝望的挣扎的声音。

我还期待着新的东西到来,无名的,意外的。但一天一天,无非是死的寂静。

我比先前已经不大出门,只坐卧在广大的空虚里,一任这死的寂静侵蚀着我的灵魂。死的寂静有时也自己战栗,自己退藏,于是在这绝续之交,便闪出无名的,意外的,新的期待。

一天是阴沉的上午,太阳还不能从云里面挣扎出来,连空气都疲乏着。

耳中听到细碎的步声和咻咻的鼻息,使我睁开眼。大致一看,屋子里还是空虚;但偶然看到地面,却盘旋着一匹小小的动物,瘦弱的,半死的,满身灰土的……。

我一细看,我的心就一停,接着便直跳起来。

那是阿随。它回来了。

我的离开吉兆胡同,也不单是为了房主人们和他家女工的冷眼,大半就为着这阿随。但是,"那里去呢?"新的生路自然还很多,我约略知道,也间或依稀看见,觉得就在我面前,然而我还没有知道跨进那里去的第一步的方法。

经过许多回的思量和比较,也还只有会馆是还能相容的地方。依然是这样的破屋,这样的板床,这样的半枯的槐树和紫藤,但那时使我希望,欢欣,爱,生活的,却全都逝去了,只有一个虚空,我用真实去换来的虚空存在。

新的生路还很多,我必须跨进去,因为我还活着。但我还不知道怎样跨出那第一步。有时,仿佛看见那生路就象一条灰白的长蛇,自己蜿蜒地向我奔来,我等着,等着,看看临近,但忽然便消失在黑暗里了。

初春的夜,还是那么长。长久的枯坐中记起上午在街头所见的葬式,前面是纸人纸马,后面是唱歌一般的哭声。我现在已经知道他们的聪明了,这是多么轻松简截的事。

然而子君的葬式却又在我的眼前,是独自负着虚空的重担,在灰白的长路上前行,而又即刻消失在周围的严威和冷眼里了。

我愿意真有所谓鬼魂,真有所谓地狱,那么,即使在孽风怒吼之中,我也将寻觅子君,当面说出我的悔恨和悲哀,祈求她的饶恕;否则,地狱的毒焰将围绕我,猛烈地烧尽我的悔恨和悲哀。

我将在孽风和毒焰中拥抱子君,乞她宽容,或者使她快意……。

但是,这却更虚空于新的生路;现在所有的只是初春的夜,竟还是那么长。我活着,我总得向着新的生路跨出去,那第一步,——却不过是写下我的悔恨和悲哀,为子君,为自己。

我仍然只有唱歌一般的哭声,给子君送葬,葬在遗忘中。

我要遗忘;我为自己,并且要不再想到这用了遗忘给子君送葬。

我要向着新的生路跨进第一步去,我要将真实深深地藏在心的创伤中,默默地前行,用遗忘和说谎做我的前导……。

1925 年 10 月 21 日毕

(选自《彷徨》,《鲁迅全集》第 2 卷,人民文学出版社 1981 年版)

郁达夫

沉 沦

一

他近来觉得孤冷得可怜。

他的早熟的性情,竟把他挤到与世人绝不相容的境地去,世人与他的中间介在的那一道屏障愈筑愈高了。

天气一天一天的清凉起来,他的学校开学之后,已经快半个月了。那一天正是九月的二十二日。

晴天一碧,万里无云,终古常新的皎日,依旧在她的轨道上,一程一程的在那里行走。从南方吹来的微风,同醒酒的琼浆一般,带着一种香气,一阵阵的拂上面来。在黄苍未熟的稻田中间,在弯曲同白线似的乡间的官道上面,他一个人手里捧了一本六寸长的Wordsworth的诗集,尽在那里缓缓的独步。在这大平原内,四面并无人影;不知从何处飞来的一声两声的远吠声,悠悠扬扬的传到他耳膜上来。他眼睛离开了书,同做梦似的向有犬吠声的地方看去,但看见了一丛杂树,几处人家,同鱼鳞似的屋瓦上,有一层薄薄的蜃气楼,同轻纱似的,在那里飘荡。

"Oh, you serene gossamer! You beautiful gossamer!"

这样的叫了一声,他的眼睛里就涌出了两行清泪来,他自己也不知道是什么缘故。

呆呆的看了好久,他忽然觉得背上有一阵紫色的气息吹来,息索的一响,道傍的一枝小草,竟把他的梦境打破了,他回转头来一看,那枝小草还是颠摇不已,一阵带着紫罗兰气息的和风,温微微的哼到他那苍白的脸上来。在这清和的早秋的世界里,在这澄清透明的以太中,他的身体觉得同陶醉似的酥软起来。他好像是睡在慈母怀里的样子。他好像是梦到了桃花源里的样子。他好像是在南欧的海岸,躺在情人膝上,在那里贪午睡的样子。

他看看四边,觉得周围的草木,都在那里对他微笑。看看苍空,觉得悠久无穷的大自然,微微的在那里点头。一动也不动的向天看了一会,他觉得

天空中,有一群小天神,背上插着了翅膀,肩上挂着了弓箭,在那里跳舞。他觉得乐极了。便不知不觉开了口,自言自语的说:

"这里就是你的避难所。世间的一般庸人都在那里妒忌你,轻笑你,愚弄你;只有这大自然,这终古常新的苍空皎日,这晚夏的微风,这初秋的清气,还是你的朋友,还是你的慈母,还是你的情人,你也不必再到世上去与那些轻薄的男女共处去,你就在这大自然的怀里,这纯极的乡间终老了罢。"

这样的说了一遍,他觉得自家可怜起来,好像有万千哀怨,横亘在胸中,一口说不出来的样子。含了一双清泪,他的眼睛又看到他手里的书上去。

> Behold her, single in the field,
> You solitary Highland Lass!
> Reaping and singing by herself;
> Stop here, or gently pass!
> Alone she cuts, and binds the grain,
> And sings a melancholy strain;
> Oh, listen! for the vale profound
> Is over flowing with the sound.

看了这一节之后,他又忽然翻过一张来,脱头脱脑的看到那第三节去。

> Will no one tell me what she sings
> Perhaps the plaintive numbers flow
> For old, unhappy far-off things,
> And battle long ago:
> Or is it some more humble lay,
> Familiar matter of today?
> Some natural sorrow, loss, or pain,
> That has been and may be again!

这也是他近来的一种习惯,看书的时候,并没有次序的。几百页的大书,更可不必说了,就是几十页的小册子,如爱美生的《自然论》(Emerson's "On Nature")、沙离的《逍遥游》(Thoreau's "Excursion")之类,也没有完完全全从头至尾的读完一篇过。当他起初翻开一册书来看的时候,读了四行五行或一页二页,他每被那一本书感动,恨不得要一口气把那一本书吞下肚子里去的样子,到读了三页四页之后,他又生起一种怜惜的心来,他心里似乎说：

"像这样的奇书，不应该一口气就把它念完，要留着细细儿的咀嚼才好。一下子就念完了之后，我的热望也就不得不消灭，那时候我就没有好望，没有梦想了，怎么使得呢？"

他的脑里虽然这样的想头，其实他的心里早有一些儿厌倦起来，到了这时候，他总把那本书收过一边，不再看下去。过几天或者过几个钟头之后，他又用了满腔的热忱，同初读那一本书的时候一样的，去读另外的书去；几日前或者几点钟前那样的感动他的那一本书，就不得不被他遗忘了。

放大了声音把渭迟渥斯的那两节诗读了一遍之后，他忽然想把这一首诗用中国文翻译出来：

"孤寂的高原刈稻者"

他想想看，"The solitary highland reaper"诗题只有如此的译法。

"你看那个女孩儿，她只一个人在田里，
你看那边的那个高原的女孩儿，她只一个人冷清清地！
她一边刈稻，一边在那儿唱着不已：
她忽儿停了，忽而又过去了，轻盈体态，风光细腻！
她一个人，刈了，又重把稻儿捆起，
她唱的山歌，颇有些儿悲凉的情味：
听呀听呀！这幽谷深深，
全充满了她的歌唱的清音。

有人能说否，她唱的究是什么？
或者她那万千的痴话
是唱着前代的哀歌，
或者是前朝的战事、千兵万马；
或者是些坊间的俗曲，
便是目前的家常闲说？
或者是些天然的哀怨，必然的丧苦，自然的悲楚，
这些事虽是过去的回思，将来想亦必有人指诉。"

他一口气译了出来之后，忽又觉得无聊起来，便自嘲自骂的说：

"这算是什么东西呀，岂不同教会里的赞美歌一样的乏味么？英国诗是英国诗，中国诗是中国诗，又何必译来对去呢！"

这样的说了一句，他不知不觉便微微儿的笑了起来。向四边一看，太阳

已经打斜了;大平原的彼岸,西边的地平线上,有一座高山,浮在那里,饱受了一天残照,山的周围酝酿成一层朦朦胧胧的岚气,反射出一种紫红不红的颜色来。

他正在那里出神呆看的时候,哼的咳嗽了一声,他的背后忽然来了一个农夫。回头一看,他就把他脸上的笑容装改了一副忧郁的面色,好像他的笑容是怕被人看见的样子。

二

他的忧郁症愈闹愈甚了。

他觉得学校里的教科书,味同嚼蜡,毫无半点生趣。天气清朗的时候,他每捧了一本爱读的文学书,跑到人迹罕至的山腰水畔,去贪那孤寂的深味去。在万籁俱寂的瞬间,在天水相映的地方,他看看草木虫鱼,看看白云碧落,便觉得自家是一个孤高傲世的贤人,一个超然独立的隐者。有时在山中遇着一个农夫,他便把自己当作了 Zarathustra,把 Zarathustra 所说的话,也在心里对那农夫讲了。他的 Megalmania 也同他的 Hypochondria 成了正比例,一天一天的增加起来。他竟有连续四五天不上学校去听讲的时候。

有时候到学校里去,他每觉得众人都在那里凝视他的样子。他避来避去想避他的同学,然而无论到了什么地方,他的同学的眼光,总好像怀了恶意,射在他的背脊上面。

上课的时候,他虽然坐在全班学生的中间,然而总觉得孤独得很。在稠人广众之中,感得的这种孤独,倒比一个人在冷清的地方,感得的那种孤独,还更难受。看看他的同学们,一个个都是兴高采烈的在那里听先生的讲义,只有他一个人身体虽然坐在讲堂里头,心想却同飞云逝电一般,在那里作无边无际的空想。

好容易下课的钟声响了!先生退去之后,他的同学说笑的说笑,谈天的谈天,个个都同春来的燕雀似的,在那里作乐;只有他一个人锁了愁眉,舌根好像被千钧的巨石锤住的样子,兀的不作一声。他也很希望他的同学来对他讲些闲话,然而他的同学却都自家管自家的去寻欢乐去,一见了他那一副愁容,没有一个不抱头奔散的,因此他愈加怨他的同学了。

"他们都是日本人,他们都是我的仇敌,我总有一天来复仇,我总要复他们的仇。"

一到了悲愤的时候,他总这样的想的,然而到了安静之后,他又不得不嘲骂自家说:

"他们都是日本人,他们对你当然是没有同情的,因为你想得他们的同情,所以你怨他们,这岂不是你自家的错误么?"

他的同学中的好事者,有时候也有人来向他说笑的,他心里虽然非常感激,想同那一个人谈几句知心的话,然而口中总说不出什么话来,所以有几个解他的意的人,也不得不同他疏远了。

他的同学日本人在那里欢笑的时候,他总疑他们是在那里笑他,他就一霎时的红起脸来。他们在那里谈天的时候,若有偶然看他一眼的人,他又忽然红起脸来,以为他们是在那里讲他。他同他同学中间的距离,一天一天的远背起来,他的同学都以为他是爱孤独的人,所以谁也不敢来近他的身。

有一天放课之后,他挟了书包,回到他的旅馆里来,有三个日本学生系同他同路的。将要到他寄寓的旅馆的时候,前面忽然来了两个穿红裙的女学生。在这一区市外的地方,从没有女学生看见的,所以他一见了这两个女子,呼吸就紧缩起来。他们四个人同那两个女子擦过的时候,他的三个日本人的同学都问她们说:

"你们上那儿去?"

那两个女学生就作起娇声来回答说:

"不知道!"

"不知道!"

那三个日本学生都高笑起来,好像是很得意的样子,只有他一个人似乎是他自家同她们讲了话似的,害了羞,匆匆跑回旅馆里来。进了他自家的房,把书包用力的向蓆上一丢,他就在蓆上躺下了。他的胸前还在那里乱跳,用了一只手枕着头,一只手按着胸口,他便自嘲自骂的说:

"你这卑怯者!

"你既然怕羞,何以又要后悔?

"既要后悔,何以当时你又没有那样的胆量?不同她们去讲一句话。

"Oh, coward, coward!"

说到这里,他忽然想起刚才那两个女学生的眼波来了。

那两双活泼泼的眼睛!

那两双眼睛里,确有惊喜的意思含在里头。然而再仔细想了一想,他又忽然叫起来说:

"呆人呆人!她们虽有意思,与你有什么相干?她们所送的秋波,不是单送给那三个日本人的么?唉!唉!她们已经知道了,已经知道我是支那人了,否则他们何以不来看我一眼呢!复仇复仇,我总要复他们的仇。"

说到这里,他那火热的颊上忽然滚了几颗冰冷的眼泪下来。他是伤心到极点了。这一天晚上,他记的日记说:

"我何苦要到日本来,我何苦要求学问。既然到了日本,那自然不得不被他们日本人轻侮的。中国呀中国！你怎么不富强起来，我不能再隐忍过去了。

"故乡岂不有明媚的山河，故乡岂不有如花的美女？我何苦要到这东海的岛国里来！

"到日本来倒也罢了，我何苦又要进这该死的高等学校。他们留了五个月学回去的人，岂不在那里享荣华安乐么？这五六年的岁月，教我怎么能捱得过去。受尽了千辛万苦，积了十数年的学识，我回国去，难道定能比他们来胡闹的留学生更强么？

"人生百岁，年少的时候，只有七八年的光景，这最纯最美的七八年，我就不得不在这无情的岛国里虚度过去，可怜我今年已经是二十一了。

"槁木的二十一岁！

"死灰的二十一岁！

"我真还不如变了矿物质的好，我大约没有开花的日子了。

"知识我也不要，名誉我也不要，我只要一个安慰我体谅我的'心'，一副白热的心肠！从这一副心肠里生出来的同情！从同情而来的爱情！

"我所要求的就是爱情！

"若有一个美人，能理解我的苦楚，她要我死，我也肯的。

"若有一个妇人，无论她是美是丑，能真心真意的爱我，我也愿意为她死的。

"我所要求的就是异性的爱情！

"苍天呀苍天，我并不要知识，我并不要名誉，我也不要那些无用的金钱，你若能赐我一个伊甸园内的'伊扶'，使她的肉体与心灵，全归我有，我就心满意足了。"

三

他的故乡，是富春江上的一个小市，去杭州水程不过八九十里。这一条江水，发源安徽，贯流全浙，江形曲折，风景常新，唐朝有一个诗人赞这条江水说"一川如画"。他十四岁的时候，请了一位先生写了这四个字，贴在他的书斋里，因为他的书斋的小窗，是朝着江面的。虽则这书斋结构不大，然而风雨晦明，春秋朝夕的风景，也还抵得过滕王高阁。在这小小的书斋里过了十几个春秋，他才跟了他的哥哥到日本来留学。

他三岁的时候就丧了父亲，那时候他家里困苦得不堪。好容易他长兄在日本W大学卒了业，回到北京，考了一个进士，分发在法部当差，不上两年，武昌的革命起来了。那时候他已在县立小学堂卒了业，正在那里换来换去的换中学堂。他家里的人都怪他无恒性,说他的心思太活;然而依他自己讲来,他以为他一个人同别的学生不同,不能按部就班的同他们同在一处求学的。所以他进了K府中学之后,不上半年又忽然转到H府中学来。在H府中学住了三个月,革命就起来了。H府中学停学之后,他依旧只能回到他那小小的书斋里来。第二年的春天,正是他十七岁的时候,他就进了大学的预科。这大学是在杭州城外,本来是美国长老会捐钱创办的,所以学校里浸润了一种专制的弊风,学生的自由,几乎被缩服得同针眼儿一般的小。礼拜三的晚上有什么祈祷会,礼拜日非但不准出去游玩,并且在家里看别的书也不准的,除了唱赞美诗祈祷之外,只许看新旧约书。每天早晨从九点钟到九点二十分,定要去做礼拜,不去做礼拜,就要扣分数记过。他虽然非常爱那学校近傍的山水景物,然而他的心里,总有些反抗的意思,因为他是一个爱自由的人,对那些迷信的管束,怎么也不甘心服从。住不上半年,那大学里的厨子,托了校长的势,竟打起学生来。学生中间有几个不服的,便去告诉校长,校长反说学生不是。他看看这些情形,实在是太无道理了,就立刻去告了退,仍复回家,到那小小的书斋里去。那时候已经是六月初了。

在家里住了三个多月,秋风吹到富春江上,两岸的绿树,就快凋落的时候,他又坐了帆船,下富春江,上杭州去。却好那时候石牌楼的W中学正在那里招插班生,他进去见了校长M氏,把他的经历说给了M氏夫妻听,M氏就许他插入最高的班里去。这W中学原来也是一个教会学校,校长M氏,也是一个糊涂的美国宣教师,他看看这学校的内容倒比H大学不如了。与一位很卑鄙的教务长——原来这一位先生就是H大学的卒业生——闹了一场,第二年的春天,他就出来了。出了W中学,他看看杭州的学校,都不能如他的意,所以他就打算不再进别的学校去。

正是这个时候,他的长兄也在北京被人排斥了。原来他的长兄为人正直得很,在部里办事,铁面无私,并且比一般部内的人物又多了一些学识,所以部内上下,都忌惮他。有一天某次长的私人,来问他要一个位置,他执意不肯,因此次长就同他闹起意见来,过了几天他就辞了部里的职,改到司法界去做司法官去了。他的二兄那时候正在绍兴军队里作军官,这一位二兄军人习气颇深,挥金如土,专喜结交侠少。他们弟兄三人,到这时候都不能如意之所为,所以那一小市镇里的闲人都说他们的风水破了。

他回家之后,便镇日镇夜的蛰居在他那小小的书斋里。他父祖及他长兄所藏的书籍,就作了他的良师益友。他的日记上面,一天一天的记起诗来。有时候他也用了华丽的文章做起小说来,小说里就把他自己当作了一个多情的勇士,把他邻近的一个寡妇的两个女儿,当作了贵族的苗裔,把他故乡的风物,全编作了田园的清景;有兴的时候,他还把自家的小说,用单纯的外国文翻译起来;他的幻想,愈演愈大了,他的忧郁病的根苗,大约也就在这时候培养成功的。

在家里住了半年,到了七月中旬,他接到他长兄的来信说:

"院内近有派予赴日本考察司法事务之意,予已许院长以东行,大约此事不日可见命令。渡日之先,拟返里小住。三弟居家,断非上策,此次当偕伊赴日本也。"

他接到了这一封信之后,心中日日盼他长兄南来,到了九月下旬,他的兄嫂才自北京到家。住了一月,他就同他的长兄长嫂同到日本去了。

到了日本之后,他的 Dreams of the romantic age 尚未醒悟,模模糊糊的过了半载,他就考入了东京第一高等学校。这正是他十九岁的秋天。

第一高等学校将开学的时候,他的长兄接到了院长的命令,要他回去。他的长兄便把他寄托在一家日本人的家里,几天之后,他的长兄长嫂和他的新生的侄女儿就回国去了。

东京的第一高等学校里有一班预备班,是为中国学生特设的。在这预科里预备一年,卒业之后,才能入各地高等学校的正科,与日本学生同学。他考入预科的时候,本来填的是文科,后来将在预科卒业的时候,他的长兄定要他改到医科去,他当时亦没有什么主见,就听了他长兄的话把文科改了。

预科卒业之后,他听说 N 市的高等学校是最新的,并且 N 市是日本产美人的地方,所以他就要求到 N 市的高等学校去。

四

他的二十岁的八月二十九日的晚上,他一个人从东京的中央车站乘了夜行车到 N 市去。

那一天大约刚是旧历的初三四的样子,同天鹅绒似的又蓝又紫的天空里,洒满了一天星斗。半痕新月,斜挂在西天角上,却似仙女的蛾眉,未加翠黛的样子。他一个人靠着三等车的车窗,默默的在那里数窗外人家的灯火。火车在暗黑的夜气中间,一程一程的进去,那大都市的星星灯火,也一点一点的朦胧起来,他的胸中忽然生了万千哀感,他的眼睛里就忽然觉得热起来了。

"Sentimental, too sentimental!"

这样的叫了一声,把眼睛揩了一下,他反而自家笑起自家来。

"你也没有情人留在东京,你也没有弟兄知己住在东京,你的眼泪究竟是为谁洒的呀!或者是对于你过去的生活的伤感,或者是对你二年间的生活的余情,然而你平时不是说不爱东京的么?

"唉,一年人住岂无情。

"黄莺住久浑相识,欲别频啼四五声!"

胡思乱想的寻思了一会,他又忽然想到初次赴新大陆去的清教徒的身上去。

"那些十字架下的流人,离开他故乡海岸的时候,大约也是悲壮淋漓,同我一样的。"

火车过了横滨,他的感情方才渐渐儿的平静起来。呆呆的坐了一忽,他就取了一张明信片出来,垫在海涅(Heine)的诗集上,用铅笔写了一首诗寄他东京的朋友。

娥眉月上柳梢初,又向天涯别故居,
四壁旗亭争赌酒,六街灯火远随车,
乱离年少无多泪,行李家贫只旧书,
后夜芦根秋水长,凭君南浦觅双鱼。

在朦胧的电灯光里,静悄悄的坐了一会,他又把海涅的诗集翻开来看了。

"Lebet wohl, ihr glatten Saale,

Glatte Herren, glatte Frauen!

Auf die Berge will ich steigen,

Lachend auf euch niederschauen!"

Heine's Harzreise

浮薄的尘寰,无情的男女,

　你看那隐隐的青山,我欲乘风飞去,

　且住且住,

　我将从那绝顶的高峰,笑看你终归何处。

单调的轮声,一声声连连续续的飞到他的耳膜上来,不上三十分钟他竟被这催眠的车轮声引诱到梦幻的仙境里去了。

早晨五点钟的时候,天空渐渐儿的明亮起来。在车窗里向外一望,他只见一线青天还被夜色包住在那里。探头出去一看,一层薄雾,笼罩着一幅天然的画图,他心里想了一想:

"原来今天又是清秋的好天气,我的福分真可算不薄了。"

过了一个钟头,火车就到了N市的停车场。

下了火车,在车站上遇见了一个日本学生;他看看那学生的制帽上也有

两条白线,便知道他也是高等学校的学生。他走上前去,对那学生脱了一脱帽,问他说:

"第 X 高等学校是在什么地方的?"

那学生回答说:

"我们一路去罢。"

他就跟了那学生跑出火车站来,在火车站的前头,乘了电车。

时光还早得很,N 市的店家都还未曾起来。他同那日本学生坐了电车,经过了几条冷清的街巷,就在鹤舞公园前面下了车。他问那日本学生说:

"学校还远得很么?"

"还有二里多路。"

穿过了公园,走到稻田中间的细路上的时候,他看看太阳已经起来了,稻上的露滴,还同明珠似的挂在那里。前面有一丛树林,树林阴里,疏疏落落的看得见几椽农舍。有两三条烟囱筒子,突出在农舍的上面,隐隐约约的浮在清晨的空气里。一缕两缕的青烟,同炉香似的在那里浮动,他知道农家已在那里炊早饭了。

到学校近边的一家旅馆去一问,他一礼拜前头寄出的几件行李,早已经到在那里。原来那一家人家是住过中国留学生的,所以主人待他也很殷勤。在那一家旅馆里住下了之后,他觉得前途好像有许多欢乐在那里等他的样子。

他的前途的希望,在第一天的晚上,就不得不被目前的实情嘲弄了。原来他的故里,也是一个小小的市镇。到了东京之后,在人山人海的中间,他虽然时常觉得孤独,然而东京的都市生活,同他幼时习惯尚无十分龃龉的地方。如今到了这 N 市的乡下之后,他的旅馆,是一家孤立的人家,四面并无邻舍,左首门外便是一条如发的大道,前后都是稻田,西面是一方池水,并且因为学校还没有开课,别的学生还没有到来,这一间宽旷的旅馆里,只住了他一个客人。白天倒还可以支吾过去,一到了晚上,他开窗一望,四面都是沉沉的黑影,并且因 N 市的附近是一大平原,所以望眼连天,四面并无遮障之处,远远里有一点灯火,明灭无常,森然有些鬼气。天花板里,又有许多虫鼠,息栗索落的在那里争食。窗外有几株梧桐,微风动叶,咄咄的响得不已,因为他住在二层楼上,所以梧桐的叶战声,近在他的耳边。他觉得害怕起来,几乎要哭出来了。他对于都市的怀乡病(Nostalgia)从未有比那一晚更甚的。

学校开了课,他朋友也渐渐儿的多起来。感受性非常强烈的他的性情,也同天空大地丛林野水融和了。不上半年,他竟变成了一个大自然的宠儿,一刻也离不了那天然的野趣了。

他的学校是在 N 市外,刚才说过市的附近是一大平原,所以四边的地平线,界限广大的很。那时候日本的工业还没有十分发达,人口也还没有增加得同目下一样,所以他的学校的近边,还多是丛林空地,小阜低岗。除了几家与学生做买卖的文房具店及菜馆之外,附近并没有居民。荒野的人间,只有几家为学生设的旅馆,同晓天的星影似的,散缀在麦田瓜地的中央。晚饭毕后,披了黑呢的缦斗(斗篷),拿了爱读的书,在迟迟不落的夕照中间,散步逍遥,是非常快乐的。他的田园趣味,大约也是在这 Idyllic Wanderings 的中间养成的。

　　在生活竞争不十分猛烈,逍遥自在,同中古时代一样的时候,在风气纯良,不与市井小人同处,清闲雅淡的地方,过日子正如做梦一样。他到了 N 市之后,转瞬之间,已经有半年多了。

　　熏风日夜的吹来,草色渐渐儿的绿起来。旅馆近傍麦田里的麦穗,也一寸一寸的长起来了。草木虫鱼都化育起来,他的从始祖传来的苦闷也一日一日的增长起来,他每天早晨,在被窝里犯的罪恶,也一次一次的加起来了。

　　他本来是一个非常爱高尚爱洁净的人,然而一到了这邪念发生的时候,他的智力也无用了,他的良心也麻痹了,他从小服膺的"身体发肤不敢毁伤"的圣训,也不能顾全了。他犯了罪之后,每深自痛悔,切齿的说,下次总不再犯了,然而到了第二天的那个时候,种种幻想,又活泼泼的到他的眼前来。他平时所看见的"伊扶"的遗类,都赤裸裸的来引诱他。中年以后的妇人的形体,在他的脑里,比处女更有挑发他情动的地方。他苦闷一场,恶斗一场,终究不得不做她们的俘虏。这样的一次成了两次,两次之后,就成了习惯。他犯罪之后,每到图书馆里去翻出医书来看,医书上都千篇一律的说,于身体最有害的就是这一种犯罪。从此之后,他的恐惧心也一天一天的增加起来了。有一天他不知道从什么地方得来的消息,好像是一本书上说,俄国近代文学的创设者 Gogol 也犯这一宗病,他到死竟没有改过来,他想到了郭歌里,心里就宽了一宽,因为这《死了的灵魂》的著者,也是同他一样的。然而这不过自家对自家的宽慰而已,他的胸里,总有一种非常的忧虑存在那里。

　　因为他是非常爱洁净的,所以他每天总要去洗澡一次;因为他是非常爱惜身体的,所以他每天总要去吃几个生鸡子和牛乳;然而他去洗澡或吃牛乳鸡子的时候,他总觉得惭愧得很,因为这都是他的犯罪的证据。

　　他觉得身体一天一天的衰弱起来,记忆力也一天一天的减退了。他又渐渐儿的生了一种怕见人面的心理;见了妇人女子的时候,他觉得更加难受。学校的教科书,他渐渐的嫌恶起来,法国自然派的小说,和中国那几本有名的诲淫小说,他念了又念,几乎记熟了。

有时候他忽然做出一首好诗来,他自家便喜欢得非常,以为他的脑力还没有破坏。那时候他每对着自家起誓说:

"我的脑力还可以使得,还能做得出这样的诗,我以后决不再犯罪了。过去的事实是没法,我以后总不再犯罪了。若从此自新,我的脑力,还是很可以的。"

然而一到了紧迫的时候,他的誓言又忘了。

每礼拜四五,或每月的二十六七的时候,他索性尽意的贪起欢来。他的心里想,自下礼拜一或下月初一起,我总不犯罪了。有时候正合到礼拜六或月底的晚上,去剃头洗澡去,以为这就是改过自新的记号,然而过几天他又不得不吃鸡子和牛乳了。

他的自责心同恐惧心,竟一日也不使他安闲,他的忧郁症也从此厉害起来了。这样的状态继续了一二个月,他的学校里就放了暑假,暑假的两个月内,他受的苦闷,更甚于平时;到了学校开课的时候,他的两颊的颧骨更高起来;他的青灰色的眼窝更大起来,他的一双灵活的瞳人,变了同死鱼眼睛一样了。

五

秋天又到了。浩浩的苍空,一天一天的高起来,他的旅馆傍边的稻田,都带起黄金色来。朝夕的凉风,同刀也似的刺到人的心骨里去,大约秋冬的佳日,来也不远了。

一礼拜前的有一天午后,他拿了一本 Wordsworth 的诗集,在田塍路上逍遥漫步了半天。从那一天以后,他的循环性的忧郁症,尚未离他的身过。前几天在路上遇着的那两个女学生,常在他的脑里,不使他安静,想起那一天的事情,他还是一个人要红起脸来。

他近来无论上什么地方去,总觉得有坐立难安的样子。他上学校去的时候,觉得他的日本同学都似在那里排斥他。他的几个中国同学,也许久不去寻访了,因为去寻访了回来,他心里反觉得空虚。因为他的几个中国同学,怎么也不能理解他的心理,他去寻访的时候,总想得些同情回来的,然而到了那里,谈了几句之后,他又不得不自悔寻访错了。有时候和朋友讲得投机,他就任了一时的热意,把他的内外的生活都对朋友讲了出来,然而到了归途,他又自悔失言,心里的责备,倒反比不去访友的时候,更加厉害。他的几个中国朋友,因此都说他是染了神经病了。他听了这话之后,对了那几个中国同学,也同对日本学生一样,起了一种复仇的心。他同他的几个中国同学,一日一日的疏远起来。嗣后虽在路上,或在学校里遇见的时候,他同那几个中国同学,也不点头招呼。中国留学生开会的时候,他当然是不去出席的。因此他同他的几个同胞,竟宛然成了两家仇敌。

他的中国同学的里边,也有一个很奇怪的人,因为他自家的结婚有些道德上的罪恶,所以他专喜讲人家的丑事,以掩己之不善,说他是神经病,也是这一位同学说的。

他交游离绝之后,孤冷得几乎到将死的地步,幸而他住的旅馆里,还有一个主人的女儿,可以牵引他的心,否则他真只能自杀了。他旅馆的主人的女儿,今年正是十七岁,长方的脸儿,眼睛大得很,笑起来的时候,面上有两颗笑靥,嘴里有一颗金牙看得出来,因为她自家觉得她自家的笑容是非常可爱,所以她平时常在那里弄笑。

他心里虽然非常爱她,然而她送饭来或来替他铺被的时候,他总装出一种兀不可犯的样子来。他心里虽想对她讲几句话,然而一见了她,他总不能开口。她进他房里来的时候,他的呼吸竟急促到吐气不出的地步。他在她的面前实在是受苦不起了,所以近来她进他的房里来的时候,他每不得不跑出房外去。然而他思慕她的心情,却一天一天的浓厚起来。有一天礼拜六的晚上,旅馆里的学生,都上 N 市去行乐去了。他因为经济困难,所以吃了晚饭,上西面池上去走了一回,就回到旅舍里来枯坐。

回家来坐了一会,他觉得那空旷的二层楼上,只有他一个人在家。静悄悄的坐了半晌,坐得不耐烦起来的时候,他又想跑出外面去。然而要跑出外面去,不得不由主人的房门口经过,因为主人和他女儿的房,就在大门的边上。他记得刚才进来的时候,主人和他的女儿正在那里吃饭。他一想到经过她面前的时候的苦楚,就把跑出外面去的心思丢了。

拿出了一本 G. Gissing 的小说来读了三四页之后,静寂的空气里,忽然传了几声搦揉的泼水声音过来。他静静儿的听了一听,呼吸又一霎时的急了起来,面色也涨红了。迟疑了一会,他就轻轻的开了房门,拖鞋也不拖,幽脚幽手的走下扶梯去。轻轻的开了便所的门,他尽兀自的站在便所的玻璃窗口偷看。原来他旅馆里的浴室,就在便所的间壁,从便所的玻璃窗看去,浴室里的动静了了可看,他起初以为看一看就可以走的,然而到了一看之后,他竟同被钉子钉住的一样,动也不能动了。

那一双雪样的乳峰!

那一双肥白的大腿!

这全身的曲线!

呼气也不呼,仔仔细细的看了一会,他面上的筋肉,都发起痉挛来了。愈看愈颤得厉害,他那发颤的前额部竟同玻璃窗冲击了一下。被蒸气包住的那赤裸裸的"伊扶"便发了娇声问说:

"是谁呀？……"

他一声也不响,急忙跳出了便所,就三脚两步的跑上楼上去了。

他跑到了房里,面上同火烧的一样,口也干渴了。一边他自家打自家的嘴巴,一边就把他的被窝拿出来睡了。他在被窝里翻来复去,总睡不着,便立起了两耳,听起楼下的动静来。他听听泼水的声音也息了,浴室的门开了之后,他听见她的脚步声好像是走上楼来的样子。用被包着了头,他心里的耳朵明明告诉他说:

"她已经立在门外了。"

他觉得全身的血液,都在往上奔注的样子。心里怕得非常,羞得非常,也喜欢得非常。然而若有人问他,他无论如何,总不肯承认说,这时候他是喜欢的。

他屏住了气息,尖着了两耳听了一会,觉得门外并无动静,又故意咳嗽了一声,门外亦无声响,他正在那里疑惑的时候,忽听见她的声音,在楼下同她的父亲在那里说话。他手里捏了一把冷汗,拚命想听出她的话来,然而无论如何总听不清楚。停了一会,她的父亲高声笑了起来,他把被蒙头的一罩,咬紧了牙齿说:

"她告诉了他了！她告诉了他了！"

这一天的晚上他一睡也不曾睡着。第二天的早晨,天亮的时候,他就惊心吊胆的走下楼来。洗了手面,刷了牙,趁主人和他的女儿还没有起来之先,他就同逃也似的出了那个旅馆,跑到外面来。

官道上的沙尘,染了朝露,还未曾干着。太阳已经起来了。他不问皂白,便一直的往东走去。远远有一个农夫,拖了一车野菜慢慢的走来。那农夫同他擦过的时候,忽然对他说:

"你早啊！"

他倒惊了一跳,那清瘦的脸上,又起了一层红潮,胸前又乱跳起来,他心里想:

"难道这农夫也知道了么？"

无头无脑的跑了好久,他回转头来看看他的学校,已经远得很了,举头看看,太阳也升高了。他摸摸表看,那银饼大的表,也不在身边。从太阳的角度看起来,大约已经是九点钟前后的样子。他虽然觉得饥饿得很,然而无论如何,总不愿意再回到那旅馆里去,同主人和他的女儿相见。想去买些零食充一充饥,然而他摸摸自家的袋看,袋里只剩了一角二分钱在那里。他到一家乡下的杂货店内,尽那一角二分钱,买了些零碎的食物,想去寻一处无人看见的地方去吃。走到了一处两路交叉的十字路口,他朝南的一望,只见与他的去路横交的那一条自北趋南的通路上,行人稀少得很。那一条路是向南的斜低下去的,两面更有高壁在那里;他知道这路是从一条小山中开辟出来的。他刚才走来的那条大道,便是这山的岭脊,十字路当作了中心,与岭脊上的那条大道相交的横路,是两边低斜下去的。在十字路口迟疑了一会,他就取了那一条向南斜下的路走去。走尽了两面的高壁,他的去路就穿入大平原去,直通到彼岸的市内。平原的彼岸有一簇深林,划在碧空的心里,他心里想:

"这大约就是 A 神宫了。"

他走尽了两面的高壁,向左手斜面上一望,见沿高壁的那山面上有一道女墙,围住着几间茅舍,茅舍的门上悬着了"香雪海"三字的一方匾额。他离开了正路,走上几步,到那女墙的门前,顺手的向门一推,那两扇柴门竟自开了。他就随随便便的踏了进去。门内有一条曲径,自门口通过了斜面,直达到山上去的。曲径的两旁,有许多老苍的梅树种在那里,他知道这就是梅林了。顺了那一条曲径,往北的从斜面上走到山顶的时候,一片同图画似的平地,展开在他的眼前。这园自从山脚上起,跨有朝南的半山斜面,同顶上的一块平地,布置得非常幽雅。

山顶平地的西面是千仞的绝壁,与隔岸的绝壁相对峙,两壁的中间,便是他刚走过的那一条自北趋南的通路。背临着了那绝壁,有一间楼屋、几间平屋造在那里。因为这几间屋,门窗都闭在那里,他所以知道这定是为梅花开日,卖酒食用的。楼屋的前面,有一块草地,草地中间,有几方白石,围成了一个花园,圈子里,卧着一枝老梅,那草地的南尽头,山顶的平地正要向南斜下去的地方,有一块石碑立在那里,系记这梅林的历史的。他在碑前的草地上坐下之后,就把买来的零食拿出来吃了。

吃了之后,他兀兀的在草地上坐了一会。四面并无人声,远远的树枝上,时有一声两声的鸟鸣声飞来。他仰起头来看看澄清的碧落,同那皎洁的日轮,觉得四面的树枝房屋,小草飞禽,都一样的在和平的太阳光里,受大自然的化育。他那昨天晚上的犯罪的记忆,正同远海的帆影一般,不知消失到那里去了。

这梅林的平地上和斜面上,叉来叉去的曲径很多。他站起来走来走去的走了一会,方晓得斜面上梅树的中间,更有一间平屋造在那里。从这一间房屋往东的走去几步,有眼古井,埋在松叶堆中。他摇摇井上的唧筒看,呷呷的响了几声,却抽不起水来。他心里想:

"这园大约只有梅花开的时候,开放一下,平时总没有人住的。"

想到这里他又自言自语的说:

"既然空在这里,我何妨去问园主人去借住借住。"想定了主意,他就跑下山来,打算去寻园主人去。他将走到门口的时候,却好遇见了一个五十来

沉 沦

岁的农夫走进园来。他对那农夫道歉之后,就问他说:

"这园是谁的,你可知道?"

"这园是我经管的。"

"你住在什么地方的?"

"我住在路的那面。"

一边这样的说,一边那农民指着通路西边的一间小屋给他看。他向西一看,果然在西边的高壁尽头的地方,有一间小屋在那里。他点了点头,又问说:

"你可以把园内的那间楼屋租给我住住么?"

"可是可以的,你只一个人么?"

"我只一个人。"

"那你可不必搬来的。"

"这是什么缘故呢?"

"你们学校里的学生,已经有几次搬来过了,大约都因为冷静不过,住不上十天,就搬走的。"

"我可同别人不同,你但能租给我,我是不怕冷静的。"

"这样那里有不租的道理,你想什么时候搬来?"

"就是今天午后罢。"

"可以的,可以的。"

"请你就替我扫一扫干净,免得搬来之后着忙。"

"可以可以。再会!"

"再会!"

六

搬进了山上梅园之后,他的忧郁症 Hypochondria 又变起形状来了。

他同他的北京的长兄,为了一些儿细事,竟生起龃龉来。他发了一封长长的信,寄到北京,同他的长兄绝了交。

那一封信发出之后,他呆呆的在楼前草地上想了许多时候。他自家想想看,他便是世界上最不幸的人了。其实这一次的决裂,是发始于他的。同室操戈,事更甚于他姓之相争。自此之后,他恨他的长兄竟同蛇蝎一样。他被他人欺侮的时候,每把他长兄拿出来作比:

"自家的弟兄,尚且如此,何况他人呢!"

他每达到这一个结论的时候,必尽把他长兄待他苛刻的事情,细细回想出来。把各种过去的事迹列举出来之后,就把他长兄判决是一个恶人,他自家是一个善人。他又把自家的好处列举出来,把他所受的苦处,夸大的细数起来。他证明得自家是一个世界上最苦的人的时候,他的眼泪就同瀑布似的流下来。他在那里哭的时候,空中好像有一种柔和的声音在对他说:

"啊呀,哭的是你么?那真是冤屈了你了。像你这样的善人,受世人的那样的虐待,这可真是冤屈了你了。罢了罢了,这也是天命,你别再哭了,怕伤害了你的身体!"

他心里一听到这一种声音,就舒畅起来。他觉得悲苦的中间,也有无穷的甘味在那里。

他因为想复他长兄的仇,所以就把所学的医科丢弃了,改入文科里去。他的意思,以为医科是他长兄要他改的,仍旧改回文科,就是对他长兄宣战的一种明示。并且他由医科改入文科,在高等学校须迟卒业一年。他心里想,迟卒业一年,就是早死一岁,你若因此迟了一年,就到死可以对你长兄含一种敌意。因为他恐怕一二年之后,他们兄弟两人的感情,仍旧要和好起来;所以这一次的转科,便是帮他永久敌视他长兄的一个手段。

气候渐渐儿的寒冷起来,他搬上山来之后,已经有一个月了。几日来天气阴郁,灰色的层云,天天挂在空中。寒冷的北风吹来的时候,梅林的树叶,每息索索的飞掉下来。

初搬来的时候,他卖了些旧书,买了许多炊饭的器具,自家烧了一个月饭,因为天冷了,他也懒得烧了。他每天的伙食,就一切包给了山脚下的园丁家包办,所以他近来只同退院的闲僧一样,除了怨人骂己之外,更没有别的事情了。

有一天早晨,他侵早的起来,把朝东的窗门开了之后,他看见前面的地平线上有几缕红云,在那里浮荡。东天半角,反照出一种银红的灰色。因为昨天下了一天微雨,所以他看了这清新的旭日,比平日更添了几分欢喜。他走到山的斜面上,从那古井里汲了水,洗了手面之后,觉得满身的气力,一霎时都回复了转来的样子。他便跑上楼外,拿了一本黄仲则的诗集下来,一边高声朗读,一边尽在那梅林的曲径里,跑来跑去的跑圈子。不多一会,太阳起来了。

从他住的山顶向南方看去,眼下看得出一大平原。平原里的稻田,都尚未收割起。金黄的谷色,以绀碧的天空作了背景,反映着一天太阳的晨光,那风景正同看密来(Millet)的田园清画一般。他觉得自家好像已经变了几千年前的原始基督教徒的样子,对了这自然的默视,他不觉笑起自家的气量狭小起来。

"饶赦了!饶赦了!你们世人得罪于我的地方,我都饶赦了你们罢,来,你们来。都来同我讲和罢!"手里拿着了那一本诗集,眼里浮着了两泓

清泪,正对了那平原的秋色,呆呆的立在那里想这些事情的时候,他忽听见他的近边,有两人在那里低声的说:

"今晚上你一定要来的哩!"

这分明是男子的声音。

"我是非常想来的,但是恐怕……"

他听了这娇滴滴的女子的声音之后,好像是被电气贯穿了的样子,觉得自家的血液循环都停止了。原来他的身边有一丛长大的苇草生在那里,他立在苇草的右面,那一男一女,大约是在苇草的左面,所以他们两个还不晓得隔着苇草,有人站在那里。那男人又说:

"你心真好,请你今晚上来罢,我们到如今还没在被窝里睡过觉。"

"……"

他忽然听见两人的嘴唇,灼灼的好像在那里吮吸的样子。他同偷了食的野狗一样,就惊心吊胆的把身子屈倒去听了。

"你去死罢,你去死罢,你怎么会下流到这样的地步!"

他心里虽然如此的在那里痛骂自己,然而他那一双尖着的耳朵,却一言半语也不愿意遗漏,用了全部精神在那里听着。

地上的落叶索息索息的响了一下。

解衣带的声音。

男人嘶嘶的吐了几口气。

舌尖吮吸的声音。

女人半轻半重,断断续续的说:

"你!……你!……你快……快○○罢。……别……别……别被人……被人看见了。"

他的面色,一霎时的变了灰色了。他的眼睛同火也似的红了起来。他的上颚骨同下颚骨呷呷的发起颤来。他再也站不住了。他想跑开去,但是他的两只脚,总不听他的话。他苦闷了一场,听听两人出去了之后,就同落水的猫狗一样,回到楼上房里去,拿出被窝来睡了。

七

他饭也不吃,一直在被窝里睡到午后四点钟的时候才起来。那时候夕阳洒满了远近。平原的彼岸的树林里,有一带苍烟,悠悠扬扬的笼罩在那里。他跟跟跄跄的走下了山,上了那一条自北趋南的大道,穿过了那平原,无头无绪的尽是向南的走去。走尽了平原,他已经到了神宫前的电车停留处。那时候却正好从南面有一乘电车到来,他不知不觉就跳了上去,既不知道他究竟为什么要乘电车,也不知道这电车是往什么地方去的。

走了十五六分钟,电车停了,运车的教他换车,他就换了一乘车。走了二三十分钟,电车又停了,他听见说是终点了,他就走了下来。他的面前就是筑港了。

前面一片汪洋的大海,横在午后的太阳光里,在那里微笑。超海而南有一发青山,隐隐的浮在透明的空气里,西边是一脉长堤,直驰到海湾的心里去。堤外有一处灯台,同巨人似的,立在那里。几艘空船和几只舢板,轻轻的在系着的地方浮荡。海中近岸的地方,有许多浮标,饱受了斜阳,红红的浮在那里。远处风来,带着几句单调的话声,既听不清楚是什么话,也不知道是从那里来的。

他在岸边上走来走去走了一会,忽听见那一边传过了一阵击磬的声音。他跑过去一看,原来是为唤渡船而发的。他立了一会,看有一只小火轮从对岸过来了。跟着了一个四五十岁的工人,他也进了那只小火轮去坐下了。

渡到东岸之后,上前走了几步,他看见靠岸有一家大庄子在那里。大门开得很大,庭内的假山花草,布置得楚楚可爱。他不问是非,就蹩了进去。走不上几步,他忽听得前面家中有女人的娇声叫他说:

"请进来呀!"

他不觉惊了一下,就呆呆的站住了。他心里想:

"这大约就是卖酒食的人家,但是我听见说,这样的地方,总有妓女在那里的。"

一想到这里,他的精神就抖擞起来,好像是一桶冷水浇上身来的样子。他的面色立时变了。要想进去又不能进去,要想出来又不得出来,可怜他那同兔儿似的小胆,同猿猴似的淫心,竟把他陷到一个大大的难境里去了。

"进来吓!请进来吓!"

里面又娇滴滴的叫了起来,带着笑声。

"可恶东西,你们竟敢欺我胆小么!"

这样的怒了一下,他的面色更同火也似的烧了起来。咬紧了牙齿,把脚在地上轻轻的蹬了一蹬,他就握了两个拳头,向前进去,好像是对了那几个年轻的侍女宣战的样子。但是他那青一阵红一阵的面色,和他的面上的微微儿在那里震动的筋肉,总隐藏不过。他走到那几个侍女的面前的时候,几乎要同小孩似的哭出来了。

"请上来!"

"请上来!"

他硬了头皮,跟了一个十七八岁的侍女走上楼去,那时候他的精神已经有些镇静下来了。走了几步,经过一条暗暗的夹道的时候,一阵恼人的花粉香气,同日本女人特有的一种肉的香味,和头发上的香油气息合作了一处,哼的扑上他的鼻孔来。他立刻觉得头晕起来,眼睛里看见了几颗火星,向后边跌也似的退了一步。他再定睛一看,只见他的前面黑暗暗的中间,有一长圆形的女人粉面,堆着了微笑,在那里问他说:

"你!你还是上靠海的地方去呢?还是怎样?"

他觉得女人口里吐出来的气息,也热和和的哼上他的面来。他不知不觉把这气息深深的吸了一口。他的意识,感觉到他这行为的时候,他的面色又立刻红了起来。他不得已只能含含糊糊的答应她说:

"上靠海的房间里去。"

进了一间靠海的小房间,那侍女便问他要什么菜。他就回答说:

"随便拿几样来吧。"

"酒要不要?"

"要的。"

那侍女出去之后,他就站起来推开了纸窗,从外边放了一阵空气进来。因为房里的空气,沉浊得很,他刚才在夹道中闻过的那一阵女人的香味,还剩在那里,他实在是被这一阵气味压迫不过了。

一湾大海,静静的浮在他的面前。外边好像是起了微风的样子,一片一片的海浪,受了阳光的返照,同金鱼的鱼鳞似的,在那里微动。他立在窗前看了一会,低声的吟了一句诗出来:

"夕阳红上海边楼。"

他向西的一望,见太阳离西南的地平线只有一丈多高了。呆呆的看了一会,他的心思怎么也离不开刚才的那个侍女。她的口里的头上的面上的和身体上的那一种香味,怎么也不容他的心思也想别的东西。他才知道他想吟诗的心是假的,想女人的肉体的心是真的了。

停了一会,那侍女把酒菜搬了进来,跪坐在他的面前,亲亲热热的替他上酒。他心里想仔仔细细的看她一看,把他的心里的苦闷都告诉了她,然而他的眼睛怎么也不敢平视她一眼,他的舌根怎么也不能摇动一摇动。他不过同哑子一样,偷看看她那搁在膝上一双纤嫩的白手,同衣缝里露出来的一条粉红的围裙角。

原来日本的妇人都不穿裤子,身上贴肉只围着一条短短的围裙。外边就是一件长袖的衣服,衣服上也没有钮扣,腰里只缚着一条一尺多宽的带子,后面结着一个方结。她们走路的时候,前面的衣服每一步一步的掀开来,所以红色的围裙,同肥白的腿肉,每能偷看。这是日本女子特别的美处;他在路上遇见女子的时候,注意的就是这些地方。他切齿的痛骂自己,畜生!狗贼!卑怯的人!也便是这个时候。

他看了那侍女的围裙角,心头便乱跳起来。愈想同她说话,但愈觉得讲不出话来。大约那侍女是看得不耐烦起来了,便轻轻的问他说:

"你府上是什么地方?"

一听了这一句话,他那清瘦苍白的面上,又起了一层红色;含含糊糊的回答了一声,他呐呐的总说不出清晰的回话来。可怜他又站在断头台上了。

原来日本人轻视中国人,同我们轻视猪狗一样。日本人都叫中国人作"支那人",这"支那人"三字,在日本,比我们骂人的"贱贼"还更难听,如今在一个如花的少女前头,他不得不自认说"我是支那人"了。

"中国呀中国,你怎么不强大起来!"

他全身发起抖来,他的眼泪又快滚下来了。

那侍女看他发颤发得厉害,就想让他一个人在这里喝酒,好教他把精神安镇安镇,所以对他说:

"酒就快没有了,我再去拿一瓶来罢?"

停了一会他听得那侍女的脚步声又走上楼来。他以为她是上他这里来的,所以就把衣服整了一整,姿势改了一改。但是他被她欺骗了。她原来是领了两三个另外的客人,上间壁的那一间房间里去的。那两三个客人都在那里对那侍女取笑,那侍女也娇滴滴的说:

"别胡闹了,间壁还有客人在那里。"

他听了就立刻发起怒来。他心里骂他们说:

"狗才!俗物!你们都敢来欺侮我么?复仇复仇,我总要复你们的仇。世间那里有真心的女子!那侍女的负心东西,你竟敢把我丢了么?罢了罢了,我再也不爱女人了,我再也不爱女人了。我就爱我的祖国,我就把我的祖国当作了情人罢。"

他马上就想跑回去发愤用功。但是他的心里,却很羡慕那间壁的几个俗物。他的心里,还有一处地方在那里盼望那个侍女再回到他这里来。

他按住了怒,默默的喝干了几杯酒,觉得身上热起来。打开了窗门,他看太阳就快要下山去了。又连饮了几杯,他觉得他面前的海景都朦胧起来。西面堤外的灯台的黑影,长大了许多。一层茫茫的薄雾,把海天融混作了一处。在这一层浑沌不明的薄纱影里,西方的将落不落的太阳,好像在那里惜别的样子。他看了一会,不知道是什么缘故,只觉得好笑。呵呵的笑了一回,他用手擦擦自家那火热的双颊,便自言自语的说:

"醉了醉了!"

那侍女果然进来了。见他红了脸,立在窗口在那里痴笑,便问他说:

"窗开了这样大,你不冷的么?"

"不冷不冷,这样好的落照,谁舍得不看呢?"

"你真是一个诗人呀！酒拿来了。"

"诗人！我本来是一个诗人。你去把纸笔拿了来,我马上写首诗给你看看。"

那侍女出去了之后,他自家觉得奇怪起来。他心里想:

"我怎么会变了这样大胆的?"

痛饮了几杯新拿来的热酒,他更觉得快活起来,又禁不得呵呵笑了一阵。他听见间壁房间里的那几个俗物,高声的唱起日本歌来,他也放大了嗓子唱着说:

"醉拍阑干酒意寒,江湖寥落又冬残。剧怜鹦鹉中州骨,未拜长沙太傅官。一饭千金图报易,几人五噫出关难。茫茫烟水回头望,也为神州泪暗弹。"

高声的念了几遍,他就在蓆上醉倒了。

八

一醉醒来,他看看自家睡在一条红绸的被里,被上有一种奇怪的香气。这一间房间也不很大,但已不是白天的那一间房间了。房中挂着一张十烛光的电灯,枕头边上摆着了一壶茶,两只杯子。他倒了二三杯茶,喝了之后,就踉踉跄跄的走到房外去。他开了门,却好白天的那侍女也跑过来了。她问他说:

"你！你醒了么?"

他点了一点头,笑微微的回答说:

"醒了。便所是在什么地方的?"

"我领你去吧。"

他就跟了她去。他走过日间的那条夹道的时候,电灯点得明亮得很。远近有许多歌唱的声音,三弦的声音,大笑的声音传到他的耳朵里来。白天的情节,他都想出来了。一想到酒醉之后,他对那侍女说的那些话的时候,他觉得面上又发起烧来。

从厕所回到房里之后,他问那侍女说:

"这被是你的么?"

侍女笑着说:

"是的。"

"现在是什么时候了?"

"大约是八点四五十分的样子。"

"你去开了账来罢!"

"是。"

他付清了账,又拿了一张纸币给那侍女,他的手不觉微颤起来。那侍女说:

"我是不要的。"

他知道她是嫌少了。他的面色又涨红了,袋里摸来摸去,只有一张纸币了,他就拿了出来给她说:

"你别嫌少了,请你收了罢。"

他的手震动得更加厉害,他的话声也颤动起来了。那侍女对他看了一眼,就低声的说:

"谢谢!"

他直的跑下了楼,套上了皮鞋,就走到外面来。

外面冷得非常,这一天大约是旧历的初八九的样子。半轮寒月,高挂在天空的左半边。淡青的圆形盖里,也有几点疏星,散在那里。

他在海边上走了一回,看看远岸的渔灯,同鬼火似的在那里招引他。细浪中间,映着了银色的月光,好像是山鬼的眼波,在那里开闭的样子。不知是什么道理,他忽想跳入海里去死了。

他摸摸身边看,乘电车的钱也没有了。想想白天的事情,他又不得不痛骂自己。

"我怎么会走上那样的地方去的?我已经变了一个最下等的人了。悔也无及,悔也无及。我就在这里死了罢。我所求的爱情,大约是求不到的了。没有爱情的生涯,岂不同死灰一样么?唉,这干燥的生涯,这干燥的生涯,世上的人又都在那里仇视我,欺侮我,连我自家的亲弟兄,自家的手足,都在那里排挤我到这世界外去。我将何以为生,我又何必生存在这多苦的世界里呢!"

想到这里,他的眼泪就连连续续的滴了下来。他那灰白的面色,竟同死人没有分别了。他也不举起手来揩揩眼泪,月光射到他的面上,两条泪线,倒变了叶上的朝露一样放起光来。他回转头来,看看他自家的又瘦又长的影子,就觉得心痛起来。

"可怜你这清影,跟了我二十一年,如今这大海就是你的葬身地了。我的身子,虽然被人家欺辱,我可不该累你也瘦弱到这步田地。影子呀影子,你饶了我罢!"

他向西面一看,那灯台的光,一霎变了红一霎变了绿的在那里尽它的本职。那绿的光射到海面上的时候,海面就现出一条淡青的路来。再向西天一看,他只见西方青苍苍的天底下,有一颗明星,在那里摇动。

"那一颗摇摇不定的明星的底下,就是我的故国。也就是我的生地。

我在那一颗星的底下,也曾送过十八个秋冬,我的乡土吓,我如今再也不能见你的面了。"

他一边走着,一边尽在那里自伤自悼的想这些伤心的哀话。走了一会,再向那西方的明星看了一眼,他的眼泪便同骤雨似的落下来了。他觉得四边的景物,都模糊起来。把眼泪揩了一下,立住了脚,长叹了一声,他便断断续续的说:

"祖国呀祖国!我的死是你害我的!

"你快富起来!强起来罢!

"你还有许多儿女在那里受苦呢!"

1921 年 5 月 9 日改作

(选自郁达夫《沉沦》,泰东图书局 1921 年版)

冰　心

超　人

　　何彬是一个冷心肠的青年,从来没有人看见他和人有什么来往。他住的那一座大楼上,同居的人很多,他却都不理人家,也不和人家在一间食堂里吃饭,偶然出入遇见了,轻易也不招呼。邮差来的时候,许多青年欢喜跳跃着去接他们的信;何彬却永远得不着一封信。他除了每天在局里办事,和同事们说几句公事上的话;以及房东程姥姥替他端饭的时候,也说几句照例的应酬话,此外就不开口了。

　　他不但是和人没有交际,凡带一点生气的东西,他都不爱;屋里连一朵花,一根草,都没有,冷阴阴的如同山洞一般。书架上却堆满了书。他从局里低头独步的回来,关上门,摘下帽子,便坐在书桌旁边,随手拿起一本书来,无意识的看着,偶然觉得疲倦了,也站起来在屋里走了几转,或是拉开帘幕望了一望,但不多一会儿,便又闭上了。

　　程姥姥总算是他另眼看待的一个人;她端进饭去,有时便站在一边,絮絮叨叨的和他说话,也问他为何这样孤零。她问上几十句,何彬偶然答应几句说:"世界是虚空的,人生是无意识的。人和人,和宇宙,和万物的聚合,都不过如同演剧一般:上了台是父子母女,亲密的了不得;下了台,摘了假面具,便各自散了。哭一场也是这么一回事,笑一场也是这么一回事,与其互相牵连,不如互相遗弃;而且尼采说得好,爱和怜悯都是恶……"程姥姥听着虽然不很明白,却也懂得一半,便笑道:"要这样,活在世上有什么意思?死了,灭了,岂不更好,何必穿衣吃饭?"他微笑道:"这样,岂不又太把自己和世界都看重了。不如行云流水似的,随他去就完了。"程姥姥还要往下说话,看见何彬面色冷然,低着头只管吃饭,也便不敢言语。

　　这一夜他忽然醒了。听得对面楼下凄惨的呻吟着,这痛苦的声音,断断续续的,在这沉寂的黑夜里只管颤动。他虽然毫不动心,却也搅得他一夜睡不着。月光如水,从窗纱外泻将进来,他想起了许多幼年的事情,——慈爱的母亲,天上的繁星,院子里的花……他的脑子累极了,极力的想摒绝这些思想,无奈这些事只管奔凑了来,直到天明,才微微的合一合眼。

　　他听了三夜的呻吟,看了三夜的月,想了三夜的往事——

眠食都失了次序，眼圈儿也黑了，脸色也惨白了。偶然照了照镜子，自己也微微的吃了一惊，他每天还是机械似的做他的事——然而在他空洞洞的脑子里，凭空添了一个深夜的病人。

第七天早起，他忽然问程姥姥对面楼下的病人是谁？程姥姥一面惊讶着，一面说："那是厨房里跑街的孩子禄儿，那天上街去了，不知道为什么把腿摔坏了，自己买块膏药贴上了，还是不好，每夜呻吟的就是他。这孩子真可怜，今年才十二岁呢，素日他勤勤恳恳极疼人的……"何彬自己只管穿衣戴帽，好像没有听见似的，自己走到门边。程姥姥也住了口，端起碗来，刚要出门；何彬慢慢的从袋里拿出一张钞票来，递给程姥姥说："给那禄儿罢，叫他请大夫治一治。"说完了，头也不回，径自走了。——程姥姥一看那巨大的数目，不禁愕然，何先生也会动起慈悲念头来，这是破天荒的事情呵！她端着碗，站在门口，只管出神。

呻吟的声音，渐渐的轻了，月儿也渐渐的缺了。何彬还是朦朦胧胧的——慈爱的母亲，天上的繁星，院子里的花……他的脑子累极了，竭力的想摈绝这些思想，无奈这些事只管奔凑了来。

过了几天，呻吟的声音住了，夜色依旧沉寂着，何彬依旧"至人无梦"的睡着。前几夜的思想，不过如同晓月的微光，照在冰山的峰尖上，一会儿就过去了。

程姥姥带着禄儿几次来叩他的门，要跟他道谢；他好像忘记了似的，冷冷的抬起头来看了一看，又摇了摇头，仍去看他的书。禄儿仰着黑胖的脸，在门外张着，几乎要哭了出来。

这一天晚饭的时候，何彬告诉程姥姥说他要调到别的局里去了，后天早晨便要起身，请她将房租饭钱，都清算一下。程姥姥觉得很失意，这样清净的住客，是少有的，然而究竟留他不得，便连忙和他道喜。他略略的点一点头，便回身去收拾他的书籍。

他觉得很疲倦，一会儿便睡下了。——忽然听得自己的门钮动了几下，接着又听见似乎有人用手推的样子。他不言不动，只静静的卧着，一会儿也便渺无声息。

第二天他自己又关着门忙了一天，程姥姥要帮助他，他也不肯，只说有事的时候再烦她。程姥姥下楼之后，他忽然想起一件事来，绳子忘了买了。慢慢的开了门，只见人影儿一闪，再看时，禄儿在对面门后藏着呢。他踌躇着四围看了一看，一个仆人都没有，便唤："禄儿，你替我买几根绳子来。"禄儿趑趄的走过来，欢天喜地的接了钱，如飞走下楼去。

不一会儿，禄儿跑的通红的脸，喘息着走上来，一只手拿着绳子，一只手背在身后，微微露着一两点金黄色的星儿。他递过了绳子，仰着头似乎要说话,那只手也渐渐的回过来。何彬却不理会,拿着绳子自己走进去了。

他忙着都收拾好了,握着手周围看了看,屋子空洞洞的——睡下的时候,他觉得热极了,便又起来,将窗户和门,都开了一缝,凉风来回的吹着。

"依旧热得很。脑筋似乎很杂乱,屋子似乎太空沉。——累了两天了,起居上自然有些反常。但是为何又想起深夜的病人。——慈爱的……不想了,烦闷的很!"

微微的风,吹扬着他额前的短发,吹干了他头上的汗珠,也渐渐的将他搧进梦里去。

四面的白壁,一天的微光,屋角几堆的黑影。时间一分一分的过去了。慈爱的母亲,满天的繁星,院子里的花。不想了——烦闷……闷……

黑影漫上屋顶去,什么都看不见了,时间一分一分的过去了。

风大了,那壁厢放起光明。繁星历乱的飞舞进来。星光中间,缓缓的走进一个白衣的妇女,右手撩着裙子,左手按着额前。走近了,清香随将过来;渐渐的俯下身来看着,静穆不动的看着,——目光里充满了爱。

神经一时都麻木了!起来罢,不能,这是摇篮里,呀!母亲,——慈爱的母亲。

母亲呵!我要起来坐在你的怀里,你抱我起来坐在你的怀里。

母亲呵!我们只是互相牵连,永远不互相遗弃。

渐渐的向后退了,目光仍旧充满了爱。模糊了,星落如雨,横飞着都聚到屋角的黑影上。——

"母亲呵,别走,别走!……"

十几年来隐藏起来的爱的神情,又呈露在何彬的脸上;十几年来不见点滴的泪儿,也珍珠般散落了下来。

清香还在,白衣的人儿还在。微微的睁开眼,四面的白壁,一天的微光,屋角的几堆黑影上,送过清香来。——刚动了一动,忽然觉得有一个小人儿,蹑手蹑脚的走了出去,临到门口,还回过小脸儿来,望了一望。他是深夜的病人——是禄儿。

何彬竭力的坐起来。那边捆好了的书籍上面,放着一篮金黄色的花儿。他穿着单衣走了过去,花篮底下还压着一张纸,上面大字纵横,借着微光看时,上面是:

> 我也不知道怎样可以报先生的恩德。我在先生门口看了几次,桌子上都没有摆着花儿。——这里有的是卖花的,不知道先生看见过没有?——这篮子里的花,我也不知道是什么名字,是我自己种的,倒是香得很,我最爱他。我想先生也必是爱他。我早就要送给先生了,但是总没有机会。昨天听见先生要走了,所以赶紧送来。

我想先生一定是不要的。然而我有一个母亲,她因为爱我的缘故,也很感激先生。先生有母亲么?她一定是爱先生的。这样我的母亲和先生的母亲是好朋友了。所以先生必要收母亲的朋友的儿子的东西。

禄儿叩上

　　何彬看完了,捧着花儿,回到床前,什么定力都尽了,不禁呜呜咽咽的痛哭起来。

　　清香还在,母亲走了!窗内窗外,互相辉映的,只有月光,星光,泪光。

　　早晨程姥姥进来的时候,只见何彬都穿着好了,帽儿戴得很低,背着脸站在窗前。程姥姥陪笑着问他用不用点心,他摇了摇头。——车也来了,箱子也都搬下去了,何彬泪痕满面,静默无声的谢了谢程姥姥,提着一篮的花儿,遂从此上车走了。

　　禄儿站在程姥姥的旁边,两个人的脸上,都堆着惊讶的颜色。看着车尘远了,程姥姥才回头对禄儿说:"你去把那间空屋子收拾收拾,再锁上门罢,钥匙在门上呢。"

　　屋里空洞洞的,床上却放着一张纸,写着:

　　小朋友禄儿:

　　我先要深深的向你谢罪,我的恩德,就是我的罪恶。你说你要报答我,我还不知道我应当怎样的报答你呢!

　　你深夜的呻吟,使我想起了许多的往事。头一件就是我的母亲,她的爱可以使我止水似的感情,重新荡漾起来。我这十几年来,错认了世界是虚空的,人生是无意识的,爱和怜悯都是恶德。我给你那医药费,里面不含着丝毫的爱和怜悯,不过是拒绝你的呻吟,拒绝我的母亲,拒绝了宇宙和人生,拒绝了爱和怜悯。上帝呵!这是什么念头呵!

　　我再深深的感谢你从天真里指示我的那几句话。小朋友呵!不错的,世界上的母亲和母亲都是好朋友,世界上的儿子和儿子也都是好朋友,都是互相牵连,不是互相遗弃的。

　　你送给我那一篮花之先,我母亲已经先来了。她带了你的爱来感动我。我必不忘记你的花和你的爱,也请你不要忘了,你的花和你的爱,是借着你朋友的母亲带了来的!

　　我是冒罪丛过的,我是空无所有的,更没有东西配送给你。——然而这时伴着我的,却有悔罪的泪光,半弦的月光,灿烂的星光。宇宙间只有他们是纯洁无疵的。我要用一缕柔丝,将泪珠儿穿起,系在弦月的两端,摘下满天的星儿来盛在弦月的圆凹里,不也是一篮金黄色的花儿么?他的香气,就是悔罪的人呼吁的言词,请你收了罢。只有这一篮花配送给你!

　　天已明了,我要走了。没有别的话说了,我只感谢你,小朋友,再见! 再见! 世界上的儿子和儿子都是好朋友,我们永远是牵连着呵!

何彬草

　　我写了这一大段,你未必都认得都懂得;然而你也用不着都懂得,因为你懂得的,比我多得多了! 又及。

　　"他送给我的那一篮花儿呢?"广禄儿仰着黑胖的脸儿,呆呆的望着天上。

(原载1921年4月10日《小说月报》第12卷第4号,后收入《超人》,上海商务印书馆1923年5月初版)

许地山

缀网劳蛛

"我像蜘蛛,
　　命运就是我底网。"
我把网结好,
　　还住在中央。

呀,我底网甚时节受了损伤!
　　这一坏,教我怎地生长?
生的巨灵说:"补缀补缀罢",
　　世间没有一个不破的网。

我再结网时,
　　要结在玳瑁梁栋
　　　　珠玑帘栊;
或结在断井颓垣
　　荒烟蔓草中呢?
生的巨灵按手在我头上说:
　　"自己选择去罢,
　　你所在的地方无不兴隆、亨通。"

虽然,我再结的网还是像从前那么脆弱,
　　敌不过外力冲撞;
我网底形式还要像从前那么整齐——
　　平行的丝连成八角、十二角的形状吗?
他把"生的万花筒"交给我,说:
"望里看罢,
　　你爱怎样,就结成怎样。"

呀,万花筒里等等的形状和颜色
　　仍与从前没有什么差别!
求你再把第二个给我,
　　我好谨慎地选择。
"咄咄!贪得而无智的小虫!
　　自而今回溯到濛鸿,
　　　　从没有人说过里面有个形式与前相同。
去罢,生的结构都由这几十颗'彩琉璃屑'幻成种种,
　　不必再看第二个生的万花筒。"

　　那晚上底月色格外明朗,只是不时来些微风把满园底花影移动得不歇地作响。素光从椰叶下来,正射在尚洁和她底客人史夫人身上。她们二人底容貌,在这时候自然不能认得十分清楚,但是二人对谈的声音却像幽谷底回响,没有一点模糊。

　　周围的东西都沉默着,像要让她们密谈一般:树上底鸟儿把喙插在翅膀底下;草里底虫儿也不敢做声;就是尚洁身边那只玉狸,也当主人所发的声音为催眠歌,只管躲躺地沉睡着。她用纤手抚着玉狸,目光注在她底客人身上,懒懒地说:"夺魁嫂子,外间的闲话是听不得的。这事我全不计较——我虽不信定命的说法,然而事情怎样来,我就怎样对付,毋庸在事前预先谋定什么方法。"

　　她底客人听了这场冷静的话,心里很是着急,说:"你对于自己底前程太不注意了!若是一个人没有长久的顾虑,就免不了遇着危险,外人底话虽不足信,可是你得把你底态度显示得明了一点,教人不疑惑你才是。"

　　尚洁索性把玉狸抱在怀里,低着头,只管摩弄。一会儿,她才冷笑了一声,说:"吓吓,夺魁嫂子,你底话差了,危险不是顾虑所能闪避的。后一小时的事情,我们也不敢说准知道,那里能顾到三四个月、三两年那么长久呢?你能保我待一会不遇着危险,能保我今夜里睡得平安么?纵使我准知道今晚上会遇着危险,现在的谋虑也未必来得及。我们都在云雾里走,离身二三尺以外,谁还能知道前途的光景呢?经里说:'不要为明日自夸,因为一日要生何事,你尚且不能知道。'这句话,你忘了么?……唉,我们都是从渺茫中来,在渺茫中住,望渺茫中去。若是怕在这条云封雾锁的生命路程里走动,莫如止住你底脚步;若是你有漫游的兴趣,纵然前途和四围的光景暧昧,不能使你赏心快意,你也是要走的。横竖是往前走,顾虑什么?

　　"我们从前的事,也许你和一般侨寓此地的人都不十分知道。我不愿意破坏自己底名誉,也不忍教他出丑。你既是要我把态度显示出来,我就得略把前事说一点给你听,可是要求你暂时守这个秘密。

"论理,我也不是他底……"

史夫人没等她说完,早把身子挺起来,作很惊讶的样子,回头用焦急的声音说:"什么?这又奇怪了!"

"这倒不是怪事,且听我说下去。你听这一点,就知道我底全意思了。我本是人家底童养媳,一向就不曾和人行过婚礼——那就是说,夫妇底名分,在我身上用不着。当时,我并不是爱他,不过要仗着他底帮助,救我脱出残暴的婆家。走到这个地方,依着时势的境遇,使我不能不认他为夫……"

"原来你们底家有这样特别的历史。……那么,你对于长孙先生可以说没有精神的关系,不过是不自然的结合罢了。"

尚洁庄重地回答说:"你底意思是说我们没有爱情么?诚然,我从不曾在别人身上用过一点男女底爱情;别人给我的,我也不曾辨别过那是真的,这是假的。夫妇,不过是名义上的事;爱与不爱,只能稍微影响一点精神底生活,和家庭底组织是毫无关系的。

"他怎样想法子要奉承我,凡认识我的人都觉得出来。然而我却没有领他底情,因为他从没有把自己底行为检点一下。他底嗜好多,脾气坏,是你所知道的。我一到会堂去,每听到人家说我是长孙可望底妻子,就非常的惭愧。我常想着从不自爱的人所给的爱情都是假的。

"我虽然不爱他,然而家里的事,我认为应当替他做的,我也乐意去做。因为家庭是公的,爱情是私的。我们两人底关系,实在就是这样。外人说我和谭先生的事,全是不对的。我底家庭已经成为这样,我又怎能把它破坏呢?"

史夫人说:"我现在才看出你们底真相,我也回去告诉史先生,教他不要多信闲话。我知道你是好人,是一个纯良的女子,神必保佑你。"说着,用手轻轻地拍一拍尚洁底肩膀,就站立起来告辞。

尚洁陪她在花荫底下走着,一面说:"我很愿意你把这事底原委单说给史先生知道。至于外间传说我和谭先生有秘密的关系,说我是淫妇,我都不介意。连他也好几天不回来啦。我估量他是为这事生气,可是我并不辩白。世上没有一个人能够把真心拿出来给人家看;纵然能够拿出来,人家也看不明白,那么,我又何必多费唇舌呢?人对于一件事情一存了成见,就不容易把真相观察出来。凡是人都有成见,同一件事,必会生出歧异的评判,这也是难怪的。我不管人家怎样批评我,也不管他怎样疑惑我,我只求自己无愧,对得住天上底星辰和地下底蜾蚁便了。你放心罢,等到事情临到我身上,我自有方法对付。我底意思就是这样,若是有工夫,改天再谈罢。"

她送客人出门,就把玉狸抱到自己房里。那时已经不早,月光从窗户进来,歇在椅桌、枕席之上,把房里的东西染得和铅制的一般。她伸手向床边按了一按铃子,须臾,女佣妥娘就上来了。她问:"佩荷姑娘睡了么?"妥娘在门边回答说:"早就睡了。消夜已预备好了,端上来不?"她说着,顺手把电灯拧着,一时满屋里都著上颜色了。

在灯光之下,才看见尚洁斜倚在床上。流动的眼睛,软润的颔颊,玉葱似的鼻,柳叶似的眉,桃绽似的唇,衬着蓬乱的头发……凡形体上各样的美都凑合在她头上。她底身体,修短也很合度。从她口里发出来的声音,都合音节,就是不懂音乐的人,一听了她底话语,也能得着许多默感。她见妥娘把灯拧亮了,就说:"把它拧灭了吧。光太强了,更不舒服。方才我也忘了留史夫人在这里消夜。我不觉得十分饥饿,不必端上来,你们可以自己方便去。把东西收拾清楚,随着给我点一支洋烛上来。"

妥娘遵从她底命令,立刻把灯灭了,接着说:"相公今晚上也许又不回来,可以把大门扣上吗?"

"是,我想他永远不回来了。你们吃完,就把门关好,各自歇息去罢,夜很深了。"

尚洁独坐在那间充满月亮的房里,桌上一枝洋烛已燃过三分之二,轻风频拂火焰,眼看那支发光的小东西要泪尽了。她于是起来,把烛火移到屋角一个窗户前头的小几上。那里有一个软垫,几上搁几本经典和祈祷文。她每夜睡前的功课就是跪在那垫上默记三两节经句,或是诵几句诗词。别的事情,也许她会忘记,惟独这圣事是她所不敢忽略的。她跪在那里冥想了许久,睁眼一看,火光已不知道在什么时候从烛台上逃走了。

她立起来,把卧具整理妥当,就躺下睡觉。可是她怎能睡着呢?呀,月亮也循着宾客底礼,不敢相扰,慢慢地辞了她,走到园里和它底花草朋友、木石知交周旋去了!

月亮虽然辞去,她还不转眼地望着窗外的天空,像要诉她心中底秘密一般。她正在床上辗来转去,忽听园里"曜哗"一声,响得很厉害。她起来,走到窗边,往外一望,但见一重一重的树影和夜雾把园里盖得非常严密,教她看不见什么。于是她蹑步下楼,唤醒妥娘,命她到园里去察看那怪声底出处。妥娘自己一个人那里敢出去;她走到门房把团哥叫醒,央他一同到围墙边察一察。团哥也就起来了。

妥娘去不多会,便进来回话。她笑着说:"你猜是什么呢?原来是一个蹇运的窃贼摔倒在我们底墙根。他底腿已摔坏了,脑袋也撞伤了,流得满地都是血,动也动不得了。团哥拿着一枝荆条正在抽他哪。"

尚洁听了,一霎时前所有的恐怖情绪一时尽变为慈祥的心意。她等不得回答妥娘,便跑到墙根。团哥还在那里,"你这该死的东西……不知厉害的坏种!……"一句一鞭,打骂得很高兴。尚洁一到,就止住他,还命他和妥娘把受伤的贼扛到屋里来。她吩咐让他躺在贵妃榻上。仆人们都显出不愿意的样子，因为他们想着一个贼人不应该受这么好的待遇。

尚洁看出他们底意思，便说："一个人走到做贼的地步是最可怜悯的，若是你们不得着好机会，也许……"她说到这里，觉得有点失言，教她底佣人听了不舒服，就改过一句说话："若是你们明白他底境遇，也许会体贴他。我见了一个受伤的人，无论如何，总得救护的。你们常常听见'救苦救难'的话，遇着忧患的时候，有时也会脱口地说出来，为何不从'他是苦难人'那方面体贴他呢？你们不要怕他底血沾脏了那垫子，尽管扶他躺下罢。"团哥只得扶他躺下，口里沉吟地说："我们还得为他请医生去吗？"

"且慢，你把灯移近一点，待我来看一看。救伤的事，我还在行。妥娘，你上楼去把我们那个'常备药箱'捧下来。"又对团哥说："你去倒一盆清水来罢。"

仆人都遵命各自干事去了。那贼虽闭着眼，方才尚洁所说的话，却能听得分明。他心里底感激可使他自忘是个罪人，反觉他是世界里一个最能得人爱惜的青年。这样的待遇，也许就是他生平第一次得着的。他呻吟了一下，用低沉的声音说："慈悲的太太，菩萨保佑慈悲的太太！"

那人底太阳边受了一伤很重，腿部倒不十分厉害。她用药棉蘸水轻轻地把伤处周围的血迹涤净，再用绷带裹好。等到事情做得清楚，天早已亮了。

她正转身要上楼去换衣服，蓦听得外面敲门的声很急，就止步问说："谁这么早就来敲门呢？"

"是警察罢。"

妥娘提起这四个字，教她很着急。她说："谁去告诉警察呢？"那贼躺在贵妃榻上，一听见警察要来，恨不能立刻起来跪在地上求恩。但这样的行动已从他那双劳倦的眼睛表白出来了。尚洁跑到他跟前，安慰他说："我没有叫人去报警察……"正说到这里，那从门外来的脚步已经踏进来。

来的并不是警察，却是这家底主人长孙可望。他见尚洁穿着一件睡衣站在那里和一个躺着的男子说话，心里底无明业火已从身上八万四千个毛孔里发射出来。他第一句就问："那人是谁？"

这个问实在教尚洁不容易回答，因为她从不曾问过那受伤者的名字，也不便说他是贼。

"他……他是受伤的人……"

可望不等说完，便拉住她底手，说："你办的事，我早已知道。我这几天不回来，正要侦察你底动静，今天可给我撞见了。我何尝辜负你呢？……一同上去罢，我们可以慢慢地谈。"不由分说，拉着她就往上跑。

妥娘在旁边,看得情急,就大声嚷着:"他是贼!"

"我是贼,我是贼!"那可怜的人也嚷了两声。可望只对着他冷笑,说:"我明知道你是贼。不必报名,你且歇一歇罢。"

一到卧房里,可望就说:"我且问你,我有什么对你不起的地方?你要入学堂,我便立刻送你去;要到礼拜堂听道,我便特地为你预备车马。现在你有学问了,也入教了;我且问你,学堂教你这样做,教堂教你这样做么?"

他底话意是要诘问她为什么变心,因为他许久就听见人说尚洁嫌他鄙陋不文,要离弃他去嫁给一个姓谭的。夜间的事,他一概不知,他进门一看尚洁底神色,老以为她所做的是一段爱情把戏。在尚洁方面,以为他是不喜欢她这样待遇窃贼。她底慈悲性情是上天所赋的,她也觉得这样办,于自己底信仰和所受的教育没有冲突,就回答说:"是的,学堂教我这样做,教会也教我这样做。你敢是……"

"是吗?"可望喝了一声,猛将怀中小刀取出来向尚洁底肩膀上一击。这不幸的妇人立时倒在地上,那玉白的面庞已像渍在胭脂膏里一样。

她不说什么,但用一种沉静的和无抵抗的态度,就足以感动那愚顽的凶手。可望当此情景,心中恐怖的情绪已把凶猛的怒气克服了。他不再有什么动作,只站在一边出神。他看尚洁动也不动一下,估量她是死了;那时,他觉得自己底罪恶压住他,不许再逗留在那里,便溜烟似地望外跑。

妥娘见他跑了,知道楼上必有事故,就赶紧上来。她看尚洁那样子,不由得"啊,天公!"喊了一声,一面上去,要把她搀扶起来。尚洁这时,眼睛略略睁开,像要对她说什么,只是说不出。她指着肩膀示意,妥娘才看见一把小刀插在她肩上。妥娘底手便即酥软,周身发抖,待要扶她,也没有气力了。她含泪对着主妇说:"容我去请医生罢。"

"史……史……"妥娘知道她是要请史夫人来,便回答说:"好,我也去请史夫人来。"她教团哥看门,自己雇一辆车找救星去了。

医生把尚洁扶到床上,慢慢施行手术;赶到史夫人来时,所有的事情都弄清楚啦。医生对史夫人说:"长孙夫人底伤不甚要紧,保养一两个星期便可复元。幸而那刀从肩胛骨外面脱出来,没有伤到肺叶——那两个创口是不要紧的。"

医生辞去以后,史夫人便坐在床沿用法子安慰她。这时,尚洁底精神稍微恢复,就对她底知交说:"我不能多说话,只求你把底下那个受伤的人先送到公医院去;其余的,待我好了再给你说。……唉,我底嫂子,我现在不能离开你,你这几天得和我同在一块儿住。"

史夫人一进门就不明白底下为什么躺着一个受伤的男子。妥娘去时,也没有对她详细地说。她看见尚洁这个样子,又不便往下问。但尚洁底颖悟性从不会被刀所伤,她早明白史夫人猜不透这个闷葫芦,就说:"我现在没有气力给你细说,你可以向妥娘打听去。就要速速去办,若是他回来,便要害了他底性命。"

史夫人照她所吩咐的去做;回来,就陪着她在房里,没有回家。那四岁的女孩佩荷更不知道这是怎么一回事,还是啼啼笑笑,过她底平安日子。

一个星期,两个星期,在她病中默默地过去。她也渐次复元了。她想许久没有到园里去,就央求史夫人扶着她慢慢走出来。她们穿过那晚上谈话的柳荫,来到园边一个小亭下,就歇在那里。她们坐的地方满开了玫瑰,那清静温香的景色委实可以消灭一切忧闷和病害。

"我已忘了我们这里有这么些好花,待一会,可以折几枝带回屋里。"

"你且歇歇,我为你选择几枝罢。"史夫人说时,便起来折花。尚洁见她脚下有一朵很大的花,就指着说:"你看,你脚下有一朵很大、很好看的,为什么不把它摘下?"

史夫人低头一看,用手把花提起来,便叹了一口气。

"怎么啦?"

史夫人说:"这花不好。"因为那花只剩地上那一半,还有一边是被虫伤了。她怕说出伤字,要伤尚洁底心,所以这样回答。但尚洁看的明明是一朵好花,直教递过来给她看。

"夺魁嫂,你说它不好么?我在此中找出道理咧!这花虽然被虫伤了一半,还开得这么好看,可见人底命运也是如此——若不把他底生命完全夺去,虽然不完全,也可以得着生活上一部分的美满,你以为如何呢?"

史夫人知道她连想到自己底事情上头,只回答说:"那是当然的,命运底偃蹇和亨通,于我们底生活没有多大关系。"

谈话之间,妥娘领着史夺魁先生进来。他向尚洁和他底妻子问过好,便坐在她们对面一张凳上。史夫人不管她丈夫要说什么,头一句就问:"事情怎样解决呢?"

史先生说:"我正是为这事情来给长孙夫人一个信。昨天在会堂里有一个很激烈的纷争,因为有些人说可望底举动是长孙夫人迫他做成的,应当剥夺她赴圣筵的权利。我和我奉真牧师在席间极力申辩,终归无效。"他望着尚洁说:"圣筵赴与不赴也不要紧。因为我们底信仰决不能为仪式所束缚;我们底行为,只求对得起良心就算了。"

"因为我没有把那可怜的人交给警察,便责罚我么?"

史先生摇头说:"不,不,现在的问题不在那事上头。前天可望寄一封长信到会里,说到你怎样对他不住,怎样想弃绝他去嫁给别人。他对于你和某人、某人往来的地点、时间都说出来。且说,他不愿意再见你底面;若不与你离婚,他永不回家。信他所说的人很多,我们怎样申辩也挽不过来。我们虽然知道事实不是如此,可是不能找出什么凭据来证明。我现在正要告诉你,若是要到法庭去的话,我可以帮你底忙。这里不像我们祖国,公庭上没有女人说话的地位。况且他底买卖起先都是你拿资本出来;要离异时,照法律,最少总得把财产分一半给你。……像这样的男子,不要他也罢了。"

尚洁说:"那事实现在不必分辩,我早已对嫂子说明了。会里因为信条底缘故,说我底行为不合道理,便禁止我赴圣筵——这是他们所信的,我有什么可说的呢!"她说到末一句,声音便低下了。她底颜色很像为同会底人误解她和误解道理惋惜。

"唉,同一样道理,为何信仰的人会不一样?"

她听了史先生这话,便兴奋起来,说:"这何必问?你不常听见人说:'水是一样,牛喝了便成乳汁,蛇喝了便成毒液'吗?我管保我所得能化为乳汁,那能干涉人家所得的变成毒液呢?若是到法庭去的话,倒也不必。我本没有正式和他行过婚礼,自毋须乎在法庭上公布离婚。若说他不愿意再见我底面,我尽可以搬出去。财产是生活的赘瘤,不要也罢,和他争什么?……他赐给我的恩惠已是不少,留着给他……"

"可是你一把财产全部让给他,你立刻就不能生活。还有佩荷呢?"

尚洁沉吟半晌便说:"不妨,我私下也曾积聚些少,只不能支持到一年罢了。但不论如何,我总得自己挣扎。至于佩荷……"她又沉思了一会,才续下去说:"好罢,看他底意思怎样,若是他愿意把那孩子留住,我也不和他争。我自己一个人离开这里就是。"

他们夫妇二人深知道尚洁底性情,知道她很有主意,用不着别人指导。并且她在无论什么事情上头都用一种宗教底精神去安排。她底态度常显出十分冷静和沉毅,做出来的事,有时超乎常人意料之外。

史先生深信她能够解决自己将来的生活,一听了她底话,便不再说什么,只略略把眉头皱了一下而已。史夫人在这两三个星期间,也很为她费了些筹划。他们有一所别业在土华地方,早就想教尚洁到那里去养病;到现在她才开口说:"尚洁妹子,我知道你一定有更好的主意,不过你底身体还不甚复原,不能立刻出去做什么事情,何不到我们底别庄里静养一下,过几个月再行打算?"史先生接着对他妻说:"这也好。只怕路途远一点,由海船去,最快也得两天才可以到。但我们都是惯于出门的人,海涛底颠簸当然不能制服我们。若是要去的话,你可以陪着去,省得寂寞了长孙夫人。"

尚洁也想找一个静养的地方,不意他们夫妇那么仗义,所以不待踌躇便应许了。她不愿意为自己底缘故教别人麻烦,因此不让史夫人跟着前去。她说:"寂寞的生活是我尝惯的。史嫂子在家里也有许多当办的事情,那里能够和我同行？还是我自己去好一点。我很感谢你们二位底高谊，要怎样表示我底谢忱，我却不懂得；就是懂，也不能表示得万分之一。我只说一声'感激莫名'便了。史先生，烦你再去问他要怎样处置佩荷，等这事弄清楚，我便要动身。"她说着，就从方才摘下的玫瑰中间选出一朵好看的递给史先生，教他插在胸前底钮门上。不久，史先生也就起立告辞，替她办交涉去了。

土华在马来半岛底西岸，地方虽然不大，风景倒还幽致。那海里出的珠宝不少，所以住在那里的多半是搜宝之客。尚洁住的地方就在海边一丛棕林里。在她底门外，不时看见采珠底船往来于金的塔尖和银的浪头之间。这采珠底工夫赐给她许多教训。因为她这几个月来常想着人生就同入海采珠一样；整天冒险入海里去，要得着多少，得着什么，采珠者一点把握也没有。但是这个感想决不会妨害她底生命。她见那些人每天迷蒙蒙地搜求，不久就理会她在世间的历程也和采珠底工作一样。要得着多少，得着什么，虽然不在她底权能之下，可是她每天总得入海一遭，因为她底本分就是如此。

她对于前途不但没有一点灰心，且要更加奋勉。可望虽是剥夺她们母女的关系，不许佩荷跟着她，然而她仍不忍弃掉她底责任，每月要托人暗地里把吃的用的送到故家去给她女儿。

她现在已变主妇底地位为一个珠商底继室了。住在那里的人，都说她是人家底弃妇，就看轻她，所以她所交游的都是珠船里的工人。那班没有思想的男子在休息的时候，便因着她底姿色争来找她开心。但她底威仪常是调伏这班人的邪念，教他们转过心来承认她是他们底师保。

她一连三年，除干她底正事以外，就是教她那班朋友说几句英吉利语，念些少经文，知道些少常识。在她底团体里，使令、供养，无不如意。若说过快活日子，能像她这样，也就不劣了。

虽然如此，她还是有缺陷的。社会地位，没有她底分；家庭生活，也没有她底分；我们想想，她心里到底有什么感觉？前一项，于她是不甚重要的；后一项，可就缭乱她底衷肠了！史夫人虽常寄信给她，然而她不见信则已，一见了信，那种说不出来的伤感就加增千百倍。

她一想起她底家庭，每要在树林里徘徊，树上底蚱蜢常要幻成她女儿底声音对她说："母思儿耶？母思儿耶？"这本不是奇迹，因为发声者无情，听音者有意；她不但对于那些小虫底声音是这样，即如一切的声音和颜色，偶一触着她底感官，便幻成她底家庭了。

她坐在林下，遥望着无涯的波浪，一度一度地掀到岸边，常觉得她底女儿踏着浪花踊跃而来，这也不止一次了。那天，她又坐在那里，手拿着一张佩荷底小照，那是史夫人最近给她寄来的。她翻来翻去地看，看得眼昏了。

她猛一抬头，又得着常时所现的异象。她看见一个人携着她底女儿从海边上来，穿过林樾，一直走到跟前。那人说："长孙夫人，许久不见，贵体康健啊！我领你底女儿来找你哪。"

尚洁此时，展一展眼睛，才理会果然是史先生携着佩荷找她来。她不等回答史先生底话，便上前用力搂住佩荷；她底哭声从她爱心的深密处殷雷似地震发出来。佩荷因为不认得她，害怕起来，也放声哭了一场。史先生不知道感触了什么，也在旁边只尽管擦眼泪。

这三种不同情绪的哭泣止了以后，尚洁就呜咽地问史先生说："我实在喜欢。想不到你会来探望我，更想不到佩荷也能来！……"她要问的话很多，一时摸不着头绪。只搂定佩荷，眼看着史先生出神。

史先生很庄重地说："夫人，我给你报好消息来了。"

"好消息？"

"你且镇定一下，等我细细地告诉你。我们一得着这消息，我底妻子就教我和佩荷一同来找你。这奇事，我们以前都不知道，到前十几天才听见我奉真牧师说的。我牧师自那年为你底事卸职后，他底生活，你已经知道了。"

"是，我知道。他不是白天做裁缝匠，晚间还做制饼师吗？我信得过，神必要帮助他，因为神底儿子说：'为义受逼迫的人是有福的。'他底事业还顺利吗？"

"倒没有什么过不去的地方。他不但日夜劳动，在合宜的时候，还到处去传福音哪。他现在不用这样地吃苦，因为他底老教会看他底行为，请他回国仍旧当牧师去，在前一个星期已经动身了。"

"是吗！谢谢神！他必不能长久地受苦。"

"就是因为我牧师回国的事，我才能到这里来。你知道长孙先生也受了他底感化么？这事详细地说起来，倒是一种神迹。我现在来，也是为告诉你这件事。

"前几天，长孙先生忽然到我家里找我。他一向就和我们很生疏，好几年也不过访一次，所以这次的来，教我们很诧异。他第一句就问你底近况如何，且诉说他底懊悔。他说这反悔是忽然的，是我牧师警醒他的。现在我就将他底话，照样地说一遍给你听——

'在这两三年间，我牧师常来找我谈话，有时也请我到他底面包房里去听他讲道。我和他来往那么些次，就觉得他是我底好师傅。我每有难决的事情或疑虑的问题，都去请教他。我自前年生事，二人分离以后，每疑惑尚洁官底操守，又常听见家里佣人思念她的话，心里就十分懊悔。但我总想着，男人说话将军箭，事已做出，那里还有脸皮收回来？本是打算给它一个错到底的。然而日子越久,我就越觉得不对。到我牧师要走,最末次命我去领教训的时候,讲了一章经,教我很受感动。散会后,他对我说,他盼望我做的是请尚洁回来。他又念《马可福音》十章给我听,我自得着那教训以后,越觉得我很卑鄙、凶残、淫秽,很对不住她。现在要求你先把佩荷带去见她,盼望她为女儿的缘故赦免我。你们可以先走,我随后也要亲自前往。'

他说懊悔的话很多,我也不能细说了。等他来时,容他自己对你细说罢。我很奇怪我牧师对于这事,以前一点也没有对我说过,到要走时,才略提一提;反教他来到我那里去,这不是神迹吗?"

尚洁听了这一席话,却没有显出特别愉悦的神色,只说:"我底行为本不求人知道,也不是为要得人家的怜恤和赞美;人家怎样待我,我就怎样受,从来是不计较的。别人伤害我,我还饶恕,何况是他呢?我知道自己底卤莽,是一件极可喜的事。——你愿意到我屋里去看一看吗?我们一同走走罢。"

他们一面走,一面谈。史先生问起她在这里的事业如何,她不愿意把所经历的种种苦处尽说出来,只说:"我来这里,几年的工夫也不算浪费,因为我已找着了许多失掉的珠子了!那些灵性的珠子,自然不如入海去探求那么容易,然而我竟能得着二三十颗。此外,没有什么可以告诉你。"

尚洁把她底事情结束停当,等可望不来,打算要和史先生一同回去。正要到珠船里和她底朋友们告辞,在路上就遇见可望跟着一个本地人从对面来。她认得是可望,就堆着笑容,抢前几步去迎他,说:"可望君,平安哪!"可望一见她,也就深深地行了一个敬礼,说:"可敬的妇人,我所做的一切事都是伤害我底身体,和你我二人底感情,此后我再不敢了。我知道我多多地得罪你,实在不配再见你底面,盼望你不要把我底过失记在心中。今天来到这里,为的是要表明我悔改底行为;还要请你回去管理一切所有的。你现在要到那里去呢?我想你可以和史先生先行动身,我随后回来。"

尚洁见他那番诚恳的态度,比起从前,简直是两个人,心里自然满是愉快,且暗自谢她底神在他身上所显的奇迹。她说:"呀!往事如梦中之烟,早已在虚幻里消散了,何必重行提起呢?凡人都不可积聚日间的怨恨、怒气和一切伤心的事到夜里,何况是隔了好几年的事?请你把那些事情搁在脑后罢。我本想到船里去,向我那班同工底人辞行。你怎样不和我们一起回去,还有别的事情要办么?史先生现时在他底别业——就是我住的地方——我们一同到那里去罢,待一会,再出来辞行。"

"不必,不必。你可以去你的,我自己去找他就可以。因为我还有些正当的事情要办。恐怕不能和你们一同回去;什么事,以后我才教你知道。"

"那么,你教这土人领你去罢,从这里走不远就是。我先到船里,回头再和你细谈。再见哪！"

她从土华回来，先住在史先生家里，意思是要等可望来到，一同搬回她底旧房子去。谁知等了好几天，也不见他底影。她才知道可望在土华所说的话意有所含蓄。可是他到那里去呢？去干什么呢？她正想着，史先生拿了一封信进来对她说："夫人，你不必等可望了，明后天就搬回去罢。他寄给我这一封信说，他有许多对不起你的地方，都是出于激烈的爱情所致，因他爱你的缘故，所以伤了你。现在他要把从前邪恶的行为和暴躁的脾气改过来，且要偿还你这几年来所受的苦楚，故不得不暂时离开你。他已经到槟榔屿了。他不直接写信给你的缘故，是怕你伤心，故此写给我，教我好安慰你；他还说从前一切的产业都是你的，他不应独自霸占了许久，要求你尽量地享用，直等到他回来。

"这样看来，不如你先搬回去，我这里派人去找他回来如何？唉，想不到他一会儿就能悔改到这步田地！"

她遇事本来很沉静，史先生说时，她底颜色从不曾显出什么变态，只说："为爱情么？为爱而离开我么？这是当然的，爱情本如极利的斧子，用来剥削命运常比用来整理命运的时候多一些。他既然规定他自己底行程，又何必费工夫去寻找他呢？我是没有成见的，事情怎样来，我怎样对付就是。"

尚洁搬回来那天，可巧下了一点雨，好像上天使园里的花木特地沐浴得很妍净来迎接它们底旧主人一样。她进门时，妥娘正在整理厅堂，一见她来，便嚷着："奶奶，你回来了！我们很想念你哪！你底房间乱得很，等我把各样东西安排好再上去。先到花园去看看罢，你手植各样的花木都长大了。后面那棵释迦头长得像罗伞一样，结果也不少，去看看罢。史夫人早和佩荷姑娘来了，她们现时也在园里。"

她和妥娘说了几句话，便到园里。一拐弯，就看见史夫人和佩荷坐在树荫底下一张凳上——那就是几年前，她要被刺那夜，和史夫人坐着谈话的地方。她走来，又和史夫人并肩坐在那里。史夫人说来说去，无非是安慰她的话。她像不信自己这样的命运不甚好，也不信史夫人用定命论底解释来安慰她，就可以使她满足。然而她一时不能说出合宜的话，教史夫人明白她心中毫无忧郁在内。她无意中一抬头，看见佩荷拿着树枝把结在玫瑰花上一个蜘蛛网撩破了一大部分。她注神许久，就想出一个意思来。

她说："呀，我给这个比喻，你就明白我底意思。

"我像蜘蛛，命运就是我底网。蜘蛛把一切有毒无毒的昆虫吃入肚里，回头把网组织起来。它第一次放出来的游丝，不晓得要被风吹到多少远；可是等到粘着别的东西的时候，它底网便成了。

"它不晓得那网什么时候会破，和怎样破法。一旦破了，它还暂时安安然然地藏起来;等有机会再结一个好的。

"它底破网留在树梢上,还不失为一个网。太阳从上头照下来,把各条细丝映成七色;有时粘上些少水珠,更显得灿烂可爱。

"人和他底命运,又何尝不是这样?所有的网都是自己组织得来,或完或缺,只能听其自然罢了。"

史夫人还要说时,妥娘来说屋子已收拾好了,请她们进去看看。于是,她们一面谈,一面离开那里。

园里没人,寂静了许久。方才那只蜘蛛悄悄地从叶底出来,向着网底破裂处,一步一步,慢慢补缀。它补这个干什么?因为它是蜘蛛,不得不如此!

(原载1922年2月10日《小说月报》第13卷第2期)

庐　隐

海滨故人

一

呵！多美丽的图画！斜阳红得像血般,照在碧绿的海波上,露出紫蔷薇般的颜色来,那白杨和苍松的阴影之下,她们的旅行队正停在那里,五个青年的女郎,要算是此地的熟客了,她们住在靠海的村子里;只要早晨披白绡的安琪儿,在天空微笑时,她们便各拿着书跳舞般跑了来。黄昏红裳的哥儿回去时,她们也必定要到。

她们倒是什么来历呢？有一个名字叫露沙,她在她们五人里,是最活泼的一个。她总喜欢穿白纱的裙子,用云母石作枕头,仰面睡在草地上默默凝思。她在城里念书,现在正是暑假期中,约了她的好朋友——玲玉,莲裳,云青,宗莹住在海边避暑,每天两次来赏鉴海景。她们五个人的相貌和脾气都有极显著的区别,露沙是个很清瘦的面庞和体格,但却十分刚强,她们给她的赞语是"短小精悍",她的脾气很爽快,但心思极深,对于世界的谜仿佛已经识破,对人们交接,总是诙谐的。玲玉是富于情感,而体格极瘦弱,她常常喜欢人们的赞美和温存,她认定世界的伟大和神秘,只是爱的作用,她喜欢笑,更喜欢哭,她和云青最要好。云青是个理智比感情更强的人,有时她不耐烦了,不能十分温慰玲玉,玲玉一定要背人偷拭泪,有时竟至放声痛哭了。莲裳为人最周到,无论和什么人都交际得来,而且到处都被人欢迎,她和云青很好。宗莹在她们里头,是最娇艳的一个,她极喜欢艳妆,也喜欢向人夸耀她的美和她的学识,她常常说过分的话。露沙和她很好,但露沙也极反对她思想的近俗,不过觉得她人很温和,待人很好,时时的牺牲了自己的偏见,来附和她,她们样样不同的朋友,而能比一切同学亲热,就在她们都是很有抱负的人,和那醉生梦死的不同。所以她们就在一切同学的中间,筑起高垒来隔绝了。

有一天,朝霞罩在白云上的时候,她们五个人又来了。露沙睡在海崖上,宗莹蹲在她的身旁,莲裳、玲玉、云青站在海边听怒涛狂歌,看碧波闪映,宗莹和露沙低低地谈笑，远远忽见一缕白烟从海里腾起。玲玉说："船来了！"大家因都站起来观看，渐渐看见烟筒了，看见船身了，不到五分钟整个的船都可以看得清楚，船上许多水手都对她们望着，直到走到极远才止。她们因又团团坐下，说海上的故事。

开始露沙述她幼年时，随她的父母到外省作官去，也是坐的这样的海船，有一天因为心里烦闷极了，不住声的啼哭，哥哥拿许多糖果哄她，也止不住哭声，妈妈用责罚来禁止她的哭声，也是无效。这时她父亲正在作公文，被她搅得急起来，因把她抱起来要往海里抛。她这时惧怕那油碧碧的海心，才止住哭声。

宗莹插言道：露沙小时的历史，多着呢，我都知道。因我妈妈和她家认识，露沙生的那天，我妈妈也在那里。玲玉说你既知道，讲给我们听听好不好？宗莹看着露沙微笑，意思是探她许可与否，露沙说："小时的事情我一概不记得，你说说也好，叫我也知道知道。"

于是宗莹开始说了："露沙出世的时候，亲友们都庆贺她的命运，因为露沙的母亲已经生过四个哥儿了。当孕着露沙的时候，只盼望是个女儿。这时露沙正好出世。她母亲对这嫩弱的花蕊，十分爱护，但同时意外的事情发生了，不免妨碍露沙的幸运，就是生露沙的那一天，她的外祖母死了。并且曾经派人来接她的母亲，为了露沙的出世，终没去成，事后每每思量，当露沙闭目恬适睡在她臂膀上时，她便想到母亲的死，晶莹的泪点往往滴在露沙的头上。后来她忽感到露沙的出世有些不祥，把思量母亲的热情，变成憎厌露沙的心了！

还有不幸的，是她母亲因悲抑的结果，使露沙没有乳汁吃，稚嫩的哀哭声，便从此不断了。有一天夜里，露沙哭得最凶，连她的小哥哥都被吵醒了。她母亲又急又痛，止不住倚着床沿垂泪，她父亲也叹息道：'这孩子真讨厌！明天雇个奶妈，把她打发远点，免得你这么受罪！'她母亲点点头，但没说什么。

过了几天，露沙已不在她母亲怀抱里了，那个新奶妈，是乡下来的，她梳着奇异像蝉翼般的头，两道细缝的小眼，上唇撅起来，露着牙齿。露沙初次见她，似乎很惊怕，只躲在娘怀里不肯仰起头来，后来那奶妈拿了许多糖果和玩物，才勉强把她哄去。但到了夜里，她依旧要找娘去，奶妈只把她搂在怀里，轻轻拍着，唱催眠歌儿，才把她哄睡了。

露沙因为小时吃了母亲忧抑的乳汁，身体十分孱弱，况且那奶妈又非常的粗心，她有时哭了，奶妈竟不理她，这时她的小灵魂，感到世界的孤寂和冷刻了。她身体健康更一天不如一天。到三岁了她还不能走路和说话，并且头上还生了许多疮疥。这可怜的小生命，更没有人注意她了。

在那一年的春天,鸟儿全都轻唱着,花儿全都含笑着,露沙的小哥哥都在绿草地上玩耍,那时露沙得极重的热病,关闭在一间厢房里。当她病势沉重的时候,她母亲绝望了,又恐怕传染,她走到露沙的小床前,看着她瘦弱的面庞说:'唉!怎变成这样了!……奶妈,我这里孩子多,不如把她抱到你家里去治吧!能好再抱回来,不好就算了!'奶妈也正想回去看看她的小黑,当时就收拾起来,到第二天早晨,奶妈抱着露沙走了。她母亲不免伤心流泪。露沙搬到奶妈家里的第二天,她母亲又生了个小妹妹,从此露沙不但不在她母亲的怀里,并且也不在她母亲的心里了。

奶妈的家,离城有二十里路,是个环山绕水的村落,她的屋子,是用茅草和黄泥筑成的,一共四间,屋子前面有一座竹篱笆,篱笆外有一道小溪,溪的隔岸,是一片田地,碧绿的麦秀,被风吹着如波纹般涌漾,奶妈的丈夫是个农夫,天天都在田地里作工,家里有一个纺车,奶妈的大女儿银姊,天天用它纺线,奶妈的小女儿小黑和露沙同岁,露沙到了奶妈家里,病渐渐减轻,不到半个月已经完全好了,便是头上的疮也结了痂,从前那黄瘦的面孔,现在变成红黑了。

露沙住在奶妈家里,整整过了半年,她忘了她的父母,以为奶妈便是她的亲娘,银姊和小黑是她的亲姊姊。朝霞幻成的画景,成了她灵魂的安慰者,斜阳影里唱歌的牧童,是她的良友,她这时精神身体都十分焕发。

露沙回家的时候,已经四岁了。到六岁的时候,就随着她的父母作官去,以后的事情我就不知道了。"

宗莹说到这里止住了。露沙只是怔怔地回想,云青忽喊道:"你看那海水都放金光了,太阳已经到了正午,我们回去吃饭吧!"她们随着松荫走了一程已经到家了。

在这一个暑假里,寂寞的松林,和无言的海流,被这五个女孩子点染得十分热闹,她们对着白浪低吟,对着激潮高歌,对着朝霞微笑,有时竟对着海月垂泪。不久暑假将尽了,那天夜里正是月望的时候,她们黄昏时拿着箫笛等来了。露沙说:"明天我们就要进城去,这海上的风景,只有这一次的赏受了。今晚我们一定要看日落和月出……这海边上虽有几家人家,但和我们也混熟了,纵晚点回去也不要紧,今天总要尽兴才是。"大家都极同意。

西方红灼灼的光闪烁着,海水染成紫色,太阳足有一个脸盆大,起初盖着黄红白的云,有时露出两道红来,仿佛火神怒睁两眼,向人间狠视般,但没有几分钟那两道红线化成一道,那彩霞和彗星般散在西北角上,那火盆般的太阳已到了水平线上,一霎眼那太阳已如狮子滚绣球般,打个转身沉向海底去了。天上立刻露出淡灰色来,只在西方还有些五彩余辉闪烁着。

海风吹拂在宗莹的散发上,如柳丝轻舞,她倚着松柯低声唱道:

"我欲登芙蓉之高峰兮,
白云阻其去路。
我欲攀绿萝之俊藤兮,
惧颓岩而跔躇。
伤烟波之荡荡兮,
伊人何处?
叩海神久不应兮,
唯漫歌以代哭!"

接着歌声,又是一阵箫韵,其声嘤嘤似蜂鸣群芳丛里,其韵溶溶似落花轻逐流水,渐提渐高激起有如孤鸿哀唳碧空,但一折之后又渐转和缓恰似水渗滩底呜咽不绝,最后音响渐沓,歌声又起道:

"临碧海对寒素兮,
何烦纤之萦心!
浪滔滔波荡荡兮,
伤孤舟之无依!
伤孤舟之无依兮,
愁绵绵而永系!"

大家都被了歌声的催眠,沉思无言,便是那作歌的宗莹,也只有微叹的余音,还在空中荡漾罢了。

二

她们搬进学校了。暑假里浪漫的生活,只能在梦里梦见,在回想中想见。这几天她们都是无精打采的。露沙每天只在图书馆,一张长方桌前坐着,拿着一枝笔,痴痴地出神,看见同学走过来时,她便将人家慢慢分析起来,同学中有一个叫松文的从她面前走过,手里正拿着信,含笑的看着,露沙等她走后,便把她从印象中提出,层层地分析。过了半点钟,便抽去笔套,在一册小本子上写道:——

"一个很体面的女郎,她时时向人微笑,多美丽呵!只有含露的荼蘼能比拟她。但是最真诚和甜美的笑容,必定当她读到情人来信时才可以看见!这时不止像含露的荼蘼了,并且像斜阳熏醉的玫瑰。又柔媚又艳丽呢!"

她写到这里又有一个同学从她面前走过。她放下她的小本子,换了宗旨不写那美丽含笑的松文了!她将那个后来的同学照样分析起来。这个同学姓郦,在她一级中年纪最大——大约将近四十岁了——她拿着一堆书,皱着眉走过去。露沙望着她的背影出神,不禁长叹一声,又拿起笔来写道:"她是四十岁的母亲了,——她的儿已经十岁——当她拿着先生发的讲义——二百余页的讲义,细细的理解时,她不由得想起她的儿来了。她那时皱紧眉头,合上两眼,任那眼泪把讲义湿透,也仍不能止住她的伤心。先生们常说:'她是最可佩服的学生。'我也只得这么想,不然她那紧皱的眉峰,便不时惹起我的悲哀;我必定要想到:'人多么傻呵!因为不相干什么知识——甚至于一张破纸文凭,把精神的快活完全牺牲了……'"当当一阵吃饭钟响,她才放下笔,从图书馆出来,她一天的生活大约如是,同学们都说她有神经病,有几个刻薄的同学给她起个绰号,叫"著作家",她每逢听见人们嘲笑她的时候,只是微笑说:"算了吧!著作家谈何容易?"说完这话,便头也不回的跑到图书馆去了。

宗莹最喜欢和同学谈情。她每天除上课之外,便坐在讲堂里,和同学们说:"人生的乐趣,就是情。"她们同级里有两个人,一个叫作兰香,一个叫作孤云,她们两人最要好。然而也最爱打架。她们好的时候,手挽着手,头偎着头,低低地谈笑,或商量两个人做一样衣服,用什么样花边,或者做一样的鞋,打一样的别针,使无论什么人一见她们,就知道她们是顶要好的朋友。有时预算星期六回家,谁到谁家去,她们说到快意的时候,竟手舞足蹈,合唱起来。这时宗莹必定要拉着玲玉说:"你看她们多快乐呵!真是人若没有感情,就不能生活了。情是滋润草木的甘露,要想开美丽的花,必定要用情汁来灌溉。"玲玉也悄悄地谈论着,我们级里谁最有情,谁有真情,宗莹笑着答她道:"我看你最多情,——最没情就是露沙了。她永远不相信人,我们对她说情,她便要笑我们。其实她的见地实在不对。"玲玉便怀疑着笑说道:"真的吗?……我不相信露沙无情,你看她多喜欢笑,多喜欢哭呀。没情的人,感情就不应当这么易动。"宗莹听了这话,沉思一回,又道:"露沙这人真奇怪呀!……有时候她闹起来,比谁都活泼,及至静起来,便谁也不理的躲起来了。"

她们一天到晚,只要有闲的时候,便如此的谈论,同学们给她们起了绰号,叫"情迷"。她们也笑纳不拒。

云青整天理讲义,记日记。云青的姊妹最多,她们家庭里因组织了一个娱乐会,云青全份的精神都集中在这里,下课的时候,除理讲义,抄笔录,和记日记外,就是作简章,和写信。她性情极圆和,无论对于什么事,都不肯吃亏,而且是出名的拘谨。同级里每回开级友会,或是爱国运动,她虽热心帮忙,但叫她出头露面,她一定不答应。她唯一的推辞只说:"家里不肯。"同学们能原谅她的。就说她家庭太顽固,她太可怜,不能原谅她,就冷笑着说:"真正是个薛宝钗。"她有时听见这种的嘲笑,便呆呆坐在那里。露沙若问她出什么神?她便悲抑着说:"我只想求人了解真不容易!"露沙早听惯看惯她这种语调态度,也只冷冷地答道:"何必求人了解?老实说便是自己有时也不了解自己呢!"云青听了露沙的话,就立刻安适了,仍旧埋头作她的工作。

莲裳和他们四人不同级,她学的是音乐。她每日除了练琴室里弹琴,便是操场上唱歌。她无忧无虑,好像不解人间有烦恼事,她每逢听见云青露沙谈人无味一类的话,她必插嘴截住她们的话说:"哎呀!你们真讨厌。竟说这些没意思的话,有什么用处呢?来吧!来吧!操场玩去吧!"她跑到操场里,跳上秋千架,随风上下翻舞,必弄得一身汗她才下来,她的目的,只是快乐。她最憎厌学哲理的人,所以她和露沙她们不能常常在一处,只有假期中,她们偶然聚会几次罢了。

她们在学校里的生活很平淡,差不多没有什么意外的事情发现。到了第三个年头,学校里因为爱国运动,常常罢课。露沙打算到上海读书。开学的时候,同学们都来了,只短一个露沙,云青、玲玉、宗莹都感十分怅惘,云青更抑抑不能耐,当日就写了一封信给露沙道:

露沙:

　　赐书及宗莹书,读悉一是,离愁别恨,思之痛,言之更痛,露沙!千丝万缕,从何诉说?知惜别之不免,悔欢聚之多事矣!悠悠不决之学潮,至兹告一结束,今日已始行补课,同堂相见,问及露沙,上海去也。局外人已不胜为吾四人憾,况身受者乎?吾不欲听其问,更不忍笔之于此以增露沙愁也!所幸吾侪之以志行相契,他日共事社会,不难旧雨重逢,再作昔日之游,话别情,倾积愫,且喜所期不负,则理想中乐趣,正今日离愁别恨有以成之;又何惜今日之一别,以致永久之乐乎?云素欲作积极语,以是自慰,亦勉以是为露沙慰,知露沙离群之痛,总难恝然于心。姑以是作无聊之极想,当耐味之榆枏可也。

　　今日校中之开学式,一种萧条气象,令人难受,露沙!所谓"别时容易见时难"。吾终不能如太上之忘情,奈何!得暇多来信,余言续详,顺盼康健!

云青

云青写完信,意绪兀自懒散,在这学潮后,杂乱无章的生活里,只有沉闷烦纡,那守时刻司打钟的仆人,一天照样打十二回钟,但课堂里零零落落,只有三四个人上堂。教员走上来,四面找人,但窗外一个人影都没有。院子里只有垂杨对那孤寂的学生教员,微微点头。玲玉、宗莹和云青三个人,只是在操场里闲谈,这时正是秋凉时候,天空如洗,黄花满地,西风爽辣。一群群雁子都往南飞,更觉生趣索然。她们起初不过谈些解决学潮的方法,已觉前途的可怕,后来她们又谈到露沙了,玲玉说:"露沙走了,与她的前途未始不好。只是想到人生聚散如此易易,太没意思了,现在我们都是作学生的时代,肩上没有重大的责任,尚且要受种种环境支配,将来投身社会,岂不更成了机械吗?……"云青说:"人生有限的精力,消磨完了就结束了,看透了倒不值得愁前虑后呢!"宗莹这时正在葡萄架下,看累累酸子,忽接言道:"人生都是苦恼,但能不想就可以不苦了!"云青说:"也只有作如此想。"她们说着都觉倦了,因一齐回到讲堂去。宗莹的桌上忽放着一封信,是露沙寄来的,她忙忙撕开念道:

  人寿究竟有几何?穷愁潦倒过一生;未免不值得!我已决定日内北上,以后的事情还讲不到,且把眼前的快乐享受了再说。

  宗莹!云青!玲玉!从此不必求那永不开口的月姊——传我们心弦之音了!呵!再见!

宗莹喜欢得跳起来。玲玉云青也尽展愁眉,她们并且忙跑去通知莲裳,预备欢迎露沙。

  露沙到的那天,她们都到火车站接她。把她的东西交给底下人拿回去。她们五个人一齐走到公园里。在公园里吃过晚饭,便在社稷坛散步,她们谈到暑假分别时曾叮嘱到月望时,两地看月传心曲,谁想不到三个月,依旧同地赏月了!在这种极乐的环境里,她们依旧恢复她们天真活泼的本性了。

  她们谈到人生聚散的无定。露沙感触极深,因述说她小时的朋友的一段故事:

  "我从九岁开始念书,启蒙的先生是我姑母,我的书房,就在她寝室的套间里。我的书桌是红漆的,上面只有一个墨盒,一管笔,一本书,桌子面前一张木头椅子。姑母每天早晨教我一课书,教完之后,她便把书房的门倒锁起来,在门后头放一把水壶,念渴了就喝白开水,她走了以后,我把我的书打开。忽听见院子里妹妹唱歌,哥哥学猫叫,我就慢慢爬到桌上站在那里,从窗眼往外看,妹妹笑,我也由不得要笑。哥哥追猫,我心里也像帮忙一块追似的,我这样站着两点钟也不觉倦,但只听见姑母的脚步声,就赶紧爬下来,很规矩的坐在那里。姑母一进门,正颜厉色的向我道:'过来背书。'我那里背得出,便认也不曾认得。姑母怒极,喝道:'过来!'我不禁哀哀地哭了,她拿着皮鞭抽了几鞭。然后狠狠的说:'十二点再背不出,不用想吃饭呵!'我这时恨极这本破书了。但为要吃午饭,也不能不拼命的念,侥幸背出来了,混了一顿午饭吃。但是念了一年,一本三字经还不曾念完。姑母恨极了,告诉了母亲把我狠狠责罚了一顿,从此不教我念书了。我好像被赦的死囚,高兴极了。

有一天我正在同妹妹做小衣服玩,忽听见母亲叫我说:'露沙!你一天在家里不念书,竟顽皮,把妹妹都引坏了。我现在送你上学校去,你若不改,被人赶出来,我就不要你了。'我听了这话,又怕又伤心,不禁放声大哭。后来哥哥把我抱上车,送我到东城一个教会学堂里。我才迈进校长室,心里便狂跳起来。在我的小生命里,是第一次看见蓝眼睛、高鼻子的外国人,况且这校长满脸威严。我哥哥和她说:'这小孩是我的妹妹,她很顽皮,请你不用客气的管束她。那是我们全家所感激的。'那校长对我看了半天说:'哦!小孩子!你应当听话,在我的学校里,要守规矩,不然我这里有皮鞭它能责罚你。'她说着话,把手向墙上一捺。就听见'琅琅!'一阵铃响,不久就走进一个中国女人来,年纪二十八九,这个人比校长温和得多,她走进来和校长鞠了个躬,并不说话,只听见校长叫她道:'魏教习!这个女孩是到这里读书的,你把她带去安置了吧!'那个魏教习就拉着我的手说:'小孩子!跟我来!'我站着不动。两眼望着我的哥哥,好似求救似的,我哥哥也似了解我的意思,因安慰我说:'你好好在这里念书,我过几天来看你。'我知道无望了,只得勉勉强强跟着魏教习到里边去。

这学校的学生,都是些乡下孩子,她们有的穿着打补钉的蓝布裤子,有的头上扎着红头绳,见了我都不住眼的打量,我心里又彷徨,又凄楚。在这满眼生疏的新环境里,觉得好似不系之舟,前途命运真不可定呵。迷糊中不知走了多少路,只见魏教习领我走到楼下东边一所房子前站住了,用手轻轻敲了几下门,那门便'呀'的一声开了。一个女郎戴着蔚蓝眼镜,两颊娇红,眉长入鬓,身上穿着一件月白色的长衫,微笑着对魏教习鞠了躬说:'这就是那新来的小学生吗?'魏教习点点头说:'我把她交给你,一切的事情都要你留心照应。'说完又回头对我说:'这里的规矩,小学生初到学校。应受大学生的保护和管束,她的名字叫秦美玉,你应当叫她姐姐,好好听她的话。不知道的事情都可以请教她。'说完站起身走了。那秦美玉拉着我的手说:'你多大了?你姓什么?叫什么?……这学校的规矩很利害,外国人是不容情的,你应当事事小心。'她正说着,已有人将我的铺盖和衣物拿进来了。我这时忽觉得诧异,怎么这屋子里面没有床铺呵?后来又看她把墙壁上的木门推开了。里头放着许多被褥,另外还有一个墙橱,便是放衣服的地方,她告诉我这屋里住五个人,都在这木板上睡觉,此外,有一张长方桌子,也是五个人公用的地方,我从来没看见过这种简陋的生活,仿佛到了一个特别的所在,事事都觉得不惯。并且那些大学生,又都正颜厉色的指挥我打水扫地,我在家从来没作过,况且年龄又太幼弱,怎么能作得来。不过又不敢不作,到烦难的时候,只有痛哭,那些同学又都来看我,有的说:'这孩子真没出息!'有的说:'管管她就好了。'那些没有同情的刺心话,真使我又羞又急,后来还是秦美玉有些不过意,抚着我的头说:'好孩子!别想家,跟我玩去。'我擦干了眼泪,跟她走出来,院子里有秋千架,有荡木,许多学生在那里玩耍,其中有一个学生,和我差不多大,穿着藕荷色的洋纱长衫,对我含笑的望,我也觉得她和别的同学不同,很和气可近的,我不知不觉和她熟识了。我就别过秦美玉和她牵着手,走到后院来,那里有一棵白杨树,底下放着一块捣衣石,我们并肩坐在那里,这时正是黄昏的时候,柔媚的晚霞,缀成幔天红罩,金光闪射,正映在我们两人的头上,她忽然问我道:'你会唱圣诗吗?'我摇头说'不会',她低头沉思半晌说:'我会唱好几首,我教你一首好不好?'我点头道:'好!'她便轻轻柔柔地唱了一首,歌词我已记不得了,只是那爽脆的声韵,恰似娇莺低吟,春燕轻歌,到如今还深刻脑海。我们正在玩得有味,忽听一阵铃响,她告诉我吃晚饭了。我们依着次序,走进膳堂,那膳堂在地窖里,很大的一间房子,两旁都开着窗户,从窗户外望,平地上所种的杜鹃花正开得灿烂娇艳,迎着残阳,真觉爽心动目。屋子中间排着十几张长方桌,桌的两旁放着木头板凳,桌上当中放着一个绿盆,盛着白木头筷子和黑色粗碗,此外排着八碗茄子煮白水,每两人共吃一碗,在桌子东头,放着一筐箩棒子面的窝窝头,黄腾腾好似金子的颜色,这又是我从来没吃过的,秦美玉替我拿了两块放在面前。我拿起来咬了一口,有点甜味,但是嚼在嘴里,粗糙非常,至于那碗茄子,更不知道是什么味道,又涩又苦。想来既没有油,盐又放多了,我肚子其实很饿,但我拿起筷子勉强吃了两口,实在咽不下,心里一急,那眼泪点点滴滴都洒在窝窝头上了。那些同学见我这种情形,有的诽笑我,有的谈论我,我仿佛听见她们说:'小姐的派头倒十足,但为什么不吃小厨房的饭呢?'我那时不知道这学校的饭是分等第的,有钱的吃小厨房饭,没钱就吃大厨房的饭,我只疑疑惑惑不知道她们说什么,只怔怔地看着饭菜垂泪,直等大家都吃完,才一齐散了出来。我自从这一顿饭后,心里更觉得难受了。这一夜翻来复去,无论如何睡不着,看那清碧的月光,从树梢上移到我屋子的窗棂上,又移到我的枕上,直至月光充满了全屋,我还不曾入梦,只听见那四个同学呼声雷动,更感焦躁,那眼泪又不由自主的流下来了。直到天快亮,我才迷迷忽忽睡了一觉。

第二天的饭菜,依旧是不能下箸。那个小朋友知道这消息,到吃饭的时候,特把她家里送来的菜,拨了一半给我,我才得吃了一顿饱饭。这种苦楚直挨了两个星期,才略觉习惯些。我因为这个小朋友待我极好,因此更加亲热,直到光复那一年,我家里搬到天津去,我才离开这学校,我的小朋友也回通州去了。到光复以后我已经十三岁了,我的小朋友十二岁,我们一齐都进公立某小学校,后来她因为想学医到别处去,我们五六年不见,想不到前年她又到北京来，我们因又得欢聚，不过现在她又走了——听说她已和人结婚——很不得志，得了肺病，将来能否再见，就说不定了。"

"你们说人生聚散有一定吗？"露沙说完，兀自不住声的叹息，这时公园游人已渐渐散尽，大家都有倦意。因趁着光慢慢步出园来，一同雇车回学校去。

露沙自从上海回来后，宗莹和云青、玲玉，都觉格外高兴，这时候她们下课后，工作的时候很少，总是四个人拉着手，在芳草地上，轻歌快谈。说到快意时，便哈天扑地的狂笑，说到凄楚时便长吁短叹，其实都脱不了孩子气，什么是人生！什么是究竟！不过嘴里说说，真的苦趣还一点没尝到呢！

三

光阴快极了，不觉又过了半年，不解事的露沙、玲玉、云青、宗莹、莲裳不幸接二连三都卷入愁海了。

第一个不幸的便是露沙，当她幼年时饱受冷刻环境的熏染，养成孤僻倔强的脾气，而她天性又极富于感情，所以她竟是个智情不调和的人。当她认识那青年梓青时，正在学潮激烈的当儿。天上飘着鹅毛片般的白雪，空中风声凛冽，她奔波道途，一心只顾怎么开会，怎么发宣言，和那些青年聚在一起，讨论这一项，解决那一层，她初不曾预料到这一点的因，而生出绝大的果来。

梓青是个沉默孤高的青年，他的议论最彻底，在会议的席上，他不大喜欢说话，但他的论文极多，露沙最喜欢读他的作品，在心流的沟里，她和他不知不觉已打通了，因此不断的通信，从泛泛的交谊，变为同道的深契，这时露沙的生趣勃勃，把从前的冷淡态度，融化许多，她每天除上课外，便是到图书馆看书，看到有心得，她或者作短文，和梓青讨论，或者写信去探梓青的见解，在这个时期里，她的思想最有进步，并且她又开始研究哲学，把从前懵懵懂懂的态度都改了。

有一天正上哲学课，她拿着一支铅笔记先生口述的话，那时先生正讲人生观的问题，中间有句话："人生到底作什么？"她听了这话，忽然思潮激涌，停了手里的笔，更听不见先生继续讲些什么，只怔怔的盘算："人生到底作什么？……"牵来牵去，忽想到恋爱的问题上去——"青年男女，好像是一朵含苞未放的玫瑰花，美丽的颜色足以安慰自己，诱惑别人，芬芳的气息，足以满足自己，迷恋别人。但是等到花残了，叶枯了，人家弃置，自己憎厌，花木不能躲时间空间的支配，人类也是如此，那末人生到底作什么？……其实又有什么可作？恋爱不也是一样吗？青春时互相爱恋，爱恋以后怎么样?……不是和演剧般,到结局无论悲喜,总是空的呵!并且爱恋的花,常常衬着苦恼的叶子,如何跳出这可怕的圈套,清净一辈子呢?……"她越想越玄,后来弄得不得主意,吃饭也不正经吃,有时只端着饭碗拿着筷子出神,睡觉也不正经睡,半夜三更坐了起来发怔,甚至于痛哭了。

这一天下午,露沙又正犯着这哲学病,忽然梓青来了一封信,里头有几句话说:"枯寂的人生真未免太单调了!……唉!什么时候才得甘露的润泽,在我空漠的心田,开朵灿烂的花呢?……恐怕只有膜拜'爱神',求她的怜悯了!"这话和她的思想,正犯了冲突。交战了一天,仍无结果,到了这一天夜里,她勉勉强强写了梓青的回信,那话处处露着彷徨矛盾的痕迹。到第二天早起从新看看,自己觉得不妥,因又撕了,结果只写几个字道:"来信收到了,人生不过尔尔,苦也罢乐也罢,几十年全都完了,管他呢!且随遇而安罢!"

活泼泼的露沙从此憔悴了!消沉了,对于人间时而信,时而疑,神经越加敏锐,闲步到中央公园,看见鸭子在铁栏里游泳,她便想到,人生和鸭子一样的不自由,一样的愚钝,人生到底作什么?听见鹦鹉叫,她便想到人们和鹦鹉一样,刻板的说那几句话,一样的不能跳出那笼子的束缚。看见花落叶残便想到人的末路——死——仿佛天地间只有愁云满布,悲雾迷漫,无一不足引起她对世界的悲观,弄得精神衰颓。

露沙的命运是如此。云青的悲剧同时开演了,云青向来对于世界是极乐观的,她目的想作一个完美的教育家,她愿意到乡村的地方——绿山碧水的所在,招集些乡村的孩子,好好的培植她们,完成甜美的果树,对于露沙那种自寻苦恼的态度,每每表示反对。

这天下午她们都在校园葡萄架下闲谈,同级张君,拿了一封信来,递给露沙,她们都围拢来问:"这是谁的信,我们看得吗?"露沙说:"这是蔚然的信,有什么看不得的。"她说着因把信撕开,抽出来念道:

露沙君:

　　不见数月了!我近来很忙。没有写信给你,抱歉得很!你近状如何?念书有得吗?我最近心绪十分恶劣,事事都感到无聊的痛苦,一身一心都觉无所着落,好像黑夜中,独驾扁舟,漂泊于四无涯际,深不见底的大海汪洋里,彷徨到底点了呵!日前所云事,曾否进行,有效否极盼望早得结果,慰我不定的心。别的再谈。

　　　　　　　　　　　　　　　　　　　　　　　　蔚然

宗莹说,"这个人不就是我们上次在公园遇见的吗?……他真有趣,抱着一大捆讲义,睡在椅子上看,……他托你什么事?……露沙!"

露沙沉吟不语，宗莹又追问了一句，露沙说，"不相干的事，我们说我们的吧！时候不早，我们也得看点书才对。"这时玲玉和云青正在那唧唧哝哝商量星期六照像的事，宗莹招呼了她们，一齐来到讲堂。玲玉到图书室找书预备作论文，她本要云青陪她去，被露沙拦住说："宗莹也要找书，你们俩何不同去。"玲玉才舍了云青，和宗莹去了。

露沙叫云青道："你来！我有话和你讲。"云青答应着一同出来，她们就在柳阴下，一张凳子上坐下了。露沙说："蔚然的信你看了觉得怎样？"云青怀疑着道："什么怎么样？我不懂你的意思。"露沙说："其实也没有什么？……我说了想你也不至于恼我吧？"云青说："什么事？你快说就是了。"露沙说："他信里说他十分苦闷，你猜为什么？……就是精神无处寄托，打算找个志同道合的女朋友，安慰他灵魂的枯寂！他对于你十分信任，从前和我说过好几次，要我先说，我怕碰钉子，直到如今不曾说过，今天他又来信，苦苦追问，我才说了，我想他的人格，你总信得过，作个朋友，当然不是大问题是不是？"云青听了这话，一时没说什么，沉思了半天说："朋友原来不成问题，……但是不知道我父亲的意思怎样？等我回去问问再说吧！"露沙想了想答道："也好吧！但希望快点！"她们谈到这里，听见玲玉在讲堂叫她们，便不再往下说，就回到讲堂去。

露沙帮着玲玉找出《汉书·艺文志》来，混了些时，玲玉和宗莹都伏案作文章，云青拿着一本《唐诗》，怔怔凝思，露沙叉着手站在玻璃窗口，听柳树上的夏蝉不住声的嘶叫，心里只觉闷闷地，无精打采的坐在书案前，书也懒看，字也懒写。孤云正从外头进来，抚着露沙的肩说："怎么又犯了毛病啦！眼泪汪汪是什么意思呵！"露沙满腔烦闷悲凉，经她一语道破，更禁不住，爽性伏在桌上呜咽起来，玲玉、宗莹和云青都急忙围拢来，安慰她，玲玉再三问她为什么难受，她只是摇头，她实在说不出具体的事情来，这一下午她四个人都沉闷无言，各人叹息各人的，这种的情形，绝不是头一次了。

冬天到了，操场里和校园中没有她们四人的影子了，这时她们的生活只在图书馆或讲堂里，但是图书馆是看书的地方，她们不能谈心，讲堂人又太多，到不得已时，她们就躲在栉沐室里，那里有顶大的洋炉子，她们围炉而谈，毫无妨碍。

最近两个星期，露沙对于宗莹的态度，很觉怀疑。宗莹向来是笑容满面，喜欢谈说的。现在却不然了，镇日坐在讲堂，手里拿着笔在一张破纸上，画来画去，有时忽向玲玉说："作人真苦呵！"露沙觉得她这种形态，绝对不是无因，这一天的第二课正好教员请假，露沙因约了宗莹到栉沐室谈心，露沙说："你有什么为难的事吗？"她沉吟了半天说："你怎么知道？"露沙说："自然知道，……你自己不觉得，其实诚于中形于外，无论谁都瞒不了呢！"

宗莹低头无言,过了些时,她才对露沙说:"我告诉你,但请你守秘密。"露沙说:"那自然啦,你说吧!"

"我前几个星期回家,我母亲对我说有个青年,要向我求婚,据父亲和母亲的意思,都很欢喜他,他的相貌很漂亮,学问也很好,但只一件他是个官僚,我的志趣你是知道的,和官僚结婚多讨厌呵!而且他的交际极广,难保没有不规则的行动,所以我始终不能决定。我父亲似乎很生气,他说:'现在的女孩子,眼里哪有父母呵!好吧!我也不能强迫你,不过我觉得这是个好机会,我作父亲的有对你留意的责任,你若自己错过了,那就不能怨人,……据我看那个青年,实在是不可多得的人才,将来至少也有科长的希望……'我被他这一番话说得真觉难堪,我当时一夜不曾合眼,我心里只恨为什么这么倒霉?若果始终要为父母牺牲,我何必念书进学校。只过我六七年前小姐式的生活,早晨睡到十一二点起来,看看不相干的闲书,作两首谰调的诗,满肚皮佳人才子的思想,三从四德的观念,那末父母之命,媒妁之言,我自然遵守,也没有什么苦恼了!现在既然进了学校,有了知识,叫我屈伏在这种顽固不化的威势下,怎么办得到!我牺牲一个人不要紧,其奈良心上过不去,你说难不难?……"宗莹说到伤心时,泪珠儿便不断的滴下来,露沙倒弄得没有主意了,只得想法安慰她说:"你不用着急,天下没有不爱子女的父母,她绝不忍十分难为你……"

宗莹垂泪说:"为难的事还多呢,岂止这一件。你知道师旭常常写信给我吗?"露沙诧异道:"师旭是不是那个很胖的青年?"宗莹道:"是的。""他头一封信怎么写的?"露沙如此的问,宗莹道:"他提出一个问题和我讨论,叫我一定须答复,而且还寄来一篇论文叫我看完交回,这是使我不能不回信的原因。"露沙听完,点头叹道:"现在的社交,第一步就是以讨论学问为名,那招牌实在是堂皇得很,等你真真和他讨论学问时,他便再进一层,和你讨论人生问题,从人生问题里便渲染上许多愤慨悲抑的感情话,打动了你,然后恋爱问题就可以应运而生了。……简直是作戏,所幸当局的人总是一往情深,不然岂不味同嚼蜡!"宗莹说:"什么事不是如此?……作人只得模糊些罢了。"

她们正谈着,玲玉来了,她对她们作出娇痴的样子来,似笑似恼的说:"啊哟!两个人像煞有介事,……也不理人家。"说着歪着头看她们笑,宗莹说:"来!来!……我顶爱你!"一壁说,一壁走,过来拉着她的手,她就坐在宗莹的旁边,将头靠在她的胸前说:"你真爱我吗?……真的吗?"……"怎么不真!"宗莹应着便轻轻在她手上吻了一吻。露沙冷冷地笑道:"果然名不虚传,情迷碰到一起就有这么些做作!"玲玉插嘴道:"咦!世界上你顶没有爱,一点都不爱人家。"露沙现出很悲凉的形状道:"自爱还来不及,说得爱人家吗？"玲玉有些恼了。两颊绯红说："露沙顶忍心，我要哭了！我要哭了！"说着当真眼圈红了，露沙说："得啦！得啦！和你闹着玩呵！……我纵无情，但对于你总是爱的。好不好？"玲玉虽是哈哈地笑，眼泪即随着笑声滚了下来。正好云青找到她们处来，玲玉不容她开口，拉着她就走说："走吧！去吧！露沙一点不爱人家，还是你好，你永永爱我！"云青只迟疑的说："走吗？……真是的！"又回头对她们笑道，"这是怎么回事？……你们不走吗……"宗莹说："你先走好了，我们等等就来。"玲玉走后，宗莹说："玲玉真多情，……我那亲戚若果能娶她，真是福气！"露沙道："真的！你那亲戚现在怎么样？你这话已对玲玉说过吗？"宗莹说："我那亲戚不久就从美国回来了，玲玉方面我约略说过，大约很有希望吧！""哦！听说你那亲戚从前曾和另外一个女子订婚，有这事吗？"露沙又接着问。宗莹叹道："可不是吗？现在正在离婚，那边执意不肯，将来麻烦的日子有呢！"露沙说："这恐怕还不成大问题，……只是玲玉和你的亲戚有否发生感情的可能，倒是个大问题呢！……听说现在玲玉家里正在介绍一个姓胡的，到底也不知什么结果？"宗莹道："慢慢地再说吧！现在已经下堂了。底下一课文学史，我们去听听吧！"她们就走向讲堂去。

她们四个人先后走到成人的世界去了。从前的无忧无愁的环境，一天一天消失。感情的花，已如荼如火的开着，灿烂温馨的色香，使她们迷恋，使她们尝到甜蜜的爱的滋味，同时使她们了解苦恼的意义。

这一年暑假，露沙回到上海去，玲玉回到苏州去。云青和宗莹仍留在北京，她们临别的末一天晚上，约齐了住在学校里，把两张木床合并起来，预备四个人联床谈心，在傍晚的时候，她们在残阳的余辉下，唱着离别的歌儿道：

    潭水桃花，故人千里，
    离歧默默情深悬，
    两地思量共此心！
    何时重与联襟？
    愿化春波送君来去，
    天涯海角相寻。

歌调苍凉，她们的声音越来越低，直至无声，露沙叹道："十年读书，得来只是烦恼与悲愁，究竟知识误我？我误知识？"云青道："真是无聊！记得我小的时候，看见别人读书，十分羡慕，心想我若能有了知识，不知怎样的快乐，若果知道越有知识，越与世不相容，我就不当读书自苦了。"宗莹说："谁说不是呢？就拿我个人的生活说吧！我幼年的时候，没有兄弟姊妹，父母十分溺爱，也不许进学校，只请了一位老学究，教我读《毛诗》《左传》，闲时学作几首诗。一天也不出门,什么是世界我也不知道,觉得除依赖父母过我无忧无虑的生活外,没有一点别的思想,那时在别人或者看我很可惜,甚至于觉得我很可怜,其实我自己倒一点不觉得。后来我有一个亲戚,时常讲些学校的生活,及各种常识给我听,不知不觉中把我引到烦恼的路上去,从此觉得自己的生活,样样不对不舒服,千方百计和父母要求进学校,进了学校,人生观完全变了。不容于亲戚,不容于父母。一天一天觉得自己孤独,什么悲愁,什么无聊,逐件发明了。……岂不是知识误我吗?"她们三人的谈话,使玲玉受了极深的刺激,呆呆地站在秋千架旁,一语不发。云青无意中望见,因撇了露沙宗莹走过来,拊在她的肩上说:"你怎样了?……有什么不舒服吗?"玲玉仍是默默无言,摇摇头回过脸去,那眼泪便扑朔朔滚了下来,她们三人打断了话头,拉着她到栉沐室里,替她拭干了泪痕,谈些诙谐的话,才渐渐恢复了原状。

到了晚上,她们四人睡在床上,不住的讲这样说那样,弄到四点多钟才睡着了。第二天下午露沙和玲玉乘京浦的晚车离开北京,宗莹和云青送到车站。当火车头转动时,玲玉已忍不住呜咽起来,露沙生性古怪,她遇到伤心的时候,总是先笑,笑够了,事情过了,她又慢慢回想着独自垂泪,宗莹虽喜言情,但她却不好哭,云青对于什么事,好像都不足动心的样子,这时对着渐去渐远的露沙、玲玉,只是怔怔呆望,直到火车出了正阳门,连影子都不见了,她才微微叹着气回去了。

在这分别的期中,云青有一天接到露沙的一封信说:

云青:

  人间譬如一个荷花缸,人类譬如缸里的小虫,无论怎样聪明,也逃不出人间的束缚。回想临别的那天晚上,我们所说的理想生活——海边修一座精致的房子,我和宗莹开了对海的窗户,写伟大的作品;你和玲玉到临海的村里,教那天真的孩子念书,晚上回来,便在海边的草地上吃饭,谈故事,多少快乐——但是我恐怕这话,永久是理想的呵!你知道宗莹已深陷于爱情的漩涡里,玲玉也有爱剑卿的趋势。虽然这都是她们俩的事,至于我们呢?蔚然对于你陷溺极深,我到上海后,见过他几次,觉得他比从前沉闷多了。每每仰天长叹,好像有无限隐忧似的。我屡次问他,虽不曾明说什么,但对于你的渴慕仍不时流露出来。云青!你究竟怎么对付他呢?你向来是理智胜于感情的,其实这也是她们不到的观察,对于蔚然的诚挚,能始终不为所动吗?况且你对于蔚然的人格曾表示相信,那末你所以拒绝他的,岂另有苦衷吗?……

  按说我的为人,在学校里,同学都批评我极冷淡寡情,其实人间的虫子,要想作太上的忘情,只是矫情罢了!不过有的人喜欢用情——即世上所谓的多情——有的不喜欢用情,一旦若是用了,更要比多情的深挚得多呢!我相信你不是无情,只是深情,你说是不是?

你前封信曾问我梓青的事,在事实上我没有和他发生爱情的可能,但爱情是没有条件的。外来的桎梏,正未必能防范得住呢?以后的结果,实不可预料,只看上帝的意旨如何罢了。

露沙

云青接到这封信,受了极大的刺激,用了两天两夜的思维,仍不能决定,她只得打电话叫宗莹来商量,宗莹问她对于蔚然本身有无问题,云青答道:"我向来没有和男子们交接,我觉得男子可以相信的很少,至于蔚然的人格,我始终信仰,不过我向来理智强于感情,这事的结果,若是很顺当的,那末倒也没什么,若果我父母以为不应当……或者亲戚们有闲话,那我宁可自苦一辈子,报答他的情义,叫我勉强屈就是作不到的。"

宗莹听完这话,沉想些时说:"我想你本身若是没有问题,那末就可以示意蔚然,叫他托人对你父母提出,岂不妥当吗?"云青懒懒道:"大约也只有这么办了,……哎!真无聊……"她们商量妥当,宗莹也就回去了。

傍晚的时候,兰馨来找云青,谈话之间,便提到露沙,兰馨说:"我前几天听见人说,露沙和梓青已发生恋爱了,但梓青已经结婚了,这事将来怎么办呢?"

云青怔怔地看着墙上的风景画出神,歇了半天说:"这或者是人们的谣传吧!……我看露沙不至于这么糊涂!"

"咦!你也不要说这话,……固然露沙是极明白,不至于上当,但梓青的婚姻是父母强迫的,本没有爱情可言,他纵对于露沙要求情爱,按真理说并不算大不道,不过社会上一般人,未免要说闲话罢了。……露沙最近有信吗?"

"有信,对于这事,她也曾说过,但她的主张,怕不至于就会随随便便和梓青结婚吧?她向来主张精神生活的,就是将来发生结婚的事情,也总得有相当的机会。"

"其实她近年来,在社会上已很有发展的机会,还是不结婚好,不然埋没了未免可惜……你写信还是劝她努力吧!"

她们正谈着,一阵电话铃响,原来是孤云找兰馨说话,因打断了她们的话头,兰馨接了电话。孤云要约她公园玩去,她于是辞了云青到公园去。

云青等她走后,便独自坐在廊子底下,默默沉思:"觉得人生真是有限,像露沙那种看得破的人,也不能自拔!宗莹更不用说了……便是自己也不免宛转因物!"云青正在遐想的时候,只见听差走进来说有客来找老爷,云青因急急回避了,到屋里看了几页书,倦上来就收拾睡下。

第二天早晨,云青才起来,她的父亲就叫她去说话。她走进父亲的书房,只见她父亲皱着眉道:"你认得赵蔚然吗?"云青听了这话,顿时心跳血涨,嗫嚅半天说:"听见过这人的名字。"她父亲点头道:"昨天伊秋先生来,还提起他,我觉得这个人太懦弱了,而且相貌也不魁武。"一壁说着,一壁看着云青,云青只是低头无言,后来她父亲又道:"我对于你的希望很大,你应当努力预备些英文,将来有机会到外国走走才是。"说到这里,才慢慢站起来走了。

云青怔怔望着窗外柳丝出神,觉有无限怅惘的情绪,萦绕心田,因到书案前,伸纸染毫写信给露沙道:

露沙:

前信甫发,接书一慰,因连日心绪无聊,未能即复,抱歉之至!来书以处世多磨,苦海无涯为言,知露沙感喟之深,子固生性豪爽者,读到"雄心壮志早随流水去"之句,令人不忍为设地深思也。"不享物质之幸福,亦不愿受物质之支配。"诚然!但求精神之愉快,闭门读书,固亦云唯一之希望,然岂易言乎?

宗莹与师旭定婚有期矣,闻宗莹因此事,与家庭冲突,曾陪却不少眼泪。究竟何苦来?所谓"有情人都成眷属"亦不过霎时之幻影耳,百年容易,眼见白杨萧萧,荒冢累累,谁能逃此大限?此诚"天下本无事庸人自扰之也"。渠结婚佳期闻在中秋,未知确否,果确,则一时之兴尚望露沙能北来共与其盛,未知如愿否?

玲玉事仍未能解决,而两方爱情则与日俱增,可怜!有限之精神,怎经如许消磨,玲玉为此事殊苦,不知冥冥之命运将何以处之也!嗟!嗟!造化弄人!

最后一段,欲不言而不得不言,此即蔚然之事。云自幼即受礼教之熏染,及长已成习惯,纵新文化之狂浪,汩没吾顶,亦难洗前此之遗毒,况父母对云又非恶意,云又安忍与抗乎?乃近闻外来传言,又多误会,以为家庭强制,实则云之自身愿为家庭牺牲,何能委责家庭,愿露沙有以正之!至于蔚然处,亦望露沙随时开导,云诚不愿陷入滋深,且愿终始以友谊相重,其他问题都非所愿闻,否则只得从此休矣!

思绪不宁,言失其序,不幸!不幸!不知无常之天道,伊于胡底也。

此祝

健康!

云青

云青写完信后,就到姑妈家找表姊妹们谈话去了。

四

露沙由京回到上海以后和玲玉虽隔得不远,仍是相见苦稀,每天除陪了母亲兄嫂姊妹谈话,就是独坐书斋,看书念诗。这一天十时左右,邮差送信来,一共有五六封,有一封是梓青的信,内中道:

露沙吾友:

又一星期不接你的信了!我到家以来,只觉无聊。回想前些日子在京时,我到学校去找你,虽没有一次不是相对无言,但精神上已觉有无限的安慰,现在并此而不能,怅惘何极!

上次你的信说,有时想到将来离开了学校生活,而踏进恶浊的社会生活,不禁万事灰心,我现虽未出校,已无事不灰心了,平时有说有笑,只是把灰心的事搁起,什么读书,什么事业,只是于无可奈何中聊以自遣,何尝有真乐趣!——我心的苦,知者无人——然亦未始非不幸中之幸,免得他们更和我格格不入了。

我于无意中得交着你,又无意于短时间中交情深刻这步田地!这是我最满意的事,唉!露沙!这的确是我们一线的生机,有无上的价值!

说到"人生不幸",我是以为然而不敢深思的,我们所想望的生活,并不是乌托邦,不可能的生活,都是人生应得的生活;若使我们能够得到应得的生活,虽不能使我们完全满意,聊且满意,于不幸的人生中,我们也就勉强自足了!露沙!我连这一层都不敢想到,更何敢提及根本的"人生不幸"!

你近来身体怎样,务望自重。有工夫多来信吧!此祝快乐!

梓青书

露沙接到信后,只感到万种凄伤,把那信翻来复去,看了无数遍,直到能背诵了,她还是不忍收起——这实在是她的常态,她生平喜思量,每逢接到朋友们的来信,总是这种情形——她闷闷不语,最后竟滴下泪来,本想即刻写回信,恰巧蔚然来找,露沙才勉强拭干眼泪,出来相见。

这时已是黄昏了,西方的艳阳余辉,正射在玻璃窗上,由玻璃窗反折过来,正照在蔚然的脸上,微红而黑的两颊边,似有泪痕,露沙很奇异的问道:"现在怎么样?"蔚然凄然说:"不知道为什么?这几天心绪恶劣,要想到西湖,或苏州跑一趟,又苦于走不开,人生真是枯燥极了!"露沙只叹了一声,彼此缄默有五分钟,蔚然才问露沙道:"云青有信吗?……我写了三封信去,她都没有回我,不知道怎样,你若写信时,替我问问吧!"露沙说:"云青前几天有信来,她曾叫我劝你另外打主意,她恐怕终久叫你失望……她那个人作事十分慎重,很可佩服,不过太把自己牺牲了!……你对她到底怎样呢?"蔚然道:"我对于她当然是始终如一,不过这事也并不是勉强得来的,她若不肯,当然作罢,但请她不要以此介介,始终保持从前的友谊好了。"露沙说:"是呀!这话我也和她谈过,但是她说为避嫌疑起见,她只得暂时和你疏远,便是书信也拟暂时隔绝,等到你婚事已定后,再和你继续前此友谊……我想云青的心也算苦了。她对于你绝非无情,不过她为了父母的意见,宁可牺牲她的一生幸福……说到这里,我又想起今年春假云青、玲玉、宗莹、莲裳,我们五个人在天津住着,有一天夜里,正是月色花影互相斯并,红浪碧波,掩映斗媚,那时候我们坐在日本的神坛的草地上,密谈衷心,也曾提起这话,云青曾说对于你无论如何,终觉抱歉,因为她固执的缘故,不知使你精神上受多少创痕,……但是她也绝非木石,所以如此的原因,不愿受人訾议罢了。后来玲玉就说:这也没有什么訾议,现在比不得从前,婚姻自由本是正理,有什么忌讳呢?云青当时似乎很受了感动,就道:'好吧!我现在也不多管了。叫他去进行,能成也罢,不成也罢!我只能顺事之自然,至于最后的奋斗,我没有如此大魄力——而且闹起来,与家庭及个人都觉说来不好听……'当日我们的谈话虽仅此而止,但她的态度可算得很明了。我想你如果有决心非她不可,你便可稍缓以待时机。"蔚然点头道:"暂且不提好了。"

蔚然走后,玲玉恰好从苏州来,邀露沙明天陪她到吴淞去接剑卿去,露沙就留她住在家里,晚饭后闲谈些时,便睡下了。第二天早晨才五点多钟玲玉就从睡中惊醒,悄悄下了床,梳好了头。这时露沙也起来了,她们都收拾好了,已经到六点半,因乘车到火车站,距开车才有十分钟,忙忙买了车票,幸喜车上还有座位,玲玉脸向车窗坐着,早晨艳阳射在她那淡紫色的衣裙上,娇美无比,衬着她那似笑非笑的双靥,好像浓绿丛中的紫罗兰。露沙对她怔怔望着,好像在那里猜谜是的。玲玉回头问道:"你想什么?你这种神情,衬着一身雪般的罗衣,直像那宝塔上的女石像呢!"露沙笑道:"算了吧!知道你今天兴头十足,何必打趣我呢?"玲玉被露沙说得不好意思了。仍回过头去,佯为不理。

半点钟过去了,火车已停在吴淞车站。她们下了车,到泊船码头打听,那只美国来的船,还有两三个钟头才进口。她们便在海边的长堤上坐下,那堤上长满了碧绿的青草。海涛怒啸,绿浪澎湃,但四面寂寥。除了草底的鸣蛩,抑抑悲歌外,再没有其他的音响和怒浪骇涛相应和了。

两点多钟以后,她们又回到码头上。只见许多接客的人,已挤满了,再往海面一看,远远的一只海船,开着慢车冉冉而来,玲玉叫道:"船到了!船到了!"她们往前挤了半天,才站了一个地位,又等半天,那船才拢了岸。鼓掌的欢声,和呼唤的笑声,立刻充溢空际。玲玉只怔怔向船上望着,望来望去终不见剑卿的影子,十分彷徨。只等到许多人都下了船,才见剑卿提着小皮包,急急下船来,玲玉走向前去。轻轻叫道:"陈先生!"剑卿忙放下提包,握着玲玉的手道:"哦!玲玉!我真快活极了!你几时来的?那一位是你的朋友吗?……"玲玉说:"是的!让我给你介绍介绍。"因回过头对露沙道:"这位是陈剑卿先生。"又向陈先生道:"这位是露沙女士。"彼此相见过,便到火车站上等车。玲玉问道:"陈先生的行李都安置了吗?"剑卿道:"已都托付一个朋友了,我们便可一直到上海畅谈竟日呢!"玲玉默默无言低头含笑,把一块绢帕叠来叠去。露沙只听剑卿缕述欧美的风俗人情。不久到了上海,露沙托故走了,玲玉和剑卿到半淞园去,到了晚上,玲玉仍回到露沙家里,住了一夜,第二天早上就回苏州。

　　过了几天,玲玉寄来一封信,邀露沙北上,这时候已经是八月的天气,风凉露冷,黄花遍地,她们乘八月初三早车北上。在路上玲玉告诉露沙,这次剑卿向她求婚,已经不能再坚执了。现在已双方求家庭的通过,露沙因问她剑卿离婚的手续已办没有?玲玉说:"据剑卿说,已不成问题,因为那个女子已经有信应允他。不过她的家人故意为难,但婚姻本是两方同意的结合,岂容第三者出来勉强,并且那个女子已经到英国留学去了。……不过我总觉得有些对不住那个女子罢了!"露沙沉吟着:"你倒没什么对不住她。不过剑卿据什么条件一定要和这女子离婚呢?"玲玉道:"因为他们定婚的时候,并不是直接的,其间曾经第三者的介绍,而那个介绍人又不忠实,后来被剑卿知道了,当时气得要死,立刻写信回家,要求家里替他离婚,而他的家庭很顽固,去信责备了他一顿,他想来想去没有办法,只有自己出马,当时写了一封信给那个女子,陈说利害。那个女子倒也明白,很爽快就答应了他,并且写了一封信给她的家人,意思是说,婚姻大事,本应由男女两个,自己作主,父母所不能强逼,现在剑卿既觉得和她不对,当然由他离异等语,不过她的家人,十分不快,一定不肯把订婚的凭证退还,所以前此剑卿向我求婚,我都不肯答应。……但是这次他再三的哀求,我真无法了,只得答应了他。好在我们都有事业的安慰,对于这些事都可随便。"露沙点头道:"人世的祸福正不可定,能游戏人间也未尝不是上策呢。"

　　玲玉同露沙到北京之后,就在中学里担任些钟点,这时她们已经都毕业了。云青、宗莹、露沙、玲玉都在北京,只有莲裳到天津女学校教书去了。莲裳在天津认识了一个姓张的青年,不久他们便发生了恋爱,在今年十月十号结婚,她们因约齐一同到天津去参与盛典。

莲裳随遇而安的天性,所以无论处什么环境,她都觉得很快活,结婚这一天,她穿着天边彩霞织就的裙衫,披着秋天白云网成的软绡,手里捧着满蓄着爱情的玫瑰花,低眉凝容,站在礼堂的中间。男女来宾有的啧啧赞好,有的批评她的衣饰,只有玲玉、宗莹、云青、露沙四个人,站在莲裳的身旁,默默无言。仿佛莲裳是胜利者的所有品,现在已被胜利者从她们手里夺去一般,从此以后,往事便都不堪回忆! 海滨的联袂倩影,现在已少了一个。月夜的花魂不能再听见她们五个人一齐的歌声。她们越思量越伤心,露沙更觉不能支持,不到礼完她便悄悄地走了。回到旅馆里伤感了半天,直至玲玉她们回来了,她兀自泪痕不干,到第二天清早便都回到北京了。

　　从天津回来以后,露沙的态度,更见消沉了。终日闷闷不语,玲玉和云青常常劝她到公园散心去,露沙只是摇头拒绝。人们每提到宗莹,她便泪盈眼帘,凄楚万状!

　　有一天晚上,月色如水,幽景绝胜,云青打电话邀她家里谈话,她勉强打起精神,坐了车子,不到一刻钟就到了。这时云青正在她家土山上一块云母石上坐着,露沙因也上了山,并肩坐在那块长方石上,云青说:"今夜月色真好,本打算约玲玉、宗莹我们四个人,清谈竟夜。可恨剑卿和师旭把她们俩绊住了不能来——想想朋友真没交头,起初情感浓挚,真是相依为命,到了结果,一个一个都风流云散了,回想往事,只恨多余! 怪不得我妹妹常笑我傻,我真是太相信人了!"露沙说:"世界上的事情,本来不过尔尔,相信人,结果固然不免孤零之苦,就是不相信人,何尝不是依然感到世界的孤寂呢? 总而言之,求安慰于善变化的人类,终是不可靠的,我们还是早些觉悟求慰于自己吧!"露沙说完不禁心酸,对月怔望,云青也觉得十分凄楚,歇了半天,才叹道:"从前玲玉老对我说:同性的爱和异性的爱是没有分别的,那时我曾驳她这话不对,她还气得哭了,现在怎么样呢?"露沙说:"何止玲玉如此? 便是宗莹最近还有信对我说:'十年以后同退隐于西子湖畔呢!'那一句是可能的话,若果都相信她们的话,我们的后路只有失望而自杀罢了!"

　　她们直谈到夜深更静,仍不想睡。后来云青的母亲出来招呼她们去睡,她们才勉强进去睡了。

　　露沙从失望的经验里,得到更孤僻的念头,便是对于最信仰的梓青,也觉淡漠多了。这一天正是星期六,七点多钟的时候,梓青打电话来邀她看电影,她竟拒绝不去,梓青觉得她的态度变得很奇怪。当时没说什么,第二天来了一封信道:

　　露沙!

　　　　我在世界上永远是孤零的呵! 人类真正太惨刻了! 任我流涸了泪泉,任我粉碎了心肝,也没有一个人肯为我叫一声可怜! 更没有人为我洒一滴半滴的同情之泪！便是我向日视为一线的光明，眼见得也是暗淡无光了！唉，露沙！若果你肯明明白白告诉我说："前头没有路了！"那末我就决不再向前多走一步，任这一钱不值的躯壳，随万丈飞瀑而去也好；并颓岩而同堕于千仞之深渊也好；到那时我一切顾不得了。就是残苛的人类，打着得胜鼓宣布凯旋，我也只得任他了……唉！心乱不能更续。顺祝

康健！

梓青

露沙看完这封信，心里就像万弩齐发，痛不可忍，伏在枕上呜咽悲哭，一面自恨自己太怯弱了！人世的谜始终打不破，一面又觉得对不住梓青，使他伤感到这步田地，知情交战，苦苦不休，但她天性本富于感情，至于平日故为旷达的主张，只不过一种无可如何的呻吟。到了这种关头，自然仍要为情所胜了，况她生平主张精神的生活。她有一次给莲裳一封信，里头有一段说：

"许多聪明人，都劝我说：'以你的地位和能力，在社会上很有发展的机会，为什么作茧自束呢？'这话出于好意者的口里，我当然是感激他，但是一方我却不能不怪他，太不谅人了！……若果人类生活在世界上，只有吃饭穿衣服两件事，那末我早就葬身狂浪怒涛里了，岂有今日？……我觉宛转因物，为世所称，倒不如行我所适，永垂骂名呢。干枯的世界，除了精神上，不可制止情的慰安外，还有别的可滋生趣吗？……"

露沙的志趣，既然是如此，那末对于梓青十二分恳挚的态度，能不动心吗？当时拭干了泪痕，忙写了一封信，安慰梓青道：

梓青：

你的信来，使我不忍卒读！我自己已是世界上最不幸的人了！何忍再拉你同入漩涡？所以我几次三番，想使你觉悟，舍了这九死一生的前途，另找生路，谁知你竟误会我的意思，说出那些痛心话来！哎！我真无以对你呵！

我也知道世界最可宝贵，就是能彼此谅解的知己，我在世上混了二十余年，不遇见你，固然是遗憾千古，既遇见你，也未尝不是凤孽呢。……其实我生平是讲精神生活的，形迹的关系有无，都不成问题，不过世人太苛毒了！对于我们这种的行径，排斥不遗余力，以为这便是大逆不道，含沙射影使人难堪，而我们又都是好强的人，谁能忍此？因而我的态度常常若离若即，并非对你信不过，谁知竟使你增无限苦楚。唉！我除向你诚恳的求恕外，还有什么话可说！愿你自己保重吧！何

苦自戕过甚呢？祝你
精神愉快！

露沙

  梓青接到信后，又到学校去会露沙，见面时，露沙忽触起前情，不禁心酸，泪水几滴了下来，但怕梓青看见，故意转过脸去，忍了半天，才慢慢抬起头来。梓青见了这种神情，也觉十分凄楚，因此相对默默，一刻钟里一句话也没有。后来还是露沙问道："你才从家里来吗？这几天蔚然有信没有？"梓青答道："我今天一早就出门找人去了，此刻从于农那里来，蔚然有信给于农，我这里有两三个礼拜没接到他的信了。"露沙又问道："蔚然的信说些什么？"梓青道："听于农说，蔚然前两个星期，接到云青的信，拒绝他的要求后，苦闷到极点了，每天只是拼命的喝酒。醉后必痛哭，事情更是不能做，而他的家里，因为只有他一个独子，很希望早些结婚，因催促他向他方面进行，究竟怎么样还说不定呢！不过他精神的创伤也就够了。……云青那方面，你不能再想法疏通吗？"

  "这事真有些难办，云青又何尝不苦痛？但她宁愿眼泪向里流，也绝不肯和父母说一句硬话。至于她的父母又不曾十分了解她，以为她既不提起，自然并不是非蔚然不嫁。那末拿一般的眼光，来衡量蔚然这种没有权术的人，自难入他们的眼，又怎么知道云青对他的人格十分信仰呢？我见这事，蔚然能放下，仍是放下吧！人寿几何？容得多少磨折？"

  梓青听见露沙的一席话，点头道："其实云青也太懦弱了！她若肯稍微奋斗一点，这事自可成功……若果她是坚持不肯，我想还是劝蔚然另外想法子吧！不然怎么了呢？"说到这里，便停顿住了，后来梓青又向露沙说："……你的信我还没复你，……都是我对不住你，请你不要再想吧！"说到这里眼圈又红了。露沙说："不必再提了，总之不是冤家不对头！……你明天若有工夫，打电话给我，我们或者出去玩，免得闷着难受。"梓青道："好！我明天打电话给你，现在不早了，我就走吧。"说着站起来走了。露沙送他到门口，又回学校看书去了。

  宗莹本来打算在中秋节结婚，因为预备来不及，现在改在年底了。而师旭仿佛是急不可待，每日下午都在宗莹家里直谈到晚上十点，才肯回去，有时和宗莹携手于公园的苍松荫下，有时联舞于北京饭店跳舞场里，早把露沙和云青诸人丢在脑后了。有时遇到，宗莹必缕缕述说某某夫人请宴会，某某先生请看电影，简直忙极了，把昔日所谈的求学著书的话，一概收起。露沙见了她这种情形，更觉格格不入，有时觉得实在忍不住了，因苦笑对宗莹说："我希望你在快乐的时候，不要忘了你的前途吧！"宗莹听了这话，似乎很能感动她。但她却不肯认她自己的行动是改了前态，她必定说："我每天下午还要念两点钟英文呢!"露沙不愿多说,不过对于宗莹的情感,一天淡似一天,从前一刻不离的态度,现在竟弄到两三个星期不见面,纵见面了也是相对默默,甚至于更引起露沙的伤感。

宗莹结婚的上一天晚上,露沙在她家里住下,宗莹自己绣了一对枕头,还差一点不曾完工,露沙本不喜欢作这种琐碎的事,但因为宗莹的缘故,努力替她绣了两个玫瑰花瓣。这一夜她们家里的人忙极了,并且还来了许多亲戚,来看她试妆的。露沙嫌烦,一个人坐在她父亲的书房,替她作枕头。后来她父亲走了进来,和她谈话之间,曾叹道:"宗莹真没福气呵!我替她找一个很好的丈夫她不要,哎!若果你们学校的人,有和那个姓祝的结婚,真是幸福!不但学问好,而且手腕极灵敏,将来一定可以大阔的。……他待宗莹也不算薄了,谁知宗莹竟看不上他!"露沙不好回答什么,只是含笑唯诺而已。等了些时她父亲出去了,宗莹打发老妈子来请露沙吃饭,露沙放下针线,随老妈子到了堂屋,许多艳装丽服的女客,早都坐在那里,露沙对大家微微点头招呼了,便和宗莹坐在一处。这时宗莹收拾得额覆卷发,凸凹如水上波纹,耳垂明珰,灿烂与灯光争耀,身上穿着玫瑰紫的缎袍,手上戴着订婚的钻石戒指,锐光四射。露沙对她不住的端相,觉得宗莹变了一个人。从前在学校时,仿佛是水上沙鸥,活泼清爽。今天却像笼里鹦鹉,毫无生气,板板地坐在那里,任人凝视,任人取笑,她只低眉默默,陪着那些钗光鬓影的女客们吃完饭。她母亲来替她把结婚时要穿的礼服,一齐换上。祖宗神位前面点起香烛,铺上一块大红毡子,叫人扶着宗莹向上叩了三个头。后来她的姑母们,又把她父母请出来,宗莹也照样叩了三个头。其余别的亲戚们也都依次拜过,又把她扶到屋里坐着。露沙看了这种情形,好像宗莹明天就是另外一个人了,从前的宗莹已经告一结束,又见她的父母都凄凄悲伤,更禁不住心酸,但人前不好落泪,仍旧独自跑到书房去,痛痛快快流了半天眼泪,后来客人都散了,宗莹来找她去睡觉。她走进屋子,一言不发,忙忙脱了外头衣服,上床脸向里睡下。宗莹此时也觉得有些凄惶,也是一言不发的睡下,其实各有各的心事,这一夜何曾睡得着。第二天天才朦胧,露沙回过脸来,看见宗莹已醒。她似醉非醉,似哭非哭的道:"宗莹!从此大事定了!"说着涕泪交流,宗莹也觉得从此大事定了的一句话,十分伤心,不免伏枕呜咽。后来还是露沙怕宗莹的母亲忌讳,忙忙劝住宗莹。到七点钟大家全都起来了,忙忙地收拾这个,寻找那个,乱个不休,到十二点钟,迎亲的军乐已经来了,那种悲壮的声调,更搅得人肝肠裂碎。露沙等宗莹都装饰好了,握着她的手说:"宗莹!愿你前途如意!我现在回去了,礼堂上没什么意思,我打算不去,等过两天我再来看你吧!"宗莹只低低应了一声,眼圈已经红润了,露沙不敢回头,一直走了。

露沙回到家里，恹恹似病，饮食不进，闷闷睡了两天，有一天早起家里忽来一纸电报，说她母亲病重，叫她即刻回去。露沙拿着电报，又急又怕，全身的血脉，差不多都凝注了，只觉寒战难禁。打算立刻就走，但火车已开过了，只得等第二天的早车，但这一下半天的光阴，真比一年还难挨。盼来盼去，太阳总不离树梢头，再一想这两天一夜的旅程，不独凄寂难当，更怕赶不上与慈母一面，疑怕到这里，心头阵阵酸楚，早知如此，今年就不当北来！

好容易到了黄昏。宗莹和云青都闻信来安慰她，不过人到真正忧伤的时候，安慰决不生效果，并且相形之下，更触起自己的伤心来。

夜深了，她们都回去，露沙独自睡在床上，思前想后，记得她这次离家时，母亲十分不愿意，临走的那天早起，还亲自替她收拾东西，叮嘱她早些回来，——如果有意外之变，将怎样？她越思量越凄楚！整整哭了一夜。第二天早起，匆匆上了火车，莲裳这时也在北京，她到车站送她，莲裳黯然的神情，使露沙陡忆起，距此两年前，那天正是夜月如水的时候，她到莲裳家里，问候她母亲的病，谁知那时她母亲正断了气，莲裳投在她怀里，哀哀地哭道："我从今以后没有母亲了！"呵！那时的凄苦，已足使她泪落声咽。今若不幸，也遭此境遇，将怎么办？觉得自己的身世真是可怜，七岁时死了父亲，全靠阿母保育教养。有缺憾的生命树，才能长成到如今，现在不幸的消息，又临到头上。……若果再没有母亲，伶仃的身世，还有什么勇气和生命的阻碍争斗呢？她越想越可怕，禁不住握着莲裳的手，呜咽痛哭。莲裳见景伤情，也不免怀母陪泪，但她还极诚挚的安慰她说："你不要伤心，伯母的病或者等你到家已经好了也说不定……并且这一路上，你独自一个，更须自己保重，倘若急出病来，岂不更使伯母悬心吗？"露沙这时却不过莲裳的情，遂极力忍住悲声。

后来云青和永诚表妹都来了。露沙见了她们，更由不得伤心，想每回南旋的时候，虽说和她们总不免有惜别的意思，但因抱着极大的希望——依依于阿母肘下，同兄嫂妹妹等围绕于阿母膝前如何的快活？自然便把离愁淡忘了，旅程也不觉凄苦了。但这一次回去，她总觉得前途极可怕，恨不得立时飞到阿母面前。而那可恨的火车，偏偏迟迟不开，等了好久，才听铃响，送客的人纷纷下车，宗莹、莲裳她们也都和她握手言别，她更觉自己伶仃得可怜，不免又流下泪来。

在车上只是昏昏恹恹，好容易盼天黑，又盼天亮，念到阿母病重，就如堕身深渊，浑身起栗，泪落不止。

不久车子到了江边，她独自下了车，只觉浑身疲软，飘飘忽忽上了渡船，在江里时，江风尖利，她的神志略觉清爽，但望着那奔腾的江浪，只觉到自己前途的孤零和惊怕，唉！上帝！若果这时明白指示她母亲已经不在人间了，她一定要藉着这海浪缀成的天梯,去寻她母亲去……

过了江上了沪宁车,再有六七个钟头到家了,心里似乎有些希望,但是惊惧的程度,更加甚了,她想她到家时,或者阿母已经不能说话了,她心里要怎样的难受?……但她又想上帝或不至如此绝人——病是很平常的事,何至于一病不起呢?

那天的车偏偏又误点了,到上海已经十二点半钟,她急急坐上车奔回家去,离家门不远了,而急迫和忧疑的程度,也逐层加增,只有极力嘘气,使她的呼吸不至壅塞。车子将转弯了,家门可以遥遥望见,母亲所住的屋子,楼窗紧闭,灯火全熄,再一看那两扇黑门上,糊着雪白的丧纸,她这时一惊,只见眼前一黑,便昏晕在车上了,过了五分钟才清醒过来,等不得开门,她已失声痛哭了。等到哥哥出来开门时,麻衣如雪,涕泪交下,她无力的扑在灵前,哀哀唤母,但是桐棺三寸,已隔人天,露沙在灵前哭了一夜,第二天更不支,竟寒热交作卧病一星期,才渐渐好了。

露沙在母亲的灵前守了一个月,每天对着阿母的遗照痛哭,朋友们来函劝慰,更提起她的伤心。她想她自己现在更没牵挂了,把从前朋友们写的信,都从书箱里拿出来,一封封看过,然后点起一把火烧了。觉得眼前空明,心底干净。并且决心任造物的播弄,对于身体毫不保重,生死的关头,已经打破。有一天夜里她梦见她的母亲来了,仿佛记起她母亲已死,痛哭起来,自己从梦中惊醒,掀开帐子一看,星月依稀,四境凄寂,悄悄下了床,把电灯燃着,对着母亲的照像又痛哭了一场。然后含泪写了一封信给梓青道:

梓青!

可怜无父之儿复抱丧母之恨,苍天何极,绝人至此——清夜挑灯,血泪沾襟矣!

人生朝露,而忧患偏多,自念身世,怆怀无限!阿母死后,益少生趣。沙非敢与造物者抗,特雨后梨花,不禁摧残,后此作何结局,殊不可知耳!

目下丧事已楚,友辈频速北上,沙亦不愿久居此地,盖触景伤情,悲愁益不胜也!梓青来函,责以大义,高谊可感。唯沙经此折磨,灰冷之心,有无复燃之望,实不敢必。此后惟飘泊天涯,消沉以终身,谁复有心与利禄征逐,随世俗浮沉哉,望梓青勿复念我,好自努力可也。

沙已决明旦行矣。申江云树,不堪回首,嗟乎!冥冥天道,安可论哉?

露沙

露沙写完信后,天已发亮。因把行李略略检楚,她的哥哥妹妹都到车站送她。临行凄凉,较昔更甚,大家洒泪而别。露沙到京时,云青曾到车站接她,并且告诉她,宗莹结婚后不到一个月,便患重病,现在住在医院里,露沙觉得人生真太无聊了!黄金时代已过,现在好像秋后草木,只有飘零罢了!

玲玉这时在上海,来信说半年以内就要结婚,露沙接信后,不像前此对于宗莹、莲裳那种动心了,只是淡淡写了一封贺她成功的信。这时露沙昔日的朋友,一个个都星散了。北京只剩了一个云青和久病的宗莹,至于孤云和兰馨,虽也在北京,但露沙轻易不和她们见面,所以她最近的生活,除了每天到学校里上课外,回来只有昏睡。她这时住在舅舅家里,表妹们看见她这样,都觉得很可忧的。想尽种种方法,来安慰她,不但不能止她的愁,而且每一提起,她更要痛哭,她的表妹知道她和梓青极好,恐怕能安慰她的只是他了,因给梓青写了一封信道:

梓青先生:

我很冒昧给你写信,你一定很奇怪吧?你知道我表姊近来的状况怎样吗?她自从我姑母死后,更比从前沉默了!每天的枕头上的泪痕,总是不干的,我们再三的劝慰,终无益于事,而她的身体本来不好,哪经得起此种的殷忧呢?你是她很好的朋友,能不能想个法子安慰她?我盼望你早些北来,或者可稍杀她的悲怀!

我们一家人,都为她担忧,因为她向来对于人世,多抱悲观,今更经此大故,难保没有意外的事情发生。……要说起她,也实在可怜,她自幼所遇见的事,已经很使她感觉世界的冷苛,现在母亲又弃她而去,一个人四海飘泊,再有勇气的人,也不禁要志馁心灰呵!你有方法转移她的人生观吗?盼望得很,再谈吧!此祝

康乐!

露沙的表妹上

露沙这一天早起,觉得头脑十分沉闷,因走到院子里站了半晌,才要到屋里去梳头,听差的忽进来告诉她说,有一个姓朱的来访,她想了半天,不知道是谁,走到客厅,看见一个女子,面上微麻,但神情眼熟得很,好像见过似的,凝视了半天,才骇然问道:"你是心悟吗?我们三年多不见了!……你从那里来?前些日子竹荪有信来,说你去年出天花,很危险,现在都康全了?"心悟憬然道:"人事真不可料,我想不到活到二十几岁,还免不了出这场天灾,我早想写信给你,但我自病后心情灰冷,每逢提笔写信,就要触动我的伤感。人们都以我病好了,来称贺我!其实能在那时死了,比这样活着强得多呢!"露沙说:"灾病是人生难免的,好了自然值得称贺,你为什么说出这种短气的话来?"心悟被露沙这么一问,仿佛受了极大的刺激般,低头哽

咽,歇了半天,她才说:"我这病已经断送了我梦想的前途,还有什么生趣?"露沙不明白她的意思,只为不过她一时的感触,不愿多说,因用别的话叉开,谈了些江浙的风俗,心悟也就走了。

过了几天,兰馨来谈,忽问露沙说:"你知道你那朋友朱心悟已经解除婚约了吗?"露沙惊道:"这是怎么一回事,怪道那天她那样情形呢!"兰馨因问什么情形,露沙把当日的谈话告诉她。兰馨叹道:"作人真是苦多乐少,像心悟那样好的人,竟落到这步田地,真算可怜!心悟前年和一个青年叫王文义的订婚,两个人感情极好,已经结婚有期,不幸心悟忽然出起天花来,病势十分沉重,直病了四个多月才好。好了之后,脸上便落了许多麻点,其实这也算不得什么,偏偏心悟古怪心肠,她说:'男子娶妻,没一个不讲究容貌的,王文义当日再三向她求婚,也不过因爱她的貌,现在貌既残缺,还有什么可说,王文义纵不好意思,提出退婚的话,而他的家人已经有闲话了。与其结婚后使王文义不满意,倒不如先自己退婚呢!'心悟这种的主张发表后,她的哥哥曾劝止她,无奈她执意不肯,无法只得照她的话办了。王文义起初也不肯答应,后来经不起家人的劝告,也就答应了。离婚之后心悟虽然达到目的,但从此她便存心逃世,现在她哥哥姊妹们都极力劝她。将来怎么样,还说不定呢!"兰馨说完了,露沙道:"怎么年来竟是这些使人伤心的消息呵!心悟从前和我在中学同校时,是个极活泼勇进的人,现在只落得这种结果,唉!前途茫茫,怎能不使人望而生畏!"不久兰馨走了。露沙正要去看心悟,邮差忽送来一封信,是梓青寄的。她拆开看道:

露沙!露沙!

你真忍决心自戕吗?固然世界上的人都是残忍的,但是你要想到被造物所播弄的,不止你一个人呵,你纵不爱惜自己,也当为那同病的人,稍留余地!你若绝决而去,那同病者岂不更感孤零吗?

露沙!我唯有自恨自伤,没有能力使你减少悲怀,但是你曾应许我作你唯一的知己,那末你到极悲痛的时候,也当为我设想,若果你竟自绝其生路,我的良心当受何种酷责?唉!露沙!在形式上,我固没有资格来把你孤寂的生活,变热闹了。而在精神上,我极诚恳的求你容纳我,把我火热的心魂,伴着你萧条空漠的心田,使她开出灿烂生趣的花。我纵因此而受任何苦楚,都不觉悔的!露沙!你应允我吧!

我到京已两日,但事忙不能立时来会你,明天下午我一定到你家里来,请你不要出去。别的面谈,祝你快活!

梓青

露沙看过信后,不免又伤感了一番,但觉得梓青待她十分诚恳。心里安慰许多。第二天梓青来看她,又劝她好些话,并拉她到公园散步,露沙十分感激他,因对梓青道:"我此后的岁月,只是为你而生!"梓青极受感动,一方面觉得露沙引自己为知己,是极荣幸的,但一方面想到那不如意的婚姻,又万感丛集,明知若无这层阻碍,向露沙求婚,一定可操左券,现在竟不能。有一次他曾向露沙微露要和他妻子离婚的意思,露沙凄然劝道:"身为女子,已经不幸!若再被人离弃,还有生路吗?况且因为我的缘故,我更何心?所谓我虽不杀伯仁,伯仁由我而死,不但我自己的良心无以自容,就是你也有些过不去,……不过我们相知相谅,到这步田地;申言绝交,自然是矫情。好在我生平主张精神生活,我们虽无形式的结合,而两心相印,已可得到不少安慰。况且我是劫后余灰,绝无心情,因结婚而委身他人,若果天不绝我们,我们能因相爱之故,在人类海里,翻起一堆巨浪,也就足以自豪了!"梓青听了这话,虽极相信露沙是出于真诚,但总觉得是美中不足,仍不免时时怅惘。

过了几个月,蔚然从上海寄来一张红帖,说他已与某女士订婚了,这帖子一共是两张,一张是请她转寄给云青的。云青接到帖子以后,曾作了一首诗贺蔚然道:

"燕语莺歌,
不是赞美春光娇好,
是贺你们好事成功了!
祝你们前途如花之灿烂!
谢你们释了我的重担!"

云青自得到蔚然订婚消息后,转比从前觉得安适了,每天努力读书,闲的时候,就陪着母亲谈话,或教弟妹识字,一切的交游都谢绝了,便是露沙也不常见,有时到医院看看宗莹的病,宗莹病后,不但身体孱弱,精神更加萎靡,她曾对露沙说:"我病若好了,一定极力行乐,人寿几何?并且像我这场大病,不死也是侥幸,还有什么心和世奋斗呢!"露沙见她这种消沉,只有凄楚,也没什么话可说。

过了半年宗莹病虽好了,但已生了一个小孩子,更不能出来服务了。这时云青全家要回南,云青在北京教书,本可不回去,但因她的弟妹都在外国求学,母亲在家无人侍奉,所以她决计回去。当临走的前一天,露沙约她在公园话别,她们到公园时才七点钟,露沙拣了海棠荫下的一个茶座,邀云青坐下。这时园里游人稀少,晨气清新,一个小女娃,披着满肩柔发,穿着一件洋式水红色的衣服,露出两个雪白的膝盖,沿着荷池,跑来跑去,后来蹲在草地上,采了一大堆狗尾巴草,随身坐在碧绿的草上,低头凝神编玩意,露沙对着她怔怔出神,云青也仰头向天上之行云望着。如此静默了好久,云青才说：" 今天兰馨原也说来了，怎么还不见到？" 露沙说："时候还早，再等些时大概就来了……我们先谈我们的吧！" 云青道："我这次回去以后，不知我们什么时候再见呢？" 露沙说："我总希望你暑假后再来！不然你一个人回到孤僻的家乡，固然可以远世虑，但生气未免太消沉了！" 云青凄然道："反正作人是消磨岁月，北京的政局如此，学校的生活也是不安定，而且世途多难，我们又不惯与人征逐，倒不如回到乡下，还可以享一点清闲之福。闭门读书也未尝不是人生乐事！" 她说到这里，忽然顿住，想了一想又问露沙道："你此后的计划怎样？" 露沙道："我想这一年以内，大约还是不离北京，一方面仍理我教员的生涯，一方面还想念点书，一年以后若有机会，打算到瑞士走走；总而言之，我现在是赤条条无牵挂的。作得好呢，无妨继续下去，不好呢，到无路可走的时候，碧玉宫中，就是我的归局了。" 云青听了这话，露出很悲凉的神气叹道："真想不到人事变幻到如此地步，两年前我们都是活泼极的小孩子，现在嫁的嫁，走的走，再想一同在海边上游乐，真是作梦，现在莲裳、玲玉、宗莹都已有结果，我们前途茫茫，还不知如何呢？……我大约总是为家庭牺牲了。" 露沙插言道："还不至如是吧！你纵有这心，你家人也未必容你如此。" 云青道："那倒不成问题，只要我不点头，他们也不能把我怎样。" 露沙道："人生行乐罢了，又何必过于自苦！" 云青道："我并不是自苦……不过我既已经过一番磨折，对于情爱的路途，已觉可怕，还有什么兴趣再另外作起？……昨天我到叔叔家里，他曾劝我研究佛经，我觉得很好，将来回家乡后，一切交游都把它谢绝，只一心一意读书自娱，至于外面的事，一概不愿闻问。若果你们到南方的时候，有兴来找我，我便可在堤边垂钓，月下吹箫，享受清雅的乐趣，若有兴致，作些诗歌，不求人知，只图自娱。至于对社会的贡献，也只看机会许我否，一时尚且不能决定。"

　　她们正谈到这里，兰馨来了，大家又重新入座，兰馨说："我今天早起有些头昏，所以来迟！你们说些什么？" 云青说道："反正不过说些牢骚悲抑的话。" 兰馨道："本来世界上就没有不牢骚的人，何怪人们爱说牢骚话！……但是我比你们更牢骚呢！你知道吗？我昨天又和孤云生了一大场气。孤云的脾气真可算古怪透了。幸亏是我的性子，能处处俯就她，才能维持这三年半的交谊，若是遇见露沙，恐怕早就和她绝交了！" 云青道："你们昨天到底为什么事生气呢？" 兰馨叹道："提起来又可笑又可怜，昨天我有一个亲戚，从南边来，我请他到馆子吃饭，我就打电话邀孤云来，因为我这亲戚，和孤云家里也有来往，并且孤云上次回南时也曾会过他，所以我就邀她来，谁知她在电话里冷冷地道：'我一个人不高兴跑那么远去。' 其实她家住在东城，到西城来也并不远，不过半点钟就到了！——我就说：'那末我来找你一同去吧！' 她也就答应了，后来我巴巴从西城跑到东城，陪她一齐来，我没什么对不住她了。谁知我到了她家,她仍是作出十分不耐烦的样子说:'这怪热的天我真懒出去。'我说:'今天还不大热,好在路并不十分远,一刻就到了。'她听了这话才和我一同走了。到了饭馆,她只低头看她的小说,问她吃什么菜?她皱着眉头道:'随便你们挑吧!'那末我就挑了,吃完饭后,我们约好一齐到公园去。到了公园我们正在谈笑,她忽然板起脸来说:'我不耐烦在这里老坐着,我要回去,你们在这里畅谈吧!'说完就立刻嚷着'洋车!洋车'我那亲戚看见她这副神气,很不好过,就说:'时候也不早了,我们一齐回去吧。'孤云说:'不必!你们谈得这么高兴,何必也回去呢?'我当时心里十分难过,觉得很对不住我那亲戚,使人家如此的难堪!……一面又觉得我真不值!我自和她交往以来,不知陪却多少小心!在我不过觉得朋友要好,就当全始全终……并且我的脾气,和人好了,就不愿和人坏,她一点不肯原谅我,我想想真是痛心!当时我不好发作,只得忍气吞声,把她招呼上车,别了我那亲戚,回学校去。这一夜我简直不曾睡觉,想起来就觉伤心",她说到这里,又对露沙说:"我真信你说的话,求人谅解是不容易的事!我为她不知精神受多少痛楚呢!"

云青道:"想不到孤云竟怪僻到这步田地?"露沙道:"其实这种朋友绝交了也罢!……一个人最难堪的是强不合而为合,你们这种的勉强维持,两方都感苦痛,究竟何苦来?"

兰馨沉思半天道:"我从此也要学露沙了!……不管人们怎么样,我只求我心之所适,再不轻易交朋友了。云青走后可谈的人,除了你(向露沙)也没有别人,我倒要关起门来,求慰安于文字中。与人们交接,真是苦多乐少呢!"云青说:"世事本来是如此,无论什么事,想到究竟都是没意思的。"

她们说到这里,看看时候已不早,因一齐到来今雨轩吃饭,饭后云青回家,收拾行装,露沙、兰馨和她约好了,第二天下午三点钟车站见面,也就回去了。

云青走后,露沙更觉得无聊,幸喜这时梓青尚在北京。到苦闷时,或者打电话约他来谈,或者一同出去看电影。这时学校已放了暑假,露沙更闲了,和梓青见面的机会很多,外面好造谣言的人,就说她和梓青不久要结婚,并且说露沙的前途很危险,这话传到露沙耳里,十分不快,因写一封信给梓青说:

梓青:

　　吾辈夙以坦白自勉,结果竟为人所疑,黑白倒置,能无怅怅!其实此未始非我辈自苦,何必过尊重不负责任之人言,使彼喜含毒喷人者,得逞其伎俩,弄其狡狯哉?

沙履世未久,而怀惧已深!觉人心险恶,甚于蛇蝎!地球虽大,竟无我辈容身之地,欲求自全,只有去此浊世,同归于极乐世界耳!唉!伤哉!

　　沙连日心绪恶劣,盖人言啧啧,受之难堪!不知梓青亦有所闻否?世途多艰,吾辈将奈何?沙怯懦胜人,何况刺激频仍,脆弱之心房,有不堪更受惊震之忧矣!梓青其何以慰我?临楮凄惶,不尽欲言。顺祝康健!

露沙上

　　梓青接到信后,除了极力安慰露沙外,亦无法制止人言。过了几个月,梓青因友人之约,将要离开北京,但是他不愿抛下露沙一个人,所以当未曾应招之前,和露沙商量了好几次,露沙最初听见他要走,不免觉得怅怅,当时和梓青默对至半点钟之久,也不曾说出一句话来,后来回到家里,独自沉沉想了一夜,觉得若不叫梓青去,与他将来发展的机会,未免有碍,而且也对不起社会,想到这里,一种激壮之情潮涌于心,第二天梓青来,露沙对他说:"你到南边去的事情,你就决定了吧!我觉得这个机会,很可以施展你生平的抱负,……至于我们暂时的分别,很算不了什么。况我们的爱情也当有所寄托,若徒徒相守,不但日久生厌,而且也不是我们的夙心。"梓青听了这话,仍是犹疑不决道:"再说吧!能不去我还是不去。"露沙道:"你若不去,你就未免太不谅解我了!"说着凄然欲泣,梓青这才说:"我去就是了!你不要难受吧!"露沙这才转悲为喜,和他谈些别后怎样消遣,并约年假时梓青到北京来。他们直谈到日暮才别。

　　云青回家以后曾来信告诉露沙,她近来生活十分清静,并且已开始研究佛经了,出世之想较前更甚,将来当买田造庐于山清水秀的地方,侍奉老母,教导弟妹十分快乐。露沙听见这个消息,也很觉得喜慰,不过想到云青所以能达到这种的目的,因为她有母亲,得把全副的心情,都寄托在母亲的爱里,若果也像自己这样漂零的身世,……便怎么样?她想到这里不禁又伤感起来。

　　有一天露沙正在书房,看《茶花女遗事》,忽接到云青的来信,里头附着一篇小说;露沙打开一看,见题目是消沉的夜,其内容是——

　　"只见惨绿色的光华,充满着寂寞的小园,西北角的榕树上,宿着啼血的杜鹃,凄凄哀鸣,树荫下坐着个年约二十三四的女郎,凝神仰首。那时正是暮春时节,落花乱瓣,在清光下飞舞,微风吹皱了一池的碧水,那女郎沉默了半晌,忽轻轻叹了一口气,把身上的花瓣轻轻拂拭了,走到池旁,照见自己削瘦的容颜,不觉吃了一惊,暗暗叹道:'原来已憔悴到这步田地!'她如悲如怨,倚着池旁的树干出神,迷忽间,仿佛看见一个似曾相识的青年,对她苦笑,似乎说:'我赤裸裸的心,已经被你拿去了,现在你竟弄了我!唉!'那女郎这时心里一痛,睁眼一看,原来不是什么青年,只是那两竿翠竹,临风摇摆罢了。

这时月色已到中天,春寒兀自威凌逼人,她便慢慢踱进屋里去了,屋里的月光,一样的清凉如水,她便拥衾睡下,朦胧之间,只见一个女子,身披白绢,含笑对她招手,她便跟了去,走到一所楼房前,楼下屋窗内灯光亮极,她细看屋里,有一个青年的女子,背灯而坐,手里正拿着一本书,侧首凝神,好像听她旁边坐着的男子讲什么似的。她看那男子面容极熟,就是那个瘦削身材的青年,她不免将耳头靠在窗上细听,只听那男子说:'……我早应当告诉你,我和那个女子交情的始末,她行止很端庄,性情很温和,若果不是因为她家庭的固执,我们一定可以结婚了。……不过现在已是过去的事,我述说爱她的事实,你当不至怒我吧!'那青年说到这里,回头望着那女子,只见那女子含笑无言……歇了半晌那女子才说:'我倒不怒你向我述说爱她的事实,我只怒你为什么不始终爱她呢!'那青年似露着悲凉的神情说:'事实上我固然不能永远爱她,但在我的心里,却始终没有忘了她呢,……'她听到这里,忽然想起那人,便是从前向她求婚的人,他所说女子,就是自己,不觉想起往事,心里不免凄楚。因掩面悲泣,忽见刚才引她来的白衣女郎,又来叫她道:'已往的事,悲伤无益,但你要知道许多青年男女的幸福,都被这戴紫金冠的魔鬼剥夺了!你看那不是他又来了!'她忙忙向那白衣女郎手指的地方看去,果见有一个青面獠牙的恶鬼,戴着金碧辉煌的紫金冠。那金冠上有四个大字是'礼教胜利'。她看到这里,心里一惊就醒了,原来是个梦,而自己正睡在床上,那消沉的夜已经将要完结了,东方已经发出清白色了。"

露沙看完云青这篇小说,知道她对蔚然仍未能忘情,不禁为她伤感,闷闷枯坐无心读书,后来兰馨来了,才把这事忘怀,兰馨告诉她年假要回南,问露沙去不去,露沙本和梓青约好,叫梓青年假北来,最近梓青有一封信说他事情太忙,一时放不下,希望露沙南来,因此露沙就答应兰馨,和她一同南去。

到南方后,露沙回家,到父母的坟上祭扫一番,和兄妹盘桓几天,就到苏州看玲玉,玲玉的小家庭收拾得很好,露沙在她家里住了一星期。后来梓青来找她,因又回到上海。

有一天下午露沙和梓青在静安寺路一带散步,梓青对露沙说:"我有一件事要和你商量,不知肯答应我不?"露沙说:"你先说来再商量好了。"梓青说:"我们的事业,正在发轫之始,必要每个同志集全力去作,才有成熟的希望,而我这半年试验的结果,觉得很实心踏地作事的时候很少,这最大的原因,就是因为悬怀于你……所以我想,我们总得想一个解决我们根本问题的方法,然后才能谈到前途的事业。"露沙听了这话,呻吟无言……,最后只说了一句:"我们从长计议罢!"梓青也不往下说去,不久他们回去了。

过了几个月,云青忽接到露沙一封信道:

云青!

别后音书苦稀,只缘心绪无聊,握管益增怅惘耳,前接来函,藉获云青乡居清适,欣慰无状!沙自客腊南旋,依旧愁怨日多,欢乐时少,盖飘萍无根,正未知来日作何结局也!时晤梓青,亦郁悒不胜;唯沙生性爽宕,明知世路险峻,前途多难,而不甘踯躅歧路,抑郁瘦死。前与梓青计划竟日,幸已得解决之策,今为云青陈之。

曩在京华沙不曾与云青言乎?梓青与沙之情爱,成熟已久,若环境顺适,早赋于飞矣,乃终因世俗之梗,凤愿莫遂!沙与梓青非不能铲除礼教之束缚,树神圣情爱之旗帜,特人类残苛已极,其毒焰足逼人至死!是可惧耳!

日前曾与梓青,同至吾辈昔游之地,碧浪滔滔,风响凄凄,景色犹是,而人事已非,怅望旧游,都作雨后梨花之飘零,不禁酸泪沾襟矣!

吾辈于海滨徘徊竟日,终相得一佳地,左绕白玉之洞,右临清溪之流,中构小屋数间,足为吾辈退休之所,目下已备价购妥,只待鸠工造庐,建成之日,即吾辈努力事业之始。以年来国事蜩螗,固为有心人所同悲,但吾辈则志不在斯,唯欲于此中留一爱情之纪念品,以慰此干枯之人生,如果克成,当携手言旋,同逍遥于海滨精庐,如终失败,则于月光临照之夜,同赴碧流,随三闾大夫游耳。今行有期矣,悠悠之命运,诚难预期,设吾辈卒不归,则当留此庐以飨故人中之失意者。

宗莹、玲玉、莲裳诸友,不另作书,幸云青为我达之。此牍或即沙之绝笔,盖事若不成,沙亦无心更劳诸墨以伤子之心也!临书凄楚,不知所云,诸位珍重不宣!

露沙书

云青接到信后,不知是悲是愁,但觉世界上事情的结局,都极惨淡,那眼泪便不禁夺眶而出。当时就把露沙的信,抄了三份,寄给玲玉、宗莹、莲裳。过了一年,玲玉邀云青到西湖避暑。秋天的时候,她们便绕道,到从前旧游的海滨,果然看见有一所很精致的房子,门额上写着"海滨故人"四个字,不禁触景伤情,想起露沙已一年不通音信了,到底也不知道是成是败,屋迹人远,徒深驰想,若果竟不归来,留下这所房子,任人凭吊,也就太觉多事了!

她们在屋前屋后徘徊了半天,直到海上云雾罩满,天空星光闪耀,才洒泪而归,临去的一霎,云青兀自叹道:"海滨故人!也不知何时才赋归来呵!"

(本文1923年10月连载于《小说月报》第14卷10—12号)

废 名

竹林的故事

  出城一条河,过河西走,坝脚下有一簇竹林,竹林里露出一重茅屋,茅屋两边都是菜园:十二年前,它们的主人是一个很和气的汉子,大家呼他老程。
  那时我们是专门请一位先生在祠堂里讲《了凡纲鉴》,为得拣到这菜园来割菜,因而结识了老程,老程有一个小姑娘,非常的害羞而又爱笑,我们以后就借了割菜来逗她玩笑。我们起初不知道她的名字,问她,她笑而不答,有一回见了老程呼"阿三",我才挽住她的手:"哈哈,三姑娘!"我们从此就呼她三姑娘。从名字看来,三姑娘应该还有姊妹或兄弟,然而我们除掉她的爸爸同妈妈,实在没有看见别的谁。
  一天我们的先生不在家,我们大家聚在门口掷瓦片,老程家的捏着香纸走我们的面前过去,不一刻又望见她转来,不笔直的循走原路,勉强带笑的弯近我们:"先生! 替我看看这签。"我们围着念菩萨的绝句,问道:"你求的是什么呢?"她对我们诉一大串,我们才知道她的阿三头上本来还有两个姑娘,而现在只要让她有这一个,不再三朝两病的就好了。
  老程除了种菜,也还打鱼卖。四五月间,霪雨之后,河里满河山水,他照例拿着摇网走到河边的一个草墩上——这墩也就是老程家的洗衣裳的地方,因为太阳射不到这来,一边一棵树交荫着成一座天然的凉棚。水涨了,搓衣的石头沉在河底,呈现绿团团的坡,刚刚高过水面,老程老像乘着划船一般站在上面把摇网朝水里兜来兜去;倘若兜着了,那就不移地的转过身倒在挖就了的荡里,——三姑娘的小小的手掌,这时跟着她的欢跃的叫声热闹起来,一直等到蹦跳蹦跳好容易给捉住了,才又坐下草地望着爸爸。
  流水潺潺,摇网从水里探起,一滴滴的水点打在水上,浸在水当中的枝条也冲击着嚓嚓作响。三姑娘渐渐把爸爸站在那里都忘掉了,只是不住的抠土,嘴里还低声的歌唱;头毛低到眼边,才把脑壳一扬,不觉也就瞥到那滔滔水流上的一堆白沫,顿时兴奋起来,然而立刻不见了,偏头又给树叶子遮住了——使得眼光回复到爸爸的身上,是突然一声"啊呀"! 这回是一尾大鱼! 而妈妈也沿坝走来,说盐钵里的盐怕还够不了一飧饭。
  老程由街转头,茅屋顶上正在冒烟,叱咤一声,躲在园里吃菜的猪飞奔的跑,——三姑娘也就出来了,老程从荷包里掏出一把大红头绳:"阿三,这个打辫好吗?"三姑娘抢在手上,一面还接下酒壶,奔向灶角里去。"留到端午扎艾蒿,别糟蹋了!"妈妈这样答应着,随即把酒壶伸到灶孔烫。三姑娘到房里去了一会又出来,见了妈妈抽筷子,便赶快拿出杯子——家里只有这一个,老是归三姑娘照管——踮着脚送在桌上;然而老程终于还是要亲自朝中间挪一挪,然后又取出壶来。"爸爸喝酒,我吃豆腐干!"老程实在用不着下酒的菜,对着三姑娘慢慢的喝了。

三姑娘八岁的时候,就能够代替妈妈洗衣。然而绿团团的坡上,从此也不见老程的踪迹了——这只要看竹林的那边河坝倾斜成一块平坦的上面,高耸着一个不毛的同教书先生(自然不是我们的先生)用的戒方一般模样的土堆,堆前竖着三四根只有杪梢还没有斩去的枝桠吊着被雨粘住的纸幡残片的竹竿,就可以知道是什么意义。

老程家的已经是四十岁的婆婆,就在平常,穿的衣服也都是青蓝大布,现在不过系鞋的带子也不用那水红颜色的罢了,所以并不现得十分异样。独有三姑娘的黑地绿花鞋的尖头蒙上一层白布,虽然更现得好看,却叫人见了也同三姑娘自己一样懒懒的没有话可说了。

然而那也并非是长久的情形。母女都是那样勤敏,家事的兴旺,正如这块小天地,春天来了,林里的竹子,园里的菜,都一天一天的绿得可爱。老程的死却正相反,一天比一天淡漠起来,只有鹞鹰在屋头上打圈子,妈妈呼喊女儿道,"去,去看坦里放的鸡娃",三姑娘才走到竹林那边,知道这里睡的是爸爸了。到后来,青草铺平了一切,连曾经有个爸爸这件事实几乎也没有了。

正二月间城里赛龙灯,大街小巷,真是人山人海。最多的还要算邻近各村上的女人,她们像一阵旋风,大大小小牵成一串从这街冲到那街,街上的汉子也借这个机会撞一撞她们的奶。然而能够看得见三姑娘同三姑娘的妈妈吗?不,一回也没有看见!锣鼓喧天,惊不了她母女两个,正如惊不了栖在竹林的雀子。鸡上埘的时候,比这里更西也是住在坝下的堂嫂子们,顺便也邀请一声"三姐",三姑娘总是微笑的推辞。妈妈则极力鼓励着一路去,三姑娘送客到坝上,也跟着出来,看到底攀缠着走了不;然而别人的渐渐走得远了,自己的不还是影子一般的依在身边吗?

三姑娘的拒绝,本是很自然的,妈妈的神情反而有点莫名其妙了!用询问的眼光朝妈妈脸上一瞧,——却也正在瞧过来,于是又掉头望着嫂子们走去的方向:

"有什么可看?成群打阵,好像是发了疯的!"

这话本来想使妈妈热闹起来,而妈妈依然是无精打采沉着面孔。河里没有水，平沙一片，现得这坝从远远看来是蜿蜒着一条蛇。站在上面的人，更小到同一颗黑子了。由这里望过去，半圆形的城门，也低斜得快要同地面合成了一起；木桥俨然是画中见过的，而往来蠕动都在沙滩；在坝上分明数得清楚，及至到了沙滩，一转眼就失了心目中的标记，只觉得一簇簇的仿佛是远山上的树林罢了。至于聒聒的喧声，却比站在近旁更能入耳，虽然听不着说的是什么，听者的心早被他牵引了去了。竹林里也同平常一样，雀子在奏他们的晚歌，然而对于听惯了的人只能够增加静寂。

打破这静寂的终于还是妈妈：

"阿三！我就是死了也不怕猫跳！你老这样守着我，到底……"

妈妈不作声，三姑娘抱歉似的不安，突然来了这埋怨，刚才的事倒好像给一阵风赶跑了，增长了一番力气娇恼着：

"到底！这也什么到底不到底！我不欢喜玩！"

三姑娘同妈妈间的争吵，其原因都出在自己的过于乖巧，比如每天清早起来，把房里的家具抹得干净，妈妈却说，"乡户人家呵，要这样？"偶然一出门做客，只对着镜子把散在额上的头毛梳理一梳理，妈妈却硬从盒子里拿出一枝花来。现在站在坝上，眶子里的眼泪快要迸出来了，妈妈才不作声。这时节难为的是妈妈了，皱着眉头不转睛的望，而三姑娘老不抬头！待到点燃了案上的灯，才知道已经走进了茅屋，这期间的时刻竟是在梦中过去了。

灯光下也立刻照见了三姑娘，拿一束稻草，一菜篮适才饭后同妈妈在园里割回的白菜，坐下板凳三棵捆成一把。

"妈妈，这比以前大得多了！两棵怕就有一斤。"

妈妈哪想到屋里还放着明天早晨要卖的菜呢？三姑娘本不依恃妈妈的帮忙，妈妈终于不出声的叹一口气伴着三姑娘捆了。

三姑娘不上街看灯，然而当年背在爸爸的背上是看过了多少次的，所以听了敲在城里响在城外的锣鼓，都能够在记忆中画出是怎样的情境来。"再是上东门，再是在衙门口领赏……"忖着声音所来的地方自言自语的这样猜。妈妈正在做嫂子的时候，也是一样的欢喜赶热闹，那情境也许比三姑娘更记得清白，然而对于三姑娘的仿佛亲临一般的高兴，只是无意的吐出来几声"是"——这几乎要使得三姑娘稀奇得伸起腰来了："刚才还催我去玩哩！"

三姑娘实在是站起来了，一二三四的点着把数，然后又一把把的摆在菜篮，以便于明天一大早挑上街去卖。

见了三姑娘活泼泼的肩上一担菜，一定要奇怪，昨夜晚为什么那样没出息，不在火烛之下现一现那黑然而美的瓜子模样的面庞的呢？不——倘若奇怪，只有自己的妈妈。人一见三姑娘挑菜，就只有三姑娘同三姑娘的菜，其余的什么也不记得,因为耽误了一刻,三姑娘的菜就买不到手;三姑娘的白菜原是这样好,隔夜没有浸水,煮起来比别人的多,吃起来比别人的甜了。

我在祠堂里足足住了六年之久,三姑娘最后留给我的印象,也就在卖菜这一件事。

三姑娘这时已经是十二三岁的姑娘,因为是暑天,穿的是竹布单衣,颜色淡得同月色一般——这自然是旧的了,然而倘若是新的,怕没有这样合式,不过这也不能够说定,因为我们从没有看见三姑娘穿过新衣;总之三姑娘是好看罢了。三姑娘在我们的眼睛里同我们的先生一样熟,所不同的,我们一望见先生就往里跑,望见三姑娘都不知不觉的站在那里笑,然而三姑娘是这样淑静,愈走近我们,我们的热闹便愈是消灭下去,等到我们从她的篮里拣起菜来,又从自己的荷包里掏出了铜子,简直是犯了罪孽似的觉得这太对不起三姑娘了。而三姑娘始终是很习惯的,接下铜子又把菜篮肩上。

一天三姑娘是卖青椒。这时青椒出世还不久,我们大家商议买四两来煮鱼吃——鲜青椒煮鲜鱼,是再好吃没有的。三姑娘在用秤称,我们都高兴的了不得,有的说买鲫鱼,有的说鲫鱼还不及鳊鱼。其中有一位是最会说笑的,向着三姑娘道:

"三姑娘,你多称一两,回头我们的饭熟了,你也来吃,好不好呢?"

三姑娘笑了:

"吃先生们的一餐饭使不得?难道就要我出东西?"

我们大家也都笑了;不提防三姑娘果然从篮子里抓起一把掷在原来称就了的堆里。

"三姑娘是不吃我们的饭的,妈妈在家里等吃饭。我们没有什么谢三姑娘,只望三姑娘将来碰一个好姑爷。"

我这样说。然而三姑娘也就赶跑了。

从此我没有见到三姑娘。到今年,我远道回家过清明,阴雾天气,打算去郊外看烧香,走到坝上,远远望见竹林,我的记忆又好像一塘春水,被微风吹起波皱了。正在徘徊,从竹林上坝的小径,走来两个妇人,一个站住了,前面的一个且走且回应,而我即刻认定了是三姑娘!

"我的三姐,就有这样忙,端午中秋接不来,为得先人来了饭也不吃!"

那妇人的话也分明听到。

再没有别的声息:三姑娘的鞋踏着沙土。我急于要走过竹林看看,然而也暂时面对流水,让三姑娘低头过去。

1924 年 10 月

(原载 1925 年 2 月《语丝》第 14 期)

叶圣陶

潘先生在难中

一

　　站里挤满了人，各有各的心事，都现出异样的神色。脚夫的两手插在号衣的袋里，睡着一般地站着；他们知道可以得到特别收入的时间离得还远，也犯不着老早放出精神来。空气沉闷得很，人们略微感到呼吸的受压迫，大概快要下雨了。电灯亮了一歇了，仿佛比平时昏黄一点，望去好像一切的人物都在雾里梦里。

　　揭示处的黑漆版上标明西来的快车须迟到四点钟。这个报告在几点钟以前早就教人家看熟了，现在便同风化了的戏单一样，没有一个人再望它一眼。像这种报告，在这一个礼拜里，几乎每天每趟的行车都有；所以本来是难得的事情，大家也习以为当然了。

　　不知几多人心系着的来车居然到了，闷闷的一个车站就一变而为扰扰的境界。来客的安心，候客者的快意，以及脚夫的小小发财，我们且都不提。单讲一位从让里来的潘先生。他当火车没有驶进站场之先，早已调排得十分周妥：他领头，右手提着个黑漆皮包，左手牵着个七岁的孩子；七岁的孩子牵着他哥哥，（今年九岁）；哥哥又牵着他母亲，潘师母。潘先生说人多照顾不齐，这么牵着，首尾一气，犹如一条蛇，什么地方都好钻了。他又屡次叮嘱，教大家握得紧紧，切勿放手；尚恐大家万一忘了，又屡次摇荡他的左手，意思是把这警告打电报一般一站站递过去。

　　首尾一气诚然不错，可是也不能全乎没有弊端。火车将停时，所有的客人和东西都要涌向车门，潘先生一家的一条蛇是有点尾大不掉了。他用黑漆皮包做前锋，胸腹部用力向前抵，居然进展到距车门只两个窗洞的地位。但是他的七岁的孩子还在距车门四个窗洞的地方，被挤在好些客人和坐椅的中间，一动不能动；两臂一前一后，伸得很长，前后的牵引力都很大，似乎快要把臂膊拉了去的样子。他急得直喊，"啊！我的臂膊！我的臂膊！"

　　一些客人听见了带哭的喊声，方才知道腰下挤着个孩子；留心一看，见他们四个人一串,手联手牵着。一个客人呵斥道,"赶快放手;要不然,把孩子拉做两半了!"

"怎么弄的,孩子不抱在手里!"又一个客人用鄙夷的声气自语,一方面仍注意在攫得向前进行的机会。

"不,"潘先生心想他们的话不对的,牵着自有牵着的妙用;再转一念,妙用岂是人人能够了解的,向他们辩白,也不过徒劳唇舌,不如省些精神罢;就把以下的话咽了下去。而七岁的孩子还是"臂膊!臂膊!"喊着,潘先生前进后退都没有希望,只得自己失约先放了手。随即惊惶地发命令道,"你们看着我!你们看着我!"

车轮一顿,在轨道上立定了;车门里弹出去似地跳下许多的人。潘先生觉得前头松动了些;但是后面的力量突然增加,他的脚作不得一点主,只得向前推移;要回转头来招呼自己的队伍,也不得自由,于是对着前头的人的后脑叫喊,"你们跟着我!你们跟着我!"

他居然从车门里被弹出来了。旋转身子看,后面没有他的儿子同夫人。心知他们还挤在车中,守住车门老等总是稳当的办法。又下来了百多人,方才看见脚踏上人丛中现出七岁的孩子的上半身,承着电灯光,面目作哭泣的形相。他走前去,几次被跳下来的客人冲回,才用左臂把孩子抱了下来。再等了一歇,潘师母同九岁的孩子也下来了;她吁吁地呼着气,连喊,"阿唷,阿唷,"凄然的眼光相着潘先生的脸,似乎乞求抚慰的孩子。

潘先生到底镇定,看见自己的队伍全下来了,重又发命令道,"我们仍旧同刚才这样联起来。你们看月台上的人这么多,收票处又挤得厉害,不是联着,就要走散了!"

七岁的孩子觉得害怕,拦住他的膝头说,"爸爸,抱。"

"没用的东西!"潘先生颇有点愤怒,但随即耐住,蹲下身子把孩子抱了起来。同时关照大的孩子拉着他的长衫的后幅,一手要紧紧牵着母亲,因为他自己一只手也没得空了。

潘师母向来不曾受过这样的困累,好容易下了车,却还有可怕的拥挤在前头,不禁发怨道,"早知道这样子,宁可死在家里,再也不要逃难的了!"

"悔什么!"潘先生一半发气,一半又觉得怜惜。"到了这里,懊悔也是没用。并且,性命到底安全了。走吧,当心脚下。"于是四个一串向人丛中蹒跚地移过去。

一阵的拥挤,潘先生如在梦里似的,出了收票处的隘口。他仿佛急流里的一滴水滴,没有回旋侧向的余地,只有顺着大家的势,脚不点地地走。一会儿,已经出了车站的铁栅栏,跨过了电车轨道,来到水门汀的旁路上。慌忙地回转身来,只见数不清的给电灯光耀得发白的面孔以及数不清的提箱与包裹,一齐向自己这边涌来,忽然觉得长衫后幅上的小手没有了,不知什么时候放了的;心头怅惘到不可言说,只无意识地把身子乱转。转了几回,一丝影踪也没有。家破人亡之感立时袭进他的心门,禁不住渗出两滴眼泪来,望出去电灯人形都有点模糊了。

幸而抱着的孩子眼光敏锐,他瞥见母亲的疏疏的额发,便认识了,举起手来指点着,"妈妈,那边。"

潘先生一喜;但是还有点不大相信,眼睛凑近孩子的衣衫擦了擦,然后望去。搜寻了一歇,果然看见他的夫人呆鼠一般在人丛中瞎撞,前面护着那大的孩子;他们还没跨过电车轨道呢。他便向前迎上去,连喊着"阿大",把他们引到刚才站定的旁路上。于是放下手中的孩子,舒畅地吐一口气,一手抹着脸上的汗说,"现在好了!"的确好了,只要跨出那一道铁栅栏,就有人着保险,什么兵火焚掠都遭逢不到;而已经散失的一妻一子,又幸福得很,一寻即着:岂不是四条性命,一个皮包,都从毁灭和危难的当中捡了回来么?岂不是"现在好了"?

"黄包车!"潘先生很入调地喊着。

车夫们听见了,一齐拉着车围拢来,问他到什么地方。

他昂起一点头,似乎增加好几分威严,伸出两个指头扬着说,"只消两辆!两辆!"他想了一想,续说,"十个铜子,四马路,去的就去!"这分明表示他是个"老上海"。

辩论了好一会,终于讲定十二个铜子一辆。潘师母带着大的孩子坐一辆,潘先生带着小的孩子同黑漆皮包坐一辆。

车夫刚欲拔脚前奔,一个背枪的印度巡捕一臂在前面一横,只得缩住了。小的孩子看这个人的形相可怕,不由得回转脸来,贴着父亲的胸际。

潘先生领悟了,连忙解释道,"不要害怕,那就是印度巡捕,你看他的红包头。我们因为本地没有他,所以要逃到这里来;他背着枪保护我们。他的胡子很好玩的,你可以看一看,同罗汉的胡子一个样子。"

孩子总觉得怕,便是同罗汉一样的胡子也不想看。直到听见当当的声音,才从侧边斜睨过去,只见很亮很亮的一个房间一闪就过去了;那边一家家都是花花灿灿的,灯点得亮亮;他于是不再贴着父亲的胸际。

到了四马路,一连问了八九家旅馆,都大大的写着"客满"的牌子;而且一望而知情商也没用,因为客堂里都搭起床铺,可知确实是住满了。最后到一家也标着客满,但是一个伙计懒懒地开口道,"找房间么?"

"是找房间,这里还有么?"一缕安慰的心直透潘先生的周身,仿佛到了家的样子。

"有是有一间,客人刚刚搬走,他自己租了房子了。你先生若是迟来一刻,说不定就没有了。"

"那一间就是我们住好了。"他放了小的孩子,回身去扶下夫人同大的孩子来,说,"我们总算运气好,居然有房间住了!"随即付车钱,慷慨地照原议价加上一个铜子;他相信运气好的时候多给人一些好处,以后好的运气会续续而来的。但是车夫偏不知足,说跟着他们回来回去走了这多时,非加上五个铜子不可。结果旅馆里的伙计出来调停,潘先生又多破费了四个铜子。

这房间就在楼下,有一个床,一盏电灯,一桌,两椅,此外就只有烟雾一般的一房间的空气了。潘先生一家跟着茶房走进去时,立刻闻到刺鼻的油腥味,中间又混着阵阵的尿臭。潘先生不快地自语道,"讨厌的气味!"随即听见隔壁有食料投下油锅的声音,才知道原是一间厨房。再一思想,气味虽讨厌,究比吃枪子睡露天好多了;也就觉得没有什么,舒舒泰泰在一张椅子上坐下。

"用晚饭吧?"茶房摆下皮包回头问。

"我要吃火腿汤淘饭,"小的孩子咬着指头说。

潘师母马上对他看个白眼,凛然说,"火腿汤淘饭!是逃难呢,有得吃就好了,还要这样那样点戏!"

大的孩子也不知道看看风色,央着潘先生说,"今天到上海了,你可给我吃大菜。"

潘师母竟然发怒了,她回头呵斥道,"你们都是没有心肝的,只配什么也没得吃,活活地饿……"

潘先生有点儿窘,却作没事的样子说,"小孩子懂得什么。"便吩咐茶房道,"我们在路上吃了东西了,现在只消来两客蛋炒饭。"

茶房似答非答地一点头就走,刚出房门,潘先生又把他喊回来道,"带一斤绍兴,一毛钱熏鱼来。"

茶房的脚声听不见了,潘先生舒快地对潘师母道,"这一刻该得乐一乐,喝一杯了。你想,从兵祸凶险的地方,来到这绝无其事的境界,第一件可乐。刚才你们忽然离开了我,找了半天找不见,真把我急得要死了;倒是阿二乖觉(他说着,把阿二拖在身边,一手轻轻地拍着),他一眼便看见了你,于是我迎上来:这是第二件可乐。乐哉乐哉,陶陶酌一杯。"他作举杯就口的样子,迷迷地笑着。

潘师母不响,她正想着家里呢。细软的虽然已经带在皮包里以及寄到教堂里去了,但是留下的东西究竟还不少。不知王妈到底可靠不可靠;又不知隔壁那家穷人家会不会知晓他们一家统出来了,只剩个王妈在家里看守;又不知王妈睡觉时,要不要忘记关上一扇门或是一扇窗。她又想起院子里的三只母鸡,没有做完的阿二的裤子,厨房里的一碗白烧鸭……真同通了电一般,一刻之间,种种的事情都涌上心头,觉得异样地不舒服;便叹口气道,"不知弄到怎样呢!"

两个孩子都怀着失望的心情,茫昧地觉得这样的上海没有平时父母嘴里的上海来得好玩而有味。

疏疏的雨点从窗外洒进来,潘先生站起来说,"果真下雨了,幸亏在这一候下,"就把窗关上。突然看见本来给窗子掩没的旅客须知单,他便想起一件顶紧要的事情,一眼不眨地直往那单子看。

"不折不扣,两块!"他惊讶地喊。回转头时,眼珠瞪视着潘师母,一段舌头从嘴里伸了出来。

二

明天早上,走廊中茶房们正蜷在几条长凳上熟睡,狭得止有一条的天井上面很少有晨光透下来,几许房间里的电灯还是昏黄地亮着。但是潘先生夫妇两个已经在那里谈话了;两个孩子希望今天的上海或许比昨晚的好一点,也醒了一歇了,只因父母教他们再睡一会,所以还躺在床上,彼此呵痒为戏。

"我说你一定不要回去,"潘师母焦心地说。"这报上的话知道它靠得住靠不住的。既然千难万难地逃了出来,哪有立刻又回去的道理!"

"料是我早先也料到的。顾局长的脾气就是一点不肯马虎。'地方上又没有战事,学自然照常要开的,'这句话确然是他的声口。这个通信员我也认识,就是教育局里的职员,又哪里会靠不住?回去是一定要回去的。"

"你要晓得,回去危险呢!"潘师母凄然地说。"说不定三天两天他们就会打到我们那地方去,你就回去开学,有什么学生来念书?就是不打到我们那地方,将来教育局长怪你为什么不开学时,你也有话回答。你只要问他,到底性命要紧还是学堂要紧?他也是一条性命,想来决不会对你过不去。"

"你懂得什么!"潘先生颇怀着鄙薄的意思。"这种话只配躲在家里,伏在床角里,由你这种女人去说;你道我们也说得出口么!你切不要拦阻我(这时候他已转为抚慰的声调),回去是一定要回去的;但是绝没有一点危险,我自己有保全自己的法子。而且(他自喜心思灵敏,微微笑着),你不是很不放心家里的东西么?我回去了,就可以自己照看,你也得定心定意住在这里了。等到时局平定了,我马上来接你们回去。"

潘师母知道丈夫的回去是万无挽回的了。回去能得照看东西固然很好;但是风声这样地紧,一去之后,犹如珠子抛在海里,谁保得定必能捞回来呢!生离死别的哀感涌上她的心头,再不敢正眼看她的丈夫,眼泪早在眼角边偷偷地想跑出来了。她又立刻想起这不大吉利,现在并没有什么不好的事情,怎能凄惨地流起眼泪来。于是勉强忍住,聊作自慰的请求道,"那么你去看看情形,假使教育局长并没有照常开学这句话,如还来得及,你就趁了今天下午的车来,不然,趁了明天的早车来。你要知道(她到底忍不住,一滴眼泪落在手背,立刻在衫子上擦去了),我不放心呢!"

潘先生心里也着实有点烦乱。局长的意思照常开学,自己万无主张暂缓开学之理,回去当然是天经地义。但是又怎么放得下这里!看他夫人这样的依依之情,决计一走,未免太没有恩义。又况一个女人两个孩子都是很懦弱的,一无依傍,寄住在外边,怎能断言决没有意外?他这样想时,不禁深深地发恨:恨这人那人调兵遣将,预备作战,恨教育局长主张照常开课,又恨自己没有个已经成年,可以帮助一臂的儿子。

但是他究竟不比女人,他更从利害远近种种方面着想,觉得回去终于是天经地义。便把恼恨搁在一旁,脸上也不露一毫形色,顺着夫人的口气点头道,"假若打听明白局长并没有这个意思,依你的话,就搭了下午的车来。"

两个孩子约略听得回去和再来的话,小的就伏在床沿作娇道,"我也要回去。"

"我同爸爸妈妈回去,剩下你独个儿住在这里,"大的孩子扮着鬼脸说。

小的听着,便迫紧喉咙喊,作啼哭的腔调,小手擦着眉眼的部分,但眼睛里实在没有眼泪。

"你们都跟着妈妈留在这里,"潘先生提高了声音说。"再不许胡闹了,好好儿起来待吃早饭罢。"说罢,又嘱咐了潘师母几句,径出雇车,赶往车站。

模糊地听得行人在那里说铁路已断火车不开的话,潘先生想,"火车如果不开,倒死了我的心,就是立刻免职也只得由他了。"同时又觉得这消息很使他失望;因想他若是运气好,未必会逢到这等失望的事,那么行人的话也未必可靠。欲决此疑,只希望车夫三步并作一步跑。

他的运气诚然不坏,赶到车站一看,并没有火车不开的通告;揭示处只标明夜车要迟四点钟才到,这一刻还没到呢。买票处绝不拥挤,时时有一两个人前去买票。聚集在站中的人却不少,一半是候客的,一半是为看看来的,也有带着照相器具的,专等夜车到时摄取车站拥挤的情形,好作将来《风云变幻史》的一页。行李房满满地堆着箱子铺盖,各色各样,几乎碰到铅皮的屋顶。

他心中似乎很安慰,又似乎有点儿怅惘,顿了一顿,终于前去买了一张三等票,就走入车箱里坐着。晴明的阳光照得一车通亮,温温地不嫌燠热;座位很宽舒,就是勉强要躺躺也可以。他想,"这是难得逢到的。倘若心里没有事,真是趟愉快的旅行呢。"

这趟车一路耽搁,听候军人的命令,等待兵车的通过。直到抵达让里,已是下午三点过了。潘先生下了车,急忙赶到家,看见大门紧紧关着,心便一定,原来昨天再三叮嘱王妈的就是这一件。

扣了十几下,王妈方才把门开了。一见潘先生,出惊地说,"怎么,先生回来了!不用逃难了么?"

潘先生含糊回答了她;奔进里面四周一看,便开了房门的锁,闯进去上下左右打量着。没有变更,一点没有变更,什么都同昨天一样。于是他吊起的一半心放下来了。还有一半心没放下,便又锁上房门,回身出门;吩咐王妈道,"你照旧好好把门关上了。"

王妈摸不清头绪,关了门进去只是思索。她想主人们一定就住在本地,恐怕她也要跟去,所以骗她说逃到上海去。"不然,怎么先生又回来了?奶奶同两个孩子不一同来,又躲在什么地方呢?但是,他们为什么不让我跟了去?这自然嫌得人多了不好。——他们一定就住在那洋人的红房子里,那些兵都讲通的,打起仗来不打那红房子。——其实就是老实告诉我,要我跟了去,我也不高兴呢。我在这里一点也不怕;如果打仗打到这里来,横竖我的老衣早做好了。"她随即想起甥女儿送她的一双绣花鞋真好看,穿了这双鞋上西方,阎王一定另眼相看;于是她感到一种微妙的舒快,不复想那主人究竟在哪里的问题。

潘先生出门,就去访那当通信员的教育局职员,问他局长究竟有没有照常开学的意思。那人回答道,"怎么没有?他还说有一些教员只顾逃难,不顾职务,这就是表示教育的事业不配他们干的;乘此淘汰一下也是好处。"潘先生听了,仿佛觉得一凛;但又赞赏自己的有主意,决定回来到底是不错的。一口气奔到自己的学校里,提起笔来就起草送给学生家属的通告。意思是说兵乱虽然可虑,子弟的教育犹如布帛菽粟,是一天一刻不可废离的,现在暑假期满,我校照常开学。从前欧洲大战的时候,他们天空里布着御防炸弹的网,下面学校里却依然在那里上课;这种非常的精神,我们应当不让他们专美于前。希望家长们能够体谅这一层意思,若无其事地依旧把子弟送来:这不但是家庭和学校的益处,实也是地方和国家的荣誉。

他起完这草,往复看了三遍,觉得再没有可以增损,局长看见了,至少也得说一声"先得我心"。便得意地誊上蜡纸,又自己动手印刷了百多张,派校役向一个个学生家里送去。公事算是完毕了,开始想到私事;既要开学,上海是去不成了,他们母子三个住在旅馆里怎么弄得下去!但也没有办法,惟有教他们一切留意,安心住着。于是蘸着刚才的残墨写寄与夫人的信。

明天,他从茶馆里得到确实的信息,铁路真个不通了。他心头突然一沉,似乎觉得最亲热的一妻两儿忽地乘风飘去,飘得很远,几乎于渺茫。没精没采地踱到学校里,校役回报昨天的使命道,"昨天出去派通告,有二十多家是关上大门的,打也打不开,只好从门缝里插了进去。有三十多家只有佣人在家里,主人逃到上海去了,孩子当然跟着去,不一定几时才能回来念书。其余的都说知道了;有的又说性命还保不定安全,读书的事再说罢。"

哦,知道了;潘先生并不留心在这些上边,更深的忧虑正萦绕于心曲。抽完了一支烟卷以后,应走的路途决定了,便赶到红十字会分会的办事处。

他缴纳会费愿做会员;又宣言自己的学校房屋还宽阔,愿意作为妇女收容所,到万一的时候收容妇女。这是慈善的举措,当然受热诚的欢迎,更兼潘先生本来是体面的大家知道的人物。办事处就给他红十字的旗子,好在学校门前张起来;又给他红十字的徽章,标明他是红十字会的一员。

潘先生接旗子和徽章在手,如捧着救命的神符,心头起一种神秘的快慰。"现在什么都安全了! 但是……"想到这里,便笑向办事处的职员道,"多给我一面旗,几个徽章罢?"他的理由是学校还有个侧门,也得张一面旗,而徽章这东西不很大,恐怕偶尔遗失了,不如多拿几个备在那里。

办事员同他说笑话,这些东西又不好吃的,拿着玩也没什么意思,多拿几份仍旧只作一个会员,不如不要多拿罢。但是终于依他的话给了他。

两面红十字旗立刻在新秋的轻风中招展着;可是学校的侧门上并没有,原来移到潘先生家的大门上去了。一枚红十字徽章早已跳上潘先生的衣襟,闪耀着慈善庄严的光,给与潘先生一种新的勇气。其余几枚呢,潘先生重重包裹着,藏在贴身小衫的一个口袋里。他想,"一个是她的,一个是阿大的,一个是阿二的。"虽然他们离处在那渺茫难接的上海,但是仿佛给他们加保了一重稳当可靠的险,他们也就各各增加一种新的勇气。

三

碧庄地方两军开火了。

让里的人家很少有开门的,店铺自然更不用说,路上时时有兵士经过。他们快要开拔到前方去,觉得最高的权威附灵在自己身上,什么东西都不在眼里,只要高兴提起脚来踏,总可踏做泥团踏做粉。这就来了拉夫的事情:恐怕被拉的人乘隙脱逃,便用长绳一个联一个缚着臂膊,几个弟兄在前,几个弟兄在后,一串一串牵着走。因此,大家对于出门这事都觉得危惧,万不得已时,也只从小巷僻路走,甚至佩有红十字徽章如潘先生之辈,也不免怀着戒心,不敢大模大样地踱来踱去。于是让里的街道见得清静且宽阔起来了。

上海的报纸好几天没来。本地的军事机关却常常有前方的战报公布出来,无非是些"敌军大败,我军进攻若干里"的话。街头巷尾贴出一张新鲜的来时,慢慢聚集,也有好些人注目看着。但大家看罢以后依然不能定心,好似这布告背后还伏着许多话没的说,于是怅怅地各自散了,眉头照旧皱着。

这几天潘先生无聊极了。最难堪的,自然是妻儿的远离,而且不通消息,而且似乎有永远难通的朕兆。次之便是自身的问题,"碧庄冲过来只一百多里路,这徽章虽说有用处,可是没有人写过笔据,万一没有用,又向谁去说话?——枪子炮弹劫掠放火都是真家伙,不是耍的,到底要多打听多走门路才行。"他于是这里那里探听前方的消息,只要这消息与外间传说的不同,便觉得真实的分散越多,即根据着盘算对于自身的利害。街上如其有一个人神色仓皇急忙行走时,他便突地一惊,以为这个人一定探得确实而又可怕的消息了;只因与他不相识,"什么!"就在喉际咽住了。

红十字会派人在前方办理救护的事情,常有人附着兵车回来,要打听消息自然最可靠了。潘先生虽然是个会员,却不常到办事处去探听,以为这样就是对公众表示胆怯,很不好意思。然而红十字会究竟是可以得到真消息的机关,舍此他求未免有点傻,于是每天傍晚,到姓吴的办事员家里打听去。姓吴的告诉他没有什么,或者说前方抵住在那里,他才透了口气回家。

这一天傍晚,潘先生又到姓吴的家里;等了好久,姓吴的才从外面走进来。

"没有什么罢?"潘先生急切地问。"照布告上说,昨天正向对方总攻击呢。"

"不行,"姓吴的忧愁地说;但随即咽住了,捻着唇边仅有的几根二三分长的胡须。

"什么!"潘先生心头突地跳起来,周身有种拘牵不自由的感觉。

姓吴的悄悄地回答,似乎防着人家偷听了去的样子,"确实的消息,正安(距碧庄八里的一个镇)今天早上失守了!"

"啊!"潘先生发狂似地喊出来。顿了一顿,回身就走,一壁说道,"我回去了!"

路上的电灯似乎特别昏暗,背后又仿佛有人追赶着的样子,惴惴地,歪斜的急步赶到了家,叮嘱王妈道,"你关着门就可安睡,我今夜有事,不回来住了。"他看见衣橱里有一件绉纱的旧棉袍,当时没收拾在寄出去的箱子里,丢了也可惜;又有孩子的几件布夹衫,仔细看实在还可以穿穿;又有潘师母的一条旧绸裙,她不一定舍得便不要它;便胡乱包在一起,提着出门。

"车!车!福星街红房子,一毛钱。"

"哪里有一毛钱的?"车夫懒懒地说。"你看这几天路上有几辆车?不是拚死寻饭吃的,早就躲起来了。随你要不要,三毛钱。"

"就是三毛钱,"潘先生迎上去,跨上脚踏坐稳了,"你也得依着我,跑得快一点!"

"潘先生,你到哪里去?"一个姓黄的同业在途中瞥见了他,立定了问。

"哦,先生,到那边……"潘先生失措地回答,也不辨这是谁的声音;忽然想起回答他实是多事——车轮滚得绝快,那个人决不至于赶上来再问,——便缩住了。

红房子里早已住满了人,大部是十天以前就搬来的,儿啼人语,灯火这边那边亮着,颇有点热闹的气象。主人翁相见之后,说,"这里实在没有余屋了。但是先生的东西都寄在这里,却也不好拒绝。刚才有几位匆忙地赶来,也因不好拒绝,权且把一间做饭吃的厢房给他们安顿。现在去同他们商量,总可以多插你先生一个。"

"商量商量总可以,"潘先生到了家一般地安慰。"况且在这么的时候。我也不预备睡觉,随便坐坐就得了。"

他提着包裹跨进厢房的当儿,疑惑自己受惊太利害了,眼睛生了翳,因而引起错觉。但是闭了一闭再张开来时,所见依然如前,这靠窗坐着,在那里同对面的人谈话,上唇翘起两笔浓须的,不就是教育局长么?

他顿时踌躇起来,已跨进去的一只脚想要缩出来,又似乎不大好。那局长也望见了他,尴尬的脸上故作笑容说,"潘先生,你来了,进来坐坐。"主人翁听了,知道他们是相识的,转身自去。

"局长先在这里了。还方便吧,再容一个人?"

"我们只三个人,当然还可以容你。我们带着席子;好在天气不很凉,可以轮流躺着歇歇。"

潘先生觉得今晚的局长特别可亲,全不同平日那副庄严的神态,便忘形地直跨进去说,"那么不客气,就要陪三位先生过一夜了。"

这厢房不很宽阔。地上铺着一张席子,一个戴眼镜的中年人坐在上面,略微有疲倦的神色,但绝无欲睡的意思。锅灶等东西贴着一壁。靠窗一排摆着三只凳子,局长坐一只,头发梳得很光的二十多岁的人,局长的表弟,坐一只,一只空着。那边的墙角有一只柳条箱,三个衣包,大概就是三位先生带来的。仅仅这些,房里已没有空地了。电灯的光本来很弱,又蒙上了一层灰尘,照得房里的人物都昏暗模糊。

潘先生也把衣包摆在那边的墙角,与三位的东西合伙。回过来谦逊地坐上那只空凳子。局长给他介绍了自己的同伴,随后说,"你也听到了正安的消息么?""是呀,正安。正安失守,碧庄未必靠得住呢。"

"大概这方面对于南路很疏忽,正安失守,便是明证。那方面从正安袭取碧庄是最便当的,说不定此刻已被他们得手了。要是这样,不堪设想!"

"要是这样,这里非糜烂不可!"

"但是,这方面的杜统帅不是庸碌无能的人,他是著名善于用兵的,大约见得到这一层,总有方法抵挡得住。也许就此反守为攻,势如破竹,直捣那方面的巢穴呢。"

"但得这样,战事便收场了,那就好了!——我们办学的就可以开起学来,照常进行。"

局长一听到办学,立刻感得自己的尊严,捋着浓须叹道,"别的不要讲,这一场战争,大大小小的学生吃亏不小呢!"他把坐在这间小厢房里的局促不舒的感觉遗忘了,仿佛堂皇地坐在教育局的办公室里。

坐在席子上的中年人仰起头来含恨似地说,"那方面的朱统帅实在可恶!这方面打过去,他抵抗些什么,——他没有不终于吃败仗的。他若肯漂亮点儿让了,战事早就没有了。"

"他是傻子,"局长的表弟顺着说,"不到尽头不肯死心的。只是连累了我们,这当儿坐在这又暗又窄的房间里。"他带着玩笑的神气。

潘先生却想念起远在上海的妻儿来了。他不知道他们可安好,不知道他们出了什么乱子没有,不知道他们此刻已经睡了不曾,抓既抓不到,想象也极模糊;因想自己的被累要算最深重了,凄然望着窗外的小院子默不作声。

"不知道到底怎么样呢!"他又转想到那个可怕的消息以及意料所及的危险,不自主地吐露了这一句。

"难说,"局长表示富有经验的样子说,"用兵全在趁一个机,机是刻刻变化的,也许竟不为我们所料,此刻已……所以我们……"他对着中年人一笑。

中年人,局长的表弟同潘先生三个已经领会这一笑的意味;大家想坐在这地方总不至于有什么,也各安慰地一笑。

小院子里长满了草,是蚊虫同各种小虫的安适的国土。厢房里灯光亮着,它们齐向那里飞去。四位怀着惊恐的先生就够受用了;扑头扑面的全是那些小东西,蚊虫突然一针,痛得直跳起来。又时时停语侧耳,惶惶地听外边有没有枪声或人众的喧哗。睡眠当然是无望了,只实做了局长所说的轮流躺着歇歇。

明天清晨,潘先生的眼球上添了几缕红丝;风吹过来,觉得身上很冷。他急欲知道外面的情形,独个儿闪出红房子的大门。路上同平时的早晨一样,街犬竖起了尾巴高兴地这头那头望,偶尔走过一两个睡眼惺忪的人。他走过去,转入又一条街,也不听见什么特别的风声。回想昨夜的匆忙情形,不禁心里好笑。但是再一转念,又觉得实在并无可笑,小心一点总比冒险好。

四

二十余天之后,战事停止了。大众点头自慰道,"这就好了!只要不打仗,什么都平安了!"但是潘先生还不大满意,铁路还没有通,不能就把避居上海的妻儿接回来。信是来过两封了,但简略得很,比较不看更教他想念。他又恨自己到底没有先见之明;不然,这一笔冤枉的逃难费可以省下,又免得几十天的孤单。

他知道教育局里一定要提到开学的事情了,便前去打听。跨进招待室,看见局里的几个职员在那里裁纸磨墨,象是办喜事的样子。

一个职员喊出来道,"巧得很,潘先生来了!你写得一手好颜字,这个差使就请你当了罢。"

"这么大的字,非得潘先生写不可,"其余几个人附和着。

"写什么东西?我完全茫然。"

"我们这里正筹备欢迎杜统帅凯旋的事务。车站的两头要搭起对对的四个彩牌坊,让杜统帅的花车在中间通过。现在要写的就是牌坊上的几个字。"

"我哪里配写这上边的字?"

"当仁不让,""一致推举,"几个人一哄地说;笔杆便送到潘先生手里。

潘先生觉得这当儿很有点滋味,接了笔便在墨盆里蘸墨汁。凝想一下,提起笔来在蜡笺上一并排写"功高岳牧"四个大字。第二张写的是"威镇东南"。又写第三张,是"德隆恩溥"。——他写到"溥"字,仿佛觉得许多影片,拉夫,开炮,烧房屋,奸淫妇人,菜色的男女,腐烂的死尸,在眼前一闪。

旁边看写字的一个人赞叹说,"这一句更见恳切。字也越来越好了。"

"看他对上一句什么,"又一个说。

1924 年 11 月 27 日完毕

(原载 1925 年 1 月《小说月报》第 16 卷第 1 期)

凌叔华

酒　　后

　　夜深客散了。客厅中大椅上醉倒一个三十多岁的男子,酣然沉睡;火炉旁坐着一对青年夫妇,面上都挂着酒晕,在那儿切切细语;室中充满了沉寂甜美的空气。那个女子忽站起来道:

　　"我们俩真大意,子仪睡在那里,也不曾给他盖上点。等我拿块毛毡来,你和他盖上罢。把那边电灯都灭了罢,免得照住他的眼,睡的不舒服。"

　　"让我去拿罢,"男子赶紧也站起来说。

　　女子并不答言转身已把毡子抱来,说:

　　"轻轻的给他脱了鞋子罢。把毡子打开,盖着他的肩膀和脚,让他舒舒服服的睡觉。"她看着那男子与那睡着的人脱了鞋,盖好了毡子,又说道:

　　"我们还是坐在这里罢。他一会儿醒了一定要茶要水的。他刚才说他不回家了,这里的大椅比他家的床还舒服多呢。"她说着又坐下,"咳! 他的家庭也真没味儿,他真可怜。"

　　男子仍旧傍他妻子坐着,室中只余一盏带穗的小电灯,很是昏暗;壁炉的火,发出那橘红色柔光射在他俩的笑容上;几上盆梅,因屋子里温度高,大放温馨甜醉的香味。那男子望着他的妻子,眯着眼含笑道:

　　"采苕,我也醉了。"

　　"你不是说你没喝多少酒吗?"女子微笑说。

　　"我不是酒醉,我是被这些环境弄醉了。……我的眼,鼻,耳,口——灵魂都醉了,……我的心更醉了——你摸摸它跳的多么快!"他说着便靠紧采苕那边坐。

　　采苕似笑非笑的看一看他,随后却望着那睡倒的人,说:

　　"你还不认账喝醉了呢。你听听你自己又把那些耳,鼻,口,目,灵魂,心等等字眼全数的搬出来了。只是你的脸不像子仪那样红,他今天可真醉了。"

　　男子似乎没听见他的妻子说什么,仍旧眯着醉眼,拉着她的手,说:

　　"亲爱的,叫我怎样能不整个人醉起来呢? 如此人儿,如此良宵,如此幽美的屋子,都让我享到! 平常在这样一间美好舒服的房子里坐着,看着样样东西都是我心上人儿布置过的,已经使我心醉,我远远的望见你来,我的心便摇摇无主了。现在我眼前坐着的是天仙,住的是纯美之宫,耳中听的,就是我灵府的雅乐,鼻子闻到的——销魂的香泽,别说梅花、玫瑰的甜馨比不上,就拿荷花的味儿比,亦嫌带些荷叶的苦味呢。我的口——才刚尝了我心上人儿特出心裁做的佳味,——哦,我还可以尝那似花香非花香,似糖甜非糖甜,似甘酒非……"

"够了,够了,你真醉了,好好的又扯上这些小说式的话来逗我。说话小点声音罢,看吵醒子仪。"

他拿他夫人的手热烈的嗅了几嗅,又抬头望着她道:

"你也有点醉罢?这腮上薄薄的酒晕,什么花比得上这可爱的颜色呢?——桃花?我嫌她太俗。牡丹?太艳。菊花?太冷。梅花?也太瘦。都比不上。"说着他又靠近坐一些,"呀!不用讲别的!就拿这两道眉来说罢,什么东西比得上呢?拿远山比——我嫌她太淡;蛾眉,太弯,柳叶,太直,新月,太寒。都不对,都不对。眉的美真不亚于眼的美,为什么平时人总说不到眉呢?"

采苕今晚似乎不像平常那样,把永璋说的话,一个个字都饮下心坎中去,她的眼时时望着那睡倒的人,至此方用话止住永璋道:

"我的头今晚也昏昏的。我喝了酒不爱说话,你却滔滔不绝,不觉得渴吗?"

永璋余兴未尽,摇摇头还接续说:

"采苕,我说真话,眉的美也是很要紧的。可是平常初次见面的,看不到眉的好丑,这须在静夜相对的时候,才觉得到呢。唉,你的眉,真是出奇的好看!"

"永璋,我不理你了,你尽是拿我开玩笑。"她微耸双眉说着,转过身去背着永璋。

"我那里敢?"他急忙分辩,用手轻轻扳转采苕来。"我现在赞美大自然打发这样一个仙子下凡,让我供奉亲近,我诚心供奉还来不及,那里敢开玩笑……我相信一个人外表真美的,心灵也一定会美。比如你的心灵,那一时不给我愉快,让我赞美。就这屋子说,那一样不是经你的手动使才被人赞美的。若是有人拿一个王位来换,不用说我这个爱人,就是这屋里东西,我一定送他进疯人院去。"

采苕此时似乎听而不闻的样子,带些酒意的枕她的头在永璋的肩上,望着那边睡倒的人。永璋仍接续说:

"哦,大后天便是新年,我可以孝敬你一点什么东西?你给我这许多的荣耀和幸福,就今晚说一通晚,也讲不出百分之一来。亲爱的,快告诉我,你想要一样什么东西？不要顾惜钱。你想要的东西，花钱我是最高兴的。"

采苕听了，想了一想，后来仍望着那睡倒的人。此时子仪正睡的沉酣，两颊红的像浸了胭脂一般，那双充满神秘思想的眼，很舒适的微微闭着；两道乌黑的眉，很清楚的直向鬓角分列；他的嘴，平日常充满了诙谐和议论的，此时正弯弯的轻轻的合着，腮边盈盈带着浅笑；这样子实在平常采苕没看见过。他的容仪平时都是非常恭谨斯文，永没像过酒后这样温润优美。采苕怔怔的望了一回，脸上忽然热起来，她答说：

"我什么也不要，我只要你答应这一样东西……只要一秒钟。"

"请快点说，"永璋很高兴的说："我的东西都是你的一样。别说一秒钟，千万年都可以的。"

"我要——我有些不好意思说。"

"不要紧。"

"他……"

"他一定不会醒的，你放心说罢。"

"我，我只想闻一闻他的脸，你许不许？"

"真的吗，采苕？"

"真的！实在真的！"

"真的？那怎么行？……你今晚也喝醉了罢？"

"没有喝醉，我没有喝醉。我说给你听，我为什么发生这样要求，你就会得答应我了。我自从认识子仪就非常钦佩他；他的举止容仪，他的言谈笔墨，他的待人接物，都是时时使我倾心的。因为他是有了妻子的人，我永远没敢露过半句爱慕他的话。他处在一个很不如意的家庭，我是可怜他。"

"他对我很赞你，很羡慕我。因为羡慕我的人太多了，我也没理会。我也知道你很钦佩他，不过不知道你这样倾心。"

"小点声音。让我说完我的心事——我天生有一种爱好文墨的奇怪脾气，你是知道的，见了十分奇妙的文章，都想到作者的丰仪，文笔美妙的，他的丰采言语却不定美好，只有他——实在使我倾心的，咳，他那一样都好！……我向来不敢对人提过这话，恐怕俗人误会。今天他酒后的言语风采，都更使我心醉。我想到他家中烦闷情况——一个毫没有情感的女人，一些只知道伸手要钱的不相干的婶娘叔父，又不由得动了深切的怜惜。……他真可怜！……亲爱的，他这样一个高尚优美的人，没有人会怜爱他，真是憾事！"

"哦！所以你要去 Kiss 他，采苕？"

"唔，也因为刚才我愈看他，愈动了我深切的不可制止的怜惜情感，我才觉得不舒服，如果我不能表示出来。"她紧紧的拉住永璋的手道："你一定得答应我。"

永璋面上现出很为难态度,仍含笑答道:

"采苕,你另想一个要求可以吗?我不能答应你……"采苕不等他说完,便截住他的话道:

"我信你是最爱我的,为什么竟不能应充我这要求?……就是子仪,你也非常爱他,……"

"亲爱的,你真是喝醉了。夫妻的爱和朋友的爱是不同的呀!可是,我也不明白为什么我很喜欢你同我一样的爱我的朋友,却不能允许你去和他接吻。"永璋连忙分说。

"我没有喝醉,真没醉,"采苕急急说道,"你得答应我,只要去 Kiss 他一秒钟,我便心下舒服了。你难道还信不过我吗?"她看住永璋。

永璋看她非常坚决的神气,答道:

"信不过你是没有的话,只是我觉得我不能答应你这个要求。"

"既然不是不信得过我,你为什么不答应我?"她站起来很恳切的说。

"你真的非去 Kiss 他不可吗?"

"是的,我总不能舒服,如果我不能去 Kiss 他一次。"

"好吧!"永璋很果决的说。

她站起来走了两步,忽然又回来拉永璋道,

"你陪我走过去。"

"我坐在这边等你,不是一样,怕什么,得要人陪?"

"不,你得陪我去。"

"我不能陪你去。况且,我如果陪了你去,好像我不大信任你似的,你想想对不对?"

她不答的走去,忽然又站住说:

"我心跳的厉害,你不要走开。"

"好,我答应了在这边陪你的。"

"我去了,"她说完便轻轻的走向子仪睡倒的大椅边去,愈走近,子仪的面目愈现清楚,采苕心跳的速度愈增。及至她走到大椅前,她的心跳度数竟因繁密而增声响。她此时脸上奇热,心内奇跳,怔怔的看住子仪,一会儿她脸上热退了,心内亦猛然停止了强密的跳。她便三步并两步的走回永璋身前,一语不发,低头坐下。永璋看着她急问道,

"怎么了,采苕?"

"没什么。我不要 Kiss 他了。"

(原载 1925 年 1 月 10 日《现代评论》第 1 卷第 5 期)

叶灵凤

女娲氏之遗孽

一

莓箴今天走了，敬生又在邮局中办事没有回来，偌大的一间楼上，只有我一人静坐，楼下的笑语历历从窗口递上，使我倦念的心怀，益复不能自止。昨天此时，莓箴还在我这里，他并没有同我讲起即要走的事，然他今天竟偷偷地走了，在他的心意，以为不使我预先知道行期，可以减少我的痛苦，殊不知今天这突来的离别，却益发使我悲伤哩！我今天清晨从床上听见他嫂嫂在楼下对他说，莓弟，时候不早了，你还不预备车子走么？我的心真碎了。我本待要起来送他，无如我们的关系即是这样，我惟恐他人见了我的泪容，反将格外引起流言和蜚语，所以我只好蒙头掩面痛苦。知我此时情的真惟有这一条薄薄的棉衾了！

他近来大约知道开学期近，快要与我离别，更格外同我亲近，当敬生出去后，便即不顾一切地跑上楼来同我谈笑，以期在欢乐的陶醉中，想使我忘记了未来的离别。然他虽是这样地用心，虽是这次使我是免去了黯然销魂之感，他却忘记别后的我了。可怜今日这一个晴天霹雳，蓦地分离，使追念起旧情，心中如何地难堪呵！

我早知他今日便走，我真懊悔昨晚的一举了！我近日因莓箴校里就要开学，心中常是不乐，昨晚敬生忽然要我出去看戏，说是看我近来太沉闷了，要我借此散心，我当时因怕他窥破了我心中的隐事，所以不敢回却，只得立时答应，然不料我们在楼上房中这样轻轻地对话，竟使他在楼下也闻见了。我们出门时我行过天井，回头从厢房玻璃窗中望去，只见他伏在案上不动，大约又是哭了，我要进去劝慰，却又因敬生同行，为免他疑心起见，我不好停留，只得随着出门去了。他每见我与敬生同行，总是常要伤感，我虽极力劝他解脱，告他这是无可如何，不可免的事，然他终无以自宽，因此我便不常轻易同敬生出去，然有时又为情势所迫，势不能不一同行走；便如这次的事，我在这种情势之下，实不能不敷衍敬生一行，然却又惹了他的伤感了。我既瞥见他在房中痛苦,我虽走到影戏园里,我的心却留在家中!我和敬生并肩坐在一排椅上,黑暗中我耳边只有嘤嘤的哭声,眼里只见莓箴耸动的双肩和一副苦闷的面目。我想起全是因我这个不祥之身才使他一个活泼的青年,忽变到如此消沉,我的心里真止不住一阵怆痛,我只得在前面的椅上,用口紧噙着我的食指,以期减杀这不可遏止的悲哀。敬生见我忽然伏下,便在旁问我何故。我只好推说因场内人多闷久了觉得头晕。我伏了好久,一直到我感情平服了下去方敢抬头来,这幸亏是在暗黑的影戏园中,若在他处,我深知又要惹起闲言了。如今他虽走了,但是我想起这事,我满心总觉对不住他。我以一个中年有夫的妇人,不能恪理家政,自觉已很惭愧。不料一缕闲情,又复倾心在莓箴身上,我现在虽并不是威慑于什么礼教和妇道,才想说出此话,虽是爱情的发生也并非片面所能为,然可怜的莓箴,在我未和他发生关系以前,他终是个乐天活泼的青年,心中没有一点悲哀的影子,自从三年前他与我发生关系以后,他就由青春的乐园中,立时被推到了烦闷的深渊里。他虽并没有因此而改变了他高尚的志趣,苦心的力学,然他青春欢乐的梦境终因此打破了,他蓬勃活泼的气性,终因此一变而为沉默寡欢了。

  呵,我真罪过!我此时虽并不懊悔和他有这段历史,然我终害他了,终辜负他了。我这一株已萎的残葩,真不配再蒙园丁的培植!呵!我要……天呀!我要怎样做?我为了不要使他再系恋我,我为了不要使一个有望的青年再沦陷于绝望的悲哀里,我要忍痛割爱了!我要使他有所觉悟,我要使他觉得我不可再留恋;我要使他憎我,我要使他与我隔绝!我既为他牺牲了我良妻的美名和家庭间的燕乐,现在为了彻底爱他的原故,为了不忍使他因我而受苦的原故,我更要采取我心痛的政策了!牺牲一百个无用的我不足惜,我宁可使他怨诅我的无情,我不忍坐视他消沉在绝望的悲哀里!我要彻底的爱他!——可怜呵!我也只好一人躲在楼上写写罢了。我在这里虽是写得这样地坚决,然当我一见了他时,一见了他那付 Melancholy 的面目时,我又想什么的勇气都没有了!

  因了我极意縻缝和敷衍的原故,我同莓箴虽已发生了三年的关系,然敬生始终尚不晓得。近来外人注意我们行动的已渐有了,他大约也终要发觉。我不知他知道了我和莓箴的时候,知道我竟背下他作出这样地事后,他心中要起若何的感想!三角悲剧中的最后一幕,大约便将要在那时演出,到那时我为谢敬生和免莓箴受累起见,我唯有……

  呵!这是恶兆,我不敢再想了!

二

我匆匆地回到房里，从箱中取这册子，翻到上次所写的最后一段，呵，天啊！是谁使这段推想挤进我的脑中？是谁使这段文字流出我的笔端？不料我想起的恐怖的事，如今竟真将实现了！

怪不得莓箴家中的人日来对我都改变了素态！怪不得我每次走下楼时，他母亲总是向我作极冷淡的招呼，他哥哥总是向我微笑，他嫂氏总是向我讲有二重意义和暗示的话哩！原来他们已晓得了我的隐事！他们已获得解启这秘密的钥匙了。爱情的成分虽只有痛苦没有羞愧，然我一见了他们那种锐利的眼光，将我作了鹄的，纷纷投矢于我身上时，我总觉这是莫大的耻辱。我从没有经过这样的窘涩，为了爱情的原故，我什么都尝到了！

今天是莓箴走后的第四日，早晨我从间壁窑货店中收到他转递来的一封信，这是我们约好的通信地址：他信上说他仓促成行，未能使我预先知道行期，实有他不得已的苦衷。他说他在临行的前夜，曾写好一封信预备留交给我，不料当时因夜深了疲倦异常，竟忘记将信收好便去就寝，哪知竟被他因赴宴迟归，严肃的老父看见；他老父万想不到他轻轻的年岁在暗中竟有这秘密，勃然震怒，立时将他从睡梦中唤醒，严重地申斥了一番，可怜他便不敢再留滞在家中，第二天清晨便匆匆地走了。他又说现今距这事发生已是四天，他父亲定已告诉了他谨默的继母，狡谲的嫂氏知道，他问我日来他们对我的情形可有变动。

呵，天呀！我还在梦中哩！我真料不到竟有此事发生，怪不得他们这两日以来对我的态度遽变！当我接到信时，我正欢欢喜喜方以为他定有许多的好话对我讲，哪知告诉我的却是这样地一件事！我看了以后，此身真如堕冰洋，什么想念都消灭了！呵，天呵！这令我如何是好？这今后的生涯叫我如何腼颜去承受？

啊啊！这今后的生涯叫我如何去承受！以前在事情未被他们发觉时，我可以同莓箴整天地守在一起，我可以很自在的从楼上走到楼下，我可以在他们任何的一个口中探问莓箴在外的消息。然而现在呢，我可以向哪一个去询问？当我未走近他们时，他们那锐利沉毒的眼光，已涨满了讥笑两字，使我没有开口的勇气了。他们不向我追诘，已是我莫大的安谧，我还敢再向他们去提及？事变之来，真如迅雷不及掩耳，我不料我们已不幸的关系中，更突出了这意外的变化！

他们自知道了这事以后，我深知他们除鄙夷我的行动外，还在暗中向我痛恨。在他们的意见，以为莓箴与我的发生关系，完全是出自我的诱惑，没有我这个人,他一个十八岁的青年决不会惹上此事的。呵,天呵!他们若真有这种意见时,这真冤煞我了!我此时虽也有懊悔不该使他一个无辜的青年,惹上了痛苦烦闷的心意,然我的忏悔却完全是在诅咒我自己的不祥之身,我并非惋惜这事的出现。我们的关系,若果真仅是因我的主动它才发现,那我倒也很可简易地将它消灭了。无如又不是这样;这样的一件事,既非我能为力,亦非他能为力,在我们之间,实有不可抵抗的潜力驱策着我们,使我们刻不容缓地互相前进,在我们自己彼此尚未发觉时,这其间已有了不可移的根蒂了。我们现在只好咒诅这翎毒箭怎地射到了我们的心上,我们又哪里有逃避这势力的可能?

三

自从我的事被人知道了以后,我的心境就立时改变,我苦痛的重围中,又加上了一层疑虑的缚束。以前我虽也明知这事早迟终必要被人知道,心中不时对未来怀着恐怖,然当莓箴未离开,或偶尔想起了一两件已往的梦影时,在我层集的悲哀中,总有时会捡出一丝乐意。然现在则难言了,我虽并不甘自沉于愁叹,然任是怎样强颜欢笑,勉自慰抑,这莫大的罅隙,终非一点薄薄地自饰所能掩隐。我在家中向来是被人誉为善交际能适应环境的,所以她们暇时每喜同我聚在一起谈笑,然我现在又怎好再同她们在一起呢?她们虽不致在我面前竟提起莓箴的事,然那两道眼光,已明明地将我的隐事,加蒙了一领讥蔑的外衣,呈现在我面前;她们虽不向我横缠,便仅是这些已很够我消受了。我不懂我何以现在见了她们,总有点自馁,有点害怕!

今天莓箴的嫂氏走上楼来,笑着对我说,莓箴年长了,家中很替他烦心,问我可有适当的朋友或学生,介绍一位给他。他这位嫂氏为人极机警,善辞令,许多在别人口中趑趄讲不出的话,她却能不顾一切的说出,我平日见了她已感觉有点难于应付,然尚恃我并无什么话柄在她口中,所以尚可同她狡辞相对,自从我的事被他们知道了以后,我就很怕与她交谈,而使我最感困难的便也是她。她每在众人面前,向我讲出极使人不能忍受的话,我因了她的词锋太厉,又以有所顾忌,所以每只好置之不答,然因此她便益发志长了。今天她上楼来后,我预知她定又要向我嘲弄,果然,她竟讲出这话。她讲这话的用意是极明显,不待我思索便已知道,她无非想借此嘲弄我罢了,然我又能向她讲什么呢?对于这加到我的一切,我除无言地承受外,我又有什么可以答复?

实则,对于这事的发现,我并无一丝恐惧的心,休说是她们这几个无关系的人知道,即使令关系最密切的敬生知道了,我又何惧之有?我若对于这事有所畏葸,在当初嫩芽方萌出土面时,我早就将它消弭了,我既大胆滋着它去发长,这便是我不顾忌什么的证据。至于现在我对于人言所以要有点退缩让避者我实别有所告。莓箴现在仅是个在学的青年,因我的原故他已攥了不少的烦恼,我现在若再因了不甘受他人的奚落,或为了爱情的光明而防御,毅然奋起掀去一切面障,将事的始末向敬生剖说个明白,那我虽倒可博得水落石出,不再受无限期苦闷的倒悬,然却未免更累莓箴了。敬生知道了以后,对于这事一定要引出很严重的交涉,那是可断言的,莓箴和我虽并没有什么海誓山盟,然当我万一有了危急时,他是一定要奋力相助的,到那时即使我没有什么困难,然当事情闹得这样天翻地覆后,我们的生趣全无已是可断言了。我本是无用的残躯,我牺牲本无足惜,然他一个青春灿烂的年华,若竟因此事而亦断送,那未免太可惜了。我为了这事,为了不要使一个方兴未艾的奇葩竟因我而枯萎,所以我平日虽是不肯一步让人,然此时对于这投掷我的一切,我也只好效法十字架上的羔羊,含泪无言,仰首去承受!本来一切都是我的罪过,没有我又何至有此事发生。我为了我的罪孽而受辱骂,这不是我应得的惩罚,我方愁我无赎罪的余地,我岂是逃刑的懦妇!

写了一封信给莓箴,劝他不必因我们的事被人知道而悲伤。这本是不应隐瞒的事,这本是应当登在高峰之上戴起荣誉的冠冕向万民去宣告,万民听了都要为我们额手称庆的事。无如在被几千年传统势力积成的缚束下,在一点真情被假面重重的礼教斩割得的无余中,人心里终不敢迸出这一缕真灵!

繁茂的果丛经了温暖娇艳的秋阳,累累的华实自要无隐掩的呈献,我们的事也是这样,这正是自然成熟的表现,我们又何必顾虑!

四

上次曾写过一封信给莓箴,后来又写过一封,至今已月余了尚未得复,这真使我焦急万分,饮食都不得安宁。他怎么还没有复信?无论校中功课怎样地繁重,然写信的时候总可抽出,敢是我的信竟在中途遗失?然即便他没有得到我的信,在这一个月余的间离,他也应有信给我。他如今这样长久的时候没有信来,难道真个是忧郁成疾,竟缠在病榻,不得作书么?近来家中的人对我虽稍安,不再象那样纠缠,然大错铸成,我们的事终已非昔日可比,要再求已往的那般欢情恐终非今生所能梦想。我为此事,近来的心情已日趋烦闷,再加莓箴这样长久没有信来,杯弓蛇影,市虎含沙,实使我百虑丛生,真疑此中或酝酿着未来的大变!呵,他何以没有信来?即使真病了,他也应请人写个信封,寄页白纸给我,怎地只这般杳无消息!

在莓箴初离家时，我盆中的水仙芳含苞初放，现今则架上只剩了一座空盆，这株薄命的残花，正不知被人辗转弃掷，已到了什么地方了！屋后的连山，宿草已重披上浅碧的新衣，欣欣地渐侵到蜿曲的山径，我每日坐在房中，从床后小的窗，独对着这盎然的山色，春风挟了花香和土中蒸发出来的气息，不时从窗槛送进我的鼻官，使我想起我心中蕴蓄着的疑难，不仅要咒诅这繁盛耀人的艳景！啊啊！我此时若是个悔教夫婿觅封侯的深闺思妇，看见这陌头春色，想起了旧日欢情，我倒也可索性整日地紧蹙双蛾，在楼上去长吁短叹，博得众人的怜惜，群来向我慰问。无如我现在的情形又不是这样，我名义上的夫婿正整日地在我身旁；我心中的恋影，只好严居在我心底，我想起只有在暗中啜泣！我不但不能在光明处向人去诉说，只恐我诉说了众人反要责我的无耻，咄我的狂妄。啊啊！谁没有他的秘密？谁没有她理想中的恋人？我究竟犯了什么罪过！我的事究有什么不能对人言之处！你们怎只是这样地虎虎然伺隙于我侧，想乘间向我狂噬？

　　人的嘴真厉害，现在除敬生以外，凡与我们时常晤面的，概都知道我们的事了。我的事本不必隐瞒，尤其对于无关系的他们更不必顾忌，只可惜他们知道了我的事后，不能如我知道的事一般，每要存种种鄙视的心，以为背下丈夫作出这样的事，是可耻的行动，实则我真不知这果有何耻！礼教中的贞操与 Cupid 箭镞上的恋爱果有何关系？然敬生现在尚不知道这事，这终是我的幸福。我讲这话，并非我的事独畏被他知道，实因这事尚未届可以使他知道的时候。现在若一旦给他发现，不但我的计划将完全打破，且更累了年轻的莓箴一生，徒增我许多百身莫赎的罪孽，所以我只苟延残喘，我的用心实别有所在。近来很有几人向我讽示，说我狡狯，敬生和莓箴都上了我的圈套，说我既在谋一人精神上的恋爱，同时又在享受他人物质上的安乐。啊啊，这是何意！我岂是视爱情如儿戏的巴黎妇人？我岂是骛于繁华的风流少女？我忍辱含羞，仰息在与我不得不同居的豢养者之下，我实如坐针毡，一刻未能忘怀，我岂是苟安逸乐？不过我想起了羽翼未丰的莓箴，我终不敢轻图妄举，我终只好忍辱吞声暂时忍受罢了。

　　莓箴没有信来，实使我什么事都懒于做，我真被他牵住了，我心中简直没有一刻的安宁。他何以没有信来？他不应这样长久没有信的，即使真患病他可以作一简单的信告我，如今这样长久地杳无消息，实使我猜不透他现在究在何种境况。他总不致忘我，他也不致被人禁着不许写信，然我何以这月余以来，每日在间壁的窑货店中，总得不着他的信呢？我为了我们的事被人知道，我已受了很大的打击，现在更因他这样长久的时候没有信给我，我更觉焦灼万状，我的神经已渐渐失了常态；胸中时起阻恶，我虽极力地防御不使人知道，然我有时每会不自知的流露了我的心事。昨日我俯在凉台上闲眺,莓箴的嫂氏从下面拿了一枚朋友送来的红蛋对我说:"你看,好大的一粒红豆呀!"她讲话的用意我深知道,然我的事已至此,我又怕什么人呢?

五

　　这册子我又一月多未写了,在我上次写时,我万想不到这次竟会伏在枕上写的。天有不测的风云,我真想不到我竟会忽然害起病来!我的病是什么时候患起,我现在已算不起来,只觉日日嬗递,我病榻的生涯已将近两旬了。小窗深锁,长昼沉沉,益以春雨凄凉,倍使我念着久无信息的箴不能自止!我此时虽不能寻出我患病的时期,然得病的来由我则深自明瞭,我知医我这病的回春妙药,实只有海上的一羽孤鸿;青鸟不来,我的病恐总不能自己!

　　自患病以来,我的神经很衰弱,睡眠的时间很少,即偶尔入睡了,也每每被无端的噩梦扰醒。我在梦中不是看见莓箴一人病滞在上海的邸舍,便是觉得我一人仆仆在道上去求律师;种种在我醒时脑中绝没有一点影子的事,也会在梦中发现;我每次被惊醒了总要止不住浩叹,在房中看护我的她们,听见我的叹声,总要俯下笑问我在梦中又遇见何事。真的,她们近来似是很要留心我无意的表现,每是几人一齐走进房来,询问我的病状,问后又彼此看各人的脸色,象是要和她们适才在外面所讲的什么对证一般;有几次我更听见她们在外间窃窃的私语,虽躺在床上不能知道她们所讲的究是什么,然是在那里论我的事则可断言的。其实我的事和我得病的来由,她们哪个不知道?我现在正不要再回避什么,她们又何苦这样地藏头躲尾!

　　虽在十日以前,敬生已迁到另一个房间去住宿,然房里往来的人太多,这册子我不但不能写,并且即连看的时候也没有。我现在只好利用这一刻,这黎明的一刻,她们都因了白昼辛苦正在酣睡的时候,我才敢从我贴身的小衣中取出这册子,借了床后小窗射进来的微光,侧伏在枕上歪歪斜斜地写。我不知我写这些果有何用,但这是我们的预约;莓箴每好拿一支笔乱写,他也叫我想起什么时不妨写下,我这便是照他的要求。我心中真塞满了夺咽欲出的话,然又无一个人可说,我只好率性全移在这纸上了。

　　风雨连宵,春意阑珊,这样的天气很不宜于病人,尤其不宜于我这个非病的病人。我整日地躺在床上,耳中闻着风雨的吹打,目中所见又都是对我怀了鬼胎的她们,我虽不要自寻烦恼,有时亦不能够。她们近日每个进来问我,脸上总要现出疑烦的颜色,敬生也是这样。他有一次对我说:"你放心,不要性急,且安心静养几天,什么事都不要乱想;将心放宽了,任何的病总会好的。"这虽是对于一般病人的普通安慰话,然出自他的口中,我心虚的人听了,不穴而风,总觉是有为而发。他虽不致也晓得我的事,然我总觉有点不安。

这一间小楼被闭得紧紧严严,既看不见含泪的落花,又听不着唤归去的鹃声,我只得将这病躯遗在床上,率性任了灵魂挟起残破的败翼,去在幻想之乡里遨游。然我一想起久无信息的莓箋,我的一缕游魂,又如经不起这窗外风雨的小鸟一般,立时颓然从天空中坠到了可怕的层渊底!他如此长久地没有信来,实使我虽不敢再去乱想,亦止不住不作无益的推测;他若与我仅是些若即若离,暧昧不明的关系,那他这样长久没有信来,我倒可以疑他是在摈弃了我,失恋的悲哀,实较这不知是悲是喜的倒悬为好受!无如他又不是这样。我们彼此是决不会相忘,然他这样久的没有信来,却又是何故呢?呵!这疑闷,这哑谜,这百思不得其故的苦闷!

我虽病了近二十余日,然我不但不能寻出我始病的时期,并且我亦不甚觉得我是有病。医生来了,虽给我诊出累牍的病情,连篇的病状,然假使我真是有病,这又岂是草根树皮,一两瓶药水所能奏效?我不但不觉出我是有病,有时我在床上想起了一些别的事情,念及假若箋此时在我旁侧,我直觉得我依然可以立时起来谈笑或径往楼下。但是待我要实现我的理想,偶然想将身子略抬一抬时,则又完全相反了。我不但不能坐起,即连现在因这边写酸了想要反一侧时亦不能够。旬日以来,我自己觉出所谓病状者除饮食很少,胸头时作呕外,便仅是衰弱这一点。其实我心体还依然强健,我想起这风雨中的暮色烟景,我直恨不得立时便起来去眺望,不过我终坐不起来。我枉自学了几年的医,我也察不出我自己的病状。

六

呵呵!我此时虽也能执笔在写字,然我总疑惑在这里的不是我,我这个我早已不知涅寂到什么地方去了。平常疯狂的人都是他人觉得他疯狂而他自己并不觉出,我则此时虽没有人说我是疯狂,而我自己实觉已没有再统驭这神经的能力。我直到此时,我想起昨晚的一幕,我犹如在窒息的矿中一般,实没有再呼吸的可能,我眼前所见的完全是一片空蒙的黑暗,我已消失了我所有的一切感觉。我虽明知我在这世间并不能再有几日的苟延,然在我一息尚存之前,这灯下的霹雳,总要充满了我全身的细胞和纤维——在我溘然长逝之后,我的骨殖化了灰烬,若有好事的人用了二重视觉的目力来辨察,我深知他一定能在这一堆死冷的灰中,看出斑斑的图画,都是关于这事的印象。

啊啊!我究将如何写起呢?这事我虽记得清清晰晰,然我此时心中已如劫后的村墟纷然无序,这万缕的悲哀我果将从何条说起!——我此时虽瞑目念及,我亦心痛难忍。我不知这心痛的作用,是否果起于司血的心房,假使我所想不差,我深知此时若将我的胸部剖开,血弩万翎,我这一拳破碎的肉块,恐怕早已森然布满了孔穴!

然骨鲠在喉,我总不能不吐,这样的一件事,我若也不写下,我真辜负了莓箴贻我这册子的本意。好了,且待我勉抑悲怀,将这梦一般的奇境叙写一下罢!

这几天因我精神稍好,看护我的她们仅于昼间在房中陪我,晚上都是各往楼下或家中去宿,这偌大的一座房间,仅有我一人悄对昏黄的孤灯和岑寂的夜静。每晚我一人侧卧在床上,遥看了壁间所悬莓箴手绘给我的玫瑰,那皑白花瓣,那淡红的带束,每要引起我不少旖旎的梦想和感旧的情怀。昨夜将近十一点钟,我正醒着仰卧床上,瞑目推想莓箴久无信来的疑团,忽闻门枢微响,睁眼看时,只见敬生走了进来。自我患病以后,我每不耐见他,所以他也不常进来,昨夜我见他忽在人静后来此,料想定是闻了我的叹息前来向我慰问,不料他走进来后竟在床沿上坐下,笑着对我说:"蕙!我给你看一点东西,"说后便用手向里衣的袋中掏取。我以为他一定又在外面购得什么装饰物来了,我方暗笑他对我用心的虚掷,哪知他掏出来的却是个很厚重的信封呵!天呀!惨剧来了,我一见这信封,我立时眼睛一黑,就如从千丈的高崖,一失足倒撞了下来一般,我已消失了一切的感觉,我化了石的身躯,直挺在床上莫想动得分毫。这封信明明是我投在邮筒中寄给莓箴的,却怎么到了他的手中呢?我目瞪口呆,一直到他从袋中继续又取出三封信来,我都一言未发,一瞬未移,但是我的身躯,已由静止的状态中变到了战栗。他见我战得厉害,床柱都震震作响,便很稳重地对我说道:"蕙,不必害怕,不要惊震,你们的事我早知道了,这里的四封信,两封是他给你的,两封是你给他的,现在都在我的手中了。你作这事,我本没有权柄干涉,不过你不该瞒下我作出。以为我总不致晓得,你太藐视我了!现在我什么事都知道;我深知在你的箱子里,还有许多关于你们的物件,你不必迟疑,你可将钥匙给我让我去检视一下。你放心,我决不使你为难。"——凡人遇着一件突如其来的意外事,只有两种态度可趋:一种是抵抗,不问青红皂白,利害理由,只管奋起去争辩;一种是镇静,只保持着止水的态度,以观事情究要变到什么模样。不幸的我,对于这次事的发生,竟取了后种的态度,我木然无言,只懒懒地从枕下摸出了钥匙给他。我幸亏那时未有剧烈的举动,否则一时造次,恐连现在回想的机会也没有了。我将钥匙交给他后,挺在床上,眼见得他启了锁,从箱中取出个沉重的纸包,自己心里虽想要去阻止,身体却无力移动。这里面,正藏有莓箴以前所给我的信,和他手写的一册日记,并一帧半身的肖像。他将纸包取出后，便在距床稍远的一张台上，一件一件地察视了起来；他将小照看了一眼，又将日记翻了几页，随后便将信逐封的抽出。这信的数目，一共有五十七封，都是莓箴三年来心血所凝成，纸色有的是淡红，有的是浅碧，有几封更由他在四周绘了同绾的双心和许多美丽的图案。他将信一一翻视了后，便又重行裹起，握在手中对我说道："蕙，我不再扰你了，你放心，你好好地安息吧。我现在不过将信拿去看看，我决不使你为难。"说后便不待我回答，就径自走了。

这事的发生，为时不过仅延两刻，我始终未开一句口，他说话的声音也极低微，一切都极恍惚，我要不是看看钥匙已不在枕下时，我真疑是在梦中。他走后，房中一切又归到宁静，只是灯光因油少黯澹了许多；然在这空间，这幕后已潜伏了莫大的剧变，任是娲皇再世，炼就了几万方的五彩神石，只恐怕回天乏术，终无力补救了！

这一刻天才黎明，万象都尚在沉寂的睡眠中，昨夜虽发生了这样的一幕剧，然世间知道此事的，除灯光同司夜之神外，恐怕仅有我与敬生二人，可是再过几日之后这事怕要不胫而走了。我此刻对于这事的发生，心中倒极安宁，并不悲伤消沉，良以现在面障既除，什么难题都可解决，莓箴久无信来的疑问，我至此也恍然若释了。

然敬生究竟怎样才知道我们的事呢？我现在对于他得到我们信的方法虽能明瞭，然我总想不出他何以也会知道此事！我所藏的几封信，我是禁闭重重，深锁在箱中，他实从未见过；平常我在他面前关于莓箴的事，我又戒备极严，从未露过破绽，我真不解他究竟何从知道！——啊啊！我愚了！我真在梦中！我不知我这条自缚的痴蚕，究要到何时方醒！人们谁是互相爱护的人？人们谁不是以见同类陷在绝境中为乐？她们个个都知道我的事，谁是缄口的金人，我又何怪乎敬生也能知道！这一定是她们中哪一个暗告诉了敬生，敬生他既在邮局中任事，他知道了此事后，只消嘱咐局中检信的人员，将凡是本埠某某几号邮筒收来寄往上海的信件，和自上海寄来递交本埠某某几个地界的信件，都一一送来给他检阅，这样一来，我们那几封同我们命运一样的信儿，便如瓮中之鳖一般，自然都到了他的掌中了。我们的信中，每每有只能我们二人看而不能使第三人知道的事，不料现在都给他知道了，这真未免有点太恶作剧！——发生了这样一件与我切身有关的事，我虽不应有闲情再作遐想，然因了我此时精神很安静，我想起这一点近滑稽的行动，我倒忍不住要发笑。

真的，我此时心中倒很安静，并不纷乱，虽是我明知这事极关重要，并不是如烟云般一现即消灭的事，然我心中是很泰然，对于未来的一切并不怀着恐怖。死囚惟在立于被告栏内，听法官在上面宣读判词时，心中倒极忐忍,待判词宣读后,知道所判决的正不过是绝望的死刑,态度反很安静,因天下事惟有闷塞的苦闷最为难受,待揭晓后则结果虽有不同,然问题得了解决,疑难已经消失,虽或又有新生的痛苦,然心中总较以前安释了。我此时精神很平稳,大约也便是这样心情的表现。敬生曾说他决不与我为难,我不知这是他的真意还是饰词,然我们中间既发生了这样的事,虽是我们自己并不要寻事,而同床异梦,各怀鬼胎,这样的情形不是久局已可断言了。其实我现在对于我本身,我并不留意,盖以后事情任是再有若干变化,我的判决已定,料想定不能再有比现今情势更恶劣的,只是关于莓箴的问题,我倒很有点担忧。敬生若真能隐忍不言,那固是我所极希望的事,万一他竟向莓箴的家里交涉起来,引出法律上的纠葛,那莓箴以一个沉郁的青年如何能经得起这样的波折?设若他竟作出些感情作用的举动,那我到那时虽杀身以谢,也无救于这个莫赎的罪孽了。在理我与莓箴的事既被敬生发现,此时我正应借此向他提出……(我真没有勇气写这字,我不知我遇事懦弱无果决的心情,何以至此尚不能改去!)则此后海阔天空,正可任我顺随己意去翱翔,只是此举恐怕仍不免要将莓箴牵入漩涡,那我的志意仍不免失败,所以此时我也不敢出此。我此时只要能有方法不使莓箴因我受累,我真什么委屈的事都愿做!敬生若能姑息不究,我可再忍辱去侍奉他,只恐他不肯甘心罢?

我不知死对于我们的事可有助益?假若我死后能使敬生因我已死不想追诘,莓箴也能从此断念,我倒是一死为上。这事只好待几日再说。设若事情真至无可挽救,我只好实行此策。——我这样做,并非我畏死,实因我深知我若一旦长殒,这消息传到莓箴耳中后,他也要无心人世的。

我的病虽已近两月,然我身体上并不感着若何痛苦,我依然诊断不出我的病状。早几日每晨我尚要作呕,现在则并此也没有了。我现在只觉呼吸很急迫,且有时腹膜如发炎般微微感到不快,此外则一如平昔,只不过精神很萎顿罢了。最好笑的,昨日在事情尚未发现时,敬生曾另延了一位西人来诊视,——敬生的忍蓄力真充富,若不是他自己向我提出,我始终猜不透他也知道我的事——这医生听了我的心脏,他说我好象是有孕,惹得我向敬生埋怨了一场,怪他怎找了这样一个冒失的饭囊来。我在那时,真想不到他的袋中竟有我的四封信。此刻我则因一夜筹思的结果,和侧卧着写得太久的原故,心力很是不支,呼吸每象要不能继续的情势,实则这不过仅因我运思太久,所以有此现象,假若真能渐渐地气绝从此不撄一切烦恼,倒也是我所乐求的。

曙色开了,太阳已将出来,我不知随着临到我的将是些怎样的刑罚!

七

敬生自从那夜将信给我看后，一直至今已五日未到我房里来了，这几天她们对我也很可疑，每有耳语和手势的举动，这不是好现象，自不待我深辨，只是我不知她们究要把我怎样布置？然无论她们把我怎样，我都一无所惧，所可虑的只是她们或欺我在病中，竟在外里同莓箴为难，那我一人安卧床上，真不啻自增罪孽了。可惜我现在无力起来，否则我早已要找寻敬生将此事解决，盖我虽说我心很安静，然这仅是言我对于我自身的态度，若提及莓箴，我真无时不在恐惧之中。

因了这几日来辗转深思的结果，我真觉得护持莓箴实是唯一要务！我是已裂之名，我是已败之身，我再受些辱骂痛苦真不足道，惟有他以纯洁之身，方有远大的前程，若也蒙些不名誉的流言，被人认为莫濯之羞，那不但我因了爱他的原故于心有所不忍，那就怜才二字而言，我也要有所不安，况乎他的烦恼完全是因我而有，没有我他正一无所苦！

那一时我大约因神经受刺过甚，呈了醉眠状态，所以心中并不痛苦，这几天则反射作用已过，在床上回想起来，委实无趣万状！我以一结婚已七年的妇人，纵使在圣殿中牧师面前的答应结婚出自我心愿，然错已铸成，我既不能死心去交好敬生，也应自抑情怀，安心作个良善的主妇，怎可又将已枯萎的爱情轻易地输给一个纯洁的青年？虽是情苗之生，并非人力所能避免，然人定总或可以胜天，我若不作茧自缚，我又何至如此？我能从中得到一点安慰和愉快，那倒也不负这番堕落，然三年以来，自身的痛苦，物外的讥评，只有增无已，虽有时也能破涕为笑，然心情却始终是悲哀的，我不但不得不偿失，且更累了一个清洁的灵魂受苦！然而现在呢？我的罪恶之花则更完全暴露了！我即失了我七年来虚伪的面障，我又将惹了我心爱的人益发伤心，我究竟何罪而至此？我不知我尚有何颜呼吸这人间的空气！只恐一死尚不足以净我罪！呵！提起这些罪恶，我真伤心极了。这次纵使敬生不与我为难，我想起我不能为爱情的正义而争斗，我真无颜再活！我是一切罪恶烦恼的泉源，我深知我若不死，敬生的气忿终不能忍，莓箴的烦恼也不能绝；我若是死了，一切都可解决。啊，我怎可再活？我是负罪的羔羊，我正要献上牺牲的幡祭！

我已决定，纵使敬生不与我或莓箴为难，我这负罪余生，已不忍再偷苟且生活。可惜我现在不能行动，否则我早已自杀了。好在我的病虽依然未变，然我自觉脉搏渐衰，心力渐弱，怕总无起床的希望了。我既不能自尽，且让我作个自然的殂谢罢！

我不知我再有几日可活,然我为要使敬生于死后发现这册子,可以知道我的心意,我实尚有无尽藏的悲鸣要诉,只可恨残酷的她们,大约见我近来神色惝恍,防我自杀,竟将我床侧方桌屉中,一柄削笔的小刀也都收去,这杆铅笔我已用指将木片撕过了几次,现在虽有许多话要写,怕终无几个字能写了。

　　啊！永别了,我的笔呀,我心爱的册子呀！请恕我虚耗了你们,写出这许多不幸的言语罢！我现在要僭效十字架上的耶稣,闭口无言；我要低头垂目,静候黑衣之神负了上帝的旨谕,引我往烈焰的地狱中去了。……

<h2 style="text-align:center">八</h2>

　　温暖的阳光自玻璃窗中布满了桌上,许多纤细的埃尘在光中凌乱飞舞,四周阒无人声,冬日的午后真静谧得可爱。我自怀中取出这册子翻到上次病中所写,流光易逝,恍惚间距今将近八阅月了。我想起上次的事情,我真恍如隔世！以我这样蒙垢负罪之身,在理应早辞人世,免得这浑浊的空气更加浑浊,然我竟偷生苟活,我知明白我事的人定要暗中笑我无耻了。其实我真有我不得已的苦衷！——这册子未必能与我永远长伴,万一遗去被人捡着,我知无论何人看了后也一定要有这种感想；我与其在不知中被人暗笑,不如乘此重温旧怀,将这八个月间经过的事变重行记下,免得遭路人的冷齿罢！而且我记忆很坏,这零碎的文字,或也足供我将来自身回想的资料。我已写出过,对于莓箴我要彻底地爱护；而现在所以要偷生苟活着,实如我以前所蓄死念一般,正是为爱他的原故。我既为爱他而甘死,我现在也要为爱他而苟活了。况乎我再看床上这浓睡着的小东西,那下垂的双目,那翕张的嘴唇,手足不时微动,似是灵魂在梦中向白羽的天使欢舞一般,我纵感觉这生之羞辱,我也不敢再妄萌死念了！

　　我在今春病中,自决定为免莓箴受累和敬生的忿怒而就死以后,我便整日地在床上闭目不言,故意常常屏息已促急的呼息,使她闷至无可再闷时,然后再呼吸一次,以期能实现我懦弱的慢性自杀。有人来问我病状,我总是摇头不言,药配了来时,我也抵死地不服,果然,这样一来,病势便日日加重,本来从不发热的我,后来则检温器放在身边,水银也会向前突进了。我在那时,心地虽也依然明白,然体力则衰弱已极,身体在床上一点也不能自动,每日仅被强迫着进一些滋养的饮料,我真觉死神已候在我枕旁,所差只是施行他最后的威权了。这样一星期以后,我真是气若游丝,命在旦夕,她们都为我危险,敬生大约就在此时,见我病将不起,知道我正是为了那几封信的原故,便动了怜悯——我直到此时都不明白,他何以不欲与我为难——在一个深夜又独自到我房中,当着我的面,在床前将一切的信都烧去了,烧后又对我说道:"蕙,你太小量我了!我早已对你说过,我决不与你为难,你怎样自寻烦恼!你我已有了七年的共同生活,犹不能使你绝念,我何必再能不自量力的事?我深知现在正是这几封信向你作祟,所以特来当着你面一齐烧去,现在能作这事佐证的根据都毁了,可以证明我并无心与你为难,你也可安心养病罢。我固不情愿你死,然你正有你的希望,你也不宜轻生,望你好好静养,不要妄自生疑,你痊愈后只要不再有使我十分难堪的事发生,我总不致扰你,但是你现在若竟有了差池,我则也决不放松莓箴——这小孩子,我真料不到他竟作出此事!你现在总可放心了,望好好地养病罢。"我自经了他这番警告后,知道他并不在与我为难,我若轻生,倒反累了莓箴,于是便收起死心,一心静养,不敢再萌一丝他想。果然一点灵台,便是全身之主,我自立意打消死念后,这势将不起的沉疴,竟赖了药石和自己心神的养摄,竟重告无恙了。可是病虽终得痊愈,然迁延的时日却已不少,在桃花未落时我还卧床未起,待能行动后则梅雨已过,家家正葛裳蒲扇,藜角龙舟,预备度端阳佳节了。

  我自好了后,我便又照常操作,敬生果没有向我提过什么,只不过已非以前对我那样的态度了。我又从楼下的诸人口中,探知莓箴还很平安地在上海,他大约尚不知这次的事情哩!然不料就在这时间,一个美妙的神迹,上帝的威权竟在我身上显现了!我虽学过几年医,虽是病中也曾有过呕吐的时期,医生也向我诊断或是有孕,然我终不料到在我身上竟真发生此事!我是五月初痊愈的,愈后不久,我便觉得我腹部常时掣动,食量胃力剧变,我已显有疑意,然我犹不敢深信,迨我身体起了生理上的变动,我则始知这真非虚构。果然自此以后,便一天一天成熟起来,众人也都知道;在距今一月之前,一个严寒的夜半,这清白的小生灵,便呱地一声,真出现人世了。

  一个婴孩的构成,虽与母体有同等关系的父体亦不能明白,知道他来源时,惟有无所不知的上帝与孩子的生母。这小东西产生后,众人虽异口同声的群致贺于敬生,然明瞭这一道生泉发源之地的除上帝与我外,又有哪个?该死的我,若与莓箴并未发生过肉体的关系,那倒也毋庸我多辞,无如我们又不是这样。

  啊!你尼丘山上的颜氏女呀,你伯利恒城中的马利亚呀!你们虽都不自知你小生命的来源,惟我则不然,一切的事我都知道,我知道花儿怎样蓓蕾,我也知道果儿怎样成熟!——啊!我罪过!我好大胆!我真僭比你们了!我真亵渎你们了!你们都是圣洁的处女,你们都有伟大的裔苗在你们的羞辱上重建起灿烂的荣华,但是我呢?我只是株被踏的残花,我只是玷污的白璧;这小生命的前程我虽不敢预度,但他在未见人世以前,已饱经了悲哀的侵压,已饱尝了药石的滋味,这些已分明是他将来生命的象征了!我何敢僭比你们?我的前途有什么希望?终我一生,怕只有忍辱含羞,苟全屈就,永远仰息在与我不得不同居的豢养者下吧?

孩子之来,虽不是我所希望,虽益足增加我对于爱情的惭愧,然他既来了,我总抑不住我为母的心情,我总忍不住要爱他,他实是我们痛苦的关系中悲哀与欢乐的汇合!他尖长的下颊,易哭的性情,虽才仅有不满两月的生命,然已经将他禀自父体的特征表现出来了。我每抱起来,我真忍不住想到莓箴的面目!莓箴此时,方远在天涯,我患病的事他将来或可从间接中晓得,至于孩子之出现与他的关系,在我未有机会告他以前,他怕做梦也不会料及。我不知他万一知道后心中果要兴若何感想。几日的欢娱竟轻在人间留下这条痕迹,实也是出乎意外的事。孩子现在尚在襁褓中,待大了后我一定要使他知道我们的事迹,只恐我这濒遭变幻的身躯或竟不及待他的长成,我若真于他尚不辨菽麦时便死去,在这世间恐又要添一个自己不明自己来历的人儿了。

敬生虽真依约没有向我提及过往事,然自经这次事变后,我们心中已各有芥蒂,彼此无形间已生了隔阂,虽说我们以前也并不十分相投,然现在则并这一点表面上的周旋也不可得了。我们每日只是很平淡地相处;早上他出去办公,我虽在家中随意作些琐事,晚上回来也没有多言,更没有若何相商酌的事件,有时他要通夜不归或直至黎明始回,以前他回来迟了我尚向他诘问,现在则什么事也不相提了。本以两个不相投,心中各有所念各有所图的人,能相安的居在一起已非易事,此外还要希望什么?我忍辱吞声,不欲与他分离,我实有我的苦衷,我实为了莓箴,我不知他之也甘心这样姑息相处,果因了何事!孩子产后,他也不十分欢喜,这事他或已有疑也未可知,不过不好说出罢了。然我们这样实非长久之计,也非我心愿之局,只待莓箴羽翼稍干,事情发生后不致累他时,我终是仍要提出的。

我自病后因了生理上的变化,心身都很懒散,这册子久未着笔,孩子产出后则更厉害,每日只是静默地将工夫用在护饲婴孩上,也不与人多言,只是时时地会怀起莓箴,忆起后每又禁不住要引出一番怀旧的伤感,然却已无以前那样激动了。真的,我自经上次事变后,心中倒并不再觉得悲哀,只不过木木然偶尔或有一点感动,这大约正因为激刺过深,我的心灵已消失了感受性,渐归于麻木的原故。然只要我一息尚存,我总不甘于这豢养的生活,只要我能稍有一点自信的能力,为了爱情上的忠义,我终要脱樊以去。有人疑我自经了这次变动后,或丧心冷志,更忘了深心的宿诺,其实不然,我固一日未忘过,我不过静候时机罢了。

九

残酷自私的军阀,为了地盘而妄动干戈,这几日风云又紧,这地方山河峻利,水陆要冲,有负隅的金山,有峻险的北固,为兵家必争之地,战事若启发后,怕终难免不罹劫的。到危急时为安全起见,我决定携孩子避往上海,莓箴那时当不致他适,或可借此与他相晤,亦未可知。只不过这正是我的私衷所冀,怕终未必能实现吧? 若竟实现,那天上人间又作一度相逢,实也非梦想所及。我不知到那时,他知道了我的事情,又看见这孩子后,心中要作若何感想……

一九……年初冬,因了战事影响,各处的经济来源都绝,我一个困守在上海,呼救无门,只得依了当卖度日。几件稍整齐的衣服既都被我质去,我只得又卖到我心爱的书籍。我先择外观宏丽,卷帙巨大的先卖,头一次卖出的便是 Oxford 版的 Sheakspeare 悲剧全集,继着又是皮装金边的 Milton 诗歌,随后我心爱的 Byron, Shelley, Keats, Wilde, Beardsley, Baudelaire 都一一与我相离。然因了我不善交易,门口旧货担上的人又不识货的原故,总是卖不上价钱,不是三角一册,便是五角两本,可怜只消几顿馒头,几块牛肉,不上数日,我的涩囊早又告空空了。这一日一个阴霾奇寒的下午,我因了要等着钱寄信,便挟了一册 Modern Library 本的 Dawson 诗集将门口一个熟脸的旧货担子喊下同他交易。他的篮中向来都是些空瓶废罐,破旧衣鞋之属,很少书籍看见,这次我却在他后面的篮中,发现了一个黑皮精装,象袖珍本圣经样的小册。我起初以为也是哪一个卖出的书籍,我当时倒很动了同病相怜的意念,于是将书拈起想要识一识这位同是天涯沦落人的尊名大姓,哪知翻开一看,却出我意外,正是一个记事簿,里面满满密密地全是些很劲秀的字迹。我即问他是从哪里得来,他告诉我是于上午在路站附近道旁,无意捡着,他说他起初还以为是个钱夹哩! 我当时因我好奇心动,便与他商妥,将我应得的两角书价,少取六枚铜元,就以这册子作了抵品,我回来晚上燃起蜡烛,在昏黄闪忽的光中,对这簿子一页一页地读了下去。册子里面首页绘了一个破缺的心形和一朵枯萎的玫瑰,下面有一行英文写的是"The gift of Lover,"里面字迹都是钢笔,有一部分却又是用铅笔所写。我坐了两点钟的工夫,延迟了我三枚馒头的晚餐时刻,一口气将它读完;才知道这是一个妇人的手册,里面所记叙的,正是她自己委婉的遭遇。

现在上面所录,便是这簿子里一字未移的原文,只不过她本来在每次不同时日所写的后面,是以符号隔开,我则易以数目字了。

这妇人的地位确是很苦。似乎一面要保持住对她情人的恋爱,一面却又不欲与她丈夫分离。她这样做,她已辨明过不是为贪图物质上的享乐,大约她之所以不愿分离,正如她自己在另一节所说,是为了本身的能力不足和提防累了她情人的原故。然她这样确是很苦了!在她事情尚未被她丈夫发觉之前,她敷衍掩饰尚易,现在则她丈夫已知道了她的事,她犹能相处,虽是她丈夫自身不欲与她为难,然她难于应付的情形已可想见了。遥想她每日共枕的是这样的一个人,旁侧卧的又是这样的一个孩子,她梦中要见些什么,真是除上帝外无一人知道!而这样的一件事,其结局将若何,恐也无一人能定。

现在人的悲哀惟在怀疑与苦闷,所以每有反常和变态的举动,这妇人以中年之龄,忽与一个青年发生恋爱,行动已很可异,事情发现后,她处在三角的关系之下,又复顾左虑右,毫没有一点决定的主张,我们试看她自己所记,有时心情很安静有时又很悲哀,时而要自杀,时而却又甘于忍辱偷生,犹疑寡断,虽不能说她可以作现代一部分在恋爱痛苦下妇人的象征,然至少总带有几分世纪病的色彩。她曾说这册子未必能与她久伴,不料现在竟真离开了她的袋中了。

在册子后面斜夹中,我又发现了一封信,信末她署了一个箴字,想就是她那位 Melancholy 面目的情人手笔。信中的语气,似是在晤后所写,大约这次战祸重生,这妇人所居的地方也遭了兵燹,她那册子中最后所写的一件希望,竟真实现了。

这下面便是那一封信:

我亲爱的:

你一两日后虽又要遄归故居,然我此时对于这次离别并没有一点惺惜。良以在这种礼教的积威下,这种社会的组织下,我们既是这样的事情,关系现在的情形又是这样,犹能有这一度的小聚,实已超出了我的希望,虽是这匆匆地数面,并不能疗治我精神上的创痛于万一,然我实已感激之不暇,我何敢再冀他想?

我们的历史虽仅有三年,然这三年中已不知更递多少次的桑田沧海,我想起我们初恋的情形,我已恍如隔世。这三年,真已耗去了我的半生!然我所得的一点痛苦,较之你所受轻重之分,实犹泰山之与鸿毛。在三年之前,你宴游嬉笑,一无烦恼,现在则既失去了良妻的美名,复蒙上闲情的讥辱,他人不责我枉受了你三年眷爱,却反诬你陷害了一个青年;众口纷纷,群集矢于你身上,反任我这个罪魁,一切烦恼的渊源,逍遥于海上,他们的盲目虽是他们自己的错误,然却更加你的痛苦,益增我的罪过了。真的,你曾说都是你害了我,其实一切都是我的罪过!都是我累了你!没有我这个破坏幸福的罪人,你家庭中荣誉的花冠,又何至于被摔在地上?我承受了你的爱已很罪过,而三年以来书剑无成,更徒负了你许多期望;你这次相见,曾惊异我又添了许多白发,其实我精神上的衰退更倍蓰于此,只恐我这忧冈余生,已更再经不起几度秋风的雕剥,你的心血怕总要虚掷,你对我身上的希望怕要尽成泡影!

孩子之来,殊出我意外,实在我剧烈的痛苦中又加一条深甚的创辙,于我已定的罪案上更增了一道不可磨灭的铁证!我在精神上已很累你,不略我们几日恍惚的欢娱,竟使你又遭了肉体的刑罚。人说孩子是爱情的结晶,在我看来,实在是我罪恶的表现!我想起因了我的原故,竟使一个清白的性命一落地便遭了世人的误视,竟使一个慈母也在旁忍辱不敢指出他的生父,我真被内流的眼泪,淹盖了心房不能再写!我想不到我一个二十岁,一无所成的罪恶青年,竟悄悄在暗中作了一个Bastard 的生父!

在你未到上海来时,嫂氏已由信中用讥讽的态度告诉了我你的一切事,我当时得了这个消息,我已失去了我残败的肉体与灵魂。我几次想要自杀,总因了尚未曾为你在世间作下一点事情的原故而中止。不然,恐怕你这次来时,只好在义冢堆中,去寻我无碑的白骨了!敬生此次竟不与我们为难,实是我最感激他的事,望你以后要好好地与他相处。我此时已不忍再提爱字,为了爱的原故,我已将爱我的人推陷在荆棘中,我何敢再生斯意?

我不再写了。我有什么可写?我有什么堪写?我们的事情已如此,我真不必再多写!纵写尽了千楮万册,写完了血泪余生,于我们的痛苦有何补?于我们已铸下的命运中又有何助?不过徒增你的痛苦罢了!我何忍再增加我已不可救赎的罪孽?

我们此次别后,天上人间,何日可以再见,我真不敢预料,只怕要如你所说,或为最后的一次,也未可知了。然我又敢希望什么?我在此生,除要以你为目标,忍痛作下点事业纪念你,以实现你的一点希望外,我真一无所留恋!

别了,我亲爱的!此次回去后,望你要好好与他相处,善视孩子,珍重前途,勿以我为念,我总不致负你。

上帝恕我,我们将来或可在天地末日时,在他审判的宝座前相见。

你的篯
一九二五年三月四日夜上海

(选自《灵凤小说集》,现代书局1931年6月初版)

台静农

拜　　堂

　　黄昏的时候,汪二将蓝布夹小袄托蒋大的屋里人①当了四百大钱。拿了这些钱一气跑到吴三元的杂货店,一屁股坐在柜台前破旧的大椅上,椅子被坐得格格地响。

　　"那里来,老二?"吴家二掌柜问。

　　"从家里来。你给我请三股香,数二十张黄表。"

　　"弄什么呢?"

　　"人家下书子②,托我买的。"

　　"那么不要蜡烛吗?"

　　"他妈的,将蜡烛忘了,那么就给我拿一对蜡烛罢。"

　　吴家二掌柜将香表蜡烛裹在一起,算了账,付了钱。汪二在回家的路上走着,心里默默地想:同嫂子拜堂成亲,世上虽然有,总不算好事。哥哥死了才一年,就这样了,真有些对不住。转而想,要不是嫂子天天催,也就可以不用磕头③,糊里糊涂地算了。不过她说得也有理:肚子眼看一天大似一天,要是生了一男半女,到底算谁的呢? 不如率性磕了头,遮遮羞,反正人家是笑话了。

　　走到家,将香纸放在泥砌的供桌上。嫂子坐在门口迎着亮上鞋。

　　"都齐备了么?"她停了针向着汪二问。

　　"都齐备了,香,烛,黄表。"汪二蹲在地上,一面答,一面擦了火柴吸起旱烟来。

　　"为什么不买炮呢?"

　　"你怕人家不晓得么,还要放炮!"

　　"那么你不放炮,就能将人家瞒住了?"她深深地叹了一口气。"既然丢

---

① 屋里人即内人。
② 下书子即过婚书。
③ 磕头即拜堂。

了丑,总得图个吉利,将来日子长,要过活的。我想哈①要买两张灯红纸,将窗户糊糊。"

"俺爹可用告诉他呢?"

"告诉他作什么?死多活少的,他也管不了这些,他天天只晓得问人要钱灌酒。"她愤愤地说。"夜里哈少不掉牵亲②的,我想找赵二的家里同田大娘,你去同她两个说一声。"

"我不去,不好意思的。"

"哼,"她向他重重地看了一眼。"要讲意思,就不该作这样丢脸的事!"她冷诮地说。

这时候,汪二的父亲缓缓地回来了。右手提了小酒壶,左手端着一个白碗,碗里放着小块豆腐。他将酒壶放在供桌上,看见了那包香纸,于是不高兴地说:

"妈的,买这些东西作什么?"

汪二不理他,仍旧吸烟。

"又是许你妈的什么愿,一点本事都没有,许愿就能保佑你发财了?"

汪二还是不理他。他找了一双筷子,慢慢地在拌豆腐,预备下酒。全室都沉默了,除了筷子捣碗声,汪二的吸旱烟声,和汪大嫂的上鞋声。

镇上已经打了二更,人们大半都睡了,全镇归于静默。

她趁着夜静,提了篾编的小灯笼,悄悄地往田大娘那里去。才走到田家获柴门的时候,已听着屋里纺线的声音,她知道田大娘还没有睡。

"大娘,你开开门。哈在纺线呢。"她站在门外说。

"是汪大嫂么?在那里来呢,二更都打了?"田大娘早已停止了纺线,开开门,一面向她招呼。

她坐在田大娘纺线的小椅上,半晌没有说话,田大娘很奇怪,也不好问。终于她说了:

"大娘,我有点事……就是……"她未说出又停住了。"真是丑事,现在同汪二这样了。大娘,真是丑事,如今有了四个月的胎了。"她头是深深地低着,声音也随之低微。"我不恨我的命该受苦,只恨汪大丢了我,使我孤零零地,又没有婆婆,只这一个死多活少的公公。……我好几回就想上吊死去,……"

"嗳,汪大嫂你怎么这样说!小家小户守什么?况且又没有个牵头③;

---

① 哈作还解。
② 牵亲即傧相。
③ 牵头指儿女。

就是大家的少奶奶,又有几个能守得住的?"

"现在真没有脸见人……"她的声音有些哽咽了。

"是不是想打算出门呢?本来应该出门,找个不缺吃不缺喝的人家。"

"不呀,汪二说不如磕个头,我想也只有这一条路。我来就是想找大娘你去。"

"要我牵亲么?"

"说到牵亲,真丢脸,不过要拜天地,总得要旁人的;要是不恭不敬地也不好,将来日子长,哈要过活的。"

"那么,总得哈要找一个人,我一个也不大好。"

"是的,我想找赵二嫂。"

"对啦,她很相宜,我们一阵去。"田大娘说着,在房里摸了一件半旧的老蓝布褂穿了。

这深夜的静寂的帷幕,将大地紧紧地包围着,人们都酣卧在梦乡里,谁也不知道大地上有这么两个女人,依着这小小的灯笼的微光,在这漆黑的帷幕中走动。

渐渐地走到了,不见赵二嫂屋里的灯光,也听不见房内有什么声音,知道她们是早已睡了。

"赵二嫂,你睡了么?"田大娘悄悄地走到窗户外说。

"是谁呀?"赵二嫂丈夫的口音。

"是田大娘么?"赵二嫂接着问。

"是的,二嫂你开开门,有话跟你说。"

赵二嫂将门开开,汪大嫂就便上前招呼:

"二嫂已经睡了,又麻烦你开门。"

"怎么,你两个吗,这夜黑头①从那里来呢?"赵二嫂很惊奇地问。"你俩请到屋里坐,我来点灯。"

"不用,不用,你来我跟你说!"田大娘一把拉了她到门口一棵柳树的底下,低声地说了她们的来意。结果赵二嫂说:

"我去,我去,等我换件褂子。"

少顷,她们三个一起在这黑的路上缓缓走着了,灯笼残烛的微光,更加黯弱。柳条迎着夜风摇摆,荻柴莎莎地响,好象幽灵出现在黑夜中的一种阴森的可怕,顿时使这三个女人不禁地感觉着恐怖的侵袭。汪大嫂更是胆小,几乎全身战栗得要叫起来了。

---

① 黑夜头即黑夜。

到了汪大嫂家以后,烛已熄灭,只剩了烛烬上一点火星了。汪二将茶已煮好,正在等着;汪大嫂端了茶敬奉这两位来客。赵二嫂于是问:

"什么时候拜堂呢?"

"就是半夜子时罢,我想。"田大娘说。

"你两位看着罢,要是子时,就到了,马上要打三更的。"汪二说。

"那么,你就净净手,烧香罢。"赵二嫂说着,忽然看见汪大嫂还穿着孝。"你这白鞋怎么成,有黑鞋么?"

"有的,今天下晚才赶着上起来的。"她说了,便到房里换鞋去了。

"扎头绳也要换大红的,要是有花,哈要戴几朵。"田大娘一面说着,一面到了房里帮着她去打扮。

汪二将香烛都已烧着,黄表预备好了。供桌检得干干净净的。于是轻轻地跑到东边墙外半间破屋里,看看他的爹爹是不是睡熟了,听在打鼾,倒放下心。

赵二嫂因为没有红毡子,不得已将汪大嫂床上破席子拿出铺在地上。汪二也穿了一件蓝布大褂,将过年的洋缎小帽戴上,帽上小红结,系了几条水红线;因为没有红丝线,就用几条棉线替代了。汪大嫂也穿戴得周周正正地同了田大娘走出来。

烛光映着陈旧褪色的天地牌,两人恭敬地站在席上,顿时显出庄严和寂静。

"站好了,男左女右,我来烧黄表。"田大娘说着,向前将表对着烛焰燃起,又回到汪大嫂身边。"磕罢,天地三个头。"赵二嫂说。

汪大嫂本来是经过一次的,也倒不用人扶持;听赵二嫂说了以后,却静静地和汪二磕了三个头。

"祖宗三个头。"

汪大嫂和汪二,仍旧静静地磕了三个头。

"爹爹呢,请来,磕一个头。"

"爹爹睡了,不要惊动罢,他的脾气又不好。"汪二低声说。

"好罢,那就给他老人家磕一个堆着罢。"

"再给阴间的妈妈磕一个。"

"哈有……给阴间的哥哥也磕一个。"

忽而汪大嫂的眼泪扑的落下地了,全身是颤动和抽搐;汪二也木然地站着,颜色变得可怕。全室中的情调,顿成了阴森惨淡。双烛的光辉,竟黯了下去,大家都张皇失措了。终于田大娘说:

"总得图个吉利,将来哈要过活的!"

汪大嫂不得已,忍住了眼泪,同了汪二,又呆呆地磕了一个头。

第二天清晨,汪二的爹爹,提了小酒壶,买了一个油条,坐在茶馆里。

"给你老头道喜呀,老二安了家①。"推车的吴三说。

"道他妈的喜,俺不问他妈的这些屁事!"汪二的爹爹愤然地说。"以前我叫汪二将这小寡妇卖了,凑个生意本。他妈的,他不听,居然他俩个弄起来了!"

"也好。不然,老二到那里安家去,这个年头?"拎画眉笼的齐二爷庄重地说。

"好在肥水不落外人田。"好象摆花生摊的小金从后面这样说。

汪二的爹爹没有听见,低着头还是默默地喝他的酒。

1927年6月6日

(原载1927年6月10日《莽原》第2卷第11期)

---

① 安了家即娶了妻子。

丁　玲

莎菲女士的日记

十二月二十四

今天又刮风！天还没亮，就被风刮醒了。伙计又跑进来生炉。我知道，这是怎样都不能再睡得着了的。我也知道，不起来，便会头昏。睡在被窝里是太爱想到一些奇奇怪怪的事上去。医生说顶好能多睡，多吃，莫看书，莫想事，偏这就不能，夜晚总得到两三点才能睡着，天不亮又醒了。像这样刮风天，真不能不令人想到许多使人焦躁的事。并且一刮风，就不能出去玩，关在屋子里没有书看，还能做些什么？一个人能呆呆的坐着，等时间的过去吗？我是每天都在等着，挨着，只想这冬天快点过去；天气一暖和，我咳嗽总可好些，那时候，要回南便回南，要进学校便进学校，但这冬天可太长了。

太阳照到纸窗上时，我是在煨第三次的牛奶。昨天煨了四次。次数虽煨得多，却不定是要吃，这只不过是一个人在刮风天为免除烦恼的养气法子。这固然可以混去一小点时间，但有时却又不能不令人更加生气，所以上星期整整的有七天没玩它，不过在没想出别的法子时，是又不能不借重它来像一个老年人耐心着消磨时间。

报来了，便看报，顺着次序看那大号字标题的国内新闻，然后又看国外要闻，本埠琐闻……把教育界，党化教育，经济界，九六公债盘价……全看完，还要再去温习一次昨天前天已看熟了的那些招男女，编级新生的广告，那些为分家产起诉的启事，连那些什么六〇六，百灵机，美容药水，开明戏，真光电影……都熟习了过后才懒懒的丢开报纸。自然，有时是会发现点新的广告，但也除不了是些绸缎铺五年六年纪念的减价，恕讣不周的讣闻之类。

报看完，想不出能找点什么事做，只好一人坐在火炉旁生气。气的事，也是天天气惯了的。天天一听到从窗外走廊上传来的那些住客们喊伙计的声音，便头痛，那声音真是又粗，又大，又嘎，又单调："伙计，开壶！"或是"脸水，伙计！"这是谁也可以想像出来的一种难听的声音。还有，那楼下电话也是不断的有人在那电机旁大声的说话。没有一些声息时,又会感到寂沉沉的可怕,尤其是那四堵粉垩的墙。它们呆呆的把你眼睛挡住,无论你坐在那方;逃到床上躺着吧,那同样的白垩的天花板,便沉沉的把你压住。真找不出一件事是能令人不生嫌厌的心的;如同那麻脸伙计,那有抹布味的饭菜,那扫不干净的窗格上的沙土,那洗脸台上的镜子——这是一面可以把你的脸拖到一尺多长的镜子,不过只要你肯稍微一偏你的头,那你的脸又会扁的使你自己也害怕……这都是可以令人生气了又生气。也许这只我一人如是。但我却宁肯能找到些新的不快活,不满足,只是新的,无论好坏,似乎都隔得我太远了。

吃过午饭,苇弟便来了,我一听到他那特有的急遽的皮鞋声已从走廊的那端传来时,我的心似乎便从一种窒息中透出一口气来的感到舒适。但我却不会表示,所以当苇弟进来时,我只能默默的望着他;他反以为我又在烦恼,握紧我一双手,"姊姊,姊姊,"那样不断的叫着。我,我自然笑了!我笑的什么呢,我知道!在那两颗只望到我眼睛下面的跳动的眸子中,我准懂得那收藏在眼睑下面,不愿给人知道的是些什么东西!这是有多么久了,你,苇弟,你在爱我!但他捉住过我吗?自然,我是不能负一点责,一个女人是应当这样。其实,我算够忠厚了;我不相信会有第二个女人这样不捉弄他的,并且我还在确确实实的可怜他,竟有时忍不住想去指点他:"苇弟,你不可以换个方法吗?这样是只能反使我不高兴的……"对的,假使苇弟能够再聪明一点,我是可以比较喜欢他些,但他却只能如此忠实的去表现他的真挚!

苇弟看见我笑了,便很满足。跳过床头去脱大氅,还脱下他那顶大皮帽来。假使他这时再掉过头来望我一下,我想他一定可以从我的眼睛里得些不快活去。为什么他不可以再多的懂得我些呢?

我总愿意有那末一个人能了解我得清清楚楚的,如若不懂得我,我要那些爱,那些体贴做什么?偏偏我的父亲,我的姊姊,我的朋友都能如此盲目的爱惜我,我真不知他们所爱惜我的是些什么;爱我的骄纵,爱我的脾气,爱我的肺病吗?有时我为这些生气,伤心,但他们却都更容让我,更爱我,说一些错到更能使我想打他们的一些安慰话。我真愿意在这种时候会有人懂得我,便骂我,我也可以快乐而骄傲了。

没有人来理我,看我,我是会想念人家,或恼恨人家,但有人来后,我不觉得又会给人一些难堪,这也是无法的事。近来为要磨练自己,常常话到口边便咽住,怕又在无意中竟刺着了别人的隐处,虽说是开玩笑。因为如此,所以这是可以想像出来的,我是拿一种什么样的心情在陪苇弟坐。但苇弟若站起身来喊走时,我是又会因怕寂寞而感到怅惘,而恨起他来。这个,苇弟是早就知道了的,所以他一直到晚上十点钟才回去。不过我却不骗人,并不骗自己,我清白,苇弟不走,不特于他没有益处,反只能让我更觉得他太容易支使,或竟更可怜他的太不会爱的技巧了。

十二月二十八

今天我请毓芳同云霖看电影。毓芳却邀了剑如来。我气得只想哭,但我却纵声的笑了。剑如,她是够多么可以损害我自尊之心;我因为她的容貌,举止,无一不像我幼时所最投洽的一个朋友,所以我竟不觉的时常在追随她,她又特意给了我许多敢于亲近她的勇气,但后来,我却遭受了一种不可忍耐的待遇,无论什么时候想起,我都会痛恨我那过去的,已不可追悔的无赖行为:在一个星期中我曾足足的给了她八封长信,而未曾给人理睬过。毓芳真不知想的那一股劲,明知我已不愿再提起从前的事,却故意要邀着她来,像有心要挑逗我的愤恨一样,我真气了。

我的笑,毓芳和云霖是不会留意这有什么变异,但剑如,她是能感觉得;可是她会装,装糊涂,同我毫无芥蒂的说话。我预备骂她几句,不过话只到口边便想到我为自己定下的戒条。并且做得太认真,怕越令人得意。所以我又忍下心去同她们玩。

到真光时,还很早,在门口又遇着一群同乡的小姐们,我真厌恶那些惯做的笑靥,我不去理她们,并且我无缘无故的生气到那许多去看电影的人。我乘毓芳同她们说到热闹中,我丢下我所请的客,悄悄回来了。

除了我自己,是没有人会原谅我的。谁也在批评我,谁也不知道我在人前所忍受的一些人们给我的感触。别人说我怪僻,他们哪里知道我却时常在讨人好,讨人欢喜,不过人们太不肯鼓励我去说那太违我心的话,常常给我机会,让我反省到我自己的行为,让我离人们却更远了。

夜深时,全公寓都静静的,我躺在床上好久了。我清清白白的想透了一些事,我还能伤心什么呢?

十二月二十九

一早毓芳就来电话。毓芳是好人,她不会扯谎,大约剑如是真病。毓芳说,起病是为我,要我去,剑如将向我解释。毓芳错了,剑如也错了,莎菲不是欢喜听人解释的人。根本我就否认宇宙间要解释。朋友们好,便好;合不来时,给别人点苦头吃,也是正大光明的事。我还以为我够大量,太没报复人了。剑如既为我病,我倒快活,我不会拒绝听别人为我而病的消息。并且剑如病,还可以减少点我从前自怨自艾的烦恼。

我真不知应怎样才能分析出我自己来。有时为一朵被风吹散了的白云,会感到一种渺茫的,不可捉摸的难过,但看到一个二十多岁的男子(苇弟其实还大我四岁)把眼泪一颗一颗掉到我手背时,却像野人一样的在得意的笑了。苇弟是从东城买了许多信纸信封来我这里玩,为了他很快乐,在笑,我便故意去捉弄,看到他哭了,我却快意起来,并且说:"请珍重点你的眼泪吧,不要以为姊姊是像别的女人一样脆弱得受不起一颗眼泪……""还要哭,请你转家去哭,我看见眼泪就讨厌……"自然,他不走,不分辩,不负气,只蜷在椅角边老老实实无声的去流那不知从哪里得来的那末多的眼泪。我,自然,得意够了,是又会惭愧起来,于是用着姊姊的态度去喊他洗脸,抚摩他的头发。他镶着泪珠又笑了。

在一个老实人面前,我是已尽自己的残酷天性去磨折了他,但当他走后,我真又想能抓回他来,只请求他一句:"我知道自己的罪过,请不要再爱这样一个不配承受那真挚的爱的女人了吧!"

一月一号

我不知道那些热闹的人们是怎样的过年法,我是只在牛奶中加了一个鸡子,鸡子还是昨天苇弟拿来的,一共是二十个,昨天煨了七个茶卤蛋,剩下的十三个,大约总够我两星期来吃它。若吃午饭时,苇弟会来,则一定有两个罐头的希望。我真希望他来。因为想到苇弟来,所以我便上单牌楼去买了四盒糖,两包点心,一篓桔子和苹果,是预备他来时给他吃的。我是准断定在今天只有他才能来。

但午饭吃过了,苇弟却没来。

我一共写了五封信,都是用前几天苇弟买来的好纸好笔。但我想能接得几个美丽的画片,却不能。连几个最爱弄这个玩艺儿的姊姊们都把我这应得的一份儿忘了。不得画片,不希罕,单单只忘了我,却是可气的事。不过为了自己从不曾给人拜过一次年,算了,这也是应该的。

晚饭还是我一人独吃,我烦恼透了。

夜晚毓芳云霖却来了,还引来一个高个儿少年,我只想他们才真算幸福;毓芳有云霖爱她,她满意,他也满意。幸福不是在有爱人,是在两人都无更大的欲望,商商量量平平和和的过日子。自然,也有人将不屑于这平庸。但那只是另外那人的,却与我的毓芳无关。

毓芳是好人,因为她有云霖,所以她"愿天下有情人皆成眷属"。她去年曾替玛丽作过一次恋爱婚姻介绍者。她又希望我能同苇弟好。因此她一来便问苇弟。但她却和云霖及那高个儿把我给苇弟买的东西吃完了。

那高个儿可真漂亮,这是我第一次感觉到男人的美上面,从来我是没有留心到。只以为一个男人的本行是在会说话,会看眼色,会小心就够了。今天我看了这高个儿,才懂得男人是另铸有一种高贵的模型,我看出那衬在他面前的云霖显得多么委琐,多么呆拙……我真要可怜云霖,假使他知道了他在这大人前所衬出的不幸时,他将怎样伤心他那些所有的粗丑的眼神,举止。我更不知,当毓芳拿着这一高一矮的男人相比时,是会起一种什么情感!

他,这生人,我将怎样去形容他的美呢?固然,他的颀长的身躯,白嫩的面庞,薄薄的小嘴唇,柔软的头发,都足以闪耀人的眼睛,但他却还另外有一种说不出,捉不到的丰仪来煽动你的心。如同,当我请问他的名字时,他是会用那种我想不到的不急遽的态度递过那只擎有名片的手来。我抬起头去,呀,我看见那两个鲜红的,嫩腻的,深深凹进的嘴角了。我能告诉人吗?我是用一种小儿要糖果的心情在望着那惹人的两个小东西。但我知道在这个社会里面是不会准许任我去取得我所要的来满足我的冲动,我的欲望,无论这是于人并不损害的事,所以我只得忍耐着,低下头去,默默的去念那名片上的字:

"凌吉士,新加坡……"

凌吉士,他是能那样毫无拘束的在我这儿谈笑,像是在一个很熟的朋友处,难道我能说他这是有意来捉弄一个胆小的人?我是为要强迫的去拒绝引诱,从不敢把眼光抬平去一望那可爱慕的火炉的一角。并且害得两只从不知羞惭的破烂拖鞋,也逼着我不准走到桌前的灯光处。我并且生气我自己,怎么我只会那样拘束,不调皮的在应对?平日看不起别人的交际法,今天才知道自己是还只能显得又呆,又默,又傻气。唉,他一定以为我是一个乡下才出来的姑娘了!

云霖同毓芳两人看见我木木的,以为我不欢喜这生人,常常去打断他的说话,不久带着他走了。这个我也能感激他们的好意吗?我望着那一高两矮的影子在楼下院子中消失时,我真不愿再回到这留得有那人的靴印,那人的声音,和那人吃剩的饼屑的屋子。

一月三号

这两夜通宵通宵的咳嗽。对于药,简直就不会有信仰,药与病不是已毫无关系了吗?我明明已厌烦了那苦水,但却又按时去吃它,假使连药也不吃,我更能拿什么来希望我的病呢?神要人忍耐着生活,便安排许多痛苦在死的前面,使人不敢走拢死去。我呢,我是更为了我这短促的不久的生,所以我越求生的利害;不是我怕死,是我总觉得我还没享有我生的一切。我要,我要使我快乐。无论在白天,在夜晚,我都是在梦想可以使我没有什么遗憾在我死的时候的一些事情。我想我能睡在一间极精致的卧房的睡榻上,有我的姊姊们跪在榻前的熊皮毡子上为我祈祷,父亲悄悄的朝着窗外叹息,我读着许多封从那些爱我的人儿们寄来的长信,朋友们都纪念我流着忠实的眼泪……我迫切的需要这人间的感情,想占有许多不可能的东西。但人们给我的是什么呢?整整又两天,又一人幽囚在公寓里,没有一个人来,也没有一封信来,我躺在床上咳嗽,坐在火炉旁咳嗽,走到桌子前也咳嗽,还想念这些可恨的人们……其实是还收到一封信的,不过这除了更加我一些不快外,也只不过是加我不快。这是在一年前曾骚扰过我的一个安徽粗壮男人所寄来,我没看完就扯了。我真肉麻那满纸的"爱呀爱的!"我厌恨我不喜欢的人们的殷勤……

我,我能说得出我真实的需要是些什么呢?

一月四号

事情不知错到什么地方去了。我为什么会想到搬家,并且在糊里糊涂中欺骗了云霖,好像扯谎也是本能一样,所以在今天能毫不费力的便使用了。假使云霖知道了莎菲也会哄骗他,他不知应如何伤心;莎菲是他们那样爱惜的一个小妹妹。自然我不是安心的,并且我现在在后悔。但我能决定吗?搬呢,还是不搬?

我是不能不向我自己说:"你是在想念那高个儿的影子呢!"是的,这几天几夜我是无时不神往到那些足以诱惑我的。为什么他不在这几天中单独来会我呢?他应当知道他是不该让我如此的去思慕他。他应当来看我,说他也想念我才对。假使他来,我是不会拒绝去听他所说的一些爱慕我的话,我还将令他知道我所要的是些什么。但他却不来。我估定这像传奇中的事是难实现了。难道我去找他吗?一个女人这样放肆,是不会得好结果的。何况还要别人能尊敬我呢。我想不出好法子来,只好先去到云霖处试一试,所以吃过午饭,我便冒风向东城去。

云霖是京都大学的学生,他的住房便租在一家间于京都大学一院和二院之间青年胡同里。我到他那里时,幸好他没出去,毓芳也没来。云霖当然很诧异我在大风天出来,我说是到德国医院看病,顺便来这里。他也就毫不疑惑,又来问我的病状,我却把话头故意引到那天晚上。不费一点气力,我便已打探得那人儿是住在第四寄宿舍,位置是在京都大学二院隔壁的。不久,我于是又叹起气来,我用了许多言辞把在西城公寓里的生活,描摹得怎样的寂寞,黯淡。我又扯谎,说我唯一只想能贴近毓芳(我已知道毓芳已预备搬来云霖处)。我要求云霖同我往近处找房。云霖当然高兴这差事,不会迟疑的。

在找房的时候,凑巧竟碰着了凌吉士。他也陪着我们。我真高兴,高兴使我胆大了,我狠狠的望了他几次,他没有觉得,他问我的病,我说全好了,他不信似的在笑。

我看上一间又低,又小,又霉的东房,这是在云霖的隔壁一家叫大元的公寓里。他和云霖都说太湿,我却执意要在第二天便搬来,理由是那边太使我厌倦,而我急切的又要依着毓芳。云霖无法,也就答应了。还说好第二天一早他和毓芳过来替我帮忙。

我能告诉人,我单单选上这房子的用意吗?它是位置在第四寄宿舍和云霖住所之间。

他不曾向我告别,所以我又转到云霖处,我尽所有的大胆在谈笑。我把他什么细小处都审视遍了。我觉得都有我嘴唇放上去的需要。他不会也想到我是在打量他,盘算他吗?后来我特意说我想请他替我补英文,云霖笑,他听后却受窘了,不好意思的在含含糊糊的回答,于是我向心里说,这还不是一个坏蛋呢,那样高大的一个男人却还会红脸?因此我的狂热更炎炽了。但我不愿让人懂得我,看得我太容易,所以我就驱遣我自己,很早的就回来了。

现在仔细一想,我唯恐我的任性,将把我送到更坏的地方去,暂时且住在这有洋炉的房里吧,难道我能说得上我是爱上了那南洋人吗?我还一丝一毫都不知道他呢。什么那嘴唇,那眉梢,那眼角,那指尖……多无意识,这并不是一个人所应需的,我着魔了,会想到那上面。我决计不搬,一心一意来养病。

我决定了。我懊悔,我懊悔我白天所做的一些,不是一个正经女人所做得出来的。

一月六号

都奇怪我,听说我搬了家,南城的金英,西城的江,周,都来到我这低湿的小屋里。我笑着,有时在床上打滚,她们都说我越小孩气了,我更大笑起来,我只想告诉她们我想的是什么。下午苇弟也来了。苇弟最不快活我搬家,因为我未曾同他商量,并且离他更远了。他见着云霖时,竟不理他。云霖摸不着他为什么生气,望着他。他却更板起脸孔。我好笑,我向自己说:

"可怜,冤枉他了,一个好人!"

毓芳不再向我说剑如。她决定两三天便搬来云霖处,因为她觉得我既这样想傍着她住,她不能让我一人寂寂寞寞的住在这里。她和云霖待我更比以前亲热。

一月十号

这几天我都见着凌吉士,但我从没同他多说过几句话,我是决不先提到补英文事。我看见他一天要两次的往云霖处跑,我发笑,我准断定他以前一定不会同云霖如此亲密的。我没有一次邀请他来我那儿去玩,虽说他问了几次搬了家如何,我都装出不懂的样儿笑一下便算回答。我是把所有的心计都放在这上面用,好像同着什么东西搏斗一样。我要着那样东西,我还不愿去取得,我务必想方设计的让他自己送来。是的,我了解我自己,不过是一个女性十足的女人,女人是只把心思放到她要征服的男人们身上。我要占有他,我要他无条件的献上他的心,跪着求我赐给他的吻呢。我简直癫了,反反复复的只想着我所要施行的手段的步骤,我简直癫了!

毓芳云霖看不出我的兴奋来,只说我病快好了。我也正不愿他们知道,说我病好,我就假装着高兴。

一月十二

毓芳已搬来,云霖却又搬走了。宇宙间竟会生出这样一对人来,为怕生小孩,便不肯住在一起。我猜想他们是连自己也不敢断定:当两人抱在一床时是不会另外又干出些别的事来,所以只好预先防范,不给那肉体接触的机会。至于那单独在一房时的拥抱和亲嘴,是不会发生危险,所以悄悄来表演几次,便不在禁止之列。我忍不住嘲笑他们了,这禁欲主义者!为什么会不需要拥抱那爱人的裸露的身体?为什么要压制住这爱的表现?为什么在两人还没睡在一个被窝里以前,会想到那些不相干足以担心的事?我不相信恋爱是如此的理智,如此的科学!

他俩不生气我的嘲笑,他俩还骄傲着他们的纯洁,而笑我小孩气呢。我体会得出他们的心情,但我不能解释宇宙间所发生的许许多多奇怪的事。

这夜我在云霖处(现在要说毓芳处了)坐到夜晚十点钟才回来,说了许多关于鬼怪的故事。

鬼怪这东西,我是在一点点大的时候,坐在姨妈怀里听姨爹讲聊斋是常事,并且一到夜里就爱听。至于怕,又是另外一件不愿告人的。因为一说怕,准就听不成,姨爹便会踱过对面书房去,小孩就不准下床了。到进了学校,又从先生口里得知点科学常识,为了信服我们那位周麻子二先生,所以连书本也信服,从此鬼怪便不屑于害怕了。近来人是更在长高长大,说起来,总是否认有鬼怪的,但鸡栗却不肯因为不信便不出来,寒毛一个个也会竖起的。不过每次同人一说到鬼怪时,别人是不知道我正在想抛开些说到别的闲话上去,为的怕夜里一个人睡在被窝里时想到死去了的姨爹姨妈就伤心。

回来时,我看到那黑魆魆的小胡同,真有点胆悸。我想,假使在哪个角落里露出一个大黄脸,或伸来一只毛手,又是在这样像冻住了的冷巷里,我不会以为是意外。但看到身边的这高大汉子(凌吉士)做镖手,大约总可靠,所以当毓芳问我时,我只答应"不怕,不怕"。

云霖也同我们出来,他回他的新房子去,他向南,我们向北,所以只走了三四步,便听不清那橡皮的鞋底在泥板上发出的声音。

他伸来一只手,拢住了我的腰:

"莎菲,你一定怕哟!"

我想挣,但挣不掉。

我的头停在他的胁前,我想,如若在亮处,看起来,我会像个什么东西,被挟在比我高一个头还多的人的腕中。

我把身一蹲,便窜出来了,他也松了手陪我站在大门边打门。

小胡同里黑极了,但他的眼睛望到何处,我却能很清楚的看见。心微微有点跳,等着开门。

"莎菲,你怕哟!"

门闩已在响,是伙计在问谁。我朝他说:

"再——"

他猛的却握住我的手,我也无力再说下去。

伙计看到我身后的大人,露着诧异。

到单独只剩两人在一房时,我的大胆,已经是变得毫无用处了。想故意说几句客套话,也不会,只说:"请坐吧!"自己便去洗脸。

鬼怪的事,已不知忘掉到什么地方去了。

"莎菲!你还高兴读英文吗?"他忽然问。

这是他来找我,提头到英文,自然他未必欢喜白白牺牲时间去替人补课,这意思,在一个二十岁的女人面前,怎能瞒过,我笑了(这是只在心里笑)。我说:

"蠢得很,怕读不好,丢人。"

他不说话,把我桌上摆的照片拿来玩弄着,这照片是我姊姊的一个刚满一岁的女儿的。

我洗完脸,坐在桌子那头。

他望望我,便又去望那小女孩,然后又望我。是的,这小女孩长的真像我。于是我问他:

"好玩吗?你说像我不像?"

"她,谁呀?"显然,这声音就表示着非常之认真。

"你说可爱不可爱?"

他只追问着是谁。

忽的,我明白了他意思,我又想扯谎了。

"我的,"于是我把像片抢过来吻着。

他信了。我竟愚弄了他,我得意我的不诚实。

这得意,似乎便能减少他的妩媚,他的英爽。要是不,为什么当他显出那天真的诧愕时,我会忽略了他那眼睛,我会忘掉了他那嘴唇?否则,这得意一定将冷淡下我的热情来。

然而当他走后,我却懊悔了。那不是明明安放着许多机会吗?我只要在他按住我手的当儿,另做出一种眼色,让他懂得他是不会遭拒绝,那他一定可以还做出一些比较大胆的事。这种两性间的大胆,我想只要不厌烦那人,是也会像把肉体来融化了的感到快乐,是无疑。但我为什么要给人一些严厉,一些端庄呢?唉,我搬到这破房子里来,到底为的是些什么呢?

一月十五

近来我是不算寂寞了,白天便在隔壁玩,晚上又有一个新鲜的朋友陪我谈话。但我的病却越深了。我真不能不令我灰心,我要什么呢,什么也于我无益。难道我有所眷恋吗?一切又是多么的可笑,但死却不期然的会让我一想到便伤心。每次看见那克利大夫的脸色,我便想:是的,我懂得,你尽管说吧,是不是我已没希望了?但我却拿笑代替了我的哭。谁能知道我在夜深流出的眼泪的分量!

几夜,凌吉士都接着来,他告人说是在替我补英文,云霖问我,我只好不答应。晚上我拿一本"*Poor People*"放在他面前,他真个便教起我来。我只好又把书丢开,我说:"以后你不要再向人说在替我补英文吧,我病,谁也不会相信这事的。"他赶忙便说:"莎菲,我不可以等你病好些就教你吗?莎菲,只要你喜欢。"

这新朋友似乎是来得如此够人爱,但我却不知怎的,反而懒于注意到这些事。我每夜看到他丝毫得不着高兴的出去,心里总觉得有点歉疚。我只好在他穿大氅的当儿向他说:"原谅我吧,我是有病!"他会错了我的意思,以为我同他客气。"病有什么要紧呢,我是不怕传染的。"后来我仔细一想,也许这话是另含得有别的意思,我真不敢断定人的所作所为是像可以想像出来的那样单纯。

一月十六

今天接到蕴姊从上海来的信,更把我引到百无可望的境地。我哪里还能找得几句话去安慰她呢?她信里说:"我的生命,我的爱,都于我无益了……"那她是更不必需要我的安慰,我为她而流的眼泪了。唉!但从她信中,我可以揣想得出她婚后的生活,虽说她未肯明明的表白出来。神为什么要去捉弄这些在爱中的人儿?蕴姊是最神经质,最热情的人,自然她是更受不住那渐渐的冷淡,那已遮饰不住的虚情……我想要蕴姊来北京,不过这是做得到的吗?这还是疑问。

苇弟来的时候,我把蕴姊的信给他看,他真难过,因为那使我蕴姊感到生之无趣的人,不幸便是苇弟的哥哥。于是我又向他说了我许多新得的"人生哲学"的意义;他又尽他唯一的本能在哭。我只是很冷静的去看他怎样使眼睛变红,怎样拿手去擦干,并且我在他那些举动中,加上许多残酷的解释。我未曾想到在人世中,他是一个例外的老实人,不久,我一个人悄悄的跑出去了。

为要躲避一切的熟人,深夜我才独自从冷寂寂的公园里转来,我不知怎样的度过那些时间,我只想:"多无意义啊!倒不如早死了干净……"

一月十七

我想:也许我是发狂了!假使是真发狂,我倒愿意。我想,能够得到那地步,我总可以不会再感到这人生的麻烦了吧……

足足有半年为病而禁绝了的酒,今天又开始痛饮了。明明看到那吐出来的是比酒还红的血。但我心却像有什么别的东西主宰一样,似乎这酒便可在今晚致死我一样,我是不愿再去细想那些纠纠葛葛的事……

一月十八

现在我还睡在这床上,但不久就将与这屋分别了,也许是永别,我断得定我还有那样能再亲我这枕头,这棉被……的幸福吗?毓芳,云霖,苇弟,金夏都保守着一种沉默围绕着我坐着，焦急的等着天明了好送我进医院去。我是在他们忧愁的低语中醒来的，我不愿说话，我细想昨天上午的事，我闻到屋子中所遗留下来的酒气和腥气，才觉得心是正在剧烈的痛，于是眼泪便汹涌了。因了他们的沉默，因了他们脸上所显现出来的凄惨和黯淡，我似乎感到这便是我死的预兆。假设我便如此长睡不醒了呢，是不是他们也将是如此的沉默的围绕着我僵硬的尸体？他们看见我醒了，便都走拢来问我。这时我真感到了那可怕的死别！我握着他们，仔细望着他们每个的脸，似乎要将这记忆永远保存着。他们便都把眼泪滴到我手上，好像觉得我就要长远的离开他们而走向死之国一样。尤其是苇弟，哭得现出丑的脸。唉，我想：朋友呵，请给我一点快乐吧……于是我反而笑了。我请他们替我清理一下东西，他们便在床铺底下拖出那口大藤箱来，在箱子里有几捆花手绢的小包，我说："这我要的，随着我进协和吧。"他们便递给我，我又给他们看，原来都满满是信札，我又向他们笑："这，你们的也在内！"他们才似乎也快乐些了。苇弟又忙着从抽屉里递给我一本照片，是要我也带去的样子，我更笑了。这里面有七八张是苇弟的单像，我又特容许了苇弟接吻在我手上，并握着我的手在他脸上摩擦，于是这屋子才不至于像真的有个僵尸停着的一样，天光这时也慢慢显出了鱼肚白。他们又忙乱了，慌着在各处找洋车。于是我病院的生活便开始了。

三月四号

接蕴姊死电是二十天以前的事，而我的病却又一天有希望一天了。所以在一号又由送我进院的几人把我送转公寓来，房子已打扫得干干净净。又因为怕我冷，特生了一个小小的洋炉，我真不知应怎样才能表示我的感谢，尤其是苇弟和毓芳。金和周又在我这儿住了两夜才走，都充当我的看护，我是每日都躺着，简直舒服得不像住公寓，同在家里也差不了什么了！毓芳还决定再陪我住几天，等天气暖和点便替我上西山去找房子，我便好专去养病，我也真想能离开北京，可恨阳历三月了，还如是之冷！毓芳硬要住在这儿，我也不好十分拒绝，所以前两天为金和周搭的一个小铺又不能撤了。

近来在病院却把我自己的心又医转了，这实实在在却是这些朋友们的温情把它又重暖了起来，又觉得这宇宙还充满着爱呢。尤其是凌吉士，当他走到医院去看我时，我便觉得很骄傲，我想他那种丰仪才够去看一个在病院女友的病，并且我也懂得，那些看护妇都在羡慕着我呢。有一天，那个很漂亮的密司杨问我：

"那高个儿,是你的什么人呢?"

"朋友!"我是忽略了她问的无礼。

"同乡吗?"

"不,他是南洋的华侨。"

"那末是同学?"

"也不是。"

于是她狡猾的笑了,"就仅是朋友吗?"

自然,我可以不必脸红,并且还可以警诫她几句,但我却惭愧了。她看到我闭着眼装要睡的狼狈样儿,便很得意的笑着走了。后来我一直都恼着她。并且为了躲避麻烦,有人问起苇弟时,我便扯谎说是我的哥哥。有一个同周很好的小伙子,我便说是同乡,或是亲戚的乱扯。

当毓芳上课去后,我一人留在房里时,我就去翻在一月多中所收到的信,我又很快活,很满足,还有许多人在记念我呢。我是需要别人记念的,总觉得能多得点好意就好。父亲是更不必说,又寄了一张像来,只有白头发似乎又多了几根。姊姊们都好,可惜就为小孩们忙得很,不能多替我写信。

信还没看完,凌吉士又来了。我想站起来,但他却把我按住。他握着我的手时,我快活得真想哭了。我说:

"你想没想到我又会回转这屋子呢?"

他只瞅着那侧面的小铺,表示一种不高兴的样子,于是我告诉他从前的那两位客已走了,这是特为毓芳预备的。

他听了便向我说他今晚不愿再来,怕毓芳会厌烦他。于是我的心里更充满乐意了,便说:

"难道你就不怕我厌烦吗?"

他坐在床头更长篇的述说他这一月多中的生活,还怎样和云霖冲突,闹意见,因为他赞成我早些出院,而云霖执着说不能出来。毓芳也附着云霖,他懂得他认识我的时间太少,说话自然不会起影响,所以以后他都不管这事了,并且在院中一和云霖碰见,自己便先回来了。

我懂得他的意思,但我却装着说:

"你还说云霖,不是云霖我还不会出院呢,住在里面真舒服多了。"

于是我又看见他默默的把头掉到一边去,不答应我的话。

他算着毓芳快来时,便走了,还悄悄告诉我说等明天再来。果然,不久毓芳便回来了。毓芳不会问,我也不告她,并且她为我的病,不愿同我多说话,怕我费神,我更乐得藉此可以多去想些另外的小闲事。

三月六号

　　当毓芳上课去后，把我一人撂在房里时，我便会想起这所谓男女间的怪事；其实，在这上面，不是我爱自夸，我所受的训练，至少也有我几个朋友们的相加或相乘，但近来我却非常之不能了解了。当独自同着那高个儿时，我的心便会跳起来，又是羞惭，又是害怕，而他呢，他只是那样随便的坐着，类乎天真的讲他过去的历史，有时是握着我的手；但这也不过是非常之自然，然而我的手便不会很安静的被握在那大手中，是慢慢的会发烧。并且一当他站起身预备走时，不由的我心便慌张了，好像我将跌入那可怕的不安中，于是我盯着他看，真说不清那眼光是求怜，还是怨恨；但他却忽略了我这眼光，偶尔懂得了，也只说："毓芳要来了哟！"我应当怎样说呢？他是在怕毓芳！自然，我也曾不愿有人知道我暗地一人所想的一些不近情理的事，不过近来我又感得我有别人了解我感情的必要；几次我向毓芳含糊的说起我的心境，她还是只那样忠实的替我盖被子，留心到我的药，我真不能不有点烦闷了。

三月八号

　　毓芳已搬回去，苇弟却又想代替那看护的差事。我知道，如若苇弟来，一定比毓芳还好，夜晚若想茶吃时，总不至于因听到那浓睡中的鼾声而不愿搅扰人而把头缩进被窝点算了；但我自然拒绝他这好意，他又固执着，我只好说："你在这里，我有许多不方便，并且病呢，也好了。"他还要证明间壁的屋子是空着，他可以住间壁，我正在无法时，凌吉士却来了，我以为他们还不认识，而凌吉士已握着苇弟的手，说是在医院已见过两次。苇弟只冷冷的不理他，我笑着向凌吉士说："这是我的弟弟，小孩子，不懂交际，你常来同他玩罢。"苇弟真的变成了小孩子，丧着脸站起身就走了。我因为有人在面前，便感得不快，也只好掩藏住，并且觉得有点对凌吉士不住，但他却毫没介意，反问我："不是他姓白吗，怎会变成你的弟弟？"于是我笑了："那末你是只准姓凌的人叫你做哥哥弟弟的！"于是他也笑了。

　　近来青年人在一处时，便老喜欢研究到这一个"爱"字，虽说有时我也似乎懂得点，不过终究还是不很说得清。至于男女间的一些小动作，似乎我又太看得明白了。也许便是因为我懂得了这些小动作，而于"爱"才反迷糊，才没有勇气鼓吹恋爱，才不敢相信自己还是一个纯粹的够人爱的小女子，并且才会怀疑到世人所谓的"爱"，以及我所接受的"爱"……

在我稍微有点懂事的时候，便给爱我的人把我苦够了，给许多无事的人以诬蔑我，凌辱我的机会，以至我顶亲密的小伴侣们也疏远了。后来又为了爱的胁迫，使我害怕得离开了我的学校。以后，人虽说一天天大了，但总常常感到那些无味的纠缠，因此有时不特怀疑到所谓"爱"，竟会不屑于这种亲密。苇弟他说他爱我，为什么他只会常常给我一些难过呢？譬如今晚，他又来了，来了便哭，并且似乎带了很浓的兴味来哭一样，无论我说："你怎么了，说呀！""我求你，说话呀，苇弟！……"他都不理会。这是从未有的事，我尽我的脑力也猜想不出他所骤遭的这灾祸。我应当把不幸朝哪一方去揣测呢？后来，大约他是哭够了，于是才大声说："我不喜欢他！""这又是谁欺侮了你呢，这样大嚷大闹的？""我不喜欢那高个子！那同你好的！"哦，我这才知道原来还是怄我的气。我不觉得会笑了。这种无味的嫉妒，这种自私的占有，便是所谓爱吗？我发笑，而这笑，自然不会安慰到那有野心的男人的。并且因了我不屑的态度，更激起他那不可抑制的怒气。我看看他那放亮的眼光，我以为他要噬人了，我想："来吧！"但他却又低下头去哭了，还揩着眼泪，跟跄的又走出去。

这种表示，也许是称为狂热的，真率的爱的表现吧，但苇弟却毫不加思索地来使用在我面前，自然是只会失败；并不是我愿意别人虚伪点，做作点在爱上，我只觉得想靠这种小孩般举动来打动我的心，是全无用。或者这因为我的心是生来便如此硬；那我之种种不惬于人意而得来烦恼和伤心，也是应该的。

苇弟一走，自自然然我把我自己的心意去揣摩，去仔细回忆到那一种温柔的，大方的，坦白而又多情的态度上去，光这态度已够人欣赏得像吃醉一般的感到那融融的蜜意，于是我拿了一张画片，写了几个字，命伙计即刻送到第四寄宿舍去。

三月九号

我看见安安闲闲坐在我房里的凌吉士，不禁又可怜到苇弟，我祝祷世人不要像我一样，忽略了蔑视了那可贵的真诚而把自己陷到那不可拔的渺茫的悲境里；我更愿有那末一个真诚纯洁的女郎去饱领苇弟的爱，并填实苇弟所感得的空虚啊！

三月十三

好几天又不提笔，不知还是因为我心情不好，或是找不出所谓的情绪我只知道,从昨天来我是更只想哭了。别人看到我哭,便以为我在想家,想到病,看见我笑呢,又以为我快乐了,还欣庆着这健康的光芒……但所谓朋友皆如是,我能告谁以我的不屑流泪,而又无力笑出的痴骏心境?并且因我看清了自己在人间的种种不愿舍弃的热望以及每次追求而得来的懊丧,所以连自己也不愿再同情这未能悟彻所引起的伤心,更哪能捉住一管笔去详细写出自怨和自恨呢!

是的,我好像又在发牢骚了。但这只是隐忍着在心头而反复向自己说,似乎还无碍。因为我并未曾有过那种胆量,给人看我的蹙紧眉头,和听我的叹气,虽说人们早已无条件的赠送过我以"狷傲""怪僻"等等好字眼。其实,我并不是要发牢骚,我只想哭,想有那末一个人来让我倒在他怀里哭,并告诉他:"我又糟蹋我自己了!"不过谁能了解我,抱我,抚慰我呢?是以我只能在笑声中咽住"我又糟蹋我自己了"的哭声。

我到底又为了什么呢,这真好难说!自然我是未曾有过一刻私自承认我是爱恋上那高个儿的,但他之在我的心心念念中怎地又蕴蓄着一种分析不清的意义。虽说他那颀长的身躯,嫩玫瑰般的脸庞,柔软的嘴波,惹人的眼角,是可以诱惑许多爱美的女子,并以他那娇贵的态度倾倒那些还有情爱的。但我岂肯为了这些无意识的引诱而迷恋到一个十足的南洋人!真的,在他最近的谈话中,我懂得了他的可怜的思想,他需要的是什么?是金钱,是在客厅中能应酬他买卖中朋友们的年青太太,是几个穿得很标致的白胖儿子。他的爱情是什么?是拿金钱在妓院中,去挥霍而得来的一时肉感的享受,和坐在软软的沙发上,拥着香喷喷的肉体,嘴抽着烟卷,同朋友们任意谈笑,还把左腿叠压在右膝上;不高兴时,便拉倒,回到家里老婆那里去。热心于演讲辩论会,网球比赛,留学哈佛,做外交官,公使大臣,或继承父亲的职业,做橡树生意,成资本家……这便是他的志趣!他除了不满于他父亲未曾给他过多的钱以外,便什么都是可使他在一夜不会做梦的睡觉;如有,便也只是嫌北京好看的女人太少,让他有时也会厌腻起游戏园,戏场,电影院,公园来……唉,我能说什么呢?当我明白了那使我爱慕的一个高贵的美型里,是安置着如此的一个卑劣灵魂,并且无缘无故还接受过他的许多亲密。这亲密,自然是还值不了在他从妓院中挥霍里剩余下的一半多!想起那落在我发际的吻来,真又使我悔恨到想哭了!我岂不是把我献给他任他来玩弄我来比拟到卖笑的姊妹中去!然而这又都只能把责备来加上我自己使我更难受的,因为假设只要我自己肯,肯把严厉的拒绝放到我眸子中去,我敢相信,他不会那样大胆,并且我也敢相信,他之所以不会那样大胆,是由于他还未曾有过那恋爱的火焰燃炽……唉!我应该怎样来诅咒我自己了!

三月十四

　　这是爱吗？也许要爱才具有如此的魔力，不是，为什么一个人的思想会变幻得如此不可测！当我睡去的时候，我看不起那美人，但刚从梦里醒来，一揉开睡眼，便又思念那市侩了。我想：他今天会来吗？什么时候呢？早晨，过午，晚上？于是我跳下床来，急忙忙的洗脸，铺床，还把昨夜丢在地下的一本大书捡起，不住的在边缘处摩挲着，这是凌吉士昨夜遗忘在这儿的一本《威尔逊演讲录》。

三月十四晚上

　　我是有如此一个美的梦想，这梦想是凌吉士所给我的。然而同时又为他而破灭。所以我因了他才能满饮着青春的醇酒，在爱情的微笑中度过了清晨；但因了他，我认识了"人生"这玩艺，而灰心而又想到死；至于痛恨到自己甘于堕落，所招来的，简直只是最轻的刑罚！真的，有时我为愿保存我所爱的，我竟想到"我有没有力去杀死一个人呢？"

　　我想遍了，我觉得为了保存我的美梦，为了免除使我生活的力一天天减少，顶好是即刻上西山好，但毓芳告诉我，说她所托找房子的那位住在西山的朋友还没有回信来，我又怎好再去询问或催促呢？不过我决心了，我决心让那高小子来尝一尝我的不柔顺，不近情理的倨傲和侮弄。

三月十七

　　那天晚上苇弟赌着气回去，今天又小小心心的自己来和解，我不觉笑了，并感到他的可爱。如若一个女人只要能找得一个忠实的男伴，做一身的归宿，我想谁也没有我苇弟可靠。我笑问："苇弟，还恨姊姊不呢？"于是他羞惭的说："不敢。姊姊，你了解我罢！我是除了希冀你不会摈弃我以外不敢有别的念头的。一切只要你好，你快乐就够了！"这还不真挚吗？这还不动人吗？比起那白脸庞红嘴唇的如何？但是后来我说："苇弟，你好，你将来一定是一切都会很满你意的。"他却露出凄然的一笑。"永世也不会——但愿如你所说……"这又是什么呢？又是给我难受一下！我恨不得跪在他面前求他只赐我以弟弟或朋友的爱罢！单单为了我的自私，我愿我少些纠葛，多快乐点。苇弟爱我，并会说那样好听的话，但他忽略了：第一他应当真的减少他的热望，第二他也应该藏起他的爱来。我为了这一个老实的男人，所感到无能的抱歉,真也够受了。

三月十八

我又托夏在替我往西山找房了。

三月十九

凌吉士居然已几日不来我这里了。自然,我不会打扮,不会应酬,不会治理家事,我有肺病,无钱,他来我这里做什么!我本无须乎要他来,但他真的不来了却又更令我伤心,更证实他以前的轻薄。难道他也是如苇弟一样老实,当他看到我写给他的字条:"我有病,请不要再来扰我",就信为是真话,竟不可违背,而果真不来么?这又使我只想再见他一面,到底审看一下这高大的怪物是怎样的在觑看我。

三月二十

今天我在云霖处跑了三次,都未曾遇见我想见的人,似乎云霖也有点疑惑,所以他问我这几天见着凌吉士没有。我只好又怅怅的跑回来。我实在焦烦得很,我敢自己欺自己说我这几日没有思念到他吗?

晚上七点钟的时候,毓芳和云霖来邀我到京都大学第三院去听英语辩论会,并且乙组的组长便是凌吉士。我一听到这消息,心就立刻怦怦的跳起来。我只得拿病来推辞了这善意的邀请。我这无用的弱者。我没有胆量去承受那激动,我还是希望我能不见着他。不过在他俩走时,我却又请他俩致意到凌吉士,说我问候他。唉,这又是多无意识啊!

三月二十一

在我刚吃过鸡子牛奶,一种熟习的叩门声便响着,在纸格上还印上一个颀长的黑影。我只想跳过去开门,但不知为一种什么情感所支使,我咽着气,低下头去了。

"莎菲,起来没有?"这声音是如此柔嫩,令我一听到会想哭。

为了知道我已坐在椅子上吗?为了知道我无能发气和拒绝吗?他轻轻的托开门便走进来了。我不敢仰起我滋润的眼皮来。

"病好些没有,刚起来吗?"

我答不出一句话。

"你真在生我的气啊。莎菲,你厌烦我,我只好走了。莎菲!"

他走,于我自然很合适,但我又猛然抬起头拿眼光止住了他开门的手。

谁说他不是一个坏蛋呢,他懂得了。他敢于把我的双手握得紧紧的。他说:

"莎菲,你捉弄我了。每天我走你门前过,都不敢进来,不是云霖告诉我说你不会生我气,那我今天还不敢来。你,莎菲,你厌烦我不呢?"

谁都可以体会得出来,假使他这时敢于拥抱住我,狂乱的吻我,我一定会倒在他手腕上哭了出来:"我爱你呵!我爱你呵!"但他却如此的冷淡,冷淡得使我又恨了他。然而我心里又在想:"来呀,抱我,我要接吻在你脸上咧!"自然,他依旧还握着我的手,把眼光紧盯在我脸上,然而我搜遍了,在他的各种表示中,我得不着我所等待于他的赐与。为什么他仅仅只懂得我的无用,我的可轻侮,而不够了解他之在我心中所占的是一种怎样的地位!我恨不得用脚尖踢出他去,不过我又为了另一种情绪所支配,我向他摇了头,表示是不厌烦他的来到。

于是我又很柔顺的接受了他许多浅薄的情意,听他又说着那些使他津津有味的卑劣享乐,以及"赚钱和化钱"的人生意义,并承他暗示我许多做女人的本分。这些又使我看不起他,暗骂他,嘲笑他,我拿我的拳头,隐隐痛击我的心,但当他扬扬地走出我房时,我受逼得又想哭了。因为我压制住我那狂热的欲念,我未曾请求他多留一会儿。

唉,他走了!

三月二十一夜

在去年这时候,我过的是一种什么生活!为了有蕴姊千依百顺的疼我,我便装病躺在床上不肯起来。为了想受蕴姊抚摩我,便因那着急无以安慰我而流泪的滋味,我伏在桌上想到一些小不满意的事而哼哼唧唧的哭。便有时因在整日静寂的沉思里得了点哀戚,但这种淡淡的凄凉,却更令我舍不得去扰乱这情调,似乎在这里面我也可以味出一缕甜意一样的。至于在夜深了的法国公园,听躺在草地上的蕴姊唱《牡丹亭》,那又是更不愿想到的事了。假使她不会被神捉弄般的去爱上那苍白脸色的男人,她一定不会死去的这样快,我当然不会一人漂流到北京,无亲无爱的在病中挣扎,虽说有几个朋友,他们也很体惜我,但在我所感应得出的我和他们的关系能和蕴姊的爱在一个天平上相称吗?想起蕴姊,我是真应当像从前在蕴姊面前撒娇一样的纵声大哭,不过这一年来,因为多懂得了一些事,虽说时时想哭却又咽住了,怕让人知道了厌烦。近来呢,我更是不知为了什么只能焦急。而想得点空闲去思虑一下我所做的,我所想的,关于我的身体,我的名誉,我的前途的好处和歹处的时间也没有,整天把紊乱的脑筋只放到一个我不愿想到的去处,因为便是我想逃避的,所以越把我弄成焦烦苦恼得不堪言说!但是我除了说"死了也活该!"是不能再希冀什么了。我能求得一些同情和慰藉吗?然而我们似乎在向人乞怜了。

晚饭一吃过,毓芳便和云霖来我这儿坐,到九点我还不肯放他俩走。我知道,毓芳碍住面子只好又坐下来,云霖借口要预备明天的课,执意一人先回去了。于是我隐隐的向毓芳吐露我近来所感得的窘状,我只想她能懂得这事,并且能硬自作主来把我的生活改变一下,做我自己所不能胜任的。但她完全把话听到反面去了,她忠实的告诫我:"莎菲,我觉得你太不老实,自然你不是有意,你可太不留心你的眼波了。你要知道,凌吉士他们比不得在上海同我们玩耍的那群孩子,他们很少机会同女人接近,受不起一点好意的,你不要令他将来感到失望和痛苦。我知道,你哪里会爱到他呢?"这错误是不是又该归到我,假设我不想求助于她而向她饶舌,是不是她不会说出这更令我生气,更令我伤心的话来?我噎着气又笑了:"芳姊,不要把我说得太坏了吓!"

毓芳愿意留下住一夜时,我又赶着她走了。

像那些才女们,因为得了一点点不很受用,便能"我是多愁善感呀","悲哀呀我的心……""……"做出许多新旧的诗。我呢,没出息的,白白被这些诗境困着,连想以哭代替诗句来表现一下我的情感的搏斗都不能。光在这上面,为了不如人,也应撩开一切去努力做人才对,便还退一千步说,为了自己的热闹,为了得一群浅薄眼光之赞颂,我总也不该拿不起笔或枪来。真的便把自己陷到比死还难忍的苦境里,单单为了那男人的柔发,红唇……

我又梦想到欧洲中古的骑士风度,这拿来比拟是不会有错,如其是有人看到凌吉士过的。他又能把那东方特长的温柔保留着。神把什么好的,都慨然赐给他了,但神为什么不再给他一点聪明呢?他还不懂得真的爱情呢,他确是不懂得,虽说他已有了妻(今夜毓芳告我的),虽说他,曾在新加坡乘着脚踏车追赶坐洋车的女人,因而恋爱过一小段时间,虽说他曾在韩家潭住过夜。但他真得到一个女人的爱过么?他爱过一个女人么?我敢说不曾!

一种奇怪的思想又在我脑中燃炽了。我决定来教教这大学生。这宇宙并不是像他所懂的那样简单的啊!

三月二十二

  在心的忙乱中,我勉强竟写了这些日记了。早先是因为蕴姊写信来要,再三再四的,我只好开始来写。现在是蕴姊又死了好久,我还舍不得不继续下去,心想便为了蕴姊在世时所谆谆向我说的一些话而便永远写下去做纪念蕴姊也好。所以无论我那样不愿提笔,也只得胡乱画下一页半页的字来。本来是睡了的,但望到挂在壁上蕴姊的像,忍不住又爬起,为免掉想念蕴姊的难受而提笔了。自然,这日记,我总是觉得除了蕴姊我不愿给任何人看。第一是因为这是特为了蕴姊要知道我的生活而记下的一些琐琐碎碎的事,二来我也怕别人给一些理智的面孔给我看,好更刺透我的心;似乎我自己也会因了别人所尊崇的道德而真的也感到像犯下罪一样的难受。所以这黑皮的小本子我是许久以来都安放在枕头底下的垫被的下层。今天不幸我却违背我的初意了,然而也是不得已,虽说似乎是出于毫未思考。原因是苇弟近来非常误解我,以致常常使得他自己不安,而又常常波及我,我相信在我平日的一举一动中,我都很能表示出我的态度来。为什么他懂不了我的意思呢? 难道我能直捷的说明,和阻止他的爱吗? 我常常想,假设这不是苇弟而是另外一人,我将会知道应怎样处置是最合法的。偏偏又是如此能令我忍不下心去的一个好人! 我无法了,我只好把我的日记给他看。让他知道他之在我的心里是怎样的无希望,并知道我是如何凉薄的反反复复的不足爱的女人。假设苇弟知道我,我自然是会将他当做我唯一可诉心肺的朋友,我会热诚的拥着他同他接吻。我将替他愿望那世界上最可爱,最美的女人……日记,苇弟是看过一遍,又一遍了,虽说他曾经哭过,但态度非常镇静,是出我意料之外的。我说:

  "懂得了姊姊吗?"

  他点头。

  "相信姊姊吗?"

  "关于那方面的?"

  于是我懂得那点头的意义。谁能懂得我呢,便能懂得了这只能表现我万分之一的日记,也只能令我看到这有限的而伤心哟! 何况,希求人了解,而以想方设计用文字来反复说明的日记给人看,已够是多么可伤心的事! 并且,后来苇弟还怕我以为他未曾懂得我,于是不住的说:

  "你爱他! 你爱他! 我不配你!"

  我真想一赌气扯了这日记。我能说我没有糟蹋这日记吗? 我只好向苇弟说:"我要睡了,明天再来罢。"

在人里面,真不必求什么!这不是顶可怕的吗?假设蕴姊在,看见我这日记,我知道,她是会抱着我哭:"莎菲,我的莎菲!我为什么不再变得伟大点,让我的莎菲不至于这样苦啊……"但蕴姊已死了,我拿着这日记应怎样的来痛哭才对!

三月二十三

凌吉士向我说:"莎菲!你真是一个奇怪的女子。"我了解这并不是懂得了我的什么而说出的一句赞叹。他所以为奇怪的,无非是看见我的破烂了的手套,搜不出香水的抽屉,无缘无故扯碎了的新棉袍,保存着一些旧的小玩具,……还有什么?听见些不常的笑声,至于别的,他便无能去体会了,我也从未向他说过一句我自己的话。譬如他说"我以后要努力赚钱呀。"我便笑;他说到邀起几个朋友在公园追着女学生时,"莎菲那真有趣,"我也笑。自然,他所说的奇怪,只是一种在他生活习惯上不常见的奇怪。并且我也很伤心,我无能使他了解我而敬重我。我是什么也不希求了,除了往西山去。我想到我过去的一切妄想,我好笑!

三月二十四

一当他单独在我面前时,我觑着那脸庞,聆着那音乐般的声音,我心便在忍受那感情的鞭打!为什么不扑过去吻住他的嘴唇,他的眉梢,他的……无论什么地方?真的,有时话都到口边了:"我的王!准许我亲一下吧!"但又受理智,不,我就从没有过理智,是受另一种自尊的情感所裁制而又咽住了。唉!无论他的思想是怎样坏,而他使我如此癫狂的感情,是曾有过而无疑,那我为什么不承认我是爱上了他咧?并且,我敢断定,假使他能把我紧紧的拥抱着,让我吻遍他全身,然后他把我丢下海去,丢下火去,我都会快乐的闭着眼等待那可以永久保藏我那爱情的死的来到。唉!我竟爱他了,我要他给我一个好好的死就够了……

三月二十四夜深

我决心了。我为拯救我自己被一种色的诱惑而堕落,我明早便会到夏那儿去,以免看见了凌吉士又痛苦,这痛苦已缠缚我如是之久了!

三月二十六

　　为了一种纠缠而去，但又遭逢着另一种纠缠，使我不得不又急速的转来了。在我去夏那儿的第二天，梦如便也去了。虽说她是看另一人去的，但使我很感到不快活。夜晚，她大发其对感情的一种新近所获得的议论，隐隐的含着讥刺向我，我默然。为不愿让她更得意，我睁着眼，睡在夏的床上等到了天明，我才又忍着气转来……

　　毓芳告诉我，说西山房子已找好了，并且又另外替我邀了一个女伴，也是养病的，而这女伴同毓芳又算是一个很好的朋友。听到这消息，应该是很欢喜吧，但我刚刚在眉头舒展了一点喜色，而一种黯然的凄凉便罩上了。虽说我从小便离开家，在外面混，但都有我的亲戚朋友随着我，这次上西山，固然说起来离城只有几十里，但在我，一个活了二十岁的人，开始一人跑到陌生的地方去，还是第一次，假使我竟无声无息的死在那山上，谁是第一个发现我死尸的？我能担保我不会死在那里吗？也许别人会笑我担忧到这些小事，而我却真的哭过，当我问毓芳舍不舍得我时，而毓芳却笑，笑我问小孩话，说是这一点点路有什么舍不得，直到毓芳准许了我每礼拜上山一次，我才不好意思的揩干眼泪。

　　下午我到苇弟那儿去了，苇弟也说他一礼拜上山一次，填毓芳不去的空日。

　　回来已夜了，我一人寂寂寞寞的在收拾东西，想到我要离开北京的这些朋友们，我又哭了。但一想到朋友们都未曾向我流泪，我又擦去我脸上的泪痕。我是将一人寂寂寞寞的又离开这古城了。

　　在寂寞里，我又想到凌吉士了，其实，话不是这样说，凌吉士简直不能说"想起""又想起"，完全是整天都在系念到他，只能说："又来讲我的凌吉士吧。"这几天我故意造成的离别，在我是不可计的损失，我本想放松了他，而我把他捏得更紧了。我既不能把他从我心里压根儿拔去，我为什么要躲避着不见他的面呢？

　　这真使我懊恼，我不能便如此同他离别，这样寂寂寞寞的走上西山……

三月二十七

　　一早毓芳便上西山去了，去替我布置房子，说好明天我便去。我为她这番盛情，我应怎样去找得那些没有的字来表示我的感谢。我本想再呆一天在城里，便也不好说出了。

我正焦急的时候，凌吉士才来，我握紧他双手，他说：

"莎菲！几天没见你了！"

我很愿意在这时我能哭得出来，抱着他哭，但眼泪只能噙在眼里，我只好又笑了。他听见明天我要上山时，他显出的那惊诧和一种嗟叹，又很安慰到我，于是我真的笑了。他见到我笑，便把我的手反捏得紧紧的，紧得使我生痛。他怨恨似的说：

"你笑！你笑！"

这痛，是我从未有过的舒适，好像心里也正锥下去一个什么东西，我很想倒下他的手腕去，而这时苇弟却来了。

苇弟知道我恨他来，而他偏不走。我向着凌吉士使眼色，我说："这点钟有课吧？"于是我送凌吉士出来。他问我明早什么时候走，我告他；我问他还来不来呢，他说回头便来；于是我望着他快乐了，我忘了他是怎样可鄙的人格，和美的相貌了，这时他在我的眼里，是一个传奇中的情人。哈，莎菲有一个情人了！……

三月二十七晚

自从我赶走苇弟到这时已是整整五个钟头了。在这五点钟里，我应怎样才想得出一个恰合的名字来称呼它？像热锅上的蚂蚁在这小房子里不安的坐下，又站起，又跑到门缝边瞧，但是——他一定不来了，他一定不来了，于是我又想哭，哭我走得这样凄凉，北京城就没有一个人陪我一哭吗？是的，我是应该离开这冷酷的北京的，为什么我要舍不得这板床，这油腻的书桌，这三条腿的椅子……是的，明早我就要走了，北京的朋友们不会再腻烦莎菲的病。为了朋友们轻快的舒适，莎菲便为朋友们死在西山也是该的！但都能如此的让莎菲一人看不着一点热情孤孤寂寂的上山去，想来莎菲便不死，也不会有损害或激动于人心吧……不想了！不想！有什么可想的？假使莎菲不如此贪心在攫取感情，那莎菲不是便很可满足于那些眉目间的同情了吗？……

关于朋友，我不说了。我知道永世也不会使莎菲感到满足这人间的友谊的！

但我能满足些什么呢？凌吉士答应我来，而这时已晚上九点了。纵是他来了，我便会很快乐吗？他会给我所需要的吗？……

想起他不来，我又该痛恨我自己了！在很早的从前，我懂得对付那一种男人便应用那一种态度，而到现在反蠢了。当我问他还来不来时，我怎能显露出那希求的眼光，在一个漂亮人面前是不应老实，让人瞧不起……但我爱他,为什么我要使用技巧?我不能直接向他表明我的爱吗?并且我觉得只要于人无损,便吻人一百下,为什么便不可以被准许呢?

他既答应来,而又失信,显见得是在戏弄我。朋友,留点好意在莎菲走时,总不至于像是一种损失吧。

今夜我简直狂了。语言,文字是怎样在这时显得无用!我心像被许多小老鼠啃着一样,又像一盆火在心里燃烧。我想把什么东西都摔破,又想冒着夜气在外面乱跑去,我无法制止我狂热的感情的激荡,我便躺在这热情的针毡上,反过去也刺着,翻过来也刺着,似乎我又是在油锅里听到那油沸的响声,感到浑身的灼热……为什么我不跑出去呢?我等着一种渺茫的无意义的希望到来!哈……想到那红唇,我又癫了!假使这希望是可能的话——我独自又忍不住笑,我再三再四反复问我自己:"爱他吗?"我更笑了。莎菲不会傻到如此地步去爱上那南洋人。难道因了我不承认我的爱,便不可以被人准许做一点儿于人也无损的事?

假使今夜他竟不来,我怎能甘心便恝然上西山去……

唉!九点半了!

九点四十分!

三月二十八晨三时

莎菲生活在世上,所要人们的了解她体会她的心太热烈太恳切了,所以长远的沉溺在失望的苦恼中,但除了自己,谁能够知道她所流出的眼泪的分量?

在这本日记里,与其说是莎菲生活的一段记录,不如直接算为莎菲眼泪的每一个点滴,是在莎菲心上,才觉得更切实。然而这本日记现在是要收束了,因为莎菲已无需乎此——用眼泪来泄愤和安慰,这原因是对于一切都觉得无意识,流泪更是这无意识的极深的表白。可是在这最后一页的日记上,莎菲应该用快乐的心情来庆祝,她是从最大的那失望中,蓦然得到了满足,这满足似乎要使人快乐得到死才对。但是我,我只从那满足中感到胜利,从这胜利中得到凄凉,而更深的认识我自己的可怜处,可笑处,因此把我这几月来所萦萦于梦想的一点"美"反缥缈了,——这个美便是那高个儿的丰仪。

我应该怎样来解释呢?一个完全癫狂于男人仪表上的女人的心理!自然我不会爱他,这不会爱,很容易说明,就是在他丰仪的里面是躲着一个何等卑丑的灵魂!可是我又倾慕他,思念他,甚至于没有他,我就失掉一切生活意义的保障了;并且我常常想,假使有那末一日,我和他的嘴唇合拢来,密密的,那我的身体就从这心的狂笑中瓦解去,也愿意。其实,单单能获得骑士一般的那人儿的温柔的一抚摩,随便他的手尖触到我身上的任何部分,因此就牺牲一切,我也肯。

我应当发癫,因为这些幻想中的异迹,梦似的,终于毫无困难的都给我得到了。但是从这中间,我所感得的是我所想像的那些会醉我灵魂的幸福么?不啊!

当他——凌吉士——在晚间十点钟来到时候,开始向我嗫嚅的表白,说他是如何的在想我……还使我心动过好几次;但不久我看到他那被情欲在燃烧的眼睛,我就害怕了。于是从他那卑劣的思想中所发出的更丑的誓语,又振起我的自尊心来!假使他把这串浅薄肉麻的情话去对别个女人说,一定是很动听的,可以得一个所谓的爱的心吧。但他却向我,就由这些话语的力,把我推得隔他更远了。唉,可怜的男子!神既然赋与你这样的一副美形,却又暗暗的捉弄你,把那样一个毫不相称的灵魂放到你人生的顶上!你以为我所希望的是"家庭"吗?我所欢喜的是"金钱"吗?我所骄傲的是"地位"吗?"你,在我面前,是显得多么可怜的一个男子啊!"我真要为他不幸而痛哭,然而他依样把眼光镇住我脸上,是被情欲之火燃烧得如何的怕人!倘若他只限于肉感的满足,那末他倒可以用他的色来摧残我的心;但他却哭声的向我说:"莎菲,你信我,我是不会负你的!"啊,可怜的人!他还不知道在他面前的这女人,是用如何的轻蔑去可怜他的使用这些做作,这些话!我竟忍不住而笑出声来,说他也知道爱,会爱我,这只是近于开玩笑!那情欲之火的巢穴——那两只灼闪的眼睛,不正在宣布他除了可鄙的浅薄的需要,别的一切都不知道吗?

"喂,聪明一点,走开吧,韩家潭那个地方才是你寻乐的场所!"我既然认清他,我就应该这样说,教这个人类中最劣种的人儿滚出去。然而,虽说我暗暗地在嘲笑他,但当他大胆地贸然伸开手臂来拥我时,我竟又忘记了一切,我临时失掉了我所有的一些自尊和骄傲,我是完全被那仅有的一副好丰仪迷住了,在我心中,我只想,"紧些!多抱我一会儿吧,明早我便走了!"假使我那时还有一点自制力,我该会想到他的美形以外的那东西,而把他像一块石头般,丢到房外去。

唉!我能用什么言语或心情来痛悔?他,凌吉士,这样一个可鄙的人,吻我了!我静静默默的承受着!但那时,在一个温润的软热的东西放到我脸上,我心中得到的是些什么呢?我不能像别的女人一样会晕倒在她那爱人的臂膀里!我是张大着眼睛望他,我想:"我胜利了!我胜利了!"因为他所以使我迷恋的那东西,在吻我时,我已知道是如何的滋味——我同时鄙夷我自己了!于是我忽然伤心起来,我把他用力推开,我哭了。

他也许忽略了我的眼泪,以为他的嘴唇是给我如何的温软,如何的嫩腻,是把我的心融醉到发迷的状态里吧,所以他又挨我坐着,继续的说了许多所谓爱情表白的肉麻话。

"何必把你那令人惋惜处暴露得无余呢?"我真这样的又可怜起他来。

我说:"不要乱想吧,说不定明天我便死去了!"

他听着,谁知道他对于这话是得到怎样的感触?他又吻我,但我躲开了,于是那嘴唇便落到我手上……

我决心了,因为这时我有的是充足的清晰的脑力,我要他走,他带点抱怨颜色,缠着我。我想,"为什么你也是这样傻劲呢?"他于是直挨到夜十二点半钟才走。

他走后,我想起适间的事情。我就用所有的力量,来痛击我的心!为什么呢,给一个如此我看不起的男人接吻?既不爱他,还嘲笑他,又让他来拥抱?真的,单凭了一种骑士般的风度,就能使我堕落到如此地步么?

总之,我是给我自己糟蹋了,凡一个人的仇敌就是自己,我的天,这有什么法子去报复而偿还一切的损失?

好在在这宇宙间,我的生命只是我自己的玩品,我已浪费得尽够了,那末因这一番经历而使我更陷到极深的悲境里去,似乎也不成一个重大的事件。

但是我不愿留在北京,西山更不愿去了,我决计搭车南下,在无人认识的地方,浪费我生命的余剩;因此我的心从伤痛中又兴奋起来,我狂笑的怜惜自己:

"悄悄地活下来,悄悄地死去,啊!我可怜你,莎菲!"

(原载1928年2月10日《小说月报》第19卷第2号)

我在霞村的时候

因为政治部太嘈杂,莫俞同志决定要把我送到邻村去暂住,实际我的身体已经复原了,不过既然有安静的地方暂时休养,趁这机会整理一下近三月来的笔记,觉得也很好,我便答应他到霞村去住两个星期,离政治部有三十里路。

同去的还有一位宣传科的女同志,她大约有些工作,但她不是个好说话的人,所以一路显得很寂寞。加上她是一个"改组派"的脚,我的精神又不大好,我们上午就出发,可是太阳快下山了,才到达目的地。

远远看这村子,也同其他村子差不多。但我知道,这村子里还有一个未被毁去的建筑得很美丽的天主教堂和一个小小的松林,而我就将住在靠山的松林里,从这里可以直望到教堂。现在已经看到靠山的几排整齐的窑洞和窑洞上的绿色的树林,我觉得很满意这村子。

从我的女伴口里,我认为这村子是很热闹的;但当我们走进村口时,却连一个小孩子,一只狗也没有碰到,只是几片枯叶轻轻的被风卷起,飞不多远又坠下来了。

"这里从先是小学堂,自从去年鬼子来后就打毁了,你看那边台阶,那是一个很大的教室呢。"阿桂(我的女伴)告诉我,她显得有些激动,不像白天那样沉默了。她接着又指着一个空空的大院子:"一年半前这里可热闹呢,同志们天天晚饭后就在这里打球。"

她又急起来了:"怎么今天这里没有人呢?我们是先到村公所去,还是到山上去呢?咱们的行李也不知道捎到什么地方去了,总得先闹清才好。"

村公所大门墙上,贴了很多白纸条,上面写着"××会办事处"、"××会霞村分会"、"……"。但我们到了里边,却静悄悄的找不到一个人,几张横七竖八的桌子空空的摆在那里。我们正奇怪,匆匆的跑来一个人,他看了一看我,似乎想问什么,接着又把话咽下去了,还想不停的往外跑,但被我们叫住了。

他只好连连的答应我们:"我们的人嘛,都到村西口去了。行李?嗯,是有行李,老早就抬到山上了,是刘二妈家里。"他一边说一边也打量着我们。

我们知道了他是农救会的人,便要求他陪同我们一道上山去,并且要他把我写给这边一个同志的条子送去。

他答应了替我们送条子,却不肯陪我们,而且显得有点不耐烦的样子,把我们丢下独自跑走了。

街上也是静悄悄的,有几家在关门,有几家门还开着,里边黑漆漆的,我们也没有找到人。幸好阿桂对这村子还熟,她引导着我走上山,这时已经黑下来了,冬天的阳光是下去得快的。

山不高,沿着山脚上去,错错落落有很多石砌的窑洞,也常有人站在空坪上眺望着。阿桂明知没有到,但一碰着人便要问:

"刘二妈的家是这样走的么?""刘二妈的家还有多远?""请你告诉我怎样到刘二妈的家里?"或是问:"你看见有行李送到刘二妈家去过么?刘二妈在家么?"

回答总是使我们满意的,这些满意的回答一直把我们送到最远的、最高的刘家院子里,两只小狗最先走出来欢迎我们。

接着便有人出来问了。一听说是我,便又出来了两个人,他们掌着灯把我们送进一个院子,到了一个靠东的窑洞里。这窑洞里面很空,靠窗的炕上堆得有我的铺盖卷和一口小皮箱,还有阿桂的一条被子。

他们里面有认识阿桂的,拉着她的手问长问短的,后来索性把阿桂拉出去了。我一个人留在这屋子里,只好整理铺盖。我刚要躺下去,她们又涌进来了。有一个青年媳妇托着一缸面条,阿桂、刘二妈和另外一个小姑娘拿着碗、筷和一碟子葱同辣椒,小姑娘又捧来一盆燃得红红的火。

她们殷勤的督促着我吃面,也摸我的两手、两臂。刘二妈和那媳妇也都坐上炕来了。她们露出一种神秘的神气,又接着谈讲着她们适才所谈到的一个问题。我先还以为她们所诧异的是我,慢慢我觉得不是这样的,她们只热心于一点,那就是她们谈话的内容。我只无头无尾的听见几句,也弄不清,尤其是刘二妈说话之中,常常要把声音压低,像怕什么人听见似的那么耳语着。阿桂已经完全变了,她仿佛满能干似的,很爱说话,而且也能听人说话的样子,她表现出很能把握住别人说话的中心意思。另外两人不大说什么,不时也补充一两句,却那么聚精会神的听着,深怕遗漏去一个字似的。

忽然院子里发生一阵嘈杂的声音,不知有多少人在同时说话,也不知道闯进了多少人来。刘二妈几人慌慌张张的都爬下炕去往外跑,我也莫名其妙的跟着跑到外边去看。这时院子里实在完全黑了,有两个纸糊的红灯笼在人丛中摇晃,我挤到人堆里去瞧,什么也看不见,他们也是无所谓的在挤着而已,他们都想说什么,都又不说,只听见一些极简单的对话,而这些对话只有更把人弄糊涂的:

"玉娃,你也来了么?"

"看见没有?"

"看见了,我有些怕。"

"怕什么,不也是人么,更标致了呢。"

我开始总以为是谁家要娶新娘子了,他们回答我不是的;我又以为是俘房,却还不是的。我跟着人走到中间的窑门口,却见窑里挤得满满的是人,而且烟雾沉沉的看不清,我只好又退出来。人似乎也在慢慢的退去了,院子里空旷了许多。

我不能睡去,便在灯底下又整理着小箱子,翻着那些练习簿、像片,又削着几支铅笔。我显得有些疲乏,却又感觉着一种新的生活要到来以前的那种昂奋。我分配着我的时间,我要从明天起遵守规定下来的生活秩序,这时却有一个男人嗓子在门外响起了:

"还没有睡么?××同志。"

还没有等到我的答应,这人便进来了,是一个二十岁左右的、还文雅的乡下人。

"莫主任的信我老早就看到了,这地方还比较安静,凡事放心,都有我,要什么尽管问刘二妈。莫主任说你要在这里住两个星期,行,要是住得还好,欢迎你多住一阵。我就住在邻院,下边的那几个窑,有事就叫这里的人找我。"

他不肯上炕来坐,地下又没有凳子,我便也跳下炕去:

"呵,你就是马同志,我给你的一个条子收到了么?请坐下来谈谈吧。"

我知道他正在这村子上负点责,是一个未毕业的初中学生。

"他们告诉我,你写了很多书,可惜我们这里没有买,我都没有见到。"他望了望炕上开着口的小箱子。

我们话题一转到这里的学习情形时,他便又说:"等你休息几天后,我们一定请你做一个报告;群众的也好,训练班的也好,总之,你一定得帮助我们,我们这里最难的工作便是'文化娱乐'。"

像这样的青年人我在前方看了很多很多,当刚刚接触他们的时候常常感到惊讶,觉得这些同自己有一点距离的青年们都实在变得很快,我又把话拉回来。

"刚才,他们发生了什么事么?"

"刘大妈的女儿贞贞回来了。想不到她才了不起呢。"即刻我感到在他的眼睛里面多了一样东西,那里面放射着愉快的、热情的光辉。

我正要问下去时,他却又加上说明了:"她是从日本人那里回来的,她已经在那里干了一年多了。"

"呵!"我不禁也惊叫起来了。

他打算再告诉我一些什么时,外边有人在叫他了,他只好对我说明天他一定叫贞贞来找我。而且他还提起我注意似的,说贞贞那里"材料"一定很多的。

很晚阿桂才回来睡,她躺到床上老是翻来覆去的睡不着,不住的唉声叹气。我虽说已经疲倦到极点了,仍希望她能告诉我一些关于今晚上的事情。

"不,××同志! 我不能说,我真难受,我明天告诉你吧,呵! 我们女人真作孽呀!"于是她把被蒙着头,动也不动,也再没有叹息,我不知道她什么时候才睡着的。

第二天一早我便到屋外去散步,不觉得就走到村子底下去了。我走进了一家杂货铺,一方面是休息,一方面买了他们很多枣子,是打算送给刘二妈家里煮稀饭吃的。那杂货铺老板听我说住在刘二妈家里,便挤着那双小眼睛,有趣的低声问我道:

"她那侄女儿你看见了么? 听说病得连鼻子也没有了,那是给鬼子糟蹋的呀。"他又转过脸去朝站在里边门口的他的老婆说:"亏她有脸面回家来,真是她爹刘福生的报应。"

"那娃儿向来就风风雪雪的,你没有看见她早前就在街上浪来浪去,她不是同夏大宝打得火热么? 要不是夏大宝穷,她不老早就嫁给他了么?"那老婆子拉着衣角走了出来。

"谣言可多呢,"他转过脸来抢着又说。这次他的眼睛已不再眨动了,却做出一副正经的样子:"听说起码一百个男人总'睡'过,哼,还做了日本官太太,这种缺德的婆娘,是不该让她回来的。"

我忍住了气,因为不愿同他吵,就走出来了。我并没有再看他,但我感觉到他又眯着那小眼睛很得意的望着我的背影。

走到天主堂转角的地方,又听到有两个打水的妇人在谈着,一个说:

"还找过陆神父,一定要做姑姑,陆神父问她理由,她不说,只哭,知道那里边闹的什么把戏,现在呢,弄得比破鞋还不如……"

另一个便又说:"昨天他们告诉我,说走起路来一跛一跛的,唉,怎么好意思见人!"

"有人告诉我,说她手上还戴得有金戒指,是鬼子送的哪!"

"说是还到大同去过,很远的,见过一些世面,鬼子话也会说哪。……"

这散步于我是不愉快的,我便走回家来了。这时阿桂已不在家,我就独自坐在窑洞里读一本小册子。

我把眼睛从书上抬起来,就看见靠墙立着两个粮食篓子,那大约很有历史的吧,它的颜色同墙壁一般黑,我把一块活动的窗户纸掀开,就看见一片灰色的天(已经不是昨天来时的天气了)和一片扫得很干净的土地,从那地的尽头上,伸出几株枯枝的树,疏疏朗朗的划在那死寂的铅色的天上。

院子里简直没有什么人走动。

我又把小箱子打开,取出纸笔来写了两封信,怎么阿桂还没回来呢？我忘记她是有工作的,而且我以为她是将与我住下去似的了。

冬天的日子本来是很短的,但这时我却以为它比夏天的还长呢。

后来我看见那小姑娘出来了,于是跳下炕到门外去招呼她,她只望着我笑了一笑,便跑到另外一个窑洞里去了。我在院子里走了两个圈,看见一只苍鹰飞到教堂的树林子里边去了。那院子里有很多大树。

我又在院子里走起来,我走到靠右边的尽头处,我听见有哭泣的声音,是一个女人,而且在压抑住自己,时时都在擤鼻涕。

我努力的排遣自己,思索着这次来的目的和计划,我一定要好好休养,而且按着自己规定的时间去生活。于是我又回到房子里来了,既然不能睡,而写笔记又是多么无聊呵！

幸好不久刘二妈来看我了,她一进来,那小姑娘跟着也来了,后来那媳妇也来了。她们便都坐到我的炕上,围着一个小火盆。那小姑娘便检阅着那小方炕桌上的我的用具。

"那时谁也顾不到谁,"刘二妈述说着一年半前鬼子打到霞村来的事,"咱们住在山上的还好点,跑得快,村底下的人家有好些都没有跑走,也是命定下的,早不早迟不迟,这天咱们家的贞贞却跑到天主堂去了,后来才知道她是找那个外国神父要做姑姑去的,为的也是风声不好,她爹正在替她讲亲事,是西柳村的一家米铺的小老板,年纪快三十了,填房,家道厚实,咱们都说好,就只贞贞自己不愿意,她向着她爹哭过。别的事她爹都能依她,就只这件事老头子不让,咱们老大又没儿,总企望把女儿许个好人家。谁知道贞贞却赌气跑下天主堂去了,就那一忽儿,落在火坑了哪,您说做娘老子的怎不伤心……"

"哭的是她的娘么？"

"就是她娘。"

"你的侄女儿呢？"

"侄女儿么,到底是年轻人,昨天回来哭了一场,今天又欢天喜地到会上去了,才十八岁呢。"

"听说做过日本人太太,真的么？"

"这就难说了,咱也摸不清,谣言自然是多得很,病是已经弄上身了,到那种地方,还保得住干净么？小老板的那头亲事,还不吹了,谁还肯要鬼子用过的女人！的的确确是有病,昨天晚上她自己也就说了。她这一跑,真变了,她说起鬼子来就像说到家常便饭似的,才十八岁呢,已经一点也不害臊了。"

"夏大宝今天还来过呢,娘!"那媳妇悄声的说着,又用着探问的眼睛望着二妈。

"夏大宝是谁呢?"

"是村底下磨房里的一个小伙计,早先小的时候同咱们贞贞同过一年学,两个要好得很,可是他家穷,就连咱们家也不如,他正经也不敢怎样的,偏偏咱们贞贞痴心痴意,总要去缠着他,一来又怪了他;要去做姑姑也还不是为了他?自从贞贞给日本鬼弄去后,他倒常来看看咱们老大两口子。起先咱们大爹一见他就气,有时骂了他,他也不说什么,骂走了第二次又来,倒是一个有良心的孩子,现在自卫队当一个小排长呢。他今天又来了,好像向咱们大妈求亲来着呢,只听见她哭,后来他也哭着走了。"

"他知不知道你侄女儿的情形呢?"

"怎会不知道?这村子里就没有人不清楚,全比咱们自己还清楚呢。"

"娘,人都说夏大宝是个傻孩子呢。"

"嗯,这孩子总算有良心,咱是愿意这头亲事的。自从鬼子来后,谁是有钱的人呢?看老大两口子的口气,也是答应的。唉,要不是这孩子,谁肯来要呢?莫说有病,名声就实在够受了。"

"就是那个穿深蓝色短棉袄,戴一顶古铜色翻边毡帽的。"小姑娘闪着好奇的眼光,似乎也很了解这回事。

在我记忆里出现了这样一个人影:今天清晨我动身出外散步的时候,看见了这么一个年轻的小伙子,有着一副很机伶也很忠厚的面孔,他站在我们院子外边,却又并不打算走进来的样子;约莫当我回家时,又看他从后边的松林里走出来。我只以为是这院子里人或邻院的人,我那时并没有很注意他,现在想起来,倒觉的确是一个短小精悍、很不坏的年轻人。

我的休养计划怕不能完成了,为什么我的思绪这样的乱?我并不着急于要见什么人,但我幻想中的故事是不断的增加着。

阿桂现出一副很明白我的神气,望着我笑了一下便走出去了。

我明白了她的意思,于是来回在炕上忙碌了一番;觉得我们的铺、灯、火都明亮了许多。我刚把茶缸子去搁在火上的时候,果然阿桂已经又回到门口了,我听见她后边还跟得有人。

"有客人来了,××同志!"阿桂还没有说完,便听见另外一个声音噗哧一笑:"嘻……"

在房门口我握住了这并不熟识的人的手了。她的手滚烫,使我不能不略微吃惊。她跟着阿桂爬上炕去时,在她的背上,长长的垂着一条发辫。

这间使我感到非常沉闷的窑洞,在这新来者的眼里,却很新鲜似的,她拿着满有兴致的眼光环绕的探视着。她身子稍稍向后仰的坐在我的对面,两手分开撑住她坐的铺盖上,并不打算说什么话似的,最后便把眼光安详的落在我的脸上了。阴影把她的眼睛画得很长,下巴很尖。虽在很浓厚的阴影之下的眼睛,那眼珠却被灯光和火光照得很明亮,就像两扇在夏天的野外屋宇里的洞开的窗子,是那么坦白,没有尘垢。

我也不知道如何来开始我们的谈话,怎么能不碰着她的伤口,不会损害到她的自尊心。我便先从缸子里倒了一杯已经热了的茶。

"你是南方人吧?我猜你是的,你不像咱们省里的人。"倒是贞贞先说了。

"你见过很多南方人么?"我想最好随她高兴说什么我就跟着说什么。

"不,"她摇着头,仍旧盯着我瞧,"我只见过几个,总是有些不同。我喜欢你们那里人,南方的女人都能念很多很多的书,不像咱们,我愿意跟你学,你教我好么?"

我答应她之后忽的她又说了:"日本的女人也都会念很多很多书,那些鬼子兵都藏得有几封写得漂亮的信:有的是他们的婆姨来的,有的是相好来的,也有不认识的姑娘们写信给他们,还夹上一张照片,写了好些肉麻的话,也不知道她们是不是真心,总哄得那些鬼子当宝贝似的揣在怀里。"

"听说你会说日本话,是么?"

在她脸上轻微的闪露了一下羞赧的颜色,接着又很坦然的说下去:"时间太久了,跑来跑去一年多,多少就会了一点儿,懂得他们说话有很多好处。"

"你跟着他们跑了很多地方么?"

"并不是老跟着一个队伍跑的,人家总以为我做了鬼子官太太,享富贵荣华,实际我跑回来过两次,连现在这回是第三次了。后来我是被派去的,也是没有办法,我在那里熟,工作重要,一时又找不到别的人。现在他们不再派我去了,要替我治病。也好,我也挂牵我的爹娘,回来看看他们。可是娘真没有办法,没有儿女是哭,有了儿女还是哭。"

"你一定吃了很多的苦吧。"

"她吃的苦真是想也想不到,"阿桂又做出一副难受的样子,像要哭似的,"做了女人真倒霉,贞贞你再说吧。"她更挤拢去,紧靠她身边。

"苦么,"贞贞像回忆着一件辽远的事一样,"现在也说不清,有些是当时难受,于今想来也没有什么;有些是当时倒也马马虎虎的过去了,回想起来却实在伤心呢,一年多,日子也就过去了。这次一路回来,好些人都奇怪的望着我。就说这村子的人吧,都把我当一个外路人,也有亲热我的,也有逃避我的。再说家里几个人吧,还不都一样,谁都爱偷偷的瞧我,没有人把我当原来的贞贞看了。我变了么,想来想去,我一点也没有变,要说,也就心变硬一点罢了。人在那种地方住过,不硬一点心肠还行么,也还是因为没有办法,逼得那么做的哪!"

一点有病的象征也没有,她的脸色红润,声音清晰,不显得拘束,也不觉得粗野。她并不含一点夸张,也使人感觉不到她有过什么牢骚,或是悲凉的意味,我忍不住要问到她的病了。

"人大约总是这样,哪怕到了更坏的地方,还不是只得这样,硬着头皮挺着腰肢过下去,难道死了不成?后来我同咱们自己人有了联系,就更不怕了。我看见日本鬼子在我捣鬼以后,吃败仗,游击队四处活动,人心一天天好起来,我想我吃点苦,也划得来,我总得找活路,还要活得有意思,除非万不得已。所以他们说要替我治病,我想也好,治了总好些。这几天病倒不觉得什么了,路过张家驿时,住了两天,他们替我打了两次药针,又给了一些药我吃。只有今年秋天的时候,那才厉害,人家说我肚子里面烂了,又赶上有一个消息要立刻送回来,找不到一个能代替的人,那晚上摸黑路我一个人来回走了三十里,走一步,痛一步,只想坐着不走了。要是别的不关紧要的事,我一定不走回去了,可是这不行哪,唉,又怕被鬼子认出我来,又怕误了时间,后来整整睡了一个星期,才又拖着起了身。一条命要死好像也不大容易,你说是么?"

她并没有等我的答复,却又继续说下去了。

有的时候,她也停顿下来,在这时间,她也望望我们,也许是在我们脸上找点反应,也许她只是思索着别的。看得出阿桂是比贞贞显得更难受,阿桂大半的时候沉默着,有时也说几句话,她说的话总只为的传达出她的无限的同情,但她沉默着时,却更显得她为贞贞的话所震慑住了,她的灵魂在被压抑,她感受了贞贞过去所受的那些苦难。

我以为那说话的人是丝毫没有想到要博得别人的同情的,纵是别人正在为她分担了那些罪过,她似乎也没有感觉到,同时也正因为如此,就使人觉得更可同情了。如果她说起她的这段历史的时候,并不是像现在这样,心平气和,甚至就使你以为她是在说旁人那样,那是宁肯听她哭一场,哪怕你自己也陪着她哭,都是觉得好受些的。

后来阿桂倒哭了,贞贞反来劝她。我本有许多话准备同贞贞说的,也说不出口了,我愿意保持住我的沉默。而且当她走后,我强制住自己在灯下读了一个钟头的书,连睡得那么邻近的阿桂,也不去看她一眼,或问她一句,哪怕她老是翻来覆去的睡不着,一声一声的叹息着。

以后贞贞每天都来我这里闲谈,她不只是说她自己,也常常很好奇的问我许多那些不属于她的生活中的事。有时我的话说得很远,她便显得很吃力的听着,却是非常之要听的。我们也一同走到村底下去,年轻人都对她很好;自然都是那些活动分子。但像杂货店老板那一类的人,总是铁青着脸孔,冷冷的望着我们,他们嫌厌她,卑视她,而且连我也当着不是同类的人的样子看待了。尤其那一些妇女们,因为有了她才发生对自己的崇敬,才看出自己的圣洁来,因为自己没有被人强奸而骄傲了。

　　阿桂走了之后,我们的关系就更密切了,谁都不能缺少谁似的,一忽儿不见就会彼此挂念。我喜欢那种有热情的,有血肉的,有快乐、有忧愁却又是明朗的性格的人;而她就正是这样。我们的闲谈常常占去了很多时间,我却总以为那些谈天,于我的学习和修养,都是非常有帮助的。可是日子一天天过去,贞贞对我并不完全坦白的事,竟被我发觉了;但我绝不会对她有一丝怨恨的,而且我将永远不去触她这秘密,每个人一定有着某些最不愿告诉人的东西深埋在心中,这是指属于私人感情的事,既与旁人毫无关系,也不会有关系于她个人的道德的。

　　已经到了我快走的那几天了,贞贞忽然显得很烦躁,并没有什么事,也不像打算要同我谈什么的,却很频繁的到我屋子中来,总是心神不宁的,坐立不是的,一会儿又走了。我知道她这几天吃得很少,甚至常常不吃东西。我问过她的病状,我清楚她现在所担受的烦扰,决不只是肉体上的。她来了,有时还说几句毫无次序的话;有时似乎要求我说一点什么,做出一副要听的神气。但我也看得出她在想一些别的,那些不愿让人知道的,她是正在掩饰着这种心情,装出无所谓的样子。

　　有两次,我看见那显得很精悍的年轻小伙子从贞贞母亲的窑中出来,我曾把他给我的印象和贞贞一道比较,我以为我非常同情他,尤其当现在的贞贞被很多人糟蹋过,染上了不名誉的、难医的病症的时候,他还能耐心的来看她,向她的父母提出要求,他不嫌弃她,不怕别人笑骂。他一定觉得她这时更需要他,他明白一个男子在这样的时候对他相好的女人所应有的气概和责任。而贞贞呢,虽说在短短的时间中,找不出她有很多的伤感和怨恨,她从没有表示过她希望有一个男子来要她,或者就说是抚慰吧;但我也以为因为她是受过伤的,正因为她受伤太重,所以才养成她现在的强硬,她就有了一种无所求于人的样子。可是如果有些爱抚,非一般同情可比的怜惜,去温暖她的灵魂是好的。我喜欢她能哭一次,找到一个可以哭的地方去哭一次。我是希望着我有机会吃到这家人的喜酒,至少我也愿意听到一个喜讯再离开。

　　"然而贞贞在想着一些什么呢?这是不会拖延好久,也不应成为问题的。"我这样想着,也就不多去思索了。

刘二妈,她的小媳妇、小姑娘也来过我房子,估计她们的目的,无非想来报告些什么,有时也说一两句。但我总不给她们说话的机会,我以为凡是属于我朋友的事,如若朋友不告诉我,我又不直接问她,却在旁人那里去打听,是有损害于我的朋友和我自己,也是有损害于我们的友谊的。

就在那天黄昏的时候,院子里又热闹起来了,人都聚集在那里走来走去,邻舍的人全来了,他们交头接耳的,有的显得悲戚,也有的满感兴趣的样子。天气很冷,他们好奇的心却很热,他们在严寒底下耸着肩,弓着腰,笼着手,他们吹着气,在院子中你看我,我看你,好像在探索着很有趣的事似的。

开始我听见刘大妈的房子里有些吵闹的声音,接着刘大妈哭了。后来还有男人哭的声音,我想是贞贞的父亲吧。接着又有摔碗的声音,我忍不住,分开看热闹的人冲进去了。

"你来的很好,你劝劝咱们贞贞吧。"刘二妈把我扯到里边去。

贞贞把脸藏在一头纷乱的长发里,却望得见有两颗铮铮的眼睛从里边望着众人。我只走到她旁边便站住了。她似乎并没有感觉我的到来,或者也把我当作一个毫不足以介意的敌人之一罢了。她的样子完全变了,几乎使我不能在她的身上回想起一点点那些曾属于她的洒脱、明朗、愉快,她像一个被困的野兽,她像一个复仇的女神,她憎恨着谁呢,为什么要做出那么一副残酷的样子?

"你就这样的狠心,你全不为娘老子着想,你全不想想这一年多来我为你受的罪……"刘大妈在炕上一边捶着一边骂,她的眼泪就像雨点一样,有的落在炕上,有的落在地上,还有的就顺着脸往下流。

有好几个女人围着她,扯着她,她们不准她下炕来。我以为一个人当失去了自尊心,一任她的性情疯狂下去的时候,真是可怕。我想告诉她,你这样哭是没有用的,同时我也明白在这时是无论什么话都不会有效果的。

老头子显得很衰老的样子,他垂着两手,叹着气。夏大宝坐在他旁边,用无可奈何的眼光望着两个老人。

"你总得说一句呀,你就不可怜可怜你的娘么?……"

"路走到尽头总要转弯的,水流到尽头也要转弯的,你就没有一点弯转么?何苦来呢?……"

一些女人们就这样劝贞贞。

我看出这事是不会如大家所希望的了。贞贞早已经表示不要任何人可怜她,她也不可怜任何人。她是早已有决定,没有转弯的,要说赌气,就算赌气吧。她是咬紧了牙关要和大家坚持下去的神情。

她们听了我的劝告,请贞贞到我的房里边去休息,一切问题到晚上再谈。于是我便领着贞贞出来了。可是她并没有到我的房中去,她向后山上跑走了。

"这娃儿心事大呢!……"

"哼,瞧不起咱乡下人了……"

"这种破铜烂铁,还搭臭架子,活该夏大宝倒霉……"

聚集在院子中的人们纷纷议论着,看看已经没有什么好看的了,便也散去了。

我在院子中也踌躇了一会,便决计到后山去。山上有些坟堆,坟周围都是松树,坟前边有些断了的石碑,一个人影子也没有,连落叶的声音都没有。我从这边穿到那边,我叫着贞贞的名字,似乎有点回声,来安慰一下我的寂寞,但随即更显得万山的沉静,天边的红霞已经退尽了,四周围浮上一层寂静的、烟似的轻雾,绵延在远近的山的腰边。我焦急,我颓然坐在一块碑上,我盘旋着一个问题:再上山去呢,还是在这里等她呢?我希望我能替她分担些痛苦。

我看见一个影子从底下上来了。很快我便认出就是夏大宝。我不做声,希望他没有看见我,让他直到上面去吧。但是他却在朝我走来。

"你找了么?我到现在还没有看见她。"我不得不向他打个招呼。

他却走到我面前,而且就在枯草地上坐下去。他沉默着,眼望着远方。

我微微有些局促。他的确还很年轻呢,他有两条细细的长眉,他的眼很大,现在却显得很为呆板,他的小小的嘴紧闭着,也许在从前是很有趣的,但现在只充满着烦恼,压抑住痛苦的样子,他的鼻是很忠厚的,然而却有什么用?

"不要难受,也许明天就好了,今天晚上我定要劝她。"我只好安慰他。

"明天,明天,……她永远都会恨我的,我知道她恨我……"他的声音稍稍的有点儿哑,是一个沉郁的低音。

"不,她从没有向我表示过对人有什么恨。"我搜索着我的记忆,我并没有撒谎。

"她不会对你说的,她不会对任何人说的,她到死都不饶恕我的。"

"为什么她要恨你呢?"

"当然罗……"忽的他把脸朝着我,注视着我,"你说,我那时不过是一个穷小子,我能拐着她逃跑么?是不是我的罪?是么?"

但他并没有等到我的答复就又说下去了,几乎是自语:"是我不好,还能说是我对么,难道不是我害了她么?假如我能像她那样有胆子,她是不会……

"她的性格我懂得,她永远都要恨我的。你说,我应该怎样?她愿意我怎样？我如何能使她快乐？我这命是不值什么的,我在她面前也还有点用处么？你能告诉我么？我简直不知我应该怎样才好,唉,这日子真难受呀!还不如让鬼子抓去……"他不断的喃喃下去。

当我邀他一道回家去的时候,他站起来同我走了几步,却又停住了,他说他听见山上有声音。我只好鼓励他上山去,我直望到他的影子没入更厚的松林中去时,才踏上回去的路,然而天色已经快要全黑了。

这天晚上我虽然睡得很迟,却没有得着什么消息,不知道他们怎样过的。

等不到吃早饭,我把行李都收拾好了。马同志答应今天来替我搬家。我已准备回政治部去,并且回××去;因为敌人又要大举"扫荡"了,我的身体不准许我再留在这里,莫主任说无论如何要先把这些伤病员送走。我的心却有些空荡荡的,坚持着不回去么？身体又累着别人;回去么？何时再来呢？我正坐在我的铺上沉思着的时候,我觉得有人悄悄的走进我的窑洞。

她一耸身跳上炕来坐在我的对面了,我看见贞贞脸上稍稍的有点浮肿,我去握着那只伸在火上的手,那种特别使我感觉刺激的烫热又使我不安了,我意识到她有着不轻的病症。

"贞贞!我要走了,我们不知何时再能相会,我希望,你能听你娘……"

"我就是来告诉你的,"她一下就打断了我的话,"我明天也要动身了。我恨不得早一天离开这家。"

"真的么？"

"真的!"在她的脸上那种特有的明朗又显出来了。"他们叫我回……去治病。"

"呵!"我想我们也许要同道的,"你娘知道了么？"

"不,还不知道,只说治病,病好了再回来,她一定肯放我走的,在家里不是也没有好处么？"

我觉得她今天显得稀有的平静。我想起头天晚上夏大宝说的话了。我冒昧的便问她道:

"你的婚姻问题解决了么？"

"解决,不就是那么么？"

"是听娘的话么？"我还不敢说出我对她的希望,我不愿想着那年轻人所给我的印象,我希望那年轻人有快乐的一天。

"听她们的话,我为什么要听她们的话,她们听过我的话么？"

"那末,你果真是和她们赌气么？"

"那末,……你真的恨夏大宝么？"

她半天没有回答我,后来她说了,说得更为平静的:"恨他,我也说不上。我总觉得我已经是一个有病的人了,我的确被很多鬼子糟蹋过,到底是多少,我也记不清了,总之,是一个不干净的人了。既然已经有了缺憾,就不想再有福气,我觉得活在不认识的人面前,忙忙碌碌的,比活在家里,比活在有亲人的地方好些。这次他们既然答应送我到××去治病,那我就想留在那里学习。听说那里是大地方,学校多;什么人都可以学习的。大家扯在一堆并不会怎样好,那就还是分开,各奔各的前程。我这样打算是为了我自己;也为了旁人,所以我并不觉得有什么对不住人的地方,也没有什么高兴的地方。而且我想,到了××,还另有一番新的气象。我还可以再重新作一个人,人也不一定就只是爹娘的,或自己的。别人说我年轻,见识短,脾气别扭,我也不辩,有些事情哪能让人人都知道呢?"

我觉得非常惊诧,新的东西又在她身上表现出来了。我觉得她的话的确值得我们研究,我当时只能说出我赞成她的打算的话。

我走的时候,她的家属在那里送我,只有她到公所里去了,也再没有看见夏大宝。我心里并没有难受,我仿佛看见了她的光明的前途,明天我将又见着她的,定会见着她的,而且还有好一阵时日我们不会分开了。果然,一走出她家的门,马同志便告诉了我关于她的决定,证实了她早上告诉我的话很快便会实现了。

(原载1941年6月《中国文化》)

柔　石

为奴隶的母亲

　　她底丈夫是一个皮贩，就是收集乡间各猎户底兽皮和牛皮，贩到大埠上出卖的人。但有时也兼做点农作，芒种的时节，便帮人家插秧，他能将每行插得非常直，假如有五人同在一个水田内，他们一走叫他站在第一个做标准。然而境况总是不佳，债是年年积起来了。他大约就因为境况的不佳，烟也吸了，酒也喝了，钱也赌起来了。这样，竟使他变做一个非常凶狠而暴躁的男子，但也就更贫穷下去，连小小的移借，别人也不敢答应了。

　　在穷底结果的病以后，全身便变成枯黄色，脸孔黄的和小铜鼓一样，连眼白也黄了。别人说他是黄疸病，孩子们也就叫他"黄胖"了。有一天，他向他底妻说：

　　"再也没有办法了，这样下去，连小锅子也都卖去了。我想，还是从你底身上设法罢。你跟着我挨饿，有什么办法呢？"

　　"我底身上？……"

　　他底妻坐在灶后，怀里抱着她底刚满三周的男小孩——孩子还在啜着奶，她讷讷地低声问。

　　"你，是呀，"她底丈夫病后的无力的声音，"我已经将你出典了……"

　　"什么呀？"他底妻几乎昏去似的。

　　屋内是稍稍静寂了一息。他气喘着说：

　　"三天前，王狼来坐讨了半天的债回去以后，我也跟着他去，走到了九亩潭边，我很不想要做人了。但是坐在那株爬上去一纵身就可落在潭里的树下，想来想去，总没有力气跳了。猫头鹰在耳朵边不住地啭，我底心被它叫寒起来，我只得回转身，但在路上，遇见了沈家婆，她问我，晚也晚了，在外做什么。我就告诉她，请她代我借一笔款，或向什么人家的小姐借些衣服或首饰去暂时当一当，免得王狼底狼一般的绿眼睛天天在家里闪烁。可是沈家婆向我笑道：

　　"'你还将妻养在家里做什么呢，你自己黄也黄到这个地步了？'

　　"我低着头站在她面前没有答，她又说：

　　"'儿子呢，你只有一个了，舍不得。但妻——'

"我当时想:'莫非叫我卖去妻了么?'"

"而她继续道:

"'但妻——虽然是结发的,穷了,也没有法。还养在家里做什么呢?'

"这样,她就直说出:'有一个秀才,因为没有儿子,年纪已五十岁了,想买一个妾;又因他底大妻不允许,只准他典一个,典三年或五年,叫我物色相当的女人:年纪约三十岁左右,养过两三个儿子的,人要沉默老实,又肯做事,还要对他底大妻肯低眉下首。这次是秀才娘子向我说的,假如条件合,肯出八十元或一百元的身价。我代她寻了好几天,总没有相当的女人。'她说:现在碰到我,想起了你来,样样都对的。当时问我底意见怎样,我一边掉了几滴泪,一边却被她催的答应她了。"

说到这里,他垂下头,声音很低弱,停止了。他底妻简直痴似的,话一句没有。又静寂了一息,他继续说:

"昨天,沈家婆到过秀才底家里,她说秀才很高兴,秀才娘子也喜欢,钱是一百元,年数呢,假如三年养不出儿子,是五年。沈家婆并将日子也拣定了——本月十八,五天后。今天,她写典契去了。"

这时,他底妻简直连腑脏都颤抖,吞吐着问:

"你为什么早不对我说?"

"昨天在你底面前旋了三个圈子,可是对你说不出。不过我仔细想,除出将你底身子设法外,再也没有办法了。"

"决定了么?"妇人战着牙齿问。

"只待典契写好。"

"倒霉的事情呀,我!——一点也没有别的方法了么?春宝底爸呀!"

春宝是她怀里的孩子底名字。

"倒霉,我也想到过,可是穷了,我们又不肯死,有什么办法?今年,我怕连插秧也不能插了。"

"你也想到过春宝么?春宝还只有五岁,没有娘,他怎么好呢?"

"我领他便了。本来是断了奶的孩子。"

他似乎渐渐发怒了,也就走出门外去了。她,却呜呜咽咽地哭起来。

这时,在她过去的回忆里,却想起恰恰一年前的事:那时她生下了一个女儿,她简直如死去一般地卧在床上。死还是整个的,她却肢体分作四碎与五裂。刚落地的女婴,在地上的干草堆上叫,"呱呀,呱呀"声音很重的,手脚揪缩。脐带绕在她底身上,胎盘落在一边,她很想挣扎起来给她洗好,可是她底头昂起来,身子凝滞在床上。这样,她看见她底丈夫,这个凶狠的男子,飞红着脸,提了一桶沸水到女婴的旁边。她简直用了她一生底最后的力向他喊:"慢!慢……"但这个病前极凶狠的男子,没有一分钟商量的余地,也不答半句话,就将"呱呀,呱呀"声音很重地在叫着的女儿,刚出世的新生命,用他底粗暴的两手捧起来,如屠户捧将杀的小羊一般,扑通,投下在沸水里了!除出沸水的溅声和皮肉吸收沸水的嘶声以外,女孩一声也不喊——她疑问地想,为什么也不重重地哭一声呢?竟这样不响地愿意冤枉死去么?啊!——她转念,那是因为她自己当时昏过去的缘故,她当时剜去了心一般地昏去了。

想到这里,似乎泪竟干涸了。"唉!苦命呀!"她低低地叹息了一声。这时春宝拔去了奶头,向他底母亲的脸上看,一边叫:

"妈妈!妈妈!"

在她将离别底前一晚,她拣了房子底最黑暗处坐着。一盏油灯点在灶前,萤火那么的光亮。她,手里抱着春宝,将她底头贴在他底头发上。她底思想似乎浮漂在极远,可是她自己捉摸不定远在那里。于是慢慢地跑回来,跑到眼前,跑到她底孩子底身上。她向她底孩子低声叫:

"春宝,宝宝!"

"妈妈,"孩子含着奶头答。

"妈妈明天要去了……"

"唔,"孩子似不十分懂得,本能地将头钻进他母亲底胸膛。

"妈妈不回来了,三年内不能回来了!"

她擦一擦眼睛,孩子放松口子问:

"妈妈那里去呢?庙里么?"

"不是,三十里路外,一家姓李的。"

"我也去。"

"宝宝去不得的。"

"呃!"孩子反抗地,又吸着并不多的奶。

"你跟爸爸在家里,爸爸会照料宝宝的:同宝宝睡,也带宝宝玩,你听爸爸底话好了。过三年……"

她没有说完,孩子要哭似地说:

"爸爸要打我的!"

"爸爸不再打你了,"同时用她底左手抚摸着孩子底右额,在这上,有他父亲在杀死他刚生下的妹妹后第三天,用锄柄敲他,肿起而又平复了的伤痕。

她似要还想对孩子说话,她底丈夫踏进门了。他走到她底面前,一只手放在袋里,掏取着什么,一边说:

"钱已经拿来七十元了。还有三十元要等你到了后十天付。"

停了一息说:"也答应轿子来接。"

又停了一息:"也答应轿夫一早吃好早饭来。"

这样,他离开了她,又向门外走出去了。

这一晚,她和她底丈夫都没有吃晚饭。

第二天,春雨竟滴滴渐渐地落着。

轿是一早就到了。可是这妇人,她却一夜不曾睡。她先将春宝底几件破衣服都修补好;春将完了,夏将到了,可是她,连孩子冬天用的破烂棉袄都拿出来,移交给他底父亲——实在,他已经在床上睡去了。以后,坐在他底旁边,想对他说几句话,可是长夜是迟延着过去,她底话一句也说不出,而且,她大着胆向他叫了几声,发了几个听不清楚的音,声音在他底耳外,她也就睡下不说了。

等她朦朦胧胧地刚离开思索将要睡去,春宝又醒了。他就推叫他底母亲,要起来。以后当她给他穿衣服的时候,向他说:

"宝宝好好地在家里,不要哭,免得你爸爸打你。以后妈妈常买糖果来,买给宝宝吃,宝宝不要哭。"

而小孩子竟不知道悲哀是什么一回事,张大口子"唉,唉,"地唱起了。她在他底唇边吻了一吻,又说:

"不要唱,你爸爸被你唱醒了。"

轿夫坐在门首的板凳上,抽着旱烟,说着他们自己要听的话。一息,邻村的沈家婆也赶到了。一个老妇人,熟悉世故的媒婆,一进门,就拍拍她身上的雨点,向他们说:

"下雨了,下雨了,这是你们家里此后会有滋长的预兆。"

老妇人忙碌似地在屋内旋了几个圈,对孩子底父亲说了几句话,意思是讨酬报。因为这件契约之能订的如此顺利而合算,实在是她底力量。

"说实在话,春宝底爸呀,再加五十元,那老头子可以买一房妾了。"她说。

于是又转向催促她——妇人却抱着春宝,这时坐着不动。老妇人声音很高地:

"轿夫要赶到他们家里吃中饭的,你快些预备走呀!"

可是妇人向她瞧了一瞧,似乎说:

"我实在不愿离开呢!让我饿死在这里罢!"

声音是在她底喉下,可是媒婆懂得了,走近到她前面,眯眯地向她笑说:

"你真是一个不懂事的丫头,黄胖还有什么东西给你呢?那边真是一份有吃有剩的人家,两百多亩田,经济很宽裕,房子是自己底,也雇着长工养着牛。大娘底性子是极好的,对人非常客气,每次看见人总给人一些吃的东西。那老头子——实在并不老,脸是很白白的,也没有留胡子,因为读了书,背有些偻偻的,斯文的模样。可是也不必多说,你一走下轿就看见的,我是一个从不说谎的媒婆。"

妇人拭一拭泪,极轻地:

"春宝……我怎么能抛开他呢!"

"不用想到春宝了,"老妇人一手放在她底肩上,脸凑近她和春宝。"有五岁了,古人说:'三周四岁离娘身,'可以离开你了。只要你底肚子争气些,到那边,也养下一二个来,万事都好了。"

轿夫也在门首催起身了,他们嚕苏着说:

"又不是新娘子,啼啼哭哭的。"

这样,老妇人将春宝从她底怀里拉去,一边说:

"春宝让我带去罢。"

小小的孩子也哭了,手脚乱舞的,可是老妇人终于给他拉到小门外去。当妇人走进轿门的时候,向他们说:

"带进屋里来罢,外边有雨呢。"

她底丈夫用手支着头坐着,一动没有动,而且也没有话。

两村的相隔有三十里路,可是轿夫的第二次将轿子放下肩,就到了。春天的细雨,从轿子底布篷里飘进,吹湿了她底衣衫。一个脸孔肥肥的,两眼很有心计的约摸五十四五岁的老妇人来迎她,她想:这当然是大娘了。可是只向她满面羞涩地看一看,并没有叫。她很亲昵似地将她牵上阶沿,一个长长的瘦瘦的而面孔圆细的男子就从房里走出来。他向新来的少妇,仔细地瞧了瞧,堆出满脸的笑容来,向她问:

"这么早就到了么?可是打湿你底衣裳了。"

而那位老妇人,却简直没有顾到他底说话,也向她问:

"还有什么在轿里么?"

"没有什么了。"少妇答。

几位邻舍的妇人站在大门外,探头张望的;可是她们走进屋里面了。

她自己也不知道这究竟为什么,她底心老是挂念着她底旧的家,掉不下她的春宝。这是真实而明显的,她应庆祝这将开始的三年的生活——这个家庭,和她所典给他的丈夫,都比曾经过去的要好,秀才确是一个温良和善的人,讲话是那么地低声,连大娘,实在也是一个出乎意料之外的妇人,她底态度之殷勤,和滔滔的一席话;说她和她丈夫底过去的生活之经过,从美满而漂亮的结婚生活起,一直到现在,中间的三十年。她曾做过一次的产,十五六年以前了,养下一个男孩子,据她说,是一个极美丽又极聪明的婴儿,可是不到十个月,竟患了天花死去了。这样,以后就没有再养过第二个。在她底意思中,似乎——似乎——早就叫她底丈夫娶一房妾。可是他,不知是爱她呢,还是没有相当的人——这一层她并没有说清楚;于是,就一直到现在。这样,竟说得这个具着朴素的心地的她,一时酸,一时苦,一时甜上心头,一时又咸的压下去了。最后,这个老妇人并将她底希望也向她说出来了。她底脸是娇红的,可是老妇人说:

"你是养过三四个孩子的女人了,当然,你是知道什么的,你一定知道的还比我多。"

这样,她说着走开了。

当晚,秀才也将家里底种种情形告诉她,实际,不过是向她夸耀或求媚罢了。她坐在一张橱子的旁边,这样的红的木橱,是她旧的家所没有的,她眼睛白晃晃地瞧着它。秀才也就坐到橱子底面前来,问她:

"你叫什么名字呢?"

她没有答,也并不笑,站起来,走到床底前面,秀才也跟到床底旁边,更笑地问她:

"怕羞么?哈,你想你底丈夫么?哈,哈,现在我是你底丈夫了。"声音是轻轻的,又用手去牵着她底袖子。"不要愁罢!你也想你底孩子的,是不是?不过——"

他没有说完,却又哈的笑了一声,他自己脱去他外面的长衫了。

她可以听见房外的大娘底声音在高声地骂着什么人,她一时听不出在骂谁,骂烧饭的女仆,又好像骂她自己,可是因为她底怨恨,仿佛又是为她而发的。秀才在床上叫道:

"睡罢,她常是这么嚕嚕苏苏的。她以前很爱那个长工,因为长工要和烧饭的黄妈多说话,她却常要骂黄妈的。"

日子是一天天地过去了,旧的家,渐渐地在她底脑子里疏远了,而眼前,却一步步地亲近她使她熟悉。虽则,春宝底哭声有时竟在她底耳朵边响,梦中,她也几次地遇到过他了。可是梦是一个比一个缥缈,眼前的事务是一天比一天繁多。她知道这个老妇人是猜忌多心的,外表虽则对她还算大方,可是她底嫉妒的心是和侦探一样,监视着秀才对她的一举一动。有时,秀才从外面回来,先遇见了她而同她说话,老妇人就疑心有什么特别的东西买给她了,非在当晚,将秀才叫到她自己底房内去,狠狠地训斥一番不可。"你给狐狸迷着了么?""你应该称一称你自己底老骨头是多少重!"像这样的话,她耳闻到不止一次了。这样以后,她望见秀才从外面回来而旁边没有她坐着的时候,就非得急忙避开不可。即使她在旁边,有时也该让开一些,但这种动作,她要做的非常自然,而且不能让旁人看出,否则,她又要向她发怒,说是她有意要在旁人的前面暴露她大娘底丑恶。而且以后,竟将家里的许多杂务都堆积在她底身上,同一个女仆那么样。她还算是聪明的,有时老妇人底换下来的衣服放着,她也给她拿去洗了,虽然她说:

"我底衣服怎么要你洗呢?就是你自己底衣服,也可叫黄妈洗的。"可是接着说:

"妹妹呀,你最好到猪栏里去看一看,那两只猪为什么这样嘿嘿叫的,或者因为没有吃饱罢,黄妈总是不肯给它们吃饱的。"

八个月了,那年冬天,她底胃却起了变化:老是不想吃饭,想吃新鲜的面、番薯等。但番薯或面吃了两餐,又不想吃,又想吃馄饨,多吃又要呕。而且还想吃南瓜和梅子——这是六月里的东西,真稀奇,向哪里去找呢?秀才是知道在这个变化中所带来的预告了。他镇日地笑微微,能找到的东西,总忙着给她找来。他亲身给她到街上去买橘子,又托便人买了金柑来。他在廊沿下走来走去,口里念念有词的,不知说什么。他看她和黄妈磨过年的粉,但还没有磨了三升,就向她叫:"歇一歇罢,长工也好磨的,年糕是人人要吃的。"

有时在夜里,人家谈着话,他却独自拿了一盏灯,在灯下,读起《诗经》来了:

关关雎鸠,
在河之洲,
窈窕淑女,
君子好逑——

这时长工向他问:

"先生,你又不去考举人,还读它做什么呢?"

他却摸一摸没有胡子的口边,怡悦地说道:

"是呀,你也知道人生底快乐么?所谓:'洞房花烛夜,金榜挂名时。'你也知道这两句话底意思么?这是人生底最快乐的两件事呀!可是我对于这两件事都过去了,我却还有比这两件更快乐的事呢。"

这样,除出他底两个妻以外,其余的人们都大笑了。

这些事,在老妇人眼睛里是看得非常气恼了。她起初闻到她底受孕也欢喜,以后看见秀才的这样奉承她,她却怨恨她自己肚子底不会还债了。有一次,次年三月了,这妇人因为身体感觉不舒服,头有些痛,睡了三天。秀才呢,也愿她歇息歇息,更不时地问她要什么,而老妇人却着实地发怒了。她说她装娇,噜噜苏苏地也说了三天。她先是恶意地讥嘲她:说是一到秀才底家里就高贵起来了,什么腰酸呀,头痛呀,姨太太的架子也都摆出来了;以前在她自己底家里,她不相信她有这样的娇养,恐怕竟和街头的母狗一样,肚子里有着一肚皮的小狗,临产了,还要到处地奔求着食物。现在呢,因为"老东西"——这是秀才的妻叫秀才的名字——趋奉了她,就装着娇滴滴的样子了。

"儿子,"她有一次在厨房里对黄妈说,"谁没有养过呀?我也曾怀过十个月的孕,不相信有这么的难受。而且,此刻的儿子,还在'阎罗王的簿里',谁保的定生出来不是一只癞虾蟆呢?也等到真的'鸟儿'从洞里钻出来看见了,才可在我底面前显威风,摆架子,此刻,不过是一块血的猫头鹰,就这么的装腔,也显得太早一点!"

当晚这妇人没有吃晚饭,这时她已经睡了,听了这一番婉转的冷嘲与热骂,她呜呜咽咽地低声哭泣了。秀才也带衣服坐在床上,听到浑身透着冷汗,发起抖来。他很想扣好衣服,重新走起来,去打她一顿,抓住她底头发狠狠地打她一顿,泄泄他一肚皮的气。但不知怎样,似乎没有力量,连指也颤动,臂也酸软了,一边轻轻地叹息着说:

"唉,一向实在太对她好了。结婚了三十年,没有打过她一掌,简直连指甲都没有弹到她底皮肤上过,所以今日,竟和娘娘一般地难惹了。"

同时,他爬过到床底那端,她底身边,向她耳语说:

"不要哭罢,不要哭罢,随她吠去好了!她是阉过的母鸡,看见别人的孵卵是难受的。假如你这一次真能养出一个男孩子来,我当送你两样宝贝——我有一只青玉的戒指,一只白玉的……"

他没有说完,可是他忍不住听下门外的他底大妻底喋喋的讥笑的声音,他急忙地脱去衣服,将头钻进被窝里去,凑向她底胸膛,一边说:

"我有白玉的……"

肚子一天天地膨胀的如斗那么大,老妇人终究也将产婆雇定了,而且在别人的面前,竟拿起花布来做婴儿用的衣服。

醋热的暑天到了尽头,旧历的六月,他们在希望的眼中过去了。秋开始,凉风也拂拂地在乡镇上吹送。于是有一天,这全家的人们都到了希望底最高潮,屋里底空气完全地骚动起来。秀才底心更是异常地紧张,他在天井上不断地徘徊,手里捧着一本历书,好似要读它背诵那么地念去——"戊辰","甲戌","壬寅之年",老是反复地轻轻地说着。有时他底焦急的眼光向一间关了窗的房子望去——在这间房子内是有产母底低声呻吟的声音;有时他向天上望一望被云笼罩着的太阳,于是又走向房门口,向站在房门内的黄妈问:

"此刻如何?"

黄妈不住地点着头不做声响,一息,答:

"快下来了,快下来了。"

于是他又捧了那本历书,在廊下徘徊起来。

这样的情形,一直继续到黄昏底青烟在地面起来,灯火一盏盏的如春天的野花般在屋内开起,婴儿才落地了,是一个男的。婴儿底声音是很重地在屋内叫,秀才却坐在屋角里,几乎快乐到流出眼泪来了。全家的人都没有心思吃晚饭,在平淡的晚餐席上,秀才底大妻向用人们说道:

"暂时瞒一瞒罢,给小猫头避避晦气;假如别人问起,也答养一个女的好了。"

他们都微笑地点点头。

一个月以后,婴儿底白嫩的小脸孔,已在秋天的阳光里照耀了。这个少妇给他哺着奶,邻舍的妇人围着他们瞧,有的称赞婴儿底鼻子好,有的称赞婴儿底口子好,有的称赞婴儿底两耳好;更有的称赞婴儿底母亲,也比以前好,白而且壮了。老妇人却正和老祖母那么地吩咐着,保护着,这时开始说:

"够了,不要弄他哭了。"

关于孩子底名字,秀才是煞费苦心地想着,但总想不出一个相当的字来。据老妇人底意见,还是从"长命富贵"或"福禄寿喜"里拣一个字,最好还是"寿"字或与"寿"同意义的字,如"其颐","彭祖"等。但秀才不同意,以为太通俗,人云亦云的名字。于是翻了《易经》,《书经》,向这里面找,但找了半月,一月,还没有恰贴的字。在他底意思,以为在这个名字内,一边要祝福孩子,一边要包含他底老而得子底蕴义,所以竟不容易找。这一天,他一边抱着三个月的婴儿,一边又向书里找名字,戴着一副眼镜,将书递到灯底旁边去。婴儿底母亲呆呆地坐在房内底一边,不知思想着什么,却忽然开口说道:

"我想,还是叫他'秋宝'罢。"屋内的人们底几对眼睛都转向她,注意地静听着:"他不是生在秋天吗?秋天的宝贝——还是叫他'秋宝'罢。"

秀才立刻接着说道:

"是呀,我真极费心思了。我年过半百,实在到了人生的秋期;孩子也正养在秋天;'秋'是万物成熟的季节,秋宝,实在是一个很好的名字呀!而且《书经》里没么?'乃亦有秋,'我真乃亦有'秋'了!"

接着,又称赞了一通婴儿底母亲;说是呆读书实在无用,聪明是天生的。这些话,说的这妇人连坐着都觉着局促不安,垂下头,苦笑地又含泪地想:

"我不过因春宝想到罢了。"

秋宝是天天成长的非常可爱地离不开他底母亲了。他有出奇的大的眼睛,对陌生人是不倦地注视地瞧着,但对他底母亲,却远远地一眼就知道了。他整天地抓住了他底母亲,虽则秀才是比她还爱他,但不喜欢父亲;秀才底大妻呢,表面也爱他,似爱她自己亲生的儿子一样,但在婴儿底大眼睛里,却看她似陌生人,也用奇怪的不倦的视法。可是他的执住他底母亲愈紧,而他底母亲的离开这家的日子也愈近了。春天底口子咬住了冬天底尾巴;而夏天底脚又常是紧随着在春天底身后的;这样,谁都将孩子底母亲底三年快到的问题横放在心头上。

秀才呢,因为爱子的关系,首先向他底大妻提出来了:他愿意再拿出一百元钱,将她永远买下来。可是他底大妻底回答是:

"你要买她,那先给我药死罢!"

秀才听到这句话,气得只向鼻孔放出气,许久没有说;以后,他反而做着笑脸地:

"你想想孩子没有娘……"

老妇人也尖利地冷笑地说:

"我不好算是他底娘么?"

在孩子底母亲的心呢,却正矛盾着这两种的冲突了:一边,她底脑里老是有"三年"这两个字,三年是容易过去的,于是她底生活便变做在秀才底家里底用人似的了。而且想像中的春宝,也同眼前的秋宝一样活泼可爱,她既舍不得秋宝,怎么就能舍得掉春宝呢?可是另一边,她实在愿意永远在这新的家里住下去,她想,春宝的爸爸不是一个长寿的人,他底病一定是在三五年之内要将他带走到不可知的异国里去的,于是,她便要求她底第二个丈夫,将春宝也领过来,这样,春宝也在她底眼前。

有时,她倦坐在房外的沿廊下,初夏的阳光,异常地能令人昏朦地起幻想,秋宝睡在她底怀里,含着她底乳,可是她觉得仿佛春宝同时也站在她底旁边,她伸出手去也想将春宝抱近来,她还要对他们兄弟两人说几句话,可是身边是空空的。

在身边的较远的门口,却站着这位脸孔慈善而眼睛凶毒的老妇人,目光注视着她。这样,她也恍恍惚惚地敏悟:"还是早些脱离罢,她简直探子一样地监视着我了。"可是忽然怀内的孩子一叫,她却又什么也没有的只剩着眼前的事实来支配她了。

以后,秀才又将计划修改了一些:他想叫沈家婆来,叫她向秋宝底母亲底前夫去说,他愿否再拿进三十元——最多是五十元,将妻续典三年给秀才。秀才对他底大妻说:

"要是秋宝到五岁,是可以离开娘了。"

他底大妻正是手里捻着念佛珠,一边在念着"南无阿弥陀佛",一边答:

"她家里也还有前儿在,你也应放她和她底结发夫妇团聚一下罢。"

秀才低着头,断断续续地仍然这样说:

"你想想秋宝两岁就没有娘……"

可是老妇人放下念佛珠说:

"我会养的,我会管理他的,你怕我谋害了他么?"

秀才一听到末一句话,就拔步走开了。老妇人仍在后面说:

"这个儿子是帮我生的,秋宝是我底;绝种虽然是绝了你家底种,可是我却仍然吃着你家底餐饭。你真被迷了,老昏了,一点也不会想了。你还有几年好活,却要拚命拉她在身边?双连牌位,我是不愿意坐的!"

老妇人似乎还有许多刻毒的锐利的话,可是秀才走远开听不见了。

在夏天,婴儿底头上生了一个疮,有时身体稍稍发些热,于是这位老妇人就到处地问菩萨,求佛药,给婴儿敷在疮上,或灌下肚里,婴儿底母亲觉得并不十分要紧,反而使这样小小的生命哭成一身的汗珠,她不愿意,或将吃了几口的药暗地里拿去倒掉了。于是这位老妇人就高声叹息,向秀才说:

"你看,她竟一点也不介意他底病,还说孩子是并不怎样瘦下去。爱在心里是深的;专疼表面是假的。"

这样,妇人只有暗自挥泪,秀才也不说什么话了。

秋宝一周纪念的时候,这家热闹地摆了一天的酒筵,客人也到了三四十,有的送衣服,有的送面,有的送银制的狮銮,给婴儿挂在胸前的,有的送镀金的寿星老头儿,给孩子钉在帽上的,许多礼物,都在客人底袖子里带来了。他们祝福着婴儿的飞黄腾达,赞颂着婴儿的长寿永生;主人底脸孔,竟是荣光照耀着,有如落日的云霞反映着在他底颊上似的。

可是在这天,正当他们筵席将举行的黄昏时,来了一个客,从朦胧的暮光中向他们底天井走进,人们都注意他:一个憔悴异常的乡人,衣服补衲的,头发很长,在他底腋下,挟着一个纸包。主人骇异地迎上前去,问他是那里人,他口吃似地答了,主人一时糊涂的,但立刻明白了,就是那个皮贩。主人更轻轻地说:

"你为什么也送东西来呢?你真不必的呀!"

来客胆怯地向四周看看,一边答说:

"要,要的……我来祝祝这个宝贝长寿千……"

他似没有说完,一边将腋下的纸包打开来了,手指颤动地打开了两三重的纸,于是拿出四只铜制镀银的字,一方寸那么大,是"寿比南山"四字。

秀才底大娘走来了,向他仔细一看,似乎不大高兴。秀才却将他招待到席上,客人们互相私语着。

两点钟的酒与肉,将人们弄得胡乱与狂热了;他们高声猜着拳,用大碗盛着酒互相比赛,闹得似乎房子都被震动了。只有那个皮贩,他虽然也喝了两杯酒,可是仍然坐着不动,客人们也不招呼他。等到兴尽了,于是各人草草地吃了一碗饭,互祝着好话,从两两三三的灯笼光影中,走散了。

而皮贩,却吃到最后,用人来收拾羹碗了,他才离开了桌,走到廊下的黑暗处。在那里,他遇见了他底被典的妻。

"你也来做什么呢?"妇人问,语气是非常凄惨的。

"我那里又愿意来,因为没有法子。"

"那末你为什么来的这样晚?"

"我那里来买礼物的钱呀?! 奔跑了一上午,哀求了一上午,又到城里买礼物,走得乏了,饿了,也迟了。"

妇人接着问:

"春宝呢?"

男子沉吟了一息答:

"所以,我是为春宝来的。……"

"为春宝来的?"妇人惊异地回音似地问。

男人慢慢地说:

"从夏天来,春宝是瘦的异样了。到秋天,竟病起来了。我又那里有钱给他请医生吃药,所以现在,病是更厉害了! 再不想法救救他,眼见得要死了!"静寂了一刻,继续说:"现在,我是向你来借钱的……"

这时妇人底胸膛内,简直似有四五只猫在抓她,咬她,咀嚼着她底心脏一样。她恨不得哭出来,但在人们个个向秋宝祝颂的日子,她又怎么好跟在人们底声音后面叫哭呢? 她吞下她底眼泪,向她底丈夫说:

"我又那里有钱呢? 我在这里,每月只给我两角钱的零用,我自己又那里要用什么,悉数补在孩子底身上了。现在,怎么好呢?"

他们一时没有话,以后,妇人又问:

"此刻有什么人照顾着春宝呢?"

"托了一个邻舍。今晚,我仍旧想回家,我就要走了。"

他一边说着,一边揩着泪。女的同时哽咽着说:

"你等一下罢,我向他去借借看。"

她就走开了。

三天以后的一天晚上,秀才忽然问这妇人道:

"我给你的那只青玉戒指呢?"

"在那天夜里,给了他了。给了他拿去当了。"

"没有借你五块钱么?"秀才愤怒地。

妇人低着头停了一息答：

"五块钱怎么够呢！"

秀才接着叹息说：

"总是前夫和前儿好，无论我对你怎么样！本来我很想再留你两年的，现在，你还是到明春就走罢！"

女人简直连泪也没有地呆着了。

几天后，他还向她那么地说：

"那只戒指是宝贝，我给你是要你传给秋宝的，谁知你一下就拿去当了！幸得她不知道，要是知道了，有三个月好闹了！"

妇人是一天天地黄瘦了。没有神采的光芒在她底眼睛里起来，而讥笑与冷骂的声音又充塞在她底耳内了。她是时常记念着她底春宝的病的，探听着有没有从她底本乡来的朋友，也探听着有没有向她底本乡去的便客，她很想得到一个关于"春宝的身体已复原"的消息，可是消息总没有；她也想借两元钱或买些糖果去，方便的客人又没有，她不时地抱着秋宝在门首过去一些的大路边，眼睛望着来和去的路。这种情形却很使秀才底大妻不舒服了，她时常对秀才说：

"她那里愿意在这里呢，她是极想早些飞回去的。"

有几夜，她抱着秋宝在睡梦中突然喊起来，秋宝也被吓醒，哭起来了。秀才就追逼地问：

"你为什么？你为什么？"

可是女人拍着秋宝，口子哼哼的没有答。秀才继续说：

"梦着你底前儿死了么，那么地喊？连我都被你叫醒了。"

女人急忙地一边答：

"不，不，……好像我底前面有一圹坟呢！"

秀才没有再讲话，而悲哀的幻像更在女人底前面展现开来，她要走向这坟去。

冬末了，催离别的小鸟，已经到她底窗前不住地叫了。先是孩子断了奶，又叫道士们来给孩子度了一个关，于是孩子和他亲生的母亲的别离——永远的别离的运命就被决定了。

这一天，黄妈先悄悄地向秀才底大妻说：

"叫一顶轿子送她去么？"

秀才底大妻还是手里捻着念佛珠说：

"走走好罢，到那边轿钱是那边付的，她又那里有钱呢，听说她底亲夫连饭也没得吃，她不必摆阔了。路也不算远，我也是曾经走过三四十里路的人,她底脚比我大,半天可以到了。"

这天早晨当她给秋宝穿衣服的时候,她底泪如溪水那么地流下,孩子向她叫:"婶婶,婶婶,"——因为老妇人要他叫她自己是"妈妈",只准叫她是"婶婶"——她向他咽咽地答应。她很想对他说几句话,意思是:

"别了,我底亲爱的儿子呀!你底妈妈待你是好的,你将来也好好地待还她罢,永远不要再记念我了!"

可是她无论怎样也说不出。她也知道一周半的孩子是不会了解的。

秀才悄悄地走向她,从她背后的腋下伸进手来,在他底手内是十枚双毫角子,一边轻轻说:

"拿去罢,这两块钱。"

妇人扣好孩子底钮扣,就将角子塞在怀内的衣袋里。

老妇人又进来了,注意着秀才走出去的背后,又向妇人说:

"秋宝给我抱去罢,免得你走时他哭。"

妇人不做声响,可是秋宝总不愿意,用手不住地拍在老妇人底脸上。于是老妇人生气地又说:

"那末你同他去吃早饭去罢,吃了早饭交给我。"

黄妈拼命地劝她多吃饭,一边说:

"半月来你就这样了,你真比来的时候还瘦了。你没有去照照镜子。今天,吃一碗下去罢,你还要走三十里路呢。"

她只不关紧要地说了一句:

"你对我真好!"

但是太阳是升的非常高了,一个很好的天气,秋宝还是不肯离开他底母亲,老妇人便狠狠地将他从她底怀里夺去,秋宝用小小的脚踢在老妇人底肚子上,用小小的拳头搔住她底头发,高声呼喊地。妇人在后面说:

"让我吃了中饭去罢。"

老妇人却转过头,汹汹地答:

"赶快打起你底包袱去罢,早晚总有一次的!"

孩子底哭声便在她底耳内渐渐远去了。

打包裹的时候,耳内是听着孩子底哭声。黄妈在旁边,一边劝慰着她,一边却看她打进什么去。终于,她挟着一只旧的包裹走了。

她离开他底大门时,听见她底秋宝的哭声;可是慢慢地远远地走了三里路了,还听见她底秋宝的哭声。

暖和的太阳所照耀的路,在她底面前竟和天一样无穷止地长。当她走到一条河边的时候,她很想停止她底那么无力的脚步,向明澈可以照见她自己底身子的水底跳下去了。但在水边坐了一会之后,她还得依前去的方向,移动她自己底影子。

太阳已经过午了,一个村里的一个年老的乡人告诉她,路还有十五里;于是她向那个老人说:

"伯伯,请你代我就近叫一顶轿子罢,我是走不回去了!"

"你是有病的么?"老人问。

"是的。"

她那时坐在村口的凉亭里面。

"你从那里来?"

妇人静默了一时答:

"我是向那里去的;早晨我以为自己会走的。"

老人怜悯地也没有多说话,就给她找了两位轿夫,一顶没篷的轿。因为那是下秧的时节。

下午三四时的样子,一条狭窄而污秽的乡村小街上,抬过了一顶没篷的轿子,轿里躺着一个脸色枯萎如同一张干瘪的黄菜叶那么的中年妇人,两眼朦胧地颓唐地闭着。嘴里的呼吸只有微弱地吐出。街上的人们个个睁着惊异的目光,怜悯地凝视着过去。一群孩子们,争噪地跟在轿后,好像一件奇异的事情落到这沉寂的小村镇里来了。

春宝也是跟在轿后的孩子们中底一个,他还在似赶猪那么地哗着轿走,可是当轿子一转一个弯,却是向他底家里去的路,他却伸直了两手而奇怪了,等到轿子到了他家里的门口,他简直呆似地远远地站在前面,背靠在一株柱子上,面向着轿,其余的孩子们胆怯地围在轿的两边。妇人走出来了,她昏迷的眼睛还认不清站在前面的,穿着褴褛的衣服,头发蓬乱的,身子和三年前一样的短小,那个八岁的孩子是她底春宝。突然,她哭出来地高叫了:

"春宝呀!"

一群孩子们,个个无意地吃了一惊,而春宝简直吓的躲进屋里他父亲那里去了。

妇人在灰暗的屋内坐了许久许久,她和她底丈夫都没有一句话。夜色降落了,他下垂的头昂起来,向她说:

"烧饭吃罢!"

妇人就不得已地站起来,向屋角上旋转了一周,一点也没有气力地对她丈夫说:

"米缸内是空空的……"

男人冷笑了一声,答说:

"你真在大人家底家里生活过了!米,盛在那只香烟盒子内。"

当天晚上，男子向他底儿子说：

"春宝，跟你底娘去睡！"

而春宝却靠在灶边哭起来了。他底母亲走近他，一边叫：

"春宝，宝宝！"

可是当她底手去抚摸他底时候，他又躲闪开了。男子加上说：

"会生疏得那么快，一顿打呢！"

她眼睁睁地睡在一张龌龊的狭板床上，春宝陌生似地睡在她底身边。在她底已经麻木的脑内，仿佛秋宝肥白可爱地在她身边挣动着，她伸出两手想去抱，可是身边是春宝。这时，春宝睡着了，转了一个身，他底母亲紧紧地将他抱住，而孩子却从微弱的鼾声中，脸伏在她胸膛上，两手抚摩着她底两乳。

沉静而寒冷的死一般的长夜，似无限地拖延着，拖延着……

1930 年 1 月 20 日

（原载 1930 年 3 月 1 日《萌芽月刊》第 1 卷第 3 期）

刘呐鸥

两个时间的不感症者

　　晴朗的午后。
　　游倦了的白云两大片,流着光闪闪的汗珠,停留在对面高层建筑物造成的连山的头上。远远地眺望着这些都市的围墙,而在眼下俯瞰着一片旷大的青草原的一座高架台,这会早已被为赌心热狂了的人们滚成为蚁巢一般了。紧张变为失望的纸片,被人撕碎满在水门汀上。一面欢喜便变了多情的微风,把紧密地依贴着爱人身边的女儿的绿裙翻开了。除了扒手和姨太太,望远镜和春大衣便是今天的两大客人。但是这单说他们的衣袋里还充满着五元钞票的话。尘埃,嘴沫,暗泪和马粪的臭气发散在郁悴的天空里,而跟人们的决意,紧张,失望,落胆,意外,欢喜造成一个饱和状态的氛围气。可是太得意的 Union Jack 却依然在美丽的青空中随风飘漾着朱红的微笑。There, they are off! 八匹特选的名马向前一趋,于是一哩一挂得的今天的最终赛便开始了。
　　这时极度的紧张已经旋风一般地捉住了站在台阶上人堆里的 H 的全身了。因为他把今天所赢的三四十张钞票想试个自己的运气,尽都买了一匹五号马的独赢。
　　——啊,三马落后了。
　　——不。三马是棕色的。
　　——你买七号吗?
　　——不,七号骑手靠不住,我买了五号。
　　虽然有人在身边交换着这样兴奋了的高声的会话,但是走不进 H 的耳里,他把垂下来的前发用手向后搔上去,仍把眼睛钉住在草原的那面一堆移动着的红红绿绿的人马。
　　忽然一阵 Cyclamen 的香味使他的头转过去了。不晓得几时背后来了这一个温柔的货色,当他回头时眼睛里便映入一位 sportive 的近代型女性。透亮的法国绸下,有弹力的肌肉好像跟着轻微运动一块儿颤动着。
　　视线容易地接触了。小的樱桃儿一绽裂微笑便从碧湖里射过来。H 只觉眼睛有点不能从那被 opera bag 稍为遮着的,从灰黑色的袜子透出来的两只白膝头离开,但是另外一个强烈的意识却还占住在他的脑里。

——Come on Onta……!

——Bravo,大拉司!

一阵轰音把他唤到周围不安的空气和嚣声中,随后一团的速力便在他眼前箭一般的穿过了。五号马不是确在前头吗! 这突然的意识真使他全身的神经战动起来。他不觉喝了个彩。于是便紧握着手里的纸票,推出了人堆,不顾前后的跑到台下的支付处去。

H 把支付窗口占住了时,随后早就暴风一般地吹上了一团的人,个个脸上都有点悦色。不知道分配多少,这就像是他们这会唯一的关心。但 H,隐忍着背后的人们的压力,思想已经飞到这钱拿到时的用法去了。

——先生,这个替我拿一拿好吗?

忽然身边有凉爽的声音,有轻推他肩膀的手。H 翻过身来看铁栏外站的是刚才在台上对他微笑的女人。她眼里表示着一种好朋友的亲密。H 虽然被她这唐突的请求吓了一下,但是马上便显出对于女人殷勤的样子说:

——好的好的,你也买了五号?

女人用微笑答着,把素手里的几张青票子递给了他,便移着奢华的身子避开了这些暴力的人们。等不上两三分钟分牌人就来了。于是一句"二十五元!"便从嘴里走过了嘴里。洋钱和银角在柜上作响着,算盘就开始活动了。

好容易把将近一千元的钞票拿到,脱出了人群,就走向站在人们不挤的地方的她去。一个等待着的微笑。

——谢谢你!

——不客气。真挤得要命。

H 略举起帽子,重新的表示了个敬意,便从衣袋里抽出手帕来拭着额角上的汗珠。

——那么,怎样办呢,就在这儿吗!

H 示着手里的一束钞票说。

——怎么可以呢,坐也不能坐。

哼,H 心里想一想,这么爽快又漂亮的一个女儿,把她当做一根手杖带在马路上走一走倒是不错的。如果她……肯呢,就把这一束碰运气的意外钱整束的送给了她也没有什么关系。他心里这样下了一个决意,于是便说:

夫人,不,小姐是一个人来的吗?

——可不是呢!

——那么,找个地方休息去,可以罢?

——也好的,我此刻并不忙。

——那么，那边街角有家美国人的吃茶店，那面很清净，冰淇淋也很讲究。

——那可以随便的。

她说着时忽被一个匆忙的人从背后推了一下，险些碰到 H 的身上来。H 忙把她的手腕握定，但她却一点不露什么感情，反紧地挟住了他的腕，恋人一般地拉着便走。

失了气力的人们和急忙算着钞票的人们都流向南面的大门口去了。一刻钟前还是那么紧张的场内，此刻已变成像抽去了气的气球一般地消沉着，只剩着这些恶运的纸票的碎片随风旋舞。不一会两个新侣伴便跟着一群人走出马臭很重的马霍路上来了。

——那么，就从这面走一走吧，热闹一点。

坐了半个钟头，用冷的饮料医过了渴，从吃茶店走出马路上来的 H 们已经是几年的亲友了。知道散步在近代的恋爱是个不能缺的因素，因为它是不长久的爱情的存在的唯一的示威，所以他一出来便这样提议。他想，这么美丽的午后，又有这么解事的伴侣是应该 demonstrate 的。怀里又有了这么多的钱，就使她要去停留在大商店的玻璃橱前不走也是不怕她的。

残日还抚摩着西洋梧桐新绿的梢头。铺道是擦了油一样地光滑的。轻快地，活泼地，两个人的跫音在水门汀上律韵地响着。一个穿着黄土色制服的外国兵带着个半东方种的女人前面来了。他们也是今天新交的一对呢！在这都市一切都是暂时和方便，比较地不变的就算这从街上竖起来的建筑物的断崖吧，但这也不过是四五十年的存在呢。H 这样想着，一会便觉得身边热闹起来了。这是因为他们已经走进了商业区的原故。

在马路的交叉处停留着好些甲虫似的汽车。"Fontegnac 1929"的一辆稍为诱惑了 H 的眼睛，但他是不会忘记身边的 fair sex 的。他一手扶助着她，横断了马路，于是便用最优雅的动作把她像手杖一般地从左腕搬过了右腕。市内三大怪物的百货店便在眼前了。

从赛马场到吃茶店，从吃茶店到热闹的马路上并不是什么稀奇的道程，可是好出风头的地方往往不是好的散步道。不意从前头来的一个青年瞧了瞧 H 所带的女人，便展着猜疑的眼睛，在他们的跟前站定了。

——还早呢，T，已经来了吗！

尚且是女人先开口：

——这是 H。我们是赛马回来的。这是 T。

H 感觉着了这突然的三角关系的苦味，轻轻对 T 点一点头便向女人问：

——你和 T 先生有什么约没有？

——有是有的，可是……我们一块走吧。

T好像有点不服,但也没有法子,只得便这样提议:

——那么,就到这儿的茶舞去,好吗?

H是只好随便了。他真不懂这女人跟人家有了约怎么不早点说。这样答应了自己两个人的散步,这会又另外地钩起一个旁的人来。

五分钟之后他们就坐在微昏的舞场的一角了。茶舞好像正在酣热中。客人,舞女和音乐队员都呈着热烘烘的样子,H把周围看了一看,觉得氛围气还好,很可以坐坐,但他总想这些懂也不懂什么的,年纪过轻的舞女真是不能适他的口味。他实在没有意思跳舞,可是他对于这女人的兴味并没有失去。或者在华尔兹的旋律中把她抱住在怀里,再开始强要的交涉吧。这样他想着,于是便把稍累了的身体用强烈的黑咖啡鼓励起来。

——怎么样,赛马好玩吗?

一会儿T对女人问。

——不是赛马好玩,看人和赢钱好玩呵。

——你赢了吗,多少?

——我倒不怎么,H赢得多呢。

向H投过来的一双神妙的眼睛。

——H先生赢了多少?

——没有的。不过玩意儿。

H把这个裹在时髦的西装里的青年仔细一看,觉得仿佛是见过了的。大概总不外是跑跳舞场和影戏院的人吧。但是当他想到这人跟女人不晓得有什么关系,却就郁悴起来了。他觉得三个人的茶会总是扫兴的。

忽然光线一变,勃路斯的音乐开始了。T并不客气,只说声对不住便拉了女人跳了去,H只凝视着他们两个人身体在微光下高低上下地旋转着律动着,一会提起杯子去把塞住了的感情灌下去。他真想喝点强的阿尔柯尔了。在急了的心里,等待的时间真是难过。

但是华尔兹下次便来了。H抑止着暴跳的神经,把未爆发的感情尽放在腕里,把一个柔软的身体一抱便说:

——我们慢慢地来吧。

——你欢喜跳华尔兹吗?

——并不,但是我要跟你说的话,不是华尔兹却说不出来。

——你要跟我说什么?

——你愿意听吗?

——你说呀。

——我说你很漂亮。

——我以为……

——我说我很爱你。一见便爱了你。

H 盯了她一眼，紧抱着她，转了两个轮，继续地说，

——我翻头看见了你时，真不晓得看你好还是看马好了。

——我可不是一样吗。你看见我的时候，我已经看着你好一会了。你那兴奋的样子，真比一匹可爱的骏马好看啊！你的眼睛太好了。

她说着便把脸凑上他的脸去。

——T 是你的什么人？

——你问他干什么呢？

——不是像你一样是我的朋友吗？

——我说，可不可不留他在这儿，我们走了？

——你没有权力说这话呵。我和他是先约。我应许你的时间早已过了呢。

——那么，你说我的眼睛好有什么用？

——啊，真是小孩。谁叫你这样手足鲁钝。什么吃冰淇淋啦散步啦，一大堆唠苏。你知道 Love-making 是应该在汽车上风里干的吗？郊外是有绿荫的呵。我还未曾跟一个 gentleman 一块儿过过三个钟头以上呢。这是破例呵。

H 觉得华尔兹真像变了狐步舞了。他这会才摸出这怀里的人是什么一个女性。但是这时还不慢呢。他想他自己的男性魅力总不会在 T 之下的。可是音乐却已经停止了。他们回到桌子时，T 只一个人无聊地抽着香烟。于是他们饮，抽，谈，舞的过了一个多钟头时，忽然女人看看腕上的表说：

——那么，你们都在这儿玩玩去吧，我先走了。

——怎么，怎么啦？

H、T 两个人同一个声音，同样展着怪异的眼睛。

——不，我约一个人吃饭去，我要去换衣衫。你们坐坐去不是很好吗？那面几个女人都是很可爱的。

——但是，我们的约怎么了呢！今夜我已经去定好了呵。

——呵呵，老 T，谁约了你今夜不今夜。你的时候，你不自己享用，还要跳什么舞。你就把老 H 赶了走，他敢说什么。是吗，老 H，可是我们再见吧！

于是她凑近 H 的耳朵边，"你的眼睛真好呵，不是老 T 在这儿我一定非给它一只一个吻不可"，这样细声他说了几句话，微笑着拿起 Opera-bag 来，便留着两个呆得出神的人走去了。

(选自《都市风景线》，水沫书店 1930 年 4 月出版)

茅 盾

春　蚕

一

老通宝坐在"塘路"边的一块石头上,长旱烟管斜摆在他身边。"清明"节后的太阳已经很有力量,老通宝背脊上热烘烘地,像背着一盆火。"塘路"上拉纤的快班船上的绍兴人只穿了一件蓝布单衫,敞开了大襟,弯着身子拉,额角上黄豆大的汗粒落到地下。

看着人家那样辛苦的劳动,老通宝觉得身上更加热了;热的有点儿发痒。他还穿着那件过冬的破棉袄,他的夹袄还在当铺里,却不防才得"清明"边,天就那么热。

"真是天也变了!"

老通宝心里说,就吐一口浓厚的唾沫。在他面前那条"官河"内,水是绿油油的,来往的船也不多,镜子一样的水面这里那里起了几道皱纹或是小小的涡旋,那时候,倒影在水里的泥岸和岸边成排的桑树,都晃乱成灰暗的一片。可是不会很长久的。渐渐儿那些树影又在水面上显现,一弯一曲地蠕动,像是醉汉,再过一会儿,终于站定了,依然是很清晰的倒影。那拳头模样的椏枝顶都已经簇生着小手指儿那么大的嫩绿叶。这密密层层的桑树,沿着那"官河"一直望去,好像没有尽头。田里现在还只有干裂的泥块,这一带,现在是桑树的势力!在老通宝背后,也是大片的桑林,矮矮的,静穆的,在热烘烘的太阳光下,似乎那"桑拳"上的嫩绿叶过一秒钟就会大一些。

离老通宝坐处不远,一所灰白色的楼房蹲在"塘路"边,那是茧厂。十多天前驻扎过军队,现在那边田里留着几条短短的战壕。那时都说东洋兵要打进来,镇上有钱人都逃光了;现在兵队又开走了,那座茧厂依旧空关在那里,等候春茧上市的时候再热闹一番。老通宝也听得镇上小陈老爷的儿子——陈大少爷说过,今年上海不太平,丝厂都关门,恐怕这里的茧厂也不能开;但老通宝是不肯相信的。他活了六十岁,反乱年头也经过好几个,从没见过绿油油的桑叶白养在树上等到成了"枯叶"去喂羊吃;除非是"蚕花"

不熟,但那是老天爷的"权柄",谁又能够未卜先知?

"才得清明边,天就那么热!"

老通宝看着那些桑拳上怒茁的小绿叶儿,心里又这么想,同时有几分惊异,有几分快活。他记得自己还是二十多岁少壮的时候,有一年也是"清明"边就得穿夹,后来就是"蚕花二十四分",自己也就在这一年成了家。那时,他家正在"发";他的父亲像一头老牛似的,什么都懂得,什么都做得;便是他那创家立业的祖父,虽说在长毛窝里吃过苦头,却也愈老愈硬朗。那时候,老陈老爷去世不久,小陈老爷还没抽上鸦片烟,"陈老爷家"也不是现在那么不像样的。老通宝相信自己一家和"陈老爷家"虽则一边是高门大户,而一边不过是种田人,然而两家的运命好像是一条线儿牵着。不但"长毛造反"那时候,老通宝的祖父和陈老爷同被长毛掳去,同在长毛窝里混上了六七年,不但他们俩同时从长毛营盘里逃了出来,而且偷得了长毛的许多金元宝——人家到现在还是这么说;并且老陈老爷做丝生意"发"起来的时候,老通宝家养蚕也是年年都好,十年中间挣得了二十亩的稻田和十多亩的桑地,还有三开间两进的一座平屋。这时候,老通宝家在东村庄上被人人所妒羡,也正像"陈老爷家"在镇上是数一数二的大户人家。可是以后,两家都不行了;老通宝现在已经没有自己的田地,反欠出三百多块钱的债,"陈老爷家"也早已完结。人家都说"长毛鬼"在阴间告了一状,阎罗王追还"陈老爷家"的金元宝横财,所以败的这么快。这个,老通宝也有几分相信;不是鬼使神差,好端端的小陈老爷怎么会抽上了鸦片烟?

可是老通宝死也想不明白为什么"陈老爷家"的"败"会牵动到他家。他确实知道自己家并没得过长毛的横财。虽则听死了的老头子说,好像那老祖父逃出长毛营盘的时候,不巧撞着了一个巡路的小长毛,当时没法,只好杀了他,——这是一个"结"!然而从老通宝懂事以来,他们家替这小长毛鬼拜忏念佛烧纸锭,记不清有多少次了。这个小冤魂,理应早投凡胎。老通宝虽然不很记得祖父是怎样"做人",但父亲的勤俭忠厚,他是亲眼看见的;他自己也是规矩人,他的儿子阿四,儿媳四大娘,都是勤俭的。就是小儿子阿多年纪青,有几分"不知苦辣",可是毛头小伙子,大都这么着,算不得"败家相"!

老通宝抬起他那焦黄的皱脸,苦恼地望着他面前的那条河,河里的船,以及两岸的桑地。一切都和他二十多岁时差不了多少,然而"世界"到底变了。他自己家也要常常把杂粮当饭吃一天,而且又欠出了三百多块钱的债。

呜!呜,呜,呜,——

汽笛叫声突然从那边远远的河身的弯曲地方传了来。就在那边,蹲着又一个茧厂,远望去隐约可见那整齐的石"帮岸"。一条柴油引擎的小轮船很威严地从那茧厂后驶出来,拖着三条大船,迎面向老通宝来了。满河平静的水立刻激起泼刺刺的波浪,一齐向两旁的泥岸卷过来。一条乡下"赤膊船"赶快拢岸,船上人揪住了泥岸上的树根,船和人都好像在那里打秋千。轧轧轧的轮机声和洋油臭,飞散在这和平的绿的田野。老通宝满脸恨意,看着这小轮船来,看着它过去,直到又转一个弯,呜呜呜地又叫了几声,就看不见。老通宝向来仇恨小轮船这一类洋鬼子的东西!他从没见过洋鬼子,可是他从他的父亲嘴里知道老陈老爷见过洋鬼子:红眉毛,绿眼睛,走路时两条腿是直的。并且老陈老爷也是很恨洋鬼子,常常说"铜钿都被洋鬼子骗去了"。老通宝看见老陈老爷的时候,不过八九岁,——现在他所记得的关于老陈老爷的一切都是听来的,可是他想起了"铜钿都被洋鬼子骗去了"这句话,就仿佛看见了老陈老爷捋着胡子摇头的神气。

　　洋鬼子怎样就骗了钱去,老通宝不很明白。但他很相信老陈老爷的话一定不错。并且他自己也明明看到自从镇上有了洋纱,洋布,洋油,——这一类洋货,而且河里更有了小火轮船以后,他自己田里生出来的东西就一天一天不值钱,而镇上的东西却一天一天贵起来。他父亲留下来的一分家产就这么变小,变做没有,而且现在负了债。老通宝恨洋鬼子不是没有理由的!他这坚定的主张,在村坊上很有名。五年前,有人告诉他:朝代又改了,新朝代是要"打倒"洋鬼子的。老通宝不相信。为的他上镇去看见那新到的喊着"打倒洋鬼子"的年青人们都穿了洋鬼子衣服。他想来这伙年青人一定私通洋鬼子,却故意来骗乡下人。后来果然就不喊"打倒洋鬼子"了,而且镇上的东西更加一天一天贵起来,派到乡下人身上的捐税也更加多起来。老通宝深信这都是串通了洋鬼子干的。

　　然而更使老通宝去年几乎气成病的,是茧子也是洋种的卖得好价钱;洋种的茧子,一担要贵上十多块钱。素来和儿媳总还和睦的老通宝,在这件事上可就吵了架。儿媳四大娘去年就要养洋种的蚕。小儿子跟他嫂嫂是一路,那阿四虽然嘴里不多说,心里也是要洋种的。老通宝拗不过他们,末了只好让步。现在他家里有的五张蚕种,就是土种四张,洋种一张。

　　"世界真是越变越坏!过几年他们连桑叶都要洋种了!我活得厌了!"

　　老通宝看着那些桑树,心里说,拿起身边的长旱烟管恨恨地敲着脚边的泥块。太阳现在正当他头顶,他的影子落在泥地上,短短地像一段乌焦木头,还穿着破棉袄的他,觉得浑身躁热起来了。他解开了大襟上的钮扣,又抓着衣角扇了几下,站起来回家去。

　　那一片桑树背后就是稻田。现在大部分是匀整的半翻着的燥裂的泥块。偶尔也有种了杂粮的,那黄金一般的菜花散出强烈的香味。那边远远地一簇房屋,就是老通宝他们住了三代的村坊,现在那些屋上都袅起了白的炊烟。

老通宝从桑林里走出来,到田塍上,转身又望那一片爆着嫩绿的桑树。忽然那边田里跳跃着来了一个十来岁的男孩子,远远地就喊道:

"阿爹!妈等你吃中饭呢!"

"哦——"

老通宝知道是孙子小宝,随口应着,还是望着那一片桑林。才只得"清明"边,桑叶尖儿就抽得那么小指头儿似的,他一生就只见过两次。今年的蚕花,光景是好年成。三张蚕种,该可以采多少茧子呢?只要不像去年,他家的债也许可以拔还一些罢。

小宝已经跑到他阿爹的身边了,也仰着脸看那绿绒似的桑拳头;忽然他跳起来拍着手唱道:

"清明削口,看蚕娘娘拍手!"①

老通宝的皱脸上露出笑容来了。他觉得这是一个好兆头。他把手放在小宝的"和尚头"上摩着,他的被穷苦弄麻木了的老心里勃然又生出新的希望来了。

二

天气继续暖和,太阳光催开了那些桑拳头上的小手指儿模样的嫩叶,现在都有小小的手掌那么大了。老通宝他们那村庄四周围的桑林似乎发长得更好,远望去像一片绿锦平铺在密密层层灰白色矮矮的篱笆上。"希望"在老通宝和一般农民们的心里一点一点一天一天强大。蚕事的动员令也在各方面发动了。藏在柴房里一年之久的养蚕用具都拿出来洗刷修补。那条穿村而过的小溪旁边,蠕动着村里的女人和孩子,工作着,嚷着,笑着。

这些女人和孩子们都不是十分健康的脸色,——从今年开春起,他们都只吃个半饱;他们身上穿的,也只是些破旧的衣服。实在他们的情形比叫化子好不了多少。然而他们的精神都很不差。他们有很大的忍耐力,又有很大的幻想。虽然他们都负了天天在增大的债,可是他们那简单的头脑老是这么想:只要蚕花熟,就好了! 他们想像到一个月以后那些绿油油的桑叶就会变成雪白的茧子,于是又变成丁丁当当响的洋钱,他们虽然肚子里饿得咕咕地叫,却也忍不住要笑。

---

① 这是老通宝所在那一带乡村里关于"蚕事"的一种歌谣式的成语。所谓"削口"是方言,指桑叶抽发如指;"清明削口"谓清明边桑叶已抽放如许大也。"看"亦是方言,意同"饲"或"育"。全句谓清明边桑叶开绽则熟年可卜,故蚕妇拍手而喜。

这些女人中间也就有老通宝的媳妇四大娘和那个十二岁的小宝。这娘儿两个已经洗好了那些"团扁"和"蚕箪"①,坐在小溪边的石头上撩起布衫角揩脸上的汗水。

"四阿嫂!你们今年也看(养)洋种么?"

小溪对岸的一群女人中间有一个二十岁左右的姑娘隔溪喊过来了。四大娘认得是隔溪的对门邻舍陆福庆的妹子六宝。四大娘立刻把她的浓眉毛一挺,好像正想找人吵架似的嚷了起来:

"不要来问我!阿爹做主呢!——小宝的阿爹死不肯,只看了一张洋种!老糊涂的听得带一个洋字就好像见了七世冤家!洋钱,也是洋,他倒又要了!"

小溪旁那些女人们听得笑起来了。这时候有一个壮健的小伙子正从对岸的陆家稻场上走过,跑到溪边,跨上了那横在溪面用四根木头并排做成的雏形的"桥"。四大娘一眼看见,就丢开了"洋种"问题,高声喊道:

"多多弟!来帮我搬东西罢!这些扁,浸湿了,就像死狗一样重!"

小伙子阿多也不开口,走过来拿起五六只"团扁",湿漉漉地顶在头上,却空着一双手,划桨似的荡着,就走了。这个阿多高兴起来时,什么事都肯做,碰到同村的女人们叫他帮忙拿什么重家伙,或是下溪去捞什么,他都肯;可是今天他大概有点不高兴,所以只顶了五六只"团扁"去,却空着一双手。那些女人们看他戴了那特别大箬帽似的一叠"扁",袅着腰,学镇上女人的样子走着,又都笑起来了,老通宝家紧邻的李根生的老婆荷花一边笑,一边叫道:

"喂,多多头!回来!也替我带一点儿去!"

"叫我一声好听的,我就给你拿。"

阿多也笑着回答,仍然走。转眼间就到了他家的廊下,就把头上的"团扁"放在廊檐口。

"那么,叫你一声干儿子!"

荷花说着就大声的笑起来,她那出众地白净然而扁得作怪的脸上看去就好像只有一张大嘴和眯紧了好像两条线一般的细眼睛。她原是镇上人家的婢女,嫁给那不声不响整天苦着脸的半老头子李根生还不满半年,可是她的爱和男子们胡调已经在村中很有名。

"不要脸的!"

---

① 老通宝乡里称那圆桌面那样大、极像一个盘的竹器为"团扁";又一种略小而底部编成六角形网状的,称为"箪",方音读如"踏";蚕初收蚁时,在"箪"中养育,呼为"蚕箪",那是糊了纸的,这种纸通称"糊箪纸"。

忽然对岸那群女人中间有人轻声骂了一句。荷花的那对细眼睛立刻睁大了,怒声嚷道:

"骂哪一个?有本事,当面骂,不要躲!"

"你管得我?棺材横头踢一脚,死人肚里自得知;我就骂那不要脸的骚货!"

隔溪立刻回骂过来了,这就是那六宝,又一位村里有名淘气的大姑娘。

于是对骂之下,两边又泼水。爱闹的女人也夹在中间帮这边帮那边。小孩子们笑着狂呼。四大娘是老成的,提起她的"蚕箪",喊着小宝,自回家去。阿多站在廊下看着笑。他知道为什么六宝要跟荷花吵架;他看着那"辣货"六宝挨骂,倒觉得很高兴。

老通宝掮着一架"蚕台"①从屋子里出来。这三棱形家伙的木梗子有几条给白蚂蚁蛀过了,怕的不牢,须得修补一下。看见阿多站在那里笑嘻嘻地望着外边的女人们吵架,老通宝的脸色就板起来了。他这"多多头"的小儿子不老成,他知道。尤其使他不高兴的,是多多也和紧邻的荷花说说笑笑。"那母狗是白虎星,惹上了她就得败家",——老通宝时常这样警戒他的小儿子。

"阿多!空手看野景么?阿四在后边扎'缀头'②,你去帮他!"

老通宝像一匹疯狗似的咆哮着,火红的眼睛一直盯住了阿多的身体,直到阿多走进屋里去,看不见了,老通宝方才提过那"蚕台"来反复审察,慢慢地动手修补。木匠生活,老通宝早年是会的;但近来他老了,手指头没有劲,他修了一会儿,抬起头来喘气,又望望屋里挂在竹竿上的三张蚕种。

四大娘就在廊檐口糊"蚕箪"。去年他们为的想省几百文钱,是买了旧报纸来糊的。老通宝直到现在还说是因为用了报纸——不惜字纸,所以去年他们的蚕花不好。今年是特地全家少吃一餐饭,省下钱来买了"糊箪纸"来了。四大娘把那鹅黄色坚韧的纸儿糊得很平贴,然后又照品字式糊上三张小小的花纸——那是跟"糊箪纸"一块儿买来的,一张印的花色是"聚宝盆",另两张都是手执尖角旗的人儿骑在马上,据说是"蚕花太子"。

"四大娘!你爸爸做中人借来三十块钱,就只买了二十担叶。后来米又吃完了,怎么办?"

老通宝气喘喘地从他的工作里抬起头来,望着四大娘。那三十块钱是二分半的月息。总算有四大娘的父亲张财发做中人,那债主也就是张财发

---

① "蚕台"是三棱式可以折起来的木架子,像三张梯连在一处的家伙;中分七八格,每格可放一团扁。

② "缀头"也是方音,是稻草扎的,蚕在上面做茧子。

的东家"做好事",这才只要了二分半的月息。条件是蚕事完后本利归清。

四大娘把糊好了的"蚕箪"放在太阳底下晒,好像生气似的说:

"都买了叶!又像去年那样多下来——"

"什么话!你倒先来发利市了!年年像去年么?自家只有十来担叶;五张布子(蚕种),十来担叶够么?"

"噢,噢;你总是不错的!我只晓得有米烧饭,没米饿肚子!"

四大娘气哄哄地回答;为了那"洋种"问题,她到现在常要和老通宝抬杠。

老通宝气得脸都紫了。两个人就此再没有一句话。

但是"收蚕"的时期一天一天逼近了。这二三十人家的小村落突然呈现了一种大紧张,大决心,大奋斗,同时又是大希望。人们似乎连肚子饿都忘记了。老通宝他家东借一点,西赊一点,居然也一天一天过着来。也不仅老通宝他们,村里哪一家有两三斗米放在家里呀!去年秋收固然还好,可是地主、债主、正税、杂捐,一层一层地剥削来,早就完了。现在他们唯一的指望就是春蚕,一切临时借贷都是指明在这"春蚕收成"中偿还。

他们都怀着十分希望又十分恐惧的心情来准备这春蚕的大搏战!

"谷雨"节一天近一天了。村里二三十人家的"布子"都隐隐现出绿色来。女人们在稻场上碰见时,都匆忙地带着焦灼而快乐的口气互相告诉道:

"六宝家快要'窝种'①了呀!"

"荷花说她家明天就要'窝'了。有这么快!"

"黄道士去测一字,今年的青叶要贵到四洋!"

四大娘看自家的五张"布子"。不对!那黑芝麻似的一片细点子还是黑沉沉,不见绿影。她的丈夫阿四拿到亮处去细看,也找不出几点"绿"来。四大娘很着急。

"你就先'窝'起来罢!这余杭种,作兴是慢一点的。"

阿四看着他老婆,勉强自家宽慰。四大娘堵起了嘴巴不回答。

老通宝哭丧着干瘪的老脸,没说什么,心里却觉得不妙。

幸而再过了一天,四大娘再细心看那"布子"时,哈,有几处转成绿色了!而且绿的很有光彩。四大娘立刻告诉了丈夫,告诉了老通宝,多多头,也告诉了她的儿子小宝。她就把那些布子贴肉揾在胸前,抱着吃奶的婴孩似的静静儿坐着,动也不敢多动了。夜间,她抱着那五张布子到被窝里,把阿四赶去和多多头做一床。那布子上密密麻麻的蚕子儿贴着肉,怪痒痒的;

---

① "窝种"也是老通宝乡里的习惯;蚕种转成绿色后就得把来贴肉揾着,约三四天后,蚕蚁孵出,就可以"收蚕"。这工作是女人做的。"窝"是方音,意即"揾"也。

四大娘很快活,又有点儿害怕,她第一次怀孕时胎儿在肚子里动,她也是那样半惊半喜的!

全家都是惴惴不安地又很兴奋地等候"收蚕"。只有多多头例外。他说:今年蚕花一定好,可是想发财却是命里不曾来。老通宝骂他多嘴,他还是要说。

蚕房早已收拾好了。"窝种"的第二天,老通宝拿一个大蒜头涂上一些泥,放在蚕房的墙脚边;这也是年年的惯例,但今番老通宝更加虔诚,手也抖了。去年他们"卜"①的非常灵验。可是去年那"灵验",现在老通宝想也不敢想。

现在这村里家家都在"窝种"了。稻场上和小溪边顿时少了那些女人们的踪迹。一个"戒严令"也在无形中颁布了;乡农们即使平日是最好的,也不往来;人客来冲了蚕神不是玩的!他们至多在稻场上低声交谈一二句就走开。这是个"神圣"的季节。

老通宝家的五张布子上也有些"乌娘"②蠕蠕地动了。于是全家的空气,突然紧张。那正是"谷雨"前一日。四大娘料来可以挨过了"谷雨"节那一天③。布子不须再"窝"了,很小心地放在"蚕房"里,老通宝偷眼看一下那个躺在墙脚边的大蒜头,他心里就一跳。那大蒜头上还只有一两茎绿芽!老通宝不敢再看,心里祷祝后天正午会有更多更多的绿芽。

终于"收蚕"的日子到了。四大娘心神不定地淘米烧饭,时时看饭锅上的热气有没有直冲上来。老通宝拿出预先买了来的香烛点起来,恭恭敬敬放在灶君神位前。阿四和阿多去到田里采野花。小小宝帮着把灯芯草剪成细末子,又把采来的野花揉碎。一切都准备齐全了时,太阳也近午刻了,饭锅上水蒸气嘟嘟地直冲,四大娘立刻跳了起来,把"蚕花"④和一对鹅毛插在发髻上,就到"蚕房"里。老通宝拿着秤杆,阿四拿了那揉碎的野花片儿和灯芯草碎末。四大娘揭开"布子",就从阿四手里拿过那野花碎片和灯芯草末子撒在"布子"上,又接过老通宝手里的秤杆来,将"布子"挽在秤杆上,于是拔下发髻上的鹅毛在布子上轻轻儿拂;野花片,灯芯草末子,连同"乌娘",都拂在那"蚕箪"里了。一张,两张,……都拂过了;最后一张是洋种,那就收住另一个"蚕箪"里。末了,四大娘又拔下发髻上那朵"蚕花",跟鹅

---

① 用大蒜头来"卜"蚕花好否,是老通宝乡里的迷信。收蚕前两三天,以大蒜涂泥置蚕房中,至收蚕那天拿来看,蒜叶多主蚕熟,少则不熟。

② 老通宝乡间称初生的蚕蚁为"乌娘";这也是方音。

③ 老通宝乡里的习惯,"收蚕"——即收蚁,须得避过谷雨一天,或上或下都可以,但不能正在谷雨那一天。什么理由,可不知道。

④ "蚕花"是一种纸花,预先买下来的。这些迷信的仪式,各处小有不同。

毛一块插在"蚕箪"的边儿上。

这是一个隆重的仪式！千百年相传的仪式！那好比是誓师典礼，以后就要开始了一个月光景的和恶劣的天气和恶运以及和不知什么的连日连夜无休息的大决战！

"乌娘"在"蚕箪"里蠕动，样子非常强健；那黑色也是很正路的。四大娘和老通宝他们都放心地松一口气了。但当老通宝悄悄地把那个"命运"的大蒜头拿起来看时，他的脸色立刻变了！大蒜头上还只得三四茎嫩芽！天哪！难道又同去年一样？

三

然而那"命运"的大蒜头这次竟不灵验。老通宝家的蚕非常好！虽然头眠二眠的时候连天阴雨，气候是比"清明"边似乎还要冷一点，可是那些"宝宝"都很强健。

村里别人家的"宝宝"也都不差。紧张的快乐弥漫了全村庄，似那小溪里琮琮的流水也像是朗朗的笑声了。只有荷花家是例外。她们家看了一张"布子"，可是"出火"①只称得二十斤；"大眠"快边人们还看见那不声不响晦气色的丈夫根生倾弃了三"蚕箪"在那小溪里。

这一件事，使得全村的妇人对于荷花家特别"戒严"。她们特地避路，不从荷花的门前走，远远的看见了荷花或是她那不声不响丈夫的影儿就赶快躲开；这些"出火"也是方言，是指"二眠"以后的"三眠"；因为"眠"时特别烦，所以叫"出火"。幸运的人儿惟恐看了荷花他们一眼或是交谈半句话就传染了晦气来！

老通宝严禁他的小儿子多多头跟荷花说话。——"你再跟那东西多嘴，我就告你忤逆！"老通宝站在廊檐外高声大气喊，故意要叫荷花他们听得。

小小宝也受到严厉的嘱咐，不许跑到荷花家的门前，不许和他们说话。

阿多像一个聋子似的不理睬老头子那早早夜夜的唠叨，他心里却在暗笑。全家就只有他不大相信那些鬼禁忌。可是他也没有跟荷花说话，他忙都忙不过来。

"大眠"捉了毛三百斤，老通宝全家连十二岁的小宝也在内，都是两日两夜没有合眼。蚕是少见的好，活了六十岁的老通宝记得只有两次是同样的，一次就是他成家的那年，又一次是阿四出世那一年。"大眠"以后的"宝

---

① "出火"也是方言，是指"二眠"以后的"三眠"；因为"眠"时特别烦，所以叫"出火"。

宝"第一天就吃了七担叶,个个是生青滚壮,然而老通宝全家都瘦了一圈,失眠的眼睛上布满了红丝。

谁也料得到这些"宝宝"上山前还得吃多少叶。老通宝和儿子阿四商量了:

"陈大少爷借不出,还是再求财发的东家罢?"

"地头上还有十担叶,够一天。"

阿四回答,他委实是支撑不住了,他的一双眼皮像有几百斤重,只想合下来。

老通宝却不耐烦了,怒声喝道:

"说什么梦话!刚吃了两天老蚕呢。明天不算,还得吃三天,还要三十担叶,三十担!"

这时外边稻场上忽然人声喧闹,阿多押了新发来的五担叶来了。于是老通宝和阿四的谈话打断,都出去"捋叶"。四大娘也慌忙从蚕房里钻出来。隔溪陆家养的蚕不多,那大姑娘六宝抽得出工夫,也来帮忙了。那时星光满天,微微有点风,村前村后都断断续续传来了吆喝和欢笑,中间有一个粗暴的声音嚷道:

"叶行情飞涨了!今天下午镇上开到四洋一担!"

老通宝偏偏听得了,心里急得什么似的。四块钱一担,三十担可要一百二十块呢,他哪来这许多钱!但是想到茧子总可以采五百多斤,就算五十块钱一百斤,也有这么二百五,他又心里一宽。那边"捋叶"的人堆里忽然又有一个小小的声音说:

"听说东路不大好,看来叶价钱涨不到多少的!"

老通宝认得这声音是陆家的六宝。这使他心里又一宽。

那六宝是和阿多同站在一个筐子边"捋叶"。在半明半暗的星光下,她和阿多靠得很近。忽然她觉得在那"杠条"①的隐蔽下,有一只手在她大腿上拧了一把。好像知道是谁拧的,她忍住了不笑,也不声张。蓦地那手又在她胸前摸了一把,六宝直跳起来,出惊地喊了一声:

"嗳哟!"

"什么事?"

同在那筐子边捋叶的四大娘问了,抬起头来。六宝觉得自己脸上热烘烘了,她偷偷地瞪了阿多一眼,就赶快低下头,很快地捋叶,一面回答:

"没有什么。想来是毛毛虫刺了我一下。"

阿多咬住了嘴唇暗笑。虽然在这半个月来也是半饱而且少睡,也瘦了

---

① "杠条"也是方言,指那些带叶的桑树枝条。通常采叶是连枝条剪下来的。

许多了,他的精神可还是很饱满。老通宝那种忧愁,他是永远没有的。他永不相信靠一次蚕花好或是田里熟,他们就可以还清了债再有自己的田;他知道单靠勤俭工作,即使做到背脊骨折断也是不能翻身的。但是他仍旧很高兴地工作着,他觉得这也是一种快活,正像和六宝调情一样。

第二天早上,老通宝就到镇里去想法借钱来买叶。临走前,他和四大娘商量好,决定把他家那块出产十五担叶的桑地去抵押。这是他家最后的产业。

叶又买来了三十担。第一批的十担发来时,那些壮健的"宝宝"已经饿了半点钟了。"宝宝"们尖出了小嘴巴,向左向右乱晃,四大娘看得心酸。叶铺了上去,立刻蚕房里充满着萨萨萨的响声,人们说话也不大听得清。不多一会儿,那些"团扁"里立刻又全见白了,于是又铺上厚厚的一层叶。人们单是"上叶"也就忙得透不过气来。但这是最后五分钟了。再得两天,"宝宝"可以上山。人们把剩余的精力榨出来拚死命干。

阿多虽然接连三日三夜没有睡,却还不见怎么倦。那一夜,就由他一个人在"蚕房"里守那上半夜,好让老通宝以及阿四夫妇都去歇一歇。那是个好月夜,稍稍有点冷。蚕房里煨了一个小小的火。阿多守到二更过,上了第二次的叶,就蹲在那个"火"旁边听那些"宝宝"萨萨萨地吃叶。渐渐儿他的眼皮合上了。恍惚听得有门响,阿多的眼皮一跳,睁开眼来看了看,就又合上了。他耳朵里还听得萨萨萨的声音和屑索屑索的怪声。猛然一个踉跄,他的头在自己膝头上磕了一下,他惊醒过来,恰就听得蚕房的芦帘拍叉一声响,似乎还看见有人影一闪。阿多立刻跳起来,到外面一看,门是开着,月光下稻场上有一个人正走向溪边去。阿多飞也似跳出去,还没看清那人是谁,已经把那人抓过来摔在地下。他断定了这是一个贼。

"多多头!打死我也不怨你,只求你不要说出来!"

是荷花的声音,阿多听真了时不禁浑身的汗毛都竖了起来。月光下他又看见那扁得作怪的白脸儿上一对细圆的眼睛定定地看住了他。可是恐怖的意思那眼睛里也没有。阿多哼了一声,就问道:

"你偷什么?"

"我偷你们的宝宝!"

"放到哪里去了?"

"我扔到溪里去了!"

阿多现在也变了脸色。他这才知道这女人的恶意是要冲克他家的"宝宝"。

"你真心毒呀!我们家和你们可没有冤仇!"

"没有么?有的,有的!我家自管蚕花不好,可并没害了谁,你们都是好的!你们怎么把我当作白老虎,远远地望见我就别转了脸?你们不把我当人看待!"

那妇人说着就爬了起来,脸上的神气比什么都可怕。阿多瞅着那妇人好半晌,这才说道:

"我不打你,走你的罢!"

阿多头也不回的跑回家去,仍在"蚕房"里守着。他完全没有睡意了。他看那些"宝宝",都是好好的。他并没想到荷花可恨或可怜,然而他不能忘记荷花那一番话;他觉到人和人中间有什么地方是永远弄不对的,可是他不能够明白想出来是什么地方,或是为什么。再过一会儿,他就什么都忘记了。"宝宝"是强健的,像有魔法似的吃了又吃,永远不会饱!

以后直到东方快打白了时,没有发生事故。老通宝和四大娘来替换阿多了,他们拿那些渐渐身体发白而变短了的"宝宝"在亮处照着,看是"有没有通"。他们的心被快活胀大了。但是太阳出山时四大娘到溪边汲水,却看见六宝满脸严重地跑过来悄悄地问道:

"昨夜二更过,三更不到,我远远地看见那骚货从你们家跑出来,阿多跟在后面,他们站在这里说了半天话呢!四阿嫂!你们怎么不管事呀?"

四大娘的脸色立刻变了,一句话也没说,提了水桶就回家去,先对丈夫说了,再对老通宝说。这东西竟偷进人家"蚕房"来了,那还了得!老通宝气得直跺脚,马上叫了阿多来查问。但是阿多不承认,说六宝是做梦见鬼。老通宝又去找六宝询问。六宝是一口咬定了看见的。老通宝没有主意,回家去看那"宝宝",仍然是很健康,瞧不出一些败相来。

但是老通宝他们满心的欢喜却被这件事打消了。他们相信六宝的话不会毫无根据。他们唯一的希望是那骚货或者只在廊檐口和阿多鬼混了一阵。

"可是那大蒜头上的苗却当真只有三四茎呀!"

老通宝自心里这么想,觉得前途只是阴暗。可不是,吃了许多叶去,一直落来都很好,然而上了山却干僵了的事,也是常有的。不过老通宝无论如何不敢想到这上头去;他以为即使是肚子里想,也是不吉利。

四

"宝宝"都上山了,老通宝他们还是捏着一把汗。他们钱都花光了,精力也绞尽了,可是有没有报酬呢,到此时还没有把握。虽则如此,他们还是硬着头皮去干。"山棚"下爇了火,老通宝和阿四他们伛着腰慢慢地从这边蹲到那边,又从那边蹲到这边。他们听得山棚上有些屑屑索索的细声音①,他们就忍不住想笑,过一会儿又不听得了,他们的心就重甸甸地往下沉了。这样地,心是焦灼着,却不敢向山棚上望。偶或他们仰着的脸上淋到了一滴蚕尿了②,虽然觉得有点难过,他们心里却快活;他们巴不得多淋一些。

阿多早已偷偷地挑开"山棚"外围着的芦帘望过几次了。小小宝看见,就扭住了阿多,问"宝宝"有没有做茧子。阿多伸出舌头做一个鬼脸,不回答。

"上山"后三天,息火了。四大娘再也忍不住,也偷偷地挑开芦帘角看了一眼,她的心立刻卜卜地跳了。那是一片雪白,几乎连"缀头"都瞧不见;那是四大娘有生以来从没有见过的"好蚕花"呀!老通宝全家立刻充满了欢笑。现在他们一颗心定下来了!"宝宝"们有良心,四洋一担的叶不是白吃的;他们全家一个月的忍饿失眠总算不冤枉,天老爷有眼睛!

同样的欢笑声在村里到处都起来了。今年蚕花娘娘保佑这小小的村子。二三十人家都可以采到七八分,老通宝家更是比众不同,估量来总可以采一个十二三分。

小溪边和稻场上现在又充满了女人和孩子们。这些人都比一个月前瘦了许多,眼眶陷进了,嗓子也发沙,然而都很快活兴奋。她们嘈嘈地谈论那一个月内的"奋斗"时,她们的眼前便时时现出一堆堆雪白的洋钱,她们那快乐的心里便时时闪过了这样的盘算:夹衣和夏衣都在当铺里,这可先得赎出来;过端阳节也许可以吃一条黄鱼。

那晚上荷花和阿多的把戏也是她们谈话的资料。六宝见了人就宣传荷花的"不要脸,送上门去!"男人们听了就粗暴地笑着,女人们念一声佛,骂一句,又说老通宝家总算幸气,没有犯克,那是菩萨保佑,祖宗有灵!

接着是家家都"浪山头"了,各家的至亲好友都来"望山头"③。老通宝的亲家张财发带了小儿子阿九特地从镇上来到村里。他们带来的礼物,是软糕、线粉、梅子、枇杷,也有咸鱼。小小宝快活得好像雪天的小狗。

"通宝,你是卖茧子呢,还是自家做丝?"

张老头子拉老通宝到小溪边一棵杨柳树下坐了,这么悄悄地问。这张老头子张财发是出名"会寻快活"的人,他从镇上城隍庙前露天的"说书场"听来了一肚子的疙瘩东西;尤其烂熟的,是《十八路反王,七十二处烟尘》,程咬金卖柴扒,贩私盐出身,瓦岗寨做反王的《隋唐演义》。他向来说话"没

---

① 蚕在山棚上受到热,就往"缀头"柴上爬,所以有屑索屑索的声音。这是蚕要做茧子时的第一步手续。爬不上去的,不是健康的蚕,多半不能作茧。

② 据说蚕在作茧以前必撒一泡尿,而这尿是黄色的。

③ "浪山头"在息火后一日举行,那时蚕已成茧,山棚四周的芦帘撤去。"浪"是"亮出来"的意思。"望山头"是来探望"山头",有慰问祝颂的意思。"望山头"的礼物也有定规。

正经",老通宝是知道的;所以现在听得问是卖茧子或者自家做丝,老通宝并没把这话看重,只随口回答道:

"自然卖茧子。"

张老头子却拍着大腿叹一口气。忽然他站了起来,用手指着村外那一片秃头桑林后面耸露出来的茧厂的风火墙说道:

"通宝!茧子是采了,那些茧厂的大门还关得紧洞洞呢!今年茧厂不开秤!——十八路反王早已下凡,李世民还没出世;世界不太平!今年茧厂关门,不做生意!"

老通宝忍不住笑了,他不肯相信。他怎么能够相信呢?难道那"五步一岗"似的比露天毛坑还要多的茧厂会一齐都关了门不做生意?况且听说和东洋人也已"讲拢",不打仗了,茧厂里驻的兵早已开走。

张老头子也换了话,东拉西扯讲镇里的"新闻",夹着许多"说书场"上听来的什么秦叔宝,程咬金。最后,他代他的东家催那三十块钱的债,为的他是"中人"。

然而老通宝到底有点不放心。他赶快跑出村去,看看"塘路"上最近的两个茧厂,果然大门紧闭,不见半个人;照往年说,此时应该早已摆开了柜台,挂起了一排乌亮亮的大秤。

老通宝心里也着慌了,但是回家去看见了那些雪白发光很厚实硬古古的茧子,他又忍不住嘻开了嘴。上好的茧子!会没有人要,他不相信。并且他还要忙着采茧,还要谢"蚕花利市"①,他渐渐不把茧厂的事放在心上了。

可是村里的空气一天一天不同了。才得笑了几声的人们现在又都是满脸的愁云。各处茧厂都没开门的消息陆续从镇上传来,从"塘路"上传来。往年这时候,"收茧人"像走马灯似的在村里巡回,今年没见半个"收茧人",却换替着来了债主和催粮的差役。请债主们就收了茧子罢,债主们板起面孔不理。

全村子都是嚷骂,诅咒,和失望的叹息!人们做梦也不会想到今年"蚕花"好了,他们的日子却比往年更加困难。这在他们是一个青天的霹雳!并且愈是像老通宝他们家似的,蚕愈养得多,愈好,就愈加困难,——"真正世界变了!"老通宝捶胸跺脚地没有办法。然而茧子是不能搁久了的,总得赶快想法;不是卖出去,就是自家做丝。村里有几家已经把多年不用的丝车拿出来修理,打算自家把茧做成了丝再说。六宝家也打算这么办。老通宝便也和儿子媳妇商量道:

---

① 老通宝乡里的风俗,"大眠"以后得拜一次"利市",采茧以后,也是一次。经济窘的人家只举行了"谢蚕花利市","拜利市"也是方言,意即"谢神"。

"不卖茧子了,自家做丝!什么卖茧子,本来是洋鬼子行出来的!"

"我们有四百多斤茧子呢,你打算摆几部丝车呀!"

四大娘首先反对了。她这话是不错的。五百斤的茧子可不算少,自家做丝万万干不了。请帮手么?那又得花钱。阿四是和他老婆一条心。阿多抱怨老头子打错了主意,他说:

"早依了我的话,扣住自己的十五担叶,只看一张洋种,多么好!"

老通宝气得说不出话来。

终于一线希望忽又来了。同村的黄道士不知从哪里得的消息,说是无锡脚下的茧厂还是照常收茧。黄道士也是一样的种田人,并非吃十方的"道士",向来和老通宝最说得来。于是老通宝去找那黄道士详细问过了以后,便又和儿子阿四商量把茧子弄到无锡脚下去卖。老通宝虎起了脸,像吵架似的嚷道:

"水路去有三十多九①呢!来回得六天!他妈的!简直是充军!可是你有别的办法么?茧子当不得饭吃,蚕前的债又逼紧来!"

阿四也同意了。他们去借了一条赤膊船,买了几张芦席,赶那几天正是好晴,又带了阿多。他们这卖茧子的"远征军"就此出发。

五天以后,他们果然回来了;但不是空船,船里还有一筐茧子没有卖出。原来那三十多九水路远的茧厂挑剔得非常苛刻:洋种茧一担只值三十五元,土种茧一担二十元,薄茧不要。老通宝他们的茧子虽然是上好的货色,却也被茧厂里挑剩了那么一筐,不肯收买。老通宝他们实卖得一百十一块钱,除去路上盘川,就剩了整整的一百元,不够偿还买青叶所借的债!老通宝路上气得生病了,两个儿子扶他到家。

打回来的八九十斤茧子,四大娘只好自家做丝了。她到六宝家借了丝车,又忙了五六天。家里米又吃完了。叫阿四拿那丝上镇里去卖,没有人要;上当铺当铺也不收。说了多少好话,总算把清明前当在那里的一石米换了出来。

就是这么着,因为春蚕熟,老通宝一村的人都增加了债!老通宝家为的养了五张布子的蚕,又采了十多分的好茧子,就此白赔上十五担叶的桑地和三十块钱的债!一个月光景的忍饿熬夜还都不算!

1932 年 11 月 1 日

(原载 1932 年 11 月 1 日《现代》第 2 卷第 1 期)

---

① 老通宝乡间计算路程都以"九"计;"一九"就是九里。"十九"是九十里,"三十多九"就是三十多个"九里"。

穆时英

夜总会里的五个人

一　五个从生活里跌下来的人

一九三二年四月六日星期六下午：
金业交易所里边挤满了红着眼珠子的人。
标金的跌风用一小时一百基罗米突的速度吹着把那些人吹成野兽,吹去了理性,吹去了神经。
胡钧益满不在乎地笑。他说：
"怕什么呢？再过五分钟就转涨风了！"
过了五分钟,——
"六百两进关了！"
交易所里又起了谣言："东洋大地震！"
"八十七两！"
"三十二两！"
"七钱三！"
（一个穿毛葛袍子,嘴犄角儿咬着象牙烟嘴的中年人猛的晕倒了。）
标金的跌风加速地吹着。
再过五分钟,胡钧益把上排的牙齿,咬着下嘴唇——
嘴唇碎了的时候,八十万家产也叫标金的跌风吹破了。
嘴唇碎了的时候,一颗坚强的近代商人的心也碎了。

一九三二年四月六日星期六下午：
郑萍坐在校园里的池旁。一对对的恋人从他前面走过去。他睁着眼看；他在等,等着林妮娜。
昨天晚上他送了只歌谱去,在底下注着：
"如果你还允许我活下去的话,请你明天下午到校园里的池旁来。为了你,我是连头发也愁白了！"

林妮娜并没把歌谱退回来——一晚上,郑萍的头发又变黑啦。

今天他吃了饭就在这儿等,一面等,一面想:

"把一个钟头分为六十分钟,一分钟分为六十秒,那种分法是不正确的。要不然,为什么我只等了一点半钟,就觉得胡髭又在长起来了呢?"

林妮娜来了,和那个长腿汪一同地。

"Hey,阿萍,等谁呀?"长腿汪装鬼脸。

林妮娜歪着脑袋不看他。

他哼着歌谱里的句子:

"陌生人啊!

从前我叫你我的恋人,

现在你说我是陌生人!

陌生人啊!

从前你说我是你的奴隶,

现在你说我是陌生人!

陌生人啊……"

林妮娜拉了长腿汪往外走,长腿汪回过脑袋来再向他装鬼脸。他把上面的牙齿,咬着下嘴唇:——

嘴唇碎了的时候,郑萍的头发又白了。

嘴唇碎了的时候,郑萍的胡髭又从皮肉里边钻出来了。

一九三二年四月六日星期六下午:

霞飞路,从欧洲移殖过来的街道。

在浸透了金黄色的太阳光和铺满了阔树叶影子的街道上走着。在前面走着的一个年轻人忽然回过脑袋来看了她一眼,便和旁边的还有一个年轻人说起话来。

她连忙竖起耳朵来听:

年轻人甲——"五年前顶抖的黄黛茜吗!"

年轻人乙——"好眼福!生得真……阿门!"

年轻人甲——"可惜我们出世太晚了!阿门!女人是过不得五年的!"

猛的觉得有条蛇咬住了她的心,便横冲到对面的街道上去。一抬脑袋瞧见橱窗里自家儿的影子——青春是从自家儿身上飞到别人身上去了。

"女人是过不得五年的!"

便把上面的牙齿咬紧了下嘴唇:——

嘴唇碎了的时候,心给那蛇吞了。

嘴唇碎了的时候,她又跑进买装饰品的法国铺子里去了。

一九三二年四月六日星期六下午：

季洁的书房里。

书架上放满了各种版本的莎士比亚的 Hamlet，日译本、德译本、法译本、俄译本、西班牙译本……甚至于土耳其文的译本。

季洁坐在那儿抽烟，瞧着那烟往上腾，飘着，飘着。忽然他觉得全宇宙都化了烟往上腾——各种版本的 Hamlet 张着嘴跟他说起话来啦：

"你是什么？我是什么？什么是你？什么是我？"

季洁把上面的牙齿咬着下嘴唇。

"你是什么？我是什么？什么是你？什么是我，"

嘴唇碎了的时候，各种版本的 Hamlet 笑了。

嘴唇碎了的时候，他自家儿也变了烟往上腾了。

一九三二年四月六日——星期六下午

市政府。

一等书记缪宗旦忽然接到了市长的手书。

在这儿干了五年，市长换了不少，他却生了根似地，只会往上长，没降过一次级，可是也从没接到过市长的手书。

在这儿干了五年，每天用正楷写小字，坐沙发，喝清茶，看本埠增刊，从不迟到，从不早走，把一肚皮的野心，梦想，和罗曼史全扔了。

在这儿干了五年，从没接到过市长的手书！今儿忽然接到了市长的手书，便怀着那种谨慎心情拆了开来。谁知道呢？是封撤职书。

一会儿，地球的末日到啦！

他不相信：

"我做错了什么事呢？"

再看了两遍，撤职书还是撤职书。

他把上面的牙齿咬着下嘴唇：——

嘴唇破了的时候，墨盒里的墨他不用再磨了。

嘴唇破了的时候，会计科主任把他的薪水送来了。

二　星期六晚上

厚玻璃的旋转门：停着的时候，像荷兰的风车；动着的时候，像水晶柱子。

五点到六点，全上海几十万辆的汽车从东部往西部冲锋。

可是办公处的旋转门像了风车,饭店的旋转门便像了水晶柱子。人在街头站住了,交通灯的红光潮在身上泛溢着,汽车从鼻子前擦过去。水晶柱子似的旋转门一停,人马上就鱼似地游进去。

星期六晚上的节目单是:

1. 一顿丰盛的晚宴,里边要有冰水和冰淇淋;

2. 找恋人;

3. 进夜总会;

4. 一顿滋补的点心,冰水,冰淇淋和水果绝对禁止。

(附注:醒回来是礼拜一了——因为礼拜日是公息日。)

吃完了 Chickenalaking 是水果,是黑咖啡。恋人是 Chickenalaking 那么娇嫩的,水果那么新鲜的。可是她的灵魂是咖啡那么黑色的……伊甸园里逃出来的蛇啊!

星期六晚上的世界是在爵士的轴子上回旋着的"卡通"的地球,那么轻快,那么疯狂地;没有了地心吸力,一切都建筑在空中。

星期六的晚上,是没有理性的日子。

星期六的晚上,是法官也想犯罪的日子。

星期六的晚上,是上帝进地狱的日子。

带着女人的人全忘了民法上的诱奸律,每一个让男子带着的女子全说自己还不满十八岁,在暗地里伸一伸舌尖儿。开着车的人全忘了在前面走着的,因为他的眼珠子正在玩赏着恋人身上的风景线,他的手却变了触角。

星期六的晚上,不做贼的人也偷了东西,顶爽直的人也满肚皮是阴谋,基督教徒说了谎话,老年人拼着命吃返老还童药片,老练的女人全预备了 Kissproof 的点唇膏。……

街:——

(普益地产公司每年纯利达资本三分之一

100000 两

东三省沦亡了吗

没有 东三省的义军还在雪地和日寇作殊死战

同胞们快来加入月捐会

《大陆报》销路已达五万份

一九三三年宝塔克

自由吃排)

《大晚夜报》!卖报的孩子张着蓝嘴,嘴里有蓝的牙齿和蓝的舌尖儿,他对面的那只蓝霓红灯的高跟儿鞋尖正冲着他的嘴。

《大晚夜报》!忽然他又有了红嘴,从嘴里伸出舌尖儿来,对面的那只大酒瓶里倒出葡萄酒来了。

红的街,绿的街,蓝的街,紫的街……强烈的色调化装着的都市啊!霓红灯跳跃着——五色的光潮,变化着的光潮,没有色的光潮——泛滥着光潮的天空,天空中有了酒,有了烟,有了高跟儿鞋,也有了钟……

请喝白马牌威士忌酒……吉士烟不伤吸者咽喉……

亚力山大鞋店,约翰生酒铺,拉萨罗烟商,德茜音乐铺,朱古力糖果铺,国泰大戏院,汉密而登旅社……

回旋着,永远回旋着的霓虹灯——

忽然霓虹灯固定了:

"皇后夜总会"

玻璃门开的时候,露着张印度人的脸;印度人不见了,玻璃门也关啦。门前站着个穿蓝褂子的人,手里拿着许多白哈吧狗儿,吱吱地叫着。

一只大青蛙,睁着两支大圆眼爬过来啦,肚子贴着地,在玻璃门前吱的停了下来。低着脑袋,从车门里出来了那么漂亮的一位小姐,后边儿跟着钻出来了一位穿晚礼服的绅士,马上把小姐的胳膊拉上了。

"咱们买个哈吧狗儿。"

绅士马上掏出一块钱来,拿了支哈吧狗给小姐。

"怎么谢我?"

小姐一缩脖子,把舌尖冲着他一吐,绉着鼻子做了个鬼脸。

"Charming, Dear!"

便按着哈吧狗儿的肚子,让它吱吱地叫着,跑了进去。

三 五个快乐的人

白的台布,白的台布,白的台布,白的台布……白的——

白的台布上面放着:黑的啤酒,黑的咖啡,……黑的,黑的……

白的台布旁边坐着的穿晚礼服的男子:黑的和白的一堆:黑头发,白脸,黑眼珠子,白领子,黑领结,白的浆褶衬衫,黑外褂,白背心,黑裤子……黑的和白的……

白的台布后边站着侍者,白衣服,黑帽子,白裤子上一条黑镶边……

白人的快乐,黑人的悲哀。非洲黑人吃人典礼的音乐,那大雷和小雷似的鼓声,一只大号角呜呀呜的,中间那片地板上,一排没落的斯拉夫公主们在跳着黑人的跺跶舞,一条条白的腿在黑缎裹着的身子下面弹着:——

得得得——得达!

又是黑和白的一堆!为什么在她们的胸前给镶上两块白的缎子,小腹那儿镶上一块白的缎子呢？跳着，斯拉夫的公主们；跳着，白的腿，白的胸噗儿和白的小腹；跳着，白的和黑的一堆……白的和黑的一堆。全场的人全害了疟疾。疟疾的音乐啊，非洲的林莽里是有毒蚊子的。

哈吧狗从扶梯那儿叫上来。玻璃门开啦，小姐在前面，绅士在后面。

"你瞧，彭洛夫班的猎舞！"

"真不错！"绅士说。

舞客的对话：

"瞧，胡钧益！胡钧益来了。"

"站在门口的那个中年人吗？"

"正是。"

"旁边那个女的是谁呢？"

"黄黛茜吗！嗳，你这人怎么的！黄黛茜也不认识。"

"黄黛茜那会不认识。这不是黄黛茜！"

"怎么不是？谁说不是？我跟你赌！"

"黄黛茜没这么年青！这不是黄黛茜！"

"怎么没这么年青，她还不过三十岁左右吗！"

"那边儿那个女的有三十岁吗？二十岁还不到——"

"我不跟你争。我说是黄黛茜，你说不是，我跟你赌一瓶葡萄汁。你再仔细瞧瞧。"

黄黛茜的脸正在笑着，在玛瑙希拉式的短发下面，眼只有了一只，眼角边有了好多皱纹，却巧妙地在黑眼皮和长眉尖中间隐没啦。她有一只高鼻子，把嘴旁的皱纹用阴影来遮了。可是那只眼里的憔悴味是即使笑也是遮不了的。

号角急促地吹着，半截白半截黑的斯拉夫公主们一个个的，从中间那片地板上，溜到白台布里边，一个个在穿晚礼服的男子中间溶化啦。一声小铜钹像玻璃盘子掉在地上似地，那最后一个斯拉夫公主便矮了半截，接着就不见了。

一阵拍手，屋顶要会给炸破了似的。

黄黛茜把哈吧狗儿往胡钧益身上一扔，拍起手来，胡钧益连忙把拍着的手接住了那支狗，哈哈地笑着。

舞客的对话：

"行，我跟你赌！我说那女的不是黄黛茜——嗳，慢着，我说黄黛茜没那么年轻，我说她已经快三十岁了。你说她是黄黛茜。你去问她，她要是没到二十五岁的话，那就不是黄黛茜，你输我一瓶葡萄汁。"

"她要是过了二十五岁的话呢？"

"我输你一瓶。"

"行！说了不准翻悔,啊？"

"还用说吗？快去！"

黄黛茜和胡钧益坐在白台布旁边,一个侍者正在她旁边用白手巾包着酒瓶把橙黄色的酒倒到高脚杯里。胡钧益看着酒说：

"酒那么红的嘴唇啊！你嘴里的酒是比酒还醉人的。"

"顽皮！"

"是一只歌谱里的句子呢。"

哈,哈,哈！

"对不起,请问你现在是二十岁还是三十岁？"

黄黛茜回过脑袋来,却见顾客甲立在她后边儿。她不明白他是在跟谁讲话,只望着他。

"我说,请问你今年是二十岁还是三十岁？因为我和我的朋友在——"

"什么话,你说？"

"我问你今年是不是二十岁？还是——"

黄黛茜觉得白天的那条蛇又咬住她的心了,猛的跳起来,拍,给了一个耳刮子,马上把手缩回来,咬着嘴唇,把脑袋伏在桌上哭啦。

胡钧益站起来道："你是什么意思？"

顾客甲把左手掩着左面的腮帮儿："对不起,请原谅我,我认错人了。"鞠了一个躬便走了。

"别放在心里,黛茜。这疯子看错人咧。"

"钧益,我真的看着老了吗？"

"那里？那里！在我的眼里你是永远年青的！"

黄黛茜猛的笑了起来："在'你'的眼里我是永远年青的！哈哈,我是永远年青的！"把杯子提了起来。"庆祝我的青春啊！"喝完了酒便靠胡钧益肩上笑开啦。

"黛茜怎么啦？你怎么啦？黛茜！瞧,你疯了！你疯了！"一面按着哈吧狗的肚子,吱吱地叫着。

"我才不疯呢！"猛的静了下来。过了回儿猛的又笑了起来,"我是永远年青的——咱们乐一晚上吧。"便拉着胡钧益跑到场里去了。

留下了一只空台子。

旁边台子上的人悄悄地说着：

"这女的疯了不成！"

"不是黄黛茜吗？"

"正是她！究竟老了！"

"和她在一块儿的那男的很像胡钧益,我有一次朋友请客,在酒席上碰到过他的。"

"可不正是他,金子大王胡钧益。"

"这几天外面不是传得很厉害,说他做金子蚀光了吗?"

"我也听见人家这么说。可是,今儿我还瞧见他坐了那辆'林肯',陪了黄黛茜在公司里买了许多东西的——我想不见得一下子就蚀得光,他又不是第一天做金子。"

玻璃门又开了。和笑声一同进来的是一个二十二三岁的男子,还有一个差不多年纪的人扠着他的胳膊,一位很年轻的小姐摆着张焦急的脸,走在旁边儿,稍为在后边儿一点。那先进来的一个,瞧见了舞场经理的秃脑袋一抬手用大手指在光头皮上划了一下:

"光得可以!"

便哈哈地捧着肚子笑得往后倒。

大伙儿全回过脑袋来瞧他:

礼服胸前的衬衫上有了一堆酒渍,一丝头发拖在脑门上,眼珠子像发寒热似的有点儿润湿,红了两片腮帮儿,胸襟那儿的小口袋里胡乱地塞着条麻纱手帕。

"这小子喝多了酒咧!"

"喝得那个模样儿!"

秃脑袋上给划了一下的舞场经理跑过去帮着扶住他,一边问还有一个男子:"郑先生在那儿喝了酒的?"

"在饭店里吗!喝得那个模样还硬要上这儿来。"忽然凑着他的耳朵道:"你瞧见林小姐到这儿来没有,那个林妮娜?"

"在这里!"

"跟谁一同来的?"

这当儿,那边儿桌子上的一个女的跟桌子上的男子说:"我们走吧?那醉鬼来了!"

"你怕郑萍吗?"

"不是怕他。喝醉了酒,给他侮辱了,划不来的。"

"要出去,不是得打他前边儿过吗?"

那女的便软着声音,说梦话似的道:"我们去吧!"

男的把脑袋低着些,往前凑着些:"行,亲爱的妮娜!"

妮娜笑了一下,便站起来往外走,男的跟在后边儿。

舞场经理拿嘴冲着他们一努:"那边儿不是吗?"

和那个喝醉了的男子一同进来的那女子插进来道:

"真给他猜对了。那个不是长脚汪吗?"

"糟糕!冤家见面了!"

长脚汪和林妮娜走过来了。林妮娜看见了郑萍,低着脑袋,轻轻儿的喊:"明新!"

"妮娜,我在这儿,别怕!"

郑萍正在那儿笑,笑着,笑着,不知怎么的笑出眼泪来啦,猛的从泪珠儿后边儿看出去,妮娜正冲着自家儿走来,乐得刚叫:

"妮——"

一擦泪,擦了眼泪却清清楚楚的瞧见妮娜挂在长脚汪的胳膊上,便:

"妮!——你!哼,什么东西!"胳膊一挣。

他的朋友连忙又扠住了他的胳膊:"你瞧错人咧",扠着他往前走。同来的那位小姐跟妮娜点了点头,妮娜浅浅儿的笑了笑,便低下脑袋和冲郑萍瞪眼的长脚汪走出去了,走到门口,开玻璃门出去。刚有一对男女从外面开玻璃门进来,门上的霓虹灯反映在玻璃上的光一闪——

一个思想在长脚汪的脑袋里一闪:"那女的不正是从前扔过我的芝君吗?怎么和缪宗旦在一块儿?"

一个思想在芝君的脑袋里一闪:"长脚汪又交了新朋友了!"

长脚汪推左面的那扇门,芝君推右边的一扇门,玻璃门一动,反映在玻璃上的霓虹灯光一闪,长脚汪马上扠着妮娜的胳膊肘,亲亲热热地叫一声:"Dear!"

芝君马上挂到缪宗旦的胳膊上,脑袋稍为抬了点儿:

"宗旦……"宗旦的脑袋里是:"此致缪宗旦君,市长的手书,市长的手书,此致缪宗旦君……"

玻璃门一关上,门上的绿丝绒把长脚汪的一对和缪宗旦的一对隔开了。走到走廊里,正碰见打鼓的音乐师约翰生急急忙忙的跑出来,缪宗旦一扬手"Hello,Johny!"

约翰生眼珠子歪了一下,便又往前走道:"等回儿跟你谈。"

缪宗旦走到里边刚让芝君坐下,只看见对面桌子上一个头发散乱的人猛的一挣胳膊,碰在旁边桌上的酒杯上,橙黄色的酒跳了出来,跳到胡钧益的腿上,胡钧益正在那儿跟黄黛茜说话,黄黛茜却早已吓得跳了起来。

胡钧益莫明其妙地站了起来:"怎么会翻了的?"

黄黛茜瞧着郑萍,郑萍歪着眼道:"哼,什么东西!"

他的朋友一面把他按住在椅子上,一面跟胡钧益赔不是:"对不起的很,他喝醉了。""不相干!"掏出手帕来问黄黛茜弄脏了衣服没有,忽然觉得自家的腿湿了,不由的笑了起来。

好几个白衣侍者围了上来,把他们遮着了。

这当儿约翰生走了来,在芝君的旁边坐了下来:

"怎么样,Baby?"

"多谢你,很好。"

"Johny,you look very sad!"

约翰生耸了耸肩膀,笑了笑。

"什么事?"

"我的妻子正在家生孩子,刚才打电话来叫我回去——你不是刚才瞧见我急急忙忙的跑出去吗?——我跟经理说,经理不让我回去。"说到这儿,一个侍者跑来道:"密司特约翰生,电话。"他又急急忙忙的跑去了。

电灯亮了的时候,胡钧益的桌子上又放上了橙黄色的酒,胡钧益的脸又凑在黄黛茜的脸前面,郑萍摆着张愁白了头发的脸,默默地坐着,他的朋友拿手帕在擦汗。芝君觉得后边儿有人在瞧她,回过脑袋去,却是季洁,那两只眼珠子像黑夜似的,不知道那瞳子有多深,里边有些什么。

"坐过来吧?"

"不。我还是独自个儿坐。"

"怎么坐在角上呢?"

"我喜欢静。"

"独自个儿来的吗?"

"我爱孤独。"

他把眼光移了开去,慢慢地,像僵尸的眼光似地,注视着她的黑鞋跟,她不知怎么的哆嗦了一下,把脑袋回过来。

"谁?"缪宗旦问。

"我们校里的毕业生。我进一年级的时候,他是毕业班。"

缪宗旦在拗着火柴梗,一条条拗断了,放在烟灰缸里。

"宗旦,你今儿怎么的?"

"没怎么!"他伸了伸腰,抬起眼光来瞧着她。

"你可以结婚了,宗旦。"

"我没有钱。"

"市政府的薪水还不够用吗?你又能干。"

"能干——"把话咽住了,恰巧约翰生接了电话进来,走到他那儿:"怎么啦?"

约翰生站到他前面,慢慢儿的道:"生出来一个男孩子,可是死了。我的妻子晕了过去。他们叫我回去,我却不能回去。"

"晕了过去,怎么呢?"

"我不知道。"便默着,过了回儿才说道:"我要哭的时候人家叫我笑!"

"I'm sorry for you, Johny!"

"Let's cheer up!"一口喝干了一杯酒,站了起来,拍着自家儿的腿,跳着跳着道:"我生了翅膀,我会飞!啊,我会飞,我会飞!"便那么地跳着跳着的飞去啦。

芝君笑弯了腰,黛茜拿手帕掩着嘴,缪宗旦哈哈地大声儿的笑开啦。郑萍忽然也捧着肚子笑起来。胡钧益赶忙把一口酒咽了下去跟着笑。

哈,哈,哈!哈!哈!哈,哈,哈!哈,哈,哈哈!

黛茜把手帕不知扔到那儿去啦,脊梁盖儿靠着椅背,脸望着上面的红霓虹灯。大伙儿也跟着笑——张着的嘴,张着的嘴,张着的嘴……越看越不像嘴啦。每个人的脸全变了模样儿,郑萍有了个尖下巴,胡钧益有了个圆下巴,缪宗旦的下巴和嘴分开了,像从喉结那儿生出来的,黛茜下巴下面全是皱纹。

只有季洁一个人不笑,静静地用解剖刀似的眼光望着他们,竖起了耳朵,在森林中的猎狗似的,想抓住每一个笑声。

缪宗旦瞧见了那解剖刀似的眼光,那竖着的耳朵,忽然他听见了自家儿的笑声,也听见了别人的笑声,心里想着:——"多怪的笑声啊!"

胡钧益也瞧见了——"这是我在笑吗?"

黄黛茜朦胧地记起了小时候有一次从梦里醒来,看到那暗屋子,曾经大声地嚷过的——"怕!"

郑萍模模糊糊地——"这是人的声音吗?那些人怎么在笑的!"

一会儿这四个人全不笑了。四面还有些咽住了的,低低的笑声,没多久也没啦。深夜在森林里,没一点火,没一个人,想找些东西来倚靠,那么的又害怕又寂寞的心情侵袭着他们,小铜钹呛的一声儿,约翰生站在音乐台上:

"Cheer up, ladies and gentleman!"

便咚咚地敲起大鼓来,那么急地,一阵有节律的旋风似的。一对对男女全给卷到场里去啦,就跟着那旋风转了起来。黄黛茜拖了胡钧益就跑,缪宗旦把市长的手书也扔了,郑萍刚想站起来时,扠他进来的那位朋友已经把胳膊搁在那位小姐的腰上咧。

"全逃啦!全逃啦!"他猛的把手掩着脸,低下了脑袋,怀着逃不了的心境坐着。忽然他觉得自家儿心里清楚了起来,觉得自家儿一点也没有喝醉似的。抬起脑袋来,只见给自己打翻了酒杯的桌上的那位小姐正跟着那位中年绅士满场的跑,那样快的步武,疯狂似地。一对舞侣飞似的转到他前面,一转又不见啦。又是一对,又不见啦。"逃不了的!逃不了的!"一回脑袋想找地方儿躲似的,却瞧见季洁正在凝视着他,便走了过去道:"朋友,我讲笑话你听。"马上话匣子似的讲着话,季洁也不作声,只瞧着他,心里说:——"什么是你!什么是我!我是什么!你是什么!"

郑萍只见自家儿前面是化石和眼珠子,一动也不动的,他不管,一边讲,一边笑。

芝君和缪宗旦跳完了回来,坐在桌子上。芝君微微地喘着气,听郑萍的笑话,听了便低低的笑,还没笑完,又给缪宗旦拉了去啦。季洁的耳朵听着郑萍,手指却在那儿拗火柴梗,火柴梗完了,便拆火柴盒,火柴盒拆完了,便叫侍者再去拿。

侍者拿了盒新火柴来道:"先生,你的桌子全是拗断了的火柴梗了!"

"四秒钟可以把一根火柴拗成八根,一个钟头一盒半,现在是——现在是几点钟?"

"两点钟还差一点,先生。"

"那么,我拗断了六盒火柴,就可以走啦。"一面还是拗着火柴。

侍者白了他一眼便走了。

顾客的对话:

顾客丙——"那家伙倒有味儿,到这儿来拗火柴。买一块钱不是能在家里拗一天了吗?"

顾客丁——"吃了饭没事做,上这儿拗火柴来,倒是快乐人哪。"

顾客丙——"那喝醉了的傻瓜不乐吗?一进来就把人家的酒打翻了。还骂人家什么东西,现在可拚命和人家讲起笑话来咧"。

顾客丁——"这溜儿那几个全是快乐人!你瞧,黄黛茜和胡钧益,还有他们对面的那两个,跳得多有劲!"

顾客丙——"可不是,不怕跳断腿似的。多晚了,现在?"

顾客丁——"两点多咧。"

顾客丙——"咱们走吧?人家多走了。"

玻璃门开了,一对男女,男的歪了领带,女的蓬了头发,跑出去啦。

玻璃门又开了,又是一对男女,男的歪了领带,女的蓬了头发,跑出去啦。

舞场慢慢儿的空了,显着很冷静的,只见经理来回的踱,露着发光的秃脑袋,一回儿红,一回儿绿,一回儿蓝,一回儿白。

胡钧益坐了下来,拿手帕抹脖子里的汗道:"我们停一支曲子,别跳吧?"

黄黛茜说:"也好——不,为什么不跳呢?今儿我是二十八岁,明儿就是二十八岁零一天了!我得老一天了!我是一天比一天老的。女人是差不得一天的!为什么不跳呢,趁我还年轻?为什么不跳呢!"

"黛茜——"手帕还拿在手里,又给拉到场里去啦。

缪宗旦刚在跳着,看见上面横挂着的一串串汽球的绳子在往下松,马上跳上去抢到了一个,在芝君的脸上拍了一下道:"拿好了,这是世界!"芝君把汽球搁在他们的脸中间,笑着道:

"你在西半球,我在东半球!"

不知道是谁在他们的汽球上弹了一下,汽球碰的爆破啦。缪宗旦正在微微笑着的脸猛的一怔:"这是世界!你瞧,那破了的汽球——破了的汽球啊!"猛的把胸噗儿推住了芝君的,滑冰似地往前溜,从人堆里,拐弯抹角的溜过去。

"算了吧,宗旦,我得跌死了!"芝君笑着喘气。

"不相干,现在三点多啦,四点关门,没多久了!跳吧!跳!"一下子碰在人家身上。"对不起!"又滑了过去。季洁拗了一地的火柴——

一盒,两盒,三盒,四盒,五盒……

郑萍还在那儿讲笑话,他自家儿也不知道在讲什么,尽笑着,尽讲着。

一个侍者站在旁边打了个呵欠。

郑萍猛的停住不讲了。

"嘴干了吗?"季洁不知怎么的会笑了起来。

郑萍不作声,哼着:

"陌生人啊!

从前我叫你我的恋人,

现在你说我是陌生人!

陌生人啊!"

季洁看了看表,便搓了搓手,放下了火柴:"还有二十分钟咧。"

时间的足音在郑萍的心上悉悉地响着,每一秒钟像一只蚂蚁似地打他的心脏上面爬过去,一只一只地,那么快的,却又那么多,没结没完的——"妮娜抬着脑袋等长腿汪的嘴唇的姿态啊!过一秒钟,这姿态就会变的,再过一秒钟又会变的,变到现在,不知从等吻的姿态换到那一种姿态啦。"觉得心脏慢慢儿的缩小了下来,"讲笑话吧!"可是连笑话也没有咧。

时间的足音在黄黛茜的心上悉悉地响着,每一秒钟像一只蚂蚁似地打她心脏上面爬过去,一只一只地,那么快的,却又那么多,没结没完的——"一秒钟比一秒钟老了!""女人是过不得五年的。""也许明天就成了个老太婆儿啦!"觉的心脏慢慢儿的缩小了下来。"跳哇!"可是累得跳也跳不成了。

时间的足音在胡钧益的心上悉悉地响着,每一秒钟像一只蚂蚁似地打他心脏上面爬过去。一只一只地,那么快的,却又那么多,没结没完的……

"天一亮,金子大王胡钧益就是个破产的人了!法庭,拍卖行,牢狱……"觉得心脏慢慢儿的缩小了下来。他想起了床旁小几上的那瓶安眠药,餐间里那把割猪排的餐刀,外面汽车里在打磕睡斯拉夫王子腰里的六寸手枪,那么黑的枪眼……"这小东西里边能有什么呢?"——渴望着睡觉,渴慕着那黑的枪眼。

时间的足音在缪宗旦的心上悉悉地响着,每一秒钟像一只蚂蚁似地打他心脏上面爬过去,一只一只地,那么快的,却又那么多,没结没完的——"下礼拜起我是个自由人咧,我不用再写小楷,我不用再一清早赶到枫林桥去,不用再独自个坐在二十二路公共汽车里喝风,可不是吗?我是自由人啦!""觉得心脏慢慢儿的缩小了下来。""乐吧!喝个醉吧!明天起没有领薪水的日子了!"在市政府做事的谁能相信缪宗旦会有那堕落放浪的思想呢,那么个谨慎小心的人?不可能的事,可是不可能的也终有一天可能了!

白台布旁坐着的小姐们一个个站了起来,把手提袋拿到手里,打开来,把那面小镜子照着自家儿的鼻子擦粉,一面想:"像我那么可爱的人——"因为她们只看到自家儿的鼻子,或是一支眼珠子,或是一张嘴,或是一缕头发;没有看到自家儿整个的脸。绅士们全拿出烟来,擦火柴点他们的最后的一支。

音乐才放送着:

"晚安了,亲爱的!"俏皮的,短促的调子。

"最后一支曲子咧!"大伙儿全站起来舞着。场里只见一排排凌乱的白台布,拿着扫帚在暗角里等着的侍者们的打着呵欠的嘴,经理的秃脑袋这儿那儿的发着光,玻璃门开开了,一串串男女从梦里走到明亮的走廊里去。咚的一声儿大鼓,场里的白灯全亮啦,音乐台上的音乐师们低着身子收拾他们的乐器。拿着扫帚的侍者们全跑了出来,经理站在门口跟每个人道晚安,一回儿舞场就空了下来。剩下来的是一间空屋子,凌乱的,寂寞的,一片空的地板,白灯光把梦全赶走了。

缪宗旦站在自家儿的桌子旁边——"像一只爆了的汽球似的!"

黄黛茜望了他一眼——"像一只爆了的汽球似的。"

胡钧益叹息了一下——"像一只爆了的汽球似的!"

郑萍按着自家儿酒后涨热的脑袋——"像一只爆了的汽球似的!"

季洁注视着挂在中间的那只大灯座——"像一只爆了的汽球似的。"

什么是汽球?什么是爆了的汽球?

约翰生皱着眉尖儿从外面慢慢儿的走进来。

"Good-night, Johny!"缪宗旦说。

"我的妻子也死了!"

"I'm awfully sorry for you, Johny!"缪宗旦在他肩上拍了一下。

"你们预备走了吗?"

"走也是那么,不走也是那么!"

黄黛茜——"我随便跑那去,青春总不会回来的。"

郑萍——"我随便跑那去,妮娜总不会回来的。"

胡钧益——"我随便跑那去,八十万家产总不会回来的。"

"等回儿,我再奏一支曲子,让你们跳,行不行?"

"行吧。"

约翰生走到音乐台那儿拿了只小提琴来,到舞场中间站住了,下巴扣着提琴,慢慢儿的,慢慢儿的拉了起来,从棕色的眼珠子里掉下来两颗泪珠到弦线上面。没了灵魂似的,三对疲倦的人,季洁和郑萍一同地,胡钧益和黄黛茜一同地,缪宗旦和芝君一同地在他四面舞着。

猛的,砰!弦线断了一条。约翰生低着脑袋,垂下了手。

"I can't help!"

舞着的人也停了下来,望他。怔着。

郑萍耸了耸肩膀道:"No one can help!"

季洁忽然看看那条断了的弦线道:"C'est totne savie."

一个声音悄悄地在这五个人的耳旁吹嘘着:"No one can help!"

一声儿不言语的,像五个幽灵似地,带着疲倦的身子和疲倦的心一步步的走了出去。

在外面,在胡钧益的汽车旁边,猛的砰的一声儿。

车胎?枪声?

金子大王胡钧益躺在地上,太阳那儿一个枪洞,在血的下面,他的脸痛苦地皱着。黄黛茜吓呆在车厢里。许多人跑过来看,大声地问着,忙乱着,谈论着,太息着,又跑开去了。

天慢慢儿亮了起来,在皇后夜总会的门前,躺着胡钧益的尸身,旁边站着五个人,约翰生,季洁,缪宗旦,黄黛茜,郑萍,默默地看着他。

四 四个送殡的人

一九三二年四月十日,四个人从万国公墓出来,他们去送胡钧益入土的。这四个人是愁白了头发的郑萍,失了业的缪宗旦,二十八岁零四天的黄黛茜,睁着解剖刀似的眼珠子的季洁。

黄黛茜——"我真做人做疲倦了!"

缪宗旦——"他倒做完了人咧!能像他那么憩一下多好啊!"

郑萍——"我也有了颗老人的心了！"

季洁——"你们的话我全不懂。"

大家便默着。

一长串火车驶了过去，驶过去，驶过去，在悠长的铁轨上，嘟的叹了口气。

辽远的城市，辽远的旅程啊！

大家太息了一下，慢慢儿的走着——走着，走着。前面是一条悠长的，寥落的路……

辽远的城市，辽远的旅程啊！

1932年12月22日

（选自《公墓》，现代书局1933年6月出版）

施蛰存

梅雨之夕

梅雨又淙淙地降下了。

对于雨,我倒并不觉得嫌厌,所嫌厌的是在雨中疾驰的摩托车的轮,它会得溅起泥水猛力地洒上我的衣裤,甚至会连嘴里也拜受了美味。我常常在办公室里,当公事空闲的时候,凝望着窗外淡白的空中的雨丝,对同事们谈起我对于这些自私的车轮的怨苦。下雨天是不必省钱的,你可以坐车,舒服些。他们会这样善意地劝告我。但我并不曾屈就了他们的好心,我不是为了省钱,我喜欢在滴沥的雨声中撑着伞回去。我的寓所离公司是很近的,所以我散工出来,便是电车也不必坐,此外还有一个我所以不喜欢在雨天坐车的理由,那是因为我还不曾有一件雨衣,而普通在雨天的电车里,几乎全是裹着雨衣的先生们,夫人们或小姐们,在这样一间狭窄的车厢里,滚来滚去的人身上全是水,我一定会虽然带着一把上等的伞,也不免满身淋漓地回到家里。况且尤其是在傍晚时分,街灯初上,沿着人行路用一些暂时安逸的心境去看看都市的雨景,虽然拖泥带水,也不失为一种自己的娱乐。在蒙雾中来来往往的车辆人物,全都消失了清晰的轮廓,广阔的路上倒映着许多黄色的灯光,间或有几条警灯的红色和绿色在闪烁着行人的眼睛。雨大的时候,很近的人语声,即使声音很高,也好像在半空中了。

人家时常举出这一端来说我太刻苦了,但他们不知道我会得从这里找出很大的乐趣来,即使偶尔有摩托车的轮溅满泥泞在我身上,我也并不曾因此而改了我的习惯。说是习惯,有什么不妥呢,这样的已经有三四年了。有时也偶尔想着总得买一件雨衣来,于是可以在雨天坐车,或者即使步行,也可以免得被泥水溅着了上衣,但到如今这仍然留在心里做一种生活上的希望。

在近来的连日的大雨里,我依然早上撑着伞上公司去,下午撑着伞回家,每天都是如此。

昨日下午,公事堆积得很多。到了四点钟,看看外面雨还是很大,便独自留下在公事房里,想索性再办了几桩,一来省得明天要更多地积起来,二来也借此避雨,等它小一些再走。这样地竟逗留到六点钟,雨早已止了。

走出外面,虽然已是满街灯火,但天色却转清朗了。曳着伞,避着檐滴,缓步过去,从江西路走到四川路桥,竟走了差不多有半点钟光景。邮政局的大钟已是六点二十五分了。未走上桥,天色早已重又冥晦下来,但我并没有介意,因为晓得是傍晚的时分了,刚走到桥头,急雨骤然从乌云中漏下来,潇潇的起着繁音。看下面北四川路上和苏州河两岸行人的纷纷乱窜乱避,只觉得连自己心里也有些着急。他们在着急些什么呢?他们也一定知道这降下来的是雨,对于他们没有生命上的危险,但何以要这样急迫地躲避呢?说是为了恐怕衣裳给淋湿了,但我分明看见手中持着伞的和身上披了雨衣的人也有些脚步踉跄了。我觉得至少这是一种无意识的纷乱。但要是我不会感觉到雨中闲行的滋味,我也是会得和这些人一样地急突地奔下桥去的。

何必这样的奔逃呢,前路也是在下着雨,张开我的伞来的时候,我这样漫想着。不觉已走过了天潼路口。大街上浩浩荡荡地降着雨,真是一个伟观,除间或有几辆摩托车,连续地冲破了雨仍旧钻进了雨中地疾驰过去之外,电车和人力车全不看见。我奇怪他们都躲到什么地方去了。至于人,行走着的几乎是没有,但在店铺的檐下或蔽荫下是可以一团一团地看得见,有伞的和无伞的,有雨衣的和无雨衣的,全都聚集着,用嫌厌的眼望着这奈何不得的雨。我不懂他们这些雨具是为了怎样的天气而买的。

至于我,已经走近文监师路了。我并没什么不舒服,我有一把好的伞,脸上绝不会给雨淋湿,脚上虽然觉得有些潮忸忸,但这至多是回家后换一双袜子的事。我且行且看着雨中的北四川路,觉得朦胧的颇有些诗意。但这里所说的"觉得",其实也并不是什么具体的思绪。除了"我该得在这里转弯了"之外,心中一些也不意识着什么。

从人行路上走出去,探头看看街上有没有往来的车辆,刚想穿过街去转入文监师路,但一辆先前并没有看见的电车已停在眼前。我止步了,依然退进到人行路上,在一支电杆边等候着这辆车的开出。在车停的时候,其实我是可以安心地对穿过去的,但我并不会这样做。我在上海住得很久,我懂得走路的规则,我为什么不在这个可以穿过去的时候走到对街去呢,我没知道。

我数着从头等车里下来的乘客。为什么不数三等车里下来的呢?这里并没有故意的挑选,头等坐在车底前部,下来的乘客刚在我面前,所以我可以很看得清楚。第一个,穿着红皮雨衣的俄罗斯人,第二个是中年的日本妇人,她急急地下了车,撑开了手里提着的东洋粗柄雨伞,缩着头鼠窜似地绕过车前,转进文监师路去了。我认识她,她是一家果子店的女店主。第三,第四,是像宁波人似的我国商人,他们都穿着绿色的橡皮华式雨衣。第五个下来的乘客,也即是末一个了,是一位姑娘。她手里没有伞,身上也没有穿雨衣,好像是在雨停止了之后上电车的,而不幸在到目的地的时候却下着这样的大雨。我猜想她一定是从很远的地方上车的,至少应当在卡德路以上的几站吧。

她走下车来,缩着瘦削的,但并不露骨的双肩,窘迫地走上人行路的时候,我开始注意着她的美丽了。美丽有许多方面,容颜的姣好固然一重要素,但风仪的温雅,肢体的停匀,甚至谈吐的不俗,至少是不惹厌,这些也有着份儿,而这个雨中的少女,我事后觉得她是全适合这几端的。

她向路的两边看了一看,又走到转角上看着文监师路。我晓得她是急于要招呼一辆人力车。但我看,跟着她的眼光,大路上清寂地没有一辆车子徘徊着,而雨还尽量地落下来。她旋即回了转来,躲避在一家木器店的屋檐下,露着烦恼的眼色,并且蹙着细淡的修眉。

我也便退进在屋檐下,虽则电车已开出,路上空空地,我照理可以穿过去了。但我何以不穿过去,走上了归家的路呢! 为了对于这个少女有什么依恋么? 并不,绝没有这种依恋的意识。但这也决不是为了我家里有着等候我回去在灯下一同吃晚饭的妻,当时是连我已有妻的思想都不会有,面前有着一个美的对象,而又是在一重困难之中,孤寂地单身呆立着望这永远地,永远地垂下来的梅雨,只为了这些缘故,我不自觉地移动了脚步站在她旁边了。

虽然在屋檐下,虽然没有粗重的檐溜滴下来,但每一阵风会得把凉凉的雨丝吹向我们。我有着伞,我可以如中古时期骁勇的武士似地把伞当作盾牌,挡着扑面袭来的雨丝的箭,但这个少女却身上间歇地被淋得很湿了。薄薄的绸衣,黑色也没有效用了,两支手臂已被画出了它们的圆润。她屡次旋转身去,侧立着,避免轻薄的雨之侵袭她的前胸。肩臂上受些雨水,让衣裳贴着了肉倒不打紧吗?我曾偶尔这样想。

天晴的时候,马路上多的是兜搭生意的人力车。但现在需要它们的时候,却反而没有了。我想着人力车夫的不善于做生意,或许是因为需要的人太多了,供不应求,所以即是在这样繁盛的街上,也不见一辆车子的踪迹。或许车夫也都在避雨呢,这样大的雨,车夫不该避一避吗?对于人力车之有无,本来用不到关心的我,也忽然寻思起来,我并且还甚至觉得那些人力车夫是可恨的,为什么你们不拖着车子走过来接应这生意呢,这里有一位美丽的姑娘,正窘立在雨中等候着你们的任何一个。

如是想着,人力车终于没有踪迹。天色真的晚了。远处对街的店铺门前有几个短衣的男子已经等得不耐而冒着雨,他们是拚着淋湿一身衣裤的,跨着大步跑去了。我看这位少女的长眉已颦蹙得更紧,眸子莹然,像是心中很着急了。她的忧闷的眼光正与我的互相交换,在她眼里,我懂得我是正受着诧异,为什么你老是站在这里不走呢。你有着伞,并且穿着皮鞋,等什么人么?雨天在街路上等谁呢?眼睛这样锐利地看着我,不是没怀着好意么?从她将钉住着在我身上打量我的眼光移向着阴黑的天空的这个动作上,我肯定地猜测她是在这样想着。

我有着伞呢,而且大得足够容两个人的蔽荫的,我不懂何以这个意识不早就觉醒了我。但现在它觉醒了我将使我做什么呢?我可以用我的伞给她障住这样的淫雨,我可以陪伴她走一段路去找人力车,如果路不多,我可以送她到她的家。如果路很多,又有什么不成呢?我应当跨过这一箭路,去表白我的好意吗?好意,她不会有什么别方面的疑虑吗?或许她会得像刚才我所猜想着的那样误解了我,她便会得拒绝了我。难道她宁愿在这样不止的雨和风中,在冷静的夕暮的街头,独自个立到很迟吗?不啊!雨是不久就会停的,已经这样连续不断地降下了……多久了,我也完全忘记了时间的在雨水中间流过。我取出时计来,七点三十四分。一小时多了。不至于老是这样地降下来吧,看,排水沟已经来不及宣泄,多量的水已经积聚在它上面,打着旋涡,挣扎不得流下去的路,不久怕会溢上了人行道么?不会的,决不会有这样持久的雨,再停一会,她一定可以走了。即使雨不就停止,人力车大约总能够来一辆的。她一定会不管多大的代价坐了去的。然则我是应当走了么?应当走了?为什么不?……

这样地又十分钟过去了。我还没有走。雨没有住,车儿也没有影踪。她也依然焦灼地立着。我有一个残忍的好奇心,如她这样的在一重困难中,我要看她终于如何处理她自己。看着她这样窘急,怜悯和旁观的心理在我身中各占了一半。

她又在惊异地看着我。

忽然,我觉得,何以刚才会不觉得呢,我奇怪,她好像在等待我拿我的伞贡献给她,并且送她回去,不,不一定是回去,只是到她所需要到的地方去。你有伞,但你不走,你愿意分一半伞荫蔽我,但还在等待什么更适当的时候呢?她的眼光在对我这样说。

我脸红了,但并没有低下头去。

用羞赧来对付一个少女的注目,在结婚以后,我是不常有的。这是自己也随即觉得可怪了。我将用何种理由来譬解我的脸红呢?没有!但随即有一种男子的勇气升上来,我要求报复,这样说或许较严重了,但至少是要求着克服她的心在我身里急突地催促着。

终归是我移近了这少女,将我的伞分一半荫蔽她。

——小姐,车子恐怕一时不会得有,假如不妨碍,让我来送一送吧。我有着伞。

我想说送她回府,但随即想到她未必是在回家的路上,所以结果是这样两用地说了。当说着这些话的时候,我竭力做得神色泰然而她一定已看出了这勉强的安静的态度后面藏匿着的我的血脉之急流。

　　她凝视着我半微笑着。这样好久。她是在估量我这种举止的动机,上海是个坏地方,人与人都用一种不信任的思想交际着! 她也许是正在自己委决不下,雨真的在短时期内不会止么? 人力车真的不会来一辆么? 要不要借着他的伞姑且走起来呢? 也许转一个弯就可以有人力车,也许就让他送到了。那不妨么? ……不妨事。遇见了认识人不会猜疑吗? ……但天太晚了,雨并不觉得小一些。于是她对我点了点头,极轻微地。

　　谢谢你。朱唇一启,她进出柔软的苏州音。

　　转进靠西边的文监师路,响着雨声的伞下,在一个少女的傍边,我开始诧异我的奇遇。事情会得展开到这个现状吗? 她是谁,在我身旁同走,并且让我用伞荫蔽着她,除了和我的妻之外,近几年来我并不曾有过这样的经历。我回转头去,向后面斜看,店铺里有许多人歇下了工作对我,或是我们,看着。隔着雨的帲幪,我看得见他们的可疑的脸色。我心里吃惊了,这里有着我认识的人吗? 或是可有着认识她的人吗? ……再回看她,她正低下着头。拣着踏脚地走。我的鼻刚接近她的鬓发,一阵香。无论认识我们之中任何一个人,看见了这样的我们的同行,会怎样想? ……我将伞沉下了些,让它遮蔽到我们的眉额。人家除非低下身子来,不能看见我们的脸面。这样的举动,她似乎很中意。

　　我起先是走在她的右边,右手执着伞柄,为了要让她多得些荫蔽,手臂便凌空了。我开始觉得手臂酸痛,但并不以为是一种苦楚。我侧眼看她,我恨那个伞柄,它遮隔了我的视线。从侧面看,她并没有从正面看那样的美丽。但我却从此得到了一个新的发现:她很像一个人。谁? 我搜寻着,我搜寻着,好像记得,岂但……几乎每日都在意中的,一个我认识的女子,像现在身旁并行着的这个一样的身材,差不多的面容,但何以现在百思不得了呢? ……啊,是了,我奇怪为什么我竟会得想不起来,这是不可能的! 我的初恋的那个少女,同学,邻居,她不是很像她吗? 这样的从侧面看,我与她离别了好几年了,在我们相聚的最后一日,她还只十四岁,……一年……二年……七年了呢。我结婚了,我没有再看见她,想来长成得更美丽了……但我并不是没有看见她长大起来,当我脑中浮起她的印象来的时候,她并不还保留着十四岁的少女姿态。我不时在梦里,睡梦或白日梦,看见她在长大起来,我会自己构想她是个美丽的二十岁年纪的少女。她有好的声音和姿态,当偶然悲哀的时候,她在我的幻觉里会得是一个妇人,或甚至是一个年轻的母亲。

但她何以这样的像她呢？这个容态，还保留十四岁时候的余影，难道就是她自己么？她为什么不会到上海来呢？是她！天下有这样容貌完全相同的人么？不知她认出了我没有……我应该问问她了。

小姐是苏州人么？

是的。

确然是她，罕有的机会啊！她几时到上海来的呢？她的家搬到上海来了吗？还是，哎，我怕，她嫁到上海来了呢？她一定已经忘记了我，否则她不会允许我送她走。……也许我的容貌有了改变，她不能再认识我，年数确是很久了。……但她知道我已经结婚吗？要是没有知道，而现在她认识了我，怎么办呢？我应当告诉她吗？如果这样是需要的，我将怎么措辞呢？……

我偶然向道旁一望，有一个女子倚在一家店里的柜上，用着忧郁的眼光，看着我，或者也许是在看着她。我忽然好像发现这是我的妻，她为什么在这里？我奇怪。

我们走在什么地方了。我留心看。小菜场。她恐怕快要到了。我应当不失了这个机会。我要晓得她更多一些，但要不要使我们继续已断的友谊呢，是的，至少也得是友谊？还是仍旧这样地让我在她的意识里只不过是一个不相识的帮助女子的善意的人呢？我开始踌躇了。我应当怎样做才是最适当的？

我似乎还应该知道她正要到那里去。她未必是归家去吧。家——要是父母的家倒也不妨事的，我可以进去，如像幼小的时候一样。但如果是她自己的家呢？我为什么不问她结婚了不曾呢……或许，连自己的家也不是，而是她的爱人的家呢，我看见一个文雅的青年绅士。我开始后悔了，为什么今天这样高兴，剩下妻在家里焦灼地等候着我，而来管人家的闲事呢。北四川路上，终于会有人力车往来的，即使我不这样地用我的伞伴送她，她也一定早已能雇到车子了。要不是自己觉得不便说出口，我是已经会得剩了她在雨中反身走了。

还是再考验一次吧。

小姐贵姓？

刘。

刘吗？一定是假的。她已经认出了我，她一定都知道了关于我的事，她哄我了。她不愿意再认识我了，便是友谊也不想继续了。女人！……她为什么改了姓呢？……也许这是她丈夫的姓？刘……刘什么？

这些思想的独白，并不占有了我多少时候。它们是很迅速地翻舞过我的心里，就在与这个好像有魅力的少女同行过一条马路的几分钟之内。我的眼不常离开她，雨到这时已在小下来也没有觉得。眼前好像来来往往的人在多起来了，人力车也恍惚看见了几辆。她为什么不雇车呢？或许快要到达她的目的地了。她会不会因为心里已认识了我，不敢相认，所以故意延滞着和我同走么？

一阵微风，将她的衣缘吹起，飘荡在身后。她扭过脸去避对面吹来的风，闭着眼睛，有些娇媚。这是很有诗兴的姿态，我记起日本画伯铃木春信的一帖题名叫"夜雨宫诣美人图"的画。提着灯笼，遮着被斜风细雨所撕破的伞，在夜的神社之前走着，衣裳和灯笼都给风吹卷着，侧转脸儿来避着风雨的威势，这是颇有些洒脱的感觉的。现在我留心到这方面了，她也有些这样的丰度。至于我自己，在旁人眼光里，或许成为她的丈夫或情人了，我很有些得意着这种自譬的假饰。是的，当我觉得她确是幼小时候初恋着的女伴的时候，我是如像真有这回事似的享受着这样的假饰。而从她鬓边颊上被潮润的风吹过来的粉香，我也闻嗅得出是和我妻所有的香味一样的。……我旋即想到古人有"担簦亲送绮罗人"那么一句诗，是很适合于今日的我的奇遇的。铃木画伯的名画又一度浮现上来了。但铃木的所画的美人并不和她有一些相像，倒是我妻的嘴唇却与画里的少女的嘴唇有些仿佛的。我再试一试对于她的凝视，奇怪啊，现在我觉得她并不是我适才所误会着的初恋的女伴了。她是另外一个不相干的少女。眉额、鼻子、颚骨，即使说是有年岁的改换，也绝对的找不出一些踪迹来。而我尤其嫌厌着她的嘴唇，侧看过去，似乎太厚一些了。

我忽然觉得很舒适，呼吸也更通畅了。我若有意无意地替她撑着伞，徐徐觉得手臂太酸痛之外，没什么感觉。在身旁由我伴送着的这个不相识的少女的形态，好似已经从我的心的樊笼中被释放了出去。我才觉得天已完全夜了，而伞上已听不到些微的雨声。

——谢谢你，不必送了，雨已经停了。

她在我耳朵边这样地嘤响。

我蓦然惊觉，收拢了手中的伞。一缕街灯的光射上了她的脸，显着橙子的颜色。她快要到了吗？可是她不愿意我伴她到目的地，所以趁此雨已停住的时候要辞别我吗？我能不能设法看一看她究竟到什么地方去呢？……

——不要紧，假使没有妨碍，让我送到了吧。

——不敢当呀，我一个人可以走了，不必送吧。时光已是很晏了，真对不起得很呢。

看来是不愿我送的了。但假如还是下着大雨便怎么了呢？……我怨怼着不情的天气，何以不再下半小时雨呢，是的，只要再半小时就够了。一瞬间，我从她的对于我的凝视——那是为了要等候我的答话——中看出一种特殊的端庄，我觉得凛然，像雨中的风吹上我的肩膀。我想回答，但她已不再等候我。

——谢谢你,请回转吧,再会。……

她微微地侧面向我说着,跨前一步走了,没有再回转头来。我站在中路,看她的后影,旋即消失在黄昏里。我呆立着,直到一个人力车夫来向我兜揽生意。

在车上的我,好像飞行在一个醒觉之后就要忘记了的梦里。我似乎有一桩事情没有做完,我心里有着一种牵挂。但这并不会很清晰地意识着。我几次想把手中的伞张起来,可是随即会自己失笑这是无意识的。并没有雨降下来,完全地晴了,而天空中也稀疏地有了几颗星。

下车了,我叩门。

——谁?

这是我在伞底下伴送着走的少女的声音!奇怪,她何以又会在我家里?……门开了。堂中灯火通明,背着灯光立在开着一半的大门边的,倒并不是那个少女。朦胧里,我认出她是那个倚在柜台上用嫉妒的眼光看着我和那个同行的少女的女子。我惝悦地走进门。在灯下,我很奇怪,为什么从我妻的脸色上再也找不出那个女子的幻影来。

妻问我何故归家这样的迟,我说遇到了朋友,在沙利文吃了些小点,因为等雨停止,所以坐得久了。为了要证实我这谎话,夜饭吃得很少。

(选自《梅雨之夕》,上海新中国书店 1933 年 3 月初版)

老 舍

柳家大院

这两天我们的大院里又透着热闹,出了人命。

事情可不能由这儿说起,得打头儿来。先交代我自己吧,我是个算命的先生。我也卖过酸枣、落花生什么的,那可是先前的事了。现在我在街上摆卦摊,好了呢,一天也抓弄个三毛五毛的。老伴儿早死了,儿子拉洋车。我们爷儿俩住着柳家大院的一间北房。

除了我这间北房,大院里还有二十多间房呢。一共住着多少家子?谁记得清!住两间房的就不多,又搭上今天搬来,明天又搬走,我没有那么好记性。大家见面招呼声"吃了吗",透着和气;不说呢,也没什么。大家一天到晚为嘴奔命,没有工夫扯闲话儿。爱说话的自然也有啊,可是也得先吃饱了。

还就是我们爷儿俩和王家可以算作老住户,都住了一年多了。早就想搬家,可是我这间屋子下雨还算不十分漏;这个世界哪去找不十分漏水的屋子?不漏的自然有哇,也得住得起呀!再说,一搬家又得花三份儿房钱,莫如忍着吧。晚报上常说什么"平等",铜子儿不平等,什么也不用说。这是实话。就拿媳妇们说吧,娘家要是不使彩礼,她们一定少挨点揍,是不是?

王家是住两间房。老王和我算是柳家大院里最"文明"的人了。"文明"是三孙子,话先说在头里。我是算命的先生,眼前的字儿颇念一气。天天我看俩大子的晚报。"文明"人,就凭看篇晚报,别装孙子啦!老王是给一家洋人当花匠,总算混着洋事。其实他会种花不会,他自己晓得;若是不会的话,大概他也不肯说。给洋人院里剪草皮的也许叫作花匠;无论怎说吧,老王有点好吹。有什么意思?剪草皮又怎么低下呢?老王想不开这一层。要不怎么我们这种穷人没起色呢,穷不是,还好吹两句!大院里这样的人多了,老跟"文明"人学;好像"文明"人的吹胡子瞪眼睛是应当应分。反正他挣钱不多,花匠也罢,草匠也罢。

老王的儿子是个石匠,脑袋还没石头顺溜呢,没见过这么死巴的人。他可是好石匠,不说屈心话。小王娶了媳妇,比他小着十岁,长得像搁陈了的窝窝头,一脑袋黄毛,永远不乐,一挨揍就哭,还是不短挨揍。老王还有个女儿,大概也有十四五岁了,又贼又坏。他们四口住两间房。

除了我们两家,就得算张二是老住户了;已经在这儿住了六个多月。虽然欠下俩月的房钱,可是还对付着没叫房东给撵出去。张二的媳妇嘴真甜甘,会说话;这或者就是还没叫撵出去的原因。自然她只是在要房租来的时候嘴甜甘;房东一转身,你听她那个骂。谁能不骂房东呢;就凭那么一间狗窝,一月也要一块半钱?! 可是谁也没有她骂得那么到家,那么解气。连我这老头子都有点爱上她了,不是为别的,她真会骂。可是,任凭怎么骂,一间狗窝还是一块半钱。这么一想,我又不爱她了。没有真力量。骂骂算得了什么呢。

张二和我的儿子同行,拉车。他的嘴也不善,喝俩铜子的"猫尿"能把全院的人说晕了;穷嚼! 我就讨厌穷嚼,虽然张二不是坏心肠的人。张二有三个小孩,大的捡煤核,二的滚车辙,三的满院爬。

提起孩子来了,简直的说不上来他们都叫什么。院子里的孩子足够一混成旅,怎能记得清楚呢? 男女倒好分,反正能光眼子就光着。在院子里走道总得小心点;一慌,不定踩在谁的身上呢。踩了谁也得闹一场气。大人全别着一肚子委屈,可不就抓个碴儿吵一阵吧。越穷,孩子越多,难道穷人就不该养孩子? 不过,穷人也真得想个办法。这群小光眼子将来都干什么去呢? 又跟我的儿子一样,拉洋车? 我倒不是说拉洋车就低贱,我是说人就不应当拉车;人嘛,当牛马? 可是,好些个还活不到能拉车的年纪呢。今年春天闹瘟疹,死了一大批。最爱打孩子的爸爸也咧着大嘴哭,自己的孩子哪有不心疼的? 可是哭完也就完了,小席头一卷,夹出城去;死了就死了,省吃是真。腰里没钱心似铁,我常这么说。这不像一句话,总得想个办法!

除了我们三家子,人家还多着呢。可是我只提这三家子就够了。我不是说柳家大院出了人命吗? 死的就是王家那个小媳妇。我说过她像窝窝头,这可不是拿死人打哈哈。我也不是说她"的确"像窝窝头。我是替她难受,替和她差不多的姑娘媳妇们难受。我就常思索,凭什么好好的一个姑娘,养成像窝窝头呢? 从小儿不得吃,不得喝,还能油光水滑的吗? 是,不错,可是凭什么呢?

少说闲话吧;是这么回事:老王第一个不是东西。我不是说他好吹吗? 是,事事他老学那些"文明"人。娶了儿媳妇,喝,他不知道怎么好了。一天到晚对儿媳妇挑鼻子弄眼睛,派头大了,为三个钱的油,两个大的醋,他能闹得翻江倒海。我知道,穷人肝气旺,爱吵架。老王可是有点存心找毛病;他闹气,不为别的专为学学"文明"人的派头。他是公公;妈的,公公几个铜子儿一个! 我真不明白,为什么穷小子单要充"文明",这是哪一股儿毒气呢? 早晨,他起得早,总得也把小媳妇叫起来,其实有什么事呢? 他要立这个规矩,穷酸! 她稍微晚起来一点,听吧,这一顿揍!

我知道,小媳妇的娘家使了一百块的彩礼,他们爷儿俩大概再有一年也还不清这笔亏空,所以老拿小媳妇出气。可是要专为这一百块钱闹气,也倒罢了,虽然小媳妇已经够冤枉的。他不是专为这点钱。他是学"文明"人呢,他要作足了当公公的气派。他的老伴不是死了吗,他想把婆婆给儿媳妇的折磨也由他承办。他变着方儿挑她的毛病。她呢,一个十七岁的孩子可懂得什么? 跟她耍排场? 我知道他那些排场是打哪儿学来的:在茶馆里听那些"文明"人说的。他就是这么个人——和"文明"人要是过两句话,替别人吹几句,脸上立刻能红堂堂的。在洋人家里剪草皮的时候,洋人要是跟他过一句半句的话,他能把尾巴摆动三天三夜。他确是有尾巴。可是他摆一辈子的尾巴了,还是他妈的住破大院啃窝窝头。我真不明白!

老王上工去的时候,把磨折儿媳妇的办法交给女儿替他办。那个贼丫头! 我一点也没有看不起穷人家的姑娘的意思;她们给人家作丫环去呀,作二房去呀,是常有的事(不是应该的事),那能怨她们吗? 不能! 可是我讨厌王家这个二妞,她和她爸爸一样的讨人嫌,能钻天觅缝地给她嫂子小鞋穿,能大睁白眼地乱造谣言给嫂子使坏。我知道她为什么这么坏,她是由那个洋人供给着在一个学校念书,她一万多个看不上她的嫂子。她也穿一双整鞋①,头发上也戴着一把梳子,瞧她那个美! 我就这么琢磨这回事:世界上不应当有穷有富。可是穷人要是狗着②有钱的,往高处爬,比什么也坏。老王和二妞就是好例子。她嫂子要是作一双青布新鞋,她变着方儿给踩上泥,然后叫他爸爸骂儿媳妇。我没工夫细说这些事儿,反正这个小媳妇没有一天得着好气;有的时候还吃不饱。

小王呢,石厂子在城外,不住在家里。十天半月地回来一趟,一定揍媳妇一顿。在我们的柳家大院,揍儿媳妇是家常便饭。谁叫老婆吃着男子汉呢,谁叫娘家使了彩礼呢,挨揍是该当的。可是小王本来可以不揍媳妇,因为他轻易不家来,还愿意回回闹气吗? 哼,有老王和二妞在旁边挑拨啊。老王罚儿媳妇挨饿,跪着;到底不能亲自下手打,他是自居为"文明"人的,哪能落个公公打儿媳呢? 所以挑唆儿子去打;他知道儿子是石匠,打一回胜似别人打五回的。儿子打完了媳妇,他对儿子和气极了。二妞呢,虽然常拧嫂子的胳臂,可也究竟是不过瘾,恨不能看着哥哥把嫂子当作石头,一下子捶碎才痛快。我告诉你,一个女人要是看不起另一个女人的话,那就是活对头。二妞自居女学生;嫂子不过是花一百块钱买来的一个活窝窝头。

---

① 意思是从前穿破烂的鞋,现在才穿上不破的鞋。
② 狗着,巴结的意思。

王家的小媳妇没有活路。心里越难受,对人也越不和气;全院里没有爱她的人。她连说话都忘了怎么说了。也有痛快的时候,见神见鬼地闹撞客①。总是在小王揍完她走了以后,她又哭又说,一个人闹欢了。我的差事来了,老王和我借宪书,抽她的嘴巴。他怕鬼,叫我去抽。等我进了她的屋子,把她安慰得不哭了——我没抽过她,她要的是安慰,几句好话——他进来了,掐她的人中,用草纸熏;其实他知道她已缓醒过来,故意的惩治她。每逢到这个节骨眼,我和老王吵一架。平日他们吵闹我不管;管又有什么用呢?我要是管,一定是向着小媳妇;这岂不更给她添毒?所以我不管。不过,每逢一闹撞客,我们俩非吵不可了,因为我是在那儿,眼看着,还能一语不发?奇怪的是这个,我们俩吵架,院里的人总说我不对;妇女们也这么说。他们以为她该挨揍。他们也说我多事。男的该打女的,公公该管教儿媳妇,小姑子该给嫂子气受,他们这群男女信这个!怎么会信这个呢?谁教给他们的呢?那个王八蛋的"文明"可笑,又可哭!

　　前两天,石匠又回来了。老王不知怎么一时心顺,没叫儿子揍媳妇,小媳妇一见大家欢天喜地,当然是喜欢,脸上居然有点像要笑的意思。二妞看见了这个,仿佛是看见天上出了两个太阳。一定有事!她嫂子正在院子里作饭,她到嫂子屋里去搜开了。一定是石匠哥哥给嫂子买来了贴己的东西,要不然她不会脸上有笑意。翻了半天,什么也没翻出来。我说"半天",意思是翻得很详细;小媳妇屋里的东西还多得了吗?我们的大院里一共也没有两张整桌子来,要不怎么不闹贼呢。我们要是有钱票,是放在袜筒儿里。

　　二妞的气大了。嫂子脸上敢有笑容?不管查得出私弊查不出,反正得惩治她!

　　小媳妇正端着锅饭澄米汤,二妞给了她一脚。她的一锅饭出了手。"米饭"!不是丈夫回来,谁敢出主意吃"饭"!她的命好像随着饭锅一同出去了。米汤还没澄干,稀粥似的白饭摊在地上。她拼命用手去捧,滚烫,顾不得手;她自己还不如那锅饭值钱呢。实在太热,她捧了几把,疼到了心上,米汁把手糊住。她不敢出声,咬上牙,扎着两只手,疼得直打转。

　　"爸!瞧她把饭全洒在地上啦!"二妞喊。

　　爷儿俩全出来了。老王一眼看见饭在地上冒热气,登时就疯了。他只看了小王那么一眼,已然是说明白了:"你是要媳妇,还是要爸爸?"

　　小王的脸当时就涨紫了,过去揪住小媳妇的头发,拉倒在地。小媳妇没出一声,就人事不知了。

　　"打!往死了打!打!"老王在一旁嚷,脚踢起许多土来。

---

① 撞客,神志昏迷、哭闹、说胡话,迷信的人认作是撞见鬼了。

二妞怕嫂子是装死，过去拧她的大腿。

院子里的人都出来看热闹，男人不过来劝解，女的自然不敢出声；男人就是喜欢看别人揍媳妇——给自己的那个老婆一个榜样。

我不能不出头了。老王很有揍我一顿的意思。可是我一出头，别的男人也蹭过来。好说歹说，算是劝开了。

第二天一清早，小王老王全去工作。二妞没上学，为是继续给嫂子气受。

张二嫂动了善心，过来看看小媳妇。因为张二嫂自信会说话，所以一安慰小媳妇，可就得罪了二妞。她们俩抬起来了。当然二妞不行，她还说得过张二嫂！"你这个丫头要不……，我不姓张！"一句话就把二妞骂闷过去了，"三秃子给你俩大子，你就叫他亲嘴；你当我没看见呢？有这么回事没有？有没有？"二嫂的嘴就堵着二妞的耳朵眼，二妞直往后退，还说不出话来。

这一场过去，二妞搭讪着上了街，不好意思再和嫂子闹了。

小媳妇一个人在屋里，工夫可就大啦。张二嫂又过来看一眼，小媳妇在炕上躺着呢，可是穿着出嫁时候的那件红袄。张二嫂问了她两句，她也没回答，只扭过脸去。张家的小二，正在这么工夫跟个孩子打起来，张二嫂忙着跑去解围，因为小二被敌人给按在底下了。

二妞直到快吃饭的时候才回来，一直奔了嫂子的屋子去，看看她作好了饭没有。二妞向来不动手作饭，女学生嘛！一开屋门，她失了魂似的喊了一声，嫂子在房梁上吊着呢！一院子的人全吓惊了，没人想起把她摘下来，谁肯往人命事儿里搀合呢？

二妞捂着眼吓成孙子了。"还不找你爸爸去?!"不知道谁说了这么一句，她扭头就跑，仿佛鬼在后头追她呢。

老王回来也傻了。小媳妇是没有救儿了；这倒不算什么，脏了房，人家房东能饶得了他吗？再娶一个，只要有钱，可是上次的债还没归清呢！这些个事叫他越想越气，真想咬吊死鬼儿几块肉才解气！

娘家来了人，虽然大嚷大闹，老王并不怕。他早有了预备，早问明白了二妞，小媳妇是受张二嫂的挑唆才想上吊；王家没逼她死，王家没给她气受。你看，老王学"文明"人真学得到家，能瞪着眼扯谎。

张二嫂可抓了瞎，任凭怎么能说会道，也禁不住贼咬一口，入骨三分！人命，就是自己能分辩，丈夫回来也得闹一阵。打官司自然是不会打的，柳家大院的人还敢打官司？可是老王和二妞要是一口咬定，小媳妇的娘家要是跟她要人呢，这可不好办！柳家大院的人是有眼睛的，不过，人命关天，大家不见得敢帮助她吧？果然，张二一回来就听说了，自己的媳妇惹了祸。谁还管青红皂白，先揍完再说，反正揍媳妇是理所当然的事。张二嫂挨了顿好的。

小媳妇的娘家不打官司；要钱；没钱再说厉害的。老王怕什么偏有什么;前者娶儿媳妇的钱还没还清,现在又来了一档子!可是,无论怎样,也得答应着拿钱,要不然屋里放着吊死鬼,才不像句话。

小王也回来了,十分像个石头人,可是我看得出,他的心里很难过,谁也没把死了的小媳妇放在心上,只有小王进到屋中,在尸首旁边坐了半天。要不是他的爸爸"文明",我想他决不会常打她。可是,爸爸"文明",儿子也自然是要孝顺了,打吧!一打,他可就忘了他的胳臂本是砸石头的。他一声没出,在屋里坐了好大半天,而且把一条新裤子——就是没补钉呀——给媳妇穿上。他的爸爸跟他说什么,他好像没听见。他一个劲儿地吸蝙蝠牌的烟,眼睛不错眼珠地看着点什么——别人都看不见的一点什么。

娘家要一百块钱——五十是发送小媳妇的,五十归娘家人用。小王还是一语不发。老王答应了拿钱。他第一个先找了张二去。"你的媳妇惹的祸,没什么说的,你拿五十,我拿五十;要不然我把吊死鬼搬到你屋里来。"老王说得温和,可又硬张。

张二刚喝了四个大子的猫尿,眼珠子红着。他也来得不善:"好王大爷的话,五十?我拿!看见没有?屋里有什么你拿什么好了。要不然我把这两个大孩子卖给你,还不值五十块钱?小三的妈!把两个大的送到王大爷屋里去!会跑会吃,决不费事,你又没个孙子,正好嘛!"

老王碰了个软的。张二屋里的陈设大概一共值不了几个铜子儿!俩孩子叫张二留着吧。可是,不能这么轻轻地便宜了张二;拿不出五十呀,三十行不行?张二唱开了打牙牌①,好像很高兴似的。"三十干吗?还是五十好了,先写在账上,多喒我叫电车轧死,多喒还你。"

老王想叫儿子揍张二一顿。可是张二也挺壮,不一定能揍得了他。张二嫂始终没敢说话,这时候看出一步棋来,乘机会自己找找脸:"姓王的,你等着好了,我要不上你屋里去上吊,我不算好老婆,你等着吧!"

老王是"文明"人,不能和张二嫂斗嘴皮子。而且他也看出来,这种野娘们什么也干得出来,真要再来个吊死鬼,可得更吃不了兜着走了。老王算是没敲上张二。

其实老王早有了"文明"主意,跟张二这一场不过是虚晃一刀。他上洋人家里去,洋大人没在家,他给洋太太跪下了,要一百块钱。洋太太给了他,可是其中的五十是要由老王的工钱扣的,不要利钱。

老王拿着回来了,鼻子朝着天。

开张殃榜就使了八块;阴阳生要不开这张玩艺,麻烦还小得了吗?这笔钱不能不花。

---

① 打牙牌,娼妓中流行的黄色小调、小曲。

小媳妇总算死得"值"。一身新红洋缎的衣裤,新鞋新袜子,一头银白铜的首饰。十二块钱的棺材。还有五个和尚念了个光头三①。娘家弄了四十多块去;老王无论如何不能照着五十的数给。

事情算是过去了,二姐可遭了报,不敢进屋子。无论干什么,她老看见嫂子在房梁上挂着呢。老王得搬家。可是,脏房谁来住呢?自己住着,房东也许马马虎虎不究真儿;搬家,不叫赔房才怪呢。可是二姐不敢进屋睡觉也是个事儿。况且儿媳妇已经死了,何必再住两间房?让出那一间去,谁肯住呢?这倒难办了。

老王又有了高招儿,儿媳妇一死,他更看不起女人了。四五十块花在死鬼身上,还叫她娘家拿走四十多,真堵得慌。因此,连二姐的身份也落下来了。干脆把她打发了,进点彩礼,然后赶紧再给儿子续上一房。二姐不敢进屋子呀,正好,去她的。卖个三百二百的除给儿子续娶之外,自己也得留点棺材本儿。

他搭讪着跟我说这个事。我以为要把二姐给我的儿子呢;不是,他是托我给留点神,有对事的外乡人肯出三百二百的就行。我没说什么。

正在这个时候,有人来给小王提亲,十八岁的大姑娘,能洗能作,才要一百二十块钱的彩礼。老王更急了,好像立刻把二姐铲出去才痛快。

房东来了,因为上吊的事吹到他耳朵里。老王把他唬回去了:房脏了,我现在还住着呢!这个事怨不上来我呀,我一天到晚不在家,还能给儿媳妇气受?架不住有坏街坊,要不是张二的娘们,我的儿媳妇能想得起上吊?上吊也倒没什么,我呢,现在又给儿子张罗着,反正混着洋事,自己没钱呀,还能和洋人说句话,接济一步。就凭这回事说吧,洋人送了我一百块钱!

房东叫他给唬住了,跟旁人一打听,的的确确是由洋人那儿拿来的钱。房东没再对老王说什么,不便于得罪混洋事的。可是张二这个家伙不是好调货,欠下两个月的房租,还由着娘们拉舌头扯簸箕,撵他搬家!张二嫂无论怎么会说,也得补上俩月的房钱,赶快滚蛋!

张二搬走了,搬走的那天,他又喝得醉猫似的。张二嫂臭骂了房东一大阵。

等着看吧。看二姐能卖多少钱,看小王又娶个什么样的媳妇。什么事呢!"文明"是孙子,还是那句!

1933 年 11 月

(选自《老舍文集》第 8 卷,人民文学出版社 1985 年版)

---

① 死了人,在第三天上念经超度亡魂。

艾　芜

山　峡　中

　　江上横着铁链作成的索桥,巨蟒似的,现出顽强古怪的样子,终于渐渐吞蚀在夜色中了。
　　桥下凶恶的江水,在黑暗中奔腾着,咆哮着,发怒地冲打岩石,激起吓人的巨响。
　　两岸蛮野的山峰,好像也在怕着脚下的奔流,无法避开一样,都把头尽量地躲入疏星寥落的空际。
　　夏天的山中之夜,阴郁、寒冷、怕人。
　　桥头的神祠,破败而荒凉的,显然已给人类忘记了,遗弃了,孤零零地躺着,只有山风、江流送着它的余年。
　　我们这几个被世界抛却的人们,到晚上的时候,趁着月色星光,就从远山那边的市集里,悄悄地爬了下来,进去和残废的神们,一块儿住着,作为暂时的自由之家。
　　黄黑斑驳的神龛面前,烧着一堆煮饭的野火,跳起熊熊的红光,就把伸手取暖的阴影鲜明地绘在火堆的周遭。上面金衣剥落的江神,虽也在暗淡的红色光影中,显出一足踏着龙头的悲壮样子,但人一看见那只扬起的握剑的手,是那么地残破,危危欲坠了,谁也要怜惜他这位末路英雄的。锅盖的四围,呼呼地冒出白色的蒸气,咸肉的香味和着松柴的芬芳,一时到处弥漫起来。这是宜于哼小曲、吹口哨的悠闲时候,但大家都是静默地坐着,只在暖暖手。
　　另一边角落里,燃着一节残缺的蜡烛,摇曳地吐出微黄的光辉,展示出另一个暗淡的世界。没头的土地菩萨侧边,躺着小黑牛,污腻的上身完全裸露出来,正无力地呻唤着,衣和裤上的血迹,有的干了,有的还是湿渍渍的。夜白飞就坐在旁边,给他揉着腰干,擦着背,一发现重伤的地方,便惊讶地喊:
　　"呵呀,这一处!"
　　接着咒骂起来:
　　"他妈的！这地方的人,真毒！老子走遍天下,也没碰见过这些吃人的东西!……这里的江水也可恶,像今晚要把我们冲走一样!"

夜愈静寂,江水也愈吼得厉害,地和屋宇和神龛都在震颤起来。

"小伙子,我告诉你,这算什么呢?对待我们更要残酷的人,天底下还多哩,……苍蝇一样的多哩!"

这是老头子不高兴的声音,由那薄暗的地方送来,仿佛在责备着,"你为什么要大惊小怪哪!"他躺在一张破烂虎皮的毯子上面,样子却望不清楚,只是铁烟管上的旱烟,现出一明一暗的红焰。复又吐出教训的话语:

"我么?人老了,拳头棍棒可就挨得不少。……想想看,吃我们这行饭,不怕挨打就是本钱哪!……没本钱怎么做生意呢?"

在这边烤火的鬼冬哥把手一张,脑袋一仰,就大声插嘴过去,一半是讨老人的好,一半是夸自己的狠。

"是呀,要活下去。我们这批人打断腿子倒是常有的事情,……你们看,像那回在鸡街,鼻血打出了,牙齿打脱了,腰干也差不多伸不起来,我回来的时候,不是还在笑么?……"

"对哪!"老头子高兴地坐了起来,"还有,小黑牛就是太笨了,嘴巴又不会扯谎,有些事情一说就说脱了的。像今天,你说,也掉东西,谁还拉着你哩?……只晓得说'不是我,不是我',就是这一句,人家怎不搜你身上呢?……不怕挨打,也好嘛!……呻唤,呻唤,尽是呻唤!"

我虽是没有就着火光看书了,但却仍旧把书拿在手里的。鬼冬哥得了老头子的赞许,就动手动足起来,一把抓着我的书喊道:

"看什么?书上的废话,有什么用呢?一个钱也不值,……烧起来还当不得这一根干柴……听,老人家在讲我们的学问哪!"

一面就把一根干柴,送进火里。

老头子在砖上叩去了铁烟管上的余烬,很矜持地说道:

"我们的学问,没有写在纸上,……写来给傻子读么?……第一……一句话,就是不怕和扯谎!……第二……我们的学问,哈哈哈。"

似乎一下子觉出了,我才同他合伙没久,便用笑声掩饰着更深一层的话了。

"烧了吧,烧了吧,你这本傻子才肯读的书!"

鬼冬哥作势要把书抛进火里去,我忙抢着喊:

"不行!不行!"

侧边的人就叫了起来:

"锅碰倒了!锅碰倒了!"

"同你的书一块去跳江吧!"

鬼冬哥笑着把书丢给了我。

老头子轻徐地向我说道：

"你高兴同我们一道走，还带那些书做什么呢。……那是没用的，小时候我也读过一两本。"

"用处是不大的，不过闲着的时候，看看罢了，像你老人家无事的时候吸烟一样。……"

我不愿同老头子引起争论，因为就有再好的理由也说不服他这顽强的人的，所以便这样客气地答复他。他得意地笑了，笑声在黑暗中散播着。至于说到要同他们一道走，我却没有如何决定，只是一路上给生活压来说气忿话的时候，老头子就误以为我真的要入伙了。今天去干的那一件事，无非由于他们的逼迫，凑凑角色罢了，并不是另一个新生活的开始。我打算趁此向老头子说明，也许不多几天，就要独自走我的，但却给小黑牛突然一阵猛烈的呻唤打断了。

大家皱着眉头沉默着。

在这些时候，不息地打着桥头的江涛，仿佛要冲进庙来，扫荡一切似的。江风也比往天晚上大些，挟着尘沙，一阵阵地滚入，简直要连人连锅连火吹走一样。

残烛熄灭，火堆也闷着烟，全世界的光明，统给风带走了，一切重返于无涯的黑暗。只有小黑牛痛苦的呻吟，还表示出了我们悲惨生活的存在。

野老鸦拨着火堆，尖起嘴巴吹，闪闪的红光，依旧喜悦地跳起，周遭不好看的脸子，重又画出来了。大家吐了一口舒适的气。野老鸦却是流着眼泪了，因为刚才吹的时候，湿烟熏着了他的眼睛，他伸手揉揉之后，独自悠悠然地说：

"今晚的大江，吼得这么大……又凶，……像要吃人的光景哩，该不会出事吧……"

大家仍旧沉默着。外面的山风、江涛，不停地咆哮，不停地怒吼，好像诅咒我们的存在似的。

小黑牛突然大声地呻唤，发出痛苦的呓语：

"哎呀，……哎……害了我了……害了我了，……哎呀……哎呀……我不干了！我不……"

替他擦着伤处的夜白飞，点燃了残烛，用一只手挡着风，照映出小黑牛打坏了的身子——正痉挛地做出要翻身不能翻的痛苦光景，就赶快替他往腰部揉一揉，恨恨地抱怨他：

"你在说什么？你……鬼附着你哪！"

同时掉头回去，恐怖地望望黑暗中的老头子。

小黑牛突地翻过身，嘎声嘶叫：

"你们不得好死的！你们！……菩萨！菩萨呀！"

已经躺下的老头子突然坐了起来，轻声说道：

"这样么？……哦……"

忽又生气了，把铁烟管用力地往砖上扣了一下，说：

"菩萨，菩萨，菩萨也同你一样的倒楣！"

交闪在火光上面的眼光，都你望我我望你地，现出不安的神色。

野老鸦向着黑暗的门外看了一下，仍旧静静地说：

"今晚的江水实在吼得太大了！……我说嘛……"

"你说，……你一开口，就是吉利的！"

鬼冬哥粗暴地盯了野老鸦一眼，恨恨地诅咒着。

一阵风又从破门框上刮了进来，激起点点红艳的火星，直朝鬼冬哥的身上进射。他赶快退后几步，向门外黑暗中的风声，扬着拳头骂：

"你进来！你进来！……"

神祠后面的小门一开，白色鲜明的玻璃灯光和着一位油黑蛋脸的年轻姑娘，连同笑声，挤进我们这个暗淡的世界里来了。黑暗、沉闷和忧郁，都悄悄地躲去。

"喂，懒人们！饭煮得怎样了……孩子都要饿哭了哩！"

一手提灯，一手抱着一块木头人儿，亲暱地偎在怀里，作出母亲那样高兴的神情。

蹲着暖手的鬼冬哥把头一仰，手一张，高声哗笑起来：

"哈呀，野猫子，……一大半天，我说你在后面做什么？……你原来是在生孩子哪！……"

"呸，我在生你！"

接着啵的响了一声。野猫子生气了，鼓起原来就是很大的乌黑眼睛，把木人儿打在鬼冬哥的身旁；一下子冲到火堆边上，放下了灯，揭开锅盖，用筷子查看锅里翻腾滚沸的咸肉。白蒙蒙的蒸气，便在雪亮的灯光中，袅袅地上升着。

鬼冬哥拾起木人儿，装模做样地喊道：

"呵呀，……尿都跌出来了！……好狠毒的妈妈！"

野猫子不说话，只把嘴巴一尖，头颈一伸，向他作个顽皮的鬼脸，就撕着一大块油腻腻的肉，有味地嚼她的。

小骡子用手肘碰碰我，斜起眼睛打趣说：

"今天不是还在替孩子买衣料么？"

接着大笑起来。

"嘿嘿，……酒鬼……嘿嘿，酒鬼。"

鬼冬哥也突地记起了,哗笑着,向我喊:

"该你抱!该你抱!"

就把木人儿递在我的面前。

野猫子将锅盖骤然一盖,抓着木人儿,抓着灯,像风一样蓦地卷开了。

小骡子的眼珠跟着她的身子溜,点点头说:

"活像哪,活像哪,一条野猫子!"

她把灯、木人儿和她自己,一同蹲在老头子的面前,撒娇地说:

"爷爷,你抱抱!娃儿哭哩!"

老头子正生气地坐着,虎着脸,耳根下的刀痕,绽出红涨的痕迹,不答理他的女儿。女儿却不怕爸爸的,就把木人儿的蓝色小光头,伸向短短的络腮胡上,顽皮地乱撞着,一面呶起小嘴巴,娇声娇气地说:

"抱,嗯,抱,一定要抱!"

"不!"

老头子的牙齿缝里挤出这么一声。

"抱,一定要抱,一定要,一定!"

老头子在各方面,都很顽强的,但对女儿却每一次总是无可如何地屈伏了。接着木人儿,对在鼻子尖上,鼓大眼睛,粗声粗气地打趣道:

"你是哪个的孩子?……喊声外公吧!喊,蠢东西!"

"不给你玩!拿来,拿来!"

野猫子一把抓去了,气得翘起了嘴巴。

老头子却粗暴地哗笑起来。大家都感到了异常的轻松,因为残留在这个小世界里的怒气,这一下子也已完全冰消了。

我只把眼光放在书上,心里却另外浮起了今天那一件新鲜而有趣的事情。

早上,他们叫我装作农家小子,拿着一根长烟袋,野猫子扮成农家小媳妇,提着一只小竹篮,同到远山那边的市集里,假作去买东西。他们呢,两个三个地远远尾在我们的后面,也装作忙忙赶街的样子。往日我只是留着守东西,从不曾伙他们去干的,今天机会一到,便逼着扮演一位不重要的角色,可笑而好玩地登台了。

山中的市集,也很热闹的,拥挤着许多远地来的庄稼人。野猫子同我走到一家布摊子的面前,她就把竹篮子套在手腕上,乱翻起摊子上的布来,选着条纹花的说不好,选着棋盘格的也说不好,惹得老板也感到烦厌了。最后她扯出一匹蓝底白花的印花布,喜孜孜地叫道:

"呵呀,这才好看哪!"

随即掉转身来,仰起乌溜溜的眼睛,对我说:

"爸爸，……买一件给阿狗穿！"

我简直想笑起来——天呀，她怎么装得这样像！幸好始终板起了面孔，立刻记起了他们教我的话。

"不行，太贵了！……我没那样多的钱花！"

"酒鬼，我晓得！你的钱，是要喝马尿水的！"

同时在我的鼻子尖上，竖起一根示威的指头，点了两点。说完就一下子转过身去，气狠狠地把布丢在摊子上。

于是，两个人就小小地吵起嘴来了。

满以为狡猾的老板总要看我们这幕滑稽剧的，哪知道他才是见惯不惊了，眼睛始终照顾着他的摊子。

野猫子最后赌气说：

"不买了，什么也不买了！"

一面却向对面街边上的货摊子望去。突然作出吃惊的样子，低声地向我也是向着老板喊：

"呀！看，小偷在摸东西哪！"

我一望去，简直吓灰了脸，怎么野猫子会来这一着？在那边干的人不正是夜白飞、小黑牛他们么！

然而，正因为这一着，事情却得手了。后来，小骡子在路上告诉我，就是在这个时候，狡猾的老板始把时时刻刻都在提防的眼光引向远去，他才趁势偷去一匹上好的细布的。当时我却不知道，只听得老板幸灾乐祸地袖着手说：

"好呀！好呀！王老三，你也倒楣了！"

我还呆着看，野猫子便揪了我一把，喊道：

"酒鬼，死了么？"

我便跟着她赶快走开，却听着老板在后面冷冷地笑着，说风凉话哩。

"年纪轻轻，就这样的泼辣！咳！"

野猫子掉回头去啐了一口。

"看进去了！看进去了！"

鬼冬哥一面端开燉肉的锅，一面打趣着我。

于是，我的回味，便同山风刮着的火烟，一道儿溜走了。

中夜，纷乱的足声和嘈杂的低语，惊醒了我；我没有翻爬起来，只是静静地睡着。像是野猫子吧？走到我所睡的地方，站了一会，小声说道：

"睡熟了，睡熟了。"

我知道一定有什么瞒我的事在发生着了，心里禁不住惊跳起来，但却不

敢翻动,只是尖起耳朵凝神地听着,忽然听见夜白飞哀求的声音,在暗黑中颤抖地说着:

"这太残酷了,太,太残酷了……魏大爷,可怜他是……"

尾声低小下去,听着的只是夜深打岸的江涛。

接着老头子发出钢铁一样的高声,叱责着:

"天底下的人,谁可怜过我们?……小伙子,个个都对我们捏着拳头哪!要是心肠软一点,还活得到今天么?你……哼,你!小伙子,在这里,懦弱的人是不配活的。……他,又知道我们的……咳,那么多!怎好白白放走呢?"

那边角落里躺着的小黑牛,似乎被人抬了起来,一路带着痛苦的呻唤和着杂沓的足步,流向神祠的外面去。一时屋里静悄悄的了,简直空洞得十分怕人。

我轻轻地抬起头,朝破壁缝中望去,外面一片清朗的月色,已把山峰的姿影、岩石的面部和林木的参差,或浓或淡地画了出来,更显着峡壁的阴森和凄郁,比黄昏时候看起来还要怕人些。山脚底,汹涌着一片蓝色的奔流,碰着江中的石礁,不断地在月光中溅跃起、喷射起银白的水花。白天,尤其黄昏时候,看起来像是顽强古怪的铁索桥呢,这时却在皎洁的月下,露出妩媚的修影了。

老头子和野猫子站在桥头。影子投在地上。江风掠飞着他们的衣裳。

另外抬着东西的几个阴影,走到索桥的中部,便停了下来。蓦地一个人那么样的形体,很快地丢下江去。原先就是怒吼着的江涛,却并没有因此激起一点另外的声息,只是一霎时在落下处,跳起了丈多高亮晶晶的水珠,然而也就马上消灭了。

我明白了,小黑牛已经在这世界上凭借着一只残酷的巨手,完结了他的悲惨的命运了。但他往天那样老实而苦恼的农民样子,却还遗留在我的心里,搅得我一时无法安睡。

他们回来了。大家都是默无一语地悄然睡下,显见得这件事的结局是不得已的,谁也不高兴做的。

在黑暗中,野老鸦翻了一个身,自言自语地低声说道:

"江水实在吼得太大了!"

没有谁答一句话,只有庙外的江涛和山风,鼓噪地应和着。

我回忆起小黑牛坐在坡上歇气时,常常爱说的那一句话了:

"那多好呀!……那样的山地!……还有那小牛!"

随着他那忧郁的眼睛了望去,一定会在晴明的远山上面,看出点点灰色的茅屋和正在缕缕升起的蓝色轻烟的。同伴们也知道,他是被那远处人家的景色,勾引起深沉的怀乡病了,但却没有谁来安慰他,只是一阵地瞎打趣。

小骡子每次都爱接着他的话说:

"还有那白白胖胖的女人罗!"

另一人插嘴道:

"正在张太爷家里享福哪,吃好穿好的。"

小黑牛呆住了,默默地低下了头。

"鬼东西,总爱提这些!……我们打几盘再走吧,牌嗬?牌嗬?……谁捡着?"

夜白飞始终袒护着小黑牛;众人知道小黑牛的悲惨故事,也是由他的嘴巴传达出来的。

"又是在想,又是在想!你要回去死在张太爷的拳头下才好的!……同你的山地牛儿一块去死吧!"

鬼冬哥在小黑牛的鼻子尖上示威似地摇一摇拳头,就抽身到树荫下打纸牌去了。

小黑牛在那个世界里躲开了张太爷的拳击,掉过身来在这个世界里,却仍然又免不了江流的吞食。我不禁就由这想起,难道穷苦人的生活本身,便原是悲痛而残酷的么?也许地球上还有另外的光明留给我们的吧?明天我准于要走了。

次晨醒来,只有野猫子和我留着。

破败凋残的神祠,尘灰满积的神龛,吊挂蛛网的屋角,俱如我枯燥的心地一样,是灰色的、暗淡的。

除却时时刻刻都在震人心房的江涛声而外,在这里简直可以说没有一样东西使人感到兴奋了。

野猫子先我起来,穿着青花布的短衣,大脚绔的黑绸裤,独自生着火,燉着开水,悠悠闲闲地坐在火旁边唱着:

> 江水呵,
> 慢慢流,
> 流呀流,
> 流到东边大海头,

我一面爬起来扣着衣纽,听着这样的歌声,越发感到岑寂了。便没精打采地问(其实自己也是知道的):

"野猫子,他们哪里去了?"

"发财去了!"

接着又唱她的:

那儿呀,没有忧!
那儿呀,没有愁!

她见我不时朝昨夜小黑牛睡的地方了望,便打探似地说道:
"小黑牛昨夜可真叫得凶,大家都吵来睡不着。"
一面闪着她乌黑的狡猾的眼睛。
"我没听见。"
打算听她再捏造些什么话,便故意这样地回答。
她便继续说:
"一早就抬他去医伤去了!……他真是个该死的家伙,不是爸爸估着①他,说着好话,他还不去呢!"
她比着手势,很出色地形容着,好像真有那么一回事一样。
刚在火堆边坐着的我,简直感到忿怒了,便低下头去,用干枝拨着火,冷冷地说:
"你的爸爸,太好了,太好了!……可惜我却不能多跟他老人家几天了。"
"你要走了么?"她吃了一惊,随即生气地骂道,"你也想学小黑牛了!"
"也许……不过……"
我一面用干枝画着灰,一面犹豫地说。
"不过什么?不过!……爸爸说的好,懦弱的人,一辈子只有给人踏着过日子的。……伸起腰干吧!抬起头吧!……羞不羞哪,像小黑牛那样子!"
"你的爸爸,说的话,是对的,做的事,却错了!"
"为什么?"
"你说为什么?……并且昨夜的事情,我通通看见了!"
我说着,冷冷的眼光浮了起来。看见她突然变了脸色,但又一下子恢复了原状,而且狡猾地说着:"嘿嘿,就是为了这才要走么?你这不中用的!"
马上揭开开水罐子看,气冲冲地骂:
"还不开!还不开!"
蓦地像风一样卷到神殿后面去,一会儿,抱了一抱干柴出来。一面拨大火,一面柔和地说:
"害怕么?要活下去,怕是不行的。昨夜的事,多着哩,久了就会见惯了的。……是么?规规矩矩地跟我们吧,……你这阿狗的爹,哈哈哈。"

---

① 估着,即逼着。

她狂笑起来,随即抓着昨夜丢下了的木人儿,顽皮地命令我道:

"木头,抱,抱,他哭哩!"

我笑了起来,但却仍然去整理我的衣衫和书。

"真的要走么?来来来,到后面去!"

她的两条眉峰一竖,眼睛露出恶毒的光芒,看起来,却是又美丽又可怕的。

她比我矮一个头,身子虽是结实,但却总是小小的,一种好奇的冲动捉弄着我,于是无意识地笑了一下,便尾着她到后面去了。

她从柴草中抓出一把雪亮的刀来,半张不理地递给我,斜瞬着狡猾的眼睛,命令道:

"试试看,你砍这棵树!"

我由她摆布,接着刀,照着面前的黄桷树,用力砍去,结果只砍了半寸多深。因为使刀的本事,我原是不行的。

"让我来!"

她突地活跃了起来,夺去了刀,作出一个侧面骑马的姿势,很结实地一挥,喳的一刀,便没入树身三四寸的光景,又毫不费力地拔了出来,依旧放在柴草里面,然后气昂昂地走来我的面前,两手叉在腰上,微微地噘起嘴巴,笑嘻嘻地嘲弄我:

"你怎么走得脱呢?……你怎么走得脱呢?"

于是,在这无人的山中,我给这位比我小块的野女子窘住了。正还打算这样地回答她:

"你的爸爸会让我走的!"

但她却忽然抽身跑开了,一面高声唱着,仿佛奏着凯旋一样。

> 这儿呀,也没有忧,
> 这儿呀,也没有愁,
> ……

我慢步走到江边去,无可奈何地徘徊着。

峰尖浸着粉红的朝阳。山半腰,抹着一两条淡淡的白雾。崖头苍翠的树丛,如同洗后一样的鲜绿。峡里面,到处都流溢着清新的晨光。江水仍旧发着吼声,但却没有夜来那样的怕人。清亮的波涛,碰在嶙峋的石上,溅起万朵灿然的银花,宛若江在笑着一样。谁能猜到这样美好的地方,曾经发生过夜来那样可怕的事情呢?

午后,在江流的澎湃中,迸裂出马铃子连击的声响,渐渐强大起来。野猫子和我都感到非常的诧异,赶快跑出去看。久无人行的索桥那面,从崖上转下来一小队人,正由桥上走了过来。为首的一个胖家伙,骑着马,十多个灰衣的小兵,尾在后面。还有两三个行李挑子,和一架坐着女人的滑竿。

"糟了!我们的对头呀!"

野猫子恐慌起来,我却故意喜欢地说道:

"那么,是我的救星了!"

野猫子恨恨地看了我一眼,把嘴唇紧紧地闭着,两只嘴角朝下一弯,傲然地说:

"我还怕么?……爸爸说的,我们原是在刀上过日子哪!迟早总有那么一天的。"

他们一行人来到庙前,便歇了下来。老爷和太太坐在石阶上,互相温存地问询着。勤务兵似的孩子,赶忙在挑子里面,找寻着温水瓶和毛巾。抬滑竿的伕子,满头都是汗,走下江边去喝江水。兵士们把枪横在地上,从耳上取下香烟缓缓地点燃,吸着。另一个班长似的灰衣汉子,军帽挂在脑后,毛巾缠在颈上,走到我们的面前。枪兜子抵在我的足边,眼睛盯着野猫子,盘问我们是做什么的,从什么地方来,到什么地方去。

野猫子咬着嘴唇,不作声。

我就从容地回答他,说我们是山那边的人,今天从丈母家回来,在此歇歇气的。同时催促野猫子说:

"我们走吧!——阿狗怕在家里哭哩!"

"是呀,我很担心的。……唉,我的足怪疼哩!"

野猫子作出焦眉愁眼的样子,一面就摸着她的足,叹气。

"那就再歇一会吧。"

我们便开始讲起山那边家中的牛马和鸡鸭,竭力作出一对庄稼人的应有的风度。

他们歇了一会,就忙着赶路走了。

野猫子欢喜得直是跳,抓着我喊:

"你怎么不叫他们抓我呢?怎么不呢?怎么不呢?"

她静下来叹一口气,说:

"我倒打算杀你哩;唉,我以为你是恨我们的。……我还想杀了你,好在他们面前显显本事。……先前,我还不曾单独杀过一个人哩。"

我静静地笑着说:

"那么,现在还可以杀哩。"

"不,我现在为什么要杀你呢?……"

"那么,规规矩矩地让我走吧!"

"不!你得让爸爸好好地教导一下子!……往后再吃几个人血馒头就

好了!"

她坚决地吐出这话之后,就重又唱着她那常常在哼的歌曲,我的话,我的祈求,全不理睬了。

于是,我只好抑郁地等着黄昏的到来。

晚上,他们回来了,带着那么多的"财喜",看情形,显然是完全胜利,而且不像昨天那样小干的了。老头子喝得泥醉,由鬼冬哥的背上放下,便呼呼地睡着。原来大家因为今天事事得手,就都在半路上的山家酒店里,喝过庆贺的酒了。

夜深都睡得很熟,神殿上交响着鼻息的鼾声。我却不能安睡下去,便在江流激湍中,思索着明天怎样对付老头子的话语,同时也打算趁此夜深人静,悄悄地离开此地。但一想到山中不熟悉的路径,和夜间出游的野物,便又只好等待天明了。

大约将近天明的时候,我才昏昏地沉入梦中。醒来时,已快近午,发现出同伴们都已不见了,空空洞洞的破残神祠里,只我一人独自留着。江涛仍旧热心地打着岩石,不过比往天却显得单调些、寂寞些了。

我想着,这大概是我昨晚独自儿在这里过夜,作了一场荒诞不经的梦,今朝从梦中醒来,才有点感觉异样吧。

但看见躺在砖地上的灰堆,灰堆旁边的木人儿,与乎留在我书里的三块银元时,烟霭也似的遐思和怅惘,便在我岑寂的心上缕缕地升起来了。

1933 年冬,上海
(选自《南行记》,文化生活出版社 1936 年 2 月版)

沈从文

边　　城

一

　　由四川过湖南去,靠东有一条官路。这官路将近湘西边境到了一个地方名为"茶峒"的小山城时,有一小溪,溪边有座白色小塔,塔下住了一户单独的人家。这人家只一个老人,一个女孩子,一只黄狗。

　　小溪流下去,绕山岨流,约三里便汇入茶峒的大河。人若过溪越小山走去,则只一里路就到了茶峒城边。溪流如弓背,山路如弓弦,故远近有了小小差异。小溪宽约二十丈,河床为大片石头作成。静静的水即或深到一篙不能落底,却依然清澈透明,河中游鱼来去皆可以计数。小溪既为川湘来往孔道,水常有涨落,限于财力不能搭桥,就安排了一只方头渡船。这渡船一次连人带马,约可以载二十位搭客过河,人数多时则反复来去。渡船头竖了一枝小小竹竿,挂着一个可以活动的铁环,溪岸两端水槽牵了一段废缆,有人过渡时,把铁环挂在废缆上,船上人就引手攀缘那条缆索,慢慢的牵船过对岸去。船将拢岸了,管理这渡船的,一面口中嚷着"慢点慢点",自己霍的跃上了岸,拉着铁环,于是人货牛马全上了岸,翻过小山不见了。渡头为公家所有,故过渡人不必出钱。有人心中不安,抓了一把钱掷到船板上时,管渡船的必为一一拾起,依然塞到那人手心里去,俨然吵嘴时的认真神气:"我有了口粮,三斗米,七百钱,够了。谁要这个!"

　　但不成,凡事求个心安理得,出气力不受酬谁好意思,不管如何还是有人把钱的。管船人却情不过,也为了心安起见,便把这些钱托人到茶峒去买茶叶和草烟,将茶峒出产的上等草烟,一扎一扎挂在自己腰带边,过渡的谁需要这东西必慷慨奉赠。有时从神气上估计那远路人对于身边草烟引起了相当的注意时,便把一小束草烟扎到那人包袱上去,一面说,"不吸这个吗,这好的,这妙的,味道蛮好,送人也合式!"茶叶则在六月里放进大缸里去,用开水泡好,给过路人解渴。

　　管理这渡船的,就是住在塔下的那个老人。活了七十年,从二十岁起便守在这小溪边,五十年来不知把船来去渡了若干人。年纪虽那么老了,本来应当休息了,但天不许他休息,他仿佛便不能够同这一分生活离开。他从不思索自己的职务对于本人的意义,只是静静的很忠实的在那里活下去。代替了天,使他在日头升起时,感到生活的力量,当日头落下时,又不至于思量与日头同时死去的,是那个伴在他身旁的女孩子。他唯一的朋友为一只渡船与一只黄狗,唯一的亲人便只那个女孩子。

女孩子的母亲,老船夫的独生女,十五年前同一个茶峒军人,很秘密的背着那忠厚爸爸发生了暧昧关系。有了小孩子后,这屯戍军士便想约了她一同向下游逃去。但从逃走的行为上看来,一个违悖了军人的责任,一个却必得离开孤独的父亲。经过一番考虑后,军人见她无远走勇气,自己也不便毁去作军人的名誉,就心想:一同去生既无法聚首,一同去死当无人可以阻拦,首先服了毒。女的却关心腹中的一块肉,不忍心,拿不出主张。事情业已为作渡船夫的父亲知道,父亲却不加上一个有分量的字眼儿,只作为并不听到过这事情一样,仍然把日子很平静的过下去。女儿一面怀了羞惭一面却怀了怜悯,仍守在父亲身边,待到腹中小孩生下后,却到溪边吃了许多冷水死去了。在一种近于奇迹中,这遗孤居然已长大成人,一转眼间便十三岁了。为了住处两山多篁竹,翠色逼人而来,老船夫随便为这可怜的孤雏拾取了一个近身的名字,叫作"翠翠"。

翠翠在风日里长养着,把皮肤变得黑黑的,触目为青山绿水,一对眸子清明如水晶。自然既长养她且教育她,为人天真活泼,处处俨然如一只小兽物。人又那么乖,如山头黄麂一样,从不想到残忍事情,从不发愁,从不动气。平时在渡船上遇陌生人对她有所注意时,便把光光的眼睛瞅着那陌生人,作成随时皆可举步逃入深山的神气,但明白了人无机心后,就又从从容容的在水边玩耍了。

老船夫不论晴雨,必守在船头。有人过渡时,便略弯着腰,两手缘引了竹缆,把船横渡过小溪。有时疲倦了,躺在临溪大石上睡着了,人在隔岸招手喊过渡,翠翠不让祖父起身,就跳下船去,很敏捷的替祖父把路人渡过溪,一切皆溜刷在行,从不误事。有时又和祖父黄狗一同在船上,过渡时和祖父一同动手,船将近岸边,祖父正向客人招呼"慢点,慢点"时,那只黄狗便口衔绳子,最先一跃而上,且俨然懂得如何方为尽职似的,把船绳紧衔着拖船拢岸。

风日清和的天气,无人过渡,镇日长闲,祖父同翠翠便坐在门前大岩石上晒太阳。或把一段木头从高处向水中抛去,嗾使身边黄狗自岩石高处跃下,把木头衔回来。或翠翠与黄狗皆张着耳朵,听祖父说些城中多年以前的战争故事。或祖父同翠翠两人,各把小竹作成的竖笛,逗在嘴边吹着迎亲送

女的曲子。过渡人来了,老船夫放下了竹管,独自跟到船边去,横溪渡人,在岩上的一个,见船开动时,于是锐声喊着:

"爷爷,爷爷,你听我吹,你唱!"

爷爷到溪中央便很快乐的唱起来,哑哑的声音同竹管声振荡在寂静空气里,溪中仿佛也热闹了一些。(实则歌声的来复,反而使一切更寂静一些了。)

有时过渡的是从川东过茶峒的小牛,是羊群,是新娘子的花轿,翠翠必争着作渡船夫,站在船头,懒懒的攀引缆索,让船缓缓的过去。牛羊花轿上岸后,翠翠必跟着走,站到小山头,目送这些东西走去很远了,方回转船上,把船牵靠近家的岸边。且独自低低的学小羊叫着,学母牛叫着,或采一把野花缚在头上,独自装扮新娘子。

茶峒山城只隔渡头一里路,买油买盐时,逢年过节祖父得喝一杯酒时,祖父不上城,黄狗就伴同翠翠入城里去备办东西。到了卖杂货的铺子里,有大把的粉条,大缸的白糖,有炮仗,有红蜡烛,莫不给翠翠很深的印象,回到祖父身边,总把这些东西说个半天。那里河边还有许多上行船,百十船夫忙着起卸百货。这种船只比起渡船来全大得多,有趣味得多,翠翠也不容易忘记。

二

茶峒地方凭水依山筑城,近山的一面,城墙如一条长蛇,缘山爬去。临水一面则在城外河边留出余地设码头,湾泊小小篷船。船下行时运桐油青盐,染色的桵子。上行则运棉花棉纱以及布匹杂货同海味。贯串各个码头有一条河街,人家房子多一半着陆,一半在水,因为余地有限,那些房子莫不设有吊脚楼。河中涨了春水,到水逐渐进街后,河街上人家,便各用长长的梯子,一端搭在屋檐口,一端搭在城墙上,人人皆骂着嚷着,带了包袱、铺盖、米缸,从梯子上进城里去,水退时方又从城门口出城。某一年水若来得特别猛一些,沿河吊脚楼必有一处两处为大水冲去,大家皆在城上头呆望。受损失的也同样呆望着,对于所受的损失仿佛无话可说,与在自然安排下,眼见其他无可挽救的不幸来时相似。涨水时在城上还可望着骤然展宽的河面,流水浩浩荡荡,随同山水从上流浮沉而来的有房子、牛、羊、大树。于是在水势较缓处,税关趸船前面,便常常有人驾了小舢板,一见河心浮沉而来的是一匹牲畜,一段小木,或一只空船,船上有一个妇人或一个小孩哭喊的声音,便急急的把船桨去,在下游一些迎着那个目的物,把它用长绳系走,再向岸边桨去。这些诚实勇敢的人,也爱利,也仗义,同一般当地人相似。不拘救人救物，却同样在一种愉快冒险行为中，做得十分敏捷勇敢，使人见及不能不为之喝彩。

那条河水便是历史上知名的酉水，新名字叫作白河，白河下游到辰州与沅水汇流后，便略显浑浊，有出山泉水的意思。若溯流而上，则三丈五丈的深潭皆清澈见底。深潭为白日所映照，河底小小白石子，有花纹的玛瑙石子，全看得明明白白。水中游鱼来去，全如浮在空气里。两岸多高山，山中多可以造纸的细竹，长年作深翠颜色，逼人眼目。近水人家多在桃杏花里，春天时只需注意，凡有桃花处必有人家，凡有人家处必可沽酒。夏天则晒晾在日光下耀目的紫花布衣裤，可以作为人家所在的旗帜。秋冬来时，房屋在悬崖上的，滨水的，无不朗然入目。黄泥的墙，乌黑的瓦，位置则永远那么妥贴，且与四围环境极其调和，使人迎面得到的印象，实在非常愉快。一个对于诗歌图画稍有兴味的旅客，在这小河中，蜷伏于一只小船上，作三十天的旅行，必不至于感到厌烦，正因为处处有奇迹，自然的大胆处与精巧处，无一处不使人神往倾心。

白河的源流，从四川边境而来，从白河上行的小船，春水发时可以直达川属的秀山。但属于湖南境界的，则茶峒为最后一个水码头。这条河水的河面，在茶峒时虽宽约半里，当秋冬之际水落时，河床流水处还不到二十丈，其余只是一滩青石。小船到此后，既无从上行，故凡川东的进出口货物，皆由这地方落水起岸。出口货物俱由脚夫用杉木扁担压在肩膊上挑抬而来，入口货物也莫不从这地方成束成担的用人力搬去。

这地方城中只驻扎一营由昔年绿营屯丁改编而成的戍兵，及五百家左右的住户。（这些住户中，除了一部分拥有了些山田同油坊，或放账屯油、屯米、屯棉纱的小资本家外，其余多数皆为当年屯戍来此有军籍的人家。）地方还有个厘金局，办事机关在城外河街下面小庙里，经常挂着一面长长的幡信。局长则住在城中。一营兵士驻扎老参将衙门，除了号兵每天上城吹号玩，使人知道这里还驻有军队以外，其余兵士皆仿佛并不存在。冬天的白日里，到城里去，便只见各处人家门前皆晾晒有衣服同青菜。红薯多带藤悬挂在屋檐下。用棕衣作成的口袋，装满了栗子榛子和其它硬壳果，也多悬挂在屋檐下。屋角隅各处有大小鸡叫着玩着。间或有什么男子，占据在自己屋前门限上锯木，或用斧头劈树，把劈好的柴堆到敞坪里去一座一座如宝塔。又或可以见到几个中年妇人，穿了浆洗得极硬的蓝布衣裳，胸前挂有白布扣花围裙，躬着腰在日光下一面说话一面作事。一切总永远那么静寂，所有人民每个日子皆在这种单纯寂寞里过去。一分安静增加了人对于"人事"的思索力，增加了梦。在这小城中生存的，各人也一定皆各在分定一份日子里，怀了对于人事爱憎必然的期待。但这些人想些什么？谁知道。住在城中较高处,门前一站便可以眺望对河以及河中的景致,船来时,远远的就从对河滩上看着无数纤夫。那些纤夫也有从下游地方,带了细点心洋糖之类,拢岸时却拿进城中来换钱的。船来时,小孩子的想像,当在那些拉船人一方面。大人呢,孵一巢小鸡,养两只猪,托下行船夫打副金耳环,带两丈官青布或一坛好酱油、一个双料的美孚灯罩回来,便占去了大部分作主妇的心了。

这小城里虽那么安静和平,但地方既为川东商业交易接头处,因此城外小小河街,情形却不同了一点。也有商人落脚的客店,坐镇不动的理发馆。此外饭店、杂货铺、油行、盐栈、花衣庄,莫不各有一种地位,装点了这条河街。还有卖船上用的槽木活车、竹缆与罐锅铺子,介绍水手职业吃码头饭的人家。小饭店门前长案上,常有煎得焦黄的鲤鱼豆腐,身上装饰了红辣椒丝,卧在浅口钵头里,钵旁大竹筒中插着大把红筷子,不拘谁个愿意花点钱,这人就可以傍了门前长案坐下来,抽出一双筷子到手上,那边一个眉毛扯得极细脸上擦了白粉的妇人就走过来问:"大哥,副爷,要甜酒?要烧酒?"男子火焰高一点的,谐趣的,对内掌柜有点意思的,必装成生气似的说:"吃甜酒?又不是小孩,还问人吃甜酒!"那么,酽洌的烧酒,从大瓮里用竹筒舀出,倒进土碗里,即刻就来到身边案桌上了。杂货铺卖美孚油及点美孚油的洋灯,与香烛纸张。油行屯桐油。盐栈堆火井出的青盐。花衣庄则有白棉纱、大布、棉花以及包头的黑绉绸出卖。卖船上用物的,百物罗列,无所不备,且间或有重至百斤以外的铁锚搁在门外路旁,等候主顾问价的。专以介绍水手为事业,吃码头饭的,则在河街的家中,终日大门敞开着,常有穿青羽缎马褂的船主与毛手毛脚的水手进出,地方像茶馆却不卖茶,不是烟馆又可以抽烟。来到这里的,虽说所谈的是船上生意经,然而船只的上下,划船拉纤人大都有一定规矩,不必作数目上的讨论。他们来到这里大多数倒是在"联欢"。以"龙头管事"作中心,谈论点本地时事,两省商务上情形,以及下游的"新事"。邀会的,集款时大多数皆在此地,扒骰子看点数多少轮作会首时,也常常在此举行。真真成为他们生意经的,有两件事:买卖船只,买卖媳妇。

大都市随了商务发达而产生的某种寄食者,因为商人的需要,水手的需要,这小小边城的河街,也居然有那么一群人,聚集在一些有吊脚楼的人家。这种妇人不是从附近乡下弄来,便是随同川军来湘流落后的妇人,穿了假洋绸的衣服,印花标布的裤子,把眉毛扯得成一条细线,大大的发髻上敷了香味极浓俗的油类。白日里无事,就坐在门口做鞋子,在鞋尖上用红绿丝线挑绣双凤,或为情人水手挑绣花抱兜,一面看过往行人,消磨长日。或靠在临河窗口上看水手起货,听水手爬桅子唱歌。到了晚间,则轮流的接待商人同水手,切切实实尽一个妓女应尽的义务。

由于边地的风俗淳朴,便是作妓女,也永远那么浑厚,遇不相熟的人,做生意时得先交钱,再关门撒野,人既相熟后,钱便在可有可无之间了。妓女多靠四川商人维持生活,但恩情所结,则多在水手方面。感情好的,互相咬着嘴唇咬着颈脖发了誓,约好了"分手后各人皆不许胡闹",四十天或五十天,在船上浮着的那一个,同留在岸上的这一个,便皆呆着打发这一堆日子,尽把自己的心紧紧缚定远远的一个人。尤其是妇人感情真挚,痴到无可形容,男子过了约定时间不回来,做梦时,就总常常梦船拢了岸,一个人摇摇荡荡的从船跳板到了岸上,直向身边跑来。或日中有了疑心,则梦里必见男子在桅上向另一方面唱歌,却不理会自己。性格弱一点儿的,接着就在梦里投河吞鸦片烟,性格强一点儿的便手执菜刀,直向那水手奔去。他们生活虽那么同一般社会疏远,但是眼泪与欢乐,在一种爱憎得失间,糅进了这些人生活里时,也便同另外一片土地另外一些年轻生命相似,全个身心为那点爱憎所浸透,见寒作热,忘了一切。若有多少不同处,不过是这些人更真切一点,也更近于糊涂一点罢了。短期的包定,长期的嫁娶,一时间的关门,这些关于一个女人身体上的交易,由于民情的淳朴,身当其事的不觉得如何下流可耻,旁观者也就从不用读书人的观念,加以指摘与轻视。这些人既重义轻利,又能守信自约,即便是娼妓,也常常较之讲道德知羞耻的城市中人还更可信任。

掌水码头的名叫顺顺,一个前清时便在营伍中混过日子来的人物,革命时在著名的陆军四十九标做个什长。同样做什长的,有因革命成了伟人名人的,有杀头碎尸的,他却带着少年喜事得来的脚疯痛,回到了家乡,把所积蓄的一点钱,买了一条六桨白木船,租给一个穷船主,代人装货在茶峒与辰州之间来往。气运好,半年之内船不坏事,于是他从所赚的钱上,又讨了一个略有产业的白脸黑发小寡妇。数年后,在这条河上,他就有了大小四只船,一个妻子,两个儿子了。

但这个大方洒脱的人,事业虽十分顺手,却因欢喜交朋结友,慷慨而又能济人之急,便不能同贩油商人一样大大发作起来。自己既在粮子里混过日子,明白出门人的甘苦,理解失意人的心情,故凡因船只失事破产的船家,过路的退伍兵士,游学文墨人,凡到了这个地方闻名求助的,莫不尽力帮助。一面从水上赚来钱,一面就这样洒脱散去。这人虽然脚上有点小毛病,还能泅水;走路难得其平,为人却那么公正无私。水面上各事原本极其简单,一切皆为一个习惯所支配,谁个船碰了头,谁个船妨害了别一个人别一只船的利益,皆照例有习惯方法来解决。惟运用这种习惯规矩排调一切的,必需一个高年硕德的中心人物。某年秋天,那原来执事人死了,顺顺作了这样一个代替者。那时他还只五十岁,为人既明事明理,正直和平,又不爱财,故无人对他年龄怀疑。

到如今,他的儿子大的已十八岁,小的已十六岁。两个年青人皆结实如小公牛,能驾船,能泅水,能走长路。凡从小乡城里出身的年青人所能够作的事,他们无一不作,作去无一不精。年纪较长的,如他们爸爸一样,豪放豁达,不拘常套小节。年幼的则气质近于那个白脸黑发的母亲,不爱说话,眼眉却秀拔出群,一望即知其为人聪明而又富于感情。

两兄弟既年已长大,必需在各种生活上来训练他们,作父亲的就轮流派遣两个小孩子各处旅行。向下行船时,多随了自己的船只充伙计,甘苦与人相共。荡桨时选最重的一把,背纤时拉头纤二纤,吃的是干鱼,辣子,臭酸菜,睡的是硬邦邦的舱板。向上行从旱路走去,则跟了川东客货,过秀山、龙潭、酉阳作生意,不论寒暑雨雪,必穿了草鞋按站赶路。且佩了短刀,遇不得已必需动手,便霍的把刀抽出,站到空阔处去,等候对面的一个,接着就同这个人用肉搏来解决。帮里的风气,既为"对付仇敌必需用刀,联结朋友也必需用刀",故需要刀时,他们也就从不让它失去那点机会。学贸易,学应酬,学习到一个新地方去生活,且学习用刀保护身体同名誉,教育的目的,似乎在使两个孩子学得做人的勇气与义气。一分教育的结果,弄得两个人皆结实如老虎,却又和气亲人,不骄惰,不浮华,不倚势凌人,故父子三人在茶峒边境上为人所提及时,人人对这个名姓无不加以一种尊敬。

作父亲的当两个儿子很小时,就明白大儿子一切与自己相似,却稍稍见得溺爱那第二个儿子。由于这点不自觉的私心,他把长子取名天保,次子取名傩送。意思是天保佑的在人事上或不免有龃龉处,至于傩神所送来的,照当地习气,人便不能稍加轻视了。傩送美丽得很,茶峒船家人拙于赞扬这种美丽,只知道为他取出一个诨名为"岳云"。虽无什么人亲眼看到过岳云,一般的印象,却从戏台上小生岳云,得来一个相近的神气。

三

两省接壤处,十余年来主持地方军事的,注重在安辑保守,处置还得法,并无变故发生。水陆商务既不至于受战争停顿,也不至于为土匪影响,一切莫不极有秩序,人民也莫不安分乐生。这些人,除了家中死了牛,翻了船,或发生别的死亡大变,为一种不幸所绊倒觉得十分伤心外,中国其他地方正在如何不幸挣扎中的情形,似乎就永远不会为这边城人民所感到。

边城所在一年中最热闹的日子,是端午,中秋和过年。三个节日过去三五十年前如何兴奋了这地方人,直到现在,还毫无什么变化,仍能成为那地方居民最有意义的几个日子。

　　端午日,当地妇女小孩子,莫不穿了新衣,额角上用雄黄蘸酒画了个王字。任何人家到了这天必可以吃鱼吃肉。大约上午十一点钟左右,全茶峒人就吃了午饭,把饭吃过后,在城里住家的,莫不倒锁了门,全家出城到河边看划船。河街有熟人的,可到河街吊脚楼门口边看,不然就站在税关门口与各个码头上看。河中龙船以长潭某处作起点,税关前作终点,作比赛竞争。因为这一天军官税官以及当地有身分的人,莫不在税关前看热闹。划船的事各人在数天以前就早有了准备,分组分帮各自选出了若干身体结实手脚伶俐的小伙子,在潭中练习进退。船只的形式,与平常木船大不相同,形体一律又长又狭,两头高高翘起,船身绘着朱红颜色长线,平常时节多搁在河边干燥洞穴里,要用它时,拖下水去。每只船可坐十二个到十八个桨手,一个带头的,一个鼓手,一个锣手。桨手每人持一支短桨,随了鼓声缓促为节拍,把船向前划去。坐在船头上,头上缠裹着红布包头,手上拿两支小令旗,左右挥动,指挥船只的进退。擂鼓打锣的,多坐在船只的中部,船一划动便即刻蓬蓬铛铛把锣鼓很单纯的敲打起来,为划桨水手调理下桨节拍。一船快慢既不得不靠鼓声,故每当两船竞赛到剧烈时,鼓声如雷鸣,加上两岸人呐喊助威,便使人想起梁红玉老鹳河时水战擂鼓,牛皋水擒杨幺时也是水战擂鼓。凡把船划到前面一点的,必可在税关前领赏,一匹红,一块小银牌,不拘缠挂到船上某一个人头上去,皆显出这一船合作的光荣。好事的军人,且当每次某一只船胜利时,必在水边放些表示胜利庆祝的五百响鞭炮。

　　赛船过后,城中的戍军长官,为了与民同乐,增加这节日的愉快起见,便把三十只绿头长颈大雄鸭,颈膊上缚了红布条子,放入河中,尽善于泅水的军民人等,下水追赶鸭子。不拘谁把鸭子捉到,谁就成为这鸭子的主人。于是长潭换了新的花样,水面各处是鸭子,各处有追赶鸭子的人。

　　船与船的竞赛,人与鸭子的竞赛,直到天晚方能完事。

　　掌水码头的龙头大哥顺顺,年青时节便是一个泅水的高手,入水中去追逐鸭子,在任何情形下总不落空。但一到次子傩送年过十二岁时,已能入水闭气氽着到鸭子身边,再忽然从水中冒水而出,把鸭子捉到,这作爸爸的便解嘲似的说:"好,这种事有你们来作,我不必再下水了。"于是当真就不下水与人来竞争捉鸭子。但下水救人呢,当作别论。凡帮助人远离患难,便是入火,人到八十岁,也还是成为这个人一种不可逃避的责任!

　　天保傩送两人皆是当地泅水划船好选手。

　　端午又快来了,初五划船,河街上初一开会,就决定了属于河街的那只船当天入水。天保恰好在那天应向上行,随了陆路商人过川东龙潭送节货,故参加的就只傩送。十六个结实如牛犊的小伙子,带了香烛、鞭炮,同一个用生牛皮蒙好绘有朱红太极图的高脚鼓,到了搁船的河上游山洞边,烧了香烛,把船拖入水后,各人上了船,燃着鞭炮,擂着鼓,这船便如一枝箭似的,很迅速的向下游长潭射去。

那时节还是上午,到了午后,对河渔人的龙船也下了水,两只龙船就开始预习种种竞赛的方法。水面上第一次听到了鼓声,许多人从这鼓声中,感到了节日临近的欢悦。住临河吊脚楼对远方人有所等待有所盼望的,也莫不因鼓声想到远人。在这个节日里,必然有许多船只可以赶回,也有许多船只只合在半路过节,这之间,便有些眼目所难见的人事哀乐,在这小山城河街间,让一些人嬉事,也让一些人皱眉。

蓬蓬鼓声掠水越山到了渡船头那里时,最先注意到的是那只黄狗。那黄狗汪汪的吠着,受了惊似的绕屋乱走,有人过渡时,便随船渡过河东岸去,且跑到那小山头向城里一方面大吠。

翠翠正坐在门外大石上用棕叶编蚱蜢蜈蚣玩,见黄狗先在太阳下睡着,忽然醒来便发疯似的乱跑,过了河又回来,就问它骂它:

"狗,狗,你做什么!不许这样子!"

可是一会儿那声音被她发现了,她于是也绕屋跑着,且同黄狗一块儿渡过了小溪,站在小山头听了许久,让那点迷人的鼓声,把自己带到一个过去的节日里去。

四

还是两年前的事。五月端阳,渡船头祖父找人作了代替,便带了黄狗同翠翠进城,过大河边去看划船。河边站满了人,四只朱色长船在潭中滑着,龙船水刚刚涨过,河中水皆豆绿色,天气又那么明朗,鼓声蓬蓬响着,翠翠抿着嘴一句话不说,心中充满了不可言说的快乐。河边人太多了一点,各人皆尽张着眼睛望河中,不多久,黄狗还在身边,祖父却挤得不见了。

翠翠一面注意划船,一面心想"过不久祖父总会找来的"。但过了许久,祖父还不来,翠翠便稍稍有点儿着慌。先是两人同黄狗进城前一天,祖父就问翠翠:"明天城里划船,倘若一个人去看,人多怕不怕?"翠翠就说:"人多我不怕,但自己只是一个人可不好玩。"于是祖父想了半天,方想起一个住在城中的老熟人,赶夜里到城里去商量,请那老人来看一天渡船,自己却陪翠翠进城玩一天。且因为那人比渡船老人更孤单,身边无一个亲人,也无一只狗,因此便约好了那人早上过家中来吃饭,喝一杯雄黄酒。第二天那人来了,吃了饭,把职务委托那人以后,翠翠等便进了城。到路上时,祖父想起什么似的,又问翠翠,"翠翠,翠翠,人那么多,好热闹,你一个人敢到河边看龙船吗?"翠翠说:"怎么不敢？可是一个人有什么意思。"到了河边后,长潭里的四只红船,把翠翠的注意力完全占去了,身边祖父似乎也可有可无了。祖父心想:"时间还早,到收场时,至少还得三个时刻。溪边的那个朋友,也应当来看看年青人的热闹,回去一趟,换换地位还赶得及。"因此就告翠翠,"人太多了,站在这里看,不要动,我到别处去有事情,无论如何总赶得回来伴你回家。"翠翠正为两只竞速并进的船迷着,祖父说的话毫不思索就答应了。祖父知道黄狗在翠翠身边,也许比他自己在她身边还稳当,于是便回家看船去了。

祖父到了那渡船处时,见代替他的老朋友,正站在白塔下注意听远处鼓声。

祖父喊他,请他把船拉过来,两人渡过小溪仍然站到白塔下去。那人问老船夫为什么又跑回来,祖父就说想替他一会儿故把翠翠留在河边,自己赶回来,好让他也过河边去看看热闹,且说,"看得好,就不必再回来,只须见了翠翠告她一声,翠翠到时自会回家的。小丫头不敢回家,你就伴她走走!"但那替手对于看龙船已无什么兴味,却愿意同老船夫在这溪边大石上各自再喝两杯烧酒。老船夫十分高兴,把酒葫芦取出,推给城中来的那一个。两人一面谈些端午旧事,一面喝酒,不到一会,那人却在岩石上为烧酒醉倒了。

人既醉倒了,无从入城,祖父为了责任又不便与渡船离开,留在河边的翠翠便不能不着急了。

河中划船的决了最后胜负后,城里军官已派人驾小船在潭中放了一群鸭子,祖父还不见来。翠翠恐怕祖父也正在什么地方等着她,因此带了黄狗各处人丛中挤着去找寻祖父,结果还是不得祖父的踪迹。后来看看天快要黑了,军人扛了长凳出城看热闹的,皆已陆续扛了那凳子回家。潭中的鸭子只剩下三五只,捉鸭人也渐渐的少了。落日向上游翠翠家中那一方落去,黄昏把河面装饰了一层薄雾。翠翠望到这个景致,忽然起了一个怕人的想头,她想:"假若爷爷死了?"

她记起祖父嘱咐她不要离开原来地方那一句话,便又为自己解释这想头的错误,以为祖父不来必是进城去或到什么熟人处去,被人拉着喝酒,故一时不能来的。正因为这也是可能的事,她又不愿在天未断黑以前,同黄狗赶回家去,只好站在那石码头边等候祖父。

再过一会,对河那两只长船已泊到对河小溪里去不见了,看龙船的人也差不多全散了。吊脚楼有娼妓的人家,已上了灯,且有人敲小斑鼓弹月琴唱曲子。另外一些人家,又有划拳行酒的吵嚷声音。同时停泊在吊脚楼下的一些船只,上面也有人在摆酒炒菜,把青菜萝卜之类,倒进滚热油锅里去时发出哔——的声音。河面已朦朦胧胧,看去好像只有一只白鸭在潭中浮着,也只剩一个人追着这只鸭子。

翠翠还是不离开码头,总相信祖父会来找她,同她一起回家。

吊脚楼上唱曲子声音热闹了一些,只听到下面船上有人说话,一个水手说:"金亭,你听你那婊子陪川东庄客喝酒唱曲子,我赌个手指,说这是她的声音!"另一个水手就说:"她陪他们喝酒唱曲子,心里可想我。她知道我在船上!"先前那一个又说:"身体让别人玩着,心还想着你;你有什么凭据?"另一个说:"有凭据。"于是这水手吹着唿哨,作出一个古怪的记号,一会儿,楼上歌声便停止了。歌声停止后,两个水手皆笑了。两人接着便说了些关于那个女人的一切,使用了不少粗鄙字眼,翠翠很不习惯把这种话听下去,但又不能走开。且听水手之一说,楼上妇人的爸爸是在棉花坡被人杀死的,一共杀了十七刀。翠翠心中那个古怪的想头,"爷爷死了呢?"便仍然占据到心里有一忽儿。

两个水手还正在谈话,潭中那只白鸭慢慢的向翠翠所在的码头边游来,翠翠想:"再过来些我就捉住你!"于是静静的等着,但那鸭子将近岸边三丈远近时,却有个人笑着,喊那船上水手。原来水中还有个人,那人已把鸭子捉到手,却慢慢的"踹水"游近岸边的。船上人听到水面的喊声,在隐约里也喊道:"二老,二老,你真干,你今天得了五只吧。"那水上人说:"这家伙狡猾得很,现在可归我了。""你这时捉鸭子,将来捉女人,一定有同样的本领。"水上那一个不再说什么,手脚并用的拍着水傍了码头。湿淋淋的爬上岸时,翠翠身旁的黄狗,仿佛警告水中人似的,汪汪的叫了几声,那人方注意到翠翠。码头上已无别的人,那人问:

"是谁?"

"是翠翠!"

"翠翠又是谁?"

"是碧溪岨撑渡船的孙女。"

"你在这儿做什么?"

"我等我爷爷。我等他来好回家去。"

"等他来他可不会来,你爷爷一定到城里军营里喝了酒,醉倒后被人抬回去了!"

"他不会。他答应来,他就一定会来的。"

"这里等也不成。到我家里去,到那边点了灯的楼上去,等爷爷来找你好不好?"

翠翠误会邀他进屋里去那个人的好意,正记着水手说的妇人丑事,她以为那男子就是要她上有女人唱歌的楼上去,本来从不骂人,这时正因等候祖

父太久了,心中焦急得很,听人要她上去,以为欺侮了她,就轻轻的说:

"你个悖时砍脑壳的!"

话虽轻轻的,那男的却听得出,且从声音上听得出翠翠年纪,便带笑说:"怎么,你骂人!你不愿意上去,要呆在这儿,回头水里大鱼来咬了你,可不要叫喊!"

翠翠说:"鱼咬了我也不管你的事。"

那黄狗好像明白翠翠被人欺侮了,又汪汪的吠起来。那男子把手中白鸭举起,向黄狗吓了一下,便走上河街去了。黄狗为了自己被欺侮还想追过去,翠翠便喊:"狗,狗,你叫人也看人叫!"翠翠意思仿佛只在告给狗"那轻薄男子还不值得叫",但男子听去的却是另外一种好意,男的以为是她要狗莫向好人叫,放肆的笑着,不见了。

又过了一阵,有人从河街拿了一个废缆做成的火炬,喊叫着翠翠的名字来找寻她,到身边时翠翠却不认识那个人。那人说:老船夫回到家中,不能来接她,故搭了过渡人口信来,告翠翠要她即刻就回去。翠翠听说是祖父派来的,就同那人一起回家,让打火把的在前引路,黄狗时前时后,一同沿了城墙向渡口走去。翠翠一面走一面问那拿火把的人,是谁告他就知道她在河边。那人说是二老告他的,他是二老家里的伙计,送翠翠回家后还得回转河街。

翠翠说:"二老他怎么知道我在河边?"

那人便笑着说:"他从河里捉鸭子回来,在码头上见你,他说好意请你上家里坐坐,等候你爷爷,你还骂过他!"

翠翠带了点儿惊讶轻轻的问:"二老是谁?"

那人也带了点儿惊讶说:"二老你都不知道?就是我们河街上的傩送二老!就是岳云!他要我送你回去!"

傩送二老在茶峒地方不是一个生疏的名字!

翠翠想起自己先前骂人那句话,心里又吃惊又害羞,再也不说什么,默默的随了那火把走去。

翻过了小山岨,望得见对溪家中火光时,那一方面也看见了翠翠方面的火把,老船夫即刻把船拉过来,一面拉船一面哑声儿喊问:"翠翠,翠翠,是不是你?"翠翠不理会祖父,口中却轻轻的说:"不是翠翠,不是翠翠,翠翠早被大河里鲤鱼吃去了。"翠翠上了船,二老派来的人,打着火把走了,祖父牵着船问:"翠翠,你怎么不答应我,生我的气吗?"

翠翠站在船头还是不作声。翠翠对祖父那一点儿埋怨,等到把船拉过了溪,一到了家中,看明白了醉倒的另一个老人后,就完事了。但另一件事,属于自己不关祖父的,却使翠翠沉默了一个夜晚。

五

两年日子过去了。

这两年来两个中秋节，恰好都无月亮可看，凡在这边城地方，因看月而起整夜男女唱歌的故事，皆不能如期举行，故两个中秋留给翠翠的印象，极其平淡无奇。两个新年却照例可以看到军营里与各乡来的狮子龙灯，在小教场迎春，锣鼓喧阗很热闹。到了十五夜晚，城中舞龙耍狮子的镇筸兵士，还各自赤裸着肩膊，往各处去欢迎炮仗烟火。城中军营里，税关局长公馆，河街上一些大字号，莫不预先截老毛竹筒，或镂空棕榈树根株，用洞硝拌和磺炭钢砂，一千捶八百捶把烟火做好。好勇取乐的军士，光赤着个上身，玩着灯打着鼓来了，小鞭炮如落雨的样子，从悬到长竿尖端的空中落到玩灯的肩背上，锣鼓催动急促的拍子，大家皆为这事情十分兴奋。鞭炮放过一阵后，用长凳绑着的大筒灯火，在敞坪一端燃起了引线，先是咝咝的流泻白光，慢慢的这白光便吼啸起来，作出如雷如虎惊人的声音，白光向上空冲去，高至二十丈，下落时便洒散着满天花雨。玩灯的兵士，在火花中绕着圈子，俨然毫不在意的样子。翠翠同他的祖父，也看过这样的热闹，留下一个热闹的印象，但这印象不知为什么原因，总不如那个端午所经过的事情甜而美。

翠翠为了不能忘记那件事，上年一个端午又同祖父到城边河街去看了半天船，一切玩得正好时，忽然落了行雨，无人衣衫不被雨湿透。为了避雨，祖孙二人同那只黄狗，走到顺顺吊脚楼上去，挤在一个角隅里。有人扛凳子从身边过去，翠翠认得那人是去年打了火把送她回家的人，就告给祖父：

"爷爷，那个人去年送我回家，他拿了火把走路时，真像个喽啰！"

祖父当时不作声，等到那人回头又走过面前时，就一把抓住那个人，笑嘻嘻说：

"嗨嗨，你这个人！要你到我家喝一杯也不成，还怕酒里有毒，把你这个真命天子毒死！"

那人一看是守渡船的，且看到了翠翠，就笑了。"翠翠，你长大了！二老说你在河边大鱼会吃你，我们这里河中的鱼，现在可吞不下你了。"

翠翠一句话不说，只是抿起嘴唇笑着。

这一次虽在这喽啰长年口中听到个"二老"名字，却不曾见及这个人。从祖父与那长年谈话里，翠翠听明白了二老是在下游六百里外青浪滩过端午的。但这次不见二老却认识了"大老"，且见着了那个一地出名的顺顺。大老把河中的鸭子捉回家里后，因为守渡船的老家伙称赞了那只肥鸭两次，顺顺就要大老把鸭子给翠翠。且知道祖孙二人所过的日子十分拮据，节日里自己不能包粽子,又送了许多尖角粽子。

那水上名人同祖父谈话时,翠翠虽装作眺望河中景致,耳朵却把每一句话听得清清楚楚。那人向祖父说翠翠长得很美,问过翠翠年纪,又问有不有人家。祖父则很快乐的夸奖了翠翠不少,且似乎不许别人来关心翠翠的婚事,故一到这件事便闭口不谈。

回家时,祖父抱了那只白鸭子同别的东西,翠翠打火把引路。两人沿城墙走去,一面是城,一面是水。祖父说:"顺顺真是个好人,大方得很。大老也很好。这一家人都好!"翠翠说:"一家人都好,你认识他们一家人吗?"祖父不明白这句话的意思所在,因为今天太高兴一点,便笑着说:"翠翠,假若大老要你做媳妇,请人来做媒,你答应不答应?"翠翠就说:"爷爷,你疯了!再说我就生你的气!"

祖父话虽不说了,心中却很显然的还转着这些可笑的不好的念头。翠翠着了恼,把火炬向路两旁乱晃着,向前快快的走去了。

"翠翠,莫闹,我摔到河里去,鸭子会走脱的!"

"谁也不希罕那只鸭子!"

祖父明白翠翠为什么事不高兴,祖父便唱起摇橹人驶船下滩时催橹的歌声,声音虽然哑沙沙的,字眼儿却稳稳当当毫不含糊。翠翠一面听着一面向前走去,忽然停住了发问:

"爷爷,你的船是不是正在下青浪滩呢?"

祖父不说什么,还是唱着,两人皆记顺顺家二老的船正在青浪滩过节,但谁也不明白另外一个人的记忆所止处。祖孙二人便沉默的一直走还家中。到了渡口,那代理看船的,正把船泊在岸边等候他们。几人渡过溪到了家中,剥粽子吃,到后那人要进城去,翠翠赶即为那人点上火把,让他有火把照路。人过了小溪上小山时,翠翠同祖父在船上望着,翠翠说:

"爷爷,看喽罗上山了啊!"

祖父把手攀引着横缆,注目溪面的薄雾,仿佛看到了什么东西,轻轻的吁了一口气。祖父静静的拉船过对岸家边时,要翠翠先上岸去,自己却守在船边,因为过节,明白一定有乡下人上城里看龙船,还得乘黑赶回家去。

六

白日里,老船夫正在渡船上同个卖皮纸的过渡人有所争持。一个不能接受所给的钱,一个却非把钱送给老人不可。正似乎因为那个过渡人送钱气派,使老船夫受了点压迫,这撑渡船人就俨然生气似的,迫着那人把钱收回,使这人不得不把钱捏在手里。但船拢岸时,那人跳上了码头,一手铜钱

向船舱里一撒,却笑眯眯的匆匆忙忙走了。老船夫手还得拉着船让别人上岸,无法去追赶那个人,就喊小山头的孙女:

"翠翠,翠翠,帮我拉着那个卖皮纸的小伙子,不许他走!"

翠翠不知道是怎么回事,当真便同黄狗去拦那第一个下山人。那人笑着说:

"不要拦我!……"

正说着,第二个商人赶来了,就告给翠翠是什么事情。翠翠明白了,更拉着卖纸人衣服不放,只说:"不许走!不许走!"黄狗为了表示同主人的意见一致,也便在翠翠身边汪汪的吠着。其余商人皆笑着,一时不能走路。祖父气呼呼的赶来了,把钱强迫塞到那人手心里,且搭了一大束草烟到那商人担子上去,搓着两手笑着说:"走呀!你们上路走!"那些人于是全笑着走了。

翠翠说:"爷爷,我还以为那人偷你东西同你打架!"

祖父就说:

"他送我好些钱。我才不要这些钱!告他不要钱,他还同我吵,不讲道理!"

翠翠说:"全还给他了吗?"

祖父抿着嘴把头摇摇,装成狡猾得意神气笑着,把扎在腰带上留下的那枚单铜子取出,送给翠翠。且说:

"他得了我们那把烟叶,可以吃到镇筸城!"

远处鼓声又蓬蓬的响起来了,黄狗张着两个耳朵听着。翠翠问祖父,听不听到什么声音。祖父一注意,知道是什么声音了,便说:

"翠翠,端午又来了。你记不记得去年天保大老送你那只肥鸭子。早上大老同一群人上川东去,过渡时还问你。你一定忘记那次落的行雨。我们这次若去,又得打火把回家;你记不记得我们两人用火把照路回家?"

翠翠还正想起两年前的端午一切事情哪。但祖父一问,翠翠却微带点儿恼着的神气,把头摇摇,故意说:"我记不得,我记不得。"其实她那意思就是"我怎么记不得?!"

祖父明白那话里意思,又说:"前年还更有趣,你一个人在河边等我,差点儿不知道回来,我还以为大鱼会吃掉你!"

提起旧事翠翠嗤的笑了。

"爷爷,你还以为大鱼会吃掉我?是别人家说我,我告给你的!你那天只是恨不得让城中的那个爷爷把装酒的葫芦吃掉!你这种记性!"

"我人老了,记性也坏透了。翠翠,现在你人长大了,一个人一定敢上城看船不怕鱼吃掉你了。"

"人大了就应当守船哩。"

"人老了才当守船。"

"人老了应当歇憩!"

"你爷爷还可以打老虎,人不老!"祖父说着,于是,把膀子弯曲起来,努力使筋肉在局束中显得又有力又年青,且说:"翠翠,你不信,你咬。"

翠翠睨着腰背微驼白发满头的祖父,不说什么话。远处有吹唢呐的声音,她知道那是什么事情,且知道唢呐方向,要祖父同她下了船,把船拉过家中那边岸旁去。为了想早早的看到那迎婚送亲的喜轿,翠翠还爬到屋后塔下去眺望。过不久,那一伙人来了,两个吹唢呐的,四个强壮乡下汉子,一顶空花轿,一个穿新衣的团总儿子模样的青年,另外还有两只羊,一个牵羊的孩子,一坛酒,一盒糍粑,一个担礼物的人。一伙人上了渡船后,翠翠同祖父也上了渡船,祖父拉船,翠翠却傍花轿站定,去欣赏每一个人的脸色与花轿上的流苏。拢岸后,团总儿子模样的人,从扣花抱肚里掏出了一个小红纸包封,递给老船夫。这是规矩,祖父再不能说不接收了。但得了钱祖父却说话了,问那个人,新娘是什么地方人,明白了,又问姓什么,明白了,又问多大年纪,一起皆弄明白了。吹唢呐的一上岸后又把唢呐呜呜喇喇吹起来,一行人便翻山走了。祖父同翠翠留在船上,感情仿佛皆追着那唢呐声音走去,走了很远的路方回到自己身边来。

祖父掂着那红纸包封的分量说:"翠翠,宋家堡子里新嫁娘只十五岁。"

翠翠明白祖父这句话的意思所在,不作理会,静静的把船拉动起来。

到了家边,翠翠跑回家去取小小竹子做的双管唢呐,请祖父坐在船头吹"娘送女"曲子给她听,她却同黄狗躺到门前大岩石上荫处看天上的云。白日渐长,不知什么时节,祖父睡着了,翠翠同黄狗也睡着了。

七

到了端午。祖父同翠翠在三天前业已预先约好,祖父守船,翠翠同黄狗过顺顺吊脚楼去看热闹。翠翠先不答应,后来答应了。但过了一天,翠翠又翻悔回来,以为要看两人去看,要守船两人守船。祖父明白那个意思,是翠翠玩心与爱心相战争的结果。为了祖父的牵绊,应当玩的也无法去玩,这不成!祖父含笑说:"翠翠,你这是为什么? 说定了的又翻悔,同茶峒人平素品德不相称。我们应当说一是一,不许三心二意。我记性并不坏到这样子,把你答应了我的即刻忘掉!"祖父虽那么说,很显然的事,祖父对于翠翠的打算是同意的。但人太乖了,祖父有点愀然不乐了。见祖父不再说话,翠翠就说:"我走了,谁陪你?"

祖父说:"你走了,船陪我。"

翠翠把眉毛皱拢去苦笑着,"船陪你,嗨,嗨,船陪你。爷爷,你真是……"

祖父心想:"你总有一天会要走的。"但不敢提这件事。祖父一时无话可说,于是走过屋后塔下小圃里去看葱,翠翠跟过去。

"爷爷,我决定不去,要去让船去,我替船陪你!"

"好,翠翠,你不去我去,我还得戴了朵红花,装刘姥姥进城去见世面!"

两人都为这句话笑了许久。

祖父理葱,翠翠却摘了一根大葱呜呜吹着。有人在东岸喊过渡,翠翠不让祖父占先,便忙着跑下去,跳上了渡船,援着横溪缆子拉船过溪去接人。一面拉船一面喊祖父:

"爷爷,你唱,你唱!"

祖父不唱,却只站在高岩上望翠翠,把手摇着,一句话不说。

祖父有点心事。心事重重的,翠翠长大了。

翠翠一天比一天大了,无意中提到什么时会红脸了。时间在成长她,似乎正催促她,使她在另外一件事情上负点儿责。她欢喜看扑粉满脸的新嫁娘,欢喜说到关于新嫁娘的故事,欢喜把野花戴到头上去,还欢喜听人唱歌。茶峒人的歌声,缠绵处她已领略得出。她有时仿佛孤独了一点,爱坐在岩石上去,向天空一片云一颗星凝眸。祖父若问:"翠翠,想什么?"她便带着点儿害羞情绪,轻轻的说:"在看水鸭子打架!"照当地习惯意思就是"翠翠不想什么",但在心里却同时又自问:"翠翠,你真在想什么?"同是自己也在心里答着:"我想的很远,很多。可是我不知想些什么。"她的确在想,又的确连自己也不知在想些什么。这女孩子身体既发育得很完全,在本身上因年龄自然而来的一件"奇事",到月就来,也使她多了些思索,多了些梦。

祖父明白这类事情对于一个女子的影响,祖父心情也变了些。祖父是一个在自然里活了七十年的人,但在人事上的自然现象,就有了些不能安排处。因为翠翠的长成,使祖父记起了些旧事,从掩埋在一大堆时间里的故事中,重新找回了些东西。

翠翠的母亲,某一时节原同翠翠一个样子。眉毛长,眼睛大,皮肤红红的。也乖得使人怜爱——也懂在一些小处,起眼动眉毛,使家中长辈快乐。也仿佛永远不会同家中这一个分开。但一点不幸来了,她认识了那个兵。到末了丢开老的和小的,却陪那个兵死了。这些事从老船夫说来谁也无罪过,只应"天"去负责。翠翠的祖父口中不怨天,心却不能完全同意这种不幸的安排。摊派到本身的一份,说来实在不公平!说是放下了,也正是不能放下的莫可奈何容忍到的一件事!

那时还有个翠翠。如今假若翠翠又同妈妈一样,老船夫的年龄,还能把小雏儿再抚育下去吗?人愿意神却不同意!人太老了,应当休息了,凡是一个良善的乡下人,所应得到的劳苦与不幸,全得到了。假若另外高处有一个上帝,这上帝且有一双手支配一切,很明显的事,十分公道的办法,是应把祖父先收回去,再来让那个年青的在新的生活上得到应分接受那幸或不幸,才合道理。

可是祖父并不那么想。他为翠翠担心。他有时便躺到门外岩石上,对着星子想他的心事。他以为死是应当快到了的,正因为翠翠人已长大了,证明自己也真正老了。无论如何,得让翠翠有个着落。翠翠既是她那可怜母亲交把他的,翠翠大了,他也得把翠翠交给一个人,他的事才算完结!交给谁?必需什么样的人方不委屈她?

前几天顺顺家天保大老过溪时,同祖父谈话,这心直口快的青年人,第一句话就说:

"老伯伯,你翠翠长得真标致,像个观音样子。再过两年,若我有闲空能留在茶峒照料事情,不必像老鸦到处飞,我一定每夜到这溪边来为翠翠唱歌。"

祖父用微笑奖励这种自白。一面把船拉动,一面把那双小眼睛瞅着大老。

于是大老又说:

"翠翠太娇了,我担心她只宜于听点茶峒人的歌声,不能作茶峒女子做媳妇的一切正经事。我要个能听我唱歌的情人,却更不能缺少个照料家务的媳妇。'又要马儿不吃草,又要马儿走得好,'唉,这两句话恰是古人为我说的!"

祖父慢条斯理把船掉了头,让船尾傍岸,就说:

"大老,也有这种事儿!你瞧着吧。"究竟是什么事,祖父可并不明白说下去。

那青年走去后,祖父温习着那些出于一个男子口中的真话,实在又愁又喜。翠翠若应当交把一个人,这个人是不是适宜于照料翠翠?当真交把了他,翠翠是不是愿意?

八

初五大清早落了点毛毛雨,上游且涨了点"龙船水",河水全变作豆绿色。祖父上城买办过节的东西,戴了个棕粑叶"斗篷",携带了一个篮子,一个装酒的大葫芦,肩头上挂了个褡裢,其中放了一吊六百钱,就走了。因为是节日,这一天从小村小寨带了铜钱担了货物上城去办货掉货的极多,这些人起身也极早,故祖父走后,黄狗就伴同翠翠守船。翠翠头上戴了一个崭新的斗篷,把过渡人一趟一趟的送来送去。黄狗坐在船头,每当船拢岸时必先跳上岸边去衔绳头,引起每个过渡人的兴味。有些过渡乡下人也携了狗上城,照例如俗话说的,"狗离不得屋",一离了自己的家,即或傍着主人,也变得非常老实了。到过渡时,翠翠的狗必走过去嗅嗅,从翠翠方面讨取了一个眼色,似乎明白翠翠的意思,就不敢有什么举动。直到上岸后,把拉绳子的事情作完,眼见到那只陌生的狗上小山去了,也必跟着追去。或者向狗主人轻轻吠着,或者逐着那陌生的狗,必得翠翠带点儿嗔恼的嚷着:"狗,狗,你狂什么?还有事情做,你就跑呀!"于是这黄狗赶快跑回船上来,且依然满船闻嗅不已。翠翠说:"这算什么轻狂举动!跟谁学得的!还不好好蹲到那边去!"狗俨然极其懂事,便即刻到它自己原来地方去,只间或又像想起什么似的,轻轻的吠几声。

雨落个不止,溪面一片烟。翠翠在船上无事可作时,便算着老船夫的行程。她知道他这一去应到什么地方碰到什么人,谈些什么话,这一天城门边应当是些什么情形,河街上应当是些什么情形,"心中一本册",她完全如同眼见到的那么明明白白。她又知道祖父的脾气,一见城中相熟粮子上人物,不管是马夫火夫,总会把过节时应有的颂祝说出。这边说,"副爷,你过节吃饱喝饱!"那一个便也将说,"划船的,你吃饱喝饱!"这边若说着如上的话,那边人说,"有什么可以吃饱喝饱?四两肉,两碗酒,既不会饱也不会醉!"那么,祖父必很诚实邀请这熟人过碧溪岨喝个够量。倘若有人当时就想喝一口祖父葫芦中的酒,这老船夫也从不吝啬,必很快的就把葫芦递过去。酒喝过了,那兵营中人卷舌子舔着嘴唇,称赞酒好,于是又必被勒迫着喝第二口。酒在这种情形下少起来了,就又跑到原来铺上去,加满为止。翠翠且知道祖父还会到码头上去同刚拢岸一天两天的上水船水手谈谈话,问问下河的米价盐价,有时且弯着腰钻进那带有海带鱿鱼味,以及其他油味、醋味、柴烟味的船舱里去,水手们从小坛中抓出一把红枣,递给老船夫,过一阵,等到祖父回家被翠翠埋怨时,这红枣便成为祖父与翠翠和解的东西。祖父一到河街上,且一定有许多铺子上商人送他粽子与其他东西,作为对这个忠于职守的划船人一点敬意,祖父虽嚷着"我带了那么一大堆,回去会把老骨头压断",可是不管如何,这些东西多少总得领点情。走到卖肉案桌边去,他想"买肉"人家却不愿接钱,屠户若不接钱,他却宁可到另外一家去,决不想沾那点便宜。那屠户说,"爷爷,你为人那么硬算什么?又不是要你去做犁口耕田!"但不行,他以为这是血钱,不比别的事情,你不收钱他会把钱预先算好,猛的把钱掷到大而长的钱筒里去,攫了肉就走去的。卖肉的明白他那种性情,到他称肉时总选取最好的一处,且把分量故意加多,他见及时却将说:"喂喂,大老板,我不要你那些好处!腿上的肉是城里人炒鱿鱼肉丝用的肉,莫同我开玩笑!我要夹项肉,我要浓的糯的,我是个划船人,我要拿去炖胡萝卜喝酒的!"得了肉,把钱交过手时,自己先数一次,又嘱咐屠户再数,屠户却照例不理会他,把一手钱哗的向长竹筒口丢去,他于是简直是妩媚的微笑着走了。屠户与其他买肉人,见到他这神气,必笑个不止⋯⋯

翠翠还知道祖父必到河街上顺顺家里去。

翠翠温习着两次过节两个日子所见所闻的一切,心中很快乐,好像目前有一个东西,同早间在床上闭了眼睛所看到那种捉摸不定的黄葵花一样,这东西仿佛很明朗的在眼前,却看不准,抓不住。

翠翠想:"白鸡关真出老虎吗?"她不知道为什么忽然想起白鸡关。白鸡关是酉水中部一个地名,离茶峒两百多里路!

于是又想:"三十二个人摇六匹橹,上水走风时张起个大篷,一百幅白布拼成的一片东西,先在这样大船上过洞庭湖,多可笑⋯⋯"她不明白洞庭湖有多大,也就从没见过这种大船,更可笑的,还是她自己也不知道为什么却想到这个问题!

一群过渡人来了,有担子,有送公事跑差模样的人物,另外还有母女二人。母亲穿了新浆洗得硬朗的蓝布衣服,女孩子脸上涂着两饼红色,穿了不甚合身的新衣,上城到亲戚家中去拜节看龙船的。等待众人上船稳定后,翠翠一面望着那小女孩,一面把船拉过溪去。那小孩从翠翠估来年纪也将十三四岁了,神气却很娇,似乎从不曾离开过母亲。脚下穿的是一双尖头新油过的钉鞋,上面沾污了些黄泥。裤子是那种泛紫的葱绿布做的。见翠翠尽是望她,她也便看着翠翠,眼睛光光的如同两粒水晶球。有点害羞,有点不自在,同时也有点不可言说的爱娇。那母亲模样的妇人便问翠翠年纪有几岁。翠翠笑着,不高兴答应,却反问小女孩今年几岁。听那母亲说十三岁时,翠翠忍不住笑了。那母女显然是财主人家的妻女,从神气上就可看出的。翠翠注视那女孩,发现了女孩子手上还戴得有一副麻花绞的银手镯,闪着白白的亮光,心中有点儿歆羡。船傍岸后,人陆续上了岸,妇人从身上摸出一铜子,塞到翠翠手中,就走了。翠翠当时竟忘了祖父的规矩了,也不说道谢,也不把钱退还,只望着这一行人中那个女孩子身后发痴。一行人正将翻过小山时,翠翠忽又忙匆匆的追上去,在山头上把钱还给那妇人。那妇人说:"这是送你的!"翠翠不说什么,只微笑把头尽摇,且不等妇人来得及说第二句话,就很快的向自己渡船边跑去了。

到了渡船上,溪那边又有人喊过渡,翠翠把船又拉回去。第二次过渡是七个人,又有两个女孩子,也同样因为看龙船特意换了干净衣服,相貌却并不如何美观,因此使翠翠更不能忘记先前那一个。

今天过渡的人特别多,其中女孩子比平时更多,翠翠既在船上拉缆子摆渡,故见到什么好看的,极古怪的,人乖的,眼睛眶子红红的,莫不在记忆中留下个印象。无人过渡时,等着祖父祖父又不来,便尽只反复温习这些女孩子的神气。且轻轻的无所谓的唱着:

"白鸡关出老虎咬人,不咬别人,团总的小姐派第一。……大姐戴副金簪子,二姐戴副银钏子,只有我三妹没得什么戴,耳朵上长年戴条豆芽菜。"

城中有人下乡的,在河街上一个酒店前面,曾见及那个撑渡船的老头子,把葫芦嘴推让给一个年青水手,请水手喝他新买的白烧酒,翠翠问及时,那城中人就告给她所见到的事情。翠翠笑祖父的慷慨不是时候,不是地方。过渡人走了,翠翠就在船上又轻轻的哼着巫师十二月里为人还愿迎神的歌玩——

  你大仙,你大神,睁眼看看我们这里人!
  他们既诚实,又年青,又身无疾病。
  他们大人会喝酒,会作事,会睡觉;
  他们孩子能长大,能耐饥,能耐冷;
  他们牯牛肯耕田,山羊肯生仔,鸡鸭肯孵卵;
  他们女人会养儿子,会唱歌,会找她心中欢喜的情人!

  你大神,你大仙,排驾前来站两边。
  关夫子身跨赤兔马,
  尉迟公手拿大铁鞭!
  你大仙,你大神,云端下降慢慢行!

  张果老驴得坐稳,
  铁拐李脚下要小心!

  福禄绵绵是神恩,
  和风和雨神好心,
  好酒好饭当前陈,
  肥猪肥羊火上烹!
  洪秀全,李鸿章,
  你们在生是霸王,
  杀人放火尽节全忠各有道,

今来坐席又何妨!

慢慢吃,慢慢喝,
月白风清好过河。
醉时携手同归去,
我当为你再唱歌!

那首歌声音既极柔和、快乐中又微带忧郁。唱完了这歌,翠翠觉得心上有一丝儿凄凉。她想起秋末酬神还愿时田坪中的火燎同鼓角。

远处鼓声已起来了,她知道绘有朱红长线的龙船这时节已下河了,细雨还依然落个不止,溪面一片烟。

九

祖父回家时,大约已将近平常吃早饭时节了,肩上手上全是东西,一上小山头便喊翠翠,要翠翠拉船过小溪来迎接他。翠翠眼看到多少人皆进了城,正在船上急得莫可奈何,听到祖父的声音,精神旺了,锐声答着:"爷爷,爷爷,我来了!"老船夫从码头边上了渡船后,把肩上手上的东西搁到船头上,一面帮着翠翠拉船,一面向翠翠笑着,如同一个小孩子,神气充满了谦虚与羞怯。"翠翠,你急坏了,是不是?"翠翠本应埋怨祖父的,但她却回答说:"爷爷,我知道你在河街上劝人喝酒,好玩得很。"翠翠还知道祖父极高兴到河街上去玩。但如此说来,将更使祖父害羞乱嚷了,因此话到口边却不提出。

翠翠把搁在船头的东西一一估记在眼里,不见了酒葫芦。翠翠嗤的笑了。

"爷爷,你倒大方,请副爷同船上人吃酒,连葫芦也吃到肚里去了!"

祖父笑着忙作说明:

"哪里,哪里,我那葫芦被顺顺大伯扣下了,他见我在河街上请人喝酒,就说:'喂,喂,摆渡的张横,这不成的。你不开槽坊,如何这样子!把你那个放下来,请我全喝了吧。'他当真那么说,'请我全喝了吧。'我把葫芦放下了。但我猜想他是同我闹着玩的。他家里还少烧酒吗?翠翠,你说,……"

"爷爷,你以为人家真想喝你的酒,便是同你开玩笑吗?"

"那是怎么的?"

"你放心,人家一定因为你请客不是地方,所以扣下你的葫芦,不让你请人把酒喝完。等等就会为你送来的,你还不明白,真是!——"

"唉,当真会是这样的!"

说着船已拢了岸,翠翠抢先帮祖父搬东西,但结果却只拿了那尾鱼,那个花褡裢;褡裢中钱已用光了,却有一包白糖,一包小芝麻饼子。

两人刚把新买的东西搬运到家中,对溪就有人喊过渡,祖父要翠翠看着肉菜免得被野猫拖去,争着下溪去做事,一会儿,便同那个过渡人嚷着到家中来了。原来这人便是送酒葫芦的。只听到祖父说:"翠翠,你猜对了。人家当真把酒葫芦送来了!"

翠翠来不及向灶边走去,祖父同一个年纪青青的脸黑肩膊宽的人物,便进到屋里了。

翠翠同客人皆笑着,让祖父把话说下去。客人又望着翠翠笑,翠翠仿佛明白为什么被人望着,有点不好意思起来,走到灶边烧火去了。溪边又有人喊过渡,翠翠赶忙跑出门外船上去,把人渡过了溪。恰好又有人过溪。天虽落小雨,过渡人却分外多,一连三次。翠翠在船上一面作事一面想起祖父的趣处。不知怎的,从城里被人打发来送酒葫芦的,她觉得好像是个熟人。可是眼睛里像是熟人,却不明白在什么地方见过面。但也正像是不肯把这人想到某方面去,方猜不着这来人的身分。

祖父在岩坎上边喊:"翠翠,翠翠,你上来歇歇,陪陪客!"本来无人过渡便想上岸去烧火,但经祖父一喊,反而不上岸了。

来客问祖父"进不进城看船",老渡船夫就说"应当看守渡船"。两人又谈了些别的话。到后来客方言归正传:

"伯伯,你翠翠像个大人了,长得很好看!"

撑渡船的笑了。"口气同哥哥一样,倒爽快呢。"这样想着,却那么说:"二老,这地方配受人称赞的只有你,人家都说你好看!'八面山的豹子,地地溪的锦鸡,'全是特为颂扬你这个人好处的警句!"

"但是,这很不公平。"

"很公平的!我听船上人说,你上次押船,船到三门下面白鸡关滩出了事,从急浪中你援救过三个人。你们在滩上过夜,被村子里女人见着了,人家在你棚子边唱歌一整夜,是不是真有其事?"

"不是女人唱歌一夜,是狼嗥。那地方著名多狼,只想得机会吃我们!我们烧了一大堆火,吓住了它们,才不被吃掉!"

老船夫笑了,"那更妙!人家说的话还是很对的。狼是只吃姑娘,吃小孩,吃十八岁标致青年,像我这种老骨头,它不要吃的!"

那二老说:"伯伯,你到这里见过两万个日头,别人家全说我们这个地方风水好,出大人,不知为什么原因,如今还不出大人?"

"你是不是说风水好应出有大名头的人?我以为这种人不生在我们这个小地方,也不碍事。我们有聪明,正直,勇敢,耐劳的年青人,就够了。像你们父子兄弟,为本地也增光彩已经很多很多!"

"伯伯,你说得好,我也是那么想。地方不出坏人出好人,如伯伯那么样子,人虽老了,还硬朗得同棵楠木树一样,稳稳当当的活到这块地面,又正经,又大方,难得的咧。"

"我是老骨头了,还说什么。日头,雨水,走长路,挑分量沉重的担子,大吃大喝,挨饿受寒,自己分上的都拿过了,不久就会躺到这冰凉土地上喂蛆吃的。这世界有得是你们小伙子分上的一切,好好的干,日头不辜负你们,你们也莫辜负日头!"

"伯伯,看你那么勤快,我们年青人不敢辜负日头!"

说了一阵,二老想走了,老船夫便站到门口去喊叫翠翠,要她到屋里来烧水煮饭,掉换他自己看船。翠翠不肯上岸,客人却已下船了,翠翠把船拉动时,祖父故意装作埋怨神气说:

"翠翠,你不上来,难道要我在家里做媳妇煮饭吗?"

翠翠斜睨了客人一眼,见客人正盯着她,便把脸背过去,抿着嘴儿,很自负的拉着那条横缆,船慢慢拉过对岸了。客人站在船头同翠翠说话:

"翠翠,吃了饭,同你爷爷去看划船吧?"

翠翠不好意思不说话,便说:"爷爷说不去,去了无人守这个船!"

"你呢?"

"爷爷不去我也不去。"

"你也守船吗?"

"我陪我爷爷。"

"我要一个人来替你们守渡船,好不好?"

砰的一下船头已撞到岸边土坎上了,船拢岸了。二老向岸上一跃,站在斜坡上说:

"翠翠,难为你!……我回去就要人来替你们,你们快吃饭,一同到我家里去看船,今天人多咧,热闹咧!"

翠翠不明白这陌生人的好意,不懂得为什么一定要到他家中去看船,抿着小嘴笑笑,就把船拉回去了。到了家中一边溪岸后,只见那个人还正在对溪小山上,好像等待什么,不即走开。翠翠回转家中,到灶口边去烧火,一面把带点湿气的草塞进灶里去,一面向正在把客人带回的那一葫芦酒试着的祖父询问:

"爷爷,那人说回去就要人来替你,要我们两人去看船,你去不去?"

"你高兴去吗?"

"两人同去我高兴。那个人很好,我像认得他,他是谁?"

祖父心想:"这倒对了,人家也觉得你好!"祖父笑着说:"翠翠,你不记得你前年在大河边时,有个人说要让大鱼咬你吗?"

翠翠明白了,却仍然装不明白问:"他是谁?"

"你想想看,猜猜看。"

"一本《百家姓》好多人,我猜不着他是张三李四。"

"顺顺船总家的二老,他认识你你不认识他啊!"他抿了一口酒,像赞美酒又像赞美人,低低的说:"好的,妙的,这是难得的。"

过渡的人在门外坎下叫唤着,老祖父口中还是"好的,妙的……"匆匆下船做事去了。

十

吃饭时隔溪有人喊过渡,翠翠抢着下船,到了那边,方知道原来过渡的人,便是船总顺顺家派来作替手的水手,一见翠翠就说道:"二老要你们一吃了饭就去,他已下河了。"见了祖父又说:"二老要你们吃了饭就去,他已下河了。"

张耳听听,便可听出远处鼓声已较密,从鼓声里使人想到那些极狭的船,在长潭中笔直前进时,水面上画着如何美丽的长长的线路!

新来的人茶也不吃,便在船头站妥了,翠翠同祖父吃饭时,邀他喝一杯,只是摇头推辞。祖父说:

"翠翠,我不去,你同小狗去好不好?"

"要不去,我也不想去!"

"我去呢?"

"我本来也不想去,但我愿意陪你去。"

祖父微笑着,"翠翠,翠翠,你陪我去,好的,你陪我去!"

祖父同翠翠到城里大河边时河边早站满了人。细雨已经停止,地面还是湿湿的。祖父要翠翠过河街船总家吊脚楼上去看船,翠翠却以为站在河边较好。两人在河边站定不多久,顺顺便派人把他们请去了。吊脚楼上已有了很多的人。早上过渡时,为翠翠所注意的乡绅妻女,受顺顺家的款待,占据了最好窗口,一见到翠翠,那女孩子就说:"你来,你来!"翠翠带着点儿羞怯走去,坐在他们身后条凳上,祖父便走开了。

祖父并不看龙船竞渡,却为一个熟人拉到河上游半里路远近,到一个新碾坊看水碾子去了。老船夫对于水碾子原来就极有兴味的。倚山滨水来一座小小茅屋,屋中有那么一个圆石片子,固定在一个横轴上,斜斜的搁在石槽里。当水闸门抽去时,流水冲激地下的暗轮,上面的石片便飞转起来。作主人的管理这个东西,把毛谷倒进石槽中去,把碾好的米弄出放在屋角隅筛子里,再筛去糠灰。地上全是糠灰,主人头上包着块白布帕子,头上肩上也全是糠灰。天气好时就在碾坊前后隙地里种些萝卜、青菜、大蒜、四季葱。水沟坏了,就把裤子脱去,到河里去堆砌石头修理泄水处。水碾坝若修筑得好,还可装个小小鱼梁,涨小水时就自会有鱼上梁来,不劳而获!在河边管理一个碾坊比管理一只渡船多变化有趣味,情形一看也就明白了。但一个撑渡船的若想有座碾坊,那简直是不可能的妄想。凡碾坊照例是属于当地小财主的产业。那熟人把老船夫带到碾坊边时,就告给他这碾坊业主为谁。两人一面各处视察一面说话。

那熟人用脚踢着新碾盘说:

"中寨人自己坐在高山砦子上,却欢喜来到这大河边置产业;这是中寨王团总的,大钱七百吊!"

老船夫转着那双小眼睛,很羡慕的去欣赏一切,估计一切,把头点着,且对于碾坊中物件一一加以很得体的批评。后来两人就坐到那还未完工的白木条凳上去,熟人又说到这碾坊的将来,似乎是团总女儿陪嫁的妆奁。那人于是想起了翠翠,且记起大老托过他的事情来了,便问道:

"伯伯,你翠翠今年十几岁?"

"满十四进十五岁。"老船夫说过这句话后,便接着在心中计算过去的年月。

"十四岁多能干!将来谁得她真有福气!"

"有什么福气?又无碾坊陪嫁,一个光人。"

"别说一个光人,一个有用的人,两只手抵得五座碾坊!洛阳桥也是鲁班两只手造的!……"这样那样的说着,说到后来,那人笑了。

老船夫也笑了,心想:"翠翠有两只手将来也去造洛阳桥吧,新鲜事!"

那人过了一会又说:

"茶峒人年青男子眼睛光,选媳妇也极在行。伯伯,你若不多我的心时,我就说个笑话给你听。"

老船夫问:"是什么笑话。"

那人说:"伯伯你若不多心时,这笑话也可以当真话去听咧。"

接着说的下去就是顺顺家大老如何在人家赞美翠翠,且如何托他来探听老船夫口气那么一件事。末了同老船夫来转述另一回会话的情形。"我问他:'大老,大老,你是说真话还是说笑话?'他就说:'你为我去探听探听那老的,我欢喜翠翠,想要翠翠,是真话!'我说:'我这口钝得很,说出了口老的一巴掌打来呢?'他说:'你怕打,你先当笑话去说,不会挨打的!'所以,伯伯,我就把这件真事情当笑话来同你说了。你试想想,他初九从川东回来见我时,我应当如何回答他?"

老船夫记前一次大老亲口所说的话,知道大老的意思很真,且知道顺顺也欢喜翠翠,心里很高兴。但这件事照规矩得这个人带封点心亲自到碧溪岨家中去说,方见得慎重其事,老船夫就说:"等他来时你说:老家伙听过了笑话后,自己也说了个笑话,他说,'车是车路,马是马路,各有走法。大老走的是车路,应当由大老爹爹作主,请了媒人来正正经经同我说。走的是马路,应当自己作主,站在渡口对溪高崖上,为翠翠唱三年六个月的歌。'"

"伯伯,若唱三年六个月的歌动得了翠翠的心,我赶明天就自己来唱歌了。"

"你以为翠翠肯了我还会不肯吗?"

"不咧,人家以为这件事你老人家肯了,翠翠便无有不肯呢。"

"不能么么说,这是她的事呵!"

"便是她的事,可是必需老的作主,人家也仍然以为在日头月光下唱三年六个月的歌,还不如得伯伯说一句话好!"

"那么,我说,我们就这样办,等他从川东回来时要他同顺顺去说明白。我呢,我也先问问翠翠;若以为听了三年六个月的歌再跟那唱歌人走去有意思些,我就请你劝大老走他那弯弯曲曲的马路。"

"那好的。见了他我就说:'大老,笑话吗,我已说过了。真话呢,看你自己的命运去了。'当真看他的命运去了,不过我明白他的命运,还是在你老人家手上捏着的。"

"不是那么说!我若捏得定这件事,我马上就答应了。"

这里两人把话说妥后,就过另一处看一只顺顺新近买来的三舱船去了。河街上顺顺吊脚楼方面,却有了如下事情。

翠翠虽被那乡绅女孩喊到身边去坐,地位非常之好,从窗口望出去,河中一切朗然在望,然而心中可不安宁。挤在其他几个窗口看热闹的人,似乎皆常常把眼光从河中景物挪到这边几个人身上来。还有些人故意装成有别的事情样子,从楼这边走过那一边,事实上却全为得是好仔细看看翠翠这方面几个人。翠翠心中老不自在,只想借故跑去。一会儿河下的炮声响了,几只从对河取齐的船只,直向这方面划来。先是四条船皆相去不远,如四枝箭在水面射着,到了一半,已有两只船占先了些,再过一会子,那两只船中间便又有一只超过了并进的船只而前。看看船到了税局门前时,第二次炮声又响,那船便胜利了。这时节胜利的已判明属于河街人所划的一只,各处便皆响着庆祝的小鞭炮。那船于是沿了河街吊脚楼划去,鼓声蓬蓬作响,河边与吊脚楼各处,都同时呐喊表示快乐的祝贺。翠翠眼见在船头站定摇动小旗指挥进退头上包着红布的那个年青人,便是送酒葫芦到碧溪岨的二老,心中便印着三年前的旧事,"大鱼吃掉你!""吃掉不吃掉,不用你管!""狗,狗,你也看人叫!"想起狗,翠翠才注意到自己身边那只黄狗,已不知跑到什么地方去,便离了座位,在楼上各处找寻她的黄狗,把船头人忘掉了。

她一面在人丛里找寻黄狗,一面听人家正说些什么话。

一个大脸妇人问:"是谁家的人,坐到顺顺家当中窗口前的那块好地方?"

一个妇人就说:"是砦子上王乡绅家大姑娘,今天说是来看船,其实来看人,同时也让人看!人家命好,有福分坐那好地方!"

"看谁人?被谁看?"

"嗨,你还不明白,那乡绅想同顺顺打亲家呢。"

"那姑娘配什么人?是大老,还是二老?"

"说是二老呀,等等你们看这岳云,就会上楼来看他丈母娘的!"

另一个女人便插嘴说:"事弄妥了,好得很呢!人家有一座崭新碾坊陪嫁,比十个长年还好一些。"

有人问:"二老怎么样?可乐意?"

有人就轻轻的说:"二老已说过了,这不必看。第一件事我就不想作那个碾坊的主人!"

"你听岳云二老亲口说吗?"

"我听别人说的。还说二老欢喜一个撑渡船的。"

"他又不是傻小二,不要碾坊,要渡船吗?"

"那谁知道。横顺人是'牛肉炒韭菜,各人心里爱',只看各人心里爱什么就吃什么。渡船不会不如碾坊!"

当时各人眼睛对着河里,口中说着这些闲话,却无一个人回头来注意到身后边的翠翠。

翠翠脸发火发烧走到另外一处去,又听有两个人提到这件事。且说:"一切早安排好了,只须要二老一句话。"又说:"只看二老今天那么一股劲儿,就可以猜想得出这劲儿是岸上一个黄花姑娘给他的!"

谁是激动二老的黄花姑娘?听到这个,翠翠心中不免有点儿乱。

翠翠人矮了些,在人背后已望不见河中情形,只听到敲鼓声渐近渐激越,岸上呐喊声自远而近,便知道二老的船恰恰经过楼下。楼上人也大喊着,杂夹叫着二老的名字,乡绅太太那方面,且有人放小百子鞭炮。忽然又用另外一种惊讶声音喊着,且同时便见许多人出门向河下走去。翠翠不知出了什么事,心中有点迷乱,正不知走回原来座位边去好,还是依然站在人背后好,只见那边正有人拿了个托盘,装了一大盘粽子同细点心,在请乡绅太太小姐用点心,不好意思再过那边去,便想也挤出大门外到河下去看看。从河街一个盐店旁边甬道下河时,正在一排吊脚楼的梁柱间,迎面碰头一群人,拥着那个头包红布的二老来了。原来二老因失足落水,已从水中爬起来了。路太窄了一些,翠翠虽闪过一旁,与迎面来的人仍然得肘子触着肘子。二老一见翠翠就说:

"翠翠,你来了,爷爷也来了吗?"

翠翠脸还发着烧不便作声,心想:"黄狗跑到什么地方去了呢?"

二老又说:

"怎不到我家楼上去看呢?我已要人替你弄了个好位子。"

翠翠心想:"碾坊陪嫁,希奇事情咧。"

二老不能逼迫翠翠回去,到后便各自走开了。翠翠到河下时,小小心中充满了一种说不分明的东西。是烦恼吧,不是!是忧愁吧,不是!是快乐吧,不,有什么事情使这个女孩子快乐呢?是生气了吧,——是的,她当真仿佛觉得自己是在生一个人的气,又像是在生自己的气。河边人太多了,码头边浅水中,船桅船篷上,以至于吊脚楼的柱子上,也莫不有人。翠翠自言自语说:"人那么多,有什么三脚猫好看?"先还以为可以在什么船上发现她的祖父,但搜寻了一阵,各处却无祖父的影子。她挤到水边去,一眼便看到了自己家中那条黄狗,同顺顺家一个长年,正在去岸数丈一只空船上看热闹。翠翠锐声叫喊了两声,黄狗张着耳叶昂头四面一望,便猛的扑下水中,向翠翠方面泅来了。到了身边时狗身上已全是水,把水抖着且跳跃不已,翠翠便说:"得了,装什么疯。你又不翻船,谁要你落水呢?"

翠翠同黄狗找祖父去,在河街上一个木行前恰好遇着了祖父。

老船夫说:"翠翠,我看了个好碾坊,碾盘是新的,水车是新的,屋上稻草也是新的!水坝管着一绺水,急溜溜的,抽水闸时水车转得如陀螺。"

翠翠带着点做作问:"是什么人的?"

"是什么人的?住在山上的王团总的。我听人说是那中寨人为女儿作嫁妆的东西,好不阔气,包工就是七百吊大钱,还不管风车,不管家什!"

"谁讨那个人家的女儿?"

祖父望着翠翠干笑着,"翠翠,大鱼咬你,大鱼咬你。"

翠翠因为对于这件事心中有了个数目,便仍然装着全不明白,只询问祖父,"爷爷,谁个人得到那个碾坊?"

"岳云二老!"祖父说了又自言自语的说,"有人羡慕二老得到碾坊,也有人羡慕碾坊得到二老!"

"谁羡慕呢,爷爷?"

"我羡慕。"祖父说着便又笑了。

翠翠说:"爷爷,你喝醉了。"

"可是二老还称赞你长得美呢。"

翠翠说:"爷爷,你醉疯了。"

祖父说:"爷爷不醉不疯……去,我们到河边看他们放鸭子去。"他还想说,"二老捉得鸭子,一定又会送给我们的。"话不及说,二老来了,站在翠翠面前微笑着。翠翠也微笑着。

于是三个人回到吊脚楼上去。

十一

有人带了礼物到碧溪岨,掌水码头的顺顺,当真请了媒人为儿子向渡船的攀亲戚来了。老船夫慌慌张张把这个人渡过溪口,一同到家里去。翠翠正在屋门前剥豌豆,来了客并不如何注意。但一听到客人进门说:"贺喜贺喜",心中有事,不敢再坐在屋门边,就装作追赶菜园地的鸡,拿了竹响篙唰唰的摇着,一面口中轻轻喝着,向屋后白塔跑去了。

来人说了些闲话,言归正传转述到顺顺的意见时,老船夫不知如何回答,只是很惊惶的搓着两只茧结的大手,好像这不会真有其事,而且神气中只像在说:"那好,那好",其实这老头子却不曾说过一句话。

马兵把话说完后,就问作祖父的意见怎么样。老船夫笑着把头点着说:"大老想走车路,这个很好。可是我得问问翠翠,看她自己主意怎么样。"来人走后,祖父在船头叫翠翠下河边来说话。

翠翠拿了一簸箕豌豆下到溪边,上了船,娇娇的问他的祖父:"爷爷,你有什么事?"祖父笑着不说什么,只偏着个白发盈颠的头看着翠翠,看了许久。翠翠坐到船头,低下头去剥豌豆,耳中听着远处竹篁里的黄鸟叫。翠翠想:"日子长咧,爷爷话也长了。"翠翠心轻轻的跳着。

过了一会祖父说:"翠翠,翠翠,先前来的那个伯伯来作什么,你知道不知道?"

翠翠说:"我不知道。"说后脸同颈脖全红了。

祖父看看那种情景,明白翠翠的心事了,便把眼睛向远处望去,在空雾里望见了十五年前翠翠的母亲,老船夫心中异常柔和了。轻轻的自言自语说:"每一只船总要有个码头,每一只雀儿得有个巢。"他同时想起那个可怜的母亲过去的事情,心中有了一点隐痛,却勉强笑着。

翠翠呢,正从山中黄鸟杜鹃叫声里,以及山谷中伐竹人嗾嗾一下一下的砍伐竹子声音里,想到许多事情。老虎咬人的故事,与人对骂时四句头的山歌,造纸作坊中的方坑,铁工厂熔铁炉里泄出的铁汁……耳朵听来的,眼睛看到的,她似乎都要去温习温习。她其所以这样作,又似乎全只为了希望忘掉眼前的一桩事而起。但她实在有点误会了。

祖父说:"翠翠,船总顺顺家里请人来作媒,想讨你作媳妇,问我愿不愿。我呢,人老了,再过三年两载会过去的,我没有不愿的事情。这是你自己的事,你自己想想,自己来说。愿意,就成了;不愿意,也好。"

翠翠不知如何处理这个问题,装作从容,怯怯的望着老祖父。又不便问什么,当然也不好回答。

祖父又说:"大老是个有出息的人,为人又正直,又慷慨,你嫁了他,算是命好!"

翠翠明白了,人来做媒的大老!不曾把头抬起,心忡忡的跳着,脸烧得厉害,仍然剥她的豌豆,且随手把空豆荚抛到水中去,望着它们在流水中从从容容的流去,自己也俨然从容了许多。

见翠翠总不作声,祖父于是笑了,且说:"翠翠,想几天不碍事。洛阳桥并不是一个晚上造得好的,要日子咧。前次那人来的就向我说到这件事,我已经就告过他:车是车路,马是马路,各有规矩。想爸爸作主,请媒人正正经经来说是车路;要自己作主,站到对溪高崖竹林里为你唱三年六个月的歌是马路,——你若欢喜走马路,我相信人家会为你在日头下唱热情的歌,在月光下唱温柔的歌,一直唱到吐血喉咙烂!"

翠翠不作声,心中只想哭,可是也无理由可哭。祖父再说下去,便引到死去了的母亲来了。老人说了一阵,沉默了。翠翠悄悄把头摆过一些,祖父眼中业已酿了一汪眼泪。翠翠又惊又怕怯生生的说:"爷爷,你怎么的?"祖父不作声,用大手掌擦着眼睛,小孩子似的咕咕笑着,跳上岸跑回家中去了。

翠翠心中乱乱的,想赶去却不赶去。

雨后放晴的天气,日头炙到人肩上背上已有了点儿力量。溪边芦苇水杨柳,菜园中菜蔬,莫不繁荣滋茂,带着一分有野性的生气。草丛里绿色蚱蜢各处飞着,翅膀搏动空气时窸窸作声。枝头新蝉声音已渐渐洪大。两山深翠逼人竹篁中,有黄鸟与竹雀杜鹃鸣叫。翠翠感觉着,望着,听着,同时也思索着:

"爷爷今年七十岁……三年六个月的歌——谁送那只白鸭子呢?……得碾子的好运气,碾子得谁更是好运气?……"

痴着,忽地站起,半簸箕豌豆便倾倒到水中去了。伸手把那簸箕从水中捞起时,隔溪有人喊过渡。

十二

翠翠第二天在白塔下菜园地里,第二次被祖父询问到自己主张时,仍然心儿忡忡的跳着,把头低下不作理会,只顾用手去掐葱。祖父笑着,心想:

"还是等等看,再说下去这一坪葱会全掐掉了。"同时似乎又觉得这其间有点古怪处,不好再说下去,便自己按捺到言语,用一个做作的笑话,把问题引到另外一件事情上去了。

天气渐渐的越来越热了。近六月时,天气热了些,老船夫把一个满是灰尘的黑陶缸子从屋角隅里搬出,自己还匀出闲工夫,拼了几方木板作成一个圆盖。又锯木头成一个三脚架子,且削刮了个大竹筒,用葛藤系定,放在缸边作为舀茶的家具。自从这茶缸移到屋门溪边后,每早上翠翠就烧一大锅开水,倒进那缸子里去。有时缸里加些茶叶,有时却只放下一些用火烧焦的锅巴,乘那东西还燃着时便抛进缸里去。老船夫且照例准备了些发痧肚痛治疱疮痒子的草根木皮,把这些药搁在家中当眼处,一见过渡人神气不对,就忙匆匆的把药取来,善意的勒迫这过路人使用他的药方,且告人这许多救急丹方的来源(这些丹方自然全是他从城中军医同巫师学来的)。他终日裸着两只膀子,在方头船上站定,头上还常常是光光的,一头短短白发,在日光下如银子。翠翠依然是个快乐人,屋前屋后跑着唱着,不走动时就坐在门前高崖树荫下吹小竹管儿玩。爷爷仿佛把大老提婚的事早已忘掉,翠翠自然也早忘掉这件事情了。

可是那做媒的不久又来探口气了,依然是同从前一样,祖父把事情成否全推到翠翠身上去,打发了媒人上路。回头又同翠翠谈了一次,也依然不得结果。

老船夫猜不透这事情在什么方面有个疙瘩,解除不去,夜里躺在床上便常常陷入一种沉思里去,隐隐约约体会到一件事情——翠翠爱二老不爱大老,想到了这里时,他笑了,为了害怕而勉强笑了。其实他有点忧愁,因为他忽然觉得翠翠一切全像那个母亲,而且隐隐约约便感觉到这母女二人共同的命运。一堆过去的事情蜂拥而来,不能再睡下去了,一个人便跑出门外,到那临溪高崖上去,望天上的星辰,听河边纺织娘以及一切虫类如雨的声音,许久许久还不睡觉。

这件事翠翠是毫不注意的,这小女孩子日里尽管玩着,工作着,也同时为一些很神秘的东西驰骋她那颗小小的心,但一到夜里,却甜甜的睡眠了。

不过一切皆得在一份时间中变化。这一家安静平凡的生活,也因了一堆接连而来的日子,在人事上把那安静空气完全打破了。

船总顺顺家中一方面,则天保大老的事已被二老知道了,傩送二老同时也让他哥哥知道了弟弟的心事。这一对难兄难弟原来同时爱上了那个撑渡船的外孙女。这事情在本地人说来并不希奇,边地俗话说:"火是各处可烧的,水是各处可流的,日月是各处可照的,爱情是各处可到的。"有钱船总儿子,爱上一个弄渡船的穷人家女儿,不能成为希罕的新闻,有一点困难处,只是这两兄弟到了谁应取得这个女人作媳妇时,是不是也还得照茶峒人规矩,来一次流血的挣扎?

兄弟两人在这方面是不至于动刀的,但也不作兴有"情人奉让"如大都市懦怯男子爱与仇对面时作出的可笑行为。

那哥哥同弟弟在河上游一个造船的地方,看他家中那一只新船,在新船旁把一切心事全告给了弟弟,且附带说明,这点爱还是两年前植下根基的。弟弟微笑着,把话听下去。两人从造船处沿了河岸又走到王乡绅新碾坊去,那大哥就说:

"二老,你倒好,作了团总女婿,有座碾坊;我呢,若把事情弄好了,我应当接那个老的手来划渡船了。我欢喜这个事情,我还想把碧溪岨两个山头买过来,在界线上种大南竹,围着这一条小溪作为我的砦子!"

那二老仍然的听着,把手中拿的一把弯月形镰刀随意斫削路旁的草木,到了碾坊时,却站住了向他哥哥说:

"大老,你信不信这女子心上早已有了个人?"

"我不信。"

"大老,你信不信这碾坊将来归我?"

"我不信。"

两人于是进了碾坊。

二老说:"你不必——大老,我再问你,假若我不想得这座碾坊,却打量要那只渡船,而且这念头也是两年前的事,你信不信呢?"

那大哥听来真着了一惊,望了一下坐在碾盘横轴上的傩送二老,知道二老不是开玩笑,于是站近了一点,伸手在二老肩上拍打了一下,且想把二老拉下来。他明白了这件事,他笑了。他说,"我相信的,你说的是真话!"

二老把眼睛望着他的哥哥,很诚实的说:

"大老,相信我,这是真事。我早就那么打算到了。家中不答应,那边若答应了,我当真预备去弄渡船的!——你告我,你呢?"

"爸爸已听了我的话,为我要城里的杨马兵做保山,向划渡船说亲去了!"大老说到这个求亲手续时,好像知道二老要笑他,又解释要保山去的用意,只是因为老的说车有车路,马有马路,我就走了车路。

"结果呢?"

"得不到什么结果。老的口上含李子,说不明白。"

"马路呢?"

"马路呢,那老的说若走马路,得在碧溪岨对溪高崖上唱三年六个月的歌。把翠翠心唱软,翠翠就归我了。"

"这并不是个坏主张!"

"是呀,一个结巴人话说不出还唱得出。可是这件事轮不到我了。我不是竹雀,不会唱歌。鬼知道那老的存心是要把孙女儿嫁个会唱歌的水车,还是预备规规矩矩嫁个人!"

"那你怎么样?"

"我想告那老的,要他说句实在话。只一句话。不成,我跟船下桃源去了;成呢,便是要我撑渡船,我也答应了他。"

"唱歌呢?"

"这是你的拿手好戏,你要去做竹雀你就去吧,我不会检马粪塞你嘴巴的。"

二老看到哥哥那种样子,便知道为这件事哥哥感到的是一种如何烦恼了。他明白他哥哥的性情,代表了茶峒人粗卤爽直一面,弄得好,掏出心子来给人也很慷慨作去,弄不好,亲舅舅也必一是一二是二。大老何尝不想在车路上失败时走马路;但他一听到二老的坦白陈述后,他就知道马路只二老有分,自己的事不能提了。因此他有点气恼,有点愤慨,自然是无从掩饰的。

二老想出了个主意,就是两兄弟月夜里同到碧溪岨去唱歌,莫让人知道是弟兄两个,两人轮流唱下去,谁得到回答,谁便继续用那张唱歌胜利的嘴唇,服侍那划渡船的外孙女。大老不善于唱歌,轮到大老时也仍然由二老代替。两人凭命运来决定自己的幸福,这么办可说是极公平了。提议时,那大老还以为他自己不会唱,也不想请二老替他作竹雀。但二老那种诗人性格,却使他很固持的要哥哥实行这个办法。二老说必需这样作,一切才公平一点。

大老把弟弟提议想想,作了一个苦笑。"×娘的,自己不是竹雀,还请老弟做竹雀!好,就是这样子,我们各人轮流唱,我也不要你帮忙,一切我自己来吧。树林子里的猫头鹰,声音不动听,要老婆时,也仍然是自己叫下去,不请人帮忙的!"

两人把事情说妥当后,算算日子,今天十四,明天十五,后天十六,接连而来的三个日子,正是有大月亮天气。气候既到了中夏,半夜里不冷不热,穿了白家机布汗褂,到那些月光照及的高崖上去,遵照当地的习惯,很诚实与坦白去为一个"初生之犊"的黄花女唱歌。露水降了,歌声涩了,到应当回家了时,就趁残月赶回家去。或过那些熟识的整夜工作不息的碾坊里去,躺到温暖的谷仓里小睡,等候天明。一切安排皆极其自然,结果是什么,两人虽不明白,但也看得极其自然。两人便决定了从当夜起始,来作这种为当地习惯所认可的竞争。

十三

　　黄昏来时翠翠坐在家中屋后白塔下,看天空为夕阳烘成桃花色的薄云。十四中寨逢场,城中生意人过中寨收买山货的很多,过渡人也特别多,祖父在渡船上忙个不息。天快夜了,别的雀子似乎都在休息了,只杜鹃叫个不息。石头泥土为白日晒了一整天,草木为白日晒了一整天,到这时节皆放散一种热气。空气中有泥土气味,有草木气味,且有甲虫类气味。翠翠看着天上的红云,听着渡口飘乡生意人的杂乱声音,心中有些儿薄薄的凄凉。

　　黄昏照样的温柔,美丽,平静。但一个人若体念到这个当前一切时,也就照样的在这黄昏中会有点儿薄薄的凄凉。于是,这日子成为痛苦的东西了。翠翠觉得好像缺少了什么。好像眼见到这个日子过去了,想在一件新的人事上攀住它,但不成。好像生活太平凡了,忍受不住。

　　"我要坐船下桃源县过洞庭湖,让爷爷满城打锣去叫我,点了灯笼火把去找我。"

　　她便同祖父故意生气似的,很放肆的去想到这样一件事,她且想像她出走后,祖父用各种方法寻觅全无结果,到后如何无可奈何躺在渡船上。

　　人家喊,"过渡,过渡,老伯伯,你怎么的,不管事!""怎么的!翠翠走了,下桃源县了!""那你怎么办?""怎么办吗?拿把刀,放在包袱里,搭下水船去杀了她!"

　　翠翠仿佛当真听着这种对话,吓怕起来了,一面锐声喊着她的祖父,一面从坎上跑向溪边渡口去。见到了祖父正把船拉在溪中心,船上人嗫嗫说着话,小小心子还依然跳跃不已。

　　"爷爷,爷爷,你把船拉回来呀!"

　　那老船夫不明白她的意思,还以为是翠翠要为他代劳了,就说:

　　"翠翠,等一等,我就回来!"

　　"你不拉回来了吗?"

　　"我就回来!"

　　翠翠坐在溪边,望着溪面为暮色所笼罩的一切,且望到那只渡船上一群过渡人,其中有个吸旱烟的打着火镰吸烟,且把烟杆在船边剥剥的敲着烟灰,就忽然哭起来了。

　　祖父把船拉回来时,见翠翠痴痴的坐在岸边,问她是什么事,翠翠不作声。祖父要她去烧火煮饭,想了一会儿,觉得自己哭得可笑,一个人便回到屋中去,坐在黑黝黝的灶边把火烧燃后,她又走到门外高崖上去,喊叫她的祖父,要他回家里来,在职务上毫不儿戏的老船夫,因为明白过渡人皆是赶回城中吃晚饭的人,来一个就渡一个,不便要人站在那岸边呆等,故不上岸来。只站在船头告翠翠,且让她做点事,把人渡完事后,就回家里来吃饭。

翠翠第二次请求祖父,祖父不理会,她坐在悬崖上,很觉得悲伤。

天夜了,有一匹大萤火虫尾上闪着蓝光,很迅速的从翠翠身旁飞过去,翠翠想,"看你飞得多远!"便把眼睛随着那萤火虫的明光追去。杜鹃又叫了。

"爷爷,为什么不上来?我要你!"

在船上的祖父听到这种带着娇有点儿埋怨的声音,一面粗声粗气的答道:"翠翠,我就来,我就来!"一面心中却自言自语:"翠翠,爷爷不在了,你将怎么样?"

老船夫回到家中时,见家中还黑黝黝的,只灶间有火光,见翠翠坐在灶边矮条凳上,用手蒙着眼睛。

走过去才晓得翠翠已哭了许久。祖父一个下半天来,皆弯着个腰在船上拉来拉去,歇歇时手也酸了,腰也酸了,照规矩,一到家里就会嗅到锅中所焖瓜菜的味道,且可见到翠翠安排晚饭在灯光下跑来跑去的影子。今天情形竟不同了一点。

祖父说:"翠翠,我来慢了,你就哭,这还成吗?我死了呢?"

翠翠不作声。

祖父又说:"不许哭,做一个大人,不管有什么事都不许哭。要硬扎一点,结实一点,才配活到这块土地上!"

翠翠把手从眼睛边移开,靠近了祖父身边去,"我不哭了。"

两人吃饭时,祖父为翠翠说到一些有趣味的故事。因此提到了死去了的翠翠的母亲。两人在豆油灯下把饭吃过后,老船夫因为工作疲倦,喝了半碗白酒,因此饭后兴致极好,又同翠翠到门外高崖上月光下去说故事。说了些那个可怜母亲的乖巧处,同时且说到那可怜母亲性格强硬处,使翠翠听来神往倾心。

翠翠抱膝坐在月光下,傍着祖父身边,问了许多关于那个可怜母亲的故事。间或吁一口气,似乎心中压上了些分量沉重的东西,想挪移得远一点,才吁着这种气,可是却无从把那东西挪开。

月光如银子,无处不可照及,山上篁竹在月光下皆成为黑色。身边草丛中虫声繁密如落雨。间或不知道从什么地方,忽然会有一只草莺"落落落落嘘!"啭着它的喉咙,不久之间,这小鸟儿又好像明白这是半夜,不应当那么吵闹,便仍然闭着那小小眼儿安睡了。

祖父夜来兴致很好,为翠翠把故事说下去,就提到了本城人二十年前唱歌的风气,如何驰名于川黔边地。翠翠的父亲,便是唱歌的第一手,能用各种比喻解释爱与憎的结子,这些事也说到了。翠翠母亲如何爱唱歌,且如何同父亲在未认识以前在白日里对歌,一个在半山上竹篁里砍竹子,一个在溪面渡船上拉船,这些事也说到了。

翠翠问:"后来怎么样?"

祖父说:"后来的事长得很,最重要的事情,就是这种歌唱出了你。"

十四

老船夫做事累了睡了,翠翠哭倦了也睡了。翠翠不能忘记祖父所说的事情,梦中灵魂为一种美妙歌声浮起来了,仿佛轻轻的各处飘着,上了白塔,下了菜园,到了船上,又复飞窜过悬崖半腰——去作什么呢?摘虎耳草!白日里拉船时,她仰头望着崖上那些肥大虎耳草已极熟习。崖壁三五丈高,平时攀折不到手,这时节却可以选顶大的叶子作伞。

一切皆像是祖父说的故事,翠翠只迷迷胡胡的躺在粗麻布帐子里草荐上,以为这梦做得顶美顶甜。祖父却在床上醒着,张起个耳朵听对溪高崖上的人唱了半夜的歌。他知道那是谁唱的,他知道是河街上天保大老走马路的第一着,又忧愁又快乐的听下去。翠翠因为日里哭倦了,睡得正好,他就不去惊动她。

第二天天一亮,翠翠就同祖父起身了,用溪水洗了脸,把早上说梦的忌讳去掉了,翠翠赶忙同祖父去说昨晚上所梦的事情。

"爷爷,你说唱歌,我昨天就在梦里听到一种顶好听的歌声,又软又缠绵,我像跟了这声音各处飞,飞到对溪悬崖半腰,摘了一大把虎耳草,得到了虎耳草,我可不知道把这个东西交给谁去了。我睡得真好,梦的真有趣!"

祖父温和悲悯的笑着,并不告给翠翠昨晚上的事实。

祖父心里想:"做梦一辈子更好,还有人在梦里作宰相中状元咧。"

昨晚上唱歌的,老船夫还以为是天保大老,日来便要翠翠守船,借故到城里去送药,探听情况。在河街见到了大老,就一把拉住那小伙子,很快乐的说:

"大老,你这个人,又走车路又走马路,是怎样一个狡猾东西!"

但老船夫却作错了一件事情,把昨晚唱歌人"张冠李戴"了。这两弟兄昨晚上同时到碧溪岨去,为了作哥哥的走车路占了先,无论如何也不肯先开腔唱歌,一定得让那弟弟先唱。弟弟一开口,哥哥却因为明知不是敌手,更不能开口了。翠翠同她祖父晚上听到的歌声,便全是那傩送二老所唱的。大老伴弟弟回家时,就决定了同茶峒地方离开,驾家中那只新油船下驶,好忘却了上面的一切。这时正想下河去看新船装货。老船夫见他神情冷冷的,不明白他的意思,就用眉眼做了一个可笑的记号,表示他明白大老的冷淡是装成的,表示他有消息可以奉告。

他拍了大老一下,轻轻的说:

"你唱得很好,别人在梦里听着你那个歌,为那个歌带得很远,走了不少的路!你是第一号,是我们地方唱歌第一号。"

大老望着弄渡船的老船夫涎皮的老脸,轻轻的说:

"算了吧,你把宝贝女儿送给了会唱歌的竹雀吧。"

这句话使老船夫完全弄不明白它的意思。大老从一个吊脚楼甬道走下河去了,老船夫也跟着下去。到了河边,见那只新船正在装货,许多油篓子搁到岸边。一个水手正在用茅草扎成长束,备作船舷上挡浪用的茅把,还有人在河边用脂油擦桨板。老船夫问那个坐在大太阳下扎茅把的水手,这船什么日子下行,谁押船。那水手把手指着大老。老船夫搓着手说:

"大老,听我说句正经话,你那件事走车路,不对;走马路,你有分的!"

那大老把手指着窗口说:"伯伯,你看那边,你要竹雀做孙女婿,竹雀在那里啊!"

老船夫抬头望到二老,正在窗口整理一个鱼网。

回碧溪岨到渡船上时,翠翠问:

"爷爷,你同谁吵了架,脸色那样难看!"

祖父莞尔而笑,他到城里的事情,不告给翠翠一个字。

十五

大老坐了那只新油船向下河走去了,留傩送二老在家。老船夫方面还以为上次歌声既归二老唱的,在此后几个日子里,自然还会听到那种歌声。一到了晚间就故意从别样事情上,促翠翠注意夜晚的歌声。两人吃完饭坐在屋里,因屋前溪水,长脚蚊子一到黄昏就嗡嗡的叫着,翠翠便把蒿艾束成的烟包点燃,向屋中角隅各处晃着驱逐蚊子。晃了一阵,估计全屋子里已为蒿艾烟气熏透了,才搁到床前地上去,再坐在小板凳上来听祖父说话。从一些故事上慢慢的谈到了唱歌,祖父话说得很妙。祖父到后发问道:

"翠翠,梦里的歌可以使你爬上高崖去摘那虎耳草,若当真有谁来在对溪高崖上为你唱歌,你怎么样?"祖父把话当笑话说着的。

翠翠便也当笑话答道:"有人唱歌我就听下去,他唱多久我也听多久!"

"唱三年六个月呢?"

"唱得好听,我听三年六个月。"

"这不公平吧。"

"怎么不公平?为我唱歌的人,不是极愿意我长远听他的歌吗?"

"照理说:炒菜要人吃,唱歌要人听。可是人家为你唱,是要你懂他歌里的意思!"

"爷爷,懂歌里什么意思?"

"自然是他那颗想同你要好的真心!不懂那点心事,不是同听竹雀唱歌一样了吗?"

"我懂了他的心又怎么样?"

祖父用拳头把自己腿重重的捶着,且笑着:"翠翠,你人乖,爷爷笨得很,话也不说得温柔,莫生气。我信口开河,说个笑话给你听。你应当当笑话听。河街天保大老走车路,请保山来提亲,我告给过你这件事了,你那神气不愿意,是不是?可是,假若那个人还有个兄弟,走马路,为你来唱歌,向你求婚,你将怎么说?"

翠翠吃了一惊,低下头去。因为她不明白这笑话有几分真,又不清楚这笑话是谁诌的。

祖父说:"你告诉我,愿意哪一个?"

翠翠便微笑着轻轻的带点儿恳求的神气说:

"爷爷莫说这个笑话吧。"翠翠站起身了。

"我说的若是真话呢?"

"爷爷你真是个……"翠翠说着走出去了。

祖父说:"我说的是笑话,你生我的气吗?"

翠翠不敢生祖父的气,走近门限边时,就把话引到另外一件事情上去:"爷爷看天上的月亮,那么大!"说着,出了屋外,便在那一派清光的露天中站定。站了一忽儿,祖父也从屋中出到外边来了。翠翠于是坐到那白日里为强烈阳光晒热的岩石上去,石头正散发日间所储的余热。祖父就说:

"翠翠,莫坐热石头,免得生坐板疮。"

但自己用手摸摸后,自己便也坐到那岩石上了。

月光极其柔和,溪面浮着一层薄薄白雾,这时节对溪若有人唱歌,隔溪应和,实在太美丽了。翠翠还记着先前祖父说的笑话。耳朵又不聋,祖父的话说得极分明,一个兄弟走马路,唱歌来打发这样的晚上,算是怎么回事?她似乎为了等着这样的歌声,沉默了许久。

她在月光下坐了一阵,心里却当真愿意听一个人来唱歌。久之,对溪除了一片草虫的清音复奏以外别无所有。翠翠走回家里去,在房门边摸着了那个芦管,拿出来在月光下自己吹着。觉吹得不好,又递给祖父要祖父吹。老船夫把那芦管竖在嘴边,吹了个长长的曲子,翠翠的心被吹柔软了。

翠翠依傍祖父坐着,问祖父:

"爷爷,谁是第一个做这个小管子的人?"

"一定是个最快乐的人,因为他分给人的也是许多快乐;可又像是个最不快乐的人作的,因为他同时也可以引起人不快乐!"

"爷爷,你不快乐了吗?生我的气了吗?"

"我不生你的气。你在我身边,我很快乐。"

"我万一跑了呢?"

"你不会离开爷爷的。"

"万一有这种事,爷爷你怎么样?"

"万一有这种事,我就驾了这只渡船去找你。"

翠翠嗤的笑了。"凤滩、茨滩不为凶,下面还有绕鸡笼;绕鸡笼也容易下,青浪滩浪如屋大。爷爷,你渡船也能下凤滩、茨滩、青浪滩吗?那些地方的水,你不说过像疯子吗?"

祖父说:"翠翠,我到那时可真像疯子,还怕大水大浪?"

翠翠俨然极认真的想了一下,就说:"爷爷,我一定不走。可是,你会不会走?你会不会被一个人抓到别处去?"

祖父不作声了,他想到被死亡抓走那一类事情。

老船夫打量着自己被死亡抓走以后的情形,痴痴的看望天南角上一颗星子,心想:"七月八月天上方有流星,人也会在七月八月死去吧?"又想起白日在河街上同大老谈话的经过,想起中寨人陪嫁的那座碾坊,想起二老,想起一大堆事情,心中有点儿乱。

翠翠忽然说:"爷爷,你唱个歌给我听听,好不好?"

祖父唱了十个歌,翠翠傍在祖父身边,闭着眼睛听下去,等到祖父不作声时,翠翠自言自语说:"我又摘了一把虎耳草了。"

祖父所唱的歌便是那晚上听来的歌。

十六

二老有机会唱歌却从此不再到碧溪岨唱歌。十五过去了,十六也过去了,到了十七,老船夫忍不住了,进城往河街去找寻那个年青小伙子,到城门边正预备入河街时,就遇着上次为大老作保山的杨马兵,正牵了一匹骡马预备出城,一见老船夫,就拉住了他:

"伯伯,我正有事情告你,碰巧你就来城里!"

"什么事?"

"天保大老坐下水船到茨滩出了事,闪不知这个人掉到滩下漩水里就淹坏了。早上顺顺家里得到这个信,听说二老一早就赶去了。"

这消息同有力巴掌一样重重的捆了他那么一下,他不相信这是当真的消息。他故作从容的说:

"天保大老淹坏了吗?从不听说有水鸭子被水淹坏的!"

"可是那只水鸭子仍然有那么一次被淹坏了……我赞成你的卓见,不让那小子走车路十分顺手。"

从马兵言语上,老船夫还十分怀疑这个新闻,但从马兵神气上注意,老船夫却看清楚这是个真的消息了。他惨惨的说:

"我有什么卓见可言?这是天意!一切都有天意……"老船夫说时心中充满了感情。

特为证明那马兵所说的话有多少可靠处,老船夫同马兵分手后,于是匆匆赶到河街上去。到了顺顺家门前,正有人烧纸钱,许多人围在一处说话。走近去听听,所说的便是杨马兵提到的那件事。但一到有人发现了身后的老船夫时,大家便把话语转了方向,故意来谈下河油价涨落情形了。老船夫心中很不安,正想找一个比较要好的水手谈谈。

一会船总顺顺从外面回来了,样子沉沉的,这豪爽正直的中年人,正似乎为不幸打倒努力想挣扎爬起的神气,一见到老船夫就说:

"老伯伯,我们谈的那件事情吹了吧。天保大老已经坏了,你知道了吧?"

老船夫两只眼睛红红的,把手搓着,"怎么的,这是真事!是昨天,是前天?"

另一个像是赶路同来报信的,插嘴说道:"十六中上,船搁到石包子上,船头进了水,大老想把篙撇着,人就弹到水中去了。"

老船夫说:"你眼见他下水吗?"

"我还与他同时下水!"

"他说什么?"

"什么都来不及说!这几天来他都不说话!"

老船夫把头摇摇,向顺顺那么怯怯的溜了一眼。船总顺顺像知道他心中不安处,就说:"伯伯,一切是天,算了吧。我这里有大兴场人送来的好烧酒,你拿一点去喝罢。"一个伙计用竹筒上了一筒酒,用新桐木叶蒙着筒口,交给了老船夫。

老船夫把酒拿走,到了河街后,低头向河码头走去,到河边天保大前天上船处去看看。杨马兵还在那里放马到沙地上打滚,自己坐在柳树荫下乘凉。老船夫就走过去请马兵试试那大兴场的烧酒,两人喝了点酒后,兴致似乎皆好些了,老船夫就告给杨马兵,十四夜里二老过碧溪岨唱歌那件事情。

那马兵听到后便说:

"伯伯,你是不是以为翠翠愿意二老应该派归二老……"

话没说完,傩送二老却从河街下来了。这年青人正像要远行的样子,一见了老船夫就回头走去。杨马兵就喊他说:"二老,二老,你来,有话同你说呀!"

二老站定了,很不高兴的神气,问马兵"有什么话说"。马兵望望老船夫,就向二老说:"你来,有话说!"

"什么话?"

"我听人说你已经走了——你过来我同你说,我不会吃掉你!"

那黑脸宽肩膊,样子虎虎有生气的傩送二老,勉强笑着,到了柳荫下时,老船夫想把空气缓和下来,指着河上游远处那座新碾坊说:"二老,听人说那碾坊将来是归你的!归了你,派我来守碾子,行不行?"

二老仿佛听不惯这个询问的用意,便不作声。杨马兵看风头有点儿僵,便说:"二老,你怎么的,预备下去吗?"那年青人把头点点,不再说什么,就走开了。

老船夫讨了个没趣,很懊恼的赶回碧溪岨去,到了渡船上时,就装作把事情看得极随便似的,告给翠翠。

"翠翠,今天城里出了件新鲜事情,天保大老驾油船下辰州,运气不好,掉到茨滩淹坏了。"

翠翠因为听不懂,对于这个报告最先好像全不在意。祖父又说:

"翠翠,这是真事。上次来到这里做保山的杨马兵,还说我早不答应亲事,极有见识!"

翠翠瞥了祖父一眼,见他眼睛红红的,知道他喝了酒,且有了点事情不高兴,心中想:"谁撩你生气?"船到家边时,祖父不自然的笑着向家中走去。翠翠守船,半天不闻祖父声息,赶回家去看看,见祖父正坐在门槛上编草鞋耳子。

翠翠见祖父神气极不对,就蹲到他身前去。

"爷爷,你怎么的?"

"天保当真死了!二老生了我们的气,以为他家中出这件事情,是我们分派的!"

有人在溪边大声喊渡船过渡,祖父匆匆出去了。翠翠坐在那屋角隅稻草上,心中极乱,等等还不见祖父回来,就哭起来了。

十七

祖父似乎生谁的气,脸上笑容减少了。对于翠翠方面也不大注意了。

翠翠像知道祖父已不很疼她，但又像不明白它的原因。但这并不是很久的事，日子一过去，也就好了。两人仍然划船过日子，一切依旧，惟对于生活，却仿佛什么地方有了个看不见的缺口，始终无法填补起来。祖父过河街去仍然可以得到船总顺顺的款待，但很明显的事，那船总却并不忘掉死去者死亡的原因。二老出北河下辰州走了六百里，沿河找寻那个可怜哥哥的尸骸，毫无结果，在各处税关上贴下招字，返回茶峒来了。过不久，他又过川东去办货，过渡时见到老船夫。老船夫看看那小伙子，好像已完全忘掉了从前的事情，就同他说话。

"二老，大六月日头毒人，你又上川东去，不怕辛苦？"

"要饭吃，头上是火也得上路！"

"要吃饭！二老家还少饭吃！"

"有饭吃，爹爹说年青人也不应该在家中白吃不作事！"

"你爹爹好吗？"

"吃得做得，有什么不好。"

"你哥哥坏了，我看你爹爹为这件事情也好像萎悴多了！"

二老听到这句话，不作声了，眼睛望着老船夫屋后那个白塔。他似乎想起了过去那个晚上那件旧事，心中十分惆怅。

老船夫怯怯的望了年青人一眼，一个微笑在脸上漾开。

"二老，我家翠翠说，五月里有天晚上，做了个梦……"说时他又望望二老，见二老并不惊讶，也不厌烦，于是又接着说，"她梦得古怪，说在梦中被一个人的歌声浮起来，上悬岩摘了一把虎耳草！"

二老把头偏过一旁去作了一个苦笑，心中想到"老头子倒会做作"。这点意思在那个苦笑上，仿佛同样泄露出来，仍然被老船夫看到了，老船夫就说："二老，你不信吗？"

那年青人说："我怎么不相信？因为我做傻子在那边岩上唱过一晚的歌！"

老船夫被一句料想不到的老实话窘住了，口中结结巴巴的说："这是真的……这是假的……"

"怎么不是真的？天保大老的死，难道不是真的！"

"可是，可是……"

老船夫的做作处，原意只是想把事情弄明白一点，但一起始自己叙述这段事情时，方法上就有了错处，因此反被二老误会了。他这时正想把那夜的情形好好说出来，船已到了岸边。二老一跃上了岸，就想走去。老船夫在船上显得更加忙乱的样子说：

"二老，二老，你等等，我有话同你说，你先前不是说到那个——你做傻子的事情吗？你并不傻,别人才当真叫你那歌弄成傻相!"

那年青人虽站定了,口中却轻轻的说:"得了够了,不要说了。"

老船夫说:"二老,我听人说你不要碾子要渡船,这是杨马兵说的,不是真的吧?"

那年青人说:"要渡船又怎样?"

老船夫看看二老的神气,心中忽然高兴起来了,就情不自禁的高声叫着翠翠,要她下溪边来。可是,不知翠翠是故意不从屋里出来,还是到别处去了,许久还不见到翠翠的影子,也不闻这个女孩子的声音。二老等了一会,看看老船夫那副神气,一句话不说,便微笑着,大踏步同一个挑担粉条白糖货物的脚夫走去了。

过了碧溪岨小山,两人应沿着一条曲曲折折的竹林走去,那个脚夫这时节开了口:

"傩送二老,看那弄渡船的神气,很欢喜你!"

二老不作声,那人就又说道:

"二老,他问你要碾坊还是要渡船,你当真预备做他的孙女婿,接替他那只渡船吗?"

二老笑了,那人又说:

"二老,若这件事派给我,我要那座碾坊。一座碾坊的出息,每天可收七升米,三斗糠。"

二老说:"我回来时向我爹爹去说,为你向中寨人做媒,让你得到那座碾坊吧。至于我呢,我想弄渡船是很好的。只是老家伙为人弯弯曲曲,不利索,大老是他弄死的。"

老船夫见二老那么走去了,翠翠还不出来,心中很不快乐。走回家去看看,原来翠翠并不在家。过一会,翠翠提了个篮子从小山后回来了,方知道大清早翠翠已出门掘竹鞭笋去了。

"翠翠,我喊了你好久,你不听到!"

"喊我做什么?"

"一个过渡……一个熟人,我们谈起你……我喊你你可不答应!"

"是谁?"

"你猜,翠翠。不是陌生人……你认识他!"

翠翠想起适间从竹林里无意中听来的话,脸红了,半天不说话。

老船夫问:"翠翠,你得了多少鞭笋?"

翠翠把竹篮向地下一倒,除了十来根小小鞭笋外,只是一大把虎耳草。

老船夫望了翠翠一眼,翠翠两颊绯红跑了。

十八

　　日子平平的过了一个月,一切人心上的病痛,似乎皆在那份长长的白日下医治好了。天气特别热,各人只忙着流汗,用凉水淘江米酒吃,不用什么心事,心事在人生活中,也就留不住了。翠翠每天皆到白塔下背太阳的一面去午睡,高处既极凉快,两山竹篁里叫得使人发松的竹雀和其它鸟类又如此之多,致使她在睡梦里尽为山鸟歌声所浮着,做的梦也便常是顶荒唐的梦。

　　这并不是人的罪过。诗人们会在一件小事上写出整本整部的诗,雕刻家在一块石头上雕得出骨血如生的人像,画家一撇儿绿,一撇儿红,一撇儿灰,画得出一幅一幅带有魔力的彩画,谁不是为了惦着一个微笑的影子,或是一个皱眉的记号,方弄出么些古怪成绩?翠翠不能用文字,不能用石头,不能用颜色把那点心头上的爱憎移到别一件东西上去,却只让她的心,在一切顶荒唐的事情上驰骋。她从这分隐秘里,常常得到又惊又喜的兴奋。一点儿不可知的未来,摇撼她的情感极厉害,她无从完全把那种痴处不让祖父知道。

　　祖父呢,可以说一切都知道了的。但事实上他又却是个一无所知的人。他明白翠翠不讨厌那个二老,却不明白那小伙子二老怎么样。他从船总处与二老处,皆碰过了钉子,但他并不灰心。

　　"要安排得对一点,方合道理,一切有个命!"他么想着,就更显得好事多磨起来了。睁着眼睛时,他做的梦比那个外孙女翠翠便更荒唐更寥阔。

　　他向各个过渡本地人打听二老父子的生活,关切他们如同自己家中人一样。但也古怪,因此他却怕见到那个船总同二老了。一见他们他就不知说些什么,只是老脾气把两只手搓来搓去,从容处完全失去了。二老父子方面皆明白他的意思,但那个死去的人,却用一个凄凉的印象,镶嵌到父子心中,两人便对于老船夫的意思,俨然全不明白似的,一同把日子打发下去。

　　明明白白夜来并不作梦,早晨同翠翠说话时,那作祖父的会说:

　　"翠翠,翠翠,我昨晚上做了个好不怕人的梦!"

　　翠翠问:"什么怕人的梦?"

　　就装作思索梦境似的,一面细看翠翠小脸长眉毛,一面说出他另一时张着眼睛所做的好梦。不消说,那些梦原来都并不是当真怎样使人吓怕的。

　　一切河流皆得归海,话起始说得纵极远,到头来总仍然是归到使翠翠红脸那件事情上去。待到翠翠显得不大高兴,神气上露出受了点小窘时,这老船夫又才像有了一点儿吓怕,忙着解释,用闲话来遮掩自己所说到那问题的原意。

"翠翠,我不是那么说,我不是那么说。爷爷老了,糊涂了,笑话多咧。"

但有时翠翠却静静的把祖父那些笑话糊涂话听下去,一直听到后来还抿着嘴儿微笑。

翠翠也会忽然说道:

"爷爷,你真是有一点儿糊涂!"

祖父听过了不再作声,他将说,"我有一大堆心事,"但来不及说,恰好就被过渡人喊走了。

天气热了,过渡人从远处走来,肩上挑得是七十斤担子,到了溪边,贪凉快不即走路,必蹲在岩石下茶缸边喝凉茶,与同伴交换"吹吹棒"烟管,且一面与弄渡船的攀谈。许多子虚乌有的话皆从此说出口来,给老船夫听到了。过渡人有时还因溪水清洁,就溪边洗脚抹澡的,坐得更久话也就更多。祖父把些话转说给翠翠,翠翠也就学懂了许多事情。货物的价钱涨落呀,坐轿搭船的用费呀,放木筏的人把他那个木筏从滩上流下时,十来把大桡子如何活动呀,在小烟船上吃荤烟,大脚娘如何烧烟呀……无一不备。

傩送二老从川东押物回到了茶峒。时间已近黄昏了,溪面很寂静,祖父同翠翠在菜园地里看萝卜秧子。翠翠白日中觉睡久了些,觉得有点寂寞,好像听人嘶声喊过渡,就争先走下溪边去。下坎时,见两个人站在码头边,斜阳影里背身看得极分明,正是傩送二老同他家中的长年!翠翠大吃一惊,同小兽物见到猎人一样,回头便向山竹林里跑掉了。但那两个在溪边的人,听到脚步响时,一转身,也就看明白这件事情了。等了一下再也不见人来,那长年又嘶声音喊叫过渡。

老船夫听得清清楚楚,却仍然蹲在萝卜秧地上数菜,心里觉得好笑。他已见到翠翠走去,他知道必是翠翠看明白了过渡人是谁,故蹲在那高岩上不理会。翠翠人小不管事,过渡人求她不干,奈何她不得,故只好嘶着个喉咙叫过渡了。那长年叫了几声,见无人来,就停了,同二老说:"这是什么玩意儿,难道老的害病弄翻了,只剩下翠翠一个人了吗?"二老说:"等等看,不算什么!"就等了一阵。因为这边在静静的等着,园地上老船夫却在心里想:"难道是二老吗?"他仿佛担心搅恼了翠翠似的,就仍然蹲着不动。

但再过一阵,溪边又喊起过渡来了,声音不同了一点,这才真是二老的声音。生气了吧? 等久了吧? 吵嘴了吧? 老船夫一面胡乱估着一面跑到溪边去。到了溪边,见两个人业已上了船,其中之一正是二老。老船夫惊讶的喊叫:

"呀,二老,你回来了!"

年青人很不高兴似的,"回来了。——你们这渡船是怎么的,等了半天也不来个人!"

"我以为——"老船夫四处一望,并不见翠翠的影子,只见黄狗从山上竹林里跑来,知道翠翠上山了,便改口说:"我以为你们过了渡。"

"过了渡!不得你上船,谁敢开船?"那长年说着,一只水鸟掠着水面飞去,"翠鸟儿归窠了,我们还得赶回家去吃夜饭!"

"早咧,到河街早咧,"说着,老船夫已跳上了船,且在心中一面说着,"你不是想承继这只渡船吗!"一面把船索拉动,船便离岸了。

"二老,路上累得很!……"

老船夫说着,二老不置可否不动感情听下去。船拢了岸,那年青小伙子同家中长年挑担子翻山走了。那点淡漠印象留在老船夫心上,老船夫于是在两个人身后,捏紧拳头威吓了三下,轻轻的吼着,把船拉回去了。

十九

翠翠向竹林里跑去,老船夫半天还不下船,这件事从傩送二老看来,前途显然有点不利。虽老船夫言词之间,无一句话不在说明"这事有边",但那畏畏缩缩的说明,极不得体,二老想起他的哥哥,便把这件事曲解了。他有一点愤愤不平,有一点儿气恼。回到家里第三天,中寨有人来探口风,在河街顺顺家中住下,把话问及顺顺,想明白二老是不是还有意接受那座新碾坊,顺顺就转问二老自己意见怎么样。

二老说:"爸爸,你以为这事为你,家中多座碾坊多个人,你可以快活,你就答应了。若果为的是我,我要好好去想一下,过些日子再说它吧。我还不知道我应当得座碾坊,还是应当得一只渡船;我命里或只许我撑个渡船!"

探口风的人把话记住,回中寨去报命,到碧溪岨过渡时,见到了老船夫,想起二老说的话,不由得不眯眯的笑着。老船夫问明白了他是中寨人,就又问他过茶峒作什么事。

那心中有分寸的中寨人说:

"什么事也不作,只是过河街船总顺顺家里坐了一会儿。"

"无事不登三宝殿,坐了一定就有话说!"

"话倒说了几句。"

"说了些什么话?"那人不再说了,老船夫却问道,"听说你们中寨人想把大河边一座碾坊连同家中闺女送给河街上顺顺,这事情有不有了点眉目?"

那中寨人笑了,"事情成了。我问过顺顺,顺顺很愿意同中寨人结亲家,又问过那小伙子……"

"小伙子意思怎么样？"

"他说:我眼前有座碾坊,有条渡船,我本想要渡船,现在就决定要碾坊吧。渡船是活动的,不如碾坊固定。这小子会打算盘呢。"

中寨人是个米场经纪人,话说得极有斤两,他明知道"渡船"指的是什么,但他可并不说穿。他看到老船夫口唇蠕动,想要说话,中寨人便又抢着说道：

"一切皆是命,半点不由人。可怜顺顺家那个大老,相貌一表堂堂,会淹死在水里！"

老船夫被这句话在心上戳了一下,把想问的话咽住了。中寨人上岸走去后,老船夫闷闷的立在船头,痴了许久。又把二老日前过渡时落漠神气温习一番,心中大不快乐。

翠翠在塔下玩得极高兴,走到溪边高岩上想要祖父唱唱歌,见祖父不理会她,一路埋怨赶下溪边去,到了溪边方见到祖父神气十分沮丧,不明白为什么原因。翠翠来了,祖父看看翠翠的快活黑脸儿,粗卤的笑笑。对溪有扛货物过渡的,便不说什么,沉默的把船拉过溪,到了中心却大声唱起歌来了。把人渡了过溪,祖父跳上码头走近翠翠身边来,还是那么粗卤的笑着,把手抚着头额。

翠翠说：

"爷爷怎么的,你发痧了？你躺到荫下去歇歇,我来管船！"

"你来管船,好,这只船归你管！"

老船夫似乎当真发了痧,心头发闷,虽当着翠翠还显出硬扎样子,独自走回屋里后,找寻得到一些碎瓷片,在自己臂上腿上扎了几下,放出了些乌血,就躺到床上睡了。

翠翠自己守船,心中却古怪的快乐,心想："爷爷不为我唱歌,我自己会唱！"

她唱了许多歌,老船夫躺在床上闭着眼睛,一句一句听下去,心中极乱。但他知道这不是能够把他打倒的大病,他明天就仍然会爬起来的。他想明天进城,到河街去看看,又想起许多旁的事情。

但到了第二天,人虽起了床,头还沉沉的。祖父当真已病了。翠翠显得懂事了些,为祖父煎了一罐大发药,逼着祖父喝,又在屋后菜园地里摘取蒜苗泡在米汤里作酸蒜苗。一面照料船只,一面还时时刻刻抽空赶回家里来看祖父,问这样那样。祖父可不说什么,只是为一个秘密痛苦着。躺了三天,人居然好了。屋前屋后走动了一下,骨头还硬硬的,心中惦念到一件事情,便预备进城过河街去。翠翠看不出祖父有什么要紧事情必须当天进城,请求他莫去。

老船夫把手搓着,估量到是不是应说出那个理由。翠翠一张黑黑的瓜子脸,一双水汪汪的眼睛,使他吁了一口气。

他说:"我有要紧事情,得今天去!"

翠翠苦笑着说:"有多大要紧事情,还不是……"

老船夫知道翠翠脾气,听翠翠口气已有点不高兴,不再说要走了,把预备带走的竹筒,同扣花裙褂搁到条几上后,带点儿谄媚笑着说:"不去吧,你担心我会摔死,我就不去吧。我以为早上天气不很热,到城里把事办完了就回来——不去也得,我明天去!"

翠翠轻声的温柔的说:"你明天去也好,你腿还软,好好的躺一天再起来。"

老船夫似乎心中还不甘服,洒着两手走出去,门限边一个打草鞋的棒槌,差点儿把他绊了一大跤。稳住了时翠翠苦笑着说:"爷爷,你瞧,还不服气!"老船夫拾起那棒槌,向屋角隅摔去,说道:"爷爷老了!过几天打豹子给你看!"

到了午后,落了一阵行雨,老船夫却同翠翠好好商量,仍然进了城。翠翠不能陪祖父进城,就要黄狗跟去。老船夫在城里被一个熟人拉着谈了许久的盐价米价,又过守备衙门看了一会新买的骡马,才到河街顺顺家里去。到了那里,见到顺顺正同三个人打纸牌,不便谈话,就站在身后看了一阵牌,后来顺顺请他喝酒,借口病刚好点不敢喝酒,推辞了。牌既不散场,老船夫又不想即走,顺顺似乎并不明白他等着有何话说,却只注意手中的牌。后来老船夫的神气倒为另外一个人看出了,就问他是不是有什么事情。老船夫方忸忸怩怩照老方子搓着他那两只大手,说别的事没有,只想同船总说两句话。

那船总方明白在看牌半天的理由,回头对老船夫笑将起来。

"怎不早说?你不说,我还以为你在看我牌学张子!"

"没有什么,只是三五句话,我不便扫兴,不敢说出。"

船总把牌向桌上一撒,笑着向后房走去了,老船夫跟在身后。

"什么事?"船总问着,神气似乎先就明白了他来此要说的话,显得略微有点儿怜悯的样子。

"我听一个中寨人说,你预备同中寨团总打亲家,是不是真事?"

船总见老船夫的眼睛盯着他的脸,想得一个满意的回答,就说:"有这事情。"那么答应,意思却是:"有了你怎么样?"

老船夫说:"真的吗?"

那一个又很自然的说:"真的。"意思却依旧包含了"真的又怎么样?"

老船夫装得很从容的问:"二老呢?"

船总说："二老坐船下桃源好些日子了！"

二老下桃源的事，原来还同他爸爸吵了一阵才走的。船总性情虽异常豪爽，可不愿意间接把第一个儿子弄死的女孩子，又来作第二个儿子的媳妇，这是很明白的事情。若照当地风气，这些事认为只是小孩子的事，大人管不着，二老当真欢喜翠翠，翠翠又爱二老，他也并不反对这种爱怨纠缠的婚姻。但不知怎么的，老船夫对于这件事的关心，使二老父子对于老船夫反而有了一点误会。船总想起家庭间的近事，以为全与这老而好事的船夫有关。虽不见诸形色，心中却有个疙瘩。

船总不让老船夫再开口了，就语气略粗的说道：

"伯伯，算了吧，我们的口只应当喝酒了，莫再只想替儿女唱歌！你的意思我全明白，你是好意。可是我也求你明白我的意思，我以为我们只应当谈点自己分上的事情，不适宜于想那些年青人的门路了。"

老船夫被一个闷拳打倒后，还想说两句话，但船总却不让他再有说话机会，把他拉出到牌桌边去。

老船夫无话可说，看看船总时，船总虽还笑着谈到许多笑话，心中却似乎很沉郁，把牌用力掷到桌上去。老船夫不说什么，戴起他那个斗笠，自己走了。

天气还早，老船夫心中很不高兴，又进城去找杨马兵。那马兵正在喝酒，老船夫虽推病，也免不了喝个三五杯。回到碧溪岨，走得热了一点，又用溪水去抹身子。觉得很疲倦，就要翠翠守船，自己回家睡去了。

黄昏时天气十分郁闷，溪面各处飞着红蜻蜓。天上已起了云，热风把两山竹篁吹得声音极大，看样子到晚上必落大雨。翠翠守在渡船上，看着那些溪面飞来飞去的蜻蜓，心也极乱。看祖父脸上颜色惨惨的，放心不下，便又赶回家中去。先以为祖父一定早睡了，谁知还坐在门限上打草鞋！

"爷爷，你要多少双草鞋，床头上不是还有十四双吗？怎么不好好的躺一躺？"

老船夫不作声，却站起身来昂头向天空望着，轻轻的说："翠翠，今晚上要落大雨响大雷的！回头把我们的船系到岩下去，这雨大哩。"

翠翠说："爷爷，我真吓怕！"翠翠怕的似乎并不是晚上要来的雷雨。

老船夫似乎也懂得那个意思，就说："怕什么？一切要来的都得来，不必怕！"

二十

夜间果然落了大雨，夹以吓人的雷声。电光从屋脊上掠过时，接着就是

訇的一个炸电。翠翠在暗中抖着。祖父也醒了,知道她害怕,且担心她着凉,还起身来把一条布单搭到她身上去。祖父说:

"翠翠,不要怕!"

翠翠说:"我不怕!"说了还想说:"爷爷你在这里我不怕!"

訇的一个大雷,接着是一种超越雨声而上的洪大闷重倾圮声。两人都以为一定是溪岸悬崖崩塌了,担心到那只渡船会压在崖石下面去了。

祖孙两人便默默的躺在床上听雨声雷声。

但无论如何大雨,过不久,翠翠却依然睡着了。醒来时天已亮了,雨不知在何时业已止息,只听到溪两岸山沟里注水入溪的声音。翠翠爬起身来,看看祖父还似乎睡得很好,开了门走出去。门前已成为一个水沟,一股水便从塔后哗哗的流来,从前面悬崖直堕而下。并且各处都是那么一种临时的水道。屋旁菜园地已为山水冲乱了,菜秧皆掩在粗砂泥里了。再走过前面去看看溪里,才知道溪中也涨了大水,已漫过了码头,水脚快到茶缸边了。下到码头去的那条路,正同一条小河一样,哗哗的泄着黄泥水。过渡的那一条横溪牵定的缆绳,也被水淹没了,泊在崖下的渡船,已不见了。

翠翠看看屋前悬崖并不崩坍,故当时还不注意渡船的失去。但再过一阵,她上下搜索不到这东西,无意中回头一看,屋后白塔已不见了。一惊非同小可,赶忙向屋后跑去,才知道白塔业已坍倒,大堆砖石极凌乱的摊在那儿。翠翠吓慌得不知所措,只锐声叫她的祖父。祖父不起身,也不答应,就赶回家里去,到得祖父床边摇了祖父许久,祖父还不作声。原来这个老年人在雷雨将息时已死去了。

翠翠于是大哭起来。

过一阵,有从茶峒过川东跑差事的人,到了溪边,隔溪喊过渡,翠翠正在灶边一面哭着一面烧水预备为死去的祖父抹澡。

那人以为老船夫一家还不醒,急于过河,喊叫不应,就抛掷小石头过溪,打到屋顶上。翠翠鼻涕眼泪成一片的走出来,跑到溪边高崖前站定。

"喂,不早了!把船划过来!"

"船跑了!"

"你爷爷做什么事情去了呢?他管船,有责任!"

"他管船,管五十年的船——他死了啊!"

翠翠一面向隔溪人说着一面大哭起来。那人知道老船夫死了,得进城去报信,就说:

"真死了吗?不要哭吧,我回去通知他们,要他们弄条船带东西来!"

那人回到茶峒城边时,一见熟人就报告这件事,不多久,全茶峒城里外都知道这个消息了。河街上船总顺顺,派人找了一只空船,带了副白木匣子,即刻向碧溪岨撑去。城中杨马兵却同一个老军人,赶到碧溪岨去,砍了几十很大毛竹,用葛藤编作筏子,作为来往过渡的临时渡船。筏子编好后,撑了那个东西,到翠翠家中那一边岸下,留老兵守竹筏来往渡人,自己跑到翠翠家去看那个死者,眼泪湿莹莹的,摸了一会躺在床上硬僵僵的老友,又赶忙着做些应做的事情。到后帮忙的人来了,从大河船上运来棺木也来了,住在城中的老道士,还带了许多法器,一件旧麻布道袍,并提了一只大公鸡,来尽义务办理念经起水诸事,也从筏上渡过来了。家中人出出进进,翠翠只坐在灶边矮凳上呜呜的哭着。

到了中午,船总顺顺也来了,还跟着一个人扛了一口袋米,一坛酒,一腿猪肉。见了翠翠就说:

"翠翠,爷爷死了我知道了,老年人是必需死的,不要发愁,一切有我!"各方面看看,就回去了。

到了下午入了殓,一些帮忙的回的回家去了,晚上便只剩下了那老道士、杨马兵同顺顺家派来的两个年青长年。黄昏以前老道士用红绿纸剪了一些花朵,用黄泥作了一些烛台。天断黑后,棺木前小桌上点起黄色九品蜡,燃了香,棺木周围也点了小蜡烛,老道士披上那件蓝麻布道服,开始了丧事中绕棺仪式。老道士在前拿着小小纸幡引路,孝子第二,马兵殿后,绕着那寂寞棺木慢慢转着圈子。两个长年则站在灶边空处,胡乱的打着锣钹。老道士一面闭了眼睛走去,一面且唱且哼,安慰亡灵。提到关于亡魂所到西方极乐世界花香四季时,老马兵就把木盘里的纸花,向棺木上高高撒去,象征西方极乐世界情形。

到了半夜,事情办完了,放过爆竹,蜡烛也快熄灭了,翠翠泪眼婆婆的,赶忙又到灶边去烧火,为帮忙的人办宵夜。吃了宵夜,老道士歪到死人床上睡着了。剩下几个人还得照规矩在棺木前守灵,老马兵为大家唱丧堂歌,用个空的量米木升子,当作小鼓,把手剥剥剥的一面敲着一面唱下去——唱"王祥卧冰"的事情,唱"黄香扇枕"的事情。

翠翠哭了一整天,同时也忙了一整天,到这时已倦极,把头靠在棺前眯着了。两长年同马兵吃了宵夜,喝过两杯酒,精神还虎虎的,便轮流把丧堂歌唱下去。但只一会儿,翠翠又醒了,仿佛梦到什么,惊醒后明白祖父已死,于是又幽幽的哭起来。

"翠翠,翠翠,不要哭啦,人死了哭不回来的!"

秃头陈四四接着就说了一个做新嫁娘的人哭泣的笑话,话语中夹杂了三五个粗野字眼儿,因此引起两个长年咕咕的笑了许久。黄狗在屋外吠着,翠翠开了大门,到外面去站了一下,耳听到各处是虫声,天上月色极好,大星子嵌进透蓝天空里,非常沉静温柔。翠翠想:

"这是真事吗？爷爷当真死了吗？"

老马兵原来跟在她的后边，因为他知道女孩子心门儿窄，说不定一炉火闷在灰里，痕迹不露，见祖父去了，自己一切无望，跳崖悬梁，想跟着祖父一块儿去，也说不定！故随时小心监视到翠翠。

老马兵见翠翠痴痴的站着，时间过了许久还不回头，就打着咳叫翠翠说：

"翠翠，露水落了，不冷么？"

"不冷。"

"天气好得很！"

"呀……"一颗大流星使翠翠轻轻的喊了一声。

接着南方又是一颗流星划空而下。对溪有猫头鹰叫。

"翠翠，"老马兵业已同翠翠并排一块儿站定了，很温和的说，"你进屋里睡去吧，不要胡思乱想！"

翠翠默默的回到祖父棺木前面，坐在地上又呜咽起来。守在屋中两个长年已睡着了。

杨马兵便幽幽的说道："不要哭了！不要哭了！你爷爷也难过咧。眼睛哭胀喉咙哭嘶有什么好处。听我说，爷爷的心事我全都知道，一切有我。我会把一切安排得好好的，对得起你爷爷。我会安排，什么事都会。我要一个爷爷欢喜你也欢喜的人来接收这渡船！不能如我们的意，我老虽老，还能拿镰刀同他们拼命。翠翠，你放心，一切有我！……"

远处不知什么地方鸡叫了，老道士在那边床上糊糊涂涂的自言自语："天亮了吗？早咧！"

二十一

大清早，帮忙的人从城里拿了绳索杠子赶来了。

老船夫的白木小棺材，为六个人抬着到那个倾圮了的塔后山岨上去埋葬时，船总顺顺，马兵，翠翠，老道士，黄狗皆跟在后面。到了预先掘就的方阱边，老道士照规矩先跳下去，把一点朱砂颗粒同白米安置到阱中四隅及中央，又烧了一点纸钱，爬出阱时就要抬棺木的人动手下殡。翠翠哑着喉咙干号，伏在棺木上不起身。经马兵用力把她拉开，方能移动棺木。一会儿，那棺木便下了阱，拉去绳子，调整了方向，被新土掩盖了，翠翠还坐在地上呜咽。老道士要回城去替人做斋，过渡走了。船总把一切事托给老马兵，也赶回城去了。帮忙的皆到溪边去洗手，家中各人还有各人的事，且知道这家人的情形，不便再叨扰，也不再惊动主人，过渡回家去了。于是碧溪岨便只剩下三个人,一个是翠翠,一个是老马兵,一个是由船总家派来暂时帮忙照料渡船的秃头陈四四。黄狗因被那秃头打了一石头,对于那秃头仿佛很不高兴,尽是轻轻的吠着。

到了下午,翠翠同老马兵商量,要老马兵回城去把马托给营里人照料,再回碧溪岨来陪她。老马兵回转碧溪岨时,秃头陈四四被打发回城去了。

翠翠仍然自己同黄狗来弄渡船,让老马兵坐在溪岸高崖上玩,或嘶着个老喉咙唱歌给她听。

过三天后船总来商量接翠翠过家里去住,翠翠却想看守祖父的坟山,不愿即刻进城。只请船总过城里衙门去为说句话,许杨马兵暂时同她住住,船总顺顺答应了这件事,就走了。

杨马兵既是个上五十岁了的人,说故事的本领比翠翠祖父高一筹,加之凡事特别关心,做事又勤快又干净,因此同翠翠住下来,使翠翠仿佛去了一个祖父,却新得了一个伯父。过渡时有人问及可怜的祖父,黄昏时想起祖父,皆使翠翠心酸,觉得十分凄凉。但这分凄凉日子过久一点,也就渐渐淡薄些了。两人每日在黄昏中同晚上,坐在门前溪边高崖上,谈点那个躺在湿土里可怜祖父的旧事,有许多是翠翠先前所不知道的,说来便更使翠翠心中柔和。又说到翠翠的父亲,那个又要爱情又惜名誉的军人,在当时按照绿营军勇的装束,如何使女孩子动心。又说到翠翠的母亲,如何善于唱歌,而且所唱的那些歌在当时如何流行。

时候变了,一切也自然不同了,皇帝已不再坐江山,平常人还消说!杨马兵想起自己年青作马夫时,牵了马匹到碧溪岨来对翠翠母亲唱歌,翠翠母亲不理会,到如今这自己却成为这孤雏的唯一靠山唯一信托人,不由得不苦笑。

因为两人每个黄昏必谈祖父以及这一家有关系的事情,后来便说到了老船夫死前的一切,翠翠因此明白了祖父活时所不提到的许多事。二老的唱歌,顺顺大儿子的死,顺顺父子对于祖父的冷淡,中寨人用碾坊作陪嫁妆奁诱惑傩送二老,二老既记忆着哥哥的死亡,且因得不到翠翠理会,又被家中逼着接受那座碾坊,意思还在渡船,因此赌气下行,祖父的死因,又如何与翠翠有关……凡是翠翠不明白的事,如今可全明白了。翠翠把事弄明白后,哭了一个夜晚。

过了四七,船总顺顺派人来请马兵进城去,商量把翠翠接到他家中去,作为二老的媳妇。但二老人既在辰州,先就莫提这件事,且搬过河街去住,等二老回来时再看二老意思。马兵以为这件事得问翠翠。回来时,把顺顺的意思向翠翠说过后,又为翠翠出主张,以为名分既不定妥,到一个生人家里去不好,还是不如在碧溪岨等,等到二老驾船回来时,再看二老意思。

这办法决定后,老马兵以为二老不久必可回来的,就依然把马匹托营上人照料,在碧溪岨为翠翠作伴,把一个一个日子过下去。

　　碧溪岨的白塔,与茶峒风水有关系,塔圮坍了,不重新作一个自然不成。除了城中营管,税局以及各商号各平民捐些钱以外,各大寨子也有人拿册子去捐钱。为了这塔成就并不是给谁一个人的好处,应尽每个人来积德造福,尽每个人皆有捐钱的机会,因此在渡船上也放了个两头有节的大竹筒,中部锯了一口,尽过渡人自由把钱投进去,竹筒满了马兵就捎进城中首事人处去,另外又带了个竹筒回来。过渡人一看老船夫不见了,翠翠辫子上扎了白线,就明白那老的已作完了自己分上的工作,安安静静躺到土坑里去了,必一面用同情的眼色瞧着翠翠,一面就摸出钱来塞到竹筒中去。"天保佑你,死了的到西方去,活下的永保平安。"翠翠明白那些捐钱人的意思,心里酸酸的,忙把身子背过去拉船。

　　到了冬天,那个圮坍了的白塔,又重新修好了。可是那个在月下唱歌,使翠翠在睡梦里为歌声把灵魂轻轻浮起的年青人,还不曾回到茶峒来。

　　这个人也许永远不回来了,也许"明天"回来!

1933年冬至1934年春完成

（原载《国闻周报》第11卷第1至4期,第10至16期）

张天翼

华威先生

转弯抹角算起来——他算是我的一个亲戚。我叫他"华威先生"。他觉得这种称呼不大好。

"嗳,你真是!"他说。"为什么一定要个'先生'呢。你应当叫我'威弟'。再不然叫'阿威'。"

把这件事交涉过了之后,他立刻戴上了帽子:

"我们改日再谈好不好?我总想畅畅快快跟你谈一次——唉,可总是没有时间。今天刘主任起草了一个县长公余工作方案,硬叫我参加意见,叫我替他修改。三点钟又还有一个集会。"

这里他摇摇头,没奈何地苦笑了一下。他声明他并不怕吃苦:在抗战时期大家都应当苦一点。不过——时间总要够支配呀。

"王委员又打了三个电报来,硬要请我到汉口去一趟。这里全省文化界抗敌总会又成立了,一切抗战工作都要领导起来才行。我怎么跑得开呢,我的天!"

于是匆匆忙忙跟我握了握手,跨上他的包车。

他永远挟着他的公文皮包。并且永远带着他那根老粗老粗的黑油油的手杖。左手无名指上带着他的结婚戒指。拿着雪茄的时候就叫这根无名指微微地弯着,而小指翘得高高的,构成一朵兰花的图样。

这个城市里的黄包车谁都不作兴跑,一脚一脚挺踏实地踱着,好像饭后散步似的。可是包车例外:叮铛,叮铛,叮铛,——一下子就抢到了前面。黄包车立刻就得往左边躲开,小推车马上打斜。担子很快地就让到路边。行人赶紧就避到两旁的店铺里去。

包车踏铃不断地响着。钢丝在闪着亮。还来不及看清楚——它就跑得老远老远的了,像闪电一样快。

而——据这里有几位抗战工作者的上层分子的统计——跑得顶快的是那位华威先生的包车。

他的时间很要紧。他说过——

"我恨不得取消晚上睡觉的制度。我还希望一天不止二十四小时。抗战工作实在太多了。"

接着掏出表来看一看,他那一脸丰满的肌肉立刻紧张了起来。眉毛皱着,嘴唇使劲撮着,好像他在把全身的精力都要收敛到脸上似的。他立刻就走:他要到难民救济会去开会。

照例——会场里的人全到齐了坐在那里等着他。他在门口下车的时候总得顺便把踏铃踏它一下:叮!

同志们彼此看着:唔,华威先生到会了。有几位透了一口气。有几位可就拉长了脸瞧着会场门口。有一位甚至于要准备决斗似的——抓着拳头瞪着眼。

华威先生的态度很庄严,用种从容的步子走进去,他先前那副忙劲儿好像被他自己的庄严态度消解掉了。他在门口稍为停了一会儿,让大家好把他看个清楚,仿佛要唤起同志们的一种信任心,仿佛要给同志们一种担保——什么困难的大事也都可以放下心来。他并且还点点头。他眼睛并不对着谁,只看着天花板。他是在对整个集体打招呼。

会场里很静。会议就要开始。有谁在那里翻着什么纸张,窸窸窣窣的。华威先生很客气地坐到一个冷角落里,离主席位子顶远的一角。他不大肯当主席。

"我不能当主席,"他拿着一支雪茄烟打手势。"工人抗战工作协会的指导部今天开常会。通俗文艺研究会的会议也是今天。伤兵工作团也要去的,等一下。你们知道我的时间不够支配:只容许我在这里讨论十分钟。我不能当主席。我想推举刘同志当主席。"

说了就在嘴角上闪起一丝微笑,轻轻地拍几下手板。

主席报告的时候,华威先生不断地在那里括洋火点他的烟。把表放在面前,时不时像计算什么似地看看它。

"我提议!"他大声说。"我们的时间是很宝贵的:我希望主席尽可能报告得简单一点。我希望主席能够在两分钟之内报告完。"

他括了两分钟洋火之后,猛的站了起来。对那正在哇啦哇啦的主席摆摆手:

"好了,好了。虽然主席没有报告完,我已经明白了。我现在还要赴别的会,让我先发表一点意见。"

停了一停。抽两口雪茄,扫了大家一眼。

"我的意见很简单,只有两点,"他舔舔嘴唇。"第一点,就是——每个工作人员不能够怠工。而是相反,要加紧工作。这一点不必多说,你们都是很努力的青年,你们都能热心工作。我很感谢你们。但是还有一点——你们时时刻刻不能忘记,那就是我要说的第二点。"

他又抽了两口烟,嘴里吐出来的可只有热气。这就又括了一根洋火。

"这第二点呢就是:青年工作人员要认定一个领导中心。你们只有在这一个领导中心的领导之下,抗战工作才能够展开。青年是努力的,是热心的,但是因为理解不够,工作经验不够,常常容易犯错误。要是上面没有一个领导中心,往往要弄得不可收拾。"

瞧瞧所有的脸色,他脸上的肌肉耸动了一下——表示一种微笑。他往下说:

"你们都是青年同志,所以我说得很坦白,很不客气。大家都要做抗战工作,没有什么客气可讲。我想你们诸位青年同志一定会接受我的意见。我很感激你们。好了,抱歉得很,我要先走一步。"

把帽子一戴,把皮包一挟,瞧着天花板点点头,挺着肚子走了出去。

到门口可又想起了一件什么事。他把当主席的同志拽开,小声儿谈了几句。

"你们工作——有什么困难没有?"他问。

"我刚才的报告提到了这一点,我们……"

华威先生伸出个食指顶着主席的胸脯:

"唔,唔,唔。我知道我知道。我没有多余的时间来谈这件事。以后——你们凡是想到的工作计划,你们可以到我家里去找我商量。"

坐在主席旁边那个长头发青年注意地看着他们,现在可忍不住插嘴了:

"星期三我们到华先生家里去过三次,华先生不在家……"

那位华先生冷冷地瞅他一眼,带着鼻音哼了一句——"唔,我有别的事,"又对主席低声说下去:

"要是我不在家,你们跟密司黄接头也可以。密司黄知道我的意见,她可以告诉你们。"

密司黄就是他的太太。他对第三者说起她来,总是这么称呼她的。

他交代过了这才真的走开。这就到了通俗文艺研究会的会场。他发现别人已经在那里开会,正有一个人在那里发表意见。他坐了下来,点着了雪茄,不高兴地拍了三下手板。

"主席!"他叫。"我因为今天另外还有一个集会,我不能等到终席。我现在有点意见,想要先提出来。"

于是他发表了两点意见:第一,他告诉大家——在座的人都是当地的文化人,文化人的工作是很重要的,应当加紧地做去。第二,文化人应当认清一个领导中心,文化人在文抗会的领导中心的领导之下团结起来,统一起来。

五点三刻他到了文化界抗敌总会的会议室。

这回他脸上堆上了笑容,并且对每一个人点头。

"对不住得很,对不住得很;迟到了三刻钟。"

主席对他微笑一下,他还笑着伸了伸舌头,好像闯了祸怕挨骂似的。他四面瞧瞧形势,就拣在一个小胡子的旁边坐下来。

他带着很机密很严重的脸色——小声儿问那个小胡子:

"昨晚你喝醉了没有?"

"还好,不过头有点子晕。你呢?"

"我啊——我不该喝了那三杯猛酒,"他严肃地说。"尤其是汾酒,我不能猛喝。刘主任硬要我干掉——嗨,一回家就睡倒了。密司黄说要跟刘主任去算账呢:要质问他为什么要把我灌醉。你看!"

一谈了这些,他赶紧打开皮包,拿出一张纸条——写几个字递给了主席。

"请你稍为等一等,"主席打断了一个正在发言的人的话。"华威先生还有别的事情要走。现在他有点意见:要求先让他发表。"

华威先生点点头站了起来。

"主席!"腰板微微地一弯。"各位先生!"腰板微微地一弯。"兄弟首先要请求各位原谅:我到会迟了点,而又要提前退席。……"

随后他说出了他的意见。他声明——这文化界抗敌总会的常务理事会,是一切救亡工作的领导机关,应该时时刻刻起领导中心作用。

"群众是复杂的。工作又很多。我们要是不能起领导作用,那就很危险,很危险。事实上,此地各方面的工作也非有个领导中心不可。我们的担子真是太重了,但是我们不怕怎样的艰苦,也要把这担子担起来。"

他反复地说明了领导中心作用的重要,这就戴起帽子去赴一个宴会。他每天都这么忙着。要到刘主任那里去联络。要到各学校去演讲。要到各团体去开会。而且每天——不是别人请他吃饭,就是他请人吃饭。

华威太太每次遇到我,总是代替华威先生诉苦。

"唉,他真苦死了!工作这么多,连吃饭的工夫都没有。"

"他不可以少管一点,专门去做某一种工作么?"我问。

"怎么行呢?许多工作都要他去领导呀。"

可是有一次,华威先生简直吃了一大惊。妇女界有些人组织了一个战时保婴会,竟没有去找他!

他开始打听,调查。他设法把一个负责人找来。

"我知道你们委员会已经选出来了。我想还可以多添加几个。由我们文化界抗敌总会派人来参加。"

他看见对方在那里踌躇,他把下巴挂了下来:

"问题是在这一点:你们委员是不是能够真正领导这工作?你能不能够对我担保——你们会内没有汉奸,没有不良分子?你能不能担保——你们以后工作不至于错误,不至于怠工?你能不能担保,你能不能?你能够担保的话,那我要请你写个书面的东西,给我们文抗会常务理事会。以后万一——如果你们的工作出了毛病,那你就要负责。"

接着他又声明:这并不是他自己的意思。他不过是一个执行者。这里他食指点点对方胸脯:

"如果我刚才说的那些你们办不到,那不是就成了非法团体了么?"

这么谈判了两次,华威先生当了战时保婴会的委员。于是在委员会开会的时候,华威先生挟着皮包去坐这么五分钟,发表了一两点意见就跨上了包车。

有一天他请我吃晚饭。他说因为家乡带来了一块腊肉。

我到他家里的时候,他正在那里对两个学生样的人发脾气。他们都挂着文化界抗敌总会的徽章。

"你昨天为什么不去,为什么不去?"他吼着。"我叫你拖几个人去的。但是我在台上一开始演讲,一看——连你都没有去听!我真不懂你们干了些什么?"

"昨天——我去出席日本问题座谈会的。"

华威先生猛地跳起来了:

"什么!什么!日本问题座谈会?怎么我不知道,怎么不告诉我?"

"我们那天部务会议决议了的。我来找过华先生,华先生又是不在家——"

"好啊,你们秘密行动!"他瞪着眼。"你老实告诉我——这个座谈会到底是什么背景,你老实告诉我!"

对方似乎也动了火:

"什么背景呢,都是中华民族!部务会议议决的,怎么是秘密行动呢。……华先生又不到会,开会也不终席,来找又找不到……我们总不能把部里的工作停顿起来。"

"混蛋!"他咬着牙,嘴唇在颤抖着。"你们小心!你们,哼,你们!你们!……"他倒到了沙发上,嘴巴痛苦地抽得歪着。"妈的!这个这个——你们青年!"

五分钟之后他抬起头来,害怕地四面看一看。那两个客人已经走了。他叹一口长气,对我说:

"唉,你看你看!现在的青年怎么办,现在的青年!"

这晚他没命地喝了许多酒,嘴里嘶嘶地骂着那些小伙子。他打碎了一

只茶杯。密司黄扶着他上了床,他忽然打个寒噤说:

"明天十点钟有个集会……"

1938 年 2 月

(原载 1938 年 4 月 16 日《文艺阵地》第 1 卷第 1 期)

沙　汀

在其香居茶馆里

坐在其香居茶馆里的联保主任方治国,当他看见从东头走来,嘴里照例扰嚷不休的么吵吵,他简直立刻冷了半截,觉得身子快要坐不稳了。

使他发生这种异状的有下面几个原因:为了种种糊涂的措施,他目前正处在全镇市民的围攻当中,这是一;其次,么吵吵第二个儿子,因为缓役了四次,好多人在讲闲话了;加之,新县长又是宣言了要整顿兵役的,于是他糊糊涂涂地上了一封密告,而在三天前被兵役科捉进城了。

但最重要的是:如全市所批评,么吵吵是不忌生冷的人,什么话都说得出来的。而他本人虽不可怕,但他的大哥是全县极有威望的耆宿,他的舅子是财务委员,县政上的活动分子,并且,就是主任的令尊在世的时候,也是对么吵吵那张嘴表示头痛的。

但么吵吵终于吵过来了。这是那种精力充足,对这世界上任何物事都抱了一种毫不在意的态度的典型男性。在这类人身上是找不出悲观和扫兴的。他常打着哈哈在茶馆里自白道:

"老子这张嘴么,就这样,说是要说的,吃也是要吃的;说够了回去两杯甜酒一喝,倒下去就睡……"

现在,他一面跨上其香居的阶沿,拖了把圈椅坐了下去,一面直着嗓子,干笑着嚷道:

"嗨,对!看阳沟里还把船翻了么!"

他所参加的桌子已经有着三个茶客,全是熟人:十年前当过视学的俞视学;前征收局的管账,现在靠着利金生活的黄光锐;会文纸店的老板汪世模汪二。

他们大家,以及旁的茶客,都向他打着招呼:

"拿碗来,茶钱我给了。"

"坐上来好吧,"视学客气道,"这里要舒服些。"

"我要那么舒服的做什么哇,"出乎意外,吵吵红着脸叫嚷道:"你知道么。我坐了上席会头昏的,……没有那个资格!"

本分人的视学禁不住红起脸来。但他立刻觉得么吵吵是针对着联保主任说的,因为在说的时候,他看见他满含恶意地瞥了坐在后面首席上的方治国一眼。

除却主任,那桌还坐着的有张三监爷。他们都说他是方治国的军师,但实际上,他只能跟主任坐坐酒馆。在紧要关头,尽点忠告。但这又并不特别,他原是对什么事也关心的,而往往忽略了自己。他的老婆在家里是经常饿着饭的。

同监爷对坐着的是黄毛牛肉,正在吞服着一种秘制的戒烟丸药。他是主任的重要助手;虽然并无过人之才,唯一的特点是毫无顾忌;"现在的事你管那么多做什么哇,"他常常说,"拿得到的你就拿!"

他应付这世界上一切足以使人大惊小怪的事变,只有一种态度,装做不懂。因此,他小声向主任说道:

"你不要管他的,"他眨眼而且努嘴,"发神经!"

"这回子把蜂窝戳破了。"主任发出苦笑说。

"我看要赶紧'缝'啊,"监爷拿着暗淡无光的黄铜水烟袋,沉吟道:"另外找一个人'抵'怎样?"

"已经来不及了呀。"

"不要管他的,"牛肉道,"他是个火炮性子。"

这时,幺吵吵已经拍着桌子,放开嗓子叫了。但他的战术还停留在第一阶段上,即并不指出被攻击的人的姓名,只是隐射着,似乎像一通没头没脑的漫骂。

"搞到我名下来了。"他佯装着打了一串哈哈,"好得很!老子今天就要看他是什么鸡巴人出来的:人鸡巴,狗鸡巴,你们见过狗鸡巴么,嗨,那才有兴趣!"

于是他又比又说地形容起来了。虽然已经蓄了十年上下的胡子,但他是以粗鲁话出名的。许多闲着无事的人,有时甚至故意挑弄他说下流话。他所谓的"狗"是指他的仇人说的,因为主任的外祖当过衙役,而这又是方府上下人等最大的忌讳。

因为他形容得太难堪了,那视学插嘴道:

"少造点口孽,有道理讲得清的。"

"我有什么道理哇!"吵吵忽然正色道,"有道理我也当什么鸡巴主任了。两眼墨黑,见钱就拿!"

"吓,邢表叔!"

气得脸青面黑的瘦小的主任,一下子忍不住站起来了。

"吓,邢表叔,"他说,"你说话要负责啊!"

"什么叫做负责哇!我就不懂,——什么人是你的表叔,你认错人了,是你表叔你也不吃我了!"

"对,对,对,我吃你。"主任解嘲地说,一面坐了下去。

"不是吗?"幺吵吵拍了一掌桌子,"兵役科的人亲自对我老大说的!你的报告真做得好呢。我倒要看你今天是长的几个卵子!……"

他愈说,就愈觉得这并非玩笑的事。如一向以来的瞎吵瞎闹一样,他感到愤激了。

他相信,要是一年或者半年以前,他是用不着怎样着急的,事情好办得很,只需给他大哥一个通知,他的老二就会自自由由走回来的。而且以往他就避掉过四次。但现在是不同了,一切都要照规矩办了。而且更重要的,他的老二已经抓进城了。

照经验,事情一露了头,弄得县长面前去了,就难办的。他已经派了老大进城,但带回来的口信是:因为新县长的脾气还不清楚,而且一接印就宣布他是要整顿兵役的,所以他的伯父和舅父都表示情形的险恶。额外那捎信人又说,壮丁就要送进省了。

凡是邢大老爷们都感觉棘手的事,人还能有什么办法呢?这也是说,他的老二只有作炮灰了。

"你怕我是聋子吧,"幺吵吵简直在咆哮了,"去年蒋家寡母子的儿子五百,你放了;陈二靴子两百,你也放了!你比土匪头儿肖大个子还厉害,钱也拿了,脑壳也保住了,——老子也有钱!你要张一张嘴呀?……"

"说话要负责啊!邢幺老爷!"

主任咕噜着,而且现出假装的笑容。

这是一个糊涂而胆怯的人。胆怯是因为富有,而且在这个边野地方,从来没有摸过枪炮的原故。这里是每一个人都能来两手的。他一直规规矩矩地吃着祖宗的田产,在好几年以前,因为预征太多,许多人怕当公事,于是在一种策动下,他当团总了。

他明白这是阴谋。但一向忍气吞声的日子引诱他接受了这个挑战。他起初老是垫钱,但后来他发觉甜头了:回扣、黑粮等等,并且走进茶馆的时候,招呼茶钱的声音也来得更响亮,更众多了。

而在五年以前,他的大门上已经有了一道县长颁赠的匾额:

"尽瘁桑梓"

但不管怎样,如他自己所感觉的一般,在回龙镇,还是有人压住他的。他看得清楚,所以他现在很失悔做了糊涂事情。他老是强笑着,满不在意似的说道:

"你发气做什么啊,都不是外人。……"

"你也知道不是外人么?"对方反问道:"你知道不是外人,就不该搞我了,告我的密了!"

"我只问你一句!"

主任又站起来了。他笑问道:

"你说一句就是了:兵役科什么人告诉你的?"

"总有那个人呀!"

吵吵说,十分气派地摊在圈椅里面;一面冷笑着加添道:

"像还是我造谣呢。"

"不是,你要告诉我呀。"

看见吵吵松了劲,主任知道可以说理的机会到了,他就势坐向视学侧面去,赌咒发誓地分辩起来,说他是一辈子都不会做出这样胆大糊涂的事情来的。

但却并不向着吵吵,而是视学们。他说:

"你们想吧,"他平摊开手,侧仰他那瘦瘦的铁青的脸蛋,"你们想,我是吃饭长大的呀!并且,我一定要他去做什么呢?难道委员长会给我一个状元当么?没讲的话,这街上的事,一向糊得圆我总是糊的!"

"你才会糊!"吵吵叹着气抵了一句。

"那总是我吹牛啊!"主任无可奈何地说,"别的不讲,就拿公债来说吧,别人写的多少,你写的多少?"

他又挨近视学的耳朵呻唤道:

"连丁八字都是五百元呀!"

他之所以说得如此秘密的有两个原因,其一,是想充分表示出事情的重要性;又其一,是因为街上看热闹的人已经多了。公开宣布出来究竟太不光彩,而且容易引起纠纷。

大约视学相信了他的话,或者被他的诚意感动了。兼之又是出名的好好先生;因此他劝解道:

"幺哥!我看这样啊,"他斯斯文文地扫了扫喉咙,"人不抓,已经抓去了,横竖是为了国家。……"

"这你才会说呢!"吵吵一下撑起来了:"这样会说,你怎么不把你自己的送去呢?"

"好!我不同你讲。"

视学红着脸说,故意勾脑袋吃茶去了。

"你讲呀!"吵吵重又坐了下去,继续道;"真是没有生过娃娃不晓得×痛!怎么把你个好好先生遇到了啊:东瓜做不做得甑子?做得。蒸垮了呢?那是要垮的,——你个老哥子真是!"

他的形容引来了一片笑声。但他自己并不笑,他把他那结实的身子移

动了一下,抹抹胡子,宣言道:

"闲话少讲!方大主任,说不清楚你走不掉的!"

"好呀,"对方漫应着,一面懒懒退还原地方去;"回龙镇只有这样大一个地方哩。往那里跑?要跑也跑不脱的。"

他的声口和表情照例带着一种嘲笑的意味,至于是嘲笑自己或者对方,那就要凭你猜了。他是经常凭藉了这点武器来掩护他自己的。而且经常弄得顽强的敌手哭笑不是。他们叫他做软硬人。

当回到原位的时候,他的助手一面吞服着戒烟丸,生气道:

"我白还懒得答呢,你就让他吵去!"

"不行不行,"监爷意味深长地说,"事情不同了。"

他一直这样坚持自己的意见是有理由的。他确信镇上已在进行一种大规模的控告;而且邢大老爷是可以左右它的;他可以使这成为事实,也可以打消它,所以联络邢家乃是一个必要的步骤。

何况谁知道新县长是怎样一副脾气的人呢!

这时候,茶堂里的来客已增多了。连平时懒于出门的陈新老爷也走来了。新老爷是科举时代最末一次的秀才,当了十年团总,十年哥老会的头目,八年前才退休。但他的说话还是同团总一样有效。

这可见幺吵吵已经布置好一台讲茶了。茶堂里响着一片呼唤声,有单向堂倌叫拿茶来的,有站起来让座位的,有的甚至于怒气冲冲地吼道:

"不许乱收钱啦!嗨!这个龟儿子听到没有?……"

于是立刻跑去塞一张钞票在堂倌手里。

在这种种热情的骚动中间,争执的双方,已经变平静了。主任知道自己会亏理的,他在殷勤地争取着客人,希望能于自己有利。而幺吵吵则一直闷气着,这是因为当着这许多漂亮人面前,他忽然直觉到,既然他的老二被抓,这就等于说他已经没面子了。

这镇上是流行着这样一种风气的,凡是按规矩行事的,就是平常人,重要人物都是站在一切规矩之外的。比如陈新老爷,他并不是惜疼金钱的角色,但就连打醮这种小事他也是没有份;不然便是惹起人们大惊小怪,以为新老爷失了面子,快倒霉了。

面子在这里就如此的厉害,所以吵吵闷着脸,只是懒懒地打着招呼。直到新老爷问起他是否欠安的时候,他才稍稍振作地答道:

"人倒是好的,"他苦笑着,"就是眉毛快给人剪光了!"他一连打了一串干燥无味的哈哈。

"你瞎说!"新老爷严肃地晃着脑袋,切断他。"你瞎说!"

"当真哩,不然也不敢劳驾你老哥子动步了。"

为了表示关切,新老爷叹了口气;并且问道:

"大哥有信来没有呢?"

"他也没办法呀!"

吵吵呻唤了。但为了免除人们的误会,以为他的大哥已经成了没面子的角色,遂又立刻加上一番解释:

"你想吧,新县长的脾气又没有摸到,他怎么办呢?常言说,新官上任三把火,他又是闹起要搞兵役的;谁晓得他会发什么猫儿毛病呢!前天我又托蒋门神打听去了。"

"这个人怕难说话,"一个新近从城里回来的小商人插入道,"看样子就晓得了:戴他妈副黑眼镜子……"

但严肃沉默的空气没有使小商人说下去。

大家都不知道应该如何表示自己的感情才好。表示高兴是会得罪人的,因为情形确乎有些严重;但说是严重吧,也不对,这又将显得邢府上太无能。所以彼此只好暧昧不明地摇头叹气,喝起茶来。

看出主任有点焦灼和担心的神情,似乎正在考虑一种行动,牛肉包着丸药,小声道:

"不要管,这么快县长就叫他们喂家了么!"

"去找新老爷是对的!"监爷说。

这个脸面浮肿,常以足智多谋自负的没落者的建议正投了主任的机,他是已经在考虑着这个必要的办法的了。

使他迟疑的是他和新老爷的关系,与新老爷同邢家关系的比较。他觉得差得多,并且虽然在派款和收粮上面,并没有对不住团总的地方,但在几件小事情上,他是开罪过他的。

比如,有一回曾布客想压制他,抬出老团总的招牌来,说道:

"好的,我们在新老爷那里去说!"

"你把时候记错了!"他发火道,"前几年的皇历用不上了!——你想吓倒我不行!"

后来,事情虽然依然在团总的意志下和平解决,但他的话语也一定散播开去。团总给记下一笔账了。可是他终于站起身来,向了新老爷走去。

这行动立刻使人们振作起来了,他们都期待着一个新的开端和发展。有几人在大叫拿开水来,以图缓和一下他们紧张的心情。吵吵自然也是注意到主任的攻势的,但他不当作攻势看,以为他是要求新老爷转圆的。但他却猜不准转圆的方式。

而且,他又觉得,在他目前的处境上,任何调解他都是难于接受的。这不能道歉了事,也不能用金钱的赔偿弥补,那么剩下的只有上法庭了。然则在一个整饬兵役的县长面前这件事他会操胜算么!

他觉得苦恼,而且一切都不对劲。这个坚实乐观的人第一次被烦扰所袭击了。

他在桌面上拍了一掌,苦笑着自言自语道:

"哼,乱整吧,老子大家乱整!"

"你又来了,"那视学说,"他总会拿话出来说呀。"

"这还有什么说的呢?你个老哥怎么不想想啊:难道什么天王老子还有面子把人给我取脱手么?!"

"不是那么讲。取不出来也有取不出来的办法的。"

"那我就请教你,"吵吵依旧忍耐着说,"什么办法呢?!说一句对不住了事?打死了让他赔命?……"

"也不是那样讲。……"

"那又是怎样讲?"他简直大发起火了;"老实说吧!他就没有办法!我们只有到场外前大河里去喝水。"

他愤怒地吼叫着,真像要拼掉他的命了。

这宣言引起一阵新的骚动。许多人都像预感到节目的精彩部分了。一个看客,他是立在阶沿下人堆里的,他大声回绝着朋友的催促:

"你走你的嘛!我还要玩一会!"

茶堂倌也在兴高采烈叫道:

"让开点,你个龟儿子,看把脑壳烫肿!"

在当街的最末一张桌子上,那里离幺吵吵隔着四张桌子,一种平心静气的谈判已近结束。但效果显然很少,因为长条子的团总,忽然板着脸站起来了。

他仰着脸把颈子一扭,大叫道:

"你倒说条件啊!"

但他随又坐了下去,手指很响地击着桌面。

"老弟!"他一直望着主任,"我不会害你的!一个人眼光要远大点,目前的事是谁也料不到的。"

"我知道呀!你都会害我么?"

"那你就该听大家劝呀?"

"查出来要这样呀,我的老先人?"

他苦滞地叫着,用手在后颈一比:他怕杀头。

这确也可虑,因为严惩兵役舞弊的明令,已经来过三四次了。这就算不上数,我们这里隔上峰还远,但县长于我们的情形却全然不相同了:他简直就在你的鼻子下面。并且既已捉去,要额外买人替换是更难了。

加之前一任县长正为壮丁问题撤职的,而新县长一上任便宣称他要扫除兵役上的种种积弊。谁知道也如一般新县长一样,说过了事,或者他更认真干一下?他的脾气又是怎么样的呢?

此外,他还有不能冒这危险的理由。他已经四十岁了,但他还没有取得父亲的资格。他的两个太太都不中用,虽然一般人把这责任归在他的先天不足上面,好像就是再活下去,他也将永远无济于事。

但不管如何,便从他那畏惧的性格着想,他也是决不冒险的了。所以停停,他又解嘲地继续道:

"我的老先人!这个险我是不敢冒的。你说认真是我密告他的我都想得过……"

他佯笑着,而且装得很安静的神情。同幺吵吵一样,他也看出了事情的诸般困难的;而他应该否认那密告的责任。但他没料到,他是把新老爷激恼了。

那个人并不让他说完便很生气地,截住他道:

"你才会装呢!可惜是大老爷亲自听兵役科说的!"

"方大主任,"吵吵也直接插入了,"是人鸡巴搞出来的你就撑住吧!我告诉你:赖是赖不脱的!"

"嘴巴不要伤人啊!"

主任认真起来了;但对方的嗓子也更提高了:

"是的,老子说了,是人搞出来的你撑住!"

"好嘛,你多凶啊。"

"老子就是这样!"

"对对对,你是老子!哈哈!……"

联保主任干笑着,一壁退回自己原先的座位上去。他觉得他在全市镇的人家面前受了辱,他决心要同他的敌人斗了。

他的同伴依旧担心着他。那牛肉说:

"你愈让他就愈来了,是吧!"

"不行不行,事情不同了,"监生叹着气。

许多人都感到事情已经闹僵了局,接着而来的一定是谩骂,是散场了。因为情形很明显,争吵的双方都是不会动拳头的,有的人是在准备回家吃午饭了。

但茶客们却谁也不能动身,这会很失体统,得罪人的。并且新老爷已经请了吵吵过去,在互相商量着,希望能有一个顾全体面的办法,虽然一个二十岁的青年人的生命不会恰恰就和体面相等。

然而由于一种不得已的苦衷,幺吵吵终至让步了;他带着决然忍受一切

的神情,说道:

"好好,就照你哥子说的做吧!"

"那么方主任,"于是团总站起来宣布了,"这一下就看你怎样:一切用费么老爷出,人由你找。事情由你进城办;办不通还有他们大老爷,——"

"就请林大老爷不更方便些么!"主任插入说。

"是呀!也请他们大老爷,不过你负责就是了。"

"我负不了这个责。"

"什么呀?"

"你想,我怎么能负责呢?"

"好!"

新老爷简紧地说,闷着脸坐下去了。他显然是被对方弄得不快意了;但沉默一会,他随耐着性子问道:

"你是怕用的钱会推在你身上么?"

"笑话!我怕什么,又不是我的事。"

"那是什么人的事呢?"

"我晓得的呀!"

主任说这些话的时候一直带着一种做作的安闲态度,而且嘲弄似的笑着;好像他什么都不懂,因此什么也不觉可怕,但他没有料到吵吵冲过来了。而且那个气的胡子发抖的汉子一把扭牢了他。

他扭住他的领口朝街面上拖,嚷叫道:

"我晓得你是个软硬人,我晓得你是个软硬人!"

"有话好好说啊!"人们劝解着;"都是熟人熟事的!"

但一面劝解、一面偷溜开的人也就不少。堂倌已经在忙着收茶碗了。监爷在四处向人求援。

"这太不成了,"他摇着头说,"大家把他们分开吧!"

"我管不了!"视学微笑着说,"看血喷在我身上。"

牛肉在包裹着戒烟丸药,一面咕咕道:

"这样就好!那个没有生得有手么!好得很!"

但当他收拾停当的时候,他的朋友已经吃了亏了。他淌着鼻血,左眼睛已经青肿。他已经被团总解救出来;他一只手摸着眼睛,嚷叫道:

"你姓邢的是对的,你打得好!……"

"你嘴硬吧!"吵吵则在唾着牙血,喘气着,"你嘴硬吧!"

黄毛牛肉建议主任应该即到医生那里去,但他被拒绝了,反而要他赶快去租滑竿。他觉得还是保持原样的好,因为他就要进城向县署控告去了。

他的眷属,尤其是他的母亲,那个以悭吝出名的小老太婆,一看过主任

的成绩便连连叫道:

"咦,兴这样打么!这样的眼睛不认人么!"

那么太太也在丈夫耳朵边咕咕哝哝着:

"眼睛都肿来像毛桃子了!"

"不要管,"吵吵吐着牙血,一面说,"打死了还有我报命!"

别的来看热闹的妇女也不少,整个市镇几乎全给翻了转来。吵架和打架本身就值得看,一对有面子的人的动手动脚,自然也就更可观了!

但正当人心沸腾的时候,一个左腿微跛,满脸胡须的矮汉子忽然挤将进来。这正是蒋米贩子,因为人呆滞尴尬,他又叫蒋门神。前天进城吵吵就托过他捎信的。所以他立刻为大家所注意了。首先拖住他的是幺太太。

这是个顶着假发的胖妇人,爱做作,爱谈话,诨名九娘子。她担心地,颤声颤气地问道:

"怎么样了?……你坐下来说吧!"

"怎么样,"跛子冷淡地说。"人已经出来了。"

"当真的呀!"许多人吃惊了。

"那还是假话么!我走的时候还在十字口牌桌子上呢。昨天夜里点名,报数报错了,队长说他不够资格打国仗就开革了;打了一百军棍。"

"一百军棍?"又是许多声音。

"不是面子大,你就是挨一百也出来不了呢。起初都讲新县长厉害,其实很好说话。前天大老爷请客,一个人早就到了;戴他妈副黑眼镜子……"

正说着,他忽然注意到了幺吵吵和联保主任。纵然是一个那么迟钝的人,他们的形状,也不免略略叫他吃惊起来了。

"你们是怎么搞的?"他问着,"你牙齿痛吗?你的眼睛怎么肿了?……"

(原载1940年12月1日《抗战文艺》第6卷第4期)

萧　红

小城三月

一

　　三月的原野已经绿了，像地衣那样绿，透出在这里，那里。郊原上的草，是必须转折了好几个弯儿才能钻出地面的，草儿头上还顶着那胀破了种粒的壳，发出一寸多高的芽子，欣幸的钻出了土皮。放牛的孩子，在掀起了墙脚片下面的瓦片时，找到了一片草芽了，孩子们到家里告诉妈妈，说："今天草芽出土了！"妈妈惊喜的说："那一定是向阳的地方！"抢根菜的白色的圆石似的籽儿在地上滚着，野孩子一升一斗的在拾。蒲公英发芽了，羊咩咩的叫，乌鸦绕着杨树林子飞，天气一天暖似一天，日子一寸一寸的都有意思。杨花满天照地的飞，像棉花似的。人们出门都是用手捉着，杨花挂着他了。草和牛粪都横在道上，放散着强烈的气味，远远的有用石子打船的声音，空空……的大响传来。

　　河冰发了，冰块顶着冰块，苦闷的又奔放的向下流。乌鸦站在冰块上寻觅小鱼吃，或者是还在冬眠的青蛙。

　　天气突然的热起来，说是"二八月，小阳春"，自然冷天气还是要来的，但是这几天可热了。春天带着强烈的呼唤从这头走到那头……

　　小城里被杨花给装满了，在榆树还没变黄之前，大街小巷到处飞着，像纷纷落下的雪块……

　　春来了，人人像久久等待着一个大暴动，今天夜里就要举行，人人带着犯罪的心情，想参加到解放的尝试……春吹到每个人的心坎，带着呼唤，带着蛊惑……

　　我有一个姨，和我的堂哥哥大概是恋爱了。

　　姨母本来是很近的亲属，就是母亲的姊妹。但是我这个姨，她不是我的亲姨，她是我的继母的继母的女儿。那么她可算与我的继母有点血统的关系了，其实也是没有的。因为我这个外祖母已经做了寡妇之后才来到的外祖父家，翠姨就是这个外祖母的原来在另外的一家所生的女儿。

翠姨还有一个妹妹,她的妹妹小她两岁,大概是十七、八岁,那么翠姨也就是十八、九岁了。

翠姨生得并不是十分漂亮,但是她长得窈窕,走起路来沉静而且漂亮,讲起话来清楚的带着一种平静的感情。她伸手拿樱桃吃的时候,好像她的手指尖对那樱桃十分可怜的样子,她怕把它触坏了似的轻轻的捏着。

假若有人在她的背后招呼她一声,她若是正在走路,她就会停下,若是正在吃饭,就要把饭碗放下,而后把头向着自己的肩膀转过去,而全身并不大转,于是她自觉的闭合着嘴唇,像是有什么要说而一时说不出来似的……

而翠姨的妹妹,忘记了她叫什么名字,反正是一个大说大笑的,不十分修边幅,和她的姐姐完全不同。花的绿的,红的紫的,只要是市上流行的,她就不大加以选择,做起一件衣服来赶快就穿在身上。穿上了而后,到亲戚家去串门,人家恭维她的衣料怎样漂亮的时候,她总是说,和这完全一样的,还有一件,她给了她的姐姐了。

我到外祖父家去,外祖父家里没有像我一般大的女孩子陪着我玩,所以每当我去,外祖母总是把翠姨喊来陪我。

翠姨就住在外祖父的后院,隔着一道板墙,一招呼,听见就来了。

外祖父住的院子和翠姨住的院子,虽然只隔一道板墙,但是却没有门可通,所以还得绕到大街上去从正门进来。

因此有时翠姨先来到板墙这里,从板墙缝中和我打了招呼,而后回到屋去装饰了一番,才从大街上绕了个圈来到她母亲的家里。

翠姨很喜欢我,因为我在学堂里念书,而她没有,她想什么事我都比她明白。所以她总是有许多事务同我商量,看看我的意见如何。

到夜里,我住在外祖父家里了,她就陪着我也住下的。

每每从睡下了就谈,谈过了半夜,不知为什么总是谈不完……

开初谈的是衣服怎样穿,穿什么样的颜色的,穿什么样的料子。比如走路应该快或是应该慢,有时白天里她买了一个别针,到夜里她拿出来看看,问我这别针到底是好看或是不好看,那时候,大概是十五年前的时候,我们不知别处如何装扮一个女子,而在这个城里几乎个个都有一条宽大的绒绳结的披肩,蓝的、紫的,各色的也有,但最多多不过枣红色了。几乎在街上所见的都是枣红色的大披肩了。

哪怕红的绿的那么多,但总没有枣红色的最流行。

翠姨的妹妹有一张,翠姨有一张,我的所有的同学,几乎每个有一张。就连素不考究的外祖母的肩上也披着一张,只不过披的是蓝色的,没有敢用那最流行的枣红色的就是了。因为她总算年纪大了一点,对年轻人让了一步。

还有那时候都流行穿绒绳鞋,翠姨的妹妹就赶快的买了穿上。因为她那个人很粗心大意,好坏她不管,只是人家有她也有,别人是人穿衣裳,而翠姨的妹妹就好像被衣服所穿了似的,芜芜杂杂。但永远合乎着应有尽有的原则。

翠姨的妹妹的那绒绳鞋,买来了,穿上了。在地板上跑着,不大一会工夫,那每只鞋脸上系着的一只毛球,竟有一个毛球已经离开了鞋子,向上跳着,只还有一根绳连着,不然就要掉下来了。很好玩的,好像一颗大红枣被系到脚上去了。因为她的鞋子也是枣红色的。大家都在嘲笑她的鞋子一买回来就坏了。

翠姨,她没有买,她犹疑了好久,不管什么新样的东西到了,她总不是很快的就去买了来,也许她心里边早已经喜欢了,但是看上去她都像反对似的,好像她都不接受。

她必得等到许多人都开始采办了,这时候看样子,她才稍稍有些动心。

好比买绒绳鞋,夜里她和我谈话,问过我的意见,我也说是好看的,我有很多的同学,她们也都买了绒绳鞋。

第二天翠姨就要求我陪着她上街,先不告诉我去买什么,进了铺子选了半天别的,才问到我绒绳鞋。

走了几家铺子,都没有,都说是已经卖完了。我晓得店铺的人是这样瞎说的,表示他家这店铺平常总是最丰富的,只恰巧你要的这件东西,他就没有了。我劝翠姨说咱们慢慢的走,别家一定会有的。

我们是坐马车从街梢上的外祖父家来到街中心的。

见了第一家铺子,我们就下了马车。不用说,马车我们已经是付过了车钱的。等我们买好了东西回来的时候,会另外叫一辆的。因为我们不知道要有多久。大概看见什么好,虽然不需要也要买点,或是东西已经买全了不必要再多留连,也要留连一会,或是买东西的目的,本来只在一双鞋,而结果鞋子没有买到,反而罗里罗索的买回来许多用不着的东西。

这一天,我们辞退了马车,进了第一家店铺。

在别的大城市里没有这种情形,而在我家乡里往往是这样,坐了马车,虽然是付过了钱,让他自由去兜揽生意,但是他常常还仍旧等候在铺子的门外,等一出来,他仍旧请你坐他的车。

我们走进第一个铺子,一问没有。于是就看了些别的东西,从绸缎看到呢绒,从呢绒再看到绸缎,布匹是根本不看的,并不像母亲们进了店铺那样子,这个买去做被单,那个买去做棉袄的,因为我们管不了被单棉袄的事。母亲们一月不进店铺,一进店铺又是这个便宜应该买,那个不贵,也应该买。比方一块在夏天才用的花洋布,母亲们冬天里就买起来了,说是趁着便宜多买点,总是用得着的。而我们就不然了,我们是天天进店铺的,天天搜寻些个好看的,是贵的值钱的,平常时候,绝对的用不到想不到的。

那一天我们就买了许多花边回来,钉着光片的,带着琉璃的。说不上要做什么样的衣服才配得着这种花边。也许根本没有想到做衣服,就贸然的把花边买下了。一边买着,一边说好,翠姨说好,我也说好。到了后来,回到家里,当众打开了让大家评判,这个一言,那个一语,让大家说得也有一点没有主意了,心里已经五、六分空虚了。于是赶快的收拾了起来,或者从别人的手中夺过来,把它包起来,说她们不识货,不让她们看了。

勉强说着:

"我们要做一件红金丝绒的袍子,把这个黑琉璃边镶上。"

或是:

"这红的我们送人去……"

说虽仍旧如此说,心里已经八、九分空虚了,大概是这些所心爱的,从此就不会再出头露面的了。

在这小城里,商店究竟没有多少,到后来又加上看不到绒绳鞋,心里着急,也许跑得更快些,不一会工夫,只剩了三两家了。而那三两家,又偏偏是不常去的,铺子小,货物少。想来它那里也是一定不会有的了。

我们走进一个小铺子里去,果然有三、四双非小即大,而且颜色都不好看。

翠姨有意要买,我就觉得奇怪,原来就不十分喜欢,既然没有好的,又为什么要买呢?让我说着,没有买成回家去了。

过了两天,我把买鞋子这件事情早就忘了。

翠姨忽然又提议要去买。

从此我知道了她的秘密,她早就爱上了那绒绳鞋了,不过她没有说出来就是,她的恋爱的秘密就是这样子的,她似乎要把它带到坟墓里去,一直不要说出口,好像天底下没有一个人值得听她的告诉……

在外边飞着满天的大雪,我和翠姨坐着马车去买绒绳鞋。我们身上围着皮褥子,赶车的车夫高高的坐在车夫台上,摇晃着身子唱着沙哑的山歌:"喝咧咧……"耳边的风鸣鸣的啸着,从天上倾下来的大雪迷乱了我们的眼睛,远远的天隐在云雾里,我默默的祝福翠姨快快买到可爱的绒绳鞋,我从心里愿意她得救……

市中心远远的朦朦胧胧的站着,行人很少,全街静悄无声。我们一家挨一家的问着,我比她更急切,我想赶快买到吧,我小心的盘问着那些店员们,我从来不放弃一个细微的机会,我鼓励翠姨,没有忘记一家。使她都有点儿诧异,我为什么忽然这样热心起来,但是我完全不管她的猜疑,我不顾一切的想在这小城里,找出一双绒绳鞋来。

只有我们的马车,因为载着翠姨的愿望,在街上奔驰得特别的清醒,又特别的快。雪下的更大了,街上什么人都没有了,只有我们两个人,催着车夫,跑来跑去。一直到天都很晚了,鞋子没有买到。翠姨深深的看到我的眼里说:"我的命,不会好的。"我很想装出大人的样子,来安慰她,但是没有等到找出什么适当的话来,泪便流出来了。

二

翠姨以后也常来我家住着,是我的继母把她接来的。

因为她的妹妹订婚了,怕是她一旦的结了婚,忽然会剩下她一个人来,使她难过。因为她的家里并没有多少人,只有她的一个六十多岁的老祖父,再就是一个也是寡妇的伯母,带一个女儿。

堂姊妹本该在一起玩耍解闷的,但是因为性格的相差太远,一向是水火不同炉的过着日子。

她的堂妹妹,我见过,永久是穿着深色的衣裳,黑黑的脸,一天到晚陪着母亲坐在屋子里,母亲洗衣裳,她也洗衣裳,母亲哭,她也哭。也许她帮着母亲哭她死去的父亲,也许哭的是她们的家穷。那别人就不晓得了。

本来是一家的女儿,翠姨她们两姊妹却像有钱的人家的小姐,而那个堂妹妹,看上去却像乡下丫头。这一点使她得到常常到我们家里来住的权利。

她的亲妹妹订婚了,再过一年就出嫁。在这一年中,妹妹大大的阔气了起来,因为婆家那方面一订了婚就来了聘礼。这个城里,从前不用大洋票,而用的是广信公司出的帖子,一百吊一千吊的论。她妹妹的聘礼大概是几万吊。所以她忽然不得了起来,今天买这样,明天买那样,花别针一个又一个的,丝头绳一团一团的,带穗的耳坠子,洋手表,样样都有了。每逢出街的时候,她和她的姐姐一道,现在总是她付车钱了,她的姐姐要付,她却百般的不肯,有时当着人面,姐姐一定要付,妹妹一定不肯,结果闹得很窘,姐姐无形中觉得一种权利被人剥夺了。

但是关于妹妹的订婚,翠姨一点也没有羡慕的心理。妹妹未来的丈夫,她是看过的,没有什么好看,很高,穿着蓝袍子黑马褂,好像商人,又像一个小土绅士。又加上翠姨太年轻了,想不到什么丈夫,什么结婚。

因此,虽然妹妹在她的旁边一天比一天的丰富起来,妹妹是有钱了,但是妹妹为什么有钱的,她没有考查过。

所以当妹妹尚未离开她之前,她绝对的没有重视"订婚"的事。

就是妹妹已经出嫁了,她也还是没有重视这"订婚"的事。

不过她常常的感到寂寞。她和妹妹出来进去的,因为家庭环境孤寂,竟好像一对双生子似的,而今去了一个。不但翠姨自己觉得单调,就是她的祖父也觉得她可怜。

所以自从她的妹妹嫁了,她就不大回家,总是住在她的母亲的家里,有时我的继母也把她接到我们家里。

翠姨非常聪明,她会弹大正琴,就是前些年所流行在中国的一种日本琴,她还会吹箫或是会吹笛子。不过弹那琴的时候却很多。住在我家里的时候,我家的伯父,每在晚饭之后必同我们玩这些乐器的。笛子,箫,日本琴,风琴,月琴,还有什么打琴。真正的西洋的乐器,可一样也没有。

在这种正玩得热闹的时候,翠姨也来参加了,翠姨弹了一个曲子,和我们大家立刻就配合上了。于是大家都觉得在我们那已经天天闹熟了的老调子之中,又多了一个新的花样。于是立刻我们就加倍的努力,正在吹笛子的把笛子吹得特别响,把笛膜振抖得似乎就要爆裂了似的滋滋的叫着。十岁的弟弟在吹口琴,他摇着头,好像要把那口琴吞下去似的,至于他吹的是什么调子,已经是没有人留意了。在大家忽然来了勇气的时候,似乎只需要这种胡闹。

而那按风琴的人,因为越按越快,到后来也许是已经找不到琴键了,只是那踏脚板越踏越快,踏的呜呜的响,好像有意要毁坏了那风琴,而想把风琴撕裂了一般的。

大概所奏的曲子是《梅花三弄》,也不知道接连的弹过了多少圈,看大家的意思都不想要停下来。不过到了后来,实在是气力没有了,找不着拍子的找不着拍子,跟不上调的跟不上调,于是在大笑之中,大家停下来了。

不知为什么,在这么快乐的调子里边,大家都有点伤心,也许是乐极生悲了,把我们都笑得一边流着眼泪,一边还笑。

正在这时候,我们往门窗处一看,我的最小的小弟弟,刚会走路,他也背着一个很大的破手风琴来参加了。

谁都知道,那手风琴从来也不会响的。把大家笑死了。在这回得到了快乐。

我的哥哥(伯父的儿子,钢琴弹得很好),吹箫吹得最好,这时候他放下了箫,对翠姨说:"你来吹吧!"翠姨却没有言语,站起身来,跑到自己的屋子去了,我的哥哥,好久好久的看住那帘子。

三

翠姨在我家,和我住一个屋子。月明之夜,屋子照得通亮,翠姨和我谈话,往往谈到鸡叫,觉得也不过刚刚半夜。

鸡叫了,才说:"快睡吧,天亮了。"

有的时候,一转身,她又问我:

"是不是一个人结婚太早不好,或许是女子结婚太早是不好的!"

我们以前谈了很多话,但没有谈到这些。

总是谈什么,衣服怎样穿,鞋子怎样买,颜色怎样配,买了毛线来,这毛线应该打个什么的花纹,买了帽子来,应该评判这帽子还微微有点缺点,这缺点究竟在什么地方。虽然说是不要紧,或者是一点关系也没有,但批评总是要批评的。

有时再谈得远一点,就是表姊表妹之类订了婆家,或是什么亲戚的女儿出嫁了。或是什么耳闻的,听说的,新娘子和新姑爷闹别扭之类。

那个时候,我们的县里,早就有了洋学堂了,小学好几个,大学没有。只有一个男子中学,往往成为谈论的目标,谈论这个,不单是翠姨,外祖母,姑姑,姐姐之类,都愿意讲究这当地中学的学生。因为他们一切洋化,穿着裤子,把裤腿卷起来一寸,一张口格得毛宁①外国话,他们彼此一说话就答答答②,听说这是什么毛子话。而更奇怪的就是他们见了女人不怕羞。这一点,大家都批评说是不如从前了,从前的书生,一见了女人脸就红。

我家算是最开通的了,叔叔和哥哥他们都到北京和哈尔滨那些大地方去读书了,他们开了不少的眼界,回到家里来,大讲他们那里都是男孩子和女孩子同学。

这一题目,非常的新奇,开初都认为这是造了反。后来因为叔叔也常和女同学通信,因为叔叔在家庭里是有点地位的人,并且父亲从前也加入过国民党,革过命,所以这个家庭都"咸与维新"起来。

因此在我家里一切都是很随便的,逛公园,正月十五看花灯,都是不分男女,一齐去。

而且我家里设了网球场,一天到晚的打网球,亲戚家的男孩子来了,我们也一齐的打。

这都不谈,仍旧来谈翠姨。

翠姨听了很多的故事,关于男学生结婚事情,就是我们本县里,已经有几件事情不幸的了。有的结婚了,从此就不回家了,有的娶来了太太,把太太放在另一间屋子里住着,而自己却永久住在书房里。

每逢讲到这些故事时,多半别人都是站在女的一面,说那男子都是念书

---

① 格得毛宁,英语 Good morning 的音译,意为早安。——编者注
② 答答答,俄语 да,да,да 的音译,意为是的,对的。——编者注

念坏了,一看了那不识字的又不是女学生之类就生气,觉得处处都不如他。天天总说是婚姻不自由,可是自古至今,都是爹许娘配的,偏偏到了今天,都要自由,看吧,这还没有自由呢,就先来了花头故事了,娶了太太的不回家,或是把太太放在另一个屋子里。这些都是念书念坏了的。

翠姨听了许多别人家的评论。大概她心里边也有些不平,她就问我不读书是不是很坏的,我自然说是很坏的。而且她看了我们家里男孩子,女孩子通通到学堂去念书。而且我们亲戚家的孩子也都是读书的。

因此她对我很佩服,因为我是读书的。

但是不久,翠姨就订婚了。就是她妹妹出嫁不久的事情。

她的未来的丈夫,我见过。在外祖父的家里。人长得又低又小,穿一身蓝布棉袍子,黑马褂,头上戴一顶赶大车的人所戴的五耳帽子。

当时翠姨也在的,但她不知道那是她的什么人,她只当是哪里来了这样一位乡下的客人。外祖母偷着把我叫过去,特别告诉了我一番,这就是翠姨将来的丈夫。

不久翠姨就很有钱,她的丈夫的家里,比她妹妹丈夫的家里还更有钱得多。婆婆也是个寡妇,守着个独生的儿子。儿子才十七岁,是在乡下的私学馆里读书。

翠姨的母亲常常替翠姨解说,人矮点不要紧,岁数还小呢,再长上两三年两个人就一般高了。劝翠姨不要难过,婆家有钱就好的。聘礼的钱十多万都交过来了,而且就由外祖母的手亲自交给了翠姨,而且还有别的条件保障着,那就是说,三年之内绝对的不准娶亲,借着男的一方面年纪太小为辞,翠姨更愿意远远的推着。

翠姨自从订婚之后,是很有钱的了,什么新样子的东西一到,虽说不是一定抢先去买了来,总是过不了多久,箱子里就要有的了。那时候夏天最流行银灰色市布大衫,而翠姨的穿起来最好,因为她有好几件,穿过两次不新鲜就不要了,就只在家里穿,而出门就又去做一件新的。

那时候正流行着一种长穗的耳坠子,翠姨就有两对,一对红宝石的,一对绿的,而我的母亲才能有两对,而我才有一对。可见翠姨是顶阔气的了。

还有那时候就已经开始流行高跟鞋了。可是在我们本街上却不大有人穿,只有我的继母早就开始穿,其余就算是翠姨。并不是一定因为我的母亲有钱,也不是因为高跟鞋一定贵,只是女人们没有那么摩登的行为,或者说她们不很容易接受新的思想。

翠姨第一天穿起高跟鞋来,走路还很不安定,但到第二天就比较的习惯了。到了第三天,就是说以后,她就是跑起来也是很平稳的。而且走路的姿态更加可爱了。

我们有时也去打网球玩玩,球撞到她脸上的时候,她才用球拍遮了一下,否则她半天也打不到一个球。因为她一上了场站在白线上就是白线上,站在格子里就是格子里,她根本的不动。有的时候,她竟拿着网球拍子站着一边去看风景去。尤其是大家打完了网球,吃东西的吃东西去了,洗脸的洗脸去了,惟有她一个人站在短篱前面,向着远远的哈尔滨市影痴望着。

有一次我同翠姨一同去做客。我继母的族中娶媳妇。她们是八旗人,也就是满人,满人才讲究场面呢,所有的族中的年轻的媳妇都必得到场,而个个打扮得如花似玉。似乎咱们中国的社会,是没这么繁华的社交的场面的,也许那时候,我是小孩子,把什么都看得特别繁华,就只说女人们的衣服吧,就个个都穿得和现在西洋女人在夜会里边那么庄严。一律都穿着绣花大袄。而她们是八旗人,大袄的襟下一律的没有开口。而且很长。大袄的颜色枣红的居多,绛色的也有,玫瑰紫色的也有。而那上边绣的颜色,有的荷花,有的玫瑰,有的松竹梅,一句话,特别的繁华。

她们的脸上,都擦着白粉,她们的嘴上都染得桃红。

每逢一个客人到了门前,她们是要列着队出来迎接的,她们都是我的舅母,一个一个的上前来问候了我和翠姨。

翠姨早就熟识她们的,有的叫表嫂子,有的叫四嫂子。而在我,她们就都是一样的,好像小孩子的时候,所玩的用花纸剪的纸人,这个和那个都是一样,完全没有分别。都是花缎的袍子,都是白白的脸,都是很红的嘴唇。

就是这一次,翠姨出了风头了,她进到屋里,靠着一张大镜子旁坐下了。

女人们就忽然都上前来看她,也许她从来没有这么漂亮过;今天把别人都惊住了。

以我看翠姨还没有她从前漂亮呢,不过她们说翠姨漂亮得像棵新开的腊梅。翠姨从来不擦胭脂的,而那天又穿了一件为着将来作新娘子而准备的蓝色缎子满是金花的夹袍。

翠姨让她们围起看着,难为情了起来,站起来想要逃掉似的,迈着很勇敢的步子,茫然的往里边的房间里闪开了。

谁知那里边就是新房呢,于是许多的嫂嫂们,就哗然的叫着,说:

"翠姐姐不要急,明年就是个漂亮的新娘子,现在先试试去。"

当天吃饭饮酒的时候,许多客人从别的屋子来呆呆的望着翠姨。翠姨举着筷子,似乎是在思量着,保持着镇静的态度,用温和的眼光看着她们。仿佛她不晓得人们专门在看着她似的。但是别的女人们羡慕了翠姨半天了,脸上又都突然的冷落起来,觉得有什么话要说出,又都没有说,然后彼此对望着,笑了一下,吃菜了。

四

有一年冬天,刚过了年,翠姨就来到了我家。

伯父的儿子——我的哥哥,就正在我家里。

我的哥哥,人很漂亮,很直的鼻子,很黑的眼睛,嘴也好看,头发也梳得好看,人很长,走路很爽快。大概在我们所有的家族中,没有这么漂亮的人物。

冬天,学校放了寒假,所以来我们家里休息。大概不久,学校开学就要上学去了。哥哥是在哈尔滨读书。

我们的音乐会,自然要为这新来的角色而开了。翠姨也参加的。

于是非常的热闹,比方我的母亲,她一点也不懂这行,但是她也列了席,她坐在旁边观看,连家里的厨子,女工,都停下了工作来望着我们,似乎他们不是听什么乐器,而是在看人。我们聚满了一客厅。这些乐器的声音,大概很远的邻居都可以听到。

第二天邻居来串门的,就说:

"昨天晚上,你们家又是给谁祝寿?"

我们就说,是欢迎我们的刚到的哥哥。

因此我们家是很好玩的,很有趣的。不久就来到了正月十五看花灯的时节了。

我们家里自从父亲维新革命,总之在我们家里,兄弟姊妹,一律相待,有好玩的就一齐玩,有好看的就一齐去看。

伯父带着我们,哥哥,弟弟,姨……共八、九个人,在大月亮地里往大街里跑去了。那路之滑,滑得不能站脚,而且高低不平。他们男孩子们跑在前面,而我们因为跑得慢就落了后。

于是那在前边的他们回头来嘲笑我们,说我们是小姐,说我们是娘娘。说我们走不动。

我们和翠姨早就连成一排向前冲去,但是不是我倒,就是她倒。到后来还是哥哥他们一个一个的来扶着我们,说是扶着未免的太示弱了,也不过就是和他们连成一排向前进着。

不一会到了市里,满路花灯。人山人海。又加上狮子,旱船,龙灯,秧歌,闹得眼也花起来,一时也数不清多少玩艺。哪里会来得及看,似乎只是在眼前一晃,就过去了,而一会别的又来了,又过去了。其实也不见得繁华得多么了不得了,不过觉得世界上是不会比这个再繁华的了。

商店的门前,点着那么大的火把,好像热带的大椰子树似的。一个比一个亮。

　　我们进了一家商店,那是父亲的朋友开的。他们很好的招待我们,茶,点心,橘子,元宵。我们哪里吃得下去,听到门外一打鼓,就心慌了。而外边鼓和喇叭又那么多,一阵来了,一阵还没有去远,一阵又来了。

　　因为城本来是不大的,有许多熟人,也都是来看灯的都遇到了。其中我们本城里的在哈尔滨念书的几个男学生,他们也来看灯了。哥哥都认识他们。我也认识他们,因为这时候我们到哈尔滨念书去了。所以一遇到了我们,他们就和我们在一起,他们出去看灯,看了一会,又回到我们的地方,和伯父谈话,和哥哥谈话。我晓得他们,因为我们家比较有势力,他们是很愿和我们讲话的。

　　所以回家的一路上,又多了两个男孩子。

　　不管人讨厌不讨厌,他们穿的衣服总算都市化了。个个穿着西装,戴着呢帽,外套都是到膝盖的地方,脚下很利落清爽。比起我们城里的那种怪样子的外套,好像大棉袍子似的好看得多了。而且颈间又都束着一条围巾,那围巾自然也是全丝全线的花纹。似乎一束起那围巾来,人就更显得庄严,漂亮。

　　翠姨觉得他们个个都很好看。

　　哥哥也穿的西装,自然哥哥也很好看。因此在路上她一直在看哥哥。

　　翠姨梳头梳得是很慢的,必定梳得一丝不乱,擦粉也要擦了洗掉,洗掉再擦,一直擦到认为满意为止。花灯节的第二天早晨她就梳得更慢,一边梳头一边在思量。本来按规矩每天吃早饭,必得三请两请才能出席,今天必得请到四次,她才来了。

　　我的伯父当年也是一位英雄,骑马,打枪绝对的好。后来虽然已经五十岁了,但是风采犹存。我们都爱伯父的,伯父从小也就爱我们。诗,词,文章,都是伯父教我们的。翠姨住在我们家里,伯父也很喜欢翠姨。今天早饭已经开好了。催了翠姨几次,翠姨总是不出来。

　　伯父说了一句:"林黛玉……"

　　于是我们全家的人都笑了起来。

　　翠姨出来了,看见我们这样的笑,就问我们笑什么。我们没有人肯告诉她。翠姨知道一定是笑的她,她就说:

　　"你们赶快的告诉我,若不告诉我,今天我就不吃饭了,你们读书识字,我不懂,你们欺侮我……"

　　闹嚷了很久,还是我的哥哥讲给她听了。伯父当着自己的儿子面前到底有些难为情,喝了好些酒,总算是躲过去了。

　　翠姨从此想到了念书的问题,但是她已经二十岁了,上哪里去念书?上小学没有她这样大的学生,上中学,她是一字不识,怎样可以。所以仍旧住在我们家里。

弹琴,吹箫,看纸牌,我们一天到晚的玩着。我们玩的时候,全体参加,我的伯父,我的哥哥,我的母亲。

翠姨对我的哥哥没有什么特别的好,我的哥哥对翠姨就像对我们,也是完全的一样。

不过哥哥讲故事的时候,翠姨总比我们留心听些,那是因为她的年龄稍稍比我们大些,当然在理解力上,比我们更接近一些哥哥的了。哥哥对翠姨比对我们稍稍的客气一点。他和翠姨说话的时候,总是"是的""是的"的,而和我们说话则"对啦""对啦"。这显然因为翠姨是客人的关系,而且在名分上比他大。

不过有一天晚饭之后,翠姨和哥哥都没有了。每天饭后大概总要开个音乐会的。这一天也许因为伯父不在家,没有人领导的缘故。大家吃过也就散了。客厅里一个人也没有。我想找弟弟和我下一盘棋,弟弟也不见了。于是我就一个人在客厅里按起风琴来,玩了一下也觉得没有趣。客厅是静得很的,在我关上了风琴盖子之后,我就听见了在后屋里,或者在我的房子里是有人的。

我想一定是翠姨在屋里。快去看看她,叫她出来张罗着看纸牌。

我跑进去一看,不单是翠姨,还有哥哥陪着她。

看见了我,翠姨就赶快的站起来说:

"我们去玩吧。"

哥哥也说:

"我们下棋去,下棋去。"

他们出来陪我来玩棋,这次哥哥总是输,从前是他回回赢我的,我觉得奇怪,但是心里高兴极了。

不久寒假终了,我就回到哈尔滨的学校念书去了。可是哥哥没有同来,因为他上半年生了点病,曾在医院里休养了一些时候,这次伯父主张他再请两个月的假,留在家里。

以后家里的事情,我就不大知道了。都是由哥哥或母亲讲给我听的。我走了以后,翠姨还住在家里。

后来母亲还告诉过,就是在翠姨还没有订婚之前,有过这样一件事情。我的族中有一个小叔叔,和哥哥一般大的年纪,说话口吃,没有风采,也是和哥哥在一个学校里读书。虽然他也到我们家里来过,但怕翠姨没有见过。那时外祖母就主张给翠姨提婚。那族中的祖母,一听就拒绝了,说是寡妇的儿子,命不好,也怕没有家教,何况父亲死了,母亲又出嫁了,好女不嫁二夫郎,这种人家的女儿,祖母不要。但是我母亲说,辈分合,他家还有钱,翠姨过门是一品当朝的日子,不会受气的。

这件事情翠姨是晓得的,而今天又见了我的哥哥,她不能不想哥哥大概是那样看她的。她自觉的觉得自己的命运不会好的,现在翠姨自己已经订了婚,是一个人的未婚妻。二则她是出了嫁的寡妇的女儿,她自己一天把这个背了不知有多少遍,她记得清清楚楚。

五

翠姨订婚,转眼三年了,正这时,翠姨的婆家,通了消息来,张罗要娶。她的母亲来接她回去整理嫁妆。

翠姨一听就得病了。

但没有几天,她的母亲就带着她到哈尔滨采办嫁妆去了。

偏偏那带着她采办嫁妆的向导又是哥哥给介绍来的他的同学。他们住在哈尔滨的秦家岗上,风景绝佳,是洋人最多的地方。那男学生们的宿舍里边,有暖气,洋床。翠姨带着哥哥的介绍信,像一个女同学似的被他们招待着。又加上已经学了俄国人的规矩,处处尊重女子,所以翠姨当然受了他们不少的尊敬,请她吃大菜,请她看电影。坐马车的时候,上车让她先上,下车的时候,人家扶她下来。她每一动别人都为她服务,外套一脱,就接过去了。她刚一表示要穿外套,就给她穿上了。

不用说,买嫁妆她是不痛快的,但那几天,她总算一生中最开心的时候。

她觉得到底是读大学的人好,不野蛮,不会对女人不客气,绝不能像她的妹夫常常打她的妹妹。

经这到哈尔滨去一买嫁妆,翠姨就更不愿意出嫁了。她一想那个又丑又小的男人,她就恐怖。

她回来的时候,母亲又接她来到我们家来住着,说她的家里又黑,又冷,说她太孤单可怜。我们家是一团暖气的。

到了后来,她的母亲发现她对于出嫁太不热心,该剪裁的衣裳,她不去剪裁。有一些零碎还要去买的,她也不去买。做母亲的总是常常要加以督促,后来就要接她回去,接到她的身边,好随时提醒她。她的母亲以为年轻的人必定要随时提醒的,不然总是贪玩。而况出嫁的日子又不远了,或者就是二、三月。

想不到外祖母来接她的时候,她从心的不肯回去,她竟很勇敢的提出来她要读书的要求。她说她要念书,她想不到出嫁。

开初外祖母不肯,到后来,她说若是不让她读书,她是不出嫁的,外祖母知道她的心情,而且想起了很多可怕的事情……

外祖母没有办法,依了她。给她在家里请了一位老先生,就在自己家院子的空房子里边摆上了书桌,还有几个邻居家的姑娘,一齐念书。

翠姨白天念书,晚上回到外祖母家。

念了书,不多日子,人就开始咳嗽,而且整天的闷闷不乐。她的母亲问她,有什么不如意?陪嫁的东西买得不顺心吗?或者是想到我们家去玩吗?什么事都问到了。

翠姨摇着头不说什么。

过了一些日子,我的母亲去看翠姨,带着我的哥哥,他们一看见她,第一个印象,就觉得她苍白了不少。而且母亲断言的说,她活不久了。

大家都说是念书累的,外祖母也说是念书累的,没有什么要紧的,要出嫁的女儿们,总是先前瘦的,嫁过去就要胖了。

而翠姨自己则点点头,笑笑,不承认,也不加以否认。还是念书,也不到我们家来了,母亲接了几次,也不来,回说没有工夫。

翠姨越来越瘦了,哥哥去到外祖母家看了她两次,也不过是吃饭、喝酒,应酬了一番。而且说是去看外祖母的。在这里年轻的男子,去拜访年轻的女子,是不可以的。哥哥回来也并不带回什么欢喜或是什么新的忧郁,还是一样和大家打牌下棋。

翠姨后来支持不了啦,躺下了,她的婆婆听说她病,就要娶她,因为花了钱,死了不是可惜了吗?这一种消息,翠姨听了病就更加严重。婆家一听她病重,立刻要娶她。因为在迷信中有这样一章,病新娘娶过来一冲,就冲好了。翠姨听了就只盼望赶快死,拼命的糟蹋自己的身体,想死得越快一点儿越好。

母亲记起了翠姨,叫哥哥去看翠姨。是我的母亲派哥哥去的,母亲拿了一些钱让哥哥给翠姨去,说是母亲送她在病中随便买点什么吃的。母亲晓得他们年轻人是很拘泥的,或者不好意思去看翠姨,也或者翠姨是很想看他的,他们好久不能看见了。同时翠姨不愿出嫁,母亲很久的就在心里边猜疑着他们了。

男子是不好去专访一位小姐的,这城里没有这样的风俗。母亲给了哥哥一件礼物,哥哥就可去了。

哥哥去的那天,她家里正没有人,只是她家的堂妹妹应接着这从未见过的生疏的年轻的客人。

那堂妹妹还没问清客人的来由,就往外跑,说是去找她们的祖父去,请他等一等。大概她想是凡男客就是来会祖父的。

客人只说了自己的名字,那女孩子连听也没有听就跑出去了。

哥哥正想,翠姨在什么地方?或者在里屋吗?翠姨大概听出什么人来了,她就在里边说:

"请进来。"

哥哥进去了,坐在翠姨的枕边,他要去摸一摸翠姨的前额,是否发热,他说:

"好了点吗?"

他刚一伸出手去,翠姨就突然的拉了他的手,而且大声的哭起来了,好像一颗心也哭出来了似的。哥哥没有准备,就很害怕,不知道说什么作什么。他不知道现在应该是保护翠姨的地位,还是保护自己的地位。同时听得见外边已经有人来了,就要开门进来了。一定是翠姨的祖父。

翠姨平静的向他笑着,说:

"你来得很好,一定是姐姐告诉你来的,我心里永远纪念着她,她爱我一场,可惜我不能去看她了……我不能报答她了……不过我总会记起在她家里的日子的……她待我也许没有什么,但是我觉得已经太好了……我永远不会忘记的……我现在也不知道为什么,心里只想死得快一点就好,多活一天也是多余的……人家也许以为我是任性……其实是不对的,不知为什么,那家对我也是很好的,我要是过去,他们对我也会是很好的,但是我不愿意。我小时候,就不好,我的脾气总是不从心的事,我不愿意……这个脾气把我折磨到今天了……可是我怎能从心呢……真是笑话……谢谢姐姐她还惦着我……请你告诉她,我并不像她想的那么苦呢,我也很快乐……"翠姨痛苦的笑了一笑,"我心里很安静,而且我求的我都得到了……"

哥哥茫然的不知道说什么,这时祖父进来了。看了翠姨的热度,又感谢了我的母亲,对我哥哥的降临,感到荣幸。他说请我母亲放心吧,翠姨的病马上就会好的,好了就嫁过去。

哥哥看了翠姨就退出去了,从此再没有看见她。

哥哥后来提起翠姨常常落泪,他不知翠姨为什么死,大家也都心中纳闷。

尾　　声

等我到春假回来,母亲还当我说:

"要是翠姨一定不愿意出嫁,那也是可以的,假如他们当我说。"

翠姨坟头的草籽已经发芽了,一掀一掀的和土粘成了一片,坟头显示淡淡的青色,常常会有白色的山羊跑过。

这时城里的街巷,又装满了春天。

暖和的太阳,又转回来了。

街上有提着筐子卖蒲公英的了,也有卖小根蒜的了。更有些孩子们他们按着时节去折了那刚发芽的柳条,正好可以拧成哨子,就含在嘴里满街的吹。声音有高有低,因为那哨子有粗有细。

大街小巷,到处的呜呜呜,呜呜呜。好像春天是从他们的手里招待回来了似的。

但是这为期甚短,一转眼,吹哨子的不见了。

接着杨花飞起来了,榆钱飘满了一地。

在我的家乡那里,春天是快的,五天不出屋,树发芽了,再过五天不看树,树长叶了,再过五天,这树就像绿得使人不认识它了。使人想,这棵树,就是前天的那棵树吗?自己回答自己,当然是的。春天就像跑的那么快。好像人能够看见似的,春天从老远的地方跑来了,跑到这个地方只向人的耳朵吹一句小小的声音:"我来了呵",而后很快的就跑过去了。

春,好像它不知多么忙迫,好像无论什么地方都在招呼它,假若它晚到一刻,阳光会变色的,大地会干成石头,尤其是树木,那真是好像再多一刻工夫也不能忍耐,假若春天稍稍在什么地方留连了一下,就会误了不少的生命。

春天为什么它不早一点来,来到我们这城里多住一些日子,而后再慢慢的到另外的一个城里去,在另外一个城里也多住一些日子。

但那是不能的了,春天的命运就是这么短。

年轻的姑娘们,她们三两成双,坐着马车,去选择衣料去了,因为就要换春装了。她们热心的弄着剪刀,打着衣样,想装成自己心中想得出的那么好,她们白天黑夜的忙着,不久春装换起来了,只是不见载着翠姨的马车来。

1941 年夏,重抄

(原载 1941 年 7 月 1 日《时代文学》第 1 卷第 2 期)

梅　娘

鱼

别那样冷冷的吧！琳，我求你，风飕着，雨不久就会停的，停了你再走，你不是为避雨才到我这儿来的吗？撇开我们之间的一切，单按着人情来说，你也可以多留一会的。你能看着你的朋友的太太，一个带着小孩的软弱的女人，独自在一所大房子里，听着风吼，听着雨啸，为恐惧的声响吓得颤抖着而吝于给与一线壮胆的慰藉吗？而且，灯灭了，天，灯为什么要在这一瞬间坏了呢。

琳，好琳，你别那样，你稍稍把脸转过来一点，你听，风更大了，不，风哭了，它在哭着呼唤着一点什么，它是在寻找着一点失去的东西吧。琳，你再待一会，到电灯修复了再走，我想电灯一会就会好的。看，连路灯也坏了，他们不会叫他黑得太久的，不是吗？

我的孩子睡熟了，你容许我把他放到卧室里去吗？我记得我的抽屉里还有半截蜡的，有了它，我们可以光亮一点的。

琳，我知道你厌倦，不，我知道你对我是过去新鲜的时候了。你根本没有爱我，琳，你也不过是基于怜悯的一点同情而已。但这对我已经足够了，你给我的最大的启示是叫我明白了我自己。而且你叫我知道了爱，爱原不是糊糊涂涂就可以享受得到的。

琳，为什么你那样一点点地挪开你的椅子，你以为我没察觉吗？放心，先生，我是不会触及你一根手指的，我要的是爱，从心底涌出的真正理解的爱。拥，抱，吻，抚摩，那算得了什么，我很容易就可以从我丈夫那儿得到，虽然他给我的拳头相等于爱抚，但与其强取之于你，我是宁肯违心地去接受他所给与的一切的，你……

啊！你站起来了，你预备走是不是？是的，我忘了你说给我的，"人们的飞短流长"。对，今晚正是给人以飞短流长的绝好资料，外面是暴雨，屋里是昏昏的蜡灯，我的懂事的孩子又睡了，这里只有我和你，我和你单独地在昏暗里相对。你怕说，你为什么来呢？

你不愿意回到你的寓所去，那里只有寂寞，你想我这儿无论如何比起寓所来是好的。你可以得到一杯茶，一杯热的红茶，另外一块流着乳酪的点心,而且我一定要用干毛巾擦干了你的濡湿的头发,还许温存地替你拧落裤管上的积水,你可以懒懒地坐在沙发上,瞧着一个自以为是获得了你的爱情的女人在为你布置着一切。但你得要明白,她以为有爱,她才那样做的。她知道她的爱情也不过是换得了你的一时消遣,之后呢?

噢对了,你可以说是为看望我的丈夫才来的。告诉你,他虽然是昨天才从P城的他的家中返回来,但刚才,在你来的半点钟之前,他和我闹翻了出去,今晚是不会回来过夜的。这情形你都可以想像得出的。不是吗?

你更烦了,那闪亮的电光已经把你的脸清楚地照给我,虽是那样短的一瞬间,我已经看明白了你皱到一起的眉毛,你用你的牙啮着你的唇,你在骂我也不一定。你要走开,趁早别想,你动一步我就嚷,我说你趁着你的表哥不在的时候强奸了他的太太,你怕什么我说什么,你要脸,你要面子,你就一点别动。你骗得我够了,也该我享受一回。雨这样大,风摇得屋子仿佛要倒了似的,雷响得震耳,我怕,我一人没勇气在这样的暴风雨里支撑着这样大的一所房子,我要你陪我一回,到灯来,到雨住,我会放你走的,你放心吧。

琳!别那样静静地站在窗前,你连到椅子上坐一会都不肯吗?你可怜我一回,我再不会麻烦你的,你别看轻我,我绝不叨扰你什么。我们是友好地爱上的,也叫我们好好地分离。今晚,你知道我是多么难过吗?琳,像往日我们相会时那样,张开双臂,叫我在你的怀中蜷曲一会吧!我的心,激烈地撞着胸膛,它要能挤出来倒好,它不,它只那样激打着我,那样剧烈地,琳,我说不出我是恨是爱。但是,琳,恨也是爱的,琳,你可怜我,你给我的怜悯的爱我也要,你抱我一回好吗?我刚才受了过分的刺激,又加上这暴风雨,我的胎儿在体内不安地转辗着,我的跳动的心因着它的转动是这样的空虚,头也昏得难过。今夜我也许会流产的,我觉得我的腿麻得利害,你叫我靠着你休息一会儿,容我暂时闭上眼睛,容我暂时享受一点抚慰吧!琳,你知道我们刚才是怎样剧烈地吵过吗?

琳!你的手真热,有你这一只手已经够温暖我了,我觉得我恢复了一点,琳,你不屑于张开你的眼睛吗?我知道我今夜的形状是相等于鬼的,你不张开眼睛也好,你留着你记忆中的我的美丽的印象吧!你曾无数次地说过我好看,我美丽,你曾无数次地吸干我眼中满储着的泪水,因为你的爱,我才有委屈的泪。今晚我的泪枯涩了,我的全身因为少了往日的温存的泪水的湿润,干得快裂了,骨节痛着,两点钟前受的击打还残存在身上。琳,你肯用你的热手轻轻的抚摩我一下吗?

啊!琳,你还是爱我的是不是,你抱得我这样紧,琳,别把头俯在我的肩上,让我看一下你。琳,我现在相信我明白你甚于明白我自己。我知道你爱我,而且我知道你爱我到什么程度,但你是懦怯的,你抵抗不了周围的一切,你才想抛弃了我。你是舒服惯的公子,你抛不开你的安乐,你没有决心和我一块奔出去和饥饿斗争。我呢?琳,我也是不会累你的,你该明白。离开家的这三年中,我明白生活的担子的重量,我决不会把我和孩子的重担放在你的肩头。如果我的丈夫真的踢开我们,我是宁死也要养起我的孩子来的,我什么都可以做,甚至可以去出卖肉体。我幸而生得美丽,而且我还年轻,一个24岁的好看的女人想还不至于十分难于获得职业。孩子失去爸爸,但他有妈,我要竭尽毕生的精力做一个好妈妈。没钱的寡妇不也都没自杀吗?琳,你相信我,我要受之于你的是爱,是同情,是理解,我……琳,我太孤独了,我没有一个亲人,我很早地失去了妈妈,我的爸爸是跟我离得太远了,我们之间有的只是恨,他恨我不肖,他恨我扫了他的门面。弟妹们小,而且从爸爸那儿袭得了骄纵的性格,他们看不起我,给我的同情,不,可怜,还不及我邻居的大嫂给我的多。我,我自作自受,我原是可以听从他们的主张嫁出去,做一个安逸的少奶奶。我背叛了他们,我挣出来我自己,三年前穿着我的绣花鞋时我就有受苦的决心。现在,我觉得我进步了,虽然生活的艰辛磨光了幻想的棱角,但我并没有气馁。琳,我的有钱的少爷,我知道你是留恋于一杯咖啡甚于一杯冷水的,你当初爱我也不过因为我好看,而你在这儿是寂寞的关系。琳,我后悔于这样的爱,这样的爱我已经从我丈夫那儿得到了一回,不同的只是他是起于新奇,你是起于怜悯而已。琳,我的话中伤了你是不是?你又生气了,你别开头去。琳,你再转回脸来,我不说了就是。琳,我不是说我要享受这一晚上吗?让我们偎傍着,看看那电光在漆黑的天上怎样闪动。外面仿佛正有人在撞着电线杆子,大概正修理着,灯一会儿就会亮的,我说过了灯亮就放你走,我不叫今晚破了我从来没跟你说过瞎话的例。我真傻,这样短短的瞬间,我为什么单找不痛快呢。

琳!为什么那样看着我,我像鬼,我刚才受了剧烈的踢打,你容我再向你申诉一回吗?就这一回,我预想我们今天以后不会再见了。明天,我的丈夫回来,我们之间的一切总会找出个结果来。我,我看破了,网里的鱼只有自己找窟窿钻出去,等着已经网上来再把它放在水里,那是比梦还缥缈的事,幸而能钻出去,管它是落在水里,落在地上都好,第二步是后来的事。若怕起来,那就只好等在网里被提去杀头,不然就郁死,不是吗?琳,你不这样想吗?

你笑什么?琳,你笑我又是说的空话,也难怪你笑我,我以往的懦怯连我自己都觉得可耻。不,那不是懦怯,那是糊涂,那是我还不知道怎样迈动我的腿。今天,我知道了,我一定得要走,走一步被打死、被杀害我也是走了一步。你不相信我有那么大的勇气是不是?

琳,你听,风哭了。想到以后不能再见你,我的心,像有圈粗绳子纠缚着似的痛楚,我想嚎一下,我想吐尽胸中气地大叫一声。我羡慕风,那样自由地随心所欲席卷天空,把心中窝藏的雨滴洒下,就那样嚎哭的一瞬间,已经足以泄尽心中郁烦了。我,哭时得饮泣,泪得叫它往肚里流,爱的不能说,不爱的得曲意奉承。这只因为我是人,我是这男性中心社会中的一个做了人妻的女人。人们不拿我当人,只当我是林省民的一个附属品。我的朋友这样说:"得问问你们先生。"下人说:"这可得问问少爷。"林家的人更来得厉害,说:"什么东西,骚老婆,民儿还不把她一脚踢出去!"林省民自己说:"凭什么你白吃我饭,吃我饭就得听我说,我叫你往东你休想往西。"这就是我受的待遇的全部,这就是出了嫁的女人所被安排的地位。这都是应该的,这都是你们认为对的,女孩子从生下来,就被诅咒,幸而碰见了明白的父母让读书,让明白了点什么,这明白的一点更给自己招祸。如果我是个安分的,你们认为典型的女人,我接受了林家的意见,归到林家去,安安分分地做林省民的二姨太太,好好地养着林家的承继人——我的儿子,忏悔我以往和林省民的恋爱,不,该说是忏悔我自己引诱林家少爷的下贱,那样我就能享福,能使奴唤婢。林省民爱别人,随他去,男人有几个不爱那道的。这样,我就对了,我是好人,人家都恭敬我,我可以离开这个照料着孩子又得做饭洗衣服的龌龊的小屋子。我可以穿得像个样,孩子有人替我带走,我自己垂着两只手纳福。我为什么那样做,原来爱林省民时也没预备享他的福,我不能叫我儿子也长成那样糊涂的人。林省民碰了个机会骗了我来,厌了,想找个机会再抛出去。他明知我不会回到他家去,不会甘心做他的二姨太太,他就挟了他的势力——这社会承认男人应有的一切权益,压迫我,虐待我。我能听他,他少了麻烦,不听滚你的,穿破了的鞋原是该扔掉的。凭林局长的儿子还怕找不着会卷头发的女人。

　　刚才,就是这样吵起的,他从外面回来,喝了很多的酒,粗着嗓子大声唱。小民看着害怕,哭。小民愈害怕他愈唱,声音干得鬼嚎似的。抱着小民坐在墙角,我的心遮上来无限的悒闷。他昨天才从林家回来,我们已经半月多没见。昨夜说是有约出去走到那会才回来,回来就那样惹得孩子只哭,这是离别了半月又见面的结婚刚二年的恩爱夫妇吗?

　　一会儿,小民好容易睡了,他过来摸孩子的脸,我不让摸,他就说:"不是我的儿子吗?你若说不是,我就不摸!"让人回答不得。我只好不出声。不出声更招祸,"好!"他说:"你外边有人了。不爱理我,这不是我姓林的家吗?"抄起花瓶就往地上摔,溅了我满身水。我跑到洗脸间拿手巾擦干水渍这个工夫,屋里可砸的便都摔了。我不知怎样才好,站在洗脸间流着泪。一会儿,他旋风似的拥到洗脸间来,而且摘下来我眼前的镜子。这回我真忍不住了,我说:"别这么砸,有话明说,我也没赖着你,干吗这样呢?"

"没赖着我,你不滚?"

"滚?那么容易!你想爱便爱,不爱便甩,这又不比你泡窑姐。"我几乎气炸了胸,这样撞着他。

"啊!"他蔑笑地张大了眼睛,"你自己觉着不错,你比窑姐高多少,反正不是整货,我不要你,你要饭都摸不着门。"

"好!"我说,"林先生!人都得有良心,我知道,你,你跟你爸爸一样,就认得钱,再不就认得姑娘。你爸爸让你扔了我,你跟我也算屈得可以了,你走你的,你走回林家去做那份少爷,你爸爸有的是造孽的钱,我的儿子可不能归你,你叫我滚,我自己会走,我饿死外面,算我自己瞎眼,怎么就千挑万选地遇上了你。"我赌气地往屋里走去抱小民,他扯着了我的膀子,"走!你走把我的衣裳给我脱下来。"我们就那样地撕扯起来,他不分头脑地捶了我一顿,自己跑了出去。

他走,我自己在地上滚着,胎儿受了剧烈的刺激猛烈的在体内转动着,肚子痛得眼前只发黑,心里泛着欲呕吐的恶心,我无法平静我那已经达到高潮点的愤怒,我球似的翻滚着,我撕扯着自己的头发和衣裳。我狠狠地啮着自己的双手,嘴痉挛地嘶哑地说着什么。我愿意我的胎儿流产,我不愿林省民的孩子再在我的身里成长起来。我想少一个孩子少一份累赘,我决心离开他,我决心再教育自己一回。

小民醒了,傍他躺在床上,看着那红润的寓着希望的小脸,我看见我生命中的一点光明。抚摩着那柔软的小头,我的泪滴在他的小脸上,想到孩子的爸爸,我突然歇斯底里地大声哭了出来。小民被这意外的声响吓得大哭,小头紧紧地钻在我的怀里,我又后悔那样忘形的大哭。吓坏了孩子,才是我最可怕的事。孩子只等于我的生命,我要教育起我的儿子来,我要教他成一个明白人,这社会上多一个明白人,女人就少吃一份苦。抚着小民的小脸,我喃喃地说:"小民,你原谅妈,妈快憋得疯了,妈爱你,妈誓死也不离开你,那样的爸爸,有没有都可,小民,我的!"我忍不住地再次抽泣起来。

就那样怔怔地傻了似地抱着小民坐着,望着灯,听着突然袭来的暴风雨,心翻腾着,旋转于恐怖与绝望之间。

突然,我听见了叫门声,我疑惑我自己的耳朵,我想也许是小民的爸爸又跑回来。我恨他,但我不能说一点爱他的心思都没有,二年来的日积月累的相对,我觉得我不是那样说离开他就可以走得了的。我下意识地盼他回来,我想要一点抚慰。感情真是奇怪的东西。我那样地恨了他,决心离开他,他若回来,我想我们也会再和好的。因为我们已经有了孩子。多么矛盾的想法啊!多么矛盾的感情啊!

敲门声又起,再倾听,那是另一个熟稔的声音。我想到你,我仿佛看见阴天上升起的太阳。但立刻,我记起来你这几天说给我的话,你的若即若离的态度,我抽回来要为你开门而跑出去的双腿,我踌躇着。

风突然吹折了一切似的怒吼起来。

想着外面的冷雨,这时电光闪动着,跟着雷来,那样干裂的立劈下来的巨响,我不由地颤动起来,我没再犹疑地跑出去为淋湿了的你开了门。

就在那样兴奋的情绪下接待了冷淡的你,我说了许多气你的话。琳,你、生我气吗?我,琳,别给我擦,随泪流下去吧,哭了我也许会痛快一点的。我,我知道你,你原没有爱我,只是因为你寂寞,常来我这儿一点,我们过从得亲密些,生了较普通友情还浓郁的一点感情就是了。所以你可以说,怕人家说闲话,怕你的表哥——我的丈夫不理你,跟你拼。这在真正的爱情中,都不是能够成为问题的事,不是吗?

我呢,琳,我今晚才知道,才知道我一样的并没有真爱着你。只是因为你安慰了我,在我觉得过分的孤独时给了慰藉。仔细想起来,你对我只如遥远的一盏灯,你的光亮照及了我,但我不能把那灯握在手里,用它的光亮来伴着我冲出黑暗。你安分,你不像我丈夫那样放荡,你努力于你以为人生之极的音乐。不过琳,你别生气,你送来的那一套贝多芬的交响乐,我只在受了委屈后唱了一张,但我没感到它的美好。一个忙于家事而又为孩子纠缠得心绪不宁的女人,是没有闲情去理解那种崇高之美的。

还有,琳,使我觉得对你负疚最深之点,就是我从你太太手里抢过来你——不,这样说,太抬举我自己了。该说是我侵占了你应该回家去和你太太欢聚的时间。我不愿意我的丈夫在该回家的时候留在外面,你的太太当然也和我一样。我没有从她手里抢过来你的权利。所以,琳,还是你爱唱的那句:"这样分离是最好,在你也好,我也好。"

啊!灯亮了,听!琳,雨也仿佛小多了,你走吗?我……

琳,雨真凉,我有一点冷,我的鞋里也进来水了,小民许醒了也不一定,我不送你了,再……见,至晚到明天这个时候我一定会离开这儿的。你……你保重啊!

啊!琳,是你,是你吗?你什么时候走回来的,刚才我听见好像有人踏雨走过来,我以为是邻家的先生,你为什么不叫门呢?你吓了我一跳,我看见门玻璃上恍惚的有个人影,我以为是贼,我屏息地窥看了好久,闭了灯后,影清晰了,觉得有点眼熟,但也不敢断定是你,后来才索性大胆地开了门。你进来坐一会吗?我还没睡,在整理着一点东西。

琳,你愿意听我讲给你一点什么吗?一点我和我的丈夫怎样爱了和我走出我父亲的家的故事,说了,我会痛快一点的,你也不会像一般人那样笑我的,是不?

还有两个月要结束高中的生活了,同学们都耸起了双肩,惋惜着那最后一点的黄金的学生生活,而且那城里是没有女生的最高学府的,毕业就等于失学,一般家庭谁肯花好些钱把挺大的姑娘送到浮华的都市里去呢,认两个字就可以了,女孩子念的什么书!

我才烦呢,那时候。本来上高中就是因为妈一力主张,高中完了,我也快结束我的19岁了,爸爸不会再放我过去的,他一定要把我嫁出去,他的信条是,女孩子过不得20,过20就没人要了。

还有,琳,你别笑我,我正偷偷地爱着一位教我们国文的年轻的温柔又沉默的先生。他并不理我,只看我和一般学生一样,甚至说,他并没觉得有我的存在也可以的。

那时候班上的同学,大多都比我大,正是需要爱情灌溉的年龄。但在女学校,那种拘束你也许是知道的吧,住校的学生除了星期和例假是不准出去的,即或出去也不过是买点东西看回电影。隔绝了一切和外面交接的机会,那样蓬勃地生长着的活泼的姑娘们,那样尼姑似的生活是怎样捆压了丰富的还没经过折磨的纯洁的感情呀!

这样,姑娘们的神经都尖锐着,一听着一点爱情的故事便都借着别人的话哄笑起来,班上有一个同学恋爱了,不,也不过是刚认得了一个陌生的男人,就哄传得全校皆知。

一天,那样悦人的一个初夏的薄暮,挟了倍地尔的《妇人进化论》,我从教室里跑出来,我想到礼堂后面去读完它,礼堂后面有一个寂静的遮满了白杨的荫影的小丘,丘上有软草,丘下有我们同年级的两组种的五色的草花,那一小块地带是划归我们做一个小小的公园的。平常,除了用功的同学很少有人到那儿去。礼拜六的午后,除了花香只有鸟语的。

我愉快地走着,晴明的蓝天上飘飞着白云,初夏特有的软软的小风,吹拂着我的白绸的短衫,我暂时忘去了一切——那盘旋在我脑中的一切都是烦闷的将来,我走着,唱着短歌。

拨开白杨根旁的茂密的羊齿草,我爬上了小丘,琳,那一刹那间,我轰地一下觉得血都从头顶射了出去,你猜我看见了什么?

我看见了他,那位国文教员,他蹲着,用着手里的草棍在地上画着字。对面,和我穿着一样白衫黑裙的姑娘。那是我们叫她小玉的一个和我同年级乙组班上的同学,她手里也拿着一根草棍。她抬起了头。

脸上,是那样起之于心的甜蜜呀。

一阵不由自己的战栗通过我的全身,我觉得我的脸仿佛立刻发白了,我不记得我胡乱地说了一句什么,我抽回我的身子,两步便迈下小丘来。

我开始跑着,竭尽我全身的力量,心里并无目的,只是想跑开那儿,那儿有的是鬼,那鬼是会吞了我的。

跑,不知怎样跑到操场,眼前什么东西都蒙在雾里,我看不见一切竖立在我面前的东西。

猛然,一个人扯着了我的膀子,我立定了脚,那是……琳,你不笑吗,那是一个挺喜欢我的我们的级任先生。

"为什么那样低着头紧跑呢?差一点撞着篮球柱子。"

他说着放开了手。

篮球柱子的新刷的淡蓝的漆在夕晖里反射着光亮。

我定了定神,瞧着级任先生的脸,我才觉出我的眼里不知什么时候储满了泪水。我无言地旋过脚来,两步并一步地跑向宿舍去。

在我身后起了群众的哄笑声。

到宿舍,扯过被来蒙着头,我蟹一样地在被里左右转动着我的身体,我的心跌宕于受挫与忌妒之间,那样强烈的处女的忌妒呀!

那时,我们学校里正为着水灾筹备着公演话剧,公演期就是下一个星期六。我担任《哑妻》中的女主角,小玉是扮演《孔雀东南飞》中的兰芝的。我想我在公演期间一定可以压倒她,我自信她不如我。琳,你笑我这无意识的自骄吗?

但我不能消去我心中的不快,一连几天我都心神不属,我偶然若失——这之间,一个关于我的谣言开始流传于在同学之间了。关于我和那位级任先生,多么没影的事啊!我平常很少和级任先生单独相对,除了事务上的接洽。因为我正是我们班上的级长,这谣传更增加了我的悒郁,我甚至想退学才好。女学校中的学生,因为生活圈子的束缚和年龄的要求,多半把没处发泄的蓬勃的感情倾向与年轻的先生们。由于忌妒,某先生与某学生等等的话是最快的消息。琳,你想不想这是无耻的,跟一般人那样。你不觉得那一群要爱而无从爱起的女孩子们可怜吗?

公演的日子到了,我竭尽我的能力做着戏。我听见了台下不止一次的掌声,我兴奋得双颊红红的。我仿佛得到了爱,我恢复了我的骄傲的自尊心。我多高兴啊!琳,那个时候,我心里把我拟成那次公演的演员中的凤凰,卸装后披了我的制服上衣,我高高兴兴地跑向观览席去。

在门口,我遇见了国文先生,他戴着帽子,他刚来,他是专为看《孔雀东南飞》来的。

刹那间,我丢了我的魂,我不相信我的眼睛,灯正辉煌地照耀着,我看得挺清楚的是他依旧穿着那天在小丘后面的灰色的衣服。

我倒退着,把身子贴在墙上。

他笑着向我说:"完了吗?"接着不听我的回答,就立刻走进剧场去。

我完全傻了，站了有五分钟，才明白了一点似的跑向剧场的后面去。

那是一个很大的花园，园正中有水池，池中的鹤嘴正喷着细碎的水珠，我驰近了它，风把凉的水珠一阵又一阵地吹到我的脸上。

我疯狂地绕着水池走着，那近两千的观众的掌声也不及那"完了吗？"给我的刺激之深。我甚至想死，一切我以往认为对的事情都被推翻，我怀疑我所有的一切，我想我是连那个最笨的王瑛也不如的。

我想那时我的脸一定是青色的。

许久，兴奋平静了一点，我站着，手插在衣袋里，不动地望着眼前的灯，泪无声地沿着颊流到翕张的唇里。

苦咸的泪通过了火热的喉头流到了心上去。琳，那是我第一次感到了现实是一个怎样残酷的东西，我第一次否定了自己。

谁轻轻地叫着，我转过来身子。

一个陌生的穿得很漂亮的男人，手里拿着一条红边的白手帕。

"是您的吧！"他说，而且递过来手帕。

手帕正是我的，我不知道什么时候从我衣袋中落下去的。

我点了点头。

"因为只有您在这里走，我想一定是您的，剧场里的空气太坏了。"他说着，抚摩着梳得很整齐的中分的头发下宽阔的额。

那个宽大的园里果然只有我们两个，剧场里正笑语盎然，想是在休息的时间中。

想起以往曾被轻薄的男人窘过的事，我的心跳了起来。

"谢谢！"我说着，向剧场走去。

"我是！"他微笑着，追了上来递给我一张名片，"您不至讨厌于认识一个希望认识您的人吧！"

片子是：

林省民
外交部××科

抬头，我看见了一张温柔地笑着的脸。

琳，你觉得这是一个有趣的相逢吗？

公演后不久就考毕业了，和国文先生之间我们保持着僵了的关系，我的谣言也因为我的异常冷漠的态度消沉下去。我本想立刻就离开学校，除了必要的上课，我停止了一切课外的活动，我连球都不打了。

琳，这时我受了一个致命的打击，我的衰弱的母亲死了，我失了魂地从学校奔到家里,从家里又回到学校,每天幽灵似的起来、睡下,一切人生的希望、乐趣都从我的心中飞出去。我觉得我19岁的前程充满了黑暗。

学校的生活完全结束,我也结束了我的梦想的爱情,我拒绝所有同学们的挽留,在一个郁热的晚上,一个人登上了回家之路。

在车上。琳,我简直不知道用什么话才能说给你我那时的难过。没有母亲的家,真比牢狱还苦,我的顽固的爸爸,妖媚的姨妈,甚至可以说是像陌路人一样的叔叔和婶婶们,我怎样伺候他们去呢?我,琳,我抱了像去接受活埋一样的勇敢的心境向家走,国文先生给我的刺激强烈地烙在我的心上。我想我一切都不如人,我没有跟人竞争的能力,只好毙在那牢狱一样的家里,等棺材装了我去。蜷曲在车座的一角上,这一切都陌生的车中的空气,稍稍地自由了我窘住的呼吸,我开始愿意车慢一点,永不停止才好,我回的什么家,那家有什么理由可以称作我的呢。

车到P城了,这是这条铁路的中点,车站内喧哗着,卖包子的举着冒着热气的屉,站外的高耸的建筑物上,霓虹灯闪烁着,放着刺眼的光辉。

站起来,扶着车窗,我觉得仿佛应该做点什么,是的,我该吃点什么了。

望着蜂拥而来的乘客,我算计着通到饭车上去需要的时间和困难,我不由得气馁地再坐下来,因为坐下来,好像饿的意识也更清楚了一点似的。我从拉开的窗口间,把头伸出去。

一个漂亮的白衣的男性招呼着我。

"谁呢?"我搜寻着我的记忆,我并不认识他。我怔了一会,这期间,车动了,我没有买成我要买的东西。

这时白衣的人已经站在我的身前,又笑着招呼着我。

噢,是那一个,那个在××剧场为我拾取了手帕的人。

他笑着在我身旁的座位坐下,放下了手中的小小的提包。

我觉得有一点窘,两次为一个生人看见了正在闷烦中的自己,我觉得不大自在起来,我不知道怎样回答他的招呼,我稍稍地把脸偏向了他一点。

他也沉默着。

一会,他轻轻地:

"到C城去吗?"

我点了点头。

"我也是,我回去上班,我的家在P城。"

他说着,我想起了他的片子,那是写着外交部的。

"府上在C城吗?"他说着,站起来,脱去了上衣。

我只能再点着我的头。

"毕业考试结束了吧!"

我惊诧于他对我的清楚,那一晚上不会是无意地拾取了手帕的吧!不然为什么单就他也到园里去呢?

我感到一点惶恐,但能为一个漂亮的年轻男人所注意,又不自禁地高兴。

"那么,"他接着,"我们有盘桓的机会了。"他望着我的脸,用年轻的男人特有的温和的眼光。

我觉得有一点局促,但又不愿为他看出,我笑了,低下我升上来椒红的脸。

窗外急骤地袭来了暴雨,车窗上一层又一层地印上了粗大的雨滴,在豪壮的雨声中,车的奔驰声被压了下去。

凉爽了,我的心也晴朗了许多,把脸贴在窗玻璃上,望着外面漆黑的夜色,我忘了我正是在旅途上,而且不久这辆车子就要停了的。

他仿佛几次要说什么,因为我的沉默,他噤了口。

快到C,他要求我写给他我的地址。他说他住在×区的独身公寓里。

我犹疑了一会,终于在他片子的背面上写了我家的地址。

到站,他拿下来我的东西,说:"我送您去好吗?"

我拒绝了他。

这样,我们结束了第二回的相见,我的单纯的心里印上那顾高的温柔的影子,我觉得我喜欢他甚于那位国文先生了。

到家,听了爸爸一套长长的训斥后,我开始我的小姐生活。很晚才起来,慢慢地吃饭,在姨娘的女客三缺一的时候,陪她们摸会儿牌。

但我的胸里却汹涌着愤怒的高潮,那行尸似的生活加重了我的烦恼,一回到我的小屋子时,便拿许多不会说话的家具出气,我踢开它们,捡回来,捡回来又踢出去。

我的书信都经过管事的三叔检阅过了才给我拿进来。小说是一概不许看的,闷极了的时候便看家里藏的一些木版的唐宋史什么的。

琳,多么无聊的生活呀!我简直要闷死了,我时常梦想我有一天能从窗户飞出去。

因为闷,幻想的时候最多,我常常整天地躺在床上,随着脑子去想,想累了的时候便蒙头一睡。那样,精神愈加郁闷。头一天痛到晚,我原来是很健康的,舒服的家却使我病了。

一天,琳,我接得了一封信,一封封得好好的白色的信,这封信所以没被拆开,是因为被托付管教我们的三叔恰巧吃喜酒去了。

封面上写着很大的"林",我的心惊恐地剧烈地跳动着,无缘由地给了替我拿来信的打杂的小五一块钱。

小五出去了,闩了门,放下帘子,我急急拆开了它。

信上写着敬慕但不失于谄媚的话,字写得很好看,我完全满意于那封信。我高兴得跳跃起来,我在我的小屋子里走着,跳着,扬起了手下的东西。我半年多没那样高兴了,这兴奋的感情一直使我跳得喘息了的时候,才把身子摔在床上。

温软的床更助长了我美丽的幻想。琳,你不笑我吗?我虚拟了许多两人在一起玩乐的甜蜜的情景,我抱吻着我的枕头、床柱,还有我床旁的小小座灯。

不久,那兴奋的感情过去,我第一次受挫于爱的创痕鼓动着,我再次地怀疑了自己,我想这一次我一定还是扮演悲哀的角色,那位漂亮的人是不会看上我的。

这样我哭了好久,泪干了的时候便睡去。

第二天我整个为惊惧所占有,我怕再有信来,我想像我们全家知道了一个男人给我写信后的愤怒和嘲笑的姿态,我想着爸爸的铁青了的脸,和姨娘撇到耳根上去的涂得猩红的嘴。我咽不下去饭,不能诉说的难过的感情充满了我的胃。我不时地特意地通过内帐房,偷窥着三叔的脸。

一天无事地过去了。我躺在我的小床上,庆幸地,又觉得失望地,结果带着泪睡去。

第二天,我的两个住在 C 地的同学来看我,她们带给我 C 地银行招考女职员的消息,征求着我的意见。

托她们替我报名,办理一切报考的手续,我决心换换我的生活,我想着疏通爸爸的方法。

那一天晚上我写了回信,给林。

我冷冷地说了我家的一切,暗示给他别再来信的意思。

那封信的冷语,伤了我自己的心,我恨自己的愚笨,怎么就想不出一个两全的办法来,我想像信去后的一切情景,我自己切断了自己的希望,我还不如切断了喉管来得痛快,我揪着梳得光光的头发,虐待另一个人似的捶打了自己。

一夜,我不能睡,一会儿懊丧,一会儿兴奋,我的幼稚的感情和想像激打着我,我失去了我所有的可怜的理性。

用一只母亲遗下来的翠镯,又加上那两位同学再三保证工作时只有女人,我买通了为爸爸宠幸的姨,得到了到 C 银行去投考的允许。

我侥幸被录取了。

我的心为这次能再留在外面的生活欢喜得颤动着,我用着最虔诚的姿态听着爸爸的教训,我竭力地装着好女儿的模样。我向我的家人说着冠冕堂皇的话,我显示着学优登仕的女史的颜色。

我出了笼的鸟一样地飞着,叫着,做着我的简单又简单的工作,但我不能晚一分钟回家去。

工作熟习了,孤寂再开始袭来,我想着那位漂亮的男人。我变得沉默了,我需要的不是外形离开我的家,我要的是精神的解放,我要爱。我感到家的重量对我更重了,我为什么一定要在那定规的时间内回去呢。

男女同事间闹着恋爱,我哂笑他们,多么无聊的勾当!刚见了就爱,糊涂得连名字都没认清楚的爱。

我躲避着他们,但,琳,与其说我看不起他们还不如说是忌妒他们,我不能爱,我有一层门关闭着我,渴望于爱的人,真可怜啊!

有一天,琳,我在街上又遇见林省民了,他要求我和他去吃茶,那是午间休息的时候,我去了,带着惊惧与快乐的心。

我们很快地就互相地爱上了,以后,他把信寄到我的班上,我们利用着短暂的午休时相会。我完全不能判断我的行为的当否,我为一种从未经验过的愉快笼罩着,我不想一切不利于我的,我沉醉在我盲目的爱里。

那真是我过去的生命中最快乐的时光,我曾无故地受挫于爱,一次能这样轻易地得到,我真快乐得忘形,我觉得自己是凤凰,那一些与我同时也在演着恋爱的把戏的女人,在我面前仿佛褪去了颜色,我自傲我的爱人是人间最漂亮的最懂得爱的人。

我完全不能忍耐家中的生活,回家便写信,写得再热烈也没有。那些信有时候寄出去,有时因为太兴奋了,写得自己看去都羞涩,便在我床前的小小的壁炉中焚了。我尽我所有的智慧早一分钟离开家,待到班上,又希望早一分钟从班上出去。

一天,琳,我得着晚上外出的机会了,爸爸带了姨和三叔为了一项房产的事到M城去。婶婶们平常就是不留心我的。我照常地吃了晚饭,支开了纠缠着的弟妹们,一人假说头痛地躺在小屋子里。

一会儿,天完全暗了下来,我加意地装扮了自己,从后院的一个小门溜出去。

到街上,唤了一部车子,我驰向×区的独身公寓去。

到了,茶房带我走过了长长的甬道到他的屋中去。

他的屋子黑着,茶房不在意地替我开了门。屋里摆着铺得挺厚的床和软软的椅子。在那扭亮了的六十烛的灯光下,他的半身像向我温存地笑着。

站在门口,过度的失望使得我丢失了我的智慧,我不知我那时怎样做才好,是回去还是……

"您进去候一会吧!林先生就回来的。"

茶房提醒了我，我是应该进去等一会儿的，多么难得的出来的机会呀！

在那布置得相当精致的屋子里，我徘徊着，强捺着为等待而焦灼的心。

一点钟过去了。

又一点钟过去了。

我捧着那张笑着的半身像，仔细地瞧着眉，瞧着眼，瞧着嘴，那一切地方都说给我爱，安慰着我的焦灼。

我终于不能再等了，再晚我家的门就会关的，我一定得要在我家没关大门之前回去，九点钟了，可恨的又慢又快的时间啊！

我找到了纸和笔，我开始写了一张纸条。不同的情绪在我的胸里汹涌着，我不知道是写恨，写爱，写失望，写焦灼好。

蘸着笔，泪从特意擦了粉的颊上流下来。

掷了笔，拿起了小小的钱包，我拉开了门，在临行的再一回顾，那摔在床上的像片。仿佛委屈着似的半掩在床单里。

我想我是该把那照片摆在原来的地方的。

我旋回来我的脚。

这时，甬道上响起来我熟知的皮鞋声，擦干了眼睛，我把带着跳动的心的身子，迅速地藏到门后去。

他进来了，因为自己的不在而门开了的事情诧异的"咦！"着，随即把手中的包裹扔在椅上，过来关上了门。

这一瞬间，他瞧见了我。

琳，那时我在他脸上寻找到的是怎样的高兴啊！

"啊！是你，我的小天使。"他捉着了我，热烈地这儿那儿地吻着。

"你怎会出来呢。"

抱着我，他这样问。"等了好久了吧！"

我点着头，由衷的喜悦加上刚才的委屈，禁不住地泪流了下来。

"原谅我，小亲亲，我太闷了，出去走走，被一个朋友拉着喝了酒，我，我太闷了，我怎么就没预想到你会来呢。"

擦去我的泪，他揪着自己的头发，强烈的酒气从他身上飘了过来。

我脱开他的手。

"我要回去了。"我说。

"什么？"他跳了起来，"回去？刚见着又走，生我气了，不，不走，芬是能原谅人的。"

他再次拥着了我，眼睛直看着我的眼睛。

我完全没有主意，家和爱在我心中交战着。抬头，钟已经是九点半了。

我的心一沉，这会回去，我已经是得特意招呼门了。

一个不幸的预感攫住了我,倚在沙发上,我的心惶惑地跳着,我说不出话来。

这时,他过去在他的门上加了锁。

糊糊涂涂地坐在沙发上,我瞧着他关了门,拽下来窗帘,再打开刚拿来的包裹。

"吃一块糖,这本来是预备明天带给你的。"他在我的身边坐下,拉起来我的手,"怎样出来的,告诉我呀!"

我说了我是怎样从家里出来的。

他高兴得跳起来,拍着他的手,"那样,更不用忙着回去了,谁也不能知道你出来。你放心,没一个人能到你的屋子去。我担保。多么难得的相会呀!小芬。你不高兴吗?"

他的话使我安心一点,实在我也不能骤然地从那甜蜜的屋中走出去的。

我吃着糖,听他软软地在我耳边说着热爱的话。

在爱抚中的时间是过得多么快呀!

到我再想起来走的时候,已经午夜了。

"走,不走,芬,信我,没人会发觉你出来的,你这会回去倒不好了。我们再说一会话,芬,你爱我,你不走啊!"

他抱我到床上,灭了灯。

许多复杂的感情泛滥在我的心上,我想着不幸的未来,我想着我的家,我的周围的嘲笑,我的心剧烈地惊恐地跳动着。

但一方面我又遏止不住那由于爱抚所唤起来的兴奋。我把头藏在被里,完全失去了清醒的意识。那时,琳,身边是悬崖,我自己也不会阻止着自己而不滚落的。

那一夜,我失身了。

第二天,他忏悔着,解释着,谴责着自己,他的一切的话都从我的耳边嗡嗡地飞走,我听不出来他说的是什么,躺在床上,瞧着白白的天棚,泪,大粒的无声的从我眼里滚流出来。

我的外宿很快地传遍了我的家中,当然我的爸爸震怒了,他气得颤抖着,咯咯地啮着自己的牙齿,他替我辞去了银行的职务。

一切比预料中还残酷的责难落在我的身上,我在众人前连吃一口饭的自由都失去了,他们放我在我的小屋子中,用一个老妈子软禁着我。仿佛我不是人,而是一个疯子,孩子们因为大人的态度,有的也学着别人嘲笑着,有的惊异地看着我,像是要在我的脸上发现点什么。

我躺在床上真如临刑的囚人,什么思索都从我的心中爬出去。又仿佛一切思索都僵死在胸里,我不晓得他们要怎样处置我,我的心盘桓在死亡,被逐,饥饿,责打上。

这样的第三天,他们命令我嫁给一个他们早已预定了的公司的经理的儿子。

我的荒唐的爱情在我胸中作祟,我拒绝了那命令,我不能委身于那位只会跑狗的少爷。

这样,我再次惹怒了我的爸爸,他骂着我,从我死去的妈妈一直到妈妈的妈妈,都遭受了无辜的诅咒,最后,他撵逐着我,他盛气的说他没有那样的女儿。

琳,一个巨大的问题临到了我,我迷茫的停在院中的柳枝前,我不知道怎样做才对,那时,生活还没教给我一点厄难,我不以为离开家就会挨饿,我想什么地方都活人,凭我还会饿死!还有,我的爱情鼓励着我,我想到"两人同心土变金"的故事,我一点都不疑惑我的爱人。我躲开姨妈教给我的怎样去祈求爸爸的宽恕,也盛气地跑出了家。

他依旧用最大的热烈欢迎着我,拥抱着,请求着前夜的宽恕,他尚不知发生在我身边的一切事情,他只知道我三天没去上班了,他担心着我已受到不堪的责难。

躺在那只曾睡过一次的床上,我的激动的神经逐渐平静,也因为平静了,许多我想像中可能的离家后的一切不幸的预想,再在我胸间澎湃起来。

泪从我涩了的眼中源源地流出来。

他抱着我,用着不能相比的温存,这样,我诉说了我的一切。听后,他抬起脸来望着天棚,许久没有说什么。

那一夜,我以着极度不安的心留在他那里,他也似乎失去了往日的特别高兴的情致,虽然我们依旧抱抚着,但我的心上抹上了阴暗的影子。

琳,以后又经过了我的三叔两次恫吓式的斡旋,我都拒绝了,这样,激怒了我的家人,我任性地离开了我那长住了二十年的家,从那富裕的家里带出来的只有一只母亲遗下来的戒指和一颗二十岁的不懂事故的心。

这样,他觅到了房子,我们搬进去,组织起小小的家庭来。

我是怎样的高兴啊!我在我的小小的房间里跳跃着,歌唱着,布置着简单的家具摆着我们的小安乐窝。我在我心里造了许多楼阁,我计划着几天后我去找事,两人一块上班去,回来在小屋子里读书,吃饭,招待客人,把两人的年轻的精力奉献给社会。

但是,琳,第一天我的快乐便被打了折扣。那一天,我收拾好了屋子,用着生疏但小心的双手做好了我们的晚饭,但我的爱人并没在应该回家的时候回来。

我等待着,尽可能地在胸中找寻着可以原谅他的理由,但我如何也削不去心中的焦灼和寂寞,我有点怀疑我的爱人,但又不敢往那上面想。

夜深,他才回来,喝了很多的酒,并不理会我脸上表现的寂寞与期待便一下把我拉到怀中,不容我询问的,"我准知道你在等着我,我就不着急回家了,我喝酒了,你别生我气。"说了,便横到床上睡去。

我僵立着,爱情从我的心中飞出去,我愤恨得啮着自己的牙齿,我撕碎了所有的可以撕碎的东西,摔了所有的能摔的家具。气稍微平静了一点的时候,躲到沙发上委屈地睡去。夜半,我被抱到床上,在爱抚后,受到了几乎不堪的蹂躏。

第二天,我想是该有一番抚慰的,他没有,他一直睡到快到上班去的时候才起来,穿好了衣服就预备走。在门口,他回过头来半玩笑的,"别耍小姐脾气,小芬,这是我的家,不是你们公馆,摔了东西得我钱买呀!"完了,扬长地走了出去。

我一人躺在床上,狠命地哭了好久,哭够了,洗完脸,便跑到公园去。

初秋的太阳晒着我,我木立在池边,池里有人划船,水在船尾不安地跳动着,曳着长长的白线,白线上飘动着一枚黄了尖的柳叶。追随着那枚颠簸的憔悴的叶子,我仿佛看到自己的缩影,一想到明天它就将全黄而腐蚀的时候,泪便禁不住地涔涔地流出来。

彷徨在园中,爱情给我的兴奋已经一点无余,扮演着悲哀角色的预想,眼前的景况证实了它。想到刚离开的家,家好像退去了残酷的外衣,那外衣披在了两天前我还当神仙供奉的爱人身上。我感到过分的孤独,多么空旷的世界啊!我第一次疑惑了人是感情的东西。

抚摩着残花,搜集着枯草,它们都与我有着同一的运命,不久就会蚀化成泥吧!我呢,时光不久也会带了我去的,我已经从时光的齿轮中转落出来,就要落到沟濠里去的。

日暮了,苍灰的暝色映到我的心上,瞧着哑哑的寻巢的乌鸦,我觉得家的可爱了,但我失去了它,我没有一个可以让我休息的地方。那个刚筑成的爱巢里是有着一只苍鹰的,我的自尊心支持着我,我不能屈服地回去。

天逐渐黑了下来,夜无声息地沉重地从我的身边掠过,秋凉透过了我的绸衫,在我的皮肤上撒下冰凉的颗粒,我开始轻轻地颤抖着。

下意识地盼望他来接我,又胡乱地算计着口袋内的钱数,计算着手上的戒指,我想去觅一个旅馆,想像着怎样去度过明天的生活,我寻觅的职业,哪一天会发现呢。

幽灵似地踽踽地走出园门来,我想招呼一部车子,一想到去处,一想到钱,我的话从唇边反咽回去。望着眼前的灯光,我茫然地握起了小小的口袋。

一部车子急急地驶过来,在园口停住,他急急地跳了下来。

立刻,他搜寻的眼光看到了我,两步便跑了过来。

"唉呀!小亲亲,你可吓坏了我了,是你能去的地方都找遍了,这儿若再见不着你,我就要报警察了,明儿府上赖我拐卖,我说破了嘴也洗不清这罪名呀!"

见了他,我已经消失了早上的怨气,剩余的只有哀怨了,我无言地接受了他的安慰。

这样,琳,我们的同居生活继续着,他,不时出去,喝酒,游逛。问急了的时候就说是为我,为了我们不名誉的结合,人们要挟了他,要他请客。

我呢,琳,那时我才明白了生活是怎样一件艰苦的工作,我的职业一直没有着落,在我的身体中一个小小的生命在开始孕育着。为消遣我的寂寞,贪婪地读着所有的我身边的书籍,因为他的挥霍,经济拮据着,我摒除了一切娱乐,我尽力爱他,我努力做一个好的妻子。

我的身边的人们蔑笑着我,连我的朋友也说:"就这么的就算了,多冤,连结婚式都没有。"我只有忍受这些蔑笑,忍受这些非难,爱的时候不容选择,留给我走的只有这一条路。我走了,"诽笑"是他们的权利,我用我的大度安慰着自己,但一想到爱也空虚了的时候,便自己流着泪。

不久,小民生了,我添了许多麻烦的工作,连一点看书的时间也被夺去了,从厨房到卧室,从卧室到厨房,我的世界只有煤烟与孩子的啼哭。我的丈夫对我更一天一天地冷淡下去,常常几夜不肯回来。

我把全副的希望放在孩子身上,闷极了的时候便抱着孩子悄悄地哭。

孩子逐渐可爱了。丈夫仿佛安定了一点,他有几天按时回来,引逗着孩子,我们中间再响起了欢笑。我高兴着,在那一点短暂的甜蜜上又放上了我的全部希望。

一天,琳,那是认识你的一天了,多么美丽的初夏呀!那一天是礼拜日,我的丈夫很早地起来,装扮了自己,又帮助我收拾了孩子,他要带我们到许久未去的公园去。

在园里,在我曾伫立过的池边,你来了,带着愉快的微笑,走近了我们。你们仿佛预先约过,是不是,琳。他介绍了你后,便让你坐在椅上,自己跑了开去。

那时,琳,我正高兴着,我觉得我重新得到了爱,我的丈夫回到了我的身边,我想着怎样去欢乐我的小小的家庭,我的郁闷的心上开放了花朵。

但你沉默着,你只简单地说了你刚到这儿来,将来要打扰的话。我抱着孩子,孩子用柔软的手去摸那飘飞着的柳叶,我顺从着他的意思,来回地走着,追随着那摆动的柳枝。

我们愉快地笑着。

你像心里藏了一点什么,时而偷窥我们,又时而把眼光避开去。因为初识,虽然我觉到了你的态度,我只故意地装着并不知道什么。

好久,我的丈夫才回来,他有一点慌张,他说他特意出去买了××戏院的票,请你一块去听刚来C城的名角××的戏。

因为有你,我没问询什么,我厌恶听戏,我的丈夫是知道的,尤其是孩子不堪戏院的喧嚣的呀!

在戏院里,你仿佛活泼了一点,你曾两次站起来,和隔着很远的人打着招呼,我的丈夫暧昧地走了出去,又暧昧地走回来,一会,他抱走了孩子。

孩子在那边突然哭了起来,我仔细地注意了孩子的方向,他正被抱在一个老的女人的手里,我的丈夫站在那女人面前说着什么。

你看到了我脸上的不豫,故意不知道似地侧转了头,我觉到一切你们之间的跷蹊,我猜想着那位老女人,我再仔细地瞧着。

我只能看到她的背影,而且来往的人,扰乱了我的视线,我只觉得那背影我很熟习,其实我并不认识她,但她很像一个我熟识的人儿。

这时我的丈夫回来了,台上正响着大声的锣鼓,你们交换了短暂的我没听明白的话后,你便告辞了走去,我的丈夫陪我坐在那儿。

我问着他,他只含糊地回答我,一会儿,孩子睡了,我们便离开了那喧闹的地方。

那一天晚上,我的丈夫很晚的才回来,他送我们到家之后便匆忙地走开。我的愉快的心上又蒙上了暗影,我听见了一个不好的传说,那传说说是我的丈夫早已有了太太,和家人一块住在P城的家中。我独自地忖度着白天的事情,我想一定是借你来C城的方便,他的家人随了来,叫你在我身边,以便他们看我的。后来你的话证明了我那天忖度得不错。琳,最近的事故都是以那天的事情为近因而爆发的,那个老女人是你的姑姑,我的丈夫的妈妈,她看中了我的儿子,也并不觉得我脸上有下贱相,她还没有孙子,所以愿意把我们收拣回去。

我的丈夫呢?他,他原不是怎样爱我的。琳,你别笑我,我这会才明白,才确切地知道了这件事情。他为了我们的小家庭在经济上也窘得够了,所以他愿意我回到他的家里去,他一方可以和有权势的爸爸再和好,另一方面也可以得到再去骗一个女人的自由的。

琳,我呢,我叛逆了我的家,自以为是获得了新生,用着细嫩的小姐的手做起了一切粗事,耐心地看护孩子,摒去一切娱乐,在暗淡的灯光下寂寞地等候着丈夫。但我得到的是什么呢?我的爸爸骂我不肖,我的朋友说我胡闹,林家的人以为我不要脸。我的丈夫结过婚,家里放着太太,他用他的爱情上的伎俩诱过来我,结果我得随他回去做姨太太,不那样,我就得受着蔑笑,受着责骂。我的丈夫说:"细米白肉的就那么白养着你啊!"我说什么呢?女人就只有这样一个吃人家的细米白肉的地位。琳,我说不出来,夫妇的真义是什么呢?

琳,我的丈夫不愿轻易抛开我,也许是可怜我,也许是怕我反赖上他。但他又不肯听我的,我自然不会随他回去,结果就只有吵,这些天我受的剧烈的踢打都是为了这原因的。

我忙着,收拾好了屋子做饭,吃完了,又是孩子。孩子睡了,一天直到晚,好容易有一点坐着的工夫了,他就吵。琳,我心里的苦我真不知道用怎样的话才能述说给你,我只有怨我自己,怨我自己的轻率。仔细的想起来,自己也不该怨,我是人,我需要爱,我的要爱的途径是只有这一条路的。

前几天,我心里还有一点光亮,那就是你,我在受尽了欺凌之后,一想到你,我的心便温暖了。我不止一次地重想着那一天,我们初吻的那一天。琳,多么甜蜜的日子呀!记得吗?琳,同样的雨呀!

你来了,那正是在我知道了我的丈夫已经有了太太的时候。那天,我哭了很久,到泪流干了的时候,便抱了孩子傻坐着,我的丈夫正回 P 城去,我知道没有人会光临到我的小屋子里来,便任兴奋的感情支配着,把屋子搅得一塌糊涂,仅仅扫出来床让小民睡去。

但我听见了敲门的声音。

虽然想也许是你,但因为听说你那几天到另一个地方去了,我又不敢相信。琳,那时,我实在是盼望你的,只有你一个人没对我洒下了蔑笑,而给与了同情。

我稍稍地清理了自己,开开了门。

当我看见你时,一切的委屈都涌上心来,我是用着怎样的努力才压下去那升上来的泪水呀!

你进来,我羞涩于你看见那样的凌乱,我那时在你面前还端着架子,我竭力装着我是幸福的,我是被爱的妻子。但,那一天,一切都揭开了,在你面前,我已不想再掩饰,我想我们之间的一切,你是比我还明白的。

你站着,瞧着屋里的情况,轻轻地叹了。

"民哥今天回来吗?"站了一会,你硬找出来这样一句话问着。

我摇着我的头。

"已经这样了,珍重自己一点吧!"

好一会,你坐了,脸看着地,像对我又像对自己说。

多么温存的话呀!那久违了的温存的语调翻起了我竭力地忍住的所有悲痛,我把头藏在挂着的衣衫里,拭去抑压不住的眼泪,你走了过来。

琳，那时我的心是怎样地跳动着啊！我怕又希望，我预感到你是会来安慰我的。

你揭开我遮在脸上的衣衫。

"芬！"你第一次叫着我的名字，"不哭了，瞧我，瞧，"你做了一个可笑的鬼脸，同时拉起来我的双手。

你的紧握的双手拂去了我心中所有的悲痛，你直视着我，一点都不动地，那眼中是燃烧着怎样的爱情啊！

那爱暖了我的心，我觉得我心中有一点什么生出来了，那是两次欲投无处的一点爱之芽。躲过你的逼视，我的心开始慌乱着，许多受过的责难和蔑笑踢打着我的神经，想到我的丈夫，心无缘由地痉挛起来。我忍不住地投到你的怀中，尽情地哭了出来。琳，那是我有生以来的最痛快的哭泣，难得的哭泣呀！

你扶起来我的头，温存地吻了我含泪的眼。

琳，就只那一吻，我已经该感激你了，那样温存地，它说给我一切爱情的甜蜜，它启示给我人与人间的温暖的关系，你记得在你的双唇下我是为感激支使得怎样战栗着。

那以后不久，我的丈夫便在我面前揭明了以往一直隐瞒着的一切。他说，他是结过婚，但那并非是他的本意，他说他的父亲是那样地震怒，为了我们的不名誉的结合。他说他后悔于自己的轻率，他应该在没和我发生关系以前遣走他的妻子。但现在晚了，一切都过去了。唯一的方法只有我归到他的家去，用我们的小孩来赎买我们的自作的孽，他的父母亲是急于一见孙子的，他的那个妻子没有生育过，他们随便就可以处置了她。总归一句，他不能在外面受苦挨骂，他不能背叛他的父亲。

琳，他的话夺去了我全部的幻想和希望，以往，对他的放荡，我以着女性最大的忍耐原谅着他，我只想他是一时气愤，我并不疑惑我们之间的爱情。但他推开了我心上的窗子，叫我看清楚了外面究竟是怎样一个世界，那窗子外面的阴云，虽然我很早地就知道它是快压到了我，但我骗着我自己，我想那阴云后面是晴朗的天，只要一阵风来，那阴云就会被吹走的。多么懦怯的我呀！

在他还没说明一切之前，在我们的爱情间，我苦恼着，一面我不能拒绝你所给与的慰藉，一面又谴责着对丈夫的不忠，所以时常在你来的时候，我怔怔着，我不敢接受你的抚慰，以致惹怒了你。

但是，琳，现在我明白了，我试验站到窗前去，我明白了一切阻力都是可以抵抗的，我知道了我的丈夫给予我的是什么，我也知道了你的。我想以往我是太珍贵我自己了，在你的爱中。你只是一个富人，并没在意地扔出了你手中的面包,结果饿得要死的我拾得了,便自以为是无比的恩惠,你,琳,你并没有爱我,只是随手地抛出了你一点闲适的感情而已,我这样说,你生气吗?

　　我说了许多话,你不讨厌我吗? 我知道说出这些来是多么没用,但我说了,我想你是比较知道我一点的,我想解放我一点,我为我自己的自尊束缚得够了。我多傻呀! 为什么我要在人前装着我丈夫是爱我的,为什么我要隐瞒着我们是没结婚就有了小孩子的事,为什么我夸耀着事实上早已和我没关系的我的家,为什么我逢人杜撰着理由证明我的丈夫是没结过婚的,我为什么一定要顺从着人们的意思委屈着自己呢? 我为什么要一般人承认我是和他们一样的人呢?

　　我做的事情并没有错,我需要爱,结果爱了。我要创造我自己的家,那我自然应该走出我爸爸的家。我并没有侵害谁,我并没有给谁不便,我做的,都是只有一条路可走的。我还要我自己,我就只好走这一条路,我为什么要一定依照别人的意思呢?

　　如果我的家不是那样逼我,我也许不会那么轻率地爱上了林省民,如果林省民不是那么欺凌着我,我也无由接受你的抚慰。但我的家是对的,林省民是对的,你哪? 你也是对的。不好都是我。那我担起来这不好有什么关系,我为什么斤斤于这些不必要的计较呢? 说对就真对了吗?

　　我不能随林省民回去做姨太太,我就只好离开他,他不能背叛他的爸爸,我却有背叛他爸爸的自由的。真正的快乐不是依赖别人所能获得的。我不能忍耐目前的生活,那就只好自己去打开另一条生活的路子。你不以为对吗? 琳。

　　琳,今晚,你原谅我,我不否认我是一个多么渴于爱情的女人,我知道你对我的爱,我理解你几次为人蔑笑后生出来的对我关系中止的意念。你原是随意掷出你的面包来的,既然有人说扔的不对,你犯不上为这一点事情惹起公愤,不扔对你也无所谓损失。但人究竟还有感情,感情不是那么说揪就两断的东西,这也就是你今晚所以来了,也就是我迟疑着不能从林省民的怀中离去的原因。

　　我明白你,我知道我自己,但我不能放你走出去,我知道在暴风雨里一人独坐是什么滋味,我要那温煦的慰藉,我要一个存放我的丰盛的感情的地方。我知道我要的不该是你,但我,你,我身边只有你接近了我,我,你,你,原谅我吗,你生我气吗? 你……

1941 年 7 月

(选自中短篇小说集《鱼》,新民印书馆 1943 年 6 月出版)

骆宾基

北望园的春天

离开桂林的前一礼拜,我是搬到丽君路的北望园去住的。

我们所租的建干路上的楼房,全部退了租,所有的朋友,都到重庆去了。那时候,我还有些琐碎事情要办,譬如等昆明的汇款,等广告社的开幕,那是朋友临走留下的一个事业,临时交付给我协助的。还有,我必需找关系弄车子……就这样我计算计算,至少在桂林还有一个礼拜的居留。若是继续住下去,我得继续缴满一个月的全部洋楼的房租,我一个人得看守着这一座有二十八个房间的空楼。只要在桂林住过两三个礼拜的人,都能知道,一个没有邻居的房子,是多么容易失盗的。你想,一个人白天夜晚老是守着二十八个空房间,那是怎样可怕的寂寞呀!没有人谈天,没有笑声,没有叹息,没有走动的影子,没有光辉的面色,一个无声无色的小世界呀!你想,若是这个大世界有那么一天也没有声音,没有闪动的色彩了,那么你也没有喜悦,没有痛苦,没有可悲哀的,也没有可憎恶的,那你一个人孤孤单单的享受这寂寞,还有生活下去的意义吗?

就这样我搬到北望园那所茅草房子里来了。屋子潮湿又有什么关系呢?阴暗又有什么关系呢?我是借住的,我的床头、床尾、床对面,共有四个门,这里作为进进出出的走道。作为餐厅,然而这又有什么关系呢?住一个礼拜我就离开这里了。

实在说,北望园是丽君路上一所比较讲究的建筑,不过我们这所茅草房子是不足谈的。这简直是下人房、车房,若是在乡下无疑的是马厩、牛棚。因为里进一座西式的洋房是太标致了。北望园实际上是属于这所西式洋房所有的,谁进来,也不会注意这所茅草房子,虽然它靠近竹篱笆门口,而且茅草房的墙壁和红瓦屋顶的墙壁之间,只有三尺宽一条走道的距离,可是只这三尺宽的距离,人们说起北望园来,就不把这所茅草房子包括在内。都是说:"北望园的建筑图样可真好。""北望园的院落可真讲究。"也有人提到那所茅草房,就是说:"怎么不把它拆掉了!"

北望园的院落确乎讲究的,有砖砌的宽走道,走道两旁有流水沟。

那所红瓦屋顶的洋房的正门朝南,那所茅草房子的正门也朝南。只是房基前后错落开,茅草房子距离那条走道有五尺远,那条走道从竹篱笆院门,直通到红瓦洋房的走廊。廊口还有几级士敏土的台阶。

红瓦洋房的墙壁是涂成云灰色的,四面都有玻璃窗,整洁,闪光。

茅草房子的墙壁是泥土的,四面也有窗,不过是纸糊的。白天仿佛是瞎子的眼睛,晚上有灯,仿佛是醉汉的眼睛。红瓦洋房的走廊每天扫两次,终日保持着纤尘不染的洁净,而茅草房子的门口,日常有三、五块石头排着,而且窗下拉着绳子晒尿布,地下还有鸡粪。

那些鸡雏是林美娜养的,尿布也是林美娜晒的。

林美娜是梅溪的太太,天天忙着家务,不是下厨房,就是抱孩子,洗尿布,可是还有给那些小鸡雏沿着篱笆掘蚯蚓的闲情逸趣。梅溪是一个有名的画家,最近忙着筹备展览会,只要天晴就到城里去。这所茅草房子,就只有孩子的声音,和小鸡雏来往奔跑的啾鸣声。再就是林美娜用鼻子低吟的歌声,那时多半她在低着头,剪孩子的春衣。茅草房子另外还有两个住客,一个是在电影院画广告的,经常不在家,他的名字叫叶蕻,取秋枫的意思。除了画广告,他还给制烟厂设计牌子的图案什么的。另外一个名叫赵人杰,年龄比叶蕻大,面貌又比梅溪苍老、枯槁。二十七岁的人,看来倒有三十四、五。整月不刮胡子,身着一件冬大衣,又旧又破,五年也没洗过一次似的。脸色永远是阴沉的,我没有见到他有一次微笑,我想他的微笑一定很珍贵的。从前我到北望园来的时候,常在路口碰到他,手里提着一块鸡蛋大的牛肉,仿佛去喂雀的,拴牛肉的草梗又细又长。我常想:为什么那么小的一块肉,用那么长的绳吊着呢!他也是画家,主要的收入,是美术学院的月薪。自然白天是去上课的。

天晴日暖的时候,北望园就确乎属于红瓦屋的住客们的了。他们都在走廊的高台上晒太阳、吃茶、谈天。搬出漆木沙发,有座毡的靠椅,孩子坐的四轮车。我的朋友杨村农夫妇也就在这个时候出现。他是国内有名的政论家,担任着某大报的星期论文的撰述,人却又不像你所想像的政论家,倒像一个俄国风的好心肠的地主,在杜斯退以夫斯基笔下所写的:身体粗胖,常叹息回到国内没有啤酒吃。脸色发红,血力很旺,脸上经常露着由于消化和营养良好的笑容;但说起话来又常常气喘。

太太婚前是个当地极获人望的教育家,严肃而又有礼貌。北望园的邻居们对她总是十分恭敬里带着八分畏惧的。她叫胡玲君。日常穿着一身蓝布的长袖旗袍,和邻居碰面,总是用一个中学校长对待教员的姿态打招呼,就是说眼睛望着你作出并不讨厌你的笑容。但一走过来,你就会想,怎么杨村农会爱上这样一个女人呀!

胡玲君也养着几个小鸡,喂食的时候就站在门口大声唤着:"鸡!鸡!

鸡！鸡！"不是喂食的时候就大声驱赶着："嗐——嗐——"把鸡雏全赶到走廊台下那一小块空地上去。

有时候，两三个女佣人坐在走廊上缝衣服，那多半是红瓦洋屋的住客全都进城了。这所北望园也就顿然寂寞了。那么除去她们低声的交谈，就只有小鸡的啾鸣声了，也只有在这时你才注意到它们在春天是怎样的欢悦，怎样的在日光下展着翅子连飞带跑的追逐它们的姊妹。

林美娜所养的小鸡雏是幸福的，林美娜一走出门口，它们就啾鸣着奔跑过来，围着她的脚跟跑，她停下，它们也就停下来。它们是很想林美娜给它们掘蚯蚓吃的。

胡玲君所养的小鸡雏，也是很幸福的。北望园的住客，都躲避着它们走路，房主人有时在走廊的高台下边踌躇，喂它们食米，可是发现林美娜的鸡雏跑来，总驱赶开去。因为林美娜的鸡雏，额上没有染红点，是极易辨识的。

那房主人是个歇手的商人，很少说话，特别对茅草房子的住客。尤其是林美娜窗下所晒的尿布，他是看不过眼的；至于胡玲君的孩子尿布，都是晒在西壁厨房侧面的，在正院里望不见。

若是落雨天呢，红瓦洋房的走廊的檐底下，水滴就淋漓作响，汇合着流入接雨槽里去，再顺着接雨槽的斜度，流入输雨筒。从那里流到地上，流到水沟里；再在茅草房子门口洋溢开来。那时候，茅草房子的门口前的几块石头，就显出它们的存在价值了。到茅草房子的人，都得踏着那些石头，一步一步的，最后跳进门里去。

我有些事情，每天必定进城，早餐是在杨村农家吃的。他们有共用的餐所，临近走廊门口就摆着餐桌。饭后，铺着白台布，作为会客喝茶的地方。贴壁的小茶几摆着白瓷的花瓶，那花瓶上有朵红的牡丹花，花瓶是细长的，插着美人蕉——还没有开花的几片卷成筒形的叶子。两天换一遍，日常保持着绿的新鲜的生命。两壁又有油画，嵌着黑边的玻璃框，悬在上面。

在餐桌上，我是必定和胡玲君碰一次面的。她有礼貌的向我笑笑，我也表示了对她诚心的尊敬。用餐时我们是彼此没有声息的，只是杨村农喝汤的时候，嘴唇作出吸气的响声，而且羹匙常碰着碗，叮当的响。他们夫妻彼此也很少交谈的。

餐后，胡玲君忙着晒衣服。那时候，她向杨村农说了一句话："高一点嘛！没听见怎的，什么事也不会作。"这是指着晒衣绳说的。那时杨村农站在走廊檐下，老远向我笑着说："你看，我怎么知道是吊的高一点，还是吊的低一点呢！"笑的很天真，你一看，就知道他的脾气是这样的好，而且知道这样笑的中年人，一次至少是能吃五瓶啤酒的。

三

晚上北望园里的气息是沉寂的。我回来,就觉得没处落脚。杨村农夫妇睡的挺早,梅溪又回来的挺晚。只有到赵人杰房间里去坐会子。我的书桌子是摆在他的房间里的,他也欢迎我和他共用一盏植物油灯。

赵人杰是一个过度谦虚的人。当我和他商量的时候,他的嘴唇第一次露出笑。那笑容是出自他的善良的诚意的。可是闪在苍白的脸上,显得可怕,尤其是他那牙齿上的光泽,使人有点恐怖,仿佛笑的是死人,实际上死人的牙齿又是没有光泽的。

当我向里搬桌子的时候,他是那么匆忙的收拾锅子和碗盏,我也不知道他是不是吃完了晚饭,就那么匆匆的收藏起来。仿佛怕我望见他吃的是些什么。收拾碗盏的时候,他用背挡着我的视线,同时嘴里说:"你一个人搬不进来吧!"我听见筷子落地的声音,我望见他弯腰去拾,拾起一只,第二只又从桌上掉下来。我想:他一定吃的很坏。

起初的几天,他是常常这样掩护他的餐具的,那天晚上扫地时,他也一样的用背遮着我的眼。床底下是那么多可怕的肮脏的东西,一团儿一团儿撕零碎的报纸,都是吐痰用的,手卷的纸烟头,饭粒,还有菜梗鼠粪,若是六月天,这屋子的苍蝇一定会成群的嗡鸣。他扫地时,还背着我说:"秦先生,你抽烟自己卷。"他那局促的声音,说明他是怎样的困惑,仿佛感觉到我在背后观望他的眼光。他那挪移我注意的匠心,是多么可怜呀!

他的身体,不健康,像一个有胃病的人。我们的谈话一沾到他的生活,他就叹息一声,不说什么了。譬如我说:"这里太潮湿,不能长住人的,尤其是你的身体……"他就不说什么了。只低着头,叹息一声。譬如我说:"艺术学院的月薪怎么这样少,一百二十块钱,怎么生活呀!"他就不说什么了,脸色也阴沉下来,只低着头叹息。再不就抚弄他的手指。

然而一谈到绘画,赵人杰的气色也活跃了,苍白的脸上也新鲜了。

我们谈到罗丹的雕塑,洛基朗盖弥的艺术生活,赵人杰的脸色也就越来越是光辉,他的生命在这些谈话里复活了。眉眼间也闪出青春的闪光。他对绘画有许多意见。他说:"我有个画稿,在脑子里酝酿很久了,可是总没有心情来画。"他说:"整天忙着烧饭,上课,哪有时间呢!"他说:"我是不像中国一般画家那种作风的!"他说:"中国画家不是没有天才的,全给在形式上追求的倾向损害了!"又说:"一个真正的艺术家哪有不在内容的发掘上追求的呢!"他不满意中国所流行的木刻字的作品,在这上他说:"秦先生读过克兰兑斯的《十九世纪文艺主潮》吗?我觉得克兰兑斯有一句话说的很对。他说:'什么是浪漫主义呢?一句话,譬如他们听到别人说话,他们不注重那语言的意义;而注意语言的声音是不是优美。'现在的中国画家呢?不注意作品里的人物,而注意整个画面的背景和情调。现在中国的诗人呢?不注意诗的内容,诗的语言,而注意卖弄小智慧的美句子。现在中国的小说家呢?不注意人物的思想,人物的灵魂,而注意语句的简练,有的注意语句的俏皮,故事的曲折。"

接下去他就说他的画稿,在这之前,他卷了一支烟点着,又问过我:"秦先生说不是吗?"我说:"赵先生的话很对!"

"那是从前在我们这条街口见到的。"他说,"现在可惜你看不见她了,她去年就死掉了。我在这条街上住了三年,搬过五、六次家,可是每回经过这条街口就看见那个摆糖果摊的老婆子,坐在矮脚凳上,看守着她的糖果摊。这记得再清楚不过了。她的脸上全是一条条深的皱纹,线条挺细致,若是她的两颊丰满,就是个慈祥的面型了,可是削瘦,又发黄,我想她是有什么病的,可是她的表情上,又一点不带病容,我觉得她的心地很善良。从她的面部也看不出她忧郁、痛苦,因为她是那么穷呀!一方木盘上只平排着二十多块糖,即使有时在她那方木盘上发现一两个橘子,那也是过时的,变色的,发霉的了。照理,她的脸部表情该含有生活的忧苦,然而她给人的印象反而是那么出奇的平静,仿佛她的脑子里什么感触都没有,不管是一个漂亮的香港派的少妇从她眼前经过,还是一个褴褛的儿童在她的糖果摊前发呆,这些都仿佛不在她的感觉世界里存在似的。从她的眼睛所含蓄的意义上看,全世界仿佛是死寂的,全世界只有她一个人,只有她那方盘上的二十几块糖果。若是夏天,那么她的世界扩展了,那就是说在她的世界里出现了苍蝇,她用纸扎的驱蝇具时时赶着它们,可是也并不过分注意它们。因为整日蹲在夏天的树荫凉底下,极容易打瞌睡的,她也不例外。只有在她瞌睡时,我才从她的面部看出来,她是幸福的。我每天必定从她那糖果摊前走几趟,没有一次看见她有交易。有时,看见几个穷苦人家的孩子,蹲在她眼前,环成一圈,望着她,也许是观望方盘上的糖果,可是总没有碰见他们买块糖的时候。那老婆子呢,可是天天在她那营业地方出现,这又仿佛是她每天确也有些交易。有时只她独自一个人,把左角上的红色糖移到右首去,把右角落的两块绿色糖,挪到左首去。改变一下排列是煞费她的匠心的。只是二十几块呀!她在排列上消耗着脑力,而且极有兴趣。这就是她的全部的生活意义了。"他结尾说,"秦先生!你说这不是一幅很好的油画吗?"

"是很好的一幅油画呀!"我说。

他叹息了一口气,在这叹息里又表示出他放弃了他所说的全部话的价值:"可是谁知道哪一天,才能实现呀!也许我等不到成功那一天的。"

"为什么说这样的话呢!"我说。

他低头,抚弄着自己的手指,若有深思似的沉默着,也许他没有听见我说的是什么。他的脸色是怕人的苍白,我想说:——首先你该注意,建立起自己的生活来。譬如春末了还穿着冬大衣,实在该换换了;譬如胡须吧,也该刮一刮,就是没有钱吧,也该借把刮脸刀用用。生活得不好,营养又不好,就是有任何伟大的抱负,不能实现不也是空的!还有许许多多的话,可是我没有说出口来。因为我们终究是初交的谈话,虽然他是那么谦虚。

那天晚上,我们谈的很久。我被他带入他自己所有的精神世界里去,久久不能入睡。我的眼前似乎现出那个摆糖果摊的孤寂的老妪。可是在这幅画像的出现当中,又常常闪出赵人杰的冬大衣,我想:春末了……

茅草屋子所有的住客都熄灯睡了,穿堂幽黑,只有从赵人杰门口流入的一块长方形灯光,映着我床头的竹栏发亮。

那天晚上,赵人杰的房门开到天亮,我说过几次,他无论如何不肯关,因为我这个客人睡在他的门外呀!

临睡前,他问过我两遍:"秦先生你觉得那幅画稿的印象还深刻吗?""秦先生你不觉得她的生活是多么寂寞吗?"这两句问话,相隔有十五分钟。

"寂寞。"最后这一次的说话,我的字音就含糊了。我不知道是不是呓语。仿佛神智还清醒,似乎还听见门外的划火点灯声,以及继之而来的剧烈的咳嗽。

四

在北望园住的时候,早晨我都是醒两三次的。第一次往往在天明不久,纸窗还发白。那时候,梅溪的孩子熊星就咿呀自语地在我床头上追逐小鸡了。及至我望他,他就现出乖相,讨好的静静望着我。小手指含在嘴唇里,两个乌黑的眼睛有点畏怯,怕我申斥他似的;怕我怪他惊扰我睡眠似的。那时候,我的神智还不清楚,可是嘴角露着微笑,仿佛他也向我微笑,仿佛我还望得见他的笑容,就又睡了。

第二次,我一定是给杨村农大声说话吵醒的。那时候,窗子多半是闪着阳光,檐荫发白,阳光发黄。若是落雨天,自然窗户是埋在雾气里的,屋子也格外幽暗。

有一次是例外的,我觉得有人在我身上盖毯子,我的肩都给埋在毯子里了。当时我合着眼睛,就知道是林美娜的举止。听见转背时的衣履声,我就悄悄睁开眼睛,果然林美娜站在地当中,背向我,蹲在那里向熊星小声说:"伯伯睡觉呢!"

杨村农每次进来,总是大声说:"老兄,还不起来呀!海燕叫你秦伯伯起来,说他懒,说他,说他不害羞!"他是那么钟爱他的女孩子。那女孩子刚过周岁,可是见了人两只小脚就跳跃,两只眼睛就瞅着你,要你抱。

有时杨村农也到赵人杰房子里来看我。仿佛这屋子里只有我,仿佛赵人杰并不存在。赵人杰可是不同,完全对待一个贵宾那样对待他,殷勤的像个老仆人。问他:"杨先生起来很早呀!"招呼他坐。杨村农就用鼻音回答他:"呃!"若是没听清楚,让他再说一遍,也是用鼻音的:"嗯!"这声音就比前一种高一点儿。

我们谈话,就是不可笑,赵人杰也望着他微笑,那笑容,确是像一个良善的老仆,笑的是毫无意义呀!那时,该作饭了他也不离开,他是主人呀!主人是不该离开客人的。

每天早餐后,我约杨村农进城的时候,当着胡玲君他的态度就严谨了,同时他说话的声音也喃喃不清了。他不说去,也不说不去。他总是向我申述他进城有某些事情要办,他说着"老孔"或是"老李",这些人我又都不认识。他每次说完,就向胡玲君暗窥一眼,暗窥她的气色似的,暗窥她的反应似的。

我们一走出北望园的竹篱笆院门,杨村农的神气就活跃了,微笑的也就可爱了。仿佛一个被囚十二小时的赌犯,离开警察局,世界上的一切,都在他眼睛里闪光了,话也多了。说他学生时代在这样天气,怎样偷偷溜出课室去钓鱼,说他在这样天气,怎样在课室里打盹。说也说不完,至于"老孔"什么的,就完全不提了。

我们常常到 HE 厅去吃茶。一坐就坐到天黑。也不知谈了些什么,而且谈的很兴奋。印象最深的,是杨村农注意妇女穿戴、举止的兴趣。这多半是坐了很久,找不到话谈的时候。不管进来一个什么样的妇女,他总品评几句。不是说:"这个少妇的胳臂的肌肉多润呀!"就是说:"那个少女的皮肤很白呀!可惜衣裳不入时。"不是说:"你看,那个香港风度的太太,微笑的多么高贵,只是嘴唇在笑,不露齿。"就是说:"你看那个穿白披肩的太太,衣服是多么讲究,全体的轮廓都表现出来了,可惜不会配颜色,白披肩哪能配花旗袍呢?你看,这个举动把她的美全给损害了,一个贵妇人哪能用手在脸上抓痒呢!"

有时我们也在这上热烈的辩论,有时我只唔唔的应付。

可是我们一走出门,就没有话谈了。我们都沉默着,北望园的距离在这时就显得又长又远。

也只有在这时候,我想起了在重庆的太太,三年没见的孩子。在桂林这几天的日子使我厌倦了。我想:必须赶快离开桂林,这是些什么日子呀!

杨村农一直是沉默着,等离北望园几步路的工夫,他就喃喃地说:"回来的太晚了,回来的太晚了。"

五

夜间我回来不管怎样迟,林美娜总是没睡,总是林美娜给我开门。她睡的是那么迟,等候着她的丈夫?不是在灯下缝衣服,就是给熊星织帽子。她是一天忙到晚。

赵人杰呢,就在他的房间里看书,我一进去,他总不安的让开位子,说是自己要睡觉了。我说我不用灯的,他就笑着说:"秦先生客气。"我说真的要睡觉了,他说:"秦先生太客气了。"我说我从来不会客气的,他说:"哪里!哪里!"赵人杰就是这样过度谦虚的人,这又是怎样的固执呀!

林美娜对我的招待就又不同。我在那时候走进她的房间,她向我微笑,从那微笑里,我知道熊星是睡熟了。而我的举止也就谨慎小心,轻轻的,怕惊醒孩子。她是常常这样微笑的,那微笑轻柔得仿佛早晨原野边陲的一片有阳光的云影,它的出现完全和你的存在是没有关系的,然而你觉得亲切、柔和、美。她的说话声调也充满了温柔,她的眼睛望你时也充满了温柔,然而你会觉得这种温柔,不是属于她自己的,不是属于一个普通的少妇的,而是属于你朋友的太太的。

她很爱她的丈夫,然而若是在她丈夫面前,即使她沉默着编织什么,你也会觉得她是体贴你的,注意你的茶杯是不是空了,注意你是不是在找火点烟。在这时候,你就会感觉到她的微笑,体贴不是对着你,对着一个有身份的客人,而是对待她丈夫的朋友的。

林美娜对她的丈夫,反而没有这种温柔的微笑的,然而你却觉出她对他是怎样的深爱。尽管她的口吻平淡,你从那平淡中会觉得她是怎样的顺从,顺从得完全失去了她自己的特质。你从那顺从中,就觉得对你的微笑就没有一点价值了。你会羡慕梅溪:——他是多么幸福呀!

白天梅溪在家的时候,林美娜的生活是有意义的,她笑的是那么幸福。这笑是在他从熊星身旁经过的那瞬间出现的。梅溪就站在穿堂中央,弯着腰,双手扶膝注视着熊星,两眼放出金色的火焰。熊星就在门口,遥远的望着他。他刚从爸爸的臂膀里逃开,现在想:是不是在向他爸爸的那边跑去呢?是不是有把握能一下子抱住爸爸的两条腿呢?

梅溪的神气也表示着他是怎样注意熊星的意思,在想:是不是他就要朝他扑来呢?他若是躲得快,孩子是不是跌倒呢?在那时梅溪忘记了自身以外的世界,望见我在身旁,就笑笑,又正面去注视熊星。他笑的是那么匆促,不及看清楚我,怕放松了对熊星一刻的注意而使孩子跌倒。熊星扑到他跟前,他就畅快的叫着:"呵哟!呵哟!又给宝宝捉到了,再来一遍,去,再来一遍!"说话时,他还可能望我一笑,那时他的笑就有声了,笑的很天真、幸福。在这时候,林美娜不是在厨房里烧饭,就是在窗底下洗衣服。

梅溪进城去了,林美娜的生活还是有意义的,她陪着熊星谈天。熊星指着那只小鸡欺侮它的姊妹,咿呀作语,林美娜就说:"那只小鸡是坏蛋——呵——"熊星若是用手背擦眼睛,林美娜就说:"我们睡觉去——呵——"熊星真睡了觉,而衣裳又没得洗的了,作饭还不是时候,林美娜的眼睛就寂寞了。她要作点什么呢?总该有点事呀!没有一点事在手边,在眼前,她是一刻也过不了的。就提着铲子,沿着竹篱去给小鸡雏们掘蚯蚓了。她又找到了生活的意义,她的眼睛又充满了光辉。那么些小鸡雏全围集在她脚旁边。

北望园的整个院落都是阳光的世界了,女佣人在走廊底下打盹,房主人睡午觉。娇媚的春天呀!就只有那个对人温柔体贴的少妇,蹲在壁荫凉下边,掘蚯蚓。

有时我就走过去:"很多吗?"

"不多。"她向我微笑,这微笑比较在她丈夫面前就减色了,距离远了,而且是属于一个少妇的了。

此外,她穿的衣服,总是三两天掉换一件。掉换了,你也不觉得。她那衣料是上等的,但穿在她身上你也觉不出特别显眼。虽然那衣料的色彩鲜明,样式也合适,但全不像一般少妇的穿著,使你一看就知道是刚从服装店拿回来的那种整洁性。只在她蹲着的时候,你从她背后找不出一道皱纹,你才觉得她的衣服式样,优美、鲜明、标致。

六

在我接到昆明汇款的那两天,赵人杰的气色格外阴沉了。烧饭的时间也早晚不定,碰到我只苦笑一下,就匆匆走过去了。有时候,黄昏才回来,腋下挟着两三块木柴,点着油灯下厨房。林美娜望他的眼光,就具有怜悯性,抱着熊星到厨房里去说:"木柴不够,用这边的好了。"赵人杰总是谦虚的笑笑,说是:"够了,够了。"林美娜回来就叹息着。我知道,赵人杰这两天是连买盐钱都得借的。在都市里生活,还有三五块木柴三五块木柴零买的穷人吗?

我说:"你别烧饭了,我们到GB吃酒去。"他笑着辞谢。我无论如何让他陪我。我说:"我快走了,来吧!一块儿去吃一杯吧!"到底他坚持不下去了,离开厨房还说:"我还是不去吧!"他是这样的谦虚,谦虚得使人不愉快。

我就挪开话题:"我们找杨村农一块儿去。"

赵人杰还是在原来的话题上犹疑,说是:"太晚了,我还是不去吧!"

我就说:"杨村农若是换了睡衣,那么就不会出门了。"就敲起窗来。

他还是喃喃着:"真是……秦先生太客气……"

杨村农本来是个谈笑自若的好心肠的绅士,可是一见赵人杰,神气立刻就不同了。又高贵又尊严,仿佛我们身旁带着一个从仆,若是一个体面的绅士在从仆面前不矜持,那像是什么话呢!若是绅士们当着从仆又谈又笑,毫无顾忌,那像是什么世界呢?杨村农的眉目间,时时戒备着,时时怕赵人杰说出可怕的侵犯他的尊严的话来。杨村农越是提防,赵人杰越是萎缩的窥睨他。在路上从旁窥睨他,在 GB 餐室,从碗边上窥睨他。他的眼光是不安的、困惑的,一个穷人和绅士同餐是多么刻薄的刑罚呀!他就像一个在众目灼视之下的刺猬那样萎缩,那样可怜。

我说:"赵先生,我们吃酒,你不要吃,就尽管吃饭好了。"

"好。"他说;可是一个米粒一个米粒地向嘴里送。五分钟就停停筷子,十分钟就夹一口菜,而且只夹一小片白菜。明明他是饿了,可是他还陪着我们吃酒。他的命运就似乎决定是为了别人而生活的。

我说:"赵先生。有肝尖,有肥肠,有鱼片,你是吃嘛!"

他说:"我是吃呀!"

我说:"你不要客气,这些菜我们是吃不完的,你尽管吃呀!"

他说:"我是吃嘛!秦先生太客气了。"

他依然是夹着白菜叶,或是小块的笋片,他尽力避讳着鱼肉,只一片小块笋,他就满足了。

杨村农在他低着眼睛的时候,就望着他皱眉,嘴唇的一点滴不易见的笑容,对他是怎样蔑视呀!实在赵人杰的那件破旧的冬大衣,在我们之间是太不调合了,太褴褛了。他那十分钟夹一小块竹笋的吃法,太不体面了。他自己也觉到他是怎样褴褛可怜,微笑的也就更困惑,眼光更畏怯。尤其是餐室的灯光那么亮,把他那冬季大衣的破绽全给暴露出来了,他的手臂就越发不向直里伸,可是腋下那块破口的布片依然遮掩不住,依然清楚的动荡着,像屋檐底下晒的尿布,又使人联想到他腋下是挟着一块木柴。他在 GB 餐室里是一直无声无息的。

杨村农却大声打着饱嗝儿。用牙签剔牙齿,还作出嗤嗤的声音。完全是个良善绅士的气派,完全是个胃口消化健旺的人的姿态。满面闪着红光,除了胃口加重三十斤的感觉,他对身外任何什么也没有感受的兴趣了。虽然剔牙齿时,他还左右环顾着。恐怕这瞬间就是他的生活中最幸福的时候了。完全不像在北望园的走廊下的政论家了,完全不像在胡玲君身旁向我喃喃说着进城理由那时候的政论家了。

这天晚上又是林美娜给我们开的门。在门外杨村农又喃喃的自责："回来的太晚了,回来的太晚了。"

红瓦屋顶的洋房的玻璃窗,全是黑的。在那屋子里的住客是幸福的早早睡觉了。

茅草房子的纸窗闪着灯辉。街头上很寂静。若是有一辆人力车走过,我床侧的纸窗就闪过一片红光,篱笆影子的骨骼就清楚地在纸窗上出现。人力车多半是空座的,走出街口,还清楚的听见铃铛声,那声音使人感到寂寞。是夜深了。

那天晚上,我听见北望园夜深时候第一次的声音："玲君,玲君!""开开门,玲君!"声音是低微的,足有三十分钟,北望园的院子才沉寂。

那天晚上,赵人杰屋里充满了纸烟的烟雾,门口正面的墙壁上映着一个硕大的黑影子。赵人杰在那里坐着冥想什么呢？他是坐在床上望着前方吧,望着他眼睛前面的空气吧,望着辽远的什么吧？是走入他自己所独有的绘画世界里去了呢？是在灰白的气息里望见那个摆糖果摊的老妪的寂寞的面影了呢？

"赵先生!"我说,"你还不睡吗？"

"唔!"他受惊的说,"没有!"

"别想了,睡吧!"我说,"这样下去,你的身体要坏了。"

"唔！我睡不着……"他走出来,站在我的床侧。

"别想了,睡吧!"我说。我握住他的手。

"唔!"他不知所云的依然站在那里。

"你想什么呢？"

"没有想什么。"他说。

他依然站在那里。

"睡去吧!"我放开他的手。

"唔!"

他反而坐在我的床边上了。一句话也不说。背向我,面对着门口的灯光。

"你想什么呀,说说不好吗？"

"唔,没想什么!"他说。沉默了一会儿又说："若是我那腹稿没有画出来以前就死了,我的生活不是全部没有意义了吗？"他仿佛是自语。

"为什么你老是想这些呢？你该想怎么把生活布置一下,你看你春天还穿着这件大衣……"

"是的。"他那声音表示他是在苦笑,"是该换换了。"

"广告社给了我四百块钱,让我找人塑个半身模特儿,你拿去好吗?当作材料费。"

"不用。"他站起来说,"我这两天就发薪水了。"

"发薪水又有什么关系呢!有笔额外收入不更好吗?"

"这太不好意思了,我可以用黄泥塑的,也不用什么材料!"

"为什么不好意思呢!"我说,"找别人作不是一样要钱吗?"

"我有钱,就要发薪水了……"

"这也没有关系呀!为什么拘于一些小节呢?"

他笑着说:"我并没有拘于小节呀!"就站起来说,"很晚了,你睡吧!"在这上他又是有着异样的过度的自尊的。

七

从那天以后,杨村农日常穿着居家的便服了。中国式的宽阔的裤筒,给风吹得像船帆一样。西装坎肩也不结扣。抱着海燕在走廊上望小鸡。我约他进城,他那眼光也不拘谨了,就是在胡玲君面前,他也是现着好心肠的绅士的笑容。说是:"你去吧!"有时我走出篱笆门,回头还望见杨村农从胡玲君背后,目送我的眼光,那眼光充满了无限的羡慕,仿佛囚犯望着铁窗外的春燕,呢喃的飞入云霄一样。我当时想:可怜的丈夫!胡玲君尽自在那儿大声唤鸡,她却没有注意小鸡群以外的什么。

赵人杰的早饭延迟到午间才动手烧。这天他在我床前来往经过了七次,这是从前没曾有过的现象。等我走到街口了,赵人杰终于从我身后追赶上来,他的脸色又阴沉,又苍白。急促他说:"秦先生!借给我五块钱……我今天晚上就还。"说话的眼光是那么严重,一个到乡长面前请求缓役的中签壮丁,是会有这种神态的。你知道,如今的五块钱还当什么用呢!五年前可以包一个月的月膳,三年以前还能买二、三十个鸡蛋,可是现在呢?现在只可以吃杯红茶。然而赵人杰是坚持着,只借五块就够了,说他买点盐,最后他又说一遍:"晚上五点钟,我一定还给你。"这一点点钱,可见在他是怎样的严重,在他是认为有关自己的威信的。

我说:"那又何必还呢!我不会等着这五块法币买烟抽的。若是不够,你再来拿……"

晚上是怎样的情形呢?晚上,我回到北望园来了。差不多有六点钟。广告社开幕的晚筵,是有五瓶茅台酒飨客的。同时我接到金城江发来的电报,催我即日动身,那里有辆与我们剧团有关系的车子等我。我决定一两天就起程。我回来时,很愉快。

北望园的两所房子都有灯光,只是杨村农的玻璃窗是乌黑的。

林美娜在灯下削着梅溪的画笔。梅溪还是没回来,她也就照例作出惺忪睡熟了的微笑。我就小声说:"梅溪的展览会筹备的怎样了?"

"他整天是那么忙,也没有说过。"

"可惜我看不到了,我一两天就离开桂林了。"

"是吗?"她说。她的嘴唇微笑,仿佛受到我那愉快面容的感染。

"是的。"我说。

"我们在这儿住了一年了。从香港回来,再就没有动。"她又微笑着说。

"将来有机会,到重庆去吧!"

她无声无息的微笑一下。她是那么容易微笑,又那么不容易说句话。我坐了一会儿,就到赵人杰这边来。

赵人杰和我说什么呢?第一句话就和我说:"等会子,我出去一趟。美术学院还没送钱来。"

我说:"我不想问你要那五块钱呀!"

他笑着说:"等会子我一定给你。"

我说:"你知道我一两天就离开桂林了。"

"真的吗?"

"真的。"

"真是……我们刚认识就又分手了,哪年才能见呢?"

"有机会,到重庆去吧!"

"我想回北方去呢!"他笑着说。

"回北方去作什么?"

"在桂林又作什么呢?"

我笑笑。

他也笑笑。

"好吧!"最后他说,"我出去一趟。"

赵人杰深夜才回来,他的脸色阴沉、苍白。他在我床侧站着。我说:"坐一会儿吧!"

他说:"秦先生没睡吗?"他说,"我没有弄到钱,不过明天晚上一定还你。你不觉得……"

我说:"为什么你把五块钱看得这样严重呀!你若要用,我还有呀!"

他不说什么,沉默着坐了许久。我不管说什么,他最多唔唔一声,他是一点也没注意我的话。坐在那儿给我的感觉,仿佛他的身体有两万吨那么重。

我说:"去睡吧!"

"唔!"他那黑影子离开床的时候,一声叹息回荡在寂静的屋子里。

八

北望园也有愉快的日子,那就是杨村农陪着胡玲君进城去看过电影的日子,那就是赵人杰收到薪水的日子。

那时候,就有愉快的光辉闪耀在胡玲君的嘴唇上,那时候,她的头发上就会出现一条蓝色的丝带子。她的年龄也就显得小几岁了,而且她对客人的姿态也就稍微亲切一点。

这天晚上,就是正当她愉快的时候。她在没有听清楚我的话的工夫,她会用眼睛望着我问:"什么?"作出那种少女的天真,作出不懂事的孩子问:"家雀怎么会飞呢?"那种稚气的神气。只有在这时候,才显出她的年龄是过时了。若是一朵花,那么这朵花已经是开过一礼拜了,有一场风,花瓣就会片片坠落,而且那些花瓣是没有水分的了,只是还没有枯萎。她是完全不适合用这种口吻了,也许退回十年,她那种稚气的眼光会诱人微笑。

赵人杰在我们谈天的时候来了。他是使人吃惊的年轻了。他刚走出理发馆来。他微笑的是那么幸福,几乎是一个陌生人了。他有礼貌的向我们点头,他是第一次到杨村农的房间里来的。他说:"找你没有找到。"那瞬间,杨村农是用一种惊讶的眼望着他的,不过只一会儿工夫,杨村农就恢复了原有的兴趣,向空中抛着海燕,嘴里发出憨厚长者的笑声。仿佛他知道赵人杰没有别的意外发展,猜到他是领到一点可怜的薪水。胡玲君同样,在惊疑之后露出那种眼光,似乎说:"又领到一百二十块钱的月薪了。"赵人杰坐在我旁边,依然微笑着,可是我感觉到他带来的是怎样的空气,那种空气使我们一时找不到谈话的资料了。绅士们坐在一起,找不到话可谈,那该是怎样不好受的心情呀!正像在热烈攀谈的绅士们,发现旁边站着个乞求者,不管怎样装作看不见,然而心里还是有一种负担。

赵人杰没有一句话要说,只是望着人微笑。我就说:"我们回去吧!你还有什么事吗?"

"没有。"他说。

我们就走出来。他立刻急切的向我说:"我拿到这个月的薪水了,这里……还给你那五块。真对不住你。"

实在说,我之所以到杨村农那里谈天,是有意躲避赵人杰的,我怕他今晚上拿不到钱,那么我在他面前是会使他精神上感觉得很大的负担。我怕接触他的眼光,若是他拿不到钱回来,他该怎样不安呀!他对我说过两遍:"今晚一定还你。"总之这一切算是过去了。

院子里的空气有点潮湿,四月的夜空乌黑的,一点点星光也没有,老远有一两声蛙鸣。我想:蛙声这样叫,一定要有场风雨。

赵人杰这天买了三块钱的花生米,仿佛招待一顿盛餐那样几次的让我:"吃呀!吃呀!"

他这晚上是过分的愉快。他说:"你就要到重庆去了,我们还能见面吗?你看,我们才认识一礼拜,可是我觉得我们是认识很久了似的。"他说,"我是要把我的作品拿出来,拿到世界上来。可是我的生活牵制我,你不知道,我前两天是怎么过的,我卖了两本珍贵的意大利版的油画集子。"

"为什么不向我借呢?"

"不好意思的。"他说,"现在是没有问题了,月中我可以接到一个朋友的汇款。我打算下半年回北方去,我还有个叔父,在乡下住。他有三十多亩田,过的挺舒服。我想回去,就住在他那儿,前几年他来信催我回去,我没答应。若不,我是没有画出画来的那一年的,我的身体又不好,我想回去过一年再出来。而且对都市生活,我也厌倦了。"

"你叔父还健在吗?"

"我想还健在。他是没有娶过老婆的,晚年,吃酒吃得很凶,一天醉到晚。不过他挺喜欢我。我从小是孤儿,完全是我叔父带大的。"

一个人愉快的时候,话总没有完。从他所向往的家乡,又谈到北方的麦季,谈到夜晚挟着凉席子,躺在打麦场歇凉的风味。

"你们那里几月割麦子?"他问。

"七、八月。"

"那么你们那里晚。"他说,"我们那里是六月,一过端午节麦子就秀齐穗了。

"你到了晚上听吧,望坡的人在月亮底下常常高声的呼啸,那是他发觉有偷麦子的动静了。我们那儿的习惯,没出嫁的闺女都是在这时候去找私积蓄的,她们每年都能弄一两斗。这不算是丢脸的事情。她们的娘就给她们放出去,两斗麦子,到年底本利就有两斗半了,就这样从八、九岁到出嫁的年龄,一个闺女至少有了一套说得过去的嫁妆了。好手,一个麦季,就能偷个三、四斗,不管有钱财主的闺女,还是穷的讨饭户家的,都是一黑天就三、五结队的到村外的麦子地去了。男孩子们可不作兴,捉住了,打得头破血流,还得罚钱。所以不大离儿,看坡的听见老远有脚步声,就高声的呼啸,也不去追赶。只要不是饥荒年月,是没有男孩子偷麦子的事情发生的。看坡的也就不去追逐,不过呼啸声是可怕的。那呼啸声在夜晚从野外传到村子里来,说不出的一种灾害感呀!我小时候,听见这种声音就害怕,就像是感到土匪要攻村子而村子的人大声疾呼着,召集人抵抗一样。现在我又觉着,这声音是富有诗性的,可惜我不懂音乐,若是音乐家或许有更美的感受吧!"

"我们那里不兴这个,不过你说的那种声音,我可以想像到的。我们那里也有看地的,叫作望青的人,他们都带着枪,他们听到什么动静,只是朝空打一下空枪,可是偷庄稼的人听见就要跑了,一跑嘛,望青的人就循声追去了,他们放枪原来就是试探偷庄稼人的方向的。他们都是猎手,那本是打猎的法子,可是他们用到对付人上了,又一样的灵验。人在某时是聪明的,在又一个时候又愚蠢的和野鸡差不多了。"

我们谈的又投机又兴奋。在我们之间,没有一丝的距离。我们彼此感觉到忘情的愉快。话一中止,我们就听见院子里的草叶飘舞的声音,竹篱摇晃着,天气是变了,足证我听见那一两声蛙鸣的断定不虚。我想若是明天落场雨,又得延搁一天。

我们分手的时候,屋子里的气息也骤然阴冷了。远处传来树木的摇撼声,显出风势来的大。不久,我们的房子里也旋起风来,从窗户和墙壁之间,从屋檐墙缝之间,风声呜呜作响。地中央的风,也就回旋起来,越来越大。赵人杰房间的纸窗颤动鸣叫。壁画击打着土壁,劈劈剥剥。

"赵先生",我说,"关上你的房门吧!"

"不用关……"

"外边起风了。"

"恐怕你明天走不成了。"

"关上门好。整夜开着作什么。"

"早晨你进出方便呀!"

"还是关上好,若是下雨,早晨我不一定比你起来的早。"我说。

"不用关吧!你真客气。"

"赵先生!"我说,"不关门,一定要受凉。关上门,风就不会来往在我们这两间屋子里转了。若是我们的身体一有病,什么也糟了。"

"你真客气。"

"赵先生!"我平心静气的说,"我并不是客气呀!你知道你是招待客人呀!我是客人,你要招待得使我舒服,你就要听我的话呀!就是有成见,你还得牺牲呢!不是吗?"

"太客气了,太客气了。"他笑着。意思是:我不是小孩子呀!你别绕着弯骗我了。

"你关上门吧!"

"客气。"他说。

"怎么这是客气呢!我们还要客气吗?我是说真话呀!"

"嘿嘿。"他笑着。我们现在的距离又是这么远。

就这样我伤风了。又在北望园住了两天。整天躺在床上,头晕,发烧又咳嗽。感谢上帝,林美娜待我很好,就是在她忙着给小鸡雏在竹篱下掘蚯蚓的时候,就是在她忙着洗衣裳的时候,她也没忽视了我,哪次醒来她都及时的赶到我床前,问我要不要喝水。

今天是七月一日了。桂林北望园的夏天该是怎样的呢?林美娜还是在掘蚯蚓吗?若是那些鸡雏壮大了,那么她在熊星睡着的下半天作些什么呢?她是从来不读书的,也不翻杂志,那么她的生活不是会有一段空白吗?她会在这段空白的时间感到空虚吧?正如杨村农,他若不是每天有着进城去一趟的小欲望,他若不是每天回北望园有着自谴太晚的忧虑,那么他的生活就会空虚的,一个人连点小的忧虑都没有,那是怎样可怕的虚无啊!至于赵人杰是有独自的世界的,祝福他现在已脱去冬大衣。

实在说北望园的男女住客在无忧无虑的时候也不会寂寞,还会坐在走廊下打盹呀。红瓦屋子的客厅里,由于花瓶里那株美人蕉的花朵,给他们幸福的点缀也一定不小。也许还有株秋海棠呢!我怀念北望园,怀念北望园的深夜……赵人杰一定还是冥坐在他那阴暗的屋子里遐想……现在北望园的深夜应该有一片蛙鸣了……

1943 年,松竹屋

(原载 1943 年 9 月 15 日《文学创作》第 2 卷第 4 期)

苏 青

蛾

　　幽幽的月光，稀疏的星，庭院静悄悄地。明珠站在窗口，心想今夜要防空，恐怕没有朋友会到这里来了吧。没有朋友来的时候是寂寞，朋友来得多了的时候会烦恼，来得少了的时候可无聊，而当他们回去之后却又使她感到无限的空虚。她对他们说：她爱静。于是他们都走了，走得干干净净。

　　她一面想，一面对着庭院痴痴望。只见门外有辆车子停下来，她的心里就一惊。接着她瞧见隐隐绰绰地飘进来二个影子，是男与女，手挽手儿，看上去像在交头接耳地谈话。他们走到明珠站着的窗前，男的忽然把嘴更加凑紧女的耳际去说了句话，于是女的就把头一偏，低声啐他道："当心给人听见！"可是明珠已听见了，而且听得很清楚，二个影子很快的又飘逝而去。

　　明珠瞧了眼幽幽的月光，稀疏的星，马上就把黑绒窗帘放下来。厚的，重的，黑沉沉的帘幕，替她隔开了这静悄悄的庭院，隐隐绰绰的影子，以及外边的整个使她不安的世界。

　　她茫然站在房中央，房间黑黝黝地。是春天了啊，空气还是这么的阴凉。她看不清这房里的一切，但是嗅着，嗅着，她能够嗅出一切东西的所在：当中是一张床，床边有台灯，灯罩是绿玉色的，只要用手一扳开关机，它马上就会吐出幽幽的光辉来。"要不要开灯呢？"她暗暗问着自己。自己说："不开灯真是太阴凉了。"但是她虽然找出了要开的理由，却仍旧没有勇气去实行，脚是僵冷的，手指也僵冷，动弹不得。

　　刹那间，黑暗与僵冷，寂静与恐惧，一齐袭击到她身上来了。她觉得自己的膝盖已经冷得发抖，但是她得用力支持着，深恐一不留心会乘势跪下去，向全世界的人类屈膝。她想：她是只肯向上帝求救，而决不肯向这个庸俗的世界屈膝的。

　　但是今夜里上帝似乎也冷酷得很。他像是冰块塑成的东西，晶莹洁白得连尘埃也染不上。他不能接触热情，她的热情才一流向他，他便溶化了，很快的变成水。她怕水。她常把自己的心境比做蔚蓝的天空，可以挂一轮红日，可以铺密密浓云，就是怕下雨。雨水冲洗过，一切都干干净净，便又空虚了。

她不能不怕空虚，犹如她不能逃避空虚一样。她走到那儿，空虚便追到那儿，向她挑衅，把她包围，终于使她无以自存为止。她也知道，唯一解脱的办法，便是睡觉。她睡着了，空虚便给挡驾在外，不能追随她入梦，侵扰她的梦中的热闹。有时候，实在睡不着，她也想多做些事情来消遣时光，但是事情做完了，或者好梦醒转来之后，空虚又会找上她，冷冷地向她一笑道："你总不能撇弃我吧？我的乖乖！"

　　她茫然站在房中央，瞧到的是空虚，嗅到的是空虚，感到的也还是空虚。没有快乐，没有痛苦，什么也没有，黑暗的房间冷冰冰地，只有她一人在承受无边的，永久的寂寞与空虚。

　　我要……！

　　我要……！

　　我要……呀！

　　她想喊，猛烈地喊，但却寒噤住不能发声，房间是死寂的，庭院也死寂了，整个的宇宙都死寂得不闻人声。她想：怎么好呢？开了灯，一线光明也许会带来一线温暖吧？……但是她的眼睛直瞪着，脚是僵冷的，手指也僵冷。渐渐地房间门开启了，一个颀长的影子悄悄溜了进来。是鬼还是人，她也不暇细问，只向他做个手势，似乎在命令他速速开灯。拍的一声，绿幽幽灯光喷射到床上了，被单是洁白的，湖色织锦缎棉被折成小方块放在上面，显得单薄，也显得有些孤寒。

　　"你一个人住在这里很寂寞吧？"客人笑嘻嘻地说，样子有些轻薄。明珠更不答话，心里很恨他，同时也有些喜欢他。

　　"怎么？你的脸色这样坏！病了吧？"客人逼近问，伸开双臂，似乎想抱她，但马上就放下了。明珠仍不答话，身躯本能地颤动了一下，似乎有温暖从心内发散出来，弥漫到全身。

　　灯光幽幽地流着，流到洁白的被单上，流到湖色织锦缎的被面上，流到站在床前的客人身上。客人穿着黑漆光亮的皮鞋，笔挺的条子西装裤子，深蓝色，象征着庄严的美。渐渐地，灯光似乎集中了力气，一齐照向他身上来，他也知道自己已成为焦点，于是便挺起前胸，肩膀显得更阔了。白衬衫领子硬绷绷地，高托着他的俊秀的面庞。他的皮肤是象牙色的，眼珠乌黑，眉毛很浓，头发有些儿卷曲。

　　"明珠！"他颤抖着叫唤一声，声音低而嘶哑。灯光强烈地刺着他的眼，他的眼睛带着迷惑，但却富有吸引力，终于把明珠牵过来了。"明珠！"他再喊一声，热情地，迫切地。明珠没有作声，她的颊上发热，眼睛再不敢瞧他，只默默对着床旁的灯。

　　于是房间里空气都换了样，阴冷是没有了，却有些陌生与新鲜刺激。各人的心里似乎都像火药般要爆炸起来,但却又恐惧爆炸,紧紧地按着使不许动。光与热,情欲与理智,在紧张地战斗着,灯望着客人,客人望着明珠,明珠又望着床旁的灯。

"今夜是防空呵!"客人说了声,明珠没有回答。深蓝色的条子西装裤移向床旁去了,拍的一声,电灯随着熄灭。明珠觉得很紧张,但是紧张更加逼近人来,顾长的身躯似乎就站在她面前,她的心里像马上要爆炸,但是手指却阴凉的。

阴凉的手指颤抖着,不知安放处,摸摸自己头发,却又滑到胸口下去了,另外一只手很快地就把它捉住,接着它感到那只手又热,又软,又有力。便是一阵无声的诉说,他的嘴已经凑紧在她的耳际了,她颤抖着,欲答无话,欲哭无泪。

房间是黑黝黝的,空气紧张得很。她嗅着,嗅着,便知道一切东西的所在。她知道他拥她到了床旁,洁白的被单,湖色织锦缎棉被,……一切的阴凉都消失了,火般的热情,手挽手儿,两人同入于疯狂的世界。

他说:"我不会使你养孩子的。"她点点头,眼泪直流下来。她知道,她此刻在他的心中,只不过是一件叫做"女"的东西,而没有其他什么"人"的成份存在。欲望像火,人便像扑火的蛾,飞呀,飞呀,飞在火焰旁,赞美光明,崇拜热烈,都不过是自己骗自己,使得增加力气,勇于一扑罢了。

"请你……请你不要让我有孩子呀!"明珠垂泪恳求他,屈辱地,似乎已经向这个庸俗的世界求饶了。但是他更不理会,只是猛烈地吮着她,她咬他耳朵,他也不退避,两个人身子贴得更近,心思却离得更远了。

黑暗的房间,更加黑暗了起来。明珠的心里充满着气恼,厌恶,恐怖,以及莫名其妙的新的空虚,他吻着她,轻轻说:"恕饶了我吧,明珠!"但是听出这声音里没有温存,没有喜悦,只有无限的疲乏与冷漠。

"别同我敷衍!"她恨恨地说,猛力推开他。但是他更不靠近来,只是懒洋洋地摸一摸她的下巴,说道:"不会有孩子吧,只这么一次。"

扑灯的蛾,为了追求热烈,假如葬身在火焰中,还算是死得悲壮痛快的。只怕是灼着而未死,损伤了翅膀,给人家笑话,飞又飞不动,跌落在阴冷的角落里,独个儿委委屈屈地受苦。"不会有孩子吧……只这么一次……"明珠痛苦地反复辨味这句话。这是句不负责任的话,他说过后就要扬长而去了,她还能向他要求些什么?

她对他说:她爱静。

他想了一想回答道:他知道,以后再不敢多来吵扰。

于是他们便分了手,陌生的,平淡的,再也没有新鲜的刺激,他知道她不爱他,她也知道男女间根本难得所谓爱,欲望像火,人便是扑火的蛾!

于是她更加沉默了,即使在白天,也要放下黑绒窗帘,把房间遮得黑黝黝的。她不再咒诅空虚,只想解除痛苦,唯一的留在她身上的最大的痛苦。

她找到了一位产科女医生,女医生说,要解决这件事起码要两万元,手术是靠得住的,她犹豫着自己钱不够,但是那位女医生却不耐烦地嗤之以鼻道:"何不向那位荒唐的先生去要呢?他做错了事,不该负责任吗?"

明珠退了出来,默默地更不说话。她想起教堂里碰见过的一位外科老医生,从来不结婚,性情相当怪僻,然而待她却好,她找到了他,羞惭地把一切经过说了出来,老医生更不多话,只把她引进手术室里,关上门,只让她一个人坐着。

当你笑的时候,

全世界向着你笑,

但在哭的时候,

却只有一个人了。

明珠默默地念着这两句话,空虚地,却又带些感伤。她想到了自己的房间:有床,床旁有台灯,灯罩是绿玉色的,拍的一声把它开了,它便吐出幽幽的光辉来,照耀着洁白的被单,湖色的织锦缎棉被,以及床周围的一切。但是眼前这些东西都不见了,就想嗅,也嗅不到,生命是值得留恋的,就是给火灼伤了翅膀,也还想活着。

手术室的门开了,老医生穿着白外套幽幽地进来。他严肃地握住明珠的手,说道:"好孩子,不用怕,快睡到床上去。"

一阵阵剧痛,痛得明珠快晕了过去。她想不到不要养一个孩子也要受这番痛苦,痛苦得没有代价,究竟是为了什么?老医生严肃地在旁边站着,瞧着她痛苦,似乎并没有不安。她的心里骤然起了阵反感,心想可恶的老东西,原来他不肯结婚,就是不愿女人有小孩子,不想人类有后代……

但是老东西的脸也模糊起来了,瞧不清楚。她只痛得忘记了愤恨,忘记了恐惧,忘记了自己,也忘记了这个庸俗的世界。突然间,一阵热血直冲了出来,她知道这是一个小生命完结了,没有见过太阳,没有呼吸过空气,没有在人世上生存过一刻。

她觉得后悔起来,人世毕竟是可恋的,生命也应该宝贵。她杀了自己的孩子,为了顾全面子,为了怕麻烦,可耻的妇人呀。她现在才知道扑火般欲望为什么有这般强烈,有了孩子,便什么痛苦也可以忍受,什么损失也可以补偿,什么空虚也可以填满的了。

多愚笨呀,她自己!多残忍呀,那个老医生!

于是她恨恨地瞧了他一眼,低声向他说:请你走开吧,我要静。

老医生默默地走开了,临去不敢再望她,脸色似乎很悲哀。

明珠独躺在手术室中，心里只感到后悔。假如有一个孩子能带回家去，放在当中的床上，捻开了绿玉色罩子的台灯，用幽幽的光辉瞧着他小脸，那又该多好。那时候，阴凉的房间便变成温暖，沉寂的空气便被咿哑的声音打破了，永远是春天，春天般兴奋。扑火般热情不是无目的的，它创造了美丽的生命，快乐的气氛。

但是现在呵！

老医生幽幽地进来了，两眼噙着泪。他颤着声音对明珠说："孩子，我害了你了，我早知你如此，便不该替你动手术。现在你是后悔了，我也后悔得很，这都是我的错误。但是你要知道，我是一个私生子，从小受人奚落，因此起了变态心理，一方面怨恨自己的母亲，一方面看轻一切的女人。自从我在教堂里遇见了你，孩子，我便觉得你的可爱。我是不想害你的。不料今天你犯了罪，我深恐那个孩子养下来要遭受同我一般的命运，因此我便把你引进手术室里来了。可是，孩子，如今我亲眼看见了你的痛苦，我便觉得后悔起来，我觉得以前我母亲……"

"你的母亲是不错的！"明珠流下泪，认真地说。

"是吗？"老医生替她拭去眼泪，一面额上直冒汗："我想不到你会如此痛苦，现在我是连后悔也来不及了。现在我只好先送你回家，替你安顿好，希望你早日复原，好好嫁个人吧，不要再胡闹了。"

明珠默默地听从老医生把她送到了家里，房间仍是黑黝黝地，因为老医生恐防她吹风，早已替她把黑绒窗帘全放下了。她侧卧在洁白的被单上，盖着湖色织锦缎薄被，眼睛只望着绿玉色的台灯。老医生歉仄地问："孩子，你在想些什么，可要告诉我吧？"于是明珠翕动着嘴唇低低地回答道："老医生，请你不要笑我，我是还想做扑火的飞蛾，只要有目的，便不算胡闹。"

（选自《苏青文集》，上海书店出版社1994年版）

赵树理

小二黑结婚

一　神仙的忌讳

刘家峧有两个神仙,邻近各村无人不晓:一个是前庄上的二诸葛,一个是后庄上的三仙姑。二诸葛原来叫刘修德,当年作过生意,抬脚动手都要论一论阴阳八卦,看一看黄道黑道。三仙姑是后庄于福的老婆,每月初一十五都要顶着红布摇摇摆摆装扮天神。

二诸葛忌讳"不宜栽种",三仙姑忌讳"米烂了"。这里边有两个小故事:有一年春天大旱,直到阴历五月初三才下了四指雨。初四那天大家都抢着种地,二诸葛看了看历书,又掐指算了一下说:"今日不宜栽种。"初五日是端午,他历年就不在端午这天做什么,又不曾种;初六倒是个黄道吉日,可惜地干了,虽然勉强把他的四亩谷子种上了,却没有出够一半。后来直到十五才又下雨,别人家都在地里锄苗,二诸葛却领着两个孩子在地里补空子。邻家有个后生,吃饭时候在街上碰上二诸葛便问道:"老汉!今天宜栽种不宜?"二诸葛翻了他一眼,扭转头返回去了,大家就嘻嘻哈哈传为笑谈。

三仙姑有个女孩叫小芹。一天,金旺他爹到三仙姑那里问病,三仙姑坐在香案后唱,金旺他爹跪在香案前听。小芹那年才九岁,晌午做捞饭,把米下进锅里,听见她娘哼哼得很中听,站在桌前听了一会,把做饭也忘了。一会,金旺他爹出去小便,三仙姑趁空子向小芹说:"快去捞饭!米烂了!"这句话却不料就叫金旺他爹听见,回去就传开了。后来有些好玩笑的人,见了三仙姑就故意问别人"米烂了没有?"

二　三仙姑的来历

三仙姑下神,足足有三十年了。那时三仙姑才十五岁,刚刚嫁给于福,是前后庄上第一个俊俏媳妇。于福是个老实后生,不多说一句话,只会在地里死受。于福的娘早死了,只有个爹,父子两个一上了地,家里就只留下新媳妇一个人。村里的年轻人们觉着新媳妇太孤单,就慢慢自动的来跟新媳妇作伴,不几天就集合了一大群,每天嘻嘻哈哈,十分哄伙。于福他爹看见不像个样子,有一天发了脾气,大骂一顿,虽然把外人挡住了,新媳妇却跟他闹起来。新媳妇哭了一天一夜,头也不梳,脸也不洗,饭也不吃,躺在炕上,谁也叫不起来,父子两个没了办法。邻家有个老婆替她请了一个神婆子,在她家下了一回神,说是三仙姑跟上她了,她也哼哼唧唧自称吾神长吾神短,从此以后每月初一十五就下起神来,别人也给她烧起香来求财问病,三仙姑的香案便从此设起来了。

  青年们到三仙姑那里去,要说是去问神,还不如说是去看圣象。三仙姑也暗暗猜透大家的心事,衣服穿得更新鲜,头发梳得更光滑,首饰擦得更明,官粉搽得更匀,不由青年们不跟着她转来转去。

  这是三十来年前的事。当时的青年,如今都已留下胡子,家里大半又都是子媳成群,所以除了几个老光棍,差不多都没有那些闲情到三仙姑那里去了。三仙姑却和大家不同,虽然已经四十五岁,却偏爱当个老来俏,小鞋上仍要绣花,裤腿上仍要镶边,顶门上的头发脱光了,用黑手帕盖起来,只可惜官粉涂不平脸上的皱纹,看起来好像驴粪蛋上下了霜。

  老相好都不来了,几个老光棍不能叫三仙姑满意,三仙姑又团结了一伙孩子们,比当年的老相好更多,更俏皮。

  三仙姑有什么本领能团结这伙青年呢?这秘密在她女儿小芹身上。

三　小　芹

  三仙姑前后共生过六个孩子,就有五个没有成人,只落了一个女儿,名叫小芹。小芹当两三岁时候,就非常伶俐乖巧,三仙姑的老相好们,这个抱过来说是"我的",那个抱起来说是"我的",后来小芹长到五六岁,知道这不是好话,三仙姑教她说:"谁再这么说,你就说'是你的姑姑'。"说了几回,果然没有人再提了。

  小芹今年十八了,村里的轻薄人说,比她娘年轻时候好得多。青年小伙子们,有事没事,总想跟小芹说句话。小芹去洗衣服,马上青年们也都去洗;小芹上山采野菜,马上青年们也都去采。

  吃饭时候,邻居们端上碗爱到三仙姑那里坐一会,前庄上的人来回一里路,也并不觉得远。这已经是三十年来的老规矩,不过小青年们也这样热心,却是近二三年来才有的事。三仙姑起先还以为自己仍有勾引青年的本领,日子长了,青年们并不真正跟她接近,她才慢慢看出门道来,才知道人家来了为的是小芹。

不过小芹却不跟三仙姑一样,表面上虽然也跟大家说说笑笑,实际上却不跟人乱来,近二三年,只是跟小二黑好一点。前年夏天,有一天前晌,于福去地,三仙姑去串门,家里只留下小芹一个人,金旺来了,嘻皮笑脸向小芹说:"这会可算是个空子吧?"小芹板起脸来说:"金旺哥!咱们以后说话要规矩些!你也是娶媳妇大汉了!"金旺撇撇嘴说:"咦!装什么假正经?小二黑一来管保你就软了!有便宜大家讨开点,没事;要正经除非自己锅底没有黑!"说着就拉住小芹的胳膊悄悄说:"不用装模作样了!"不料小芹大声喊道:"金旺!"金旺赶紧放手跑出来。一边还咄念道:"等得住你!"说着就悄悄溜走了。

四　金旺兄弟

提起金旺来,刘家峧没有人不恨他,只有他一个本家兄弟名叫兴旺跟他对劲。

金旺他爹虽是个庄稼人,却是刘家峧一只虎,当过几十年老社首,捆人打人是他的拿手好戏。金旺长到十七八岁,就成了他爹的好帮手;兴旺也学会了帮虎吃食,从此金旺他爹想要捆谁,就不用亲自动手,只要下个命令,自有金旺兴旺代办。

抗战初年,汉奸敌探溃兵土匪到处横行,那时金旺他爹已经死了,金旺、兴旺弟兄两个,给一支溃兵作了内线工作,引路绑票,讲价赎人,又做巫婆又做鬼,两头出面装好人。后来八路军来,打垮溃兵土匪,他两人才又回到刘家峧。

山里人本来就胆子小,经过几个月大混乱,死了许多人,弄得大家更不敢出头了。别的大村子都成立了村公所、各救会、武委会,刘家峧却除了县府派来一个村长以外,谁也不愿意当干部。不久,县里派人来刘家峧工作,要选举村干部,金旺跟兴旺两个人看出这又是掌权的机会,大家也巴不得有人愿干,就把兴旺选为武委会主任,把金旺选为村政委员,连金旺老婆也被选为妇救会主席,其他各干部,硬捏了几个老头子出来充数。只有青抗先队长,老头子充不得。兴旺看见小二黑这个小孩子漂亮好玩,随便提了一下名就通过了,他爹二诸葛虽然不愿,可是惹不起金旺,也没有敢说什么。

村长是外来的,对村里情形不十分了解,从此金旺兴旺比前更厉害了,只要瞒住村长一个人,村里人不论哪个都得由他两个调遣。这几年来,村里别的干部虽然调换了几个,而他两个却好像铁桶江山。大家对他两个虽是恨之入骨,可是谁也不敢说半句话,都恐怕扳不倒他们,自己吃亏。

五　小二黑

小二黑,是二诸葛的二小子,有一次反"扫荡"打死过两个敌人,曾得到特等射手的奖励。说到他的漂亮,那不只在刘家峧有名,每年正月扮故事,不论去到哪一村,妇女们的眼睛都跟着他转。

小二黑没有上过学,只是跟着他爹识了几个字。当他六岁时候,他爹就教他识字。识字课本既不是五经四书,也不是常识国语,而是从天干、地支、五行、八卦、六十四卦名等学起,进一步便学些《百中经》《玉匣记》《增删卜易》《麻衣神相》《奇门遁甲》《阴阳宅》等书。小二黑从小就聪明,像那些算属相、卜六壬课、念大小流年或"甲子乙丑海中金"等口诀,不几天就都弄熟了,二诸葛也常把他引在人前卖弄。因为他长得伶俐可爱,大人们也都爱跟他玩,这个说:"二黑,算一算十岁属什么?"那个说:"二黑,给我卜一课!"后来二诸葛因为说"不宜栽种"误了种地,老婆也埋怨,大黑也埋怨,庄上人也都传为笑谈,小二黑也跟着这事受了许多奚落。那时候小二黑十三岁,已经懂得好歹了,可是大人们仍把他当成小孩来玩弄,好跟二诸葛开玩笑的,一到了家,常好对着二诸葛问小二黑道:"二黑!算算今天宜不宜栽种?"和小二黑年纪相仿的孩子们,一跟小二黑生了气,就连声喊道:"不宜栽种不宜栽种……"小二黑因为这事,好几个月见了人躲着走,从此就和他娘商量成一气,再不信他爹的鬼八卦。

小二黑跟小芹相好已经二三年了。那时候他才十六七,原不过在冬天夜长时候,跟着些闲人到三仙姑那里凑热闹,后来跟小芹混熟了,好像是一天不见面也不能行。后庄上也有人愿意给小二黑跟小芹做媒人,二诸葛不愿意,不愿意的理由有三:第一小二黑是金命,小芹是火命,恐怕火克金;第二小芹生在十月,是个犯月;第三是三仙姑的声名不好。恰巧在这时候,彰德府来了一伙难民,其中有个老李带来个八九岁的小姑娘,因为没有吃的,愿意把姑娘送给人家逃个活命。二诸葛说是个便宜,先问了一下生辰八字,掐算了半天说:"千里姻缘使线牵",就替小二黑收作童养媳。

虽然二诸葛说是千合适万合适,小二黑却不认账。父子俩吵了几天,二诸葛非养不行,小二黑说:"你愿意养你就养着,反正我不要!"结果虽把小姑娘留下了,却到底没有说清楚算什么关系。

六　斗争会

金旺自从碰了小芹的钉子以后,每日怀恨,总想设法报一报仇。有一次武委会训练村干部,恰巧小二黑发疟疾没有去。训练完毕之后,金旺就向兴旺说:"小二黑是装病,其实是被小芹勾引住了,可以斗争他一顿。"兴旺就是武委会主任,从前也碰过小芹一回钉子,自然十分赞成金旺的意见,并且又叫金旺回去和自己的老婆说一下,发动妇救会也斗争小芹一番。金旺老婆现任妇救会主席,因为金旺好到小芹那里去,早就恨得小芹了不得。现在金旺回去跟她说要斗争小芹,这才是巴不得的机会,丢下活计,马上就去布置。第二天,村里开了两个斗争会,一个是武委会斗争小二黑,一个是妇救会斗争小芹。

小二黑自己没有错,当然不承认,嘴硬到底,兴旺就下命令,把他捆起来送交政权机关处理。幸而村长脑筋清楚,劝兴旺说:"小二黑发疟是真的,不是装病,至于跟别人恋爱,不是犯法的事,不能捆人家。"兴旺说:"他已是有了女人的。"村长说:"村里谁不知道小二黑不承认他的童养媳。人家不承认是对的;男不过十六,女不过十五,不到订婚年龄。十来岁小姑娘,长大也不会来认这笔账。小二黑满有资格跟别人恋爱,谁也不能干涉。"兴旺没话说了,小二黑反要问他:"无故捆人犯法不犯?"经村长双方劝解,才算放了完事。

兴旺还没有离村公所,小芹拉着妇救会主席也来找村长,她一进门就说:"村长!捉贼要赃,捉奸要双,当了妇救会主席就不说理了?"兴旺见拉着金旺的老婆,生怕说出这事与自己有关,赶紧溜走。后来村长问了问情由,费了好大一会唇舌,才给她们调解开。

七　三仙姑许亲

两个斗争会开过以后,事情包也包不住了,小二黑也知道这事是合理合法的了,索性就跟小芹公开商量起来。

三仙姑却着了急。她跟小芹虽是母女,近几年来却不对劲。三仙姑爱的是青年们,青年们爱的是小芹。小二黑这个孩子,在三仙姑看来好像鲜果,可惜多一个小芹,就没了自己的份儿。她本想早给小芹找个婆家推出门去,可是因为自己声名不正,差不多都不愿意跟她结亲。开罢斗争会以后,风言风语都说小二黑要跟小芹自由结婚,她想要真是那样的话,以后想跟小二黑说句笑话都不能了,那是多么可惜的事,因此托东家求西家要给小芹找婆家。

"插起招军旗,就有吃粮人。"有个吴先生是在阎锡山部下当过旅长的退职军官,家里很富,才死了老婆。他在奶奶庙大会上见过小芹一面,愿意续她,媒人向三仙姑一说,三仙姑当然愿意。不几天过了礼帖,就算定了,三仙姑以为了却一宗心事。

　　小芹已经和小二黑商量得差不多了,如何肯听她娘的话?过礼那一天,小芹跟她娘闹起来,把吴先生送来的首饰绸缎扔下一地。媒人走后,小芹跟她娘说:"我不管!谁收了人家的东西谁跟人家去!"

　　三仙姑愁住了,睡了半天,晚饭以后,说是神上了身,打了两个呵欠就唱起来。她起先责备于福管不了家,后来说小芹跟吴先生是前世姻缘,还唱些什么"前世姻缘由天定,不顺天意活不成……"于福跪在地下哀求,神非教他马上打小芹一顿不可。小芹听了这话,知道跟这个装神弄鬼的娘说不出什么道理来,干脆躲了出去,让她娘一个人胡说。

　　小芹一个人悄悄跑到前庄上去找小二黑,恰在路上碰上小二黑去找她,两个就悄悄拉着手到一个大窑里去商量对付三仙姑的法子。

八　拿　双

　　小芹把她娘怎样主婚怎样装神,唱些什么,从头至尾细细向小二黑说了一遍,小二黑说:"不用理她!我打听过区上的同志,人家说只要男女本人愿意,就能到区上登记,别人谁也作不了主……"说到这里,听见外边有脚步声,小二黑伸出头来一看,黑影里站着四五个人,有一个说:"拿双拿双!"他两人都听出是金旺的声音,小二黑起了火,大叫道:"拿?没有犯了法!"兴旺也来了,下命令道:"捉住捉住!我就看你犯法不犯法,给你操了好几天心了!"小二黑说:"你说去哪里咱就去哪里,到边区政府你也不能把谁怎么样!走!"兴旺说:"走?便宜了你!把他捆起来!"小二黑挣扎了一会,无奈没有他们人多,终于被他们七手八脚打了一顿捆起来了。兴旺说:"里边还有个女的,也捆起来!捉奸要双,这是她自己说的!"说着就把小芹也捆起来了。

　　前庄上的人都还没有睡,听见有人吵架,有些人就跑出来看,麻秆火把下看见捆着的两个人,大家不问就都知道了八九分。二诸葛也出来了,见小二黑被人家捆起来,就跪在兴旺面前哀求道:"兴旺!咱两家没有什么仇!看在我老汉面上,请你们诸位高高手……"兴旺说:"这事情,我们管不了,送给上级再说吧!"小二黑说:"爹!你不用管!送到哪里也不犯法!我不怕他!"兴旺说:"好小子!要硬你就硬到底!"又逼住三个民兵说:"带他们走!"一个民兵问:"带到村公所?"兴旺说:"还到村公所干什么?上一回不是村长放了的?送给区武委会主任按军法处理!"说着就把他两个人拥上走了。

九　二诸葛的神课

邻居们见是兴旺弟兄们捆人，也没有人敢给小二黑讲情，直等到他们走后，才把二诸葛招呼回家。

二诸葛连连摇头说："唉！我知道这几天要出事啦！前天早上我上地去，才上到岭上，碰上个骑驴媳妇，穿了一身孝，我就知道坏了。我今年是罗睺星照运，要谨防带孝的冲了运气，因此哪里也不敢去，谁知躲也躲不过，昨天晚上二黑他娘梦见庙里唱戏。今天早上一个老鸦落在东房上叫了十几声……唉！反正是时运，躲也躲不过。"他罗哩罗嗦念了一大堆，邻居们听了有些厌烦，又给他说了一会宽心话，就都散了。

有事人哪里睡得着？人散了之后，二诸葛家里除了童养媳之外，三个人谁也没有睡。二诸葛摸了摸脸，取出三个制钱占了一卦，占出之后吓得他面色如土。他说："了不得呀了不得！丑土的父母动出午火的官鬼，火旺于夏，恐怕有些危险了。唉！人家把他选成青年队长，我就说过不叫他当，小杂种硬要充人物头！人家说要按军法处理，要不当队长哪里犯得了军法？"老婆也拍手跺脚道："小爹呀！谁知道你要闯这么大的事啦？"大黑劝道："不怕！事已经出下了，由他去吧！我想这又不是人命事，也犯不了什么大罪！既然他们送到区上了，我先到区上打听打听！你们都睡吧！"说着点了个灯笼就走了。

二诸葛打发大黑去后，仍然低头细细研究方才占的那一卦。停了一会，远远听着有个女人哭，越哭越近，不大一会就来到窗下，一推门就进来了。二诸葛还没有看清是谁，这女人就一把把他拉住，带哭带闹说："刘修德！还我闺女！你的孩子把我的闺女勾引到哪里了？还我……"二诸葛老婆正气得死去活来，一看见来的是三仙姑，正赶上出气，从炕上跳下来拉住她道："你来了好！省得我去找你！你母女两个好生生把我个孩子勾引坏，你倒有脸来找我！咱两人就也到区上说说理！"两个女人滚成一团，二诸葛一个人拉也拉不开，也再顾不上研究他的卦。三仙姑见二诸葛老婆已经不顾了命，自己先胆怯了几分，不敢恋战，少闹了一会挣脱出来就走了。二诸葛老婆追出门来，被二诸葛拦回去，还骂个不休。

十　恩典恩典

二诸葛一夜没有睡，一遍一遍念："大黑怎么还不回来，大黑怎么还不回来。"第二天天不明就起程往区上走，走到半路，远远看见大黑、三个民兵已都回来了,还来了区上一个助理员,一个交通员。他远远就喊叫道:"大黑!怎么样?要紧不要紧?"大黑说:"没有事!不怕!"说着就走到跟前,助理员跟三个民兵先走了。大黑告交通员说:"这就是我爹!"又向二诸葛说:"区上添传你跟于福老婆。你去吧,没有事!二黑跟小芹两个人,一到区上就放开了。区上早就说兴旺跟金旺两个人不是东西,已经把他两个人押起来了,还派助理员到咱村开大会调查他们横行霸道的证据。我赶到那里人家就问罢了,听说区上还许咱二黑跟小芹结婚。"二诸葛说:"不犯罪就好,结婚可不行,命相不对!你没有听说添传我做什么?"大黑说:"不知道,大约也没有什么大事。你去吧,我先回去告我娘说。"交通员说:"老汉,这就算见了你了!你去吧,我再传那一个去!"说了就跟大黑相跟着走了。

  二诸葛到了区上,看见小二黑跟小芹坐在一条板凳上,他就指着小二黑骂道:"闯祸东西!放了你你还不快回去?你把老子吓死了!不要脸!"区长道:"干什么?区公所是骂人的地方?"二诸葛不说话了。区长问:"你就是刘修德?"二诸葛答:"是!"问:"你给刘二黑收了个童养媳?"答:"是!"问:"今年几岁了?"答:"属猴的,十二岁了。"区长说:"女不过十五岁不能订婚,把人家退回娘家去,刘二黑已经跟于小芹订婚了!"二诸葛说:"她只有个爹,也不知逃难逃到哪里去了,退也没处退。女不过十五不能订婚,那不过是官家规定,其实乡间七八岁订婚的多着哩。请区长恩典恩典就过去了……"区长说:"凡是不合法的订婚,只要有一方面不愿意都得退!"二诸葛说:"我这是两家情愿!"区长问小二黑道:"刘二黑!你愿意不愿意?"小二黑说:"不愿意!"二诸葛的脾气又上来了,瞪了小二黑一眼道:"由你啦?"区长道:"给他订婚不由他,难道由你啦?老汉,如今是婚姻自主,由不得你了,你家养的那个小姑娘,要真是没有娘家,就算成你的闺女好了。"二诸葛道:"那也可以,不过还得请区长恩典恩典,不能叫他跟于福这闺女订婚!"区长说:"这你就管不着了!"二诸葛发急道:"千万请区长恩典恩典,命相不对,这是一辈子的事!"又向小二黑道:"二黑!你不要糊涂了!这是你一辈子的事!"区长道:"老汉!你不要糊涂了,强逼着你十九岁的孩子娶上个十二岁的小姑娘,恐怕要生一辈子气!我不过是劝一劝你,其实只要人家两个人愿意,你愿意不愿意都不相干。回去吧!童养媳没处退就算成你的闺女!"二诸葛还要请区长"恩典恩典",一个交通员把他推出来了。

十一 看看仙姑

  三仙姑去寻二诸葛,一来为的是逗逗闹气的本领,二来为的是遮遮外人的耳目,其实让小芹吃一吃亏她很高兴,所以跟二诸葛老婆闹了一阵之后,回去就睡了。第二天早上,她起得很迟,于福虽比她着急,可是自己既没有主意,又不敢叫醒她,只好自己先去做饭;饭快成的时候,三仙姑慢慢起来梳妆。于福问她道:"不去打听打听小芹?"她说:"打听她做甚啦?她的本领多大啦?"于福也再没有敢说什么,把饭菜做成了放在炉边等,直等到她梳妆罢了才开饭。

饭还没有吃罢,区上的交通员来传她。她好像很得意,嗓子拉得长长地说:"闺女大了咱管不了,就去请区长替咱管教管教!"她吃完了饭,换上新衣服、新首帕、绣花鞋、镶边裤,又擦了一次粉,加了几件首饰,然后叫于福给她备上驴,她骑上,于福给她赶上,往区上去。到了区上,交通员把她引到区长房子里,她趴下就磕头,连声叫道:"区长老爷,你可要给我作主!"区长正伏在桌上写字,见她低着头跪在地下,头上戴了满头银首饰,还以为是前两天跟婆婆生了气的那个年轻媳妇,便说道:"你婆婆不是有保人吗?为什么不找保人?"三仙姑莫名其妙,抬头看了看区长的脸。区长见是个擦着粉的老太婆,才知道是认错人了。交通员道:"认错人了!这就是于小芹的娘!"区长打量了她一眼道:"你就是小芹的娘呀?起来!不要装神做鬼!我什么都清楚!起来!"三仙姑站起来了。区长问:"你今年多大岁数?"三仙姑说:"四十五。"区长说:"你自己看看你打扮得像个人不像!"门边站着老乡一个十来岁的小闺女嘻嘻嘻笑了。交通员说:"到外边耍!"小闺女跑了。区长问:"你会下神是不是?"三仙姑不敢答话。区长问:"你给你闺女找了个婆家?"三仙姑答:"找下了!"问:"使了多少钱?"答:"三千五!"问:"还有些什么?"答:"有些首饰布匹!"问:"跟你闺女商量过没有?"答:"没有!"问:"你闺女愿意不愿意?"答:"不知道!"区长道:"我给你叫来你亲自问问她!"又向交通员道:"去叫于小芹!"

刚才跑出去那个小闺女,跑到外边一宣传,说有个打官司的老婆,四十五了,擦着粉,穿着花鞋。邻近的女人们都跑来看,挤了半院,唧唧哝哝说:"看看!四十五了!""看那裤腿!""看那鞋!"三仙姑半辈没有脸红过,偏这会撑不住气了,一道道热汗在脸上流。交通员领着小芹来了,故意说:"看什么?人家也是个人吧,没有见过?闪开路!"一伙女人们哈哈大笑。

把小芹叫来,区长说:"你问问你闺女愿意不愿意!"三仙姑只听见院里人说:"四十五""穿花鞋",羞得只顾擦汗,再也开不得口。院里的人们忽然又转了话头,都说"那是人家的闺女""闺女不如娘会打扮",也有人说"听说还会下神",偏又有个知道底细的断断续续讲"米烂了"的故事,这时三仙姑恨不得一头碰死。

区长说:"你不问我替你问!于小芹,你娘给你找的婆家你愿意跟人家结婚不愿意?"小芹说:"不愿意!我知道人家是谁?"区长问三仙姑道:"你听见了吧?"又给她讲了一会婚姻自主的法令,说小芹跟小二黑订婚完全合法,还吩咐她把吴家送来的钱和东西原封退了,让小芹跟小二黑结婚。她羞愧之下,一一答应了下来。

十二 怎么到底

三个民兵回到刘家峧,一说区上把兴旺金旺二人押起来,又派助理员来调查他们的罪恶,真是人人拍手称快。午饭后,庙里开一个群众大会,村长报告了开会宗旨,就请大家举他两个人的作恶事实。起先大家还怕扳不倒人家,人家再返回来报仇,老大一会没有人说话;有几个胆子太小的人,还悄悄劝大家说:"忍事者安然。"有个被他两人作践垮了的年轻人说:"我从前没有忍过?越忍越不得安然!你们不说我说!"他先从金旺领着土匪到他家绑票说起,一连说了四五款,才说道:"我歇歇再说,先让别人也说几款!"他一说开了头,许多受过害的人也都抢着说起来;有给他们花过钱的,有被他们逼着上过吊的,也有产业被他们霸了的,老婆被他们奸淫过的;他两人还派上民兵给他们自己割柴,拨上民夫给他们自己锄地,浮收粮,私派款,强迫民兵捆人,……你一宗他一宗,从响午说到太阳落,一共说了五六十款。

区上根据这些罪状把他两人送到县里,县里把罪状一一证实之后,除叫他们赔偿大家损失外,又判了十五年徒刑。

经过这次大会之后,村里人也都敢出头了。不久,村干部又都经过大改选,村里人再也不敢乱投坏人的票了。这其间,金旺老婆自然也落了选。偏她还变了口吻,说:"以后我也要进步了。"

两个神仙也有了变化:

三仙姑那天在区上被一伙妇女围住看了半天,实在觉得不好意思,回去对着镜子研究了一下,真有点打扮得不像话;又想到自己的女儿快要跟人结婚,自己还卖什么老俏?这才下了个决心,把自己的打扮从顶到底换了一遍,弄得像个当长辈人的样子,把三十年来装神弄鬼的那张香案也悄悄拆去。

二诸葛那天从区上回去,又向老婆提起二黑跟小芹的命相不对,他老婆道:"把你的鬼八卦收起吧!你不是说二黑这回了不得吗?你一辈子放个屁也要卜一课,究竟抵了些什么事?我看小芹满不错,能跟咱二黑过就很好!什么命相对不对?你就不记得'不宜栽种'?"二诸葛见老婆都不信自己的阴阳,也就不好意思再到别人跟前卖弄他那一套了。

小芹和小二黑各回各家,见老人们的脾气都有些改变,托邻居们趁势和说和说,两位神仙也就顺水推舟同意他们结婚。后来两家都准备了一下,就过门。过门之后,小两口都十分得意,邻居们都说是村里第一对好夫妻。

夫妻们在自己卧房里有时候免不了说玩话:小二黑好学三仙姑下神时候唱"前世姻缘由天定",小芹好学二诸葛说"区长恩典,命相不对"。淘气的孩子们去听窗,学会了这两句话,就给两位神仙加了新外号:三仙姑叫"前世姻缘",二诸葛叫"命相不对"。

1943年5月写于太行
(选自《新文化》创刊号,第1卷第2期)

张爱玲

倾城之恋

　　上海为了"节省天光",将所有的时钟都拨快了一小时,然而白公馆里说:"我们用的是老钟。"他们的十点钟是人家的十一点。他们唱歌唱走了板,跟不上生命的胡琴。

　　胡琴咿咿呀呀拉着,在万盏灯的夜晚.拉过来又拉过去,说不尽的苍凉的故事——不问也罢!……胡琴上的故事是应当由光艳的伶人来扮演的,长长的两片红胭脂夹住琼瑶鼻,唱了,笑了,袖子挡住了嘴……然而这里只有白四爷单身坐在黑沉沉的破阳台上,拉着胡琴。

　　正拉着,楼底下门铃响了。这在白公馆是一件稀罕事。按照从前的规矩,晚上绝对不作兴出去拜客。晚上来了客,或是平空里接到一个电报,那除非是天字第一号的紧急大事,多半是死了人。

　　四爷凝神听着,果然三爷三奶奶四奶奶一路嚷上楼来,急切间不知他们说些什么。阳台后面的堂屋里,坐着六小姐,七小姐,八小姐,和三房四房的孩子们,这时都有些皇皇然。四爷在阳台上,暗处看亮处,分外眼明,只见门一开,三爷穿着汗衫短裤,揸开两腿站在门槛上,背过手去,啪啪啪啪扑打股际的蚊子,远远的向四爷叫道:"老四你猜怎么着?六妹离掉的那一位,说是得了肺炎,死了!"四爷放下胡琴往房里走,问道:"是谁来给的信?"三爷道:"徐太太。"说着,回过头用扇子去撑三奶奶道:"你别跟上来凑热闹呀!徐太太还在楼底下呢,她胖,怕爬楼。你还不去陪陪她!"三奶奶去了,四爷若有所思道:"死的那个不是徐太太的亲戚么?"三爷道:"可不是。看这样子,是他们家特为托了徐太太来递信给我们的,当然是有用意的。"四爷道:"他们莫非是要六妹去奔丧?"三爷用扇子柄刮了刮头皮道:"照说呢,倒也是应该……"他们同时看了六小姐一眼。白流苏坐在屋子的一角,慢条斯理绣着一只拖鞋,方才三爷四爷一递一声说话,仿佛是没有她发言的余地,这时她便淡淡地道:"离过婚了,又去做他的寡妇,让人家笑掉了牙齿!"她若无其事地继续做她的鞋子,可是手指头上直冒冷汗,针涩了,再也拔不过去。

　　三爷道:"六妹,话不是这么说。他当初有许多对不起你的地方,我们全知道。现在人已经死了,难道你还记在心里?他丢下的那两个姨奶奶,自然是守不住的。你这会子堂堂正正地回去替他戴孝主丧,谁敢笑你?你虽然没生下一男半女,他的侄子多着呢。随你挑一个,过继过来。家私虽然不剩什么了,他家是个大族,就是拨你看守祠堂,也饿不死你母子。"白流苏冷笑道:"三哥替我想得真周到!就可惜晚了一步,婚已经离了这么七八年了。依你说,当初那些法律手续都是糊鬼不成?我们可不能拿着法律闹着玩哪!"三爷道:"你别动不动就拿法律来唬人!法律呀,今天改,明天改,我这天理人情,三纲五常,可是改不了的!你生是他家的人,死是他家的鬼,树高千丈,叶落归根——"流苏站起身来道:"你这话,七八年前为什么不说?"三爷道:"我只怕你多了心。只当我们不肯收容你。"流苏道:"哦?现在你就不怕我多心了?你把我的钱用光了,你就不怕我多心了?"三爷直问到她脸上道:"我用了你的钱?我用了你几个大钱?你住在我们家,吃我们的,喝我们的,从前还罢了,添个人不过添双筷子,现在你去打听打听看,米是什么价钱?我不提钱,你倒提起钱来了!"

四奶奶站在三爷背后,笑了一声道:"自己骨肉,照说不该提钱的话。提起钱来,这话可就长了!我早就跟我们老四说过——我说:老四,你去劝劝三爷,你们做金子,做股票,不能用六姑奶奶的钱哪,没的沾上了晦气!她一嫁到了婆家,丈夫就变成了败家子。回到娘家来,眼见得娘家就要败光了——天生的扫帚星!"三爷道:"四奶奶这话有理。我们那时候,如果没让她入股子,决不至于弄得一败涂地!"

流苏气得浑身乱颤,把一只绣了一半的拖鞋面子抵住了下颔,下颔抖得仿佛要落下来。三爷又道:"想当初你哭哭啼啼回家来,闹着要离婚。怪只怪我是个血性汉子,眼见你给他打成那个样子,心有不忍,一拍胸脯子站出来说:好!我白老三穷虽穷,我家里短不了我妹子这一碗饭!我只道你们少年夫妻,谁没个脾气?大不了回娘家来住个三年五载的,两下里也就回心转意了。我若知道你们认真是一刀两断,我会帮着你办离婚么?拆散人家夫妻,这是绝子绝孙的事。我白老三是有儿子的人,我还指望着他们养老呢!"流苏气到了极点,反倒放声笑了起来道:"好,好,都是我的不是!你们穷了,是我把你们吃穷了。你们亏了本,是我带累了你们。你们死了儿子,也是我害了你们伤了阴骘!"四奶奶一把揪住了她儿子的衣领把他儿子的头去撞流苏叫道:"赤口白话的咒起孩子来了!就凭你这句话,我儿子死了,我就得找着你!"流苏连忙一闪身躲过了,抓住四爷道:"四哥你瞧,你瞧——你——你倒是评评理看!"四爷道:"你别着急呀,有话好说,我们从长计议。三哥这都是为你打算——"流苏赌气摔开了手,一径进里屋去了。

里屋没点灯,影影绰绰的只看见珠罗纱帐子里,她母亲躺在红木大床上,缓缓挥动白团扇。流苏走到床跟前,双膝一软,就跪了下来,伏在床沿上,哽咽道:"妈。"白老太太耳朵还好,外间屋里说的话她全听见了。她咳嗽了一声,伸手在枕边摸索到了小痰罐子,吐了一口痰,方才说道:"你四嫂就是这么碎嘴子!你可不能跟她一样的见识。你知道,各人有各人的难处。你四嫂天生的要强性儿,一向管着家,偏生你四哥不争气,狂嫖滥赌的,玩出一身病来不算,不该挪了公帐上的钱,害得你四嫂面上无光,只好让你三嫂当家,心里咽不下这口气,着实不舒坦。你三嫂精神又不济,支持这份家,可不容易!种种地方,你得体谅他们一点。"流苏听她母亲这话风,一味的避重就轻,自己觉得好没意思,只得一言不发。白老太太翻身朝里睡了,又道:"先两年,东捞西凑的卖一次田,还够两年吃的。现在可不行了。我年纪大了,说声走,一撒手就走了,可顾不得你们。天下没有不散的筵席。你跟着我,总不是长久之计。倒是回去是正经。领个孩子过活,熬个十几年总有你出头之日。"

正说着,门帘一动,白老太太道:"是谁?"四奶奶探头进来道:"妈,徐太太还在楼下呢,等着跟您说七妹的婚事。"白老太太道:"我这就起来。你把灯捻开。"屋里点上了灯,四奶奶扶着老太太坐起身来,伺候她穿衣下来。白老太太问道:"徐太太那边找到了合适的人?"四奶奶道:"听她说得怪好的,就是年纪大了几岁。"白老太太咳了一声道:"宝络这孩子,今年也二十四了,真是我心上一个疙瘩,白替她操了心,还让人家说我:她不是我亲生的,我存心耽搁了她!"四奶奶把老太太搀到外房去,老太太道:"你把我那儿的新茶叶拿出来给徐太太泡一碗,绿洋铁筒子里的是大姑奶奶去年带来的龙井,高罐儿里的是碧螺春,别弄错了。"四奶奶一面答应着,一面叫喊道:"来人哪!开灯哪!"只听见一阵脚步响来了些粗手大脚的孩子们,帮着老妈子把老太太搬运下楼去了。

四奶奶一个人在外间屋里翻箱倒柜找寻老太太的私房茶叶,忽然笑道:"咦!七妹你打哪儿钻出来了,吓我一跳!我说怎么的,刚才你一晃就不见影儿了!"宝络细声道:"我在阳台上乘凉。"四奶奶格格笑道:"害臊呢!我说,七妹,赶明儿你有了婆家,凡事可得小心一点,别那么由着性儿闹。离婚岂是容易的事?要离就离了,稀松平常!果真那么容易,你四哥不成材,我干吗不离婚哪!我也有娘家呀,我不是没处可投奔的,可是这年头儿我不能不给他们划算划算,我是有点人心的,就得顾着他们一点,不能靠定了人家,把人家拖穷了。我还有三分廉耻呢!"

白流苏在她母亲床前凄凄凉凉跪着,听见了这话,把手里的绣花鞋帮子紧紧按在心口上,戳在鞋上的一枚针,扎了手也不觉得疼,小声道:"这屋子里可住不得了!……住不得了!"她的声音灰暗而轻飘,像断断续续的尘灰吊子。她仿佛做梦似的,满头满脸都挂着尘灰吊子,迷迷糊糊向前一扑,自己以为是枕住了她母亲的膝盖,呜呜咽咽哭了起来道:"妈,妈,你老人家给我做主!"她母亲呆着脸,笑嘻嘻的不做声。她搂住她母亲的腿,使劲摇撼着,哭道:"妈!妈!"恍惚又是多年前,她还只十来岁的时候,看了戏出来,在倾盆大雨中和家里人挤散了。她独自站在人行道上,瞪着眼看人,人也瞪着眼看她,隔着雨淋淋的车窗,隔着一层无形的玻璃罩——无数的陌生人。人人都关在他们自己的小世界里,她撞破了头也撞不进去。她似乎是魔住了。忽然听见背后有脚步声,猜着是她母亲来了,便竭力定了一定神,不言语。她所祈求的母亲与她真正的母亲根本是两个人。

那人走到床前坐下了,一开口,却是徐太太的声音。徐太太劝道:"六小姐,别伤心了,起来,起来,大热的天……"流苏撑着床勉强站了起来,道:"婶子,我……我在这儿再也呆不下去了。早就知道人家多嫌着我,就只差明说。今儿当面锣,对面鼓,发过话了,我可没有脸再住下去了!"徐太太扯她在床沿上一同坐下,悄悄地道:"你也太老实了,不怪人家欺负你,你哥哥们把你的钱盘来盘去盘光了。就养活你一辈子也是应该的。"

流苏难得听见这几句公道话,且不问她是真心还是假意,先就从心里热起来,泪如雨下,道:"谁叫我自己糊涂呢!就为了这几个钱,害得我要走也走不开。"徐太太道:"年纪轻轻的人,不怕没有活路。"流苏道:"有活路,我早走了!我又没念过两句书,肩不能挑,手不能提,我能做什么事?"徐太太道:"找事,都是假的,还是找个人是真的。"流苏道:"那怕不行。我这一辈子早完了。"徐太太道:"这句话,只有有钱的人,不愁吃,不愁穿,才有资格说。没钱的人,要完也完不了哇!你就是剃了头发当姑子去,化个缘罢,也还是尘缘——离不了人!"流苏低头不语。徐太太道:"你这件事。早两年托了我,又要好些。"流苏微微一笑道:"可不是,我已经二十八了。"徐太太道:"放着你这样好的人才,二十八也不算什么。我替你留心着。说着我又要怪你了,离了婚七八年了,你早点儿拿定了主意,远走高飞,少受多少气!"流苏道:"婶子你又不是不知道,像我们这样的家庭,哪儿肯放我们出去交际?倚仗着家里人罢,别说他们根本不赞成,就是赞成了,我底下还有两个妹妹没出阁,三哥四哥的几个女孩子也渐渐地长大了,张罗她们还来不及呢,还顾得到我?"

徐太太笑道:"提起你妹妹,我还等着他们的回话呢。"流苏道:"七妹的事,有希望么?"徐太太道:"说得有几分眉目了。刚才我有意的让娘儿们自己商议商议,我说我上去瞧瞧六小姐就来。现在可该下去了。你送我下去,成不成?"流苏只得扶着徐太太下楼,楼梯又旧,徐太太又胖,走得吱吱格格一片响。到了堂屋里,流苏欲待开灯,徐太太道:"不用了,看得见。他们就在东厢房里。你跟我来,大家说说笑笑,事情也就过去了,不然,明儿吃饭的时候免不了要见面的,反而僵得慌。"流苏听不得"吃饭"这两个字,心里一阵刺痛,硬着嗓子,强笑道:"多谢娴子——可是我这会子身子有点不舒服,实在不能够见人,只怕失魂落魄的,说话闯了祸,反而辜负了您待我的一片心。"徐太太见流苏一定不肯,也就罢了,自己推门进去。

门掩上了,堂屋里暗着。门的上端的玻璃格子里透进两方黄色的灯光,落在青砖地上。朦胧中可以看见堂屋里顺着墙高高下下堆着一排书箱,紫檀匣子,刻着绿泥款识。正中天然几上,玻璃罩子里,搁着珐琅自鸣钟,机括早坏了,停了多年。两旁垂着朱红对联,闪着金色寿字团花,一朵花托住一个墨汁淋漓的大字。在微光里,一个个的字都像浮在半空中,离着纸老远。流苏觉得自己就是对联上的一个字,虚飘飘的,不落实地。白公馆有这么一点像神仙的洞府,这里悠悠忽忽过了一天,世上已经过了一千年。可是这里过了一千年,也同一天差不多,因为每天都是一样的单调与无聊。流苏交叉着胳膊,抱住她自己的颈项。七八年一眨眼就过去了。你年轻么?不要紧,过两年就老了,这里,青春是不希罕的。他们有的是青春——孩子一个个的被生出来,新的明亮的眼睛,新的红嫩的嘴,新的智慧。一年又一年的磨下来,眼睛钝了,人钝了,下一代又生出来了。这一代便被吸到朱红洒金的辉煌的背景里去,一点一点的淡金便是从前的人的怯怯的眼睛。

流苏突然叫了一声,掩住自己的眼睛,跌跌冲冲往楼上爬,往楼上爬……上了楼,到了她自己的屋子里,她开了灯,扑在穿衣镜上,端详她自己。还好,她还不怎么老。她那一类的娇小的身躯是最不显老的一种,永远是纤瘦的腰,孩子似的萌芽的乳。她的脸,从前是白得像瓷,现在由瓷变为玉——半透明的轻青的玉。下颌起初是圆的,近年来渐渐尖了,越显得那小小的脸,小得可爱。脸庞原是相当的窄,可是眉心很宽。一双娇滴滴,滴滴娇的清水眼。阳台上,四爷又拉起胡琴了。依着那抑扬顿挫的调子,流苏不由得偏着头,微微飞了个眼风,做了个手势。她对着镜子这一表演,那胡琴听上去便不是胡琴,而是笙箫琴瑟奏着幽沉的庙堂舞曲。她向左走了几步,又向右走了几步,她走一步路都仿佛是合着失了传的古代音乐的节拍。她忽然笑了——阴阴的,不怀好意的一笑,那音乐便戛然而止。外面的胡琴继续拉下去,可是胡琴诉说的是一些辽远的忠孝节义的故事,不与她相干了。

这时候,四爷一个人躲在那里拉胡琴,却是因为他自己知道楼下的家庭会议中没有他置喙的余地。徐太太走了之后,白公馆里少不得将她的建议加以研究和分析。徐太太打算替宝络做媒说给一个姓范的,那人最近和余先生在矿务上有相当密切的联络,徐太太对于他的家世一向就很熟悉,认为绝对可靠。那范柳原的父亲是一个著名的华侨,有不少的产业分布在锡兰马来亚等处。范柳原今年三十三岁,父母双亡。白家众人质问徐太太,何以这样的一个标准夫婿到现在还是独身的,徐太太告诉他们,范柳原从英国回来的时候,无数的太太们急扯白脸的把女儿送上门来,硬要掷给他,勾心斗角,各显神通,大大热闹过一番。这一捧却把他捧坏了。从此他把女人看成他脚底下的泥。由于幼年时代的特殊环境,他脾气本来就有点怪僻。他父母的结合是非正式的。他父亲有一次出洋考察,在伦敦结识了一个华侨交际花,两人秘密地结了婚。原籍的太太也有点风闻。因为惧怕太太的报复,那二夫人始终不敢回国。范柳原就是在英国长大的。他父亲故世以后,虽然大太太只有两个女儿,范柳原要在法律上确定他的身份,却有种种棘手之处。他孤身流落在英伦,很吃过一些苦,然后方才获到了继承权。至今范家的族人还对他抱着仇视的态度,因此他总是住在上海的时候多,轻易不回广州老宅里去。他年纪轻轻的时候受了些刺激,渐渐的就往放浪的一条路上走,嫖赌吃喝,样样都来,独独无意于家庭幸福。白四奶奶就说:"这样的人,想必是喜欢存心挑剔。我们七妹是庶出的,只怕人家看不上眼。放着这么一门好亲戚,怪可惜了儿的!"三爷道:"他自己也是庶出。"四奶奶道:"可是人家多厉害呀,就凭我们七丫头那股子傻劲儿,还指望拿得住他?倒是我那个大女孩子机灵些,别瞧她,人小心不小,真识大体!"三奶奶道:"那似乎年岁差得太多了。"四奶奶道:"哟!你不知道,越是那种人,越是喜欢年纪轻的,我那个大的若是不成,还有二的呢。"三奶奶笑道:"你那个二的比姓范的小二十岁。"四奶奶悄悄扯了她一把,正颜厉色地道:"三嫂,你别那么糊涂!你护着七丫头,她是白家什么人?隔了一层娘肚皮,就差远了。嫁了过去,谁也别想在她身上得点什么好处!我这都是为了大家好。"然而白老太太一心一意只怕亲戚议论她亏待了没娘的七小姐,决定照原来计划,由徐太太择日请客,把宝络介绍给范柳原。

徐太太双管齐下,同时又替流苏物色到一个姓姜的,在海关里做事,新故了太太,丢下了五个孩子,急等着续弦。徐太太主张先忙完了宝络,再替流苏撮合,因为范柳原不久就要上新加坡去了。白公馆里对于流苏的再嫁,根本就拿它当一个笑话,只是为了要打发她出门,没奈何,只索不闻不问,由着徐太太闹去。为了宝络这头亲,却忙得鸦飞雀乱,人仰马翻。一样是两个女儿。一方面如火如荼,一方面冷冷清清,相形之下,委实使人难堪。白老太太将全家的金珠细软,尽情搜刮出来,能够放在宝络身上的都放在宝络身上。三房里的女孩子过生日的时候,干娘给的一件累丝衣料,也被老太太逼着三奶奶拿了出来,替宝络制了旗袍。老太太自己历年攒下的私房,以皮货居多,暑天里又不能穿皮子,只得典质了一件貂皮大袄,用那笔款子去把几件首饰改镶了时新款式。珍珠耳坠子,翠玉手镯,绿宝戒指,自不必说,务必把宝络打扮得花团锦簇。

到了那天,老太太,三爷,三奶奶,四爷,四奶奶自然都是要去的。宝络辗转听到四奶奶的阴谋,心里着实恼着她,执意不肯和四奶奶的两个女儿同时出场,又不好意思说不要她们,便下死劲拖流苏一同去。一部出差汽车黑压压坐了七个人,委实再挤不下了,四奶奶的女儿金枝金蝉便惨遭淘汰。他们是下午五点钟出发的,到晚上十一点方才回家。金枝金蝉哪里放得下心,睡得着觉?眼睁睁盼着他们回来了,却又是大伙儿哑口无言。宝络沉着脸走到老太太房里,一阵风把所有的插戴全剥了下来,还了老太太,一言不发回房去了。金枝金蝉把四奶奶拖到阳台上,一叠连声追问怎么了。四奶奶怒道:"也没看见像你们这样的女孩子家,又不是你自己相亲,要你这样热辣辣的!"三奶奶跟了出来,柔声缓气说道:"你这话,别让人家多了心去!"四奶奶索性冲着流苏的房间嚷道:"我就是指桑骂槐,骂了她了,又怎么着?又不是千年万代没见过男子汉,怎么一闻见生人气,就痰迷心窍,发了疯了?"金枝金蝉被她骂得摸不着头脑,三奶奶做好做歹稳住了她们的娘,又告诉她们道:"我们先去看电影的。"金枝诧异道:"看电影?"三奶奶道:"可不是透着奇怪,专为看人去的,倒去坐在黑影子里,什么也瞧不见,后来徐太太告诉我说都是那范先生的主张,他在那里搁坏呢。他要把人家搁在那里搁个两三个钟头,脸上出了油,胭脂花粉褪了色,他可以看得亲切些。那是徐太太的猜想。据我看来,那姓范的始终就没有诚意。他要看电影,就为着懒得跟我们应酬。看完了戏,他不是就想溜么?"四奶奶忍不住插嘴道:"哪儿的话,今儿的事,一上来挺好的,要不是我们自己窝儿里的人在里头捣乱,准有个七八成!"金枝金蝉齐声道:"三妈,后来呢?后来呢?"三奶奶道:"后来徐太太拉住了他,要大家一块儿去吃饭。他就说他请客。"四奶奶拍手道:"吃饭就吃饭,明知道我们七小姐不会跳舞,上跳舞场去干坐着,算什么?不是我说,这就要怪三哥了,他也是外面跑跑的人,听见姓范的吩咐汽车夫上舞场去,也不拦一声!"三奶奶忙道:"上海这么多的饭店,他怎么知道哪一个饭店有跳舞,哪一个饭店没有跳舞?他可比不得四爷是个闲人哪,他没那么多的工夫去调查这个!"金枝金蝉还要打听此后的发展,三奶奶给四奶奶几次一打岔,兴致索然。只道:"后来就吃饭,吃了饭,就回来了。"

金蝉道:"那范柳原是怎样的一个人?"三奶奶道:"我哪儿知道?统共没听见他说过三句话。"又寻思了一会,道:"跳舞跳得不错罢!"金枝咦了一声道:"他跟谁跳来着?"四奶奶抢先答道:"还有谁,还不是你那六姑!我们诗礼人家,不准学跳舞的,就只她结婚之后跟她那不成材的姑爷学会了这一手!好不害臊,人家问你,说不会跳不就结了?不会也不是丢脸的事。像你三妈,像我,都是大户人家的小姐,活过这半辈子了,什么世面没见过?我们就不会跳!"三奶奶叹了口气道:"跳了一次,还说是敷衍人家的面子,还跳第二次,第三次!"金枝金蝉听到这里,不禁张口结舌。四奶奶又向那边喃喃骂道:"猪油蒙了心!你若是以为你破坏了你妹子的事,你就有指望了,我叫你早早地歇了这个念头!人家连多少小姐都看不上眼呢,他会要你这败柳残花?"

流苏和宝络住着一间屋子,宝络已经上床睡了,流苏蹲在地下摸着黑点蚊烟香,阳台上的话听得清清楚楚,可是她这一次却非常的镇静,擦亮了洋火,眼看着它烧过去,火红的小小三角旗,在它自己的风中摇摆着,移,移到她手指边,她噗的一声吹灭了它,只剩下一截红艳的小旗杆,旗杆也枯萎了,垂下灰白蜷曲的鬼影子。她把烧焦的火柴丢在烟盘子里。今天的事,她不是有意的,但是无论如何,她给了他们一点颜色看看。他们以为她这一辈子已经完了么?早哩!她微笑着。宝络心里一定也在骂她,骂得比四奶奶的话还要难听。可是她知道宝络恨虽恨她,同时也对她刮目相看,肃然起敬。一个女人,再好些,得不着异性的爱,也就得不着同性的尊重。女人们就是这点贱。

范柳原真心喜欢她么?那倒也不见得。他对她说的那些话,她一句也不相信。她看得出他是对女人说惯了谎的。她不能不当心——她是个六亲无靠的人。她只有她自己了。床架子上挂着她脱下来的月白蝉翼纱旗袍。她一歪身坐在地上,搂住了长袍的膝部,郑重地把脸偎在上面。蚊香的绿烟一蓬一蓬浮上来,直熏到她脑子里去。她的眼睛里,眼泪闪着光。

隔了几天,徐太太又来到白公馆。四奶奶早就预言过:"我们六姑奶奶这样的胡闹,眼见得七丫头的事是吹了。徐太太岂有不恼的?徐太太怪了六姑奶奶,还肯替她介绍人么?这就叫偷鸡不着蚀把米。"徐太太果然不像先前那么一盆火似的了,远兜远转先解释她这两天为什么没上门。家里老爷有要事上香港去接洽,如果一切顺利,就打算在香港租下房子,住个一年半载的,所以她这两天忙着打点行李,预备陪他一同去。至于宝络的那件事,姓范的已经不在上海了,暂时只得搁一搁,流苏的可能的对象姓姜的,徐太太打听了出来,原来他在外面有了人,若要拆开,还有点麻烦。据徐太太看来,这种人不甚可靠,还是算了罢。三奶奶四奶奶听了这话,彼此使了个眼色,撇着嘴笑了一笑。

徐太太接下去攒眉说道:"我们的那一位,在香港倒有不少的朋友,就可惜远水救不着近火……六小姐若是能够到那边去走一趟,倒许有很多的机会。这两年,上海人在香港的,真可以说是人才济济。上海人自然是喜欢上海人,所以同乡的小姐们在那边听说是很受人欢迎。六小姐去了,还愁没有相当的人?真可以抓起一把来拣拣!"众人觉得徐太太真是善于辞令。

前两天轰轰烈烈闹着做媒,忽然烟消火灭了,自己不得下场,便故作遁辞,说两句风凉话。白老太太便叹了口气道:"到香港去一趟,谈何容易!单讲——"不料徐太太很爽快的一口剪断了她的话道:"六小姐若是愿意去,我请她。我答应帮她的忙,就得帮到底。"大家不禁面面相觑,连流苏都怔住了。她估计着徐太太当初自告奋勇替她做媒,想必倒是一时仗义,真心同情她的境遇。为了她跑跑腿寻寻门路,治一桌酒席请请那姓姜的,这点交情是有的。但是出盘缠带她到香港去,那可是所费不赀。为什么徐太太平空的要在她身上花这些钱?世上的好人虽多,可没有多少傻子愿意在银钱上做好人。徐太太一定是有背景的。难不成是那范柳原的诡计?徐太太曾经说过她丈夫与范柳原在营业上有密切接触,夫妇两个大约是很热心地捧着范柳原。牺牲一个不相干的孤苦的亲戚来巴结他,也是可能的事。流苏在这里胡思乱想着,白老太太便道:"那可不成呀,总不能让您——"徐太太打了个哈哈道:"没关系,这点小东,我还做得起!再说,我还指望着六小姐帮我的忙呢。我拖着两个孩子,血压又高,累不得,路上有了她,凡事也有个照应。我是不拿她当外人的,以后还要她多多的费神呢!"白老太太忙代流苏客气了一番。徐太太掉过头来,单刀直入地问道:"那么六小姐,你一准跟我们跑一趟罢!就算是去逛逛,也值得。"流苏低下头去,微笑道:"您待我太好了。"她迅速地盘算了一下。姓姜的那件事是无望了。以后即使有人替她做媒,也不过是和那姓姜的不相上下,也许还不如他。流苏的父亲是一个有名的赌徒,为了赌而倾家荡产,第一个领着他们往破落户的路上走。流苏的手没有沾过骨牌和骰子,然而她也是喜欢赌的。她决定用她的前途来下注。如果她输了,她声名扫地,没有资格做五个孩子的后母。如果赌赢了,她可以得到众人虎视眈眈的目的物范柳原,出净她胸中这一口恶气。

　　她答应了徐太太。徐太太在一星期内就要动身。流苏便忙着整理行装。虽说家无长物,根本没有什么可整理的,却也乱了几天。变卖了几件零碎东西,添制了几套衣服。徐太太在百忙中还腾出时间来替她做顾问。徐太太这样的笼络流苏,被白公馆里的人看在眼里,渐渐的也就对流苏发生了新的兴趣。除了怀疑她之外,又存了三分顾忌,背后嘀嘀咕咕议论着,当面却不那么指着脸子骂了,偶然也还叫声"六妹","六姑","六小姐",只怕她当真嫁到香港的阔人,衣锦荣归,大家总得留个见面的余地,不犯着得罪她。

　　徐太太徐先生带着孩子一同乘车来接了她上船,坐的是一只荷兰船的头等舱。船小,颠簸得厉害,徐先生徐太太一上船便双双睡倒,吐个不休,旁边儿啼女哭,流苏倒着实服侍了他们几天。好容易船靠了岸,她方才有机会到甲板上去看看海景。那是个火辣辣的下午,望过去最触目的便是码头上围列着的巨型广告牌,红的,橘红的,粉红的,倒映在绿油油的海水里,一条条,一抹抹刺激性的犯冲的色素,窜上落下,在水底下厮杀得异常热闹。流苏想着,在这夸张的城里,就是栽个跟头,只怕也比别处痛些,心里不由得七上八下起来,忽然觉得有人奔过来抱住她的腿,差一点把她推了一跤,倒吃了一惊,再看原来是徐太太的孩子,连忙定了定神。过去助着徐太太照料一切。谁知那十来件行李与两个孩子,竟不肯被归着在一堆。行李齐了,一转眼又少了个孩子。流苏疲于奔命,也就不去看野眼了。

　　上了岸,叫了两部汽车到浅水湾饭店。那车驰出了闹市,翻山越岭,走了多时,一路只见黄土崖,红土崖,土崖缺口处露出森森绿树,露出蓝绿色的海。近了浅水湾,一样是土崖与丛林,却渐渐的明媚起来。许多游了山回来的人,乘车掠过他们的车,一汽车一汽车载满了花,风里吹落了零乱的笑声。

　　到了旅馆门前,却看不见旅馆在哪里。他们下了车,走上极宽的石级,到了花木萧疏的高台上,方见再高的地方有两幢黄色房子。徐先生早定下了房间,仆欧们领着他们沿着碎石小径走去,进了昏黄的饭厅,经过昏黄的穿堂,往二层楼上走。一转弯,有一扇门通着一个小阳台,搭着紫藤花架,晒着半壁斜阳。阳台上有两个人站着说话,只见一个女的,背向着他们,披着一头漆黑的长发,直垂到脚踝上,脚踝上套着赤金扭麻花镯子,光着脚,底下看不仔细是否趿着拖鞋,上面微微露出一截印度式桃红皱裥窄脚裤。被那女人挡住的一个男子,却叫了一声:"咦!徐太太!"便走了过来,向徐先生徐太太打招呼,又向流苏含笑点头。流苏见是范柳原,虽然早就料到这一着,一颗心依旧不免跳得厉害。阳台上的女人一闪就不见了。柳原伴着他们上楼,一路上大家仿佛他乡遇故知似的,不断的表示惊讶与愉快。那范柳原虽然够不上称做美男子,粗枝大叶的,也有他的一种风神。徐先生夫妇指挥着仆欧们搬行李,柳原与流苏走在前面,流苏含笑问道:"范先生,你没有上新加坡去?"柳原轻轻答道:"我在这儿等着你呢。"流苏想不到他这样直爽,倒不便深究,只怕说穿了,不是徐太太请她上香港而是他请的,自己反而下不落台,因此只当他说玩笑话,向他笑了一笑。

　　柳原问知她的房间是一百三十号,便站住了脚道:"到了。"仆欧拿钥匙开了门,流苏一进门便不由得向窗口笔直走过去。那整个的房间像暗黄的画框,镶着窗子里一幅大画。那酽酽的,滟滟的海涛,直溅到窗帘上,把帘子的边缘都染蓝了。柳原向仆欧道:"箱子就放在橱跟前。"流苏听他说话的声音就在耳根子底下,不觉震了一震,回过脸来,只见仆欧已经出去了,房门却没有关严。柳原倚着窗台,伸出一只手来撑在窗格子上,挡住了她的视线,只管望着她微笑。流苏低下头去。柳原笑道:"你知道么?你的特长是低头。"流苏抬头笑道:"什么?我不懂。"柳原道:"有的人善于说话,有的人善于笑,有的人善于管家,你是善于低头的。"流苏道:"我什么都不会。我是顶无用的人。"柳原笑道："无用的女人是最最厉害的女人。"流苏笑着走开了道："不跟你说了，到隔壁去看看罢。"柳原道："隔壁？我的房还是徐太太的房？"流苏又震了一震道："你就住在隔壁？"柳原已经替她开了门，道："我屋里乱七八糟的，不能见人。"

他敲了一敲一百三十一号的门，徐太太开门放他们进来道："在我们这边吃茶罢，我们有个起坐间。"便揿铃叫了几客茶点。徐先生从卧室里走了出来道："我打了个电话给老朱，他闹着要接风，请我们大伙儿上香港饭店。就是今天。"又向柳原道："连你在内。"徐太太道："你真有兴致，晕了几天的船，还不趁早歇歇？今儿晚上，算了罢！"柳原笑道："香港饭店，是我所见过的顶古板的舞场。建筑、灯光、布置、乐队，都是英国式，四五十年前顶时髦的玩艺儿，现在可不够刺激性了。实在没有什么可看的，除非是那些怪模怪样的西崽，大热的天，仿着北方人穿着扎脚裤——"流苏道："为什么？"柳原道："中国情调呀！"徐先生笑道："既来到此地，总得去看看。就委屈你做做陪客罢！"柳原笑道："我可不能说准。别等我。"流苏见他不像要去的神气，徐先生并不是常跑舞场的人，难得这么高兴，似乎是认真要替她介绍朋友似的，心里倒又疑惑起来。

然而那天晚上，香港饭店里为他们接风一班人，都是成双捉对的老爷太太，几个单身男子都是二十岁左右的年轻人。流苏正在跳着舞，范柳原忽然出现了，把她从另一个男子手里接了过来，在那荔枝红的灯光里，她看不清他的黝暗的脸，只觉得他异常的沉默。流苏笑道："怎么不说话呀？"柳原笑道："可以当着人说的话，我全说完了。"流苏噗嗤一笑道："鬼鬼祟祟的，有什么背人的话？"柳原道："有些傻话，不但是要背着人说，还得背着自己。让自己听见了也怪难为情的。譬如说，我爱你，我一辈子都爱你。"流苏别过头去，轻轻啐了一声道："偏有这些废话！"柳原道："不说话又怪我不说话了，说话，又嫌唠叨！"流苏笑道："我问你，你为什么不愿意我上跳舞场去？"柳原道："一般的男人，喜欢把好女人教坏了，又喜欢感化坏的女人，使她变为好女人。我可不像那么没事找事做。我认为好女人还是老实些的好。"流苏瞟了他一眼道："你以为你跟别人不同么？我看你也是一样的自私。"柳原笑道："怎样自私？"流苏心里想着：你最高的理想是一个冰清玉洁而又富于挑逗性的女人。冰清玉洁，是对于他人。挑逗，是对于你自己。如果我是一个彻底的好女人，你根本就不会注意到我。她向他偏着头笑道："你要我在旁人面前做一个好女人，在你面前做一个坏女人。"柳原想了一想道："不懂。"流苏又解释道："你要我对别人坏，独独对你好。"柳原笑道："怎么又颠倒过来了？越发把人家搅糊涂了！"他又沉吟了一会道："你这话不对。"流苏笑道："哦，你懂了。"柳原道："你好也罢，坏也罢，我不要你改变。

难得碰见像你这样的一个真正的中国女人。"流苏微微叹了口气道:"我不过是一个过了时的人罢了。"柳原道:"真正的中国女人是世界上最美的,永远不会过了时。"流苏笑道:"像你这样的一个新派人——"柳原道:"你说新派,大约就是指的洋派。我的确不能算一个真正的中国人,直到最近几年才渐渐的中国化起来。可是你知道,中国化的外国人,顽固起来,比任何老秀才都要顽固。"流苏笑道:"你也顽固,我也顽固,你说过的,香港饭店又是最顽固的跳舞场……"他们同声笑了起来。音乐恰巧停了。柳原扶着她回到座上,向众人笑道:"白小姐有点头痛,我先送她回去罢。"流苏没提防他有这一着,一时想不起怎样对付,又不愿意得罪了他,因为交情还不够深,没有到吵嘴的程度,只得由他替她披上外衣,向众人道了歉,一同走了出来。

迎面遇见一群西洋绅士,众星捧月一般簇拥着一个女人。流苏先就注意到那人的漆黑的头发,结成双股大辫,高高盘在头上。那印度女人,这一次虽然是西式装束,依旧带着浓厚的东方色彩。玄色轻纱氅底下,她穿着金鱼黄紧身长衣,盖住了手,只露出晶亮的指甲,领口挖成极狭的V形,直开到腰际,那是巴黎最新的款式,有个名式,唤做"一线天"。她的脸色黄而油润,像飞了金的观音菩萨,然而她的影沉沉的大眼睛里躲着妖魔。古典型的直鼻子,只是太尖,太薄一点。粉红的厚重的小嘴唇,仿佛肿着似的。柳原站住了脚,向她微微鞠了一躬。流苏在那里看她,她也昂然望着流苏,那一双骄矜的眼睛,如同隔着几千里地,远远的向人望过来。柳原便介绍道:"这是白小姐。这是萨黑荑妮公主。"流苏不觉肃然起敬。萨黑荑妮伸出一双手来,用指尖碰了一碰流苏的手,问柳原道:"这位白小姐,也是上海来的?"柳原点点头。萨黑荑妮微笑道:"她倒不像上海人。"柳原笑道:"像哪儿的人呢?"萨黑荑妮把一只食指按在腮帮子上,想了一想,翘着十指尖尖,仿佛是要形容而又形容不出的样子,耸肩笑了一笑,往里走去。柳原扶着流苏继续往外走,流苏虽然听不大懂英文,鉴貌辨色,也就明白了,便笑道:"我原是个乡下人。"柳原道:"我刚才对你说过了,你是个道地的中国人,那自然跟她所谓的上海人有点不同。"

他们上了车,柳原又道:"你别看她架子搭得十足。她在外面招摇,说是克力希纳·柯兰姆帕王公的亲生女,只因王妃失宠,赐了死,她也就被放逐了,一直流浪着,不能回国。其实,不能回国倒是真的,其余的,可没有人能够证实。"流苏道:"她到上海去过么?"柳原道:"人家在上海也是很有名的。后来她跟着一个英国人上香港来。你看见她背后那老头子么?现在就是他养活着她。"流苏笑道:"你们男人就是这样,当面何尝不奉承着她,背后就说得她一个钱不值。像我这样一个穷遗老的女儿,身份还不及她高的人,不知道你对别人怎样的说我呢!"柳原笑道:"谁敢一口气把你们两人的名字说在一起?"流苏撇了撇嘴道:"也许因为她的名字太长了,一口气念不完。"柳原道:"你放心。你是什么样的人,我就拿你当什么样的人看待,准没错。"流苏做出安心的样子,向车窗上一靠,低声道:"真的?"他这句话,似乎并不是挖苦她,因为她渐渐发觉了,他们单独在一起的时候,他总是斯斯文文的,君子人模样。不知道为什么,他背着人这样稳重,当众却喜欢放肆。她一时摸不清那到底是他的怪脾气,还是他另有作用。

到了浅水湾,他搀着她下车,指着汽车道旁郁郁的丛林道:"你看那种树,是南边的特产。英国人叫它'野火花'。"流苏道:"是红的么?"柳原道:"红!"黑夜里,她看不出那红色,然而她直觉地知道它是红得不能再红了,红得不可收拾,一蓬蓬一蓬蓬的小花,窝在参天大树上,壁栗剥落燃烧着,一路烧过去,把那紫蓝的天也熏红了。她仰着脸望上去。柳原道:"广东人叫它'影树'。你看这叶子。"叶子像凤尾草,一阵风过,那轻纤的黑色剪影零零落落颤动着,耳边恍惚听见一串小小的音符,不成腔,像檐前铁马的叮哨。

柳原道:"我们到那边去走走。"流苏不做声。他走,她就缓缓的跟了过去。时间横竖还早,路上散步的人多着呢——没关系。从浅水湾饭店过去一截子路,空中飞跨着一座桥梁,桥那边是山,桥这边是一堵灰砖砌成的墙壁,拦住了这边的山。柳原靠在墙上,流苏也就靠在墙上,一眼看上去,那堵墙极高极高,望不见边。墙是冷而粗糙,死的颜色。她的脸,托在墙上。反衬着,也变了样——红嘴唇,水眼睛,有血,有肉,有思想的一张脸。柳原看着她道:"这堵墙,不知为什么使我想起地老天荒那一类的话。……有一天,我们的文明整个的毁掉了,什么都完了——烧完了,炸完了,坍完了,也许还剩下这堵墙。流苏,如果我们那时候在这墙根底下遇见了……流苏,也许你会对我有一点真心,也许我会对你有一点真心。"

流苏嗔道:"你自己承认你爱装假,可别拉扯上我。你几时捉出我说谎来着?"柳原嗤的笑道:"不错,你是再天真也没有的一个人。"流苏道:"得了,别哄我了!"

柳原静了半晌,叹了口气。流苏道:"你有什么不称心的事?"柳原道:"多着呢。"流苏叹道:"若是像你这样自由自在的人,也要怨命,像我这样的,早就该上吊了。"柳原道:"我知道你是不快乐的。我们四周的那些坏事,坏人,你一定是看够了。可是,如果你这是第一次看见他们,你一定更看不惯,更难受。我就是这样。我回中国来的时候,已经二十四了。关于我的家乡,我做了好些梦。你可以想象到我是多么的失望。我受不了这个打击,不由自主的就往下溜。你……你如果认识从前的我,也许你会原谅现在的我。"流苏试着想象她是第一次看见她四嫂。她猛然叫道:"还是那样的好,初次瞧见,再坏些,再脏些,是你外面的人,你外面的东西。你若是混在那里头长大了,你怎么分得清,哪一部份是他们,哪一部份是你自己?"柳原默然,隔了一会方道:"也许你是对的。也许我这些话无非是借口,自己糊弄自己。"他突然笑了起来道:"其实我用不着什么借口呀!我爱玩——我有这个钱,有这个时间,还得去找别的理由?"他思索了一会,又烦躁起来,向她说道:"我自己也不懂得我自己——可是我要你懂得我!我要你懂得我!"他嘴里这么说着,心里早已绝望了,然而他还是固执地,哀恳似的说着:"我要你懂得我!"

　　流苏愿意试试看。在某种范围内,她什么都愿意。她侧过脸去向着他,小声答应着:"我懂得,我懂得。"她安慰着他,然而她不由得想到了她自己的月光中的脸,那娇脆的轮廓,眉与眼,美得不近情理,美得渺茫。她缓缓垂下头去。柳原格格地笑了起来。他换了一副声调,笑道:"是的,别忘了,你的特长是低头。可是也有人说,只有十来岁的女孩子们适宜于低头。适宜于低头的人往往一来就喜欢低头。低了多年的头,颈子上也许要起皱纹的。"流苏变了脸,不禁抬起手来抚摸她的脖子。柳原笑道:"别着急,你决不会有的。待会儿回到房里去,没有人的时候,你再解开衣袖上的钮子,看个明白。"流苏不答,掉转身就走。柳原追了上去,笑道:"我告诉你为什么你保得住你的美。萨黑荑妮上次说:她不敢结婚,因为印度女人一闲下来,呆在家里,整天坐着,就发胖了。我就说:中国女人呢。光是坐着,连发胖都不肯发胖——因为发胖至少还需要一点精力。懒倒也有懒的好处!"

　　流苏只是不理他。他一路赔着小心,低声下气,说说笑笑,她到了旅馆里,面色方才和缓下来,两人也就各自归房安置。流苏自己忖量着,原来范柳原是讲究精神恋爱的。她倒也赞成,因为精神恋爱的结果永远是结婚,而肉体之爱往往就停顿在某一阶段,很少结婚的希望。精神恋爱只有一个毛病:在恋爱过程中,女人往往听不懂男人的话。然而那倒也没有多大关系。后来总还是结婚,找房子,置家具,雇佣人——那些事上,女人可比男人在行得多。她这么一想,今天这点小误会,也就不放在心上。

　　第二天早晨,她听徐太太屋里鸦雀无声,知道她一定起来得很晚。徐太太仿佛说过的,这里的规矩,早餐叫到屋里来吃,另外要付费,还要给小帐,因此流苏决定替人家节省一点,到食堂里去。她梳洗完了,刚跨出房门,一个守候在外面的仆欧,看见了她,便去敲范柳原的门。柳原立刻走了出来,笑道:"一块儿吃早饭去。"一面走,他一面问道:"徐先生徐太太还没升帐?"流苏笑道:"昨儿他们玩得太累了罢!我没听见他们回来,想必一定是近天亮。"他们在餐室外面的走廊上拣了个桌子坐下。石栏杆外生着高大的棕榈树,那丝丝缕缕披散着的叶子在太阳光里微微发抖,像光亮的喷泉。树底下也有喷水池子,可没有那么伟丽。柳原问道:"徐太太他们今天打算怎么玩?"流苏道:"听说是要找房子去。"柳原道:"他们找他们的房子,我们玩我们的。你喜欢到海滩上去还是到城里去看看?"流苏前一天下午已经用望远镜看了看附近的海滩,红男绿女,果然热闹非凡,只是行动太自由了一点,她不免略具戒心,因此便提议进城去。他们赶上了一辆旅馆里特备的公共汽车,到了中心区。

  柳原带她到大中华去吃饭。流苏一听,仆欧们全是说上海话的,四座也是乡音盈耳,不觉诧异道:"这是上海馆子?"柳原笑道:"你不想家么?"流苏笑道:"可是……专程到香港来吃上海菜,总似乎有点傻。"柳原道:"跟你在一起,我就喜欢做各种的傻事,甚至于乘着电车兜圈子,看一场看过了两次的电影……"流苏道:"因为你被我传染上了傻气,是不是?"柳原笑道:"你爱怎么解释,就怎么解释。"

  吃完了饭,柳原举起玻璃杯来将里面剩下的茶一饮而尽,高高地擎着那玻璃杯,只管向里看着。流苏道:"有什么可看的,也让我看看。"柳原道:"你迎着亮瞧瞧,里头的景致使我想到马来的森林。"杯里的残茶向一边倾过来,绿色的茶叶粘在玻璃上,横斜有致,迎着光,看上去像一棵翠生生的芭蕉。底下堆积着的茶叶,蟠结错杂,就像没膝的蔓草与蓬蒿。流苏凑在上面看,柳原就探过身来指点着。隔着那绿阴阴的玻璃杯,流苏忽然觉得他的一双眼睛似笑非笑地瞅着她。她放下了杯子,笑了。柳原道:"我陪你到马来亚去。"流苏道:"做什么?"柳原道:"回到自然。"他转念一想,又道:"只是一件,我不能想象你穿着旗袍在森林里跑。……不过我也不能想象你不穿着旗袍。"流苏连忙沉下脸来道:"少胡说。"柳原道:"我这是正经话。我第一次看见你,就觉得你不应当光着膀子穿这种时髦的长背心,不过你也不应当穿西装。满洲的旗装,也许倒合式一点,可是线条又太硬。"流苏道:"总之,人长得难看,怎么打扮着也不顺眼!"柳原笑道:"别又误会了,我的意思是:你看上去不像这世界上的人。你有许多小动作,有一种罗曼谛克的气氛,很像唱京戏。"流苏抬起了眉毛,冷笑道:"唱戏,我一个人也唱不成呀!我何尝爱做作——这也是逼上梁山。人家跟我耍心眼儿,我不跟人家耍心眼儿,人家还拿我当傻子呢,准得找着我欺侮!"柳原听了这话,倒有些黯然。他举起了空杯,试着喝了一口,又放下了,叹道:"是的,都怪我。我装惯了假,也是因为人人都对我装假。只有对你,我说过句把真话。你听不出来。"流苏道:"我又不是你肚里的蛔虫。"柳原道:"是的,都怪我。可是我的确为你费了不少的心机。在上海第一次遇见你,我想着,离开了你家里那些人,你也许会自然一点。好容易盼着你到了香港……现在,我又想把你带到马来亚,到原始人的森林里去……"他笑他自己,声音又哑又涩,不等笑完他就喊仆欧拿帐单来。他们付了帐出来,他已经恢复原状,又开始他的上等的调情——顶文雅的一种。

他每天伴着她到处跑,什么都玩到了,电影,广东戏,赌场,格罗士打饭店,思豪酒店,青鸟咖啡馆,印度绸缎庄,九龙的四川菜……晚上他们常常出去散步,直到夜深。她自己都不能够相信他连她的手都难得碰一碰。她总是提心吊胆,怕他突然摘下假面具,对她作冷不防的袭击,然而一天又一天的过去了,他维持着他的君子风度。她如临大敌,结果毫无动静。她起初倒觉得不安,仿佛下楼梯的时候踏空了一级似的,心里异常怔忡,后来也就惯了。

只有一次,在海滩上。这时候流苏对柳原多了一层认识,觉得到海边上去去也无妨,因此他们到那里去消磨了一个上午。他们并排坐在沙上,可是一个面朝东,一个面朝西。流苏嚷有蚊子。柳原道:"不是蚊子,是一种小虫,叫沙蝇。咬一口,就是个小红点,像朱砂痣。"流苏又道:"这太阳真受不了。"柳原道:"稍微晒一会儿,我们可以到凉棚底下去。我在那边租了一个棚。"那口渴的太阳汩汩地吸着海水,漱着,吐着,哗哗的响。人身上的水份全给它喝干了,人成了金色的枯叶子,轻飘飘的。流苏渐渐感到那奇异的眩晕与愉快,但是她忍不住又叫了起来:"蚊子咬!"她扭过头去,一巴掌打在她裸露的背脊上。柳原笑道:"这样好吃力。我来替你打罢,你来替我打。"流苏果然留心着,照准他臂上打去,叫道:"哎呀,让它跑了!"柳原也替她留心着。两人劈劈啪啪打着,笑成一片。流苏突然被得罪了,站起身来往旅馆里走。柳原这一次并没有跟上来。流苏走到树阴里,两座芦席棚之间的石径上,停了下来,抖一抖短裙子上的沙,回头一看,柳原还在原处,仰天躺着,两手垫在颈项底下,显然是又在那里做着太阳里的梦了,人又晒成了金叶子。流苏回到了旅馆里,又从窗户里用望远镜望出来,这一次,他的身边躺着一个女人,辫子盘在头上。就把那萨黑荑妮烧成灰,流苏也认识她。

从这天起,柳原整日价的和萨黑荑妮厮混着。他大约是下了决心把流苏冷一冷。流苏本来天天出去惯了,忽然闲了下来,在徐太太面前交代不出理由,只得伤了风,在屋里坐了两天。幸喜天公识趣,又下起缠绵雨来,越发有了借口,用不着出门。有一天下午,她打着伞在旅舍的花园里兜了个圈子回来,天渐渐黑了,约摸徐太太他们看房子该回来了,她便坐在廊檐下等候他们,将那把鲜明的油纸伞撑开了横搁在栏杆上,遮住了脸。那伞是粉红地子,石绿的荷叶图案,水珠一滴滴从筋纹上滑下来。那雨下得大了,雨中有汽车泼喇泼喇航行的声音,一群男女嘻嘻哈哈推着挽着上阶来,打头的便是范柳原。萨黑荑妮被他挽着,却是够狼狈的,裸腿上溅了一点点的泥浆。她脱去了大草帽,便洒了一地的水。柳原瞥见流苏的伞,便在扶梯口上和萨黑荑妮说了几句话,萨黑荑妮单独上楼去了,柳原走了过来,掏出手绢子来不住地擦他身上脸上的水渍子。流苏和他不免寒暄了几句。柳原坐了下来道:"前两天听说有点不舒服?"流苏道:"不过是热伤风。"柳原道:"这天气真闷得慌。刚才我们到那个英国人的游艇上去野餐的,把船开到了青衣岛。"流苏顺口问问他青衣岛的景致。正说着,萨黑荑妮又下楼来了,已经换了印度装,兜着鹅黄披肩,长垂及地。披肩上是二寸来阔的银丝堆花镶滚。她也靠着栏杆,远远的拣了个桌子坐下,一只手闲闲搁在椅背上,指甲上涂着银色蔻丹。流苏笑向柳原道:"你还不过去?"柳原笑道:"人家是有了主儿的人。"流苏道:"那老英国人,哪儿管得住她?"柳原笑道:"他管不住她,你却管得住我呢。"流苏抿着嘴笑道:"哟! 我就是香港总督,香港的城隍爷,管这一方的百姓,我也管不到你头上呀!"柳原摇摇头道:"一个不吃醋的女人,多少有点病态。"流苏噗嗤一笑。隔了一会,流苏问道:"你看着我做什么?"柳原笑道:"我看你从今以后是不是预备待我好一点。"流苏道:"我待你好一点,坏一点,你又何尝放在心上?"柳原拍手道:"这还像句话! 话音里仿佛有三分酸意。"流苏撑不住放声笑了起来道:"也没有看见你这样的人,死乞白咧的要人吃醋!"

两人当下言归于好,一同吃了晚饭。流苏表面上虽然和他热了些,心里却怙慑着:他使她吃醋,无非是用的激将法,逼着她自动的投到他怀里去。她早不同他好,晚不同他好,偏拣这个当口和他好了,白牺牲了她自己,他一定不承情,只道她中了他的计。她做梦也休想他娶她。……很明显的,他要她,可是他不愿意娶她。然而她家里穷虽穷,也还是个望族,大家都是场面上的人,他担当不起这诱奸的罪名。因此他采取了那种光明正大的态度。她现在知道了,那完全是假撇清。他处处地方希图脱卸责任。以后她若是被抛弃了,她绝对没有谁可抱怨。

流苏一念及此,不觉咬了咬牙,恨了一声。面子上仍旧照常跟他敷衍着。徐太太已经在跑马地租下了房子,就要搬过去了。流苏欲待跟过去,又觉得白扰了人家一个多月,再要长住下去,实在不好意思。这样僵持下去,也不是事。进退两难,倒煞费踌躇。这一天,在深夜里,她已经上了床多时,只是翻来覆去。好容易朦胧了一会,床头的电话铃突然朗响了起来。她一听,却是柳原的声音,道:"我爱你。"就挂断了。流苏心跳得扑通扑通,握住了耳机,发了一回愣,方才轻轻的把它放回原处。谁知才搁上去,又是铃声大作。她再度拿起听筒,柳原在那边问道:"我忘了问你一声,你爱我么?"流苏咳嗽了一声再开口,喉咙还是沙哑的。她低声道:"你早该知道了。我为什么上香港来?"柳原叹道:"我早知道了,可是明摆着的事实,我就是不肯相信。流苏,你不爱我。"流苏道:"怎见得我不?"柳原不语,良久方道:"诗经上有一首诗——"流苏忙道:"我不懂这些。"柳原不耐烦道:"知道你不懂,你若懂,也用不着我讲了!我念给你听:'死生契阔——与子相悦,执子之手,与子偕老。'我的中文根本不行,可不知道解释得对不对。我看那是最悲哀的一首诗,生与死与离别,都是大事,不由我们支配的。比起外界的力量,我们人是多么小,多么小!可是我们偏要说:'我永远和你在一起;我们一生一世都别离开。'——好像我们自己做得了主似的!"

　　流苏沉思了半晌,不由得恼了起来道:"你干脆说不结婚,不就完了!还得绕着大弯子!什么做不了主?连我这样守旧的人家,也还说'初嫁从亲,再嫁从身'哩!你这样无拘无束的人,你自己不能做主,谁替你做主?"柳原冷冷地道:"你不爱我,你有什么办法,你做得了主么?"流苏道:"你若真爱我的话,你还顾得了这些?"柳原道:"我不至于那么糊涂。我犯不着花了钱娶一个对我毫无感情的人来管束我。那太不公平了。对于你,那也不公平。噢,也许你不在乎。根本你以为婚姻就是长期的卖淫——"流苏不等他说完,啪的一声把耳机掼下了,脸气得通红。他敢这样侮辱她!他敢!她坐在床上,炎热的黑暗包着她像葡萄紫的绒毯子。一身的汗,痒痒的,颈上与背脊上的头发梢也刺挠得难受。她把两只手按在腮颊上,手心却是冰冷的。

　　铃又响了起来,她不去接电话,让它响去。"的铃铃……的铃铃……"声浪分外的震耳,在寂静的房间里,在寂静的旅舍里,在寂静的浅水湾。流苏突然觉悟了,她不能吵醒了整个的浅水湾饭店。第一,徐太太就在隔壁。她战战兢兢拿起听筒来,搁在褥单上。可是四周太静了,虽是离了这么远,她也听得见柳原的声音在那里心平气和地说:"流苏,你的窗子里看得见月亮么?"流苏不知道为什么,忽然哽咽起来。泪眼中的月亮大而模糊,银色的,有着绿的光棱。柳原道:"我这边,窗子上面吊下一枝藤花,挡住了一半。也许是玫瑰。也许不是。"他不再说话了,可是电话始终没挂上。许久许久,流苏疑心他可是盹着了,然而那边终于扑秃一声,轻轻挂断了。流苏用颤抖的手从褥单上拿起她的听筒,放回架子上。她怕他第四次再打来,但是他没有。这都是一个梦——越想越像梦。

　　第二天早上她也不敢问他,因为他准会嘲笑她——"梦是心头想",她这么迫切地想念他,连睡梦里他都会打电话来说"我爱你"?他的态度也和平时没有什么不同。他们照常的出去玩了一天。流苏忽然发觉拿他们当做夫妇的人很多很多——仆欧们,旅馆里和她搭讪的几个太太老太太。原不怪他们误会。柳原跟她住在隔壁,出入总是肩并肩,深夜还到海岸上去散步,一点都不避嫌疑。一个保姆推着孩子的车走过,向流苏点点头,唤了一声"范太太"。流苏脸上一僵,笑也不是,不笑也不是,只得皱着眉向柳原睒了一眼,低声道:"他们不知道怎么想着呢!"柳原笑道:"唤你范太太的人,且不去管他们;倒是唤你做白小姐的人,才不知道他们怎么想呢!"流苏变色。柳原用手抚摸着下巴,微笑道:"你别枉担了这个虚名!"

流苏吃惊地朝他望望,蓦地里悟到他这人多么恶毒。他有意的当着人做出亲狎的神气,使她没法可证明他们没有发生关系。她势成骑虎,回不得家乡,见不得爷娘,除了做他的情妇之外没有第二条路。然而她如果迁就了他,不但前功尽弃,以后更是万劫不复了。她偏不!就算她枉担了虚名,他不过口头上占了她一个便宜。归根究底,他还是没得到她。既然他没有得到她,或许他有一天还会回到她这里来,带了较优的议和条件。

她打定了主意,便告诉柳原她打算回上海去。柳原却也不坚留,自告奋勇要送她回去。流苏道:"那倒不必了。你不是要到新加坡去么?"柳原道:"反正已经耽搁了,再耽搁些时也不妨事,上海也有事等着料理呢。"流苏知道他还是一贯政策,唯恐众人不议论他们俩。众人越是说得凿凿有据,流苏越是百喙莫辩,自然在上海不能安身。流苏盘算着,即使他不送她回去,一切也瞒不了她家里的人。她是豁出去了,也就让他送她一程。徐太太见他们俩正打得火一般的热,忽然要拆开了,诧异非凡,问流苏,问柳原,两人虽然异口同声的为彼此洗刷,徐太太哪里肯信。

在船上,他们接近的机会很多,可是柳原既能抗拒浅水湾的月色,就能抗拒甲板上的月色。他对她始终没有一句扎实的话。他的态度有点淡淡的,可是流苏看得出他那闲适是一种自满的闲适——他拿稳了她跳不出他的手掌心去。

到了上海,他送她到家,自己没有下车。白公馆里早有了耳报神,探知六小姐在香港和范柳原实行同居了。如今她陪人家玩了一个多月,又若无其事的回来了,分明是存心要丢自家的脸。

流苏勾搭上了范柳原,无非是图他的钱。真弄到了钱,也不会无声无臭的回家来了,显然是没得到他什么好处。本来,一个女人上了男人的当,就该死;女人给当给男人上,那更是淫妇;如果一个女人想给当给男人上而失败了,反而上了人家的当,那是双料的淫恶,杀了她也还污了刀。平时白公馆里,谁有了一点芝麻大的过失,大家便炸了起来。逢到了真正耸人听闻的大逆不道,爷奶奶们兴奋过度,反而吃吃艾艾,一时发不出话来。大家先议定了:"家丑不可外扬",然后分头去告诉亲戚朋友,逼他们宣誓保守秘密,然后再向亲友们一个个的探口气,打听他们知道了没有,知道了多少。最后大家觉得到底是瞒不住,爽性开诚布公,打开天窗说亮话,拍着腿感慨一番。他们忙着这各种手续,也忙了一秋天,因此迟迟的没向流苏采取断然行动。流苏何尝不知道,她这一次回来,更不比往日。她和这家庭早是恩断义绝了。她未尝不想出去找个小事,胡乱混一碗饭吃。再苦些,也强如在家里受气。但是寻了个低三下四的职业,就失去了淑女的身份。那身份,食之无味,弃之可惜。尤其是现在,她对范柳原还没有绝望,她不能先自贬身价,否则他更有了借口。拒绝和她结婚了。因此她无论如何得忍些时。

熬到了十一月底,范柳原果然从香港来了电报。那电报,整个的白公馆里的人都传观过了,老太太方才把流苏叫去,递到她手里。只有寥寥几个字:"乞来港。船票已由通济隆办妥。"白老太太长叹了一声道:"既然是叫你去,你就去罢!"她就这样的下贱么?她眼里掉下泪来。这一哭,她突然失去了自制力,她发现她已经是忍无可忍了。一个秋天,她已经老了两年——她可禁不起老!于是她第二次离开了家上香港来。这一趟,她早失去了上一次的愉快的冒险的感觉。她失败了。固然,女人是喜欢被屈服的,但是那只限于某种范围内。如果她是纯粹为范柳原的风仪与魅力所征服,那又是一说了,可是内中还搀杂着家庭的压力——最痛苦的成份。

范柳原在细雨迷濛的码头上迎接她。他说她的绿色玻璃雨衣像一只瓶,又注了一句:"药瓶。"她以为他在那里讽嘲她的孱弱,然而他又附耳加了一句:"你就是医我的药。"她红了脸,白了他一眼。

他替她定下了原先的房间。这天晚上,她回到房里来的时候,已经两点钟了。在浴室里晚妆既毕,熄了灯出来,方才记起了,她房里的电灯开关装置在床头,只得摸着黑过来,一脚绊在地板上的一只皮鞋上,差一点栽了一跤,正怪自己疏忽,没把鞋子收好,床上忽然有人笑道:"别吓着了!是我的鞋。"流苏停了一会,问道:"你来做什么?"柳原道:"我一直想从你的窗户里看月亮。这边屋里比那边看得清楚些。"……那晚上的电话的确是他打来的——不是梦!他爱她。这毒辣的人,他爱她,然而他待她也不过如此!她不由得寒心,拨转身走到梳妆台前。十一月尾的纤月,仅仅是一钩白色,像玻璃窗上的霜花。然而海上毕竟有点月意,映到窗子里来,那薄薄的光就照亮了镜子。流苏慢腾腾摘下了发网,把头发一搅,搅乱了,夹钗叮铃啷掉下地来。她又戴上网子,把那发网的梢头狠狠地衔在嘴里,拧着眉毛,蹲下身去把夹钗一只一只拣了起来,柳原已经光着脚走到她后面,一只手搁在她头上,把她的脸倒扳了过来,吻她的嘴。发网滑下地去了。这是他第一次吻她,然而他们两人都疑惑不是第一次,因为在幻想中已经发生过无数次了。从前他们有过许多机会——适当的环境,适当的情调;他也想到过,她也顾虑到那可能性。然而两方面都是精刮的人,算盘打得太仔细了,始终不肯冒失。现在这忽然成了真的,两人都糊涂了。流苏觉得她的溜溜转了个圈子,倒在镜子上,背心紧紧抵着冰冷的镜子。他的嘴始终没有离开过她的嘴。他还把她往镜子上推,他们似乎是跌到镜子里面,另一个昏昏的世界里去,凉的凉,烫的烫,野火花直烧上身来。

第二天,他告诉她,他一礼拜后就要上英国去。她要求他带她一同去,但是他回说那是不可能的。他提议替她在香港租下一幢房子住下,等个一年半载,他也就回来了。她如果愿意在上海住家,也听她的便。她当然不肯回上海。家里那些人——离他们越远越好。独自留在香港,孤单些就孤单些。问题却在他回来的时候,局势是否有了改变。那全在他了。一个礼拜的爱,吊得住他的心么?可是从另一方面看来,柳原是一个没长性的人,这样匆匆的聚了又散了,他没有机会厌倦她,未始不是于她有利的。一个礼拜往往比一年值得怀念。……他果真带着热情的回忆重新来找她,她也许倒变了呢!近三十的女人,往往有着反常的娇嫩,一转眼就憔悴了。总之,没有婚姻的保障而要长期抓住一个男人,是一件艰难的,痛苦的事,几乎是不可能的。啊,管它呢!她承认柳原是可爱的,他给她美妙的刺激,但是她跟他的目的究竟是经济上的安全。这一点,她知道她可以放心。

他们一同在巴而顿道看了一所房子,坐落在山坡上,屋子粉刷完了,雇定了一个广东女佣,名唤阿栗,家具只置办了几件最重要的,柳原就该走了。其余都丢给流苏慢慢的去收拾。家里还没有开火仓,在那冬天的傍晚,流苏送他上船时,便在船上的大餐间里胡乱的吃了些三明治。流苏因为满心的不得意,多喝了几杯酒,被海风一吹,回来的时候,便带着三分醉。到了家,阿栗在厨房里烧水替她随身带着的那孩子洗脚。流苏到处瞧了一遍,到一处开一处的灯。客室里的门窗上的绿漆还没干,她用食指摸着试了一试,然后把那粘粘的指尖贴在墙上,一贴一个绿迹子。为什么不?这又不犯法!这是她的家!她笑了,索性在那蒲公英黄的粉墙上打了一个鲜明的绿手印。

她摇摇晃晃走到隔壁屋里去。空房,一间又一间——清空的世界。她觉得她可以飞到天花板上去。她在空荡荡的地板上行走,就像是在洁无纤尘的天花板上。房间太空了,她不能不用灯光来装满它,光还是不够,明天她得记着换上几只较强的灯泡。

她走上楼梯去。空得好!她急需着绝对的静寂。她累得很,取悦于柳原是太吃力的事,他脾气向来就古怪;对于她,因为是动了真感情,他更古怪了,一来就高兴。他走了,倒好,让她松下这口气。现在她什么人都不要——可憎的人,可爱的人,她一概都不要。从小时候起,她的世界就嫌过于拥挤。推着,挤着,踩着,背着,抱着,驮着,老的小的,全是人。一家二十来口,合住一幢房子,你在屋子里剪个指甲也有人在窗户眼里看着。好容易远走高飞,到了这无人之境。如果她正式做了范太太,她就有种种的责任,她离不了人。现在她不过是范柳原的情妇,不露面的,她应该躲着人,人也应该躲着她。清静是清静了,可惜除了人之外,她没有旁的兴趣。她所仅有的一点学识,全是应付人的学识。凭着这点本领,她能够做一个贤惠的媳妇，一个细心的母亲。在这里她可是英雄无用武之地。"持家"罢，根本无家可持，看管孩子罢，柳原根本不要孩子。省俭着过日子罢，她根本用不着为了钱操心。她怎样消磨这以后的岁月？找徐太太打牌去，看戏？然后渐渐地姘戏子，抽鸦片，往姨太太们的路上走？她突然站住了，挺着胸，两只手在背后紧紧互扭着。那倒不至于！她不是那种下流的人。她管得住她自己。但是……她管得住她自己不发疯么？楼上品字式的三间屋，楼下品字式的三间屋，全是堂堂地点着灯。新打了蜡的地板，照得雪亮。没有人影儿。一间又一间，呼喊着的空虚……流苏躺到床上去，又想下去关灯，又动弹不得。后来她听见阿栗趿着木屐上楼来，一路扑哧扑哧关着灯，她紧张的神经方才渐归松弛。

那天是十二月七日，一九四一年。十二月八日，炮声响了。一炮一炮之间，冬晨的银雾渐渐散开，山崩、山洼子里，全岛上的居民都向海面上望去，说"开仗了，开仗了。"谁都不能够相信，然而毕竟是开仗了。流苏孤身留在巴而顿道，哪里知道什么。等到阿栗从左邻右舍探到了消息，仓皇唤醒了她，外面已经进入酣战阶段。巴而顿道的附近有一座科学试验馆，屋顶上架着高射炮，流弹不停地飞过来，尖溜溜一声长叫，"吱呦呃呃呃呃……"，然后"砰"，落下地去。那一声声的"吱呦呃呃呃呃……"撕裂了空气，撕毁了神经。淡蓝的天幕被扯成一条一条，在寒风中簌簌飘动。风里同时飘着无数剪断了的神经的尖端。

流苏的屋子是空的，心里是宽的，家里没有置办米粮，因此肚子里也是空的。空穴来风，所以她感受恐怖的袭击分外强烈。打电话到跑马地徐家，久久打不通，因为全城装有电话的人没有一个不在打电话，询问哪一区较为安全，作避难的计划。流苏到下午方才接通了，可是那边铃尽管响着，老是没有人来听电话，想必徐先生徐太太已经匆匆出走，迁到平靖一些的地带。流苏没了主意。炮火却逐渐猛烈了。邻近的高射炮成为飞机注意的焦点。飞机营营地在顶上盘旋，"孜孜孜……"绕了一圈又绕回来，"孜孜……"痛楚地，像牙医的螺旋电器，直挫进灵魂的深处。阿栗抱着她的哭泣着的孩子坐在客室的门槛上，人仿佛入了昏迷状态，左右摇摆着，喃喃唱着呓语似的歌曲，哄着拍着孩子。窗外又是"吱呦呃呃呃呃……"一声，"砰！"削去屋檐的一角，沙石哗啦啦落下来。阿栗怪叫了一声，跳起身来，抱着孩子就往外跑。流苏在大门口追上了她，一把揪住她问道："你上哪儿去？"阿栗道："这儿蹲不得了！我——我带他到阴沟里去躲一躲。"流苏道："你疯了！你去送死！"阿栗连声道："你放我走！我这孩子——就只这一个——死不得的！……阴沟里躲一躲……"流苏拚命扯住了她，阿栗将她一推，她跌倒了，阿栗便闯出门去。正在这当口，轰天震地一声响，整个的世界黑了下来，像一只硕大无朋的箱子,咔地关上了盖。数不清的罗愁绮恨,全关在里面了。

流苏只道是没有命了,谁知还活着。一睁眼,只见满地的玻璃屑,满地的太阳影子。她挣扎着爬起身来,去找阿栗。一开门,阿栗紧紧搂着孩子,垂着头,把额角抵在门洞子里的水泥墙上,人是震糊涂了。流苏拉了她进来,就听见外面喧嚷着说隔壁落了个炸弹,花园里炸出一个大坑。这一次巨响,箱子盖关上了,依旧不得安静。继续的砰砰砰,仿佛在箱子盖上用锤子敲钉,捶不完地捶。从天明捶到天黑,又从天黑捶到天明。

流苏也想到了柳原,不知道他的船有没有驶出港口,有没有被击沉。可是她想起他便觉得有些渺茫,如同隔世。现在的这一段,与她的过去毫不相干,像无线电里的歌,唱了一半,忽然受了恶劣的天气的影响,劈劈啪啪炸了起来。炸完了,歌是仍旧要唱下去的,就只怕炸完了,歌已经唱完了,那就没得听了。第二天,流苏和阿栗母子分着吃完了罐子里的几片饼干,精神渐渐衰弱下来,每一个呼啸着的子弹的碎片便像打在她脸上的耳刮子。街上轰隆轰隆驰来一辆军用卡车,意外地在门前停下了。铃一响,流苏自己去开门,见是柳原,她捉住他的手,紧紧搂住他的手臂,像阿栗搂住孩子似的,人向前一扑,把头磕在门洞子里的水泥墙上。柳原用另外的一只手托住她的头,急促地道:"受了惊吓罢?别着急,别着急。你去收拾点得用的东西,我们到浅水湾去。快点,快点!"流苏跌跌冲冲奔了进去,一面问道:"浅水湾那边不要紧么?"柳原道:"都说不会在那边上岸的。而且旅馆里吃的方面总不成问题,他们收藏得很丰富。"流苏道:"你的船……"柳原道:"船没开出去。他们把头等舱的乘客送到了浅水湾饭店。本来昨天就要来接你的,叫不到汽车,公共汽车又挤不上。好容易今天设法弄到了这部卡车。"流苏哪里还定得下心整理行装,胡乱扎了个小包裹。柳原给了阿栗两个月的工钱,嘱咐她看家,两个人上了车,面朝下并排躺在运货的车厢里,上面蒙着黄绿色油布篷,一路颠簸着,把肘弯与膝盖上的皮都磨破了。

柳原叹道:"这一炸,炸断了多少故事的尾巴!"流苏也怆然,半晌方道:"炸死了你,我的故事就该完了。炸死了我,你的故事还长着呢!"柳原笑道:"你打算替我守节么?"他们两人都有点神经失常,无缘无故,齐声大笑。而且一笑便止不住。笑完了,浑身只打颤。

卡车在"吱呦呃呃……"的流弹网里到了浅水湾。浅水湾饭店楼下驻扎着军队,他们仍旧住到楼上的老房间里。住定了,方才发现,饭店里储藏虽富,都是留着给兵吃的。除了罐头装的牛乳,牛羊肉,水果之外,还有一麻袋一麻袋的白面包,麸皮面包。分配给客人的,每餐只有两块苏打饼干,或是两块方糖,饿得大家奄奄一息。

先两日浅水湾还算平静,后来突然情势一变,渐渐火炽起来。楼上没有掩蔽物,众人容身不得,都下楼来,守在食堂里,食堂里大开着玻璃门,门前堆着沙袋,英国兵就在那里架起了大炮往外打。海湾里的军舰摸准了炮弹的来源,少不得也一一还敬。隔着棕榈树与喷水池子,子弹穿梭般来往。柳原与流苏跟着大家一同把背贴在大厅的墙上。那幽暗的背景便像古老的波斯地毯,织出各色人物,爵爷,公主,才子,佳人。毯子被挂在竹竿上,迎着风扑打上面的灰尘,啪啪打着,下劲打,打得上面的人走投无路。炮子儿朝这边射来,他们便奔到那边;朝那边射来,便奔到这边。到后来一间敞厅打得千疮百孔,墙也坍了一面,逃无可逃了,只得坐下地来,听天由命。

流苏到了这个地步,反而懊悔她有柳原在身旁,一个人仿佛有了两个身体,也就蒙了双重危险。一颗子弹打不中她,还许打中他。他若是死了,若是残废了,她的处境更是不堪设想。她若是受了伤,为了怕拖累他,也只有横了心求死。就是死了,也没有孤身一个人死得干净爽利。她料着柳原也是这般想。别的她不知道,在这一刹那,她只有他,他也只有她。

停战了。困在浅水湾饭店的男女们缓缓向城中走去。过了黄土崖,红土崖,又是红土崖,黄土崖,几乎疑心是走错了道,绕回去了,然而不,先前的路上没有这炸裂的坑,满坑的石子。柳原与流苏很少说话。从前他们坐一截子汽车,也有一席话,现在走上几十里的路,反而无话可说了。偶然有一句话,说了一半,对方每每就知道了下文,没有往下说的必要。柳原道:"你瞧,海滩上。"流苏道:"是的。"海滩上布满了横七竖八割裂的铁丝网,铁丝网外面,淡白的海水汩汩吞吐淡黄的沙。冬季的晴天也是淡漠的蓝色。野火花的季节已经过去了。流苏道:"那堵墙……"柳原道:"也没有去看看。"流苏叹了口气道:"算了罢。"柳原走得热了起来,把大衣脱下来搁在臂上,臂上也出了汗。流苏道:"你怕热,让我给你拿着。"若在往日,柳原绝对不肯,可是他现在不那么绅士风了,竟交了给她。再走了一程子,山渐渐高了起来。不知道是风吹着树呢,还是云影的飘移,青黄的山麓缓缓地暗了下来。细看时,不是风也不是云,是太阳悠悠地移过山头,半边山麓埋在巨大的蓝影子里。山上有几座房屋在燃烧,冒着烟——山阴的烟是白的,山阳的是黑烟——然而太阳只是悠悠地移过山头。

到了家,推开了虚掩着的门,拍着翅膀飞出一群鸽子来。穿堂里满积着尘灰与鸽粪。流苏走到楼梯口,不禁叫了一声"哎呀。"二层楼上歪歪斜斜大张口躺着她置的箱笼,也有两只顺着楼梯滚了下来,梯脚便淹没在绫罗绸缎的洪流里。流苏弯下腰来,捡起一件蜜合色衬绒旗袍,却不是她自己的东西,满是汗垢,香烟洞与贱价香水气味。她又发现了许多陌生的女人的用品,破杂志,开了盖的罐头荔枝,淋淋漓漓流着残汁,混在她的衣服一堆。这屋子里驻过兵么？——带有女人的英国兵？去得仿佛很仓促。挨户洗劫的本地的贫农，多半没有光顾过，不然，也不会留下这一切。柳原帮着她大声唤阿栗。来一只灰背鸽，斜刺里穿出来，掠过门洞子里的黄色的阳光，飞了出去。

阿栗是不知去向了，然而屋子里的主人们，少了她也还得活下去。他们来不及整顿房屋，先去张罗吃的，费了许多事，用高价买进一袋米。煤气的供给幸而没有断，自来水却没有。柳原拎了铅桶到山里去汲了一桶泉水，煮起饭来。以后他们每天只顾忙着吃喝与打扫房间。柳原各样粗活都来得，扫地，拖地板，帮着流苏拧绞沉重的褥单。流苏初次上灶做菜，居然带点家乡风味。因为柳原忘不了马来菜，她又学会了作油炸"沙袋"，咖喱鱼。他们对于饭食上虽然感到空前的兴趣，还是极力的撙节着。柳原身边的港币带得不多，一有了船，他们还得设法回上海。

在劫后的香港住下去究竟不是长久之计。白天这么忙忙碌碌也就混了过去。一到了晚上，在那死的城市里，没有灯，没有人声，只有那莽莽的寒风，三个不同的音阶，"喔……呵……呜"无穷无尽地叫唤着，这个歇了，那个又渐渐响了，三条骈行的灰色的龙，一直线地往前飞，龙身无限制地延长下去，看不见尾。"喔……呵……呜……"……叫唤到后来，索性连苍龙也没有了，只是三条虚无的气，真空的桥梁，通入黑暗，通入虚空的虚空。这里是什么都完了。剩下点断墙颓垣，失去记忆力的文明人在黄昏中跌跌绊绊摸来摸去，像是找着点什么，其实是什么都完了。

流苏拥被坐着，听着那悲凉的风。她确实知道浅水湾附近，灰砖砌的那一面墙，一定还屹然站在那里。风停了下来，像三条灰色的龙，蟠在墙头，月光中闪着银鳞。她仿佛做梦似的，又来到墙根下，迎面来了柳原。她终于遇见了柳原。……在这动荡的世界里，钱财，地产，天长地久的一切，全不可靠了。靠得住的只有她腔子里的这口气，还有睡在她身边的这个人。她突然爬到柳原身边，隔着他的棉被，拥抱着他。他从被窝里伸出手来握住她的手。他们把彼此看得透明透亮，仅仅是一刹那的彻底的谅解，然而这一刹那够他们在一起和谐地活个十年八年。

他不过是一个自私的男子，她不过是一个自私的女人。在这兵荒马乱的时代，个人主义者是无处容身的，可是总有地方容得下一对平凡的夫妻。

有一天，他们在街上买菜，碰着萨黑荑妮公主。萨黑荑妮黄着脸，把蓬松的辫子胡乱编了个麻花髻，身上不知从哪里借来一件青布棉袍穿着，脚下却依旧趿着印度式七宝嵌花纹皮拖鞋。她同他们热烈地握手，问他们现在住在哪里，急欲看看他们的新屋子。又注意到流苏的篮子里有去了壳的小蚝，愿意跟流苏学习烧制清蒸蚝汤。柳原顺口邀了她来吃便饭，她很高兴地跟了他们一同回去。她的英国人进了集中营,她现在住在一个熟识的,常常为她当点小差的印度巡捕家里。她有许久没有吃饱过。她唤流苏"白小姐"。柳原笑道:"这是我太太。你该向我道喜呢!"萨黑荑妮道:"真的么?你们几时结的婚?"柳原耸耸肩道:"就在中国报上登了个启事。你知道,战争期间的婚姻,总是潦草的……"流苏没听懂他们的话。萨黑荑妮吻了他又吻了她。然而他们的饭菜毕竟是很寒苦,而且柳原声明他们也难得吃一次蚝汤。萨黑荑妮没有再上门过。

当天他们送她出去,流苏站在门槛上,柳原立在她身后,把手掌合在她的手掌上,笑道:"我说,我们几时结婚呢?"流苏听了,一句话也没有,只低下了头,落下泪来。柳原拉住她的手道:"来来,我们今天就到报馆里去登启事。不过你也许愿意候些时,等我们回到上海,大张旗鼓的排场一下,请请亲戚们。"流苏道:"呸!他们也配!"说着,嗤的笑了出来,往后顺势一倒,靠在他身上。柳原伸手到前面去羞她的脸道:"又是哭,又是笑!"

两人一同走进城去,走到一个峰回路转的地方,马路突然下泻,眼前只是一片空灵——淡墨色的,潮湿的天。小铁门口挑出一块洋瓷招牌,写的是:"赵祥庆牙医。"风吹得招牌上的铁钩子吱吱响,招牌背后只是那空灵的天。

柳原歇下脚来望了半晌,感到那平淡中的恐怖,突然打起寒战来,向流苏道:"现在你可该相信了:'死生契阔,'我们自己哪儿做得了主?轰炸的时候,一个不巧——"流苏啐道:"到了这个时候,你还说做不了主的话!"柳原笑道:"我并不是打退堂鼓。我的意思是——"他看了看她的脸色,笑道:"不说了。不说了。"他们继续走路。柳原又道:"鬼使神差地,我们倒真的恋爱起来了!"流苏道:"你早就说过你爱我。"柳原笑道:"那不算。我们那时候太忙着谈恋爱了,哪里还有工夫恋爱?"

结婚启事在报上刊出了,徐先生徐太太赶了来道喜。流苏因为他们在围城中自顾自搬到安全地带去,不管她的死活,心中有三分不快,然而也只得笑脸相迎。柳原办了酒菜,补请了一次客。不久,港沪之间恢复了交通,他们便回上海来了。

白公馆里流苏只回去过一次,只怕人多嘴多,惹出是非来。然而麻烦是免不了的。四奶奶决定和四爷进行离婚,众人背后都派流苏的不是。流苏离了婚再嫁,竟有这样惊人的成就,难怪旁人要学她的榜样。流苏蹲在灯影里点蚊烟香。想到四奶奶,她微笑了。

柳原现在从来不跟她闹着玩了。他把他的俏皮话省下来说给旁的女人听。那是值得庆幸的好现象,表示他完全把她当做自家人看待——名正言顺的妻。然而流苏还是有点怅惘。

香港的陷落成全了她。但是在这不可理喻的世界里。谁知道什么是因,什么是果?谁知道呢,也许就因为要成全她,一个大都市倾覆了。成千上万的人死去,成千上万的人痛苦着,跟着是惊天动地的大改革……流苏并不觉得她在历史上的地位有什么微妙之点。她只是笑吟吟地站起身来,将蚊烟香盘踢到桌子底下去。

传奇里的倾国倾城的人大抵如此。

到处都是传奇,可不见得有这么圆满的收场。胡琴咿咿哑哑拉着,在万盏灯火的夜晚,拉过来又拉过去,说不尽的苍凉的故事——不问也罢!

(1943 年 9 月)